U0528207

地势坤,君子以厚德载物。

狼烟北平

都梁 著

浙江教育出版社·杭州

图书在版编目（CIP）数据

狼烟北平 / 都梁著. -- 杭州：浙江教育出版社，2023.10
ISBN 978-7-5722-6508-2

Ⅰ.①狼… Ⅱ.①都… Ⅲ.①长篇小说－中国－当代 Ⅳ.①I247.5

中国国家版本馆 CIP 数据核字（2023）第 170572 号

责任编辑	赵露丹	美术编辑	韩　波
责任校对	马立改	责任印务	时小娟
产品经理	王　军	特约编辑	夏　冰

狼烟北平
LANGYAN BEIPING

都梁 著

出版发行	浙江教育出版社
	（杭州市天目山路 40 号　电话：0571-85170300-80928）
印　　刷	河北鹏润印刷有限公司
开　　本	700mm×980mm　1/16
成品尺寸	166mm×235mm
印　　张	28.5
字　　数	542000
版　　次	2023 年 10 月第 1 版
印　　次	2023 年 10 月第 1 次印刷
标准书号	978-7-5722-6508-2
定　　价	55.00 元

如发现印装质量问题，影响阅读，请与出版社联系调换。

目录

第一章 —— 001　　第九章 —— 144

第二章 —— 021　　第十章 —— 165

第三章 —— 035　　第十一章 —— 191

第四章 —— 048　　第十二章 —— 207

第五章 —— 061　　第十三章 —— 226

第六章 —— 077　　第十四章 —— 240

第七章 —— 095　　第十五章 —— 252

第八章 —— 126　　第十六章 —— 279

第十七章	294	第二十三章	376
第十八章	310	第二十四章	388
第十九章	323	第二十五章	404
第二十章	335	第二十六章	425
第二十一章	347	尾声	448
第二十二章	362		

第一章

晚饭后，陈明泽忽然想起和燕京大学罗云轩教授的约会，他晚上要去罗府拜访。陈明泽是琉璃厂"聚宝阁"古玩铺子的掌柜，今天铺子里收购了一幅古画儿。陈掌柜在古玩行里混了四十多年了，对鉴定文物的真伪很有把握，多年来从没打过眼，只是一旦涉及比较复杂的文史知识，以陈掌柜的学问就有些把握不准了。所以，每当遇到这类疑问，他总是去向罗教授请教。

陈掌柜用牙签剔着牙，吩咐管家老侯通知文三儿备车。一会儿老侯进来回话，说文三儿不在，车倒还在。

陈掌柜一听就火了，他一拍桌子吼道："给我找去！这浑蛋肯定又去酒馆了，你问问这小子，还想干不想干了？不想干就给我滚……"

陈掌柜还真没猜错，此时文三儿正坐在西柳树井南口的一家小酒馆里云山雾罩地吹呢。

文三儿的面相有点儿显老，肿眼泡，单眼皮，小眼睛总是红红的像兔子眼，眉毛短短的呈倒八字状，脸色焦黄，面皮粗糙，还有几粒浅麻子。一般人看不出文三儿有多大岁数，要是有人问他年龄，他总是狡猾地反问："您看呢？"于是人家便胡乱猜起来，结论往往大相径庭，有人说他撑死了也就五十，还有人猜他四十五岁，这常使文三儿感到很沮丧，其实他今年才三十六岁。

文三儿是南横街黑窑厂"同和"车行的车夫，前些日子陈掌柜需要个包月的洋车，文三儿便被车行老板孙二爷派过来。对于车夫来说，这种拉包月的活儿可是个难得的美差，因为主人家管吃住，每月有固定的工钱，逢到主人家有饭局或牌局还有额外的赏钱，有时一个月下来，赏钱比工钱还多。遇到这种活儿，车夫们打破脑袋也要抢着来，可文三儿却不大珍惜。

文三儿到陈家已经两个多月了，陈府上下对他都不大满意，首先是工作态度。洋车夫拉车是有讲究的，先是讲究个架势，双手端车把，弓背弯腰，身子前倾，甩开碎步一溜儿小跑，乘车人斜躺在洋车座上，被节奏分明地轻颠着，浑身的骨节儿都能被颠松了，尤其是饭后，还真能起到化食的效果。可文三儿拉车却和别人不一样，他总是把车把扬得高高的，双手轻轻地似按非按，使坐车的人有种被放平的感觉，而且随时有可能仰面翻倒。他在小跑中时常先把车把压低，等跑起来便松开车把，让洋车随惯性向前滑行一段，直到车把高高扬起，坐车人的重心后移快要翻倒时才轻轻压一下车把。这种惊险动作常把乘车人弄得一惊一乍的，很没有安全感。

后来陈掌柜才闹明白，文三儿是在利用重心后移产生的动力节省体力，这小子可真会偷奸耍滑，你倒是省劲儿了，可坐车的人受得了吗？你当是摇元宵呢？

文三儿还有个特点，就是太能吃。他个子不高，大约一米六五，人也很瘦，可不知怎么回事，好像总也吃不饱。他吃饭时先挑大碗，饭盛满了还要使劲压，把饭压得瓷瓷实实。有一次陈家吃炖肉，文三儿专挑肥的吃，大块儿的肥肉没见怎么嚼就吞下去，肚子就像个无底洞，大半锅炖肉转眼就消失了，大家目瞪口呆，真怕他撑死。文三儿蹲在茅房蹲了一宿的稀，第二天饭量一点儿没见少，照吃不误。

陈掌柜早就想换了文三儿，只是一直忙，没工夫考虑这件事。他很腻歪地想，照理说能吃的人都能干，这话到了文三儿这儿就得反过来，不出车时他手往袖子里一揣，四处溜达，横草不拿，油瓶倒了不扶，一点儿眼力见儿也没有。你还不能说什么，他是车夫，当然只管拉车。

更可气的是，文三儿一见着做饭的张寡妇，他红红的小眼睛里便射出一道淫邪的光，盯得张寡妇心里一阵阵发毛，感觉自己好像没穿衣服似的。前些日子，张寡妇晾在自己屋里的蓝布裤头莫名其妙地丢了，她心里跟明镜似的，除了这挨千刀的文三儿，没有别人。

此时文三儿在酒馆里喝得有些高了，正在满嘴跑火车。文三儿的酒瘾大，一天不喝就浑身难受，可真要喝起来又喝不了多少，顶多三两，一过四两就麻烦了。但凡醉酒之人分两种，有人喝醉了倒头就睡，绝不惹事，而文三儿却不幸属于第二种。他通常是二两酒一下肚，脾气立马见长，瞅谁都不顺眼，此时一股优越感便油然而生，话语间也有了高人一等的口气。若是四两酒下肚，情况就会恶化，他平时不敢说的话敢说了，平时不敢干的事也敢干了，四九城黑白两道的成名人物，他谁也不尿，逮谁和谁撸胳膊挽袖子，很有些英雄气概。张大帅占领北平时，到处都挂张大帅的画像，有一次文三儿又喝高了，竟然指着张大帅的画像指名道姓地愣要操张大帅的娘，幸亏当时没人去举报，不然文三儿非让人砍了脑袋不可，那天文三儿也就喝了四两酒。

对这类人，京城人有自己的说法，叫"酒腻子"。

今天的情景又有点儿悬，文三儿和他的酒友二顺子先是各要了二两"烧刀子"，哥儿俩就着一盘拌三丝儿喝起来。二顺子在廊房头条卖烤白薯，也算是文三儿唯一的朋友。他长得瘦小枯干，一看便知是小时候营养不良影响了发育。他坐着时高矮和文三儿差不多，一站起来就露了馅，两人一比个头，一米六五的文三儿顿时显得高大伟岸，关键是二顺子的腿太短，不光是短，还有些罗圈，这就更显短了。

二顺子很崇拜文三儿，他由于个子矮总受人欺负，人都喜欢找靠山，在二顺子的眼里，文三儿是个不露相的真人，别看是个拉车的，那不过是种职业掩护罢了，一般行侠仗义的江湖好汉都有这种嗜好，济公不是还总扮成叫花子吗？文三儿大概就属于这类人。

文三儿六岁时父母双亡，是鼓楼一带的丐帮收留了他，至于他后来为什么脱离了丐帮，改行拉洋车，文三儿一直讳莫如深。丐帮向来是个充满神秘色彩的江湖团体，其内部有着森严的等级制度和行规，他们有自己独特的价值观和纪律。叫花子是不可小觑的，他们一旦结成团伙，其能量之大连警察局也得让三分。二顺子曾问过文三儿在丐帮里的地位，文三儿总是笑而不答，这种暧昧的态度很容易使人产生一些联想，因此二顺子深信文三儿在丐帮里地位很高。

文三儿的二两酒下肚，按惯例已经进入一种亢奋状态，他正在给二顺子讲"燕子李三"的逸闻。据文三儿说，李三曾和他拜过把子，他比李三小几岁，因此文三儿管李三叫"三哥"。

文三儿又要了二两酒，眨着红红的小眼睛侃侃而谈："那还是民国二十三年的事儿,那天我拉车出了一身臭汗,正坐在正阳门楼子下面乘凉,就觉着有什么东西掉在我脑袋上,仔细一看,原来是他妈的栗子壳。谁这么大胆儿,敢往咱爷们儿脑袋上吐栗子壳?这不是活腻了吗?我抬头刚要骂,却发现上面连个鬼影儿都没有,再仔细瞅瞅,发现栗子壳是从正阳门大牌匾后面掉出来的。噢,我明白了,我三哥叫我呢。那牌匾离地几十丈高,一般人瞅着都眼晕呀,除了我三哥谁还有这能耐?我就喊,三哥,您找兄弟有事儿吗?我话音没落,就见那牌匾后面'嗖'的一道白光冲那楼角的飞檐去啦,再一瞧,你猜怎么着?我三哥一个'倒挂金钩'挂在了飞檐上……"

二顺子听得眼睛有些发直,他咂巴着嘴道:"啧,啧,文哥,这是真的?你怎么没和李三学学轻功呢?"

"这你就不懂了,江湖上是有规矩的,朋友是朋友,门派是门派,我和三哥是平辈朋友,各有各的门派和身份,哪有互学功夫的道理?好好听着,别他妈瞎打岔……那天我三哥倒挂在飞檐上问我,兄弟,今儿个晚上有工夫吗?要没事儿就陪我泡泡澡去。我说行呀现在就走吧。三哥他一个'鹞子翻身'就飞下来了,飘飘忽忽地正落在我的洋车座上,我扶着车把愣没觉出分量,要不怎么叫'燕子李三'呢……"

文三儿朝窗外一指:"你看马路对过儿,那不是个澡堂子吗?我三哥洗澡就认那儿。那天也是该着有事儿,我们俩刚进澡堂子就让侦缉队的眼线给报了。我三哥脱衣服比我快,我裤子还没脱下来,他已经蹿进池子了。等我脱光了往里走时,侦缉队的人也到了。好家伙,四条大汉进门就扑进热水池子,想把我三哥按住。你想啊,侦缉队的人是好惹的吗?没点儿本事想干侦缉队?门儿也没有。当时我慢了一步,晚进去几秒钟,就听见'扑通''扑通'几声,你猜怎么着?我三哥一眨眼工夫就把四条大汉撂平在池子里啦,跟他妈扔面口袋似的……三哥他光着腚一个'旱地拔葱'蹿起两丈多高,只见一道白光从天窗射出去,天窗的玻璃'哗啦'一声都落在那四条汉子的脑袋上,砸了个头破血流。我抄了块浴巾往腰上一围,也蹿到了门口,见我三哥站在澡堂的房顶上,像只老鹰一样一纵身就飞过马路,落在路南的房顶上,他回头冲我一抱拳,身子一闪就没影儿了……"

酒馆里的人都被逗乐了，酒馆老板齐胖子笑骂道："文三儿，你就吹吧，反正吹牛不上税，你他妈出门瞅瞅，从马路对过儿蹿过来至少有十几丈远，李三长着翅膀哪？就算他真是只燕子，搁热水池子里泡一会儿羽毛也湿了不是？还飞得起来吗？除非他不是燕子，是没长毛的'燕嘛虎'[1]。"

大家都哄笑起来。

《京城晚报》的娱乐版记者陆中庸是酒馆常客中最有学问的，他扶扶眼镜咬文嚼字道："谬传，谬传，燕子李三的事我知道，此人原名李景华，京东蓟县人氏。李三出道后以偷盗大户人家为主，如洛阳警备司令白坚武，北洋政府临时执政段祺瑞，国务总理潘复，军界巨头张宗昌、褚玉璞等，有时也偷盗普通商号。民国二十三年，李三偷窃西单丽华绸缎庄时被北平侦缉队捕获。北平地方法院开始审理燕子李三盗窃一案，曾指定蔡礼先生做李三的辩护律师，蔡礼先生和我是朋友，他认为所谓的'燕子李三'并不是什么了不起的江洋大盗，只不过是一个善于攀登的普通窃贼而已，民间关于他的传说是被夸大了。李三后来被法庭从重判处十二年徒刑，服刑时病死在监狱中。至于文三儿和'燕子李三'曾拜过把子的说法，我看是不足信，因为文三儿酒后往往不知道自己是谁，我记得他上次还说曾和中山先生结拜过，当然了，那次也是酒后……"

众人大笑起来。

"砰！"文三儿把空酒盅重重蹾在桌上，他的脸已成酱紫色，两眼发直，他努力挺直了身子，在酒馆内环视了一圈儿，露出了满脸的不屑。他放肆地指着喝酒的人们："你们哪，都他妈的是……俗……俗人，井底下的蛤蟆……你们见过多大的天儿？文爷当年在……在江湖上好歹有一号，你们知道吗？说出来吓死你们……"

二顺子和文三儿喝酒早已不是一次两次了，完全知道他四两酒下肚后会产生什么后果，便连忙打岔道："文哥，文哥，咱说咱的，上次你说在通州揍了一个少林寺的和尚，刚说了个开头，我还等着听下文呢。"

"我说过吗？我……他妈的……怎么想不起来了？文爷这辈子揍过的人多了，还能都记着？有那么几次还有点儿印象……就说那次吧，有位爷找我，说

---

[1] 老北京话，"燕嘛虎"是蝙蝠的俗称。

是八卦掌的掌门人，这位爷一把拽住我就不让走哇，想和文爷我过过招儿，嘴上也挺客气，说是以拳会友。文爷我说，我服了成不成？不成，人家死乞白赖要过招儿，没法子，咱只好陪人家玩玩，说好了是点到为止，可这位爷有点儿气盛，见咱让了他两招儿没还手，就来真的啦，一个刀掌朝我喉头切过来，当时文爷就有点儿烦了，这也忒不懂事儿了，咱让他两招儿是给他八卦门里留点儿面子，这小子怎么不知好歹？我心说得让他长点儿记性，年纪轻轻的，你得知道马王爷是几只眼。文爷我身子一闪，反手一个'穿云掌'拍在他胸口上，顶多用了三成力，你猜怎么着？这小子就像个风筝飘出去一丈多远，嘣！跟张年画儿似的贴墙上了……要不是咱扶了他一把，这小子非把门牙磕下来不可。"

二顺子吹捧道："文哥，我早瞧出来了，您是有本事的人，平常轻易不露真相，不是我夸您，您呀，可真不是凡人。"

文三儿摆摆手，显得很谦虚："也不能这么说，文爷我也不是神仙，也是凡胎肉身，吃多了撑着也打嗝儿，睡着了也一样放屁咬牙吧唧嘴，要说和凡人有什么不同，也就是走南闯北见识多点儿，练功夫的年头儿早了点儿……唉，八卦门里早先还出了几个人物，第一代掌门人董海川先生还是有些功夫的，后来就不行啦，这些年可是黄鼠狼下耗子——一窝不如一窝喽。就说和我过招儿的这位爷吧，那点儿三脚猫的功夫也当了掌门人，文爷打了他都丢面子，让江湖上的朋友说我欺负人。二顺子，咱们可是哪儿说哪儿了，这事儿可不能传出去，文爷丢不起那人。"

二顺子把头点得像是鸡叨米："文哥，您放心，哪儿说哪儿了，哪儿说哪儿了……"

徐金戈的修鞋摊儿就摆在煤市街路口笠原商社的斜对过儿，他正专心致志地给一双露了脚指头的布鞋缝皮包头，动作显得很熟练。因为工作需要，徐金戈学会了很多手艺，比如锔锅锔碗、剃头、磨剪子磨刀……每种手艺他都干得蛮像回事儿，修鞋的手艺是他拜一个修鞋匠为师，正儿八经地学了两个月才出的师。

一个光着脚的邮差坐在马扎上不耐烦地催促道："我说修鞋的，你快点儿成不成？我这儿还有一大包信没送出去呢。"

徐金戈答应着："对不住您嘞，马上就完，马上就完。"他用眼睛的余光扫了一下对面的笠原商社，那两扇大门仍然紧闭着。

那个等着穿鞋的邮差要是知道徐金戈的身份，准保会惊出一脑门子汗来。这个伪装成鞋匠的汉子，他的真实身份是国民政府军事委员会调查统计局的特工。

徐金戈出身武术世家，河北沧州人，他自幼习武，以内家拳为主，兼学轻功。在习武之余，徐金戈也在祖父开办的私塾学堂里读书，从《三字经》《百家姓》启蒙，直到被灌了一肚子四书五经，而正式的洋学堂他却一天也没有去过。按祖训，徐家子弟年满十六岁便要独自上路，游历名山大川，再寻武术名家，拜师交友。民国二十二年，日军逼近华北，中国军队奋起抵抗，长城沿线的古北口、喜峰口接连发生激战，全国上下抗日情绪日渐高涨，此时徐金戈正在青城山学艺，消息传来，他当下决定从军报国。他是在中国传统文化浸泡下长大的，对"五四"以来中国知识分子高喊的"科学"与"民主"都不大关心，倒是很崇尚忠君报国的传统文化和"天下兴亡，匹夫有责"的古训。徐金戈赶到南京报考中央军校，在考场上展示了一手轻功及内家拳功夫，当时震惊了所有的考官，他顺利地成为中央军校的学员。若不是在军校学习期间惹了点儿麻烦，他本来可以成为一个带兵打仗的陆军军官，他的未来也许会是另外一种生活。

民国二十四年，徐金戈在南京鼓楼大街的一个饭店里和两个着便衣的大汉发生争吵，那两个汉子没说几句话就率先动起手来，徐金戈被迫自卫，一出手就把那两个大汉打飞出去，他们头破血流地倒在地上动弹不得。徐金戈被随后赶来的宪兵逮捕。

在南京军人看守所，一个军法处的上校告诉徐金戈，那两个被他打伤的汉子今后只能在轮椅上了此残生，徐金戈的行为可能换来十年徒刑。上校问徐金戈有什么想法。徐金戈说，与其判我徒刑，不如送我到战场上杀敌赎罪，这笔账你们应该能算过来。上校点点头说考虑一下。两天以后，一个身材微胖，穿着深蓝色中山装的中年男人接见了他，两个人密谈了一个小时，最后那中年人满意地拍拍他的肩膀说："国难当头，此时正是用人之际，从今天起，你就跟我干吧，以前的事不会再追究了，军校那里我会打招呼，好好干吧，小伙子。"

徐金戈后来才知道，这个中年人就是大名鼎鼎的复兴社特务处的戴笠处长，人称"戴老板"，而被他打成残废的两个大汉竟是戴老板的保镖。

徐金戈被安排到一个培训班去学习，地点是南京的三道高井。那里是一排不成格局的旧式建筑，多是两层木板楼房，但排列得参差错落，给人以杂乱之感。长年的风吹雨打日晒，楼房板壁上斑斑驳驳地长着青苔，显得衰老而肮脏，和前面碎砖煤渣铺就的灰色街道倒很和谐。院门的左上方挂着一块崭新的木牌，上面写着"外国语言训练班"。其实它的真实名称是"参谋本部特务警员训练班"，是戴笠培养特务骨干、党国栋梁的地方。

民国二十四年，蒋委员长下令在军事委员会内设调查统计局，陈立夫任局长，第一处处长徐恩曾，第二处处长就是戴笠。徐金戈因祸得福，在戴老板的关照下，经过两年的特种训练，成了二处的上尉军官，他在"特警班"的同学都成了调查统计局的骨干。

徐金戈奉命监视笠原商社已经有一个星期了。这是家日本商店，专门经营日本纺织品及日用商品，其经营规模很大，除了零售还兼营批发业务，它的批发销售渠道可以覆盖中国大部分省份。徐金戈对笠原商社的经营业务不感兴趣，他只对总经理佐藤英夫有着特殊的关注，在调查统计局二处的秘密档案中，有不少关于佐藤英夫的材料，徐金戈对他的履历熟悉得可以倒背如流。此人1920年毕业于东京帝国陆军大学，在日本驻朝鲜派遣军总部任作战参谋；任职三年后被调往台湾驻屯军任情报参谋；1925年又以陆军中佐的身份调往驻满洲的关东军司令部服役。此人在日本军界升迁很快，甚至快到不合常理的地步，陆军大学毕业时是中尉军衔，五年以后就升到了中佐。1928年佐藤英夫又被调往日本华北驻屯军在天津的司令部工作，此时他的军衔已是陆军大佐。徐金戈自参加军统工作以来，一直从事对日本的秘密情报工作及反间谍活动，他十分清楚，从中日甲午战争之后，日本的常备军被分为五大战略集团，其中除了驻日本本土的"国内军"外，还有朝鲜派遣军、台湾驻屯军、华北驻屯军和满洲关东军。佐藤英夫从陆大毕业仅仅八年，其服役单位竟然横跨了日本常备军的四大战略集团，从中尉军衔升到大佐军衔，这实在太不合乎常规了。更为可疑的是，佐藤英夫于1931年的"九一八"事变后，突然从陆军退役，成了商人，这不能不引起徐金戈他们的注意。

根据情报表明，佐藤英夫的真实身份是日本情报部门在中国华北情报网的负责人，这几年他的工作很有成效，其中最大的收获是通过汉奸殷汝耕[1]成立了"冀东防共自治政府"，冀东二十二县成了不受中国政府管辖的"非军事区"，这是伪满洲国之后第二个在日本帝国卵翼下成立的汉奸傀儡政权。在这一系列阴谋策划活动中，处处可以发现佐藤英夫的影子……徐金戈已经锁定了这个目标。

此时徐金戈手里的这双鞋还有十几针就可以完工，但是他不能再缝下去了，因为街对面的笠原商社大门打开了，身穿和服的佐藤英夫和翻译张金泉走出大门……

徐金戈的拇指和食指略微一使劲，粗大的绱鞋针便被折成两截儿，他抱歉地对邮差说："真对不住您，我的针断了，手头儿又没有备用的，这样吧，您先凑合穿着，我不收您的钱，明天这会儿您再来。"

他迅速收拾好工具，站了起来……

文三儿说话的工夫，四两酒已不知不觉下了肚，他说话的声音也越来越大。酒馆老板齐胖子一看这光景便明白文三儿又喝高了，这会儿要是不让他舒坦舒坦嘴，今天恐怕是过不去。他正要劝文三儿小声点儿，谁知已经晚了，靠窗口坐着的两位爷终于被惹恼了。

这两个人的打扮都差不多，上身穿白色杭纺绸衫，下身穿黑色细布宽腿裤，脚上是"内联升"的千层底青缎礼服呢面布鞋，其中一个矮胖子留着中分头，头发上抹了发蜡，显得油光锃亮。他站起来朝文三儿拱拱手道："这位兄

---

[1] 殷汝耕，浙江省平阳人。早年留学日本，并通过日籍妻子与日本军政界取得了联系，回国后，投靠国民党亲日派、新政学系首领之一的黄郛。1935年11月15日，殷汝耕为配合日本"华北自治"的阴谋，联合冀东各地一批亲日分子致电宋哲元、韩复榘，攻击南京政府内外政策，要求实现"华北自治"。11月23日，殷汝耕又在天津日租界召集有非军事区各保安队队长等人参加的会议上，密商非军事区"自治"。翌日，殷汝耕在通州召集非军事区各县及宝坻、香河、昌平等县县长，非军事区各保安队队长临时会议，并于当晚发表脱离国民党中央政权宣言，决定"自本日起，脱离中央，宣布自治，树立联省之先声，谋东亚之和平"。25日，殷汝耕在专员公署"冀东防共自治委员会"成立大会上，自任"委员长"（后改为"冀东防共自治政府"，殷汝耕任"主席"），公开打出其叛国自治的旗号，成立伪满洲国之后的第二个在日本帝国卵翼下成立的汉奸傀儡政权。抗日战争胜利后，殷汝耕被捕，接受审判，被判处死刑。1947年，在南京老虎桥监狱被处决。

弟怎么称呼？"

　　文三儿的酒劲正壮，这会儿就是阎王爷来了，他也敢大耳贴子扇过去，但凡"酒腻子"都是这毛病。文三儿坐在那里纹丝不动，只是翻开眼皮瞥了对方一眼，眼神中带着极大的轻蔑……就这么一瞥，把个二顺子佩服得五体投地，这也就是文哥，搁别人身上早吓傻了。

　　此时文三儿的神志有些模糊，映入眼帘的物体都是双影儿，在酒精的作用下，文三儿感到一股豪气从丹田那儿往上涌，这会儿已经到了嗓子眼儿，不放出来是不行了。他斜视着对方，口气很大地回答："姓文，单名一个爷字，你就叫我文爷吧。"

　　那人微微一笑："噢，文爷，这名儿起得好啊，失敬，失敬，在下肖建彪，江湖上的朋友送我个雅号'南城彪爷'，不好意思，在下想和文爷认识一下，不知文爷能否赏我个面子？"

　　肖建彪刚刚报出名号，齐胖子和陆中庸都打了个寒战，心说这下可褶子啦[1]，文三儿今天是一头撞在阎王爷的裤裆上了。这"南城彪爷"是黑道中的成名人物，谁不知道南城有个大名鼎鼎的"三合帮"，连警察局局长都让它三分。这个"三合帮"的帮主不是别人，正是这位肖建彪，今天的事儿麻烦大啦。

　　齐胖子和陆中庸的冷汗都下来了，可文三儿却浑然不觉。他压根儿就没听说过"南城彪爷"和"三合帮"，他只是觉得浑身难受，太阳穴一蹦一蹦地抻得脑袋仁儿疼，酒劲儿顶在嗓子眼儿那儿一时半会儿还下不去，他说话像是吃了枪药："哟，还'南城彪爷'？没听说过，怎么着哥们儿，有话说有屁放。"

　　肖建彪身边的那位一听脸就变了颜色，正要发作。肖建彪轻轻将他按住，朝他使了个眼色。肖建彪的涵养似乎不错，他笑眯眯地说："在下有一事不明，想向文爷讨教，刚才文爷好像是提到八卦门里的事，兄弟我耳背，没听清楚，文爷能否再和我说说？"

　　文三儿梗着脖子说："也没什么大事儿，不过是教了那掌门的几手活儿，怎么啦？"

　　"是这么回事，我今天到这边来看个朋友，不巧朋友不在家，我本想坐这

---

[1] 老北京话，"褶子啦"是表示"有麻烦啦"。

儿等一会儿，碰巧听见文爷正说八卦门里的事，我若是没听见也罢啦，可既然听见了我就不能走了。说出来让您笑话，在下也是八卦掌弟子，也学了几手三脚猫的功夫。不好意思，那位掌门人还是我师兄。既然文爷教了我师兄几手绝活儿，今儿也该让我见识见识，这样吧，先让我这小兄弟和文爷讨教几招儿。"肖建彪回头喊道，"花猫儿，跟文爷好好学几手。"

文三儿不吭声了，他的酒劲儿正在渐渐消退，刚才还在嗓子眼儿那儿顶着，这会儿已经退到胸口了。

那位叫花猫儿的汉子长得很粗壮，个头足有一米八，胸大肌鼓得很高，脖子和脑袋几乎一样粗，肩膀宽宽的，整个身子呈上宽下窄的扇子面儿，看着就令人生畏。他跨上一步朝文三儿拱拱手道："来吧，你先出手……"他手形一变，立了个门户，拉开架势。

文三儿这时已经有些清醒了，他知道自己惹上了麻烦，但由于刚才把话说得太绝，一时收不回来，所以这会儿一定要把面子撑住，哪怕是肉烂嘴也不能烂。他硬着头皮慢悠悠地说："我说哥们儿，这不合适吧，这酒馆的齐老板可是我的朋友，咱在这儿过招儿，我倒无所谓，可齐老板受得了吗？这锅碗瓢盆的打烂了……"

"没关系，您尽管招呼，打烂的东西算我的，连我的人都算上，您打死白打，绝对用不着您偿命，文爷，放心吧您哪。"肖建彪一句话堵过来。

"可这不合武林的规矩呀，就算是以武会友，也得先送个帖子，定好日子，还得找个僻静地方摆场子，这不是一天半天的事儿，哪能上来就比画？这样吧，你们先合计一下，我先回去等着，等你们合计好了，把帖子给我送去。"文三儿说罢站起来要走。

"妈了个……"肖建彪终于耐不住性子了，他早看出这位自称文爷的家伙是练嘴的主儿，甭看别的，就看这小子那两步走，弯腰弓背的像个虾米，走起路来脑袋向前一探一探的，一看就是个拉车的货。他要是练过武，这世上就没"武"了，叫他妈的"六"吧。

"啪"的一声巨响，肖建彪一掌拍在桌子上，桌上的酒壶酒盅、碟子筷子都蹦起老高，他低吼道："花猫儿，给我抽这丫挺的……"

文三儿知道事情有些不妙，但还想最后努力一下，至少闹个全身而退。他正搜肠刮肚地斟酌着江湖术语，冷不防被花猫儿左右开弓扇了两个耳光。练过武的人动起手来非同小可，这两个耳光扇得极狠，花猫儿厚实的手掌以极大的爆发力和文三儿的左右面颊全方位接触的一刹那，酒馆儿里像是有人点燃了两个大号"麻雷子"[1]，大伙的耳朵都被震得嗡嗡响。文三儿还没来得及觉出疼来，见花猫儿的左手又挥了过来，他连忙用双臂抱住脑袋想护住脸，谁知对方的掌倏然化成了拳，眼瞧着朝他右边的软肋狠狠捣过来。软肋可是要命的地方，捣上一拳就麻烦了。文三儿飞快地改变路数，又将双臂护住了两肋，这下他的脸又暴露无遗。花猫儿那一拳本来就是虚招儿，此时那攥紧的拳头在半空中已化作掌，啪！啪！啪！啪！又是四个耳光……

这回文三儿可觉出疼来了，他觉得脸上像是被人用钢丝刷子刷了几下，紧接着又被撒了胡椒面儿和大盐粒子。那种疼痛来得很邪乎，火烧火燎的感觉一阵紧似一阵，好像脸上被揭去了一层皮。他还没来得及做进一步体验，脸上又是四声爆响……剧痛中他觉得嘴里两侧的槽牙已经有些活动，一股浓烈的血腥味儿直冲嗓子眼儿。文三儿的意志终于崩溃了，他在琢磨着是否栽个面儿跪下来求饶时，却发现自己不知何时早已跪下了，而且正在捣蒜般地磕头，嘴里不停地在讨饶："肖爷，肖爷，您饶命，我文三儿服啦，哎哟……您饶了我吧，您大人大量……您宰相肚里能撑船……您就拿我当个屁，放了得啦……"

这几句讨饶话倒把肖建彪给逗乐了："嘿，这小子嘴儿倒挺好使，还他妈一套一套的，花猫儿，你先歇歇手，我倒想听听这小子要说什么。"

"谢谢肖爷，谢谢肖爷，我知错啦，我这张臭嘴欠揍，您不打那是您心疼我，回头我自己打……我跟您说实话吧，都……都是酒闹的，今儿个我就像中了邪，几口马尿一灌就不知天高地厚，要不是肖爷您管教，我今天还不知道得闹出什么乱子来，肖爷，您就是我亲爹……"

"得啦，我可有不起你这样儿的儿子，给你当爹？我栽不起那面儿，你说说吧，你一个臭拉车的，吹什么牛不好？非要和八卦门里过不去，你要说不清楚我今天打断你的狗腿。"

---

[1] 老北京话，"麻雷子"是一种粗大的单响爆竹，声音极响。

"肖爷，肖爷，您听我说，您说得没错儿，我一臭拉车的，是不该嘴欠，可今儿个……不是多喝了几口嘛，哪知道刚一吹就碰上肖爷您啦。肖爷，天地良心呀，不是我成心要拿八卦掌开涮，是头儿天我在筒子河看见几个练功夫的，我听了一耳朵，只记住有个叫董海川的，是八卦掌的祖师爷，别的我都没记住，得，今儿个喝高了，一不留神就把八卦掌带出来了，我不是想舒坦舒坦嘴嘛，得嘞，我文三儿以后一定长记性，再不敢胡说八道。"

肖建彪给气乐了："花猫儿，别打了，这小子连个小混混儿都算不上，揍他都失我的身份。我再问你一遍，你叫什么？"

"谢谢肖爷，谢谢肖爷，我叫文三儿。"文三儿忙不迭地道谢，好像是欠人家多大的情。

花猫儿又给了文三儿一脚："彪爷问你大名儿叫什么！"

"回彪爷，我……我没大名儿呀，我爹妈还没来得及给我起名儿就死了，我是在叫花子群里长大的，弟兄们都管我叫文三儿。"

"妈的，我以为是什么武林高手，闹了半天是个臭叫花子，真他妈晦气，花猫儿，你去洗洗手，别把晦气带回家……"

本来这事儿就算完了，肖建彪正吩咐花猫儿结账准备走人，偏偏这时候陈掌柜打发管家老侯来找文三儿，因为陈掌柜这会儿正等着用车，急得不行。

老侯在陈家干了二十多年，在陈家的老老少少面前自恃有些面子，平时说话就有些气粗，况且刚才东家发了火，老侯也憋了一肚子气，他平时最看不上文三儿，一直在怂恿东家换掉他。此时老侯见文三儿果真在酒馆里喝酒，便心头火起："文三儿，你懂不懂规矩，出门儿连个招呼都不打？掌柜的要用车，正满世界找你，你可好，跑这儿灌马尿来了，东家说了，您能干就干，不能干您走人，聚宝阁可不缺拉车的。"

文三儿平时也看不起老侯，这老东西也就是有钱人的一条狗，主人哼一声，他就跟着摇尾巴。不过文三儿刚刚挨过打，况且肖建彪还在，此时他不便和老侯顶撞，只想不吭声走了算了，偏偏眼神儿不大好的老侯才发现文三儿的两颊肿得老高，面皮呈酱紫色，嘴角上还残留着没抹干净的血迹。老侯吃惊地问："怎么啦？是谁把你打成这样？"

"没事儿，碰上个朋友，闹着玩呢。"文三儿梗着脖子道。

肖建彪在一旁笑着证实道："没错儿，我刚才和文三儿划拳，谁输了谁就往脸上扇一下，文三儿老输，就成了这模样儿。你回去和陈掌柜说一下，就说是我肖建彪硬拉他陪我喝酒的，要是耽误了陈掌柜的事，我给他赔不是，希望陈掌柜能给我个面子。"

老侯浑身一激灵，连忙向肖建彪鞠躬道："哟，敢情您就是南城彪爷，给您老请安了。"

"你也听说过我？"

"那是，那是，四九城谁不知道肖爷的大名，肖爷认识我家陈掌柜？"

"不认识，不过琉璃厂'聚宝阁'谁不知道？刚才你要不提，我还真不知道你是'聚宝阁'的人，回去替我给陈掌柜带个好，听说他今儿个做成笔大买卖，我肖建彪向他道喜啦。"

老侯欠了欠身子讨好道："哟，彪爷真是消息灵通，这事儿您老也听说了？"

"整个琉璃厂都传遍了，我能不知道吗？"肖建彪挥挥手，表示老侯和文三儿可以走了。

老侯和文三儿鞠着躬退出了酒馆。

在回去的路上，老侯亲热地拍拍文三儿的肩膀说："老文哪，以前我还真走了眼，你跟彪爷这么熟，怎么以前没听你提起过？不够意思，跟我还掖着藏着？"

文三儿一副无所谓的样子："你是说老肖呀？那是我大哥，平时也不常见面，今天他多喝了点儿，非让我陪他玩，这不，就玩成这样，没办法，谁让他是我大哥呢。"

老侯看着文三儿红肿的脸狐疑道："你们兄弟就这种玩法？你看你脸都成什么样啦。"

文三儿摸摸脸说："这就是你老侯少见多怪了，这刚哪儿到哪儿？我们平常玩得比这还邪乎，划拳输了罚酒有什么意思？别说扇几个嘴巴，就是从油锅里捞秤砣也不能赖账，输了就得认账。"他说着还亮出胳膊晃了晃，就像是曾经在滚开的油锅里捞过多少回秤砣似的。

老侯的脸色有些发白，他凑近文三儿推心置腹地说："老文哪，我看出来了，您是条汉子，我老侯眼拙，平时要有什么得罪，您还得多担待，往后要有用得着我老侯的地方，您只管言语。"

文三儿瞟了老侯一眼，干笑道："老侯呀，您往后少在掌柜的那儿敲锣边儿上眼药儿我文三儿就知足喽……"

老侯有些尴尬："看您说的，咱老侯是那种人吗？"

北平的前门大街和大栅栏地区在京城历史上是繁华的商业娱乐中心，是吃、喝、玩、乐的最佳场所，这里市列珠玑，户盈罗绮，商贾云集，街道纵横。文人墨客对此地有"京师之精华尽在于此，热闹繁华，亦莫过于此""繁华市井何处有，大栅栏内去转悠"的美誉。大栅栏不仅仅是指那条繁华狭长的街道，还包括由这里延伸出去，与此相邻的一片很大的街区。

元朝世祖年间，当时的大栅栏是丽正门和顺承门的关厢。什么是"关厢"呢？关厢是指城门外的大街和附近的地盘。金中都时代，这里是当时城里的高官、有钱人及皇家成员去南城游玩的必经之地，城里经商的人们，渐渐看好这块生财的宝地，于是这里的商业及餐饮业便发达起来。

旧京城的街道布局一般呈四平八稳的棋盘状，但大栅栏地区却有例外。这里有不少毫无规律的斜街，如樱桃斜街、杨梅竹斜街、铁树斜街、李铁拐斜街等，这是因为当年人们抄近路走出来的，日久天长就成了正式的街道，不熟悉路的游人一进去就会转向。

到了朱元璋建立明朝时，他把国都建在南京，眼看着大栅栏的商业逐渐衰落，气息奄奄，马上就要寿终正寝。幸亏明成祖朱棣又将都城迁来北京，可以说这是一个明智而伟大的壮举，对于大栅栏后来的发展，起到决定性的作用。朱棣一来，皇室王公们就把城里的好地儿全占了，城里的买卖人又都争先恐后地挤到这里做买卖，于是大栅栏又开始繁荣起来。明正统元年（1436年），朝廷开始修建京城的九座城门，紧忙活了四年才把城门修好，又改了五个城门的名字，"丽正门"改名为"正阳门"，俗称"前门"。城门外的那条南北大道就叫"正阳门大街"或"前门大街"，这个名儿一直叫到现在，当时这里还是城外。到了嘉靖三十二年（1553年）又修了外城，大栅栏地区才从城外变成了城内，从通州运来的各地货物多数都集中于此，这里成了京城名副其实的商业中心和货物集散地。清兵入关后，清朝皇帝怕内城的铺子藏了歹徒不好收拾，于是下令让内城里的五十九个店铺全搬到了这里，使这里的商铺阵容更壮大了。

大栅栏的名字和防盗安全有关，栅栏的设置在明代就有了，明孝宗弘治元年（1488年）就下令在北京城内大街曲巷设立栅栏，并派士兵把守，以防盗贼。清朝顺治年间，又在北京各繁华路口，设置栅栏一千七百五十余座，对于一些重要的栅栏，每到晚上就关闭，还要派士兵把守，这是"大栅栏"一名的由来。清代有一首《竹枝词》曾这样描述大栅栏的繁荣景象："画楼林立望重重，金碧辉煌瑞气浓。箫管歇于人静后，满街齐响自鸣钟。"

不过，大栅栏地区也有倒霉的时候，1900年京城闹起义和团，朝廷对义和团的行为采取默许方式，让团民们由着性子折腾，于是义和团的大师兄、二师兄们便有些忘乎所以，他们顽固地认为，老天爷是老大，他们自然是第二，既然老佛爷都默许了，那还有什么不敢干的事？那年6月16日，团民们在大栅栏"老德记"洋货铺和"屈臣氏"洋药店放了一把火，风助火势，四面飞腾，局面很快就不可收拾，烈火烧毁了铺户一千八百余家，房间七千余间，连正阳门箭楼也被焚毁，火头甚至越过城墙飞入城内，将东交民巷西口的木牌楼及附近店铺一并烧毁。放火的团民一见娄子捅大了，顿作鸟兽散，事后无人认账，大栅栏一带的商家只好自认倒霉。《都门纪变百咏》中有"大栅栏前热闹场，无端一炬烬咸阳"的诗句，记述的就是当年的景象。

方景林警官按照以往的习惯在自己辖区内巡逻，他的责任区不算太大，南起煤市街南口，北至前门箭楼，东边是前门大街路西，西边以陕西巷为分界线。方警官认为，自己所管辖的巡逻区是北平市区治安状况最复杂的地区，不说别的，就说闻名遐迩的八大胡同，至少有一大半都在他的巡逻区内。这里居住人口密集，人员成分复杂，妓女、老鸨、皮条客云集，扒手、盗贼、劫匪横行，歌舞升平的表象下掩藏着这个城市最阴暗、最龌龊的现状。作为一个巡警，方景林非常清楚，自己的工作实在是个很糟糕的差事，他要时刻警惕责任区内出现的突发事件，只要是治安案件以及与治安有关的事情都属于方景林分内的事，稍有闪失上司就会怪罪，他的前任就是这样丢了饭碗。

第一章

方景林倒是不怕丢饭碗，他本来也不喜欢当警察，可这是上级的安排，作为一个共产党员，他只能服从。

方景林今年二十五岁，是1932年入党的老党员，至今已有五年党龄。他在学生时代最讨厌警察，因为警察向来是激进青年的天敌，从五四运动到"三一八"惨案，警察和青年学生之间的冲突从来没有中断过，学生们把警察称作"当局的看家狗"。方景林当学生的时候万万没有想到，若干年后自己也成了"看家狗"。

其实，在北平当个警察也不是件容易的事。民国以后，警察最初来源于招募。据民国三年四月二日民国政府公布的《招募巡警条例》规定，应募者必须具备的条件是：年龄在二十五岁以上、三十五岁以下的男子，体质强壮，视听力正常，粗通文字，语言清楚，熟悉地形。到了民国十七年，民国政府内政部决定施行《警察录用暂行办法》，将文化标准进一步提高到高小毕业或程度相当，年龄则降低到二十岁以上、三十岁以下。随着民国十八年四月《警士教练所章程》的颁行，"学警"逐渐取代了"募警"。民国二十四年的《警长警士教育规程》明确规定：警士必须由警士教练所毕业之学警充任，警长则一律由受毕警士教育的警士考试升用。警官的任用条件，根据内务部民国十三年八月一日呈准公布的《警察官任用暂行办法》，除要求相关的资历外，荐任职警官要求有京师及各省高等巡警学堂三年以上毕业或高等学校修习政治、法律三年以上毕业的学历，委任职警官要求有警察学校修业一年以上的学历。到了民国二十四年，南京国民政府又颁布了《警察官任用条例》，对学历的要求比北京政府时更趋严格。方景林为了当这个警官，在巡警学堂足足学习三年才取得了资格。没办法，无论他怎么厌恶这个职业，也得硬着头皮干下去，因为这是组织上的安排，他必须服从命令。

方景林在这一带已经巡逻了两年，他对自己辖区内的一草一木都熟悉得像自己的手指头，今天他突然发现一点异常，其实也不是什么大事——笠原商社的街对面出现了一个修鞋摊儿。那个修鞋匠的面孔很陌生，直觉告诉他，这里面恐怕有些问题，因为干这类职业的人往往年龄偏大，而这个修鞋匠却很年轻，看上去也就二十四五岁。今天上午方景林巡逻路过此地，无意中向那个修鞋摊儿扫了一眼，他的目光和修鞋匠的目光竟然不期而遇。方景林的心里突然动了一下，这是一种极为机警的目光，有着这种目光的人恐怕不仅仅是个修鞋匠，这究竟是个什么人？

方景林望了望笠原商社的大门，心中有了几分警觉。此值多事之秋，"九一八"事变之后，中日两国军队曾多次在战场上交手，上海十九路军的"一·二八"淞沪抗战、傅作义的绥远抗战、东北军和西北军的长城抗战、方振武和吉鸿昌的多伦之战，都是中国军队为阻止日军向关内逐渐渗透进行的局部战争，在付出重大伤亡代价之后，仍然没有达到其战略目的。如今，日本军队在华北步步紧逼，稍有军事常识的人都能得出结论，战争已经迫在眉睫，只是尚不清楚会在何时、何地爆发。

方景林早已得到了指示，密切关注日本笠原商社总经理佐藤英夫的行动，这是日本情报部门安在北平城内的情报据点。

方景林的心里升起了一片疑云，这个修鞋匠似乎是个同行，他也在监视佐藤英夫，这是哪个方面的人呢？北平这个城市如今已经成了世界各强国的间谍荟萃之地，各国政治家们都敏感地注意到，这个位于东亚大陆的平津地区上空，战云密布，杀机四伏，任何一件微不足道的小事都可以引起一场惊天动地的血战。这场战争一旦爆发，将对世界政治、经济、军事格局产生重大影响。在北平，世界各国的情报人员都像猎狗一样伸着鼻子四处乱嗅，以便能挖掘出最有价值的情报供本国首脑进行决策。那么眼前的这位修鞋匠是个什么人呢？

佐藤英夫和翻译张金泉走出大门时，方景林注意到，那个修鞋匠也做出了某种反应，他在迅速收拾工具，准备收摊儿，看样子他打算跟踪佐藤英夫。如果方景林没有估计错的话，那么按常规，附近应该还有修鞋匠的同伴，否则一个人是无法完成跟踪监视任务的。方景林突然有了种搞恶作剧的感觉，他想利用警官的身份摸摸这位修鞋匠的底。

方景林拦住了修鞋匠，用手中的警棍敲敲他的工具箱，问道："喂！这里面装的是什么？"

修鞋匠一笑，回答道："修鞋工具呗，您觉得里面该搁点儿什么？"

"嗬，还挺各？我看你不像个修鞋的，把箱子打开，我要检查检查，快点儿！"方景林摆出一副警察常见的嘴脸不耐烦地催促道。

佐藤英夫和张金泉已经拐过街角，马上就要在徐金戈的视野中消失了，他有些急躁，觉得这个警察在没事找事。以徐金戈的身份，他从来没有把警察放在眼里，这些家伙平时在平头百姓面前骄横惯了，一说话准是横着出来，这是警察的职业习惯。不过，徐金戈今天有任务在身，他不愿因为和警察发生冲突而耽误大事，只好打开工具箱说："得，您不是要检查吗？那就拜托您快一点儿，我还有事。"

方景林装模作样地在工具箱里翻了几下，又没碴儿找碴儿地问："你住哪儿啊？"

"果子巷。"

"果子巷？那干吗跑煤市街来摆摊儿？"

"我说警爷，我在哪儿摆摊儿这好像不归您管吧？您还有事儿没事儿？没事儿我走了。"徐金戈背起箱子要走。

"站住！谁让你走了？告诉你，我在执行公务，对可疑人物进行盘查是本警官的职责，请你不要妨碍我执行公务，否则我有权逮捕你，明白吗？"

"明白了，您的意思是说我可疑，可您搜也搜过了，除了修鞋工具，您好像也没发现什么违禁物品，总该让我走了吧？"

方景林摇摇头道："你暂时还不能走，因为我对你的怀疑还没有解除，从你的言谈举止上看，你绝不是个修鞋匠，我的判断没错吧？哦，你在摇头，也就是说你在否认我的判断，那么好，我们会把这件事搞清楚的，只要你跟我去一趟警局，一切都会真相大白，我想你不会反对吧？"

徐金戈心里迅速地盘算了一下，看来今天自己的监视、跟踪计划无法完成，这个浑蛋警察算是铁了心要跟自己过不去，幸亏自己的计划周密，只要目标脱离自己的视野，自然会有别的弟兄补上去继续跟踪。徐金戈此时倒不着急了，他得好好和这个警察说道说道。

"兄弟，你是学生出身吧？怎么当上警察啦？我一听你说话就知道，你不太适合干警察这行。"

方景林微笑着反问："何以见得呢？"

"说话文绉绉的,很注意白话文的语法句式,一听就知道你是个擅长写文章的人,全北平的警察里像你这样的人恐怕不多见,大多是见了老百姓就瞪眼,见了权势者就摇尾巴,你呢,也想装出一副警察的蛮横嘴脸,可说不了几句话就得露馅,那种学生腔已经浸到骨子里,想改都难。我说得没错吧?兄弟,你当警察可有点儿屈才呀。"徐金戈掏出一个精致的烟盒向方景林让烟。

方景林摆摆手拒绝了,徐金戈自己点燃了香烟。

方景林这时已经猜出了徐金戈的身份,但他还要确定一下,于是摆出一副公事公办的样子说:"伙计,我已经大致猜出你的职业了,只是还不清楚你属于哪个方面的人,如果你不愿意回答,或无法证明你的身份,我还是要把你带回警局询问。"

"兄弟,对于一个普通警官来说,你的好奇心会给你带来坏运气,既然已经猜到了我的职业,何必还要知道这么清楚呢?"

"对不起,如今北平城里你的同行太多了,我不清楚他们对我的国家是否怀有什么恶意,因此我必须要搞清你的真实身份。"

徐金戈叹了口气:"你倒真是个称职的警察,好吧,你看看这个。"他掏出证件递给了方景林。

方景林翻看了一下,马上还给徐金戈:"哦,你是二处的人?对不起,打扰了。"他向徐金戈敬了个礼。

徐金戈拍拍方景林的肩膀道:"兄弟,别客气,咱们算认识了,以后交个朋友,今天幸亏碰到的是你,要是碰到别的警察来盘问我,恐怕就不会这么愉快了。"

方景林笑道:"那会出现什么情景呢?"

"我会先给他两个耳光,然后再出示证件。"

"为什么对我这么客气?"

徐金戈盯着方景林的脸一字一句地说:"因为你不——招——我——讨——厌……"

方景林也不示弱,他回答:"那我也恭喜你,幸亏你没有先动手,不然我会一枪撂倒你,让你见识一下我的出枪速度。"

· 第二章 ·

　　白连旗早上一睁眼，就觉得哪儿不对劲儿，他躺在被窝里琢磨了半天，才想起是今天没饭辙了，难怪他一醒就觉得浑身不自在，这还真是件大事。昨儿晚上他兜儿里还有五毛钱，听完戏请朋友吃了顿消夜，得，一个大子儿没剩，今天可怎么办？

　　倒退十几年，白连旗可不像现在这么惨。按家谱上说，他祖上在康熙年间是皇上御前一等侍卫，白家先人们为皇上服务的历史从努尔哈赤时代一直记载到同治年间。为什么只到同治年间？光绪朝和宣统朝时先人们都干吗去了？是哪位先人伺候皇上的时候一不留神招皇上不高兴了，还是犯了什么别的事儿？家谱上没说。反正他只知道自己是正白旗，祖上一直是武将，既然是皇上的御前侍卫，那肯定是弓马娴熟，武功十分了得，说白了，御前侍卫就是皇上的贴身保镖，那可不是闹着玩的。白连旗每次翻完家谱都要犯一阵子愣，这家谱是真的吗？他不大相信白家的先人们能有如此强悍，远的甭说，白连旗他爸爸就是个弱不禁风、人尿货软的主儿，有一次愣是让家里养的一只公鸡给撞了个大跟斗。白连旗爷爷死的时候他已经七八岁了，现在还有些印象。他爷爷也不像是武将的后代，手无缚鸡之力不说，还挺爱哭，一首纳兰词就能看得涕泪交流。

　　白连旗认为，这修撰家谱的人纯粹是在扯淡，白家的家风绝不尚武，而是善玩。他爷爷白云风一辈子没干过正经营生，花的是祖上留下的银子，倒也享了一辈子福。老爷子喜欢玩，也善玩，难得的是玩什么都能玩出花样儿来。老爷子喜欢养虫儿，自打白连旗懂事起，家里的廊柱上，院子里的树上，乃至老人家的被窝里，到处是养虫儿的葫芦。京城的八旗子弟以冬日养秋虫儿为时尚，秋虫儿以蝈蝈儿、蛐蛐儿、油葫芦、金钟儿、咂嘴儿为主。养虫儿的主儿不只是听虫儿叫唤，还兼喜其形，外行人怎么也闹不明白，这秋虫儿有什么好看的？不就是个虫儿吗？可在养虫儿人眼里就不同了，这么说吧，西施算是美人儿了，可在白连旗他爷爷眼里还不如一只蝈蝈儿漂亮。养虫儿人有自己的审美标准，以蝈蝈儿为例，上品者以豆绿色须长翅宽为美；油葫芦以油黑色长翅者为美；蟋蟀则以身长六七厘米为上乘；金钟儿须雌雄双养，雄大而翅阔，雌小而体仄者为理想，雌雄均宜长须，连须的颜色都有讲究。

养虫儿的葫芦也不能含糊。装蝈蝈儿的葫芦式必长圆，口间须用铜丝蒙子，以防戳须，因为蝈蝈儿必保全须，稍有损伤，即为下品。装油葫芦的葫芦式稍短而下部稍阔，盖下底须用三合土砸实成坡形，宛如野穴。这些葫芦制作起来也颇费工时，先是摘生葫芦晾干一年，候其质坚，量材而制，先截上葫使平，入油温炸，待其色变微黄，取出晾干，随即以丝帛摩挲，使其光润，截口之上用红木或柴木做盖儿，更讲究的是象牙等材料，盖儿上还要雕刻"五蝠捧寿""鱼跃龙门"等吉祥话。据说咸丰年间的恭亲王有个蛐蛐儿葫芦就值十万两银子。白连旗的爷爷当然比不了恭亲王，但也收藏了不少精品。

白云风不好女色，颇喜男风，这辈子只娶了正房太太，没有纳妾。他娶妻的目的无非是传宗接代，"不孝有三，无后为大"是古训，白云风不愿做不孝之人，若不是为了这个，他连老婆都懒得娶。他的爱好很多，养虫儿、养金鱼、玩鸟儿、斗鸡，还喜欢到相公堂子去厮混。听戏时绝不捧旦角儿，他对漂亮女人不感兴趣，但见了唇红齿白的小生则两眼发直，兜儿里有多少银子也敢往台上扔。但凡有这种嗜好的人，必然家中人丁不旺，老爷子只留下白连旗的父亲白正德这一个儿子，绝对是单传，太太想再趁热打铁多生他几个也没戏了，不是没这能耐，而是白云风压根儿就不和她同房。

在白连旗的记忆中，他童年时家里还有三处宅子，西四劈柴胡同有两座三进宅院，东城钱粮胡同还有一处。到了他爹白正德当家时，白家只剩下劈柴胡同的一处宅院，谁知道那两处房产是什么时候被老爷子造没了。

白连旗的父亲白正德也不是个省油的灯，老爷子的嗜好被他全面继承了，还发扬光大，又添了不少毛病。譬如老爷子虽然好养鸟儿，可从来没玩过鹰，因为鹰不那么好玩,"熬鹰"[1]是个苦差事,一般人顶不下来,必须是主人自为,轻易不可换人,不然将来鹰不听你招呼。白正德有一次"熬鹰"硬是熬了七天七夜没合眼,直到把那鹰熬得顶毛纷披,尾羽下垂,目光迷离,火气全消,白正德才一头栽倒在地上,三天三夜不省人事。这种玩法可不是一般人能扛下来的,那绝对需要似火的激情来支撑。

白正德是个热爱生活的人,对一切作用于感官的享受都有着迫不及待的渴望。老爷子一辈子不好女色,酷爱男风,到了白正德这儿是水陆并进,既有分桃断袖之癖,又有偷香窃玉之好,唯独就是身子骨不大结实,祖先的强悍基因到了他这辈儿上早已荡然无存。据八大胡同的窑姐儿们说,白爷是嫖客里最好伺候的,他总是在两分钟内完事儿,随后一觉睡到天亮,然后提上裤子掏钱走人。若是嫖客们都这么逛窑子,那窑姐儿们的生意就省事儿多了。

白正德还有个爱好是捧坤角儿,但凡有这种爱好的人,家里有座金山也不行,即使万贯家财也不够几年折腾的。民国十三年,名列"四大坤旦"之首的雪艳琴正红得发紫,白正德专捧她的场子,送行头、送桌围、送幔帐、请客听戏、购票捧场……银子花得像流水,眼见雪艳琴刚有了点笑脸儿,谁知半路杀出个溥侊,此人皇族出身,是大名鼎鼎的红豆馆主溥侗[2]——人称"侗五爷"的兄弟。侊大爷一眼看上了雪艳琴,于是不要命地冲上来,和白正德展开激烈竞争。侊大爷有钱有势,白正德很快就败下阵来。溥侊和雪艳琴完婚时,痛不欲生的白正德差点儿跳了护城河。

白正德除了好玩还好吃,天知道他的胃是怎么长的,对一切食物都兼收并蓄,在选择食物方面充满着创造力,往往是这顿没吃完就已然想好下顿饭该到哪儿去吃、吃什么,通常是三天之内的食谱早已了然于胸,一切按计划行事,

---

[1] 野鹰被捕获后,主人为了使其驯服,要连续几天几夜对鹰实施骚扰,使鹰不能睡觉,谓之"熬鹰"。经过约一个星期的熬驯,野鹰便被驯服,可以按主人指令起飞捕捉野兔等猎物,将猎物叼回后交给主人,没有主人指令,鹰绝不染指猎物。

[2] 爱新觉罗·溥侗(1877—1950),字后斋,号西园,别署红豆馆主,父载治,乃乾隆十一子成亲王永瑆之曾孙,过继于道光长子隐志郡王为嗣,世袭镇国将军、辅国公,兼理民政部总理大臣。自幼钻研琴、棋、书、画,收藏金石、碑帖,精于治印,酷爱剧艺,特别对昆曲、京剧更为爱好。爱新觉罗·溥侗为民国时期名流,世人尊称"侗五爷"。

吃得从容不迫。像京城"八大楼"那样的老字号自不必说，更难得的是对街头巷尾的小吃也有着独特的鉴赏力，吃肉末儿烧饼和豌豆黄非"仿膳"的不吃，吃炒疙瘩必定是虎坊桥"穆家寨"的，白水羊头要吃前门外廊房二条马家制作的，吃褡裢火烧专认东安市场"瑞明楼"的。白正德这辈子玩得兴高采烈，吃得昏天黑地，说起来这一世算是没白活，幸亏他五十多岁时撒手去了，否则晚年可就难说了。

　　白正德死的时候，白连旗还不到三十岁，祖上传下来的最后一个宅子也早已被父亲卖掉了，等他安葬完父亲，全家人只剩下菜市口铁门胡同内的三间北房了。白连旗不愧是白家之后，和他爷爷、父亲一样，他对挣钱谋生深恶痛绝，也没有任何谋生的本事，但玩起来倒也样样精通。和两位先人不同的是，他已经没有什么家产可造了。没几年工夫，三间北房就剩下一间，连老婆都带着孩子改了嫁，幸亏老婆醒悟得早，否则说不定他哪天手头一紧，一咬牙把老婆孩子给卖了也未可知。

　　白连旗最近几个月一直靠德子养着。德子是他的奴才，这也是祖传的，德子的爷爷和父亲也是白家的奴才，伺候了白家一辈子。旗人的规矩多，主仆之间的关系大有讲究。主子就是主子，奴才永远是奴才，哪怕是主子沦落成叫花子，奴才成了腰缠万贯的主儿，彼此的身份也不能颠倒。奴才不管在哪儿见了主子也得行礼请安，闹不好还得养着主子。主子一旦气儿不顺，随时可以给奴才个大耳刮子，挨了打骂的奴才还不能表现出一丝一毫的不满，不然众人的唾沫能把他淹死，这是满人的祖训。白家是早已养不起奴才了，德子一直是靠卖糖葫芦为生，制作糖葫芦需要的本钱不多，有一口熬糖的锅，弄些竹签子，再有几块晾糖葫芦的青石板足矣。白连旗说是见德子一人忙活不落忍，主动提出"帮忙"。德子熬糖时，白连旗在一边用竹签子穿山楂果儿。一般情况是，五分之四的山楂果儿穿到竹签子上，五分之一的山楂果儿进了白连旗的肚子。德子可不敢吃，他一个人得养活两张嘴，这还紧巴巴的呢。德子认为主子吃几串山楂果儿是天经地义，主子是什么人？早先好歹也是提笼架鸟的少爷，天生就不是干活儿的命，能不嫌德子寒碜，来给他帮忙，这实在是给德子脸呢。

　　问题是，德子挣钱的速度比不上白连旗花钱的速度，昨儿个中午德子刚给了主子五毛钱，还没过夜呢，钱就没了，白连旗实在不好意思再开口了。

白连旗正偎在被窝里发愁，却听见顶棚上又热闹起来，旧报纸糊的顶棚上嗵嗵乱响，还夹杂着吱吱的叫声……不用说，这是耗子们又在开联欢会了。这些混账东西，简直没有一天的安生，白连旗心里正烦，便随手捡起一只鞋狠狠向顶棚扔去。这是只旧布鞋，穿了两三年，鞋底儿快被磨穿时又请鞋匠上了个耐磨的胶皮底儿，鞋头处还缝了块皮补丁，凑巧昨儿晚上白连旗回家时一不留神踩进了一个水坑，整个鞋子都湿透了，可想而知，这只鞋是够分量了，更何况白连旗正烦着，使出的劲头儿也不小，于是鞋子像炮弹一样洞穿旧报纸糊的顶棚，在顶棚上留下个大窟窿，一只正在寻欢作乐的肥硕耗子猝不及防从窟窿里掉下来……紧接着，奇迹便发生了，一只长条状的木盒子也从窟窿里掉下来，差点儿砸了白连旗的脑袋……

白连旗本能地感到，今天的饭辙恐怕是有着落了。这间房子是他父亲白正德卖掉最后一处宅院时为了自家居住而购置的。白连旗清楚地记得，糊顶棚时父亲好像也亲自动了手，如此说来，这东西是父亲藏的。

盒子是楠木做的，里面装着一幅略有残破的画儿，画的是兰竹，落款看得不大清楚，好像是姓马，作者的印文就更看不懂了。白连旗对篆字向来无好感，好好的字非弄得像蜘蛛爬似的。他虽上过几年私塾，也背过《论语》《中庸》一类的文章，但对字画却是外行，在他的印象中，爷爷白云风还有些琴棋诗画的雅好，到了他爹那辈儿上就剩下花鸟虫鱼的爱好了，和文化几乎不沾边儿。不过记得爷爷活着的时候，家里还有不少字画，看来这幅画儿是白家硕果仅存的藏画。白连旗虽然不懂字画，可他懂得这东西值钱，这幅画儿纸品古旧，略有残破，空白处还印有几个不知何人的藏印，就冲这个也值得跑趟琉璃厂，能卖多少钱先不管，有句话叫：天上掉馅饼，您就别问是不是三鲜馅儿的了。

白连旗精神抖擞地跳下床来，脸上如沐春风……

琉璃厂"聚宝阁"刚一开门儿，陈掌柜就迎来了两位客人。这两位爷穿得很寒酸，长衫破旧，鞋子上还有补丁。走在前面的那位爷胳肢窝里夹着一个长条状的木盒子，陈掌柜久经历练的眼睛一眼就看出，这盒子是楠木做的。陈掌柜连忙招呼伙计上茶，"聚宝阁"上茶是有讲究的，全凭掌柜的手势，掌柜的举手时手心朝外，则上隔年的花茶。若是掌柜的手心朝内，则表明来了贵客，一定要上清明前的"龙井"新茶，今天陈掌柜的手势是手心朝内。

伙计上茶时心里还在嘀咕，这两位客人穿得比叫花子也强不到哪儿去，凭什么要给他们上好茶？

陈掌柜此时却心中暗喜，有好买卖上门啦。他十七八岁就在琉璃厂混，什么人没见过？你看夹木盒子的那位爷，别看穿得寒酸，可那喝茶的架势不是一般人能学出来的。他跷着二郎腿，用三个指头捏碗盖儿，先是用碗盖边儿撇撇茶沫儿，然后再把碗盖儿盖上，只留出一道缝儿，端起盖碗抿了一小口，茶水在口腔里像漱口似的转几个圈儿才从容不迫地咽下去，这才叫品茶，此人见过世面。陈掌柜对这类人可太熟悉了，不用问就知道，这是个破落的八旗子弟，旁边那位是奴才。

陈掌柜喜欢这类破落的八旗子弟，他们要是总吃喝不愁，那琉璃厂的一半儿买卖都得关张，正因为有了这个群体，琉璃厂才日渐繁荣。就说眼前这位吧，说不定就是给他送钱来的，那楠木盒子里的东西错不了。

白连旗不声不响只顾喝茶，有那个楠木盒子撑着，这会儿他气壮着呢。气壮之人是无须多说话的，再说他也有几年没喝过这么好的茶了，正好借此享受一下。陈掌柜当然也不着急，他心里像明镜似的，这位爷是个等米下锅的主儿，他比你还急，此时必须得沉住气，上赶着不是买卖。他只是不动声色地吩咐伙计给客人的茶杯续水。

白连旗的茶接连续了两次水，伙计还想再续水，他做了个手势表示拒绝。按他的意思，龙井茶沏第一遍水时味道还不足，第二遍水才恰到好处，再加一遍水不过是点儿余味罢了，起到的是回味的效果，茶喝到这份儿上就该换茶叶了，因为续四遍水的茶无异于刷锅水，也很不礼貌。白连旗由于不懂字画，所以决定少说话，言多必失，闹不好露怯不说，还卖不出好价儿，最好是由对方开价儿，自己再加价。

白连旗向德子使了个眼色，德子打开盒子送到陈掌柜面前："老板，我家主子请您过目。"

陈掌柜不动声色地展开画轴，他简单地扫了一眼画面，这是一幅兰竹图，他的目光迫不及待地落在落款和印文上，马湘兰？他心里一动……陈掌柜听说过这位女画家，此女为明末名震江南的"秦淮八艳"之一，曾为南京秦淮歌妓，色艺双绝，能诗，善画兰竹，她的作品传世不多，陈掌柜入行几十年，只闻其名，未见其画。和马湘兰印文并列的还有个叫王稚登的印文，显然这是一幅两人合作的作品。王稚登是谁？这恐怕还得查查书，陈掌柜的文史知识这时就不大够用了。先不管它，这幅画儿他肯定是要了，从风格、技法和纸品的古旧程度来看，这幅画儿乃真迹无疑。入行这么多年，这点眼力他还是有的。琉璃厂古画行里赝品不少，多是仿大师级名家之作，以明代画家为例，像文徵明、董其昌、唐寅、仇英等人的作品赝品居多，相比之下，马湘兰只是个秦淮歌妓，至少不是大师级名家，仿作者似乎犯不上为个马湘兰作伪。

陈掌柜从容问道："先生准备开什么价儿？"

德子抢着回答："您是行家，是不是好货您一看就明白，我们主子不想多说话，他心里正后悔呢，您想啊，要不是急等着用钱，谁会把祖传之物送到您这儿来？将来没法见祖宗啊，这事儿搁谁身上也得琢磨琢磨不是？掌柜的，您说价儿吧，我们主子说了，他不想拿祖宗的东西发财，差不多就行了，这不是赶上事儿了吗？"

陈掌柜和颜悦色地说："哟，真对不起，二位爷可让我为难了，陈某眼拙，看了半天竟然看不出这是谁的画儿。这马湘兰是谁？我怎么没听说过？是哪朝哪代人？二位爷让我开价儿，我哪敢呀？这画儿连作者和朝代都闹不清，我怎么敢开价儿？二位爷，陈某耽误您点儿工夫，给咱介绍一下成吗？"

白连旗和德子傻眼了，他们哪知道马湘兰是谁，白连旗从画儿的落款上只看出个"马"字，"湘兰"二字还是听陈掌柜说的。白连旗有点儿慌了，他心说这可能不是什么古画儿，闹不好这马湘兰兴许是祖上哪位姨太太，在家闲得难受随手涂上几笔，让自个儿当成了名画，要是这样，笑话可就闹大啦。不过白连旗的脑子也不慢，他以攻为守地回答："掌柜的，这确实是我家的祖传之物，马湘兰就算再没有名气，可年头儿摆在这儿，您看这画儿的纸品，没个儿百年到不了这份儿上，古物值钱就值在这个'古'上，说句不好听的，夜壶不值钱吧？可要真是唐朝的夜壶，那就成宝贝了，为什么？就因为年头儿摆在这儿。"

陈掌柜笑眯眯地说:"这位爷,此言差矣。若是单看纸品,这倒好办,回头您给我一张宣纸,我出去溜达一圈儿,还甭出琉璃厂,有个俩钟头工夫,我就能给您拿回一张北宋的纸,要是赶上眼神儿差点儿的主儿,给当成五代的纸也说不定。这么跟您说吧,琉璃厂靠做旧吃饭的人多了去啦,您想把旧的整成新的他没那本事,可想把新的给整旧了那是顺手的事儿。"

德子有些烦了,他不大习惯这种斗心眼儿的活儿,绕来绕去的,让人一脑袋雾水,他直截了当地说:"掌柜的,您痛快点儿,要不要您一句话,要您就开价儿,不要……您家有茅房没?我正闹肚子呢,就拿这画儿擦屁股去得啦。"

饶是陈掌柜老谋深算,也被德子这句话给噎在那儿了。他绕来绕去的目的就是压价儿,因为他认准了这两位是个"棒槌"[1],能少给点儿就少给点儿,这是做买卖的规矩。谁知德子还是个"二杆子",对这个"二杆子"可得留神,此类人头脑简单,耐性差,脑袋一热敢把自家房子点了,就别说用这画儿擦屁股了。陈掌柜也不绕了,他索性开出价码:"这样吧,我出五十块大洋,只当是赌一把,这要真是幅古画儿我算捞着了,要是假的我认赔,二位爷要是愿意,咱们现在就成交。"

"一口价儿,一百大洋,少一个子儿我不卖。"白连旗在做最后的努力,但语气已经不很坚决。说实话,以他现在的处境,别说是五十块大洋,就算是十块大洋也够有诱惑力的。

陈掌柜可不想惯他这毛病:"二位爷,既然价格谈不拢就算了,我也是有一搭没一搭,买卖不成仁义在,这件事咱们只当没发生,就让它过去了,二位喝茶,要不让伙计带你们在铺子里转转?"

若论动心眼儿,白连旗哪是陈掌柜的对手,只一招儿就败下阵来,他站起身向陈掌柜拱拱手道:"掌柜的,您厉害,我算看出来了,咱们就算再谈俩钟头,我白连旗也甭想在您这儿讨半点儿便宜,好吧,就按您说的价儿成交……"

20世纪30年代的北平,电话局业务很惨淡,偌大个北平市,电话用户不过两千,就说琉璃厂吧,经营古玩字画的铺子少说有几百家,可装上电话的不

---

[1] "棒槌"为北方方言,意为容易受骗的人,或叫"冤大头"。

过几十家。不过这并不妨碍信息的传播,从某种意义上讲,人嘴巴的传播速度比电话还快。上午"聚宝阁"收购了一幅古画儿,不到下午,这消息就传遍了整个琉璃厂,在传播过程中还出现了若干个版本,有的人说:"聚宝阁"收购的古画儿是唐朝吴道子的《送子天王图》。有的人马上驳斥:不对,是北宋米芾的《天降时雨图》……陈掌柜对此一概不做任何解释。

文三儿这顿打倒没白挨,至少换来了一个不同寻常的身份。连陈掌柜听完老侯的汇报都有点儿傻了,本来他已经决定打发文三儿回车行,这会儿居然也改变了主意。想不到这平时不起眼的文三儿居然是"南城彪爷"的把兄弟,真是人不可貌相。陈掌柜是规规矩矩的生意人,和黑道儿素无来往,可大名鼎鼎的"三合帮"也早已如雷贯耳,那个帮主彪爷更是个惹不起的人物。远的不说,就说南城的八大胡同,敢在八大胡同开窑子的业主哪个是好惹的主儿?若不是黑白两道都吃得开,早让人把买卖砸了,可要是彪爷在八大胡同一露面,哪个老板也不敢收他的钱,彪爷逛他的窑子是给他脸呢,要不去逛倒是麻烦了,不出三天他的买卖就得让人砸喽。听说彪爷的烟土买卖做得很大,北平的大烟客们都知道,上好的云土都是来自"三合帮"控制的进货渠道,但凡有本事控制烟土销售的人,没点儿道行还真不成。

陈掌柜一听说文三儿和彪爷有关系,心里是忧喜参半。喜的是有文三儿在,今后在南城地面儿上要有什么难以摆平的事,可以通过文三儿借助彪爷的面子去摆平;忧的是,眼下该拿文三儿怎么办。当然,让他走人的事是不能再提了,问题是再让文三儿拉车是否合适,会不会因此而得罪彪爷?话又说回来,文三儿不拉车又能干什么?总不能让他去"聚宝阁"当经理吧?这小子贼眉鼠眼往店里一戳,还不把"聚宝阁"近百年的老字号给毁了?陈掌柜思来想去,决定采取无为而治的办法,见了文三儿什么也不提,就当什么事也没发生。他见了文三儿只是和颜悦色地嘱咐了一句:"文三儿啊,以后再出门儿和我打个招呼,现在咱们去罗教授家,快走吧,已经有点儿晚了……"

在去罗教授家的路上,陈掌柜还在想,今后再不能像训孙子那样数落文三儿了,数落他就是数落彪爷,那不是找不自在吗?今后他文三儿愿拉车就拉,不愿拉就随他去，反正钱照付就是。

　　罗云轩教授每月的工资有二百五十块大洋，这么高的收入足够让他每天去六国饭店吃西餐大菜了，可事实上罗教授的日子一直过得捉襟见肘，每到月底还经常向同事借钱，不然家里就揭不开锅了。同事们都知道，这位老夫子纯属自己折腾的，他是个文物迷，喜欢古玩字画、金石玉器、钟鼎彝尊……这么说吧，只要算是文物类的东西，他没有不喜欢的。别人鉴赏古玩都有所偏重，或瓷器或字画，或青铜器或金石，可罗教授没有偏重，他对所有的文物都一视同仁，见一个爱一个，凡是他看中的东西，倾家荡产也要搞到手。

　　对文物痴迷到这种程度就很容易使人怀疑他的神经是否正常了。

　　陈掌柜和罗教授是老熟人，罗教授隔三岔五就到"聚宝阁"转转，喝杯茶，和陈掌柜聊聊古玩行里的逸事，顺便鉴赏一下陈掌柜收藏的古碑拓片和田黄石、鸡血石。陈掌柜每收进一件文物，都要请罗教授第一个鉴赏，对罗教授的文史知识和鉴赏力，他向来是佩服的。

　　这次"聚宝阁"收进马湘兰的《兰竹图》，肯定要请罗教授先过目。

　　罗教授是个经常搬家的人，去年他还住在东城史家胡同的一座蛮气派的四合院里，今年年初他又搬到了西四二条的一座普通小院里，比起以前那处宅院来显得很寒酸。陈掌柜认识罗教授有二十年，太了解这位老夫子了，他在一处新宅里居住就从没超过两年，总是刚刚购得一处宅院又毫不犹豫地卖掉，其原因不过是偶尔看上某个古玩。

　　文三儿上前敲响院门，开门的是罗教授的女儿罗梦云，罗梦云很有礼貌地向陈掌柜鞠了个躬道："陈先生请进，我父亲在客厅里等您。"

　　陈掌柜对文三儿吩咐道："你在门口等我。"然后走进院子。

　　文三儿答应着准备退到院门外，却被罗梦云拦住了："这位大哥，您也进来喝杯茶吧。"

　　文三儿客气道："不用啦，罗小姐，我在院外等着就行。"

　　罗梦云坚持着："天儿太热，院子里葡萄架底下很凉快，您还是进院等吧。"

　　文三儿也就不再客气，他跟罗梦云走进院子。

　　罗梦云给文三儿端来一杯凉茶，然后拿起剪枝剪一边为葡萄藤剪枝，一边问道:"您贵姓?"

文三儿慌忙站起来:"哎哟,您太客气啦,免贵,姓文。"

"那我以后叫您文大哥。"

"罗小姐,您千万别这么叫,咱是一粗人,小姐是金枝玉叶,您叫我文三儿就成。"

"文大哥,您别这么说,我是个学生,您是人力车夫,虽然身份不同,但我们的人格是平等的,您千万不要自己看不起自己,但凡是人,都要有做人的尊严,您说是不是?"

文三儿口拙,一时说不出别的,心里却热乎乎的,心说到底是读书人家的孩子,就是懂礼数,不像陈掌柜一家,从大人到孩子对待文三儿就像招呼一条狗,就连管家老侯也不是个玩意儿,自己本来也是条狗,但见了同类就龇牙,什么东西!

文三儿没话搭话地问:"罗小姐,您在哪儿上学呀?"

"燕京大学,正读一年级呢,不过,恐怕快上不成了。日本人已经逼近华北,咱们要是再不抵抗,可真要当亡国奴了。同学们都说,华北之大,却放不下一张课桌。"罗梦云的神态显得很忧郁。

文三儿不以为然地说:"嗨!日本人怎么了?他来他的,咱过咱的,您该读书还读书,我该拉车还拉车,甭搭理他们。"

罗梦云叹了口气道:"哪有这么简单,要是国家都没了,我们还能安心过日子吗?文大哥,我真羡慕你是个男人,一旦战争爆发你还能拿起枪来保卫国家,我们女人一到这时就没用了。"

文三儿笑道:"罗小姐,您饶了我吧,我一臭拉车的管不了国家大事,就知道吃饱不饿比什么都强。"

罗梦云有些恼怒:"好好好,文大哥,您还是踏踏实实喝茶吧,我不跟你说了……唉,这就是我的同胞啊……"

罗梦云刚刚过完十八岁生日,正是充满浪漫与幻想的年龄,她穿着一身浅蓝色的细布旗袍,留着女学生时尚的齐耳短发,俊俏的脸上洋溢着青春的妩媚,她有种天然的风韵,举手投足间都带有一种从容不迫的大家气度。文三儿当然看不懂这些，但他是个男人，对美貌女人有着与生俱来的鉴赏力，他只觉得罗小姐就像画儿中的美人儿，只是看得而动不得。这种美人儿就像名贵的瓷器，碰一下就会碎，就算哪个男人娶了罗梦云，也只能弄个佛龛给供着，这世上没有哪个男人能享用罗梦云。

文三儿喝着凉茶偷偷打量着罗梦云，虽说知道自己这辈子没戏，但还忍不住要多看几眼。文三儿认为，漂亮娘们儿和二锅头差不多，都是给男人提神的东西，所不同的是，二锅头得喝下去才有感觉，而漂亮娘们儿看一眼都会使男人浑身较劲。

在客厅里，罗教授和陈掌柜没有过多的寒暄，罗教授示意陈掌柜展开画幅，陈掌柜照办。罗教授一声不吭地用放大镜仔细研究了一番，然后摘下眼镜仰头闭目沉思起来。陈掌柜静静地坐在沙发上，等他开口。

罗教授沉吟良久，终于开口了："陈先生，这幅《兰竹图》可算是天上掉下来的馅饼喽，我不问你是多少钱收购的，这是你的商业秘密。我要说的是，哪怕是一千元购进，也算是捡了个便宜，这幅《兰竹图》的确很难得，陈先生，我恭喜你。"罗教授点燃了一支雪茄。

陈掌柜喜形于色道："罗先生是行里的泰斗，说话自然是一言九鼎，这我就放心了，陈某才疏学浅，孤陋寡闻，和先生相比，我只算个俗人。请先生赐教，据我所知，当时江南名家如云，唐寅、米万钟、蓝瑛、文徵明哪个不是如雷震耳？去年琉璃厂'翠云轩'一幅蓝瑛的《石荷图》不过是卖了大洋两千元，而马湘兰只是个歌妓，就算名列'秦淮八艳'之一，也不能和那些大师级画家相比吧。另外，这幅《兰竹图》的合作者王稚登是何许人也？我还没来得及查。"

罗教授显然对《兰竹图》爱不释手，他把雪茄放在一边，又拿起放大镜研究起画上的印文来，他一边鉴赏一边回答："你这倒问到点子上了。宋美龄女士若不是嫁给蒋委员长，恐怕她一生都是个普通女人，你看中国历史上的著名女人哪个不是靠男人出的名？就连武则天也不例外。马湘兰本名马守真，字玄儿，因祖籍湘南，又酷爱兰花，所以常在画幅中题名'湘兰子'，所写的两卷诗集，也命名为《湘兰集》，因而人们称她为马湘兰，真名反而被人淡忘了。马湘兰的情人就是王稚登，相传王稚登四岁能作对，六岁善写擘窠大字，十岁能吟诗作赋，长大后更是才华横溢。嘉靖末年他游仕到京师，成为大学士袁炜的宾客，后来京都大学士赵志皋还举荐王稚登参加编修国史的工作。此人是江南名士，和马湘兰的一段恋情在明末清初被传为佳话。南京的秦淮河哪个朝代不出美女？比'秦淮八艳'有魅力的女人恐怕不在少数，为什么唯独'秦淮八艳'留名青史？我看还是因为男人，陈圆圆先是和田畹相好，后来又跟了吴三桂，而吴三桂'冲冠一怒为红颜'，闹得连中国历史的走向都为之改变。柳如是先恋陈子龙后爱钱谦益，李香君为侯方域血溅桃花扇，董小宛是冒辟疆的情人，剩下的几位女士爱上的都是名人，卞玉京和吴梅村、寇白门和朱国弼、顾眉生和龚定山。你看看，钱谦益是东林党领袖之一，明末文坛盟主，开创一代清诗之风气；冒辟疆和侯方域列名'复社四公子'；吴梅村的《圆圆曲》名传四海……这些男人在当时哪个不是闻名遐迩的人物？没有他们哪里还有'秦淮八艳'？"

陈掌柜听得点头称是。

"说到马湘兰，她虽然谈不上是诗画名家，但她的兰花图和兰花诗却堪称一绝，是当时文人雅士争相收藏的宠物。马湘兰之所以能把兰花描绘得出神入化，栩栩如生，全赖于她的爱兰、知兰。她将院宅里种满各色兰花，日日勤加灌护，凭着自己的兰心蕙质，能深悟兰花清灵清雅的气韵，所以才能将兰花的品态展现于画笺和诗笺上。一个烟花女子，能有此等才气，殊为难得啊，虽为歌妓，但其绘画才能在中国画史上属可圈可点之列。"

罗教授谈得兴起，还吟了一阕马湘兰所作的《蝶恋花》：

阵阵残花红作雨，人在高楼，绿水斜阳暮。新燕营巢寻旧垒，湘烟剪破来时路。　　肠断萧郎纸上句，三月莺花，撩乱无心绪。默默此情谁共语？暗香飘向罗裙去！

罗教授谈兴正浓，陈掌柜却懒得再听了，他不大关心这些才子佳人的故事，他关心的是这幅画儿的价值，既然"翠云轩"售出蓝瑛的《石荷图》是大洋两千元，那这幅《兰竹图》也不能低于一千五百元。马湘兰和蓝瑛当属同时代画家，虽然在中国画史上马湘兰没有蓝瑛名气大，但马湘兰的特殊身份却是个大卖点，对于某些有特殊嗜好的收藏家来说，十个文徵明也比不上一个秦淮歌妓。陈掌柜琢磨，他今天的目的已经达到，现在需要防备的倒是这个罗教授，他太了解这个罗教授了，此人极易冲动，他看上的东西是不惜倾家荡产也要弄到手的。问题是，在陈掌柜眼里，罗教授早就离倾家荡产不远了，一个每到月底就要借钱吃饭的人，无论如何不该再有别的奢望。罗教授每月挣二百五十块大洋，一般人听着能吓一跳，可外人哪知道，罗教授上个月买了块田黄石就花了二百块大洋，这么个造法，别说是每月二百五十块，就是两千五百块也剩不下。再说了，陈掌柜平时在文物鉴定方面没少请罗教授帮忙，彼此都有个面子，熟人之间谈生意是最尴尬的，开价低了自己吃亏，开价高了又伤面子，陈掌柜宁可和洋人做生意也不愿和熟人做。

陈掌柜估计得没错，罗教授滔滔不绝地评论完马湘兰，就开始提起这幅画儿的出让问题："陈老板，这幅《兰竹图》我非常喜欢，您能让给我吗？价格可以商量。"

陈掌柜做出推心置腹的表情："罗先生，不瞒您说，我也真喜欢这幅画儿，卖主儿一开口就是一千五百大洋，少一个子儿不卖。这年头儿字画生意不好做，小店有一个月没开张了，柜上的流动资金不多，我考虑再三还是一咬牙买了下来，现钱不够还向朋友借了些。罗先生，不是我驳您的面子，这幅画儿我暂时还不想卖，您看是不是这样，关于出让的事儿咱们过些日子再说？"

罗教授有些吃惊："购进就是一千五百大洋？贵了，太贵了，董其昌的作品也不过如此……"

"说的是呢，我也觉得贵了，可谁让我喜欢呢，您罗先生当年为一幅石涛的《梅竹图》，不是还把宅子卖了吗？"

"这倒也是，艺术品本来就是无价的，卖主儿说多少就是多少，不过……陈老板，凭你我的交情，如果将来有一天你想转让这幅《兰竹图》，请第一个通知我。"

"这是自然，您放心，我的罗大教授……"陈掌柜忙不迭地应着。

· 第三章 ·

文三儿没想到上次在酒馆里挨打居然打出了这么多好处，从那天起，陈掌柜用车的次数明显减少，每天除了去"聚宝阁"打个来回，其余时间文三儿爱去哪儿去哪儿，从不多问。连平时一贯和文三儿作对的老侯也从那天起改变了对他的态度，老侯见着文三儿脸上就堆满了笑容，一再向文三儿表示，有什么用得着自己的地方尽管言语，千万别客气，咱哥俩儿谁跟谁？

连做饭的张寡妇都对文三儿露出了笑脸，有一次吃肉包子，文三儿外出没赶回来，张寡妇还特地给文三儿留了几个。有一次文三儿见左右无人，便大着胆子在张寡妇的手上捏了一把，张寡妇硬是红着脸没吭声，文三儿感到很是欢欣鼓舞，这事儿要搁在过去，这小娘们儿早寻死觅活地闹将起来。

这天早上文三儿刚把陈掌柜拉到"聚宝阁"，还没来得及走，就见两个人从一辆汽车上下来跟着陈掌柜进了店门。走在前边的那位穿着一身铁灰色的西服，系花领带，分头油亮，鼻梁上架着金丝眼镜。后面的那位身材粗壮，留着寸头，短短的头发楂子像钢针一样竖起，他穿着黑色的日本和服，脚上蹬着木屐，还没说话眼珠子就瞪起来，显得很蛮横。

陈掌柜一看就明白了，穿和服的是日本人，穿西服的是翻译，一大早儿就来堵门儿，看来今儿个店里该开张了。近来城里的日本侨民越来越多，净是些开洋行的商人，听说是通州以东二十多个县都成立了什么"自治政府"，成了日本人的天下，蒋委员长的号令管不到那儿，由一个叫殷汝耕的人管着，这姓殷的也就是使唤丫头拿钥匙——当家不主事，他的顶头上司还是日本人。难怪街上的日本洋行越开越多，那些包装得花花绿绿的日本货又漂亮又便宜，一时把国货挤对得够呛。燕京大学的一群学生在街上宣传抵制日货，还喊口号，说是"华北危急，日本人已经到了大门口"。

　　陈掌柜可不管这些，日本人爱来不来，那是政府的事儿，他管不着，他是生意人，谁来了他都照样做生意。陈掌柜对外国人没有恶感，不管是东洋人还是西洋人，他们都是陈掌柜的顾客。换句话说，这些洋人有钱，也好蒙，真货假货全靠你一张嘴，你先给他讲段儿商纣王酒池肉林的掌故，再拿出一件青铜器，愣告诉他这是商纣王当年存点心用的家伙，算起来有三千多年历史了，洋人听了这些没几个不被说晕的。总的来说，古玩这行，外国人比中国人好蒙，没有这些洋人，琉璃厂的一半铺子都得关张。当然，洋人里也有少数懂行的，碰上这种洋人可就不能连蒙带唬了。

　　陈掌柜习惯性地向客人哈哈腰，自来熟地打招呼："您二位来啦，想看点儿什么？"

　　穿西服的翻译说："我是日本笠原商社的翻译张金泉，介绍一下，这位是佐藤英夫先生，笠原商社的总经理，今天来贵店是想看看字画。"

　　"噢，佐藤先生喜欢字画？那您算是找对人啦，小店还真有几幅好画儿，就是价钱高点儿……"

　　张金泉不客气地打断他的话："陈掌柜，你不用兜圈子，明说吧，我们就是为那幅《兰竹图》来的，佐藤先生对别的没兴趣。"

　　"哎哟，这您二位都知道？"

　　"琉璃厂谁不知道？陈掌柜，佐藤先生很忙，不想在这里耽误时间，我们希望能尽快见到这幅画。"

　　陈掌柜不敢怠慢，连忙到后面的保险柜里取出《兰竹图》，当着客人的面展开画轴……

　　佐藤不动声色地拿起放大镜，眯起眼睛在画面上一寸一寸地检视，嘴里还叽里咕噜地用日语和翻译说着什么。

　　陈掌柜在一旁漫不经心地用鸡毛掸子拂去桌上的浮尘，他心里明白，这个日本人是个行家，对行家最好少说话，他既然大早上就来堵门儿，说明这位佐藤对《兰竹图》志在必得，有这么个迫不及待的买主儿，陈掌柜大可摆出一副无所谓的架势。此时需要盘算的倒是价格，本来他为《兰竹图》定出的价格是一千五百元至两千元，能以这种价格卖出已经是创纪录了。但自从这位佐藤进了门，陈掌柜就改变了主意，三千大洋，少一个子儿都不卖。至于他答应罗教授的事儿，这会儿早忘到九霄云外去了，生意人毕竟是生意人。

"陈掌柜，佐藤先生说，这幅画他要了，请您开价。"翻译说。

陈掌柜伸出三个指头，干脆地说："一口价儿，三千元，否则免谈。"

佐藤和翻译嘀咕了几句，翻译不高兴地对陈掌柜说："佐藤先生认为，您开的价格毫无诚意，据佐藤先生所知，贵国明末清初的画家中，像仇英、徐渭、文震亨等名家的作品不过是两千至三千元，而马湘兰的画无论如何不能比同时代的名家之作还要贵，请陈掌柜解释。"

陈掌柜不慌不忙地回答："此话不假，佐藤先生不愧是行家，陈某佩服，但佐藤先生只知其一，不知其二，此画并不是马湘兰个人的作品，而是和王稚登合作完成的，王稚登的名气想必佐藤先生是知道的，这一对才子佳人的恋情在明末清初被传为佳话，影响甚广，此画的价值就在这里。另外，还有件事不足为外人道，这幅画我本是不想出手的，因为燕京大学的罗云轩教授再三恳请，愿出三千元买下此画，只是罗教授一时凑不起这么多钱，希望我为他保留一个月时间，鄙人和罗教授是多年的朋友了，所以……"

佐藤点了点头，突然说出一口纯正的中国话："陈掌柜，我明白你的意思，你说的那位罗云轩教授我听说过，他是个有学问的人，我很尊敬这位罗教授，也希望将来有机会能和他认识，但是贵国有一句话叫'朋友归朋友，生意归生意'，既然罗教授一时还凑不起钱，那么这幅画就应该卖给出得起钱的人，陈掌柜，你我可以成交了，我出三千元。"

"佐藤先生，这件事我真的很为难，罗教授那里我没法交代呀……"

那翻译有些不耐烦了："行啦，就这么定了，一会儿佐藤先生会打发人来送钱，这就算成交了，不过佐藤先生还有个小小的要求，这幅画有些残破，需要请高手修补一下，请你三天以后把修补好的画送到煤市街笠原商社去。"

陈掌柜极力压住心头的狂喜，一口应承下来。这幅画以五十元购进，转手就翻了几十倍，如今这年头儿做什么生意能有如此之暴利？真应了古玩行那句行话："三年不开张，开张吃三年。"

文三儿受陈掌柜指派,到朱茅胡同去接"裱糊王"于庆同。这个于庆同也是琉璃厂响当当的人物,他自己不开铺子,也不受雇于任何铺子,谁要是裱画得上门去请,还得看他高兴不高兴,若是不高兴,给多少钱也不干。这位爷有睡懒觉的毛病,每天上午10点才起床,这时请他去揭裱字画的人已经等在门口了。其实裱画是于庆同的副业,他真正的本事是修补古画,就凭这手绝活儿,于庆同在琉璃厂成了爷,他的工钱比同行要高出三倍,就这样,还不见得能请到他。

文三儿到于庆同家时,这位爷刚刚起床,文三儿在院门口等了足足一个小时,于庆同才洗漱梳妆完毕,磨磨蹭蹭地坐上文三儿的车,这还得说是陈掌柜有面子,若换了别人,于庆同还不准去呢。

文三儿拉着于庆同快走到"聚宝阁"时,碰上了《京城晚报》的记者陆中庸。陆中庸留着小分头,穿着件很旧的蓝布长衫,胳肢窝里夹着个皮包,一副落魄文人的模样。他见了文三儿就亲热地喊起来:"文三儿,我正找你呢,你吃了吗?"

文三儿说:"陆爷,您问的是早饭还是午饭?要是问早饭我吃了,要是问午饭我还没吃呢,怎么着陆爷,瞧这意思您是要请客?"

陆中庸笑道:"你当我请不起?这样吧,中午我在'会仙居'等你,请你吃炒肝儿怎么样?"

"哎哟,您没犯病吧,一个大记者平白无故请我吃炒肝儿?我怎么觉着不踏实呀,陆爷,您还是有事儿说事儿吧,别吓着我。"

"文三儿啊,你小子可真是螺蛳的屁股——弯拐多。我好心好意请你吃饭,你倒觉得我在算计你,你小子有什么可算计的?光棍儿一条儿,就这么辆洋车,还不是自己的。"

"这倒也是,我一条光棍儿怕什么?又不是娘们儿,一不留神让人拐卖到窑子里,您陆大记者要真有那能耐,就把我卖给相公堂子,我觉着卖屁股都比拉车强。"

"那咱说定了,中午'会仙居'见。"

第三章

《京城晚报》的娱乐版记者陆中庸是个杂家，他什么都懂，但什么都不精。《京城晚报》是个发行量不大的小报，其办报宗旨是不谈政治，以社会新闻为主，只报道些明星绯闻、梨园逸事、男盗女娼、无名尸体等。《京城晚报》的娱乐版还根据北平市民的爱好，撰写一些关于花鸟虫鱼、养鸽驯鹰类的常识和评论。陆中庸是娱乐版记者，他整日混迹于街头巷尾，结交三教九流，似乎和谁都认识，又和谁都不太熟。他是个颇为敬业的记者，笔下时有风雷，语不惊人死不休。民国十八年"中东路事变"，张学良的东北军和苏联军队在中苏边境地区交战失利，陆中庸坐在北平的茶馆里大笔一挥，写出了一篇军事评论，文章中写道："东北军之所以失利是因为空军不如俄国人，我国的飞机少，向外国买又没这么多银子，怎么办？鄙人向少帅献一良策，政府应紧急向民间征集大批经过训练之老鹰，以每只鹰爪携带两枚手榴弹计算，一千只鹰可携带两千枚手榴弹，鹰群于敌方阵地上空投弹，其效果绝不亚于轰炸机群。据鄙人考证，训练动物参战的传统在我国源远流长，最远可追溯到黄帝与蚩尤之战，此次大战中，虎豹与大象都参加了战斗……"

陆中庸不愧是娱乐版记者，玩的就是花鸟虫鱼、养鸽驯鹰，三句话不离本行，于细微之处乃见军国大义。

中国的记者写文章喜欢两边拿稿费，这种恶习从19世纪末中国出现现代意义的报纸时就同时存在了，若是记者写文章吹捧了某个人，这人就得向记者意思意思，给多给少您看着办，否则下次的文章吹捧就变成了诋毁。陆中庸先生当然也免不了俗，谁跟钱有仇呢？《京城晚报》的娱乐版上经常出现陆中庸自相矛盾的文章，譬如他写某公子有只骁勇异常的蛐蛐儿，经常与公鸡相斗，而且常胜不败，以至于公鸡见了蛐蛐儿就落荒而逃，此乃蟋蟀极品也，云云。不到一个星期，陆中庸的口气又变了，说是经本报记者探访，某公子的蛐蛐儿原来是一只"油葫芦"冒充的，现在这只冒充蛐蛐儿的"油葫芦"已经葬身鸡腹……这种自相矛盾的报道，行里人都明白，只怨那公子没给陆中庸送稿费。

坐落在前门外鲜鱼口里的"会仙居"是个门脸儿不大的小饭馆，寒酸得根本上不得台面，唯独以卖炒肝而闻名于京城，犹如豆汁、爆肚、炒疙瘩等大众化食品一样，京城人好这一口儿。炒肝既无肝，也无须炒，而是用猪大肠切成段儿卤煮,然后用口蘑汤勾芡,制成所谓炒肝,这是典型的穷人食品,不过一些美食家和文人雅士却把它列入京城名小吃之列。

炒肝这类食品还堂而皇之地进了歇后语,旧时有"猪八戒吃炒肝——自残骨肉"的说法。

陆中庸坐在"会仙居"饭馆里等文三儿,他先要了一碗炒肝吃起来。他觉得请一个臭拉车的吃饭,炒肝足矣,关键是便宜。这年头儿当个小报记者也真不容易,你得自己去找新闻,没有新闻就没有稿费,没有稿费吃什么?问题是,哪儿来这么多新闻?比如昨夜刮了一宿西北风,某人早上起来发现天桥躺着几个"路倒儿"[1],那叫新闻吗?谁会在意几个乞丐的死活?除非这死者是某位著名的交际花,这才有文章做。陆中庸觉得这个世道实在是乱得不够,他巴不得天天有电影明星、京剧名角儿遭到绑票,绑匪最好还和他认识,这样他可以既当调解人,又可以写出第一手报道,弄好了两边拿钱。陆中庸认为自己是个怀才不遇的人,缺的只是机会而已。

中午12点半了,文三儿才满头是汗地走进饭馆,他光着脊梁,小褂儿搭在肩上,进了门儿先用小褂儿擦擦脸上的汗,然后坐下吩咐道:"陆大记者,给我来两碗炒肝,四个火烧。"文三儿可不傻,他知道陆中庸不会平白无故请他一个臭拉车的吃饭,若不是有求于他,这孙子就是在街上碰上文三儿也会装不认识。

文三儿用了不到五分钟,两碗炒肝加上四个火烧就进了肚子,陆中庸在一边吸着香烟一声不响地看着他。文三儿松了松裤腰带说:"陆爷,饭吃完了,您还有事儿吗?要没事儿我先走了。"

陆中庸笑道:"文三儿,你行啊,吃饱喝足了一抹嘴儿就想走?跟我逗闷子是不是?"

文三儿嬉皮笑脸地回答:"我说这世上也没白吃的饭,陆爷,您说吧,到底有什么事儿?"

陆中庸不再兜圈子,直截了当地问:"我想知道你们陈掌柜把《兰竹图》卖给了谁,卖了多少钱。"

---

[1] "路倒儿"指因冻饿等死在路边的人。

"哎哟，陆爷，您这不是难为我吗？我这辈子除了在炕上画过图，哪知道别的什么图？我说陆爷，我这人您知道，吃饱了饭就不认大铁勺，哪儿还管得了这么多，您别忘了，我在陈府只是个拉包月的，又不是陈家大少爷。"

"文三儿，你少来这一套，你看看这个，看仔细了。"陆中庸不慌不忙地将一块银圆放在桌子上。

"陆爷，您太小瞧我了，我文三儿虽说穷，可面儿上的规矩还懂，再说陈掌柜平时也待我不薄，我不能不讲义气吧。"

陆中庸听也不听，只把文三儿的话当放屁，他一声不吭地又放上一块银圆。

"陆爷，不是我驳您的面子，这事儿我还真不能说……"

陆中庸站起来："文三儿，你小子根本就不是个做买卖的料，钱摆在那儿你都挣不上，我教你一招儿，你听仔细了，世上凡事都有大有小，都有个价儿，一只蛐蛐儿再好也卖不出鹰的价儿，十只'老西子'[1]也顶不上一只'百灵'。我要问你的事儿只值两块钱，多一个子儿没有，你要不想挣这两块钱就明说，我扭身就走，别说这么多废话。"陆中庸说着便收起桌上的钱。

文三儿按住了陆中庸的手："别价，陆爷，两块钱就两块钱，土地爷吃蚂蚱——大小是个荤腥……"

陆中庸手一松，钱到了文三儿手里，他重新坐下，嘴里骂道："文三儿啊，以后你他妈少跟我来这一套，还什么'面儿上的规矩'，'不能不讲义气'，真他妈的耗子啃茶壶——满嘴是瓷（词）。"

"裱糊王"于庆同花了三天时间才把《兰竹图》修补好，当然，他也没便宜了陈掌柜，这三天工钱是一百块大洋。陈掌柜很满意，于庆同不愧是"裱糊王"，贵是贵了些，可手艺真是没挑，画儿一展开，你就是拿放大镜找也看不出半点儿修补过的痕迹。陈掌柜用电话和笠原商社的佐藤联系好，说好第二天上午亲自把画儿送过去。

那天晚上陈掌柜和几个朋友打了几圈儿麻将，不知怎么回事，那天夜里他手气出奇地好，怎么打怎么赢，打到最后陈掌柜赢得都不好意思了，真有心输

---

[1] "老西子"是京城养鸟儿人对一种不太值钱的鸟儿之俗称。

几把，不成，想输都输不了。他想收手不打了，也不成，朋友们都说陈兄你怎么不懂规矩，麻将桌上赢钱的主儿没资格先提退场，谁让你老赢呢，总得给别人捞本儿的机会吧？陈掌柜没办法，只好陪朋友们一圈儿一圈儿地打下去，直到凌晨3点才散局。

第二天早上陈掌柜就觉得头重脚轻，浑身无力，想必是昨夜受了风寒，本来他应该亲自将《兰竹图》送到煤市街的笠原商社去，这下去不成了，他只好让老侯坐文三儿的车替自己送去。老侯临走时，陈掌柜千叮咛万嘱咐，要老侯一定要看着佐藤亲自验画，确认是真迹无疑，拿到佐藤的收条才能走。这点决不能含糊，日本人可不是省油的灯。

老侯本来就是个拿着鸡毛当令箭的主儿，何况今天他拿的不是鸡毛，而是比令箭还要重要的古画，这下可了不得了，他坐在文三儿的车上怎么都不踏实，一会儿想把装画轴的楠木盒子藏在屁股底下，刚坐上去又怕压坏了盒子，于是又拿出来揣在怀里，转念一想又怕太招摇引起歹人的注意，这一路上就没安稳下来。

文三儿边拉车边挤对老侯："操！不就是张破画儿吗？又不是娘们儿，搂那么紧干吗？"

"嘿，破画儿，你们'同和'车行总共也就三十多辆车吧？这么说吧，这幅画儿换你们一个车行都有富余。"

文三儿感叹道："你说这些有钱人也真他妈邪行，钱多了干什么不好，非花几千大洋买张破画儿，那天我在陈掌柜屋里看见这张画儿，就是几根竹子和几根草，纸旧得都快碎了，用它擦屁股都嫌硌，这么个玩意儿能值几千块，买主儿不是他妈有病吗？"

老侯使劲搂着楠木盒子说："老文，说真的，你要是有了钱……这么说吧，好几千大洋，白花花的一堆，全是你的，想怎么花就怎么花，你干点儿什么？"

文三儿的步子顿时慢了下来，看来他对这个话题也很有兴趣并且在认真思考："那我立马儿不拉车了……"

"那是，咱是爷了，还能拉车吗？咱是坐车的主儿，可总得有点儿事儿干呀。"老侯也在仔细考虑这个问题。

"有了钱,先得闹一肚子好下水,吃可不能含糊,我先去门框胡同的'祥瑞'吃'褡裢火烧',照死了吃,吃腻了再换地儿,再吃什么呢?对啦,'源宜斋'的'驴打滚儿'[1]和牛街的'白汤杂碎'都得尝尝……"文三儿拼命回忆着他所见过的食品。

"我说老文哪,咱不能总是吃吧,吃饱喝足了干什么去?要我说,咱哪样也不落,晌午遛鸟儿泡茶馆听评书,中午'八大楼'轮着吃,吃饱了泡澡堂子睡一觉,下午逛天桥听大鼓,晚上去'广和'看京戏,听完戏再闹顿夜宵,一天就齐活儿了。再闲得慌咱就闹点儿玩意儿,春天放鸽子,夏天熬鹰,秋天斗虫儿,冬天弄个葫芦养蝈蝈儿,您瞧吧,十冬腊月,外面西北风刮着,咱怀里的蝈蝈儿'得儿''得儿'一叫,那是什么劲头儿?这日子能过上几年,死了也不冤。"老侯说得神采飞扬。

"没劲,没劲,我他妈吃饱撑的啦,没事儿伺候蝈蝈儿?有了钱咱得先把自个儿伺候好喽。人就是这点儿德行,吃饱喝足了就浑身较劲,咱得去八大胡同泄泄火,先从韩家潭逛起,石头胡同、百顺胡同、朱茅胡同……兜一个圈儿,再从陕西巷里钻出来,窑子是有一个算一个,咱一个不落,高兴了咱一宿睡她八个婊子,打着滚儿地睡,让那些小婊子也瞧瞧,咱有钱,咱是爷……"文三儿解着气地说。

两人说着话煤市街就到了,笠原商社的房子是从北洋政府某位高官手里买下的,这是个三进院的大宅子,朱红色的大门,高台阶,大门两侧各有一个石头狮子,排场不小。

佐藤是在后院书房里接见的老侯和文三儿。这个日本人似乎很中国化,他的书房布置是纯粹中国式的。花梨木的条案,上面堆满了古旧的线装书。红木镶大理石面的八仙桌,紫檀木的明式卧榻。最醒目的是一个装二十四史的红木书橱,旁边是几个花梨木百宝橱,上面摆着一些青铜器和瓷器,墙上还挂着一幅董其昌的山水画。唯一和书房陈设不谐调的是放在条几上的刀架,上面架着一柄带着乌黑刀鞘的日本武士刀。佐藤穿着件黑色和服,开胸处露着半个胸膛,黑森森的胸毛历历在目。他对老侯和文三儿的鞠躬问候毫不理会,只是打

---

[1] "驴打滚儿"为京城传统小吃,年糕卷豆沙馅儿,外蘸豆面儿,俗称"驴打滚儿"。

开画轴用放大镜在画面上一寸一寸地检查,足足看了四十多分钟,最后才嘟囔了一句:"哟西……"他打开墙角的一个保险柜,把画儿放进去锁好,然后用毛笔写了收条交给老侯,挥挥手表示他们可以走了,整个过程竟没有一句话。

笠原商社是个三进院,从后院到中院、前院都有月亮门相通。文三儿低着头走得急,过月亮门时和一个人撞了个满怀,那人手里的茶盘、茶具哗啦一声摔在地上。文三儿抬头一看,竟呆住了,原来是个漂亮的日本女人。文三儿长这么大还没见过这样美的女人,他立刻挪不动步了,这女人穿着白地红花的和服,雪白的皮肤,弯眉似柳叶,双目如秋水,红红的小嘴儿一抿真是风情万种。那女人没有吭声,只是蹲下身去收拾摔碎的茶具,慌得文三儿也蹲下身去捡瓷片,嘴里忙不迭地道歉:"哎哟,对不住了您哪,您歇着,我来……"

佐藤这时刚好从后院出来,见文三儿两眼发直,死死地盯着女人,嘴里还嘟囔着什么,便气不打一处来。他一把拎起文三儿抡圆了就是一个大嘴巴,佐藤不能容忍一个中国下等人用这种眼神盯着日本女人看。

文三儿挨了一个嘴巴还没醒过来,他不明白佐藤为什么打自己,他想向佐藤解释一下,自己除了打碎个茶具外并没有做错什么,可佐藤却没容他解释,又是一个嘴巴扇过来:"八格牙路,滚……"

老侯抢上一步,向佐藤鞠了一躬:"佐藤先生,实在对不起,他是个拉车的,不懂规矩,您别往心里去。"文三儿糊里糊涂地被老侯拉出了院子。

在回去的路上,文三儿一直没有吭声,老侯以为他还在为挨打的事生闷气,便劝解道:"想开点儿老文,如今日本人厉害着哪,连蒋委员长都惹不起,就别说咱草民了。"

文三儿想的可不是这个,快到家时,他才蹦出一句话:"这小娘们儿,啧,啧……可真他妈的……要能睡上一宿,第二天拉出去毙了都值啦……"

这天晚上,文三儿喝了几口闷酒便睡下了,他翻来覆去睡不着,只觉得小腹那儿揣着一个烧红的煤球,又烫又坠,有股火从小腹那儿蔓延开来,在全身四处游走,左突右冲就是泄不出去,弄得浑身较劲。文三儿琢磨了一会儿,忽然明白了,这都是让那日本小娘们儿闹的。这一想不要紧,此时文三儿突然有了种大彻大悟的感觉,长这么大他还是第一次感到这个世道很不公平。当然,文三儿并不要求绝对平等，有钱人吃山珍海味，穿绫罗绸缎，他文三儿啃窝头穿破号儿坎，这都没什么，文三儿承认这种不平等。可这裤裆里的东西就不能太不平等了，那东西长在那里不光是用来撒尿的，它应该还有更重要的用途。男人睡女人那是天经地义，这都是老天爷给的，无论穷人富人，是个男人就应该有这种权利，凭什么有钱人三妻四妾轮着睡，他文三儿就该干扛着？这也他妈的太不平等了。

对于文三儿来说，这些想法以前还真没出现过，这应该是一种理论上的突破。在某些情境下，思想一旦觉醒，革命的火花就开始星星点点地闪现了。文三儿当然不知道早在两千多年前就有人喊出了"王侯将相，宁有种乎"的口号，他不过是有酒劲壮着，才能思考如此深刻的问题。

文三儿决定立刻行动起来，他需要选择一个目标。一旦考虑这个问题，他发现可供自己选择的目标竟少得可怜。逛窑子当然是个好办法，但八大胡同他却连想都不敢想，那儿的窑姐身价一报出来能把文三儿吓阳痿了，他常常琢磨那些娘们儿的身子是不是金子打的，凭什么碰一下就这么贵？

文三儿只能考虑价格便宜一些，适合自己这类人去的地方。天桥寿长街一带有些"暗门子"，都是些人老珠黄的中年暗娼，价钱还算公道，两三毛钱就能谈下来。车行里有个老张头，年纪小六十了，虽说一辈子没娶过媳妇，可也没闲着，拉车挣的那点儿钱全扔在寿长街了，要说串暗门子可算是精于此道。他警告过文三儿，千万不能白天去，那些娘们儿只能干不能看，一看就非他妈的阳痿不可，长得不是像孙猴儿就是像八戒，看一眼就足以使嫖客们从此改邪归正了。文三儿曾去过几次，每次去都是晚上，黑灯瞎火的看不清模样，摸着黑上炕，先交钱后办事，黑暗中他尽可以展开想象的翅膀，把怀中的女人想象成绝色佳人，感觉还是过得去的。不过今天是去不成了，原因很简单，文三儿兜里的钱都换成酒喝掉了，寿长街的娘们儿可不是好糊弄的，个儿顶个儿都是悍妇，没钱她能把你扔出来，真动起手来文三儿是不是对手都很难说。

文三儿正想得心灰意冷，却突然想起个女人，怎么把她给忘了？做饭的张寡妇。照理说这娘们儿三十多岁，正是如狼似虎的年纪，身边又没个男人，难道她是木头做的？就算她是木头做的，那木头不就是干柴吗？文三儿认为自己就是一团火，得嘞，干柴遇见烈火会出现什么情景他是可以想象出来的。文三儿觉得张寡妇对自己似乎也有那么点儿意思，上次吃包子张寡妇还特意给他留了几个，要是这娘们儿没什么想法，怎么会惦记着自己呢？以文三儿的眼光看，张寡妇虽说长得一般了点儿，可眼下要是没有更好的，也只好暂时将就一下了。

此时已经是晚上9点多钟了，文三儿的酒劲还没过去，胆气正壮，连敲张寡妇房门时都没注意避讳别人，硬是把房门擂得山响，吓得张寡妇连问都没敢问，赶紧把门打开。在张寡妇的记忆中，这种擂门的豪气似乎只有衙门里的差人才有，常人一般没这胆子。文三儿进了门就很利索地把房门反扣上，嘴里喷着酒气直眉瞪眼地盯着张寡妇，他不知道别的男人要把女人弄上床时该说些什么，反正文三儿此时是想不出什么话。按他的想法，这娘们儿又不是没沾过男人，难道还需要他说什么吗？装什么傻！她应该明白文三儿想干什么。

张寡妇是过来人，她当然明白文三儿来的目的，问题在于她和文三儿的想法正好拧着。她认为自己在陈家的地位固然属于底层，但绝不是最底层，因为还有文三儿给她垫底儿呢。无论如何，一个厨娘总比个臭拉车的身份要高点儿，况且她从来也没把文三儿当成个男人。张寡妇守寡后，一个人拉扯两个孩子很艰难，不是没有动过再嫁的念头，可她觉得就算是世上的男人都死绝了也轮不上文三儿动这个念头。此时张寡妇的感觉很复杂，除了觉得文三儿的想法很可笑，更多的则是一种愤怒：他怎么敢动这种念头？连想想都是不可饶恕的。

想是这么想，但张寡妇说话还是挺客气："是文三儿呀，你有事儿吗？"

文三儿觍着脸道："没事儿就不能来看看你？"

"哟，这可不成，陈家这么多人，你看谁都行，就是不能上我屋里来。我一个寡妇，没事儿还有人背后编排你，你一个大老爷们儿深更半夜敲我的门儿，我可怕别人戳脊梁骨，你赶紧走。"

张寡妇的表白在文三儿听来，纯粹是种为抬高身份表现出来的半推半就。娘们儿都是这样，就是心里愿意嘴上也要意思一下。别来这套，他懂。文三儿不准备和她废话，都是下人，谁也不是什么王公贵族，王八对绿豆，看上眼了就上床办事儿，哪儿这么多说的？文三儿想到这里，二话不说突然抱起张寡妇"嗵"的一声扔到床上，一个饿虎扑食蹿上去骑在张寡妇身上，两只手便在张寡妇身上四处游走……

第三章

张寡妇还没见过这么不讲道理的主儿，这文三儿简直像条疯狗，连叫都不叫，上来就咬，这太出乎意料了，看来是酒借人胆儿，平时文三儿可没有这般生猛。张寡妇当然不是好欺负的，她一把卡住文三儿的脖子，两只胳膊向上一撑，文三儿就被撑在半空了，他胡乱搂了几把却什么也没够着，原因是他的胳膊比张寡妇的胳膊短。文三儿大怒，认定这娘们儿不识抬举，凭她这长相、这身份，文爷和她玩玩分明是给她脸呢，怎么这么不懂事儿？文三儿腾出双手使足力气掰开张寡妇的手，重新把身子压下去，两个人在床上滚作一团，虽然动作激烈却无声无息，都怕惊动了旁人。当听到院子里有动静时，两人甚至停止了厮打处于静止状态，过后又拼命厮打起来……张寡妇毕竟是女人，很快便力气不支。文三儿渐渐占了上风，张寡妇的蓝布褂子已经被撕开了一个口子，眼见就要得手了，文三儿突然觉得裤裆里的命根子一阵剧痛，身子一下软了下来。原来是张寡妇一把攥住了那东西，并且狠狠地捏了几下。这一招很是歹毒，顷刻间双方态势大变，文三儿被彻底制住，甚至一动不敢动。张寡妇气喘吁吁、咬牙切齿地骂道："你个不要脸的东西，再蹦跶一下我瞧瞧……"

"哎哟……哎哟……你轻点儿……"文三儿的头上开始冒汗，酒劲全没了。

张寡妇毫无怜悯地又使劲攥了一下。

文三儿忍不住叫了起来："哎哟……姑奶奶，我服了，哎哟，我不是人，我是畜生……您饶我这一次，下次再不敢啦……"

张寡妇并不想马上饶了文三儿，她的手攥住文三儿的两个睾丸时松时紧，弄得文三儿大气不敢出。文三儿简直有些绝望了，他觉得这个歹毒的娘们儿正在不紧不慢地把玩自己那两个睾丸，就像京城的老人玩铁球儿一样，那两颗铁球儿在老人的手掌中滴溜溜儿乱转，而此时他的两个睾丸大约也是这个光景，真他妈的歹毒。

文三儿的一连串讨饶终于使张寡妇动了恻隐之心，她在历数了文三儿以往的表现并提出一些警告之后松开了手。身心都受到重创的文三儿捂着裆，哈着腰，步履蹒跚地回到自己的屋子。

这一夜文三儿睡得很不踏实，除了下身还隐隐作痛外，似乎还听见西边传来的滚滚雷声，他迷迷糊糊地想，要下雨了……

· 第四章 ·

文三儿是个不大记日子的人,可今天的日子他是记住了,民国二十六年七月七日。因为这一天国家出了大事,"聚宝阁"也出了大事。

早上起来文三儿已经把昨晚发生的事忘得差不多了,在院子里打水洗脸时碰见了张寡妇,这娘们儿用大有深意的眼神儿看了他一眼,文三儿还有些纳闷呢。

早饭后陈掌柜把这个月的工钱发给了文三儿,他仔细收好了钱,觉得腰杆儿比平时硬了许多,心里盘算着今晚是不是该去寿长街耍一耍了。

文三儿把陈掌柜送到琉璃厂,陈掌柜下车时还嘱咐了几句:"今天我不用车,你可以去拉些散客,别忘了晚上来接我就行。"

文三儿拉着车出了琉璃厂,向北来到和平门城楼下。和平门早先没有城门,民国十四年段祺瑞政府在正阳门与宣武门之间新开了一个城门,以通南北新华街,名曰和平门。

文三儿见城墙根儿下黑压压地围着一大群人,他一向有看热闹的嗜好,只要街上有人扎堆儿,他一定要凑上去看看,遇到黑道儿械斗或夫妻打架还要大声叫好,情绪比当事者还要亢奋。

文三儿发现今天的气氛有点儿不对,几个学生打扮的男女青年正站在一块大石头上,其中一个梳齐耳短发,穿白上衣黑裙子的圆脸大眼睛的姑娘正声泪俱下地喊着:"北平的父老兄弟们,同胞们,今天凌晨2点,日本军队向驻守在宛平城的我29军发动了进攻,我29军将士奋起抵抗。兄弟们,同胞们,敌人已经打到了我们的家门口,我们已经没有退路了!北平危急!华北危急!中华民族已经到了最后的关头,一切不愿做亡国奴的人们要行动起来。国家兴亡,匹夫有责!兄弟们,同胞们,有钱的出钱,有力的出力,支援我29军将士,打退日本侵略者的进攻。打倒日本帝国主义！保卫北平！保卫华北……"

女学生慷慨激昂的讲演像是点燃了火药桶，围观的人们群情激愤，跟着学生们一遍一遍地高呼抗日口号，纷纷向募捐箱里扔钱。

文三儿也激动起来，此时的情景谁要是不受感染，那他就不是个中国人。文三儿不知道日本国在何方，他只知道卢沟桥的宛平城是中国的地方。既然是中国的地方，那你小日本干吗来了？我们请你了吗？他早就看那些日本人不顺眼，一般来说，文三儿的个子不算高，可要和那些小日本比，文三儿觉得自己还是有些本钱的，瞧他们小日本那个操性，小短腿儿还带罗圈儿，他不招咱都看他不顺眼，现在竟敢和咱中国叫板，这不是他妈的欠揍吗？

文三儿马上被一种情绪所支配，顿时脸涨得通红，两只小眼睛炯炯放光，浑身的皮肤不时地掠过一阵阵的战栗。他脑袋一热便掏出陈掌柜给的两块钱，迟疑了片刻又收起一块钱，然后义无反顾地将手中的一块钱扔进募捐箱。文三儿的爱国举动引来人们热烈的掌声，那个讲演的女学生走过来热情地握住文三儿的手说："这位大哥，谢谢你，我代表北平的爱国同胞们向你表示感谢，请你向在场的同胞们讲几句话……"

人们热烈地鼓掌。

文三儿有点儿傻了，长这么大他还没这样让人家抬举过，笨嘴拙舌的说什么？他红着脸推辞道："别……别价，咱是粗人，嘴笨……"

"没关系，心里怎么想就怎么说，民族危亡之际，我们连流血牺牲都不怕，还怕讲话？"女学生握着他的手鼓励道。

一股豪情从文三儿的心底油然而生："讲就讲……"文三儿一个箭步蹿上了大石头。

"北平的老少爷们儿，我文三儿是个粗人，一个臭拉车的，文绉绉的话咱不会讲，咱就会说一句……说什么呢？对啦，就这一句……我操他小日本的十八辈祖宗。老少爷们儿，你们想想，他小日本凭什么到咱中国来，咱招他惹他啦？还想灭了咱中国，这叫蚂蚁打哈欠——口气不小，裤裆里拉胡琴——扯淡……"

女学生没料到文三儿竟是满嘴污言秽语，越说越离谱，颇有些尴尬，连忙带领人们高呼抗日口号:"打倒日本帝国主义!保卫北平!保卫华北……"

文三儿的讲演被打断,心里很不痛快,他觉得自己的口才刚刚展开,还没说痛快呢,便站在石头上耐心地等待着,准备等人们呼完口号后继续讲演。

这时罗梦云和几个男女学生从圈外挤进来,他们手里举着纸做的小旗,罗梦云的手里提着糨糊桶,一个男学生胳肢窝里还夹着一卷写好的大标语。文三儿估计,罗梦云和这伙讲演的学生都是燕京大学的同学,今天学生们都罢课上街了。

罗梦云一见站在石头上的文三儿便热情地打招呼:"文大哥,你怎么在这儿?"

文三儿底气十足地回答:"学生们请我给老少爷们儿讲讲抗日的事。"

罗梦云惊喜地说:"文大哥,你可真不简单,要是全中国的老百姓都像你一样,我们中国就太有希望了。"

"那是,小日本想灭咱们,门儿也没有。罗小姐,您是有学问的人,我有点儿事想向您打听一下。"

"文大哥,你别客气,有问题就问嘛。"

"前两天我们车行的马大头和我抬杠,这小子愣说当年武大郎没死,后来跑到一个岛上去了,在那儿娶媳妇生孩子,越串人越多,就成了现在的日本国。我说马大头你别扯淡了,武大郎让潘金莲下了耗子药给药死了,怎么会跑日本去啦?天桥说书的王先生讲《武松》可是一绝,我记得清清楚楚。您猜马大头怎么说?他说那不是说书的编故事蒙钱吗?你瞧瞧日本字,有一半字都是捡咱们的,武大郎没上过学,就认识这么几个字,到了日本现买现卖,串不成文章咋办?再造几个教给儿子,儿子再照葫芦画瓢教给孙子,就这么着,成了现在的日本字。唯独有一点,武大郎造字儿可以蒙事,可个子蒙不了事儿,他就是这个种儿,再怎么串也串不出武二郎的个儿,你到丰台那儿的日本兵营去睃睃,要能找出一个个儿高的我是你孙子……"

罗梦云大笑起来:"文大哥,你别听他胡扯,倒是有秦始皇派五百童男童女去寻找长生不老药的传说,你说的武大郎我可没听说过,赶明儿问问我爸爸,他没准儿听说过这个传说。"

刚才讲演的那个圆脸女学生走过来和罗梦云打招呼:"梦云,你们不是要去天安门吗?怎么到了我们这里?别忘了咱们是有分工的,这一片由我们负责。"

罗梦云笑道:"文大哥,这是我的同学杨秋萍,我们学校的激进分子。秋萍,这是文大哥,真正的无产者。"

杨秋萍说:"我们早认识了,文大哥为抗日募了捐,还向群众进行了讲演,是个有觉悟的爱国者。"

文三儿朝杨秋萍点点头,不满地说:"大妹子,我刚说了几句,还没说正题呢,你就带头喊开了,你瞧瞧,下面老少爷们儿还等着我的下文呢。"

罗梦云插嘴道:"秋萍,我们遇见一个29军供给处的长官,他说前方的将士们正在浴血奋战,需要大批的弹药和给养,他请我们协助军队做做宣传鼓动工作,组织志愿运输队支援前方,所以我们临时改变了计划。"

杨秋萍说:"军情如救火,一刻也耽误不得,我们分头开始吧。"她转身向文三儿伸出手:"文大哥,真对不起,我们现在来不及讲演了,因为前线需要支援,我们应该做些更实在的工作。感谢您的爱国热情,我希望您能参加志愿运输队,到前方去,行吗?"

文三儿连个愣儿都没打就答应了:"没说的,我算一个,不就是卢沟桥吗?一溜达就到,到那儿我还想问问29军的长官,打鬼子还要不要人,我文三儿别的能耐没有,舞个刀弄个枪的咱还在行,走吧,现在就走。"

民众自发组织的志愿运输队里什么车都有,有人推着手推车,有人赶着马车,有个汉子竟牵着一匹骆驼。还有个公子哥把自己的"福特"牌小轿车也开来了,汽车的后备厢里塞了几箱弹药,车顶上码了十袋白面,堆得像座小山。文三儿的人力车座儿上放了四箱手榴弹,因为前线急需手榴弹。据29军军需处的一个长官说,鬼子的武器好,玩枪炮咱玩不过他们,29军的弟兄们也有自己的招儿,脱个光膀子,腰上缠一圈儿手榴弹,手里拎着大片儿刀,专跟他打肉搏战,远了甩手榴弹,近了抡大片儿刀,所以手榴弹的需求量很大。

志愿运输队出了西便门,队伍浩浩荡荡地拉出七八里地长。文三儿的心气儿正高,浑身上下洋溢着一股激情,跟喝了四两酒的感觉差不多。他本能地感到,一个创造英雄的时代已经到来。还是他妈打仗好,平时一个臭拉车的,人嫌狗不待见，谁拿正眼瞧过你？没想到和日本人一开战，文三儿倒在北平的老少爷们儿面前露了脸，居然还让学生们请去当众讲话。那个叫杨秋萍的女学生小手可真软乎，平时你要想摸一下，门儿也没有。

7月的天气已经很热了，文三儿把身上的白布汗褟儿脱下来，光着板儿脊梁拉着车一溜儿小跑，始终走在队伍的最前面。快到八宝山时就听见西边传来爆豆般的枪声，还夹杂着滚雷般的炮声，文三儿这才想起来，昨夜听到的雷声敢情是打炮呢。这时路上出现潮水般逃难的人群，运输队的人迎着逃难的人群走上去，大家都好奇地向逃回来的人打听前线的情况，文三儿大模大样地说："老少爷们儿，我们是29军的，前面打得怎么样？"

一个商贩模样的中年男人余悸未消地说："我说老少爷们儿，别再往前走啦，前面打得正凶呢，日本人的飞机大炮忒厉害，一炸一片火，29军快顶不住啦，死人可死海了，赶紧跑吧，上去也是白搭一条命……"

文三儿建功立业的热情正处在高涨之时，一听到有人泼冷水便不爱听了，他一把揪住那中年人的衣领凶狠地晃了几下骂道："我看你小子像个汉奸，跑这儿动摇军心来啦，小鬼子有什么了不起，不也是俩肩膀扛个脑袋，至于吓成这样儿？再他妈胡咧咧文爷我毙了你……"文三儿越说越怒，竟一脚踹过去，把那中年人踹了个仰面朝天。

志愿运输队的人都叫起好来："好样儿的！"

文三儿有些陶醉了，他突然发现自己还是很有些英雄气概的，只不过以前被埋没了。前几年的一天，他拉车路过29军的募兵处，一位少校长官问文三儿愿不愿意当兵，他想都没想就拒绝了，现在想起来还真有点儿后悔，要是早当了兵，现在的军长是不是宋哲元都很难说。想到这里，文三儿感到一股豪气直冲脑门，他拍着胸脯大吼道："老少爷们儿，脑袋掉了碗大的疤，二十年后咱又是条汉子，怕死的都往旁边挪挪，不怕死的跟我文三儿上……"他的话音没落，就见人群"轰"的一下乱了……

文三儿正在纳闷，忽然听见有人在喊："飞机……"他回头一看，只见两架翅膀上涂着血红膏药标志的飞机擦着树梢向人群俯冲过来，机腹下正喷着骇人的火焰，一串子弹打在地面上溅起两尺多高的尘土……

文三儿本能地扑倒在地上，双手抱住脑袋，屁股却撅得很高。日本飞机一掠而过，两个黑乎乎的东西翻着跟头落下来，"轰！""轰！"两声惊天动地的巨响，震得文三儿五脏六腑一个劲儿地翻腾，他还没闹明白是怎么回事，后背"咣"的一声遭到沉重一击，像是一只装满土的麻袋着着实实砸在后背上，文三儿顿时觉得喘不上气来。在一种求生欲望的支配下，他拼命屈起膝盖往上一拱，硬是从土堆里拱了出来。他昏头昏脑地四下望去，发现不远处出现了两个巨大的土坑，坑的四周是潮湿的新土。怪不得呢，刚才他差点儿被活埋了。他看见土坑的四周散落着一些奇形怪状的东西，有的东西还在蠕动着。文三儿以为有人被埋住了，便用手刨了几下，抓住一个软乎乎的东西往外一拽。当他看清手里的东西时却吓得一屁股坐在地上，两眼发直——这竟是人的一截小腿，脚上还穿着整齐的鞋袜。文三儿长这么大还没见过单独的一条人腿，只有腿，却没有人。

他的脑子在一瞬间竟成了空白，几分钟以前的事怎么也想不起来了，一股巨大的恐惧感攫住了他，浑身的肌肉也不由自主地抖动起来，两排牙齿在不听使唤地互相撞击……文三儿很奇怪，自己怎么跑到这儿来了？哦，想起来了，29军和日本人干起来了，他是来给29军送弹药的。可是……这事儿有点儿不对呀，得好好琢磨琢磨。文三儿不是个条理清晰的人，要把这件事儿想明白得一条一条地理，先是得问问自己是干吗来了。这点他清楚，是抗日来了，问题是……抗日是件大事，理应由政府来管，自己算干吗的？是政府官员吗？是军人吗？都不是，那么他管得着吗？他文三儿不过是个臭拉车的，平时汗珠子摔八瓣闹好了混个仨饱一个倒，闹不好连仨饱都混不上。

文三儿忽然想明白了，像抗日这么大的事轮到谁操心也轮不到自己，这是政府的事儿。政府的责任是什么他闹不清，总之是管像他这样的草民的。日本人没来时政府在哪儿待着呢？它给文三儿什么好处了？是管自己吃了还是管自己喝了？没管过，既然没管过，怎么他妈的日本人一来这个政府就想起他文三儿来了呢？捐了钱不算，还让他拎着脑袋来流血拼命，凭什么？再者说，日本人来不来他文三儿都得靠拉车过日子，好也好不到哪儿去，坏也坏不到哪儿去，要这么算起来，日本人来不来都和文三儿一点儿关系也没有。怎么就一时昏了头，稀里糊涂地起着哄就抗日来了呢？文三儿啊，你真是他妈的诸葛亮玩狗——聪明一世，糊涂一时啊。

就这短短的十几分钟，文三儿终于想明白了一些重大问题，他拍拍身上的尘土，在路边的水沟里找到被爆炸气浪掀翻的人力车，头也不回地奔西便门去了。

城里的气氛很紧张，西便门的城门口堆着沙包掩体，路口处挡着蛇腹形铁丝网，城楼上架着重机枪，29军的巡逻队在城内各街口上盘查行人，一场大战似乎一触即发。

日本人的炸弹轻易地炸掉了文三儿的抗日热情，此时灰头土脸的文三儿只想找个酒馆喝二两去。此番出城算是在阎王爷鼻子上摸了一把，文三儿认为自己对这个国家已经尽到了责任，从今往后天塌下来也不关他的事了。

文三儿在象来街的一个酒馆里喝了三两衡水老白干，又吃了一碗刀削面，酒足饭饱后晃晃悠悠出了门，在路口遇见了罗教授。老先生刚从朋友家出来，正东张西望地找洋车，一见文三儿就高兴地喊道："文三儿，真巧了，我正叫车呢，快，拉我去西四牌楼。"

罗教授刚坐上车又忽然想起了什么："哎，文三儿，陈掌柜的'聚宝阁'出了这么大的事儿，你怎么在这儿？"

文三儿心里一惊，忙问道："'聚宝阁'出事儿了？我不知道呀，早上我离开时还是好好的。"

"嗨，我也是才知道，陈掌柜把《兰竹图》卖给了日本人，消息不知怎么走漏出去，被《京城晚报》捅了出来，写文章的人署名'爱国'，这显然是个匿名者，不过此人对《兰竹图》的成交情况甚为清楚，价格、成交地点、买主的情况，甚至连'裱糊王'于庆同都被牵扯进来。"

文三儿不解地问："报上登出来又怎么了？陈掌柜开的就是这种买卖，一幅画儿卖谁不是卖？别人管得着吗？"

"我说文三儿啊，你怎么这样糊涂！现在是什么时候？是准备和日本人打仗的关口，日本人是我们的敌人，怎么能和敌人做生意呢？更何况卖的不是一般的东西，是文物，是咱们老祖宗留下来的东西。今天下午2点《京城晚报》

刚一上市，北平各界反应激烈，燕京大学、清华大学的学生们也闹起来了，一伙学生跑到琉璃厂把'聚宝阁'砸个稀烂，陈掌柜也被打了，要不是警察拦着，学生们就一把火把'聚宝阁'烧了。"

文三儿听得目瞪口呆，他没料到自己把消息透露给陆中庸会引起这样大的麻烦。这个陆中庸简直太王八蛋了，要是早知道这小子会来这么一手，文三儿说什么也不会为了两块钱就把陈掌柜给卖了，也怨自己太财迷，当时一见那两块大洋就昏了头。唉，说来说去，这姓陆的是够阴的，这文章早不发晚不发，偏偏在这日子口发出来，这不是成心毁人吗？文三儿可太了解北平胡同里的老百姓了，只要有人带头，就绝对是一窝蜂地跟着起哄架秧子，"聚宝阁"到底该不该砸这不重要，重要的是这件事的过程，又有热闹看又能捡瓜落儿，这种事儿若是让文三儿赶上，他当然也不会闲着。问题是，"聚宝阁"完了，陈掌柜也就完了，东家完了文三儿也就该卷铺盖卷儿回车行了。拉包月对于车夫来说是个肥差，丢了这份差事也就只好到大街上等散座儿了。要这么算起来，为了姓陆的那两块钱就丢了差事，实在他妈的不划算。

罗教授还在喋喋不休地唠叨着："唉，陈掌柜这个人……怎么说呢？真是个生意人哪，生意人当然要赚钱，可不能见利忘义，只顾赚钱，民族气节总是要讲的，把文物卖给日本人，这不好，很不好……"

自打29军在卢沟桥和日本人开了仗，北平的老百姓群情激愤之余又有点儿一惊一乍的感觉，这仗怎么打打停停？有些市民见识浅，又不懂军事，认为凭一个29军把日本国灭了都有富余，既然打起来了，对小鬼子就甭客气，先灭了他再说，和他们谈判纯属多余。

7月7日凌晨，驻守宛平城的吉星文219团3营先和日本人干了起来，双方各有伤亡。7月9日，中日双方谈判代表达成停火协议。北平的老百姓见停了火便以为事情已经过去了，谁知好景不长，7月25日廊坊那边又干了起来，驻守廊坊的29军38师226团和日军川岸师团77联队发生冲突，226团于激战之后撤出廊坊。与此同时，29军何基沣旅在丰台和日军重开战火，在双方反复争夺下，丰台镇儿成废墟，中国军队功败垂成。

战争刚刚开始，北平的老少爷们儿就找着了出气筒，城里的日本侨民成了民众的攻击目标。本来日本侨民们都喜欢穿着和服上街，显得牛皮哄哄与众不同，这下子谁也不敢穿了，都生怕别人认出他是日本人。有些日本侨民还想方设法弄到一些中国式的服装穿上，以为这样别人就认不出来了。其实这没用，那些长袍马褂一旦穿到日本人身上，就会显得不伦不类，一看就是个冒牌货。最近日本侨民成了过街老鼠，在街上只要被人认出，马上会遭到殴打。只要第一个人动了手，旁边看热闹的人就蜂拥而上。挨打的人自然要逃，围攻者便轰轰烈烈地展开追击，见者人人有份，不打白不打，连乞丐都不肯置身于事外，手中的打狗棍不抡上两下，就显得吃了亏似的。一旦到了这步田地，就谁也无法控制局面了，乱拳之下这个倒霉蛋除了横尸街头不会有别的结局。

"聚宝阁"被捣毁，文三儿果真丢了拉包月的差事，他只好回车行拉起了散座儿。那天他路过菜市口，忽然听见一片喧哗声，只见一个满脸是血、一瘸一拐的中年男人正没命地从米市胡同里跑出来，后面有一大群人在追赶，文三儿正纳闷，那男人已经蹿上了文三儿的车用生硬的汉语喊道："先生，先生，救救我，有人要杀我……"文三儿明白了，这是个日本人，后面的那群中国人想揍他。对这类倒霉蛋，文三儿的想法和大部分老百姓是一致的，这些小鬼子是活该，谁让你到中国来了？我们请你了吗？再者说，既然来了就老老实实待着，别犯各，别乍刺儿，要是犯各就揍你。文三儿幸灾乐祸地看看这个受伤的日本人，心说乐子来啦，文爷近来不顺，就是你们这帮孙子闹的，那天在八宝山挨了颗炸弹，震了个七荤八素，只当是你这孙子扔的，不是你也得拿你出气，谁让你是日本人呢。嘿嘿，孙子，不是你扔炸弹那会儿了？这会儿怕了，想跑？门儿也没有。文三儿决定好好耍耍这孙子。

文三儿眼见那群人从米市胡同里追出来，便笑嘻嘻地对车上的日本人说："孙子，你带钱了吗？你文爷从来不赊账，快点儿掏钱，先交钱后拉车。"

日本人掏出两块钱急不可待地催促道："先给你这些，等到了地方我有重谢，先生，请您快一些……"

文三儿接过钱放进衣兜里又伸出了手："不够啊，爷们儿，你这是舍命不舍财呀？快点儿，把钱都掏出来。"

第四章

  日本人拍拍衣兜表示没有了。文三儿瞟了瞟渐渐追近的人群嘲讽道:"这位爷,您坐好,留神别摔着。"说完便拉起车不紧不慢地跑起来,那日本人不住地回头看着追赶的人群,惊恐地催促道:"先生,先生,请你快一些……"文三儿偷偷地乐了,这会儿知道叫先生了,早干吗去了?你就是叫爷爷也晚啦。文三儿猛地一扬车把,那日本人猝不及防,仰面朝天地摔了出去,还没来得及爬起来,愤怒的人群一下子吞没了他,混乱中传来日本人的惨叫声和击打肉体的嘭嘭声……

  文三儿拉起车正要走,有人从后面拍了他一下,他回头一看,发现是车行里的马大头。马大头叫马志生,长着一颗硕大的、肉乎乎的脑袋,头皮永远刮得泛青,寸草不生。他到"内联升"买帽子得定做,没这么大号的帽子,人送外号:马大头。马大头喜欢摔跤,脾气也大,和人吵架时没说上两句就撸胳膊挽袖子准备揍人,他的悍都写在脸上。马大头喜欢听评书,也喜欢模仿说书人说几段,这一来二去也练出了一张好嘴,那嘴皮子利索得很,论斗嘴车行里的伙计们谁也不是他的对手。文三儿平时和马大头的关系还算不错,两人见面就要互相取笑一番。

  马大头向文三儿竖起大拇指:"文三儿,好样儿的,干得漂亮。"

  文三儿摆摆手谦虚道:"小事一桩,如今不是抗日嘛。"

  马大头望着狂暴的人群跺着脚解气地说:"杀!杀!杀光了这些杂种操的小鬼子,斩草除根,一个不留!我有个师兄刚从通州回来,那边干得更漂亮,妈的,连男带女一百多个日本人全给宰了,一个没剩,真痛快。"

  文三儿吃惊地问:"连日本娘们儿都杀,警察不管?"

  "这么说吧,只要是日本人,杀了白杀,连娘们儿带孩子,有一个算一个。警察也是中国人,还能胳膊肘朝外拐?告诉你,通州那边杀日本人,带头的就是通州保安队。"

  文三儿想起笠原商社的那个日本女人,那小娘们儿长得怪可人疼的,真给杀了也太可惜了。文三儿由那小娘们儿想起了佐藤那浑蛋,这小子居然敢打文爷?原先咱惹不起日本人,如今日本人走了背字,文三儿该考虑一下报仇的问题了。

马大头还在兴高采烈地说:"29军还等什么?打呀,早该打这帮孙子,我要是宋哲元,还等到这会儿?早他妈带兵打到日本去啦,先灭了他再说,敢跟咱中国叫板,反了他啦,咱中国有多大?日本有多大?咱中国要是头牛,那小日本顶多就是个牛卵子,这能比吗?听说日本现在还有皇上?甭着急,等咱打上他金銮殿把日本皇上抓回来,做一大号鸟儿笼子给这丫挺的装进去,蒙一布帘儿往天桥那儿一搁,谁想掀帘儿瞧一眼,对不起您哪,掏钱吧,一毛钱一位……"

文三儿听得乐了起来:"大头,你把人家皇上搁鸟儿笼子里,那娘娘搁哪儿?"

"这好办,把那日本娘们儿卖窑子里去,八大胡同咱还不卖,就往寿长街那儿送。"

"大头,我要有钱就先买你这张嘴,你小子值钱就值在嘴上,横着竖着怎么用怎么好使……"文三儿坏笑着抄起车把就走。

马大头的骂声从后面传来:"文三儿,你有舅舅没有?我×你舅舅……"

文三儿站在曲尺形柜台前,他要了二两"烧刀子",然后一扬脖儿全进了肚子,他抹抹嘴准备掏钱付账,这时身后伸过一只手放在他肩膀上:"这酒钱算我的。"

文三儿回头一看,顿时吓出一身汗,他身后站着的人竟是肖建彪手下绰号叫"花猫儿"的打手。此人的心毒手狠文三儿是领教过了,上次在西柳树井那个小酒馆,花猫儿打他耳光的那股狠劲,现在想起来文三儿心里都打哆嗦。花猫儿的个子比文三儿高出一头,黝黑的面皮上有几颗浅麻子,那张大嘴老是微微咧着,让人闹不清是哭还是笑。

花猫儿像老熟人似的把手搭在文三儿的肩膀上亲热地说:"怎么着文三儿,要走啊?咱哥俩儿好不容易见个面,说什么也得聊聊呀,今天我做东,咱再喝点儿。"

"哟,老哥,真不巧,今儿个我和朋友约好了,改日吧,改日咱哥俩儿好好喝喝……"文三儿推托着要走。

"怎么着,不给我面子是不是?"花猫儿脸上的表情没变,可搭在文三儿肩

第四章

上的手却增加了几分力。文三儿迅速地改变了主意:"让老哥破费,真不好意思,要不……今天酒钱算我的。"

"掌柜的,给我上半斤莲花白,再来几样下酒菜,什么好你就上什么。"花猫儿吩咐道。

"文三儿啊,咱们是不打不相识,以前的事儿都一风吹了,那不是不认识吗?咱可不许记仇啊,要是你不嫌弃,从今往后咱们就是哥们儿。"

文三儿有些受宠若惊:"老哥,看您说的,您太客气了,我文三儿就一臭拉车的,这太高攀了,往后您有什么事儿,只管吩咐一声就行。"

花猫儿举起酒盅道:"来,先干了这盅。"

两人把酒干了,按规矩互相亮亮杯底儿,花猫儿又把酒满上道:"怎么着,还给陈掌柜拉包月哪?"

"嗨!差事丢啦,你没听说?'聚宝阁'让人砸啦,报上都登了。"

"有这事儿,因为什么?"花猫儿显得很吃惊。

"唉,说来话长……"文三儿把此事前前后后叙述了一遍。

花猫儿把酒盅重重蹾在桌上:"这就是陈掌柜不对了,虽说生意人得赚钱,可也不能赚黑心钱呀!那张画儿你卖谁都行,就是不能卖给日本人。日本人是什么东西?跟咱中国有仇呀!我寻思着,这画儿值钱不值钱单说,可这是咱老祖宗传下来的东西,陈掌柜把它卖给日本人,这和卖国没他妈什么区别。甭说卖,就是他妈毁了它也不能落在日本人手里,你说是不是?文三儿啊,我花猫儿不是什么好人,这辈子操蛋事儿也没少干,说咱是流氓地痞咱不在乎,可谁要说我是汉奸,我他妈的立马和他白刀子进红刀子出,为什么?不为别的,就为咱是中国人,咱知道尊师敬祖。跟你这么说吧,平时在街上我看见谁打了谁,我得拍巴掌叫好,巴不得打死一个才有热闹看,可有一样,要是日本人打中国人我就非管不可,咱不能让日本人欺负。"

文三儿觉得花猫儿有点儿小题大做,不就是张破画儿吗?谁买不是买,他没觉得这和爱国有什么关系。不过既然花猫儿这么说了,他自然要应和几句,再说了,日本人也确实不是玩意儿。文三儿一拍桌子愤愤道:"没错,日本人没他妈的好东西,那天我去送画儿,不留神碰坏了佐藤的茶具,这王八蛋上来就给我一个大嘴巴,要不是怕惹事儿,我非碎了这王八蛋……"

花猫儿做出一副吃惊的样子:"你怎么不早说?操!反了他啦,敢打咱哥们儿?你说说,怎么回事儿?"

文三儿一五一十地叙述了那天在笠原商社的遭遇,花猫儿很同情地应答着:"哦……是这样……嗯……他妈的……欺人太甚……你接着说……"

花猫儿听完了文三儿的叙述便骂开了:"我×他妈的,这事儿不能就这么完了,有仇不报非君子。文三儿,你的事就是我的事,哥哥我替你出气,咱得收拾收拾那个佐藤。现在正是个机会,城里的日本人正走背字,宰个日本人比捻死个臭虫都容易,连警察都不管。文三儿,咱今儿晚上就去笠原商社找佐藤去,有哥哥在,你就瞧好吧。对了,你说佐藤的书房在第三进院的北房?"

"没错,去后院得从月亮门里进去,我就是在那儿撞了那小娘们儿的。"

"书房里真有个保险柜?"

"我瞧得真真的,佐藤拿个破镜子在画儿上照了半天,才把画儿放进去。"

"文三儿,今天夜里12点半,咱们在笠原商社门口见,到时候我多带几个人来。"

文三儿有些底气不足:"……我也去?"

"废话!你是事主,我们都是帮你报仇的,你不去算什么?别怕,咱这是抗日活动,是正经事儿,现在连蒋委员长都宣布抗日了,闹好了将来政府还得给咱们发奖,混个一官半职的,你也不能总拉车呀,男子汉大丈夫要干大事。"

文三儿忽然想起了那个漂亮的日本女人,他试探道:"那……那个小娘们儿怎么办?细皮嫩肉的,总不能也一块揍吧?"

花猫儿盯着文三儿露出了淫邪的笑容:"噢,明白啦,看上那日本娘们儿了?好吧,今天让你开开洋荤,你小子没跟日本娘们儿玩过是不是?告诉你,和她们根本用不着废话,上去就干,你把她折腾个半死,完事了她还得向你鞠躬,一个劲儿地说,多谢关照!这事儿就这么定了,记住,你小子要嘴严点儿,就是和亲爹也不能说,听见没有?夜里12点半,不见不散。"

· 第五章 ·

自从7月7日卢沟桥开战以来，北平的市民们已经观望二十多天了，在这期间，双方的代表在走马灯似的进行谈判，一会儿说不打了，签订了停火协议；一会儿又互相指责对方缺乏诚意，停火是假的，利用停火协议调兵遣将才是真的，于是战火又起。双方的士气都很高昂，在数次较量中，双方各有伤亡。在7月25日的廊坊之战中，29军226团激战之后放弃了廊坊，日军川岸师团第77联队欢呼雀跃，奏军乐列队绕城向天皇谢恩。而十几天前在争夺永定河铁路桥的战斗中，29军吉星文团组成敢死队，在铁桥上抡开了大刀，和守桥日军展开肉搏战，这次29军占了便宜，数十名日本军人成了刀下之鬼，29军的士兵士气大振，当集合号吹响时，部队硬是收拢不起来，阵地四周到处是玩了命的中国士兵举着大刀追杀逃窜的日军士兵，像是鹰撵兔子……

北平城的老少爷们儿深信不疑，小日本根本不是29军的对手。很多人已经在考虑战后的问题，并且在互相抬杠。有人说，得饶人处且饶人，让日本国每年向咱中国纳点儿贡也就算了，不能得理不饶人。有人说，不行，不能就这么完了，干脆就势灭了日本国，把他们皇上逮来搁枯井里养着，每天就喂仨窝头一块咸菜，多一个没有，看这丫挺的以后还犯不犯各。

7月26日晚，北平城的广安门战火又起，这次日本人又吃了亏，损兵折将逃回丰台，那天晚上城里的白酒都脱销了，北平人又出了口恶气。

那天文三儿是傍晚出的门儿，他已经和花猫儿约好了夜里去笠原商社找佐藤报仇，这中间的几个小时没处打发，便在街上闲逛。他路过菜市口时就觉得气氛不对，一队全副武装的29军士兵正跑步向广安门方向奔去。文三儿知道这些士兵是从陕西巷附近的兵营里出来的，那里驻扎着29军独立27旅679团的一个营。文三儿开始还没在意，可他马上就发现不少老百姓也闹哄哄地跟在队伍后面跑，看来是有事情要发生了。文三儿和北平的老少爷们儿有着相同的嗜好，那就是爱看热闹，见到街上两人打架，文三儿绝对不会去劝解，嘴里还起哄架秧子地两边挑事儿，唯恐打不起来。若是有一方吃了亏，文三儿便火上浇油地说两句，啧，啧，哥们儿，怎么让人打成这样？我都看不下去，咱好歹也是站着撒尿的主儿，能吃这亏吗？先歇口气儿，一会儿接着练。于是那位吃了亏的主儿又被拱起火来，不要命地冲上去。

此时文三儿当然不能放过看热闹的机会，也跟着队伍跑起来。过了白广路北口就到了报国寺，军人们顺着城墙的马道斜坡上了广安门城楼。文三儿见城门紧闭着，城墙上站满了荷枪实弹的29军士兵，广内大街上人头攒动，老百姓们三三两两地在议论着什么。文三儿正想凑过去问问，就见马大头光着膀子，腰里扎着宽板儿带，肩上还扛着根顶门杠雄赳赳地从北线阁胡同里出来。文三儿想起这家伙就住在北线阁胡同，他还去过马大头家。

马大头一见文三儿就寻开心道："哟，我说是谁呀，武大郎叫门——王八来啦。"

文三儿连忙迎过去问道："大头，这儿怎么啦？"

马大头回答："这还用问，还能干吗？打小鬼子呗。"

文三儿乐了："就你？喊，还真没看出来，'同和'车行还藏着个抗日英雄？真事儿似的，还扛根儿顶门杠，腰里别个死耗子——假充打猎的。就你手里这家伙还打鬼子？怎么着也得弄根儿汉阳造呀，再不济鸟儿枪也行，怎么扛着顶门杠就来啦？这叫武大郎卖乌龟——什么人配什么货。"

"文三儿啊，你小子是案板上的黄瓜——找拍哪？爷爷我正手痒呢。"

"怎么着？瞅这架势今儿个是真要干啦？"文三儿问。

"你以为闹着玩哪？瞧见没有，我们街坊他二姑爷就在城楼上呢，29军的上尉连长。他说有伙子日本人要进城，刘团长打算干他一家伙。城里的老少爷们儿都说了，一会儿干起来大家都跟着上，弄死他一个是一个。就小鬼子那个头儿，我一人让他仨。我说文三儿，你小子平常七个不服八个不忿的，老说你会这功夫会那功夫，这会儿是不是也该露一手啦？"

文三儿搪塞道："我哪知道要打仗呀，身上什么家伙也没带，总不能空手上吧？"

马大头一句话就堵住了文三儿的嘴："这好办，我这根儿顶门杠您先用着，您还甭跟我客气，我回家拿菜刀去。"

话说到这个份儿上，文三儿就不能再推托了。他不能让马大头小瞧了，不然这孙子那张臭嘴还不到处给他散去。文三儿栽不起这个面子。

就在文三儿杵着顶门杠等马大头回家拿菜刀时，广安门城楼上已经弹上膛，刀出鞘了……

傍晚6时，日本谈判代表樱井、中岛、书记官佐藤茂三人登上广安门城楼，声称驻丰台的一些日本军人要进城逛故宫，希望29军679团刘汝珍团长能打开城门放行。

刘团长已经接到上司的电话：驻丰台的日军五百余人乘十二辆卡车、五辆座车、两辆坦克已接近广安门外的关厢，准备偷袭广安门。上司命令，日军如强行进城则就地消灭之。

刘团长在城楼上一边和日军谈判代表周旋，一边暗自命令驻陕西巷的一营立即增援，文三儿在菜市口遇到的就是这支部队。

饶是日本人诡计多端，这次可算是上当了。刘团长等部队埋伏好便假意允许日军进城，于是城外的日军蜂拥而入进了瓮城。那个狡猾得像狐狸一样的日方谈判代表樱井这次也看走了眼，他也没有注意到，瓮城的内城门此时并没有打开。日军的大队人马都拥挤在瓮城中，正眼巴巴地等着开门……突然城楼上丢下密密麻麻的手榴弹，随着枪声大作，679团的官兵们居高临下向日军开了火。日军猝不及防中被打得人仰马翻，丢下了一片尸体，剩下的人慌忙向城外逃命，日军的后续部队也被冲乱，慌乱中掉头沿平丰公路向六里桥方向逃窜……

679团的官兵们士气大振，纷纷拔出大刀冲出城去，白刃格斗在城外关厢一带展开。

日军对29军的大刀早已领教过了，1933年喜峰口一战，日军战后对29军的评估为：装备陈旧、战术落后、军官和士兵素质低劣，其战斗力在中国军队的战斗序列中属三流，唯独打白刃战却骁勇异常。

　　日本人对29军的评估基本上是客观的。29军不是一支现代化的部队，它的一只脚停留在冷兵器时代，而另一只脚却踏进了火器时代。这支部队从长官到士兵人手一把镔铁大刀，注重刀术训练，功夫再不济的也会个两三套刀法，整个部队的灵魂中洋溢着一种古典精神，连军歌中崇尚的英雄也是三国战将长坂坡赵子龙之类。以日本陆军的眼光看，这支部队的战斗力只比当年的义和团稍微强一点，但有一点值得注意，29军的近战、夜战水平极为高超，每个士兵的单兵作战效能在近战和夜战中可以得到极大的发挥。这一点可以从当年的潘家口夜袭战中得到证实。当时29军董升堂团趁夜突袭日军骑兵的宿营地，刚打进去部队就乱了营，连长找不着排长，班长们也不清楚自己的战士在何位置，战斗成了一场狩猎，战士们各自为战，见到猎物就追，追上举刀便砍，一时间刀光闪闪，如砍瓜切菜，日军骑兵的脑袋如西瓜般满街乱滚……

　　1937年的"七七事变"只是点燃了战争的导火索，战争的全面升级是二十多天以后的事，而7月26日的广安门之战是一场很容易被史家忽略的小战斗。

　　此时广安门外的关厢大街上，29军的士兵们又展开了狗撵兔子的游戏，就连一部分胆子大一些的北平爷们儿也抄着各种家伙冲出城参加了战斗……

　　当内城门打开时，马大头正拎着菜刀蹿出胡同，见不少老百姓也跟着部队冲出了城，于是热血直冲脑门，他朝文三儿一招手吼了一声："文三儿，你他妈还等什么？跟我上啊。"说罢举着菜刀向城外冲去。文三儿一时也激动起来，他少年时在丐帮里也跟着打过群架，这他是有经验的，当对方败退时，自己这一方总是士气大振，不把对方追出两三里地不算完，一边追一边起着哄地呐喊几句，以壮声势。眼下这阵势就有点儿当年打群架的意思。日军的先头部队被打蒙了，掉头逃跑时又把后续部队冲个七零八落，还没来得及稳住阵脚，只见中国士兵手执明晃晃的大刀铺天盖地而来，穷追猛砍，日军顿作鸟兽散，不少日军士兵慌乱中窜到关厢大街两侧的民宅里躲避，29军的弟兄们毫不含糊，举着大刀追进民宅，与日军在院子里甚至居民的炕头上展开厮杀……

　　文三儿一时性起，也举着顶门杠跟着马大头冲出城去，他开始还跟在马大头身后，但马大头跑得飞快，几下就没了影儿。文三儿迟疑了一下，正琢磨是不是该继续向前冲，这时见几个29军的士兵从后面越过文三儿向前冲去，文三儿于是又有了主心骨，便跟在几个士兵后面猛跑……

马大头紧跟着一个29军的上士冲进一个院子，见两个日本兵正在气急败坏地用枪托砸住户的房门，屋子里的居民则拼命顶住门，双方正在相持。上士一个箭步蹿过去，抡刀就砍，一个日本兵忙用刺刀格挡，"当"的一声，钢铁相交，火花四溅……

马大头举刀挡住了另一个日本兵大吼道："这个我包了……"他兜头一菜刀抡过去，被日本兵闪身躲过，他毫不气馁，又骂着举起刀。马大头虽然练过摔跤，可真刀真枪的格斗还是头一次经历。他空有身蛮力，却毫无章法，以一把菜刀对付一支装着刺刀的步枪是毫无胜算的。他刚把菜刀举过头顶，日本兵的刺刀已经闪电般地捅进他的肚子。马大头哼了一声，忍痛将刀砍下来，这一刀正砍在日本兵握枪的左手上，锋利的菜刀砍断日本兵的拇指后力道未减，竟把枪管砍出了深深的刀痕……马大头无力地扔掉菜刀，双手攥住日本兵的枪身倒下了，那个被砍断手指的日本兵甩着受伤的左手忍不住号叫起来。

那个29军的上士是个玩刀的高手，在砍刀和刺刀相撞的一刹那，他的右腿飞起踢中了日本兵的档部。那日本兵惨叫一声，叫声没落，上士的刀锋已经准确地落在日本兵的脖子上。上士转身扑向刺倒马大头的日本兵，挥刀将日本兵砍倒，他扔掉刀扶起马大头叫道："兄弟，兄弟，咱把小鬼子都收拾啦，你醒醒……"

马大头已经说不出话来，他死死盯着上士，攥住枪身的手渐渐松开了。上士叹了一口气，抱起马大头向院外走去。

就在马大头倒下时，文三儿也倒下了，他趴在地上一动不动，和死人没什么区别……当他挥舞着顶门杠跟在几个士兵身后冲锋时，一个扛"歪把子"机枪的日本兵在奔跑中回身打了个点射，两个中国士兵中弹栽倒。文三儿还没明白是怎么回事，就觉得有个东西"嗖"的一声紧贴着头皮飞过去，他两腿一软也跟着栽倒了。这倒不是文三儿装孙子，是他一时以为自己也中弹了，等他发现自己身体各零件都完好时，那日军机枪手已被一颗手榴弹炸上了天，其余的29军士兵们又冲了上去。这时文三儿就不打算再爬起来了，他又一次发现，冲锋打仗这种活儿不是自己能干得了的,这个问题那天在八宝山他就想到了,还咬牙跺脚地发誓以后决不再管闲事,怎么他妈的属耗子的,撂爪儿就忘呢?他文三儿是来看热闹的,根本没有要和谁打仗的瘾,都怨马大头这孙子,他咋就这么大劲头?一听说打仗就跟吃了蜜蜂屎似的上蹿下跳,还硬把那根破顶门杠塞给自己,唯恐文三儿闲着。还是那句话,日本人进城不进城碍不着文三儿的事儿,谁来了文三儿也得拉车,也得卖苦力,抗日,抗他妈的鬼去吧。

"哟,这儿还有个老百姓,也抬走吧。"几个打扫战场的29军士兵以为文三儿是个死人,正要抬他。

"别动,我这儿还有气儿呢。"文三儿坐起来没好气地说。

"兄弟,你怎么躺在这儿,走着走着就睡着了?"一个士兵挖苦道。

"没错儿,正溜达呢,一合眼就睡过去啦。"文三儿才不在乎士兵们的挖苦,他心说我又不是当兵的,今天来都多余。

广安门一战,29军679团占了便宜,日军伤亡一百多人,汽车和坦克都扔在了关厢的大街上,大部分日军逃到了六里桥。

文三儿正坐在城楼下发愣,他是进城以后才发现马大头的尸体的。马大头浑身是血,和十几个阵亡士兵的尸体躺在一起,文三儿一见就傻了。他正在到处找马大头,打算把顶门杠还给他,万万没想到马大头居然死了。文三儿一点儿心理准备也没有,这小子刚才还活蹦乱跳的,又是抡顶门杠又是耍菜刀的,广安门一带这么多人,就显着他能了,怎么一眨眼工夫就死了呢?文三儿寻思着是不是到马大头家里去看一看,报个信儿,但转念一想,还是别去了。他知道马大头有四个孩子,生活来源主要靠马大头拉车,老婆给人缝缝补补,一家人勉强度日,要是得知马大头的死讯,他老婆八成得昏过去,到时孩子哭大人叫,整个胡同都得知道,文三儿一时脱不了身不说,闹不好还得掏钱意思意思。算了吧,这年头儿多一事不如少一事,谁顾得了谁呀。

文三儿扔掉了顶门杠,做贼似的逃走了。

那天文三儿算是放屁砸了鞋后跟——倒邪(鞋)霉了。有些事他始终也没闹明白,总觉得有人给自己做套儿,变着法地要把他装进去,但又不敢太肯定,他没有证据。

第五章

文三儿为去笠原商社找佐藤报仇的事踌躇了很久。他其实是个很胆小的人，平时自称练过功夫，拳脚如何了得，那不过是一种幻觉罢了，这种幻觉在脑子里待久了，记忆便出现偏差，以为是真的了。文三儿这辈子除了少年时跟着起哄打过两次群架外，还没和谁正经动过手，挨揍倒是没少挨。他想象不出见了佐藤该拿他怎么办，照理说佐藤扇了他两个嘴巴，文三儿若是报复也顶多是还他四个嘴巴，还能怎么样？总不能砍他一条腿吧，文三儿没这个胆儿。若仅仅是为了还佐藤几个嘴巴，那还有什么必要兴师动众地找上门去？依文三儿的主意，这件事也就算了。问题在于他已经和花猫儿约好了，若是自己不去就等于涮了花猫儿，这也同样不是闹着玩的。此人的心毒手狠文三儿早已领教了，打日本人他有没有本事文三儿不知道，打他文三儿的本事还是有富余的。文三儿真有点左右为难。

要不是文三儿想起了笠原商社的那个漂亮女人，他还真不打算去了。那小娘们儿还真挺勾人的，文三儿的脑子突然开了窍，去！干吗不去？这小娘们儿是哪国人？日本人呀。日本人杀了多少中国人？这仇怎能不报呢？怎么报？真刀真枪和日本人干，文三儿没这能耐，他就有本事干那日本娘们儿。你日本人不是欺负中国人吗？老子就玩你们日本娘们儿，谁能说这不是抗日？文三儿认为自己是爱国的，抗日当然是件正经事，既然他文三儿没有冲锋陷阵的本事，那他只能做点儿力所能及的事儿了。

文三儿没有表，他对时间的概念向来靠估计，西交民巷的那座大自鸣钟刚刚打过零点的钟声，文三儿已经站在了笠原商社的大门前，他这才知道自己早来了半个小时。按照约定，他和花猫儿碰头的时间应该是零点三十分。文三儿本想到街对面的黑影里去等一等，却意外地发现笠原商社的大门敞着，四周静悄悄的连个鬼影也没有。文三儿挺纳闷，如今城里的日本侨民都成了惊弓之鸟，恨不得找个老鼠洞躲起来，怎么这里却敞着大门？难道花猫儿他们已经进去了？真要是进去了倒也好，文三儿就喜欢跟在别人后面起哄，打头阵的事他从来不干。文三儿决定进去看看。

笠原商社的院子里黑沉沉的，没有一丝灯光，院子里静得瘆人。文三儿进了院就直奔后院，他记得自己当时就是在通往后院的月亮门前和那个日本女人相撞的。后院也同样是一片寂静，文三儿猛地感到有些不对劲，这里静得不太正常，简直像个坟场。文三儿有心掉头回去，却又抑制不住好奇心，心想也许花猫儿他们已经来过，见这里没有人又走了。日本人不是傻子，自开战以来北平市民见日本侨民就打，文三儿知道日本大使馆就在东交民巷，使馆内还有日本军队守卫，前些日子他还看见不少日本侨民拖家带口地往使馆搬家，佐藤恐怕也不会住在这里等着挨揍，八成也搬到东交民巷去了。文三儿倒宁可今天白来一趟，他对花猫儿实在有些不放心，这家伙这么热心地帮自己报仇，显得不太正常。

　　文三儿很快得出结论，这个院子已经没有人住了，既然这样就没什么好怕的了。佐藤人搬走了总该留下点儿东西，文三儿就不信他能把家搬得这样干净，便决定搜索一番，看看还有什么值钱的东西。他大着胆子推开佐藤的书房，刚一进门就被绊倒了，脑门还磕在八仙桌的桌沿上，磕得文三儿一阵犯蒙，他的双手还摸到一种黏糊糊的东西。文三儿从衣兜里掏出火柴划着，借着亮一看便发出了一声怪叫。这叫声很怪，文三儿甚至不相信这是从自己嗓子里发出的。他发现绊倒自己的是一具女尸，而自己的双手上都沾满了鲜血。死者正是那个令文三儿朝思暮想的日本女人，这小娘们儿眼睛还睁着，但已经失去了往日的光泽。她的脖子上有一条可怕的伤口，身体还有些温热，血也没有完全凝固，看样子这场血案是刚刚发生的。文三儿借火柴的光亮观察了一下书房，他马上就明白发生了什么事，有人刚刚洗劫过这里，屋子里被翻得乱七八糟，放在墙角的那个保险柜敞着门，里面空空如也……文三儿清楚地记得，那天佐藤小心翼翼地把《兰竹图》放进这个保险柜里，事情已经很清楚，这肯定是花猫儿干的。文三儿想起花猫儿在酒馆里曾不厌其烦地向他询问笠原商社院子的布局、佐藤书房内的陈设以及保险柜的位置，并一再问文三儿是否亲眼看见佐藤把《兰竹图》放进保险柜。喝了顿酒的工夫，花猫儿已经套出了所有他想知道的事，然后又给文三儿做了个套儿，让他自己往里钻，一旦有个风吹草动就把线索往文三儿身上引，真他妈的阴。花猫儿只是个碎催[1]，文三儿仿佛看见花猫儿身后还闪动着肖建彪那双阴险的眼睛。这是

---

[1] "碎催"是北京方言，指跟班的或为有身份的人服务的下人。

一伙真正的匪徒,眼下北平城危在旦夕,人心惶惶,民间的反日情绪已经到了快要爆炸的地步,"三合帮"选择这种时机浑水摸鱼是再合适不过了。这种兵荒马乱的时候,每天都有日本侨民被杀,谁会关心笠原商社被洗劫的事?

  文三儿溜走时才发现,笠原商社被杀的绝不止那个女人,前后三进的院子里、屋子里足有七八具尸体。佐藤的尸体伏在中院的北房门口,他的后脑似乎是被什么钝器击碎的。文三儿判断,这家伙是从背后遭到袭击的。"三合帮"可不是善茬子,不出手则已,一旦出手就是灭门血案,一个活口不留。文三儿拍拍脑袋,很庆幸它还长在脖子上,那天在酒馆喝多了吹牛,挨了花猫儿十几个耳光,肖建彪对自己是够客气的了,和佐藤一家的下场相比,这十几个耳光简直是对文三儿最大的爱护。

  文三儿溜出笠原商社的院门,刚刚拐过街角,就听见后面一阵梆子声。他站在拐角处探头看看,却吃了一惊,原来打更人径直走进笠原商社的大门。文三儿被吓出了一身冷汗,他终于明白花猫儿的用意了。按照常规,打更人只负责街面上的巡视,但有的大户人家还愿意花钱请打更人每天特地留意一下自家院子的安全,佐藤恐怕是给打更人付了钱,所以打更人一见笠原商社的大门开着,心中自然生疑,肯定要进去看看。花猫儿的计划很周密,他知道打更人每天夜里12点半巡视到这里,就在12点之前完成杀人抢劫之事,然后故意开着大门,因为他知道文三儿会12点半到,文三儿一到打更人随后也到了,这时文三儿就是浑身是嘴也别想说清楚。他早就做好了套儿,让文三儿自己往里钻。如今兵荒马乱的,警察局不会费心思去破案,尤其是杀日本人的案子,当然是拿住谁就用谁交差了。文三儿咬牙切齿地在心里咒骂,花猫儿啊,你小子真他妈的阴。

  笠原商社发生的灭门血案使徐金戈感到很恼火,他倒并不在意佐藤一家的被杀,关键是这件凶杀案破坏了他的计划。在徐金戈眼里,佐藤英夫之死的价值不亚于歼灭一个日军师团。如果不是因为战争爆发,徐金戈还真拿这个老牌间谍没办法,除了监视跟踪外什么事也做不了,他的身份只是个日本商人,一旦有个三长两短,就不仅仅是外交纠纷了,闹不好战争会提前爆发。而这几天机会却来了，随着战争的升级，北平城里掀起一股仇日浪潮，现在动手正是时候，反正这些日子城里的日本侨民就像过街的老鼠，到处在挨揍，为佐藤英夫的失踪做了必要的铺垫。

徐金戈的计划是，趁此混乱之际，突袭笠原商社，绑架佐藤英夫，打掉这个谍报中心，从佐藤英夫身上打开缺口，一举破获日本在华北的谍报网。徐金戈相信，这个佐藤英夫就算受过魔鬼训练，他也有把握用酷刑撬开他的嘴。然而，笠原商社发生的血案使徐金戈功败垂成。为了这次突袭行动，他整整准备了一个星期，还特地从南京调来精干的行动人员，配备了专用武器和车辆，谁知在预定行动时间的两个小时之前便发生了这场血案，当消息传来时，他气得简直要发疯。

方景林是最先赶到现场的。那天夜里，打更人向警局报了案，局长当晚喝酒喝高了，刚躺下没一会儿就接到值班警官的电话。局长一听说是日本人被杀便气不打一处来，把值班警官骂了个狗血淋头："你他妈的脑子有病是怎么着？深更半夜的，这点儿屁事儿也汇报？不就是宰了几个日本人吗？活他妈的该！我还想宰了日本天皇呢。嗯，笠原商社是谁的责任区？方景林？那你他妈给我打什么电话？找他去一趟不就得了？"

局长狠狠地摔下电话，转身躺倒，一分钟之内便鼾声如雷。

方景林在血案发生后的两个小时赶到现场，尽管他受过专业训练，但还是被现场的血腥场面震惊了，这是什么人干的？杀人的手法极为娴熟，死亡的八个男女都是在猝不及防中被凶手一击毙命，有的是钝器伤，有的则是刀伤。从现场尸体分布上分析，凶杀为多人作案，凶手们用刀子拨开了院门闩，从大门进入，逢人便杀，杀人手法很专业，钝器伤多为后脑，刀伤均在颈动脉，受害人在遭到袭击时恐怕连惊叫一声的时间都没有。

方景林翻弄了一下佐藤英夫的尸体，断定凶杀案发生在两个小时以前，因为多数尸体已经出现了尸斑。方景林在巡警学堂培训时学习过《法医学》，按教材上的说法，人死后血液循环停止，血管内的血液由于重力作用向尸体的低下部位移动，坠积于毛细血管和小静脉内并使其扩张，透过皮肤显出紫斑，称为尸斑。尸斑最早在人死后三十分钟出现，一般在死亡一两个小时后开始出现。

方景林的助手钟敬尧吹着口哨在现场照了几张相，然后便坐在太师椅上抽起烟来。方景林皱着眉头盯了他一眼，钟敬尧连忙站起来说："方警官，这案子很清楚，不过是个普通的杀人劫财案，这几天我连着去了几个现场，情况大致都差不多，受害人几乎是清一色的日本侨民。"

方景林问："你觉得这都是什么人干的？"

"当然是暴民了，其目的无非是趁局势混乱抢劫财物。"

方景林说："你对这些案子有什么看法？"

"我看是活该，日本人就该杀，死一个少一个。"

"可是你想过没有，这不是在战场上，况且受害人多数都是妇女儿童，凶手也太残忍了，这是滥杀无辜，我不相信凶手是出于爱国或抗日情绪才做出的事。"方景林冷冷地说。

钟敬尧不以为然道："凶手当然不是什么良民，但我们就算抓住凶手又能怎么样？老百姓会拿我们当汉奸，说我们胳膊肘朝外拐，我看咱们还是多一事不如少一事，把材料存档了事。"

方景林点点头表示同意，他在想着另外一种可能，这会不会是徐金戈那个部门干的？军统的人监视佐藤英夫可不是一天两天了，作为情报人员，方景林当然知道佐藤英夫的价值。如果是这样，方景林倒是觉得该接触一下徐金戈了。他一直在寻找机会接近军统人员，徐金戈应该是个很好的目标。上次在笠原商社门前，他有意识地刁难了徐金戈，算是和他认识了，有几次在街上遇见，彼此还点头打个招呼。方景林只是苦于没有机会和徐金戈进一步交往，何不以这个凶杀案为契机找徐金戈谈谈？方景林知道，无论是现在还是将来，他迟早会面对军统局这个冤家。

方景林约徐金戈在大栅栏的一个茶馆见了面。

军统局内部有个不成文的规定，尽量少和系统外的人员往来，这是戴老板的意思，他认为专业情报人员最忌抛头露面、四方结交，最好的方式是把自己隐藏起来，成为人群中最不起眼的角色。徐金戈执行戴老板的指示向来不打折扣，他甚至从来不交朋友。因为职业的关系，他早已养成多疑的习惯，对每个接近自己的人都保持着足够的警惕，方景林的邀请引起了他的警觉。

徐金戈来晚了一会儿，一进茶馆就向方景林抱拳寒暄："对不起，景林兄，我迟到了，恕罪，恕罪。"

方景林微笑道："可以谅解，北平城危在旦夕，你们肯定很忙。"

"景林兄约我有事？"徐金戈刚坐下便单刀直入地问。

"当然有事，金戈兄，你们干得漂亮啊，佐藤一家八口都被做掉了，有这个必要吗？"方景林为徐金戈斟上茶说。

"哦，你问这件事，那我可以告诉你，那不是我们干的。笠原商社发生的凶杀案应该是件普通的刑事案，没有政治背景。"

"是这样，那我误解你了。金戈兄，这个案子发生后我很不满，因为那一带是我的责任区，你们如果有什么行动该先和我打个招呼才是。况且，凶手的手段也太残忍了，连妇女老人都杀，这太过分了。"

徐金戈微微一笑道："景林兄，我再和你说一遍，那真不是我们干的。不过……我们要是真干了，恐怕也是这个结果。"

"算了，既然不是，那我就相信你，咱们聊点别的，老兄，你对眼下的战局有什么看法？"

徐金戈神色黯然地说："很糟糕，北平怕是守不了几天了，日本人进城指日可待，一个29军不可能挡住他们。根据情报，日军在丰台的兵力已经增至五千七百多人，关东军的两个独立混成旅已经进至顺义县城、高丽营地区，日本朝鲜驻屯军第20师团已进入天津一带，关东军飞行集团六个中队飞抵山海关、绥中、锦州，目前日军在华北的总兵力已经达到十万人，看样子是准备大打出手了。"

"29军也号称十万之众，无论如何也能顶住一个星期，等到增援部队吧？"

"景林兄，你不了解日本的军事实力。我们和日本相比，实力悬殊太大，这不是长他人志气，这是现实。再向你透露个消息，我们马上要撤出北平了，大概就是这一两天吧，景林兄，你也该考虑一下退路问题了。"

方景林心里一惊，他没想到局势会这么严重，连军统局的人都要撤离北平了，而自己的去留却不是自己能做主的，他的一切行动要听从上级的指示。想到这些，方景林有些懊丧，无论如何，留在北平做亡国奴的滋味不会好受。方景林苦笑道："这得怨我当初没择好差事，干了警察这行，因此你们可以撤退，我却不能，还得忠于职守。不过，我如果还活着，咱们早晚还会见面，我就不信咱中国会亡国。"

徐金戈表示同情地伸出手："景林兄，好自为之吧，以后若是有麻烦，可以到南京来找我，兄弟我愿意帮忙。就是有一样，干什么也别当汉奸。"

方景林握住他的手说："放心吧老兄，兄弟我有两颗心，一颗是爱国心，还有一颗就是良心了。"

这时罗梦云、杨秋萍和几个男同学走进茶馆，他们捧着募捐箱，挨个桌子向茶客们募捐。罗梦云走到曲尺形柜台前开始做讲演："同胞们、兄弟姐妹们，我们是燕京大学的学生，我代表燕京的广大师生恳请大家为前方的抗日将士们募捐。如今国难当头，我们英勇的29军将士正在前线抗击日本侵略者，一切有良心的中国人都应该支持他们，有钱的出钱，有力的出力，在此，我们给大家鞠躬了。"

大学生们向茶客们鞠躬，茶客们纷纷解囊将一些钞票投入募捐箱。

罗梦云和杨秋萍捧着募捐箱走到方景林、徐金戈的桌前，方景林连忙掏出五元钱放进募捐箱，徐金戈摸遍了身上所有的口袋，发现自己没带钱，他抱歉地说："对不起，两位小姐，我身上没带钱，真不好意思。"

杨秋萍固执地说："这位先生，您再仔细找找，也许您一时忘了放在哪个口袋里，别着急，我可以等。"

徐金戈不高兴了："你这位小姐怎么不相信人呢？你的意思是我有钱不愿给？"

"先生，我没这么说，为抗日募捐是自愿的，没有人会强迫您，如果您实在有困难就算了，只要您有这份爱国心，我们一样领情。"杨秋萍不冷不热地说。在募捐活动中，她见惯了一些人以各种借口拒绝捐款，而自称没带钱是常见的借口，杨秋萍认定徐金戈是个吝啬的人。

徐金戈涨红了脸，他突然解下手表扔进募捐箱，哼了一声道："两位小姐，看好了，我这块'劳力士'表值一百多大洋，这总不是假的吧？"

罗梦云有些过意不去，抱歉地说："先生您别生气，我的同学是个急性子，并不是有意冒犯您，我替她向您道歉，至于这块手表……太贵重了，您还是留下吧，我们心领了。"

杨秋萍彬彬有礼地向徐金戈鞠了一躬道："先生，您真慷慨，这是我参加募捐活动以来收到的最大一笔捐款，非常感谢！您的爱国热情会得到回报。"

罗梦云说："秋萍，这样不合适，人家是听了你的话赌气嘛，我们还是把表还给人家吧。"

杨秋萍还没来得及说话，徐金戈却不耐烦了："小姐，我已经捐了款，还有事吗？如果没事就请便吧，我们还有事要谈。"

"再一次感谢！"杨秋萍拉住罗梦云说，"梦云，我们走吧，这位先生是个男子汉，怎么会把捐出的物品再收回去呢？我们要相信先生的为人，走吧！"

方景林望着两个姑娘的背影笑道："好厉害的丫头，这张嘴不卑不亢，却能把人顶到南墙上。金戈兄，你也是，赌什么气呀。"

徐金戈若有所思地回答："这些大学生啊，功夫全在嘴上，中国需要的是能在战场上真刀真枪干的人。"

7月28日晨，沉寂了几天的战事骤然爆发，日军向北平市郊发动总攻，以第20师团为主力，在坦克部队和炮兵的掩护下，对南苑展开攻击。日本驻屯军步兵旅主力由丰台向南苑进攻，切断了南苑守军向北平方向的退路。驻守南苑的29军第38师、第132师及特务旅等部被迫仓促应战，利用营房周围障碍物及村庄为掩体，顽强抵抗，有些阵地失而复得。但由于日军飞机与大炮的轮番轰炸，守军无法展开，加之通信设施被炸毁，指挥失灵，守军苦战至下午1时，伤亡五千余人，副军长佟麟阁与132师师长赵登禹阵亡，南苑失守。同一天，日军独立混成第1旅、第11旅在飞机的配合下，向北郊中国守军猛烈进攻，占领沙河、清河镇等地。第29军第37师与第38师一部也向日军反击，一度收复丰台、廊坊，后在日军反扑下再次失守。宋哲元命令所部当晚向保定方向撤退，北平陷落。

29日，驻天津29军第38师一部与天津保安、警察部队向日军驻津机关及租界发起进攻，一度攻占北仓飞机场、天津火车站，逼近海光寺兵营，给日军以较大杀伤。日军旋即组织反攻，守军不支，向马厂撤退。与此同时，伪"冀东防共自治政府"所属的通州保安队突然哗变,包围了日军守备队的营房,随后袭击日本人的商店、旅馆、民房。住在通州的日本侨民中,约有二百人遭到杀戮,其中大部分是妇女儿童。中日两国政府对这一事件有着截然不同的看法,中方称此事件为"通州事件",而日方则称为"通州惨案"。

"通州事件"的发生,导致平津地区大规模的反日浪潮,不少日本侨民遭到暴力袭击,一些不法之徒竟打着抗日的旗号趁乱抢掠财物,强奸妇女。在此事件中,最满意的应该是日本军部,那些激进狂妄的少壮派军人总算是找到全面开战的借口。战争的机器一旦开动起来,恐怕连神仙也无法制止了。

至此,平津两市陷入敌手。

日本人进城的那天,文三儿照例去看热闹。日本士兵排着四路纵队进了广安门,军乐队走在最前面,不停地奏着军乐,咣里咣当的挺热闹。文三儿站在北线阁胡同口的人群里伸着脖子看,这是他第一次近距离地见到日本兵,心说难怪都管他们叫小日本,这些日本兵的个子几乎都在一米六,队伍里偶尔有个高点儿的士兵就像羊群里的骆驼。文三儿正要走开,只见几个胳膊上戴着白箍儿的人在吆喝。他们怀里都抱着一大捆日本小膏药旗,正挨个儿分给看热闹的人,嘴里还吆喝着:"喊呀,喊大日本皇军万岁,欢迎大日本皇军进城,大伙儿一块儿喊,谁不喊谁就是反对皇军,宪兵队里伺候,喊呀……"

人群中一个中年男人小声骂道:"这几个孙子是'治安维持会'的,鬼子一进城屁颠屁颠地张罗开了,唯恐别人不知道他是汉奸,×他妈的,也不给自己留条后路,净干这掘自家祖坟的事儿。"

文三儿一时没躲开,也被塞了一面小旗子,他朝日军的队列晃了晃小旗子,一张嘴就喊错了:"大皇军日本……"他话音没落就挨了一个嘴巴,一个面相凶恶,胳膊上戴着"治安维持会"白箍儿的家伙揪着文三儿的衣领骂道:"孙子,你喊什么哪?跟皇军叫板是怎么着?找不自在你说话,宪兵队的老虎凳正空着呢。"

文三儿忙不迭地向那人鞠躬赔不是:"老哥,老哥,您息怒,我一臭拉车的见识浅,有什么不对的您管教就是。"

那人骂骂咧咧地走开了,文三儿对着他的背影小声骂道:"×你妈的,这要搁以前,文爷非碎了你丫挺的,你他妈算什么东西?一条摇尾巴的狗……"文三儿觉得挺冤枉,他还真不是故意喊错的,也没有要拿皇军打镲[1]的意思,天地良心,他实在是闹不懂"大皇军日本"和"大日本皇军"有什么区别。

文三儿拉着车走到果子巷,正满街张望雇车的主儿,却迎头遇见了花猫儿。他没想到花猫儿居然也戴上了"治安维持会"的白箍儿,这下把文三儿吓得不轻,他看着花猫儿嘴唇动了几下,却没说出话来。

花猫儿一见文三儿显得很兴奋,他亲热地拍拍文三儿的肩膀,故作神秘地竖起大拇指道:"行啊文三儿,真他妈蔫人出豹子,你小子手够利索的,发大财了吧?"

文三儿没听明白:"老哥,你说什么呀?"

"文三儿,真对不住,那天我喝多了,等我醒了一看,都他妈天亮了。我以为你等不来我自己也就回去了,没承想第二天全城都嚷开了,说笠原商社连男带女八口人全让人宰了,好家伙,吓出我一脑门子冷汗。文三儿啊,老哥我是有眼不识泰山呀,佩服,佩服……"

文三儿一听就蹦了起来:"老哥,这事儿可不能瞎说,我哪有那胆子?那天我……"

"嘘……小声点儿,文三儿,我知道你是好样儿的,你放心,这事儿天知地知,你知我知,哪儿说哪儿了,兄弟,你干得漂亮,真正的抗日英雄,佐藤打了咱哥们儿,哪能就这么算了?姥姥,有仇就得报,这才是汉子。兄弟,不瞒你说,我一听说这事儿,心里那个后悔呀,你说……早不醉晚不醉,就偏偏那天醉了,这财该着你发,谁让我没去呢?不过我这人就一样好,见别人发财不眼红,都是兄弟,谁发了我都高兴。文三儿啊,下回喝酒可该你请客啦,得嘞,我得走了,你也瞧见了,我在维持会混了个差事,糊弄鬼子呗,往后有用得着老哥的地方,你尽管言语,咱回头见!"

花猫儿走了,文三儿站在那儿还在发蒙,半天醒不过味儿来。这小子居然给日本人干上事儿了,他杀人劫财的事文三儿最好还是烂在肚子里,这种人你什么时候也斗不过。

---

[1] "打镲"为北京话中拿人开心的意思。

· 第六章 ·

北平沦陷后，日军主力兵分两路，一部分师团向保定方向追击撤退的29军，另一部分师团从天津大沽口上船去增援在淞沪战场上苦战的日军。8月13日在上海爆发的淞沪会战使日军大本营颇感头疼，中国军队不惜血本投入了占陆军总数三分之二的部队与日军决战，前后投入战场的兵力总数达七十万之众，中日战争全面爆发，淞沪战场成了个巨大的血肉磨坊，双方的伤亡都很惨重。

北平的日子倒是相对平静，市民们由于缺乏消息来源，对发生在遥远上海的战争不大关注，人们关心的是眼前的日子，譬如粮价上涨这类问题。明眼人都能看出，日军强大的外表掩盖不住其虚弱的后勤支援能力，它有限的运输力只能优先保证作战急需的军火弹药，而庞大的作战部队所需要的粮食却保证不了供应。对此日军各师团采取以战养战的方式，靠掠夺占领区的资源维持战争，使平津两市的粮价竞相攀升。如果说草民百姓们以前对"亡国奴"这个称呼没有什么概念的话，那么现在是尝到滋味了。日本人所谓的"同种亲善，共存共荣"，不过是把你的粮食"共"到日本人的嘴里。

日本军队开进北平城那天，所有的中国警察都被缴了械。警察们被集中起来，由日本宪兵队队长黑田中佐进行训话。黑田是个"中国通"，汉语说得相当流利，有人知道他的底细，说他是在中国东北长大的，黑田的父母都是甲午战争后来中国的日本"拓荒团"成员。训话的内容无非是"中日亲善"之类的套话，警察们都听得昏昏欲睡。方景林心想，也难为这个日本人了，本来是明火执仗打进一个国家的领土，还要挖空心思地找出一些理论根据，以证明侵略的合法性，况且战争爆发得很突然，日本内阁有些措手不及，对外的宣传政策还来不及调整，不提"中日亲善"说什么？

　　日本人的意图很明显，他们虽然占领了北平，但要维持北平城的治安仍然离不开原有的警察系统，他们对警察局进行了甄别，不过这种甄别仅仅是走了一下过场，不可能达到应有的效果。这座巨大的城市到处是密如蛛网、迷宫般的小巷、胡同，日本占领军对此还缺乏管理经验，离开中国警察的协助他们简直寸步难行，尽管他们心里清楚，这些中国警察不大可靠，他们中间多数人都怀有对日本人的仇视。

　　经过一番甄别，北平的警察系统被日本人进行了大改组，市局局长和各分局长、各警察署署长都由日本人重新任命。新上任的警察局局长是沈万山，他在战前曾是军统的人，后因挪用公款被查办。沈万山怀恨在心，北平沦陷后投了日本特高课，专和军统的潜伏人员对着干。此人熟悉军统局内部情况，对军统人员的行动方式了如指掌，一上任就端掉了军统北平站的几个秘密联络点，于是军统特工们和日伪警察、特工系统的"城市秘密战"拉开了序幕。

　　方景林在日军入城前本来有机会随29军部队撤走，警局里一些没有家室拖累的警察都这样不辞而别了，但方景林却没有选择的权利。他的上线联络员郑浩成接受了新任务也撤离了北平，他通知方景林，马上会有一个新同志接替联络员的工作，到时候他会主动来联系。

　　上级的指示毫无通融余地，他必须留在北平当警察。方景林很苦闷，在日本占领军统治下当警察，这顶"汉奸"的帽子是无论如何躲不开的，谁会知道自己的苦衷？

　　方景林顺利地通过了日本人的甄别，既没有升官也没有降职，还当他的巡警。日本人在警察局内部开办了日语培训班，方景林也积极报了名。他的行为使一些同事很反感，都有意地疏远了他，而一些死心塌地追随日本人的同事却以为他是同道，纷纷向他表示亲近。方景林要的就是这个效果。

　　方景林万万没想到，新联络员竟是他见过一面的罗梦云。见面地点是中山公园"来今雨轩"的门口，方景林刚刚赶到，对面走来一个身材颀长，面容俊美的姑娘。她穿着一件朴素的月白色短袖旗袍，略带卷曲的长发垂在脑后，额头的刘海上别着一个象牙色的发卡。方景林一眼就认出了她，这是那个为抗日

第六章

募捐的燕大女学生。两人对了暗号后，姑娘像老熟人一样向他伸出手，脸上露出迷人的微笑："我叫罗梦云，今后就是你表妹了，有什么不到之处，哥哥你还要多担待哟。"

方景林很少有机会和年轻女性打交道，特别是如此美貌的姑娘，心中难免有些心猿意马。他握住罗梦云的手，所答非所问地轻声道："我见过你，还记得吗？"

罗梦云嫣然一笑："对不起，我得了失忆症，以前的事什么都不记得了，我想，你也应该如此。关键是以后我们该如何相处，我说得对吗？"

方景林马上意识到自己的失态："哦，对不起，我一时忘了纪律，咱们说正事吧，请传达上级指示。"

罗梦云漫不经心地望着四周道："有件事是当务之急，29军还有些掉队人员没来得及撤走，现在都隐蔽在城里。上级指示，利用我们在警察局的各种关系，抢在敌人清查之前为这些人办理户口，不然他们的处境会很危险。"

方景林沉吟了一下说："我会尽力去办，户籍处有我的关系，应该没问题。"

罗梦云提醒道："这件事工作量可不小，他们的年龄、职业、和户主及家庭成员的关系都要详细，要经得起调查。日本情报机关的效率可是第一流的，千万不能出岔子。"

"放心吧，我有把握，我干警察也不是一年两年了。"

罗梦云说："那好，咱们今天就到这里，我先走一步。"

方景林鼓足勇气说："以后除了工作上的事，我还可以约你吗？"

罗梦云笑了："不行，我们都要遵守组织纪律。"

徐金戈也没有走成，临撤退之前他接到指令，北平站要留下一批人员长期潜伏，徐金戈被任命为行动组组长。这是戴老板的意思，他不能不服从。戴老板的指令很简单，希望军统同志在敌占区能有一番作为，目的只有一个，使用一切手段袭击日伪军政要员，把北平变成一座恐怖城市。徐金戈喜欢这种任务，这意味着冒险和刺激，而且在行动中有较大的自主权。

徐金戈的上司是个神秘人物，代号"黑马"。徐金戈从来没有见过他，却时时感到他的存在，就连"黑马"给他发指令的方式每次都是不一样的，有时由街头的乞丐送来，有时会在买烟时找回的零钱中发现字条。这个"黑马"真是神龙见首不见尾，徐金戈对这个上司的全部印象就是那笔漂亮工整的仿宋字。

今天早晨徐金戈接到"黑马"的指令，要他马上赶到宣武门天主堂参加一个秘密会议，"黑马"特意申明，参加会议的所有人员要绝对服从会议主持者的命令，违令者将受到严惩。徐金戈不敢怠慢，连忙放下手里一切事赶到宣武门天主堂。

宣武门天主堂俗称南堂，是北京最早的一座天主教教堂，始建于明万历三十三年，现存的建筑建于1904年，是一座三层的巴洛克式建筑。早期的宣武门礼拜堂规模很小，是一座中国传统建筑，仅在醒目位置安放了一座十字架以表示其天主教堂的身份。清顺治七年，由德国籍耶稣会传教士汤若望主持，在宣武门礼拜堂的原址上开始了天主堂的翻建工程，两年后建成。内建亭池台榭，式仿西洋，极其工巧，除了一般的宗教建筑之外，还有天文台、藏书楼、仪器室等设施。这个教堂自1605年至20世纪30年代以来三百余年中曾屡毁屡建，或毁于地震，或毁于火灾和内乱。最后一次劫难是1900年遭到了义和团团民的围攻，南堂被烧毁。1904年第四次重修的南堂主堂和附属建筑竣工，就是徐金戈现在看到的样子。

徐金戈是第一次来这里，他没有急于走进主堂，而是仔细把教堂内外的地形地貌研究了一下。这是他的职业习惯，每到一个陌生的环境第一件事就是想好撤离的路径。这里共有三进院落，大门为中式建筑，占据了教堂的第一进院落，其后的东跨院为教堂的主体建筑，西跨院为起居住房。教堂主体建筑为砖结构，面向南方，正面的建筑立面为典型的巴洛克风格，三个精致的砖雕拱门并列，将整个建筑立面装点得豪华而庄严，整个建筑的墙面磨砖对缝，精美的砖雕随处可见。教堂的室内空间运用了穹顶设计，两侧配以五彩的玫瑰花窗。整个教堂静悄悄的，弥漫着一种庄严肃穆的宗教氛围。

会议的地点是主堂内，参加会议的人大部分都不认识，徐金戈意外地发现，会议主持人竟是老同事曾澈。此人是军统北平站的老特工，也是戴老板的红人，他在军统内的职务是华北区书记，徐金戈在南京时就认识他，算是老熟人了。

曾澈是个喜怒不形于色的人，他那张脸在任何时候都毫无表情，只有那双不大的眼睛里显露出一种冷冷的杀气。他向徐金戈点点头，没有一句寒暄，只是把他拉到一边，开门见山地介绍起情况来。

通过曾澈的介绍，徐金戈才知道今天参加会议的大部分人都是"抗日锄奸团"的骨干成员。这是个刚刚成立的以刺杀、爆炸为主要手段的抗日锄奸组织，主要活动区域是北平和天津。这个团体的主要成员，除了负责组织和控制的军统特工人员以外，多是平津两地的热血学生，几乎都是来自平津几所著名中学、大学的学生，如贝满女中、育英中学、天津中日中学、南开中学、大同中学等学校的高中生，还有燕京大学、辅仁大学、南开大学的大学生。曾澈说，他自己也是根据"黑马"的指令，刚刚担任这个组织的负责人，具体情况还不是很了解，只知道这个团体的成员多半是高官贵戚、富商名人之后。他用眼光向徐金戈示意："你看见那两个穿灰色西装的年轻人吗？那是伪满总理郑孝胥的两个孙子郑统万和郑昆万。坐在前排椅子上的人从左数第一个和第二个是袁世凯的侄孙袁汉勋、袁汉俊，往下是同仁堂的大小姐乐倩文、孙连仲将军的女儿孙惠君、冯治安将军的侄女冯健美……"

徐金戈轻声道："有意思，论起家世个个都是如雷贯耳啊，这些公子小姐干这一行成吗？"

曾澈回答："我开始也这么想，这些公子小姐投入抗日锄奸行动似乎不可思议，其实也并不奇怪，这个阶层的子弟多是受过高等教育的，也最易于接触学生运动带来的反日爱国情绪，他们社会背景十分复杂，消息灵通，牵涉极广，使日伪方面的侦察人员往往投鼠忌器或者事倍功半。你不要小看这些人，他们很有胆量，看见那个坐在墙角里的年轻姑娘吗？她是京剧名角儿杨易臣的女儿杨秋萍，上个星期她一枪干掉了伪北平商会的副会长张亦衡，出手很利索，其实战前她连枪都没摸过，只是在行动之前的两个小时里才学会了使用枪械。"

徐金戈仔细看了看那姑娘，突然觉得很眼熟。他终于想起来了，北平沦陷前夕他和方景林在茶馆里遇见过这姑娘，那天她和一些同学在为29军募捐，还和徐金戈发生了几句口角，想不到她也参加了抗日锄奸团。

徐金戈问道："曾兄，我的行动组也归抗日锄奸团指挥吗？"

"不，你直接受'黑马'的指挥，只是在必要时协助我们，今天请你来是为了协同进行我们下一步的行动计划。"

"明白了，曾兄，我接到了'黑马'的指令，这次行动我受你的指挥，请多关照！"

"别客气，相互提携吧，戴老板在看着咱们呢。"曾澈客气地说。

徐金戈走到那姑娘面前："杨小姐，还认识我吗？"

傲慢的杨秋萍坐在椅子上连动也没动，只是向徐金戈点点头："想起来了，你该不是来问那块'劳力士'表的下落吧？我把它送到当铺了，当了二十块钱，不过当票被我扯了，因为我就没打算去赎当。"

徐金戈笑道："小姐，你可真会做生意，我买那块表花了一百多块钱，才戴了不到一年，你怎么才卖了二十块钱？至少要卖四十嘛。"

杨秋萍翻了翻眼睛反问道："怎么，心疼啦？那我以后还你，不过要等抗战胜利以后，假如我能活到抗战胜利。"

"好啊，咱们一言为定，要是我们两个人中间有一个活不到抗战胜利，那么这个协议自动失效，怎么样？"

"没问题，不就是一块表吗？对了，你是谁，前几次开会我怎么没见过你？"杨秋萍不客气地问。

曾澈走过来介绍道："秋萍，这是行动组组长徐金戈，老同志了，现在来协助我们的工作。你可别小看他，他可是我们华北区头号杀手，日本谍报机关那里都挂了号的人。"

看得出，杨秋萍对曾澈很尊敬，她一见曾澈连忙站了起来笑道："曾团长，我们在开玩笑呢，您对徐先生的评价使我很惊讶，因为到目前为止，我只见到徐先生为抗日捐献过一块手表，还没有见到什么过人的表现。"

曾澈对徐金戈说："这丫头嘴很厉害，从来不吃亏，看来你们认识，也省得我介绍了，金戈兄，咱们开始吧？"

徐金戈点点头道："时间很紧，我们简短些。我只有两个问题，一是这次行动的目标是谁？二是需要我的行动组做什么？"

曾澈也同样干脆地回答："第一，行动目标是新上任的伪警察局局长沈万山，你们行动组的任务是前期侦察，摸清沈万山的出行规律；第二，请行动组支援我们一批武器弹药,这次行动以我们为主对目标进行攻击,你们行动组负责掩护。我讲清楚了吗?"

徐金戈简短地回答:"清楚了,我马上着手执行。"

文三儿在沙滩碰见了罗教授,他隔着老远就打着招呼兴奋地迎上去。罗教授刚从红楼里出来,他本来想步行回家,可一见文三儿那副无限期待的样子,便生了恻隐之心,于是坐上文三儿的车,吩咐去珠市口。他的老朋友杨易臣家里出了事,罗教授尽管帮不上忙,但至少应该去看看。

如果倒退三十年,罗云轩也是个壮怀激烈、探索救国救民之道的热血青年。那时他经常和同道人辩论,他的朋友中有人主张富国强兵,有人主张实业救国,而罗云轩坚持教育救国、知识救国的主张。他认为中国之所以落后在于国民的愚昧,最好的办法是用道德和知识去拯救国民的灵魂,因此一切要从教育入手。不过最近一些日子,罗云轩在理论上陷入困境,教育救国的理论一遇到蛮横的、武装到牙齿的侵略者就屁事不顶了,没人和你讲理,除非你也有实力把侵略者赶走,否则你只好当顺民。看来自己的理论还是有些漏洞,没有考虑到强盗介入的因素,如此说来,当年主张富国强兵的朋友还是有一定道理的。昨天罗云轩路过日本兵的哨卡,那些野蛮的日本兵要求每一个过哨卡的中国人向他们鞠躬,否则就会遭到毒打和杀戮,罗云轩迫不得已也鞠了躬,但心里却像是吃了苍蝇,那种强烈的屈辱感久久地折磨着他。唉,在刺刀面前,一介书生显得是那样无用、无能。

罗教授一路上和文三儿聊起来,考虑到文三儿的理解能力,他尽量用比较通俗的语言告诉文三儿,说咱在历史上曾多次被异族人统治过,时间比较长的有两次,一次是蒙古人,一次是满族人,咱们汉人吃了不少苦头,不过后来这些异族人都被咱们同化了。相比之下,这次日本人来是最糟糕的,这些日本人非常坏,他们坏得已经超出了正常人的想象,他们的目的是要把我们亡国灭种,文三儿呀,当亡国奴的滋味不好受啊。

文三儿很不以为然,他认为谁来了都一样,草民总得有人管着,以前是皇上,后来是北洋政府,再后来是国民政府。以文三儿的个人经验来看,国民政府在的时候,他拉散座儿一天最少能挣三毛钱,合六十九个大铜子儿,那时一碗馄饨五个大子儿，三个麻酱烧饼六个大子儿，加起来十一个大子儿，合法币才五分钱，五分钱就能凑合一顿饭，每天除了吃还能节余个一毛多钱，这还是最挣不着钱的时候，要是运气好，赶上拉包月，吃住都在主人家，那就挣得多了，主人赴饭局，按惯例要给车夫两毛的车饭钱。就说陈掌柜吧，他是个交游广泛的人，每天晚上不是有饭局就是去朋友家打麻将，这样的额外收入加上工钱，文三儿每月就能有二十多块钱的收入，做个车夫，这已经是神仙过的日子了。文三儿认为，他根本就不在乎谁来管理老百姓，中国人也好，日本人也好，谁来了也得让他拉车挣钱，换句话说，要是日本人来了以后，文三儿的收入比以前增加了，那他倒是情愿当亡国奴。

罗教授听了文三儿的话，痛楚地摇摇头，说了一句文三儿听不懂的话："唉！中国人啊，哀其不幸，怒其不争啊，我们还有希望吗……"

"罗先生，您说的这些文绉绉的话我听不懂，我是一臭拉车的，没上过学，不认字，国家大事犯不上咱操心，咱就是每天饦饱一个倒，吃饱饭咱就不认大铁勺……"

罗教授冷冷地说："问题就在这儿，你以为当了亡国奴就能吃饱饭？做了顺民就能有好日子过？这是做梦，你看吧，咱北平人的苦日子这才刚刚开始，你马上就会尝到当亡国奴的滋味了。"罗教授说完这些话就闭上了眼睛，不再搭理文三儿了。

文三儿琢磨着罗教授的话，心里暗暗好笑，这老头儿是个好人，又有学问，就是太酸，但凡文人都有那么股酸气。就算你不喜欢日本人，那又怎么样？29军够凶的吧，照样也没挡住日本人，你一个文人能怎么样？你得低头，爱谁来谁来，国家的事犯得上老百姓操心吗？谁来了也得把日子过下去。

北平的南城历来有"梨园之乡"的美称，因前门外一带商号集中，随之而来的旅店、戏园子等服务娱乐设施也相继开业。当初徽班进京时就住在这一地区，昆班和梆子班及后来形成的京剧班也相继在这一带演出、居住，虽经几度乔迁，但终未离开南城前门外一带，加之梨园界相互结亲，构成家族，二百年来居住着数以百计的梨园世家。

武生名角儿杨易臣的寓所位于煤市街南口内的大马神庙11号，院子坐落在胡同路南的一个宽巷内尽头处。宅第大门朝东，分南北两院，南院住着杨易臣的母亲杨刘氏，北院为杨易臣一家居住。文三儿把洋车停在院门外，扶罗教授下了车，杨家的用人王妈一见罗教授便赶紧进院去向主人通报。罗教授和杨易臣是老朋友，此处他常来常往，熟悉得很，便不等主人迎接，径直走进院子，文三儿替罗教授拎着点心匣子跟在后面。

杨易臣的院子不大，南墙上满是"爬山虎"，整面墙呈墨绿色，植物吸收了大量的阳光，给院子里带来一丝凉爽。院子中间是藤萝架，绿荫下放着藤椅和茶几，旁边放着养金鱼、荷花、绿毛龟的几个大缸，花坛里种有干枝梅，还有盆菊，藤萝架上挂着蝈蝈笼、盛蟋蟀的葫芦，院子里的横竿上挂着几个鸟儿笼子，笼中有百灵、黄鸟儿、红子等品种的鸟儿，据说这些花鸟虫鱼都是杨易臣用来观察以提高艺术修养的。

杨易臣的女儿杨秋萍先迎了出来，很有礼貌地向罗教授问好："罗伯伯好，我爸爸正在换衣服，马上就来。"

罗教授问："秋萍啊，好久没见了，你也上大学了吧？"

"罗伯伯，看您这记性，我去年就考上燕京大学了，暑假结束该上二年级了，您还向我祝贺过。"

"对对对，我才想起来，看我这记性，我家梦云也是去年考上燕大的，你们是同学嘛。"

杨易臣匆忙从北房中迎出来，冲罗教授抱拳道："罗先生，有失远迎，恕罪，恕罪。"

罗教授还礼道："杨老板客气了，近来身体可好？"

"身体倒无大碍，就是心里憋气。来，请坐，藤萝架下凉快。"杨易臣招呼着，两人分别落座，杨秋萍叫用人送上冰镇的酸梅汤后便返回自己房间。

文三儿坐在鱼缸旁的阴凉下，一边喝酸梅汤一边东张西望，他是第一次来杨家，对这里的一切都感到很新鲜。算起来文三儿也是杨老板的铁杆戏迷，三年前他拉包月时随东家进过广和戏园，听过"蹭戏"。

广和戏园分两层，戏台三面都有座位，楼下正面叫"池座"，楼下戏台两侧叫"两厢"，两厢后面靠墙处备有高木凳，俗称"大墙"。"池座"后面是"军警弹压席"，这是为维持戏园内治安而设置的，军警人员不但白看戏，还有茶点伺候。像文三儿这类看"蹭戏"的人一般都上了"大墙"，这里看戏角度不太好，只能看角儿的侧面。那天的大轴戏是《长坂坡》，杨易臣演赵云，东家在池座前排落座儿，一边喝茶嗑瓜子一边拍桌子叫好，文三儿在"大墙"上拧着脖子看，不一会儿脖子就"落了枕"，但这丝毫没有影响文三儿的兴致。

那天杨易臣一出场就得了个满堂彩，看戏的观众自不必说了，就连戏园里拎开水壶、甩手巾把的伙计们都忘了工作，站在过道儿上大声叫起好来，整个戏园子都沸腾起来，就像开了锅……文三儿的嗓子都喊哑了，一不留神竟从"大墙"上栽下去，把脑袋磕出个大紫包……

杨易臣的扮相实在是迷人，他饰演的赵云气宇轩昂，极富大将风度，台步一走竟是满台生辉，台下有钱人家的大姑娘小媳妇都疯了，甭管多贵重的戒指项链，摘下来就往台上扔，恨不得把自己也变成什么物件扔上台去，最好直接扔进杨老板的怀里……杨易臣难怪有"活赵云"之美称，果然是名不虚传。文三儿这辈子没佩服过什么人，但看完《长坂坡》后，对杨易臣崇拜得五体投地，他到处托人打听，杨老板家缺不缺拉包月的？要是能给杨老板拉包月，只需管吃管住，文三儿宁可不要工钱，能天天听杨老板的戏，少活十年都成。

杨易臣成名于十年前，那年他应天津会芳园经理赵宝光的邀请赴津门演出，头天演勾脸戏《铁笼山》，次日是短打戏《恶虎村》，第三天演长靠戏《长坂坡》，三天下来轰动津沽，一炮而红。赵宝光经理死活不让走了，非要加演一场，杨易臣见盛情难却，只得又加了一场《艳阳楼》，这下子让津门戏迷都进入了一种疯狂状态。《艳阳楼》中高登下场时的一句叫板"闪开了"，成了戏迷们乐此不疲的吼叫，次日天津卫全城都是一片"闪开了"的叫板声，就连饭馆跑堂的上菜、人力车夫在闹市拉车也大吼一声"闪开了"，可见杨易臣的戏深入人心，从此杨易臣名震平津。

杨易臣的拿手戏很多，其代表作《挑滑车》《金沙滩》《金锁阵》《连环套》等，可谓昆乱不挡，长靠短打无一不精，俊扮戏清秀英俊，勾脸戏豪放雄伟，唱、念、做、打纯熟隽永，惟妙惟肖，平津两地戏迷无不趋之若鹜。

杨易臣和小报记者陆中庸有过来往，当年陆中庸也是杨易臣的戏迷，并主动写过几篇戏评登在《京城晚报》的娱乐版上，杨易臣为了表示感谢，还特地请陆中庸去丰泽园吃过饭，过后陆中庸回请杨易臣到东来顺吃涮羊肉，一来二去，两人混得很熟，也算是朋友了。谁知北平沦陷后，朋友成了仇人，陆中庸和日本人接上关系，出任北平地方维持会副会长，成了炙手可热的人物。三天以前，陆中庸来访，说是为了迎接大日本皇军进驻北平，由北平地方维持会、亲日团体"新民会"出面，组织一场堂会，想请杨老板出演拿手戏《铁笼山》。杨易臣一听就翻了脸，声称自己饿死也不当汉奸。这句话使陆中庸感到很刺耳，他当即沉下脸道："杨老板的意思是我陆中庸当了汉奸啦？"

杨易臣冷冷地回答："我是说我不当汉奸，别人要是上赶着当汉奸我也管不着。陆先生，麻烦您告诉日本人，我杨易臣有病，不光是现在演不了，今后几年也不打算演了。"

陆中庸不硬不软地说："杨老板，您不给我陆中庸面子无所谓，可日本人的面子您可不能不给，不然，后果您是清楚的。"

"我听出来了，您这是威胁我。"

"没这个意思，我是说您让我很为难。按理说，我把您的意思如实转达给日本人就没我什么责任了，可我们不是朋友吗？万一日本人动了怒，您有个三长两短的，岂不是我陆中庸对不起朋友？别人会以为是我使的坏，这让我没法做人呀，杨老板还是再考虑一下，反正还有时间，您不忙着答复。"陆中庸显得很通情达理。

杨易臣答应考虑。谁知陆中庸走了以后，下午就来了两个日本宪兵和一个翻译官。翻译官告诉杨易臣，日本宪兵队要请他的母亲杨刘氏去宪兵队问话。那两个日本宪兵不顾杨易臣的抗议，连搀带架地把老太太弄上汽车带走了。杨易臣是个有名的大孝子，这下他终于硬不起来了。事情是明摆着的，日本宪兵队就是要以老太太为人质，逼迫杨易臣就范。

杨易臣此时没了主意，想来想去，只好把好友罗云轩请来商量。

此时罗教授和杨易臣已经商量了半天，谁也没有更好的办法，罗教授只是一个劲儿地叹气："唉，百无一用是书生啊，一到关键时刻就显出读书人没用了，任你满腹经纶，任你学富五车，在暴力面前真是什么事也不顶。"

杨易臣流泪道:"我母亲已经被抓走三天了,昨天您弟妹去宪兵队探望,回来说老太太还暂时无恙,只是想回家。那个翻译官说,老太太能不能回家,全在杨老板一句话,请杨老板仔细考虑。"

罗教授说:"这是陆中庸捣的鬼,日本人并不了解你家的情况,只有陆中庸知道你的软肋在哪儿,他知道你是孝子,于是就想出这种歹毒的办法。"

罗教授见文三儿在百无聊赖地逗鸟儿,便问道:"文三儿啊,你也出出主意,杨老板的事该怎么办?"

"哎哟,罗先生,您可真抬举我,我一臭拉车的能出什么主意?要让我说,不就是唱戏嘛,日本人来请,杨老板得端着点儿,要唱也行,开口就是高价儿,把这帮孙子吓回去,名角儿哪能说唱就唱?咱且得端着呢。"

杨易臣苦笑道:"要真像这位兄弟说的这么简单就好了,和日本人有什么理好讲?再说这也不是钱的事,是民族气节问题,给日本人唱戏和当汉奸有什么区别?"

文三儿认为没这么严重,要是给日本人唱戏也算汉奸,那自己给日本人拉车算不算?前几天还有个日本记者雇了他的车,那小子会说几句中国话,装得像个"中国通",其实是个"棒槌"。从前门火车站到德胜门,通常这段路只需五毛钱,文三儿愣宰了他一块钱。小鬼子的钱不蒙白不蒙,谁让他犯到文爷手里?文三儿认为自己给日本人拉车不但不是汉奸,简直可以说是"抗日"。如此说来,杨老板给日本人唱几出戏也没什么大不了的,倒是陆中庸这王八蛋要留神,现在这小子很阴,上次一篇稿子就把陈掌柜的买卖给砸了,害得自己也丢了差事,现在这小子又算计起杨老板来了,想到这里,文三儿忍不住骂了起来:"操!我看得找几个道儿上的朋友,把陆中庸那小子做了算啦……"

"这倒是个好主意……"杨秋萍走出房间接口道。

杨易臣烦躁地呵斥道:"你女孩儿家懂什么?你有本事把陆中庸杀了?"

"爸爸,这件事由我来办,我保证他们会把奶奶放回来。"

"你?"杨易臣、罗云轩、文三儿都愣了。

从杨易臣家出来,文三儿先把罗教授送回家,他从西四二条出来,走到缸瓦市又碰见一个人要车。当时好几个车夫都冲上去抢生意,文三儿干脆一把抓住那人的袖子不松手。使他感到奇怪的是，那人一说要去永定门外沙子口，和文三儿抢生意的几个车夫都不去了。文三儿心里嘀咕了一下，但没来得及多想，他抵挡不住这趟活儿的诱惑，按往常的经验，这是趟肥活儿，干吗不干？

文三儿把客人拉到了永外沙子口，一路很顺利，可回来进城时却遇到了麻烦，文三儿这才明白同行们为什么不愿意出城。

永定门的两扇城门只开了一扇，两排蛇腹形铁丝网拦在城门洞前，只留出一个供单人行走的口子。两个日本兵站在口子旁检查过往行人，他们手里端着上了刺刀的三八式步枪，刺刀在日光下闪着吓人的寒光，文三儿一见这阵势腿就有些发软。刚才他出城时是从右安门出去的，右安门是由中国警察守卫的，只准出不准进，所以也没遇到什么麻烦，谁知道永定门这里检查得这么严，而且是由日本兵守卫的。

经常从这里出入的北平人都知道，不知从什么时候起，那些守关卡的日本兵养成了毛病，凡中国人从他们面前经过必须要鞠躬，否则日本兵们就要打人甚至用刺刀捅人。这似乎不是日本占领当局的命令，而是日本士兵的自发行为，有北平人私下揣摩，这些日本兵大多来自日本底层社会，社会地位低下，现在一下子成了占领军，很有些小人得志。

文三儿想起来了，昨儿晚上车行里的老伙计们临睡之前还没忘了挤对日本人几句，皇城根儿底下的人说话都挺损，老韩头坐在被窝里一边补裤裆一边说："好家伙，你还真别让穷人得了势，那可了不得，这帮孙子在日本不是打鱼的就是挖煤的煤黑子，要不就是日本窑子里的'大茶壶'[1]，卖饭团的店小二，压根儿就没见过多大的世面，用咱北平话说叫人嫌狗不待见，好嘛，这帮孙子猛不丁到了中国，给个守城门洞的差事，手里拎根儿破鸟枪，自然有了种当爷的感觉，就跟暴发户似的，见人就搂不住火啦。"

外号叫"大裤衩子"的那来顺接口说："你知道这些小鬼子为什么长这么矮吗？那是饿的，长这么大统共也没吃过几顿饱饭。我们孩子他舅舅的街坊在日本洋行当过差，他说过，日本人喝粥时端着个小碗儿跟品茶似的，棒子面粥都

---

[1] 旧时妓院里为妓女服务的男性杂役，京城人鄙称为"大茶壶"，属于侮辱性称呼。此类人社会地位极为低下，甚至不如乞丐，一旦从事此行，连子女都抬不起头来。

不敢大口喝，这主儿要是煽起来可了不得，走道儿都不知道先迈哪条腿儿了，整个一老太太摸电门——抖起来啦。给这帮孙子鞠躬？姥姥，我宁可这趟活儿不干，也不从城门洞那儿过。"

文三儿当时迷迷糊糊快睡着了，没注意他们谈到的向日本兵鞠躬的问题，他平时很少出城，消息又不太灵通，至于鞠躬的新规矩他从没听说过，也没人提醒过他，这就麻烦了。他拉着空车正要从关卡的口子里过去，猛地听见日本兵哇里哇啦吼起来，看样子有什么事招他们不高兴了。文三儿当然听不懂日本话，他也懒得搭理这些日本人，心说瞧他们小日本那揍性，文爷不待见他们，你拿着杆破枪吓唬谁？文爷没招你惹你，你总不能一枪把我毙了吧，日本人怎么啦，日本人也得讲王法不是？

文三儿无动于衷的态度激怒了一个日本兵，他突然一挺刺刀，照着文三儿的脸上就是一个突刺动作。周围的老百姓都吓得惊叫起来，文三儿还没反应过来，他只觉得眼前寒光一闪，刺刀尖已经停在离他鼻子一寸远的地方，文三儿这才有了恐惧感，他脸色煞白，裤裆里变得热烘烘、湿漉漉的，双腿一软，一屁股坐在地上……

两个日本兵大笑起来，文三儿屈辱地从地上爬起来扶起车把，没想到那日本兵又瞪起了眼，一抖刺刀又要刺……文三儿吓得又要往地上坐，这时猛地听见有人喊："喂！拉车的，日本人要你鞠躬，快鞠躬……"

文三儿慌乱中回头看了一眼，是他身后的一个男人喊的，这人是个国字脸，眼睛不大但很有神，脸部棱角分明，显得很精干……文三儿恍然大悟，他忙不迭地向日本兵连鞠三个躬，那日本兵才收起枪向他挥挥手。文三儿顾不上擦冷汗，拉着车没命地跑出城门洞。

刚才向文三儿喊话的是徐金戈，他刚从沙子口的秘密联络点回来，正在排队过关卡，发现文三儿的处境危急，便喊了一句。这句话救了文三儿的命。

文三儿算是彻底明白了，这些日本人实在是太孙子，现在不是你想不想搭理他们、招惹不招惹他们的问题，而是他们要搭理你、招惹你，你躲都躲不开，人家认准了要当你的爷，大概这就叫亡国奴吧！他们还真没什么王法管着，杀你像捻死个蚂蚁一样，刚才要不是有好心人提醒，文三儿这条命可就悬了。

文三儿走不动路了，他的两条腿现在还在哆嗦，而且浑身软得像是没了骨头，冷汗不停地顺着后脊梁流进屁股沟。使文三儿感到难堪的是，他竟尿了裤子，在刺刀接近他鼻子的一刹那，文三儿的尿道括约肌竟然很不争气地失灵了。看来罗教授说得有道理，日本人的坏，已经超出了正常人的想象。

　　徐金戈已经通过了关卡向文三儿走过来，文三儿一见徐金戈就不由自主地跪下，流出了眼泪："谢大哥救命之恩……"

　　若按一般人的行为，见有人跪在自己面前，总要上前扶一把，嘴里还要客气一下，可徐金戈很怪，他站在那儿动也不动，只是鄙夷地说了句："你的膝盖有毛病吗，怎么动不动就打弯儿？"

　　文三儿可听不出他话里的意思："大哥，我是拉车的，腿没毛病，有毛病吃不了这行饭……"

　　徐金戈终于火了，他低声咆哮起来："你他妈给我站起来，软骨头的东西，你除了下跪还会什么？"

　　文三儿慌忙站了起来，惊恐地望着徐金戈，他实在闹不清这个人为什么发火。

　　徐金戈的口气缓和了些："兄弟，咱是个爷们儿，是爷们儿就该有点儿血性，膝盖不能打软，尤其是对日本人，就是死也得站着死，不能丢了咱中国爷们儿的脸。不错，刚才我过关卡时也向日本人鞠躬了，可我不白给，往后他们得用命来还。兄弟，你叫什么？"

　　"大哥，我叫文三儿。"

　　"好吧文三儿，咱们后会有期。"

　　"大哥，您怎么称呼？"

　　"你就叫我老徐吧，文三儿，你记住！无论什么时候，膝盖不能软，再见！"徐金戈转眼就消失在人流中。

　　陆中庸和很多文人一样，有着夜里不睡，早上不起的习惯。当小报记者时，不需要到报社坐班，只要按时交稿就行，因此他养成了上午睡懒觉的习性，这习性很怪，必须要自然醒，一旦有人叫醒他，便一天都没精神。

　　陆中庸进入新民会并没有人强迫，是他自己争取来的。新民会是北平沦陷初期，由日本占领军策划成立的亲日组织。这个组织吸收成员也是有规矩的，最好是社会名流，名气越大越好。本来以陆中庸战前的身份加入新民会并出任副会长是不可能的，一个小报记者无论如何不能算作"名流"，但陆中庸有自己的办法。他知道，若指望同是中国人的新民会核心层接纳他无异于与虎谋皮。国人内斗的传统在新民会里表现得尤为激烈，连当汉奸都要争出个高低来。会长王克敏和几个副会长之间谁也不服谁，都把战前的身份亮出来加以比较，争论着谁的身份更为尊贵，经常吵得不可开交。新民会成立之初，谁也没想起来请陆中庸出山，这使他很有些失落感，但转念一想又觉得并不奇怪，谁会把一个有本事、有才华，甚至有可能取代自己的人放在身边？新民会的那些骨干成员当然懂得这些，陆中庸认为这是可以理解的，换了自己也一样，卧榻之侧，岂容他人酣睡？问题是，好事是需要自己去努力的，被动地听凭命运的安排，这不是陆中庸的风格，他要主动出击，与其和奴才商量不如直接去找主子，主子倒是往往比较好说话。他直接找到日本驻华北派遣军联络部部长喜多诚一毛遂自荐，理由是新民会的几个负责人中还缺个擅长宣传工作的干部，那些成员或是商人，或是旧官僚，唯独缺个笔杆子，况且他对"中日亲善"有着独特的理解，新民会如果对陆中庸这样的人才都视而不见的话，那是新民会的巨大损失。

喜多诚一琢磨了一会儿，觉得陆中庸的话有几分道理，新民会刚刚成立，宣传工作的确很重要，再多安排一个副会长的职务也无所谓，反正上峰也没有规定新民会的具体编制，于是陆中庸便如愿以偿地成了副会长。

陆中庸发迹后在西四劈柴胡同买了个四合院，也雇了管家和用人。日子是好过多了，一开始他还不大习惯，长这么大还没让人伺候过，有时用人给他端茶，他还下意识地说句"您受累"一类的客气话，倒把用人吓了一跳。其实陆中庸并不是真过意不去，而是小人物当久了产生的惯性。

昨天晚上他和几个朋友去鸿宾楼吃饭，陆中庸喝高了，被送回家时已不省人事，今天起床时他还感到头重脚轻，太阳穴隐隐作痛。管家进来通报，说有位姓杨的小姐登门求见，说是杨易臣的女儿。陆中庸吩咐管家，请客人在客厅里等候。

他更衣时心情很愉快，既然杨易臣的女儿上门求见，那肯定是杨易臣同意演出了。这就对了，日本人未必在乎杨易臣唱一两出戏，人家要的是你合作的态度。平心而论，陆中庸最烦的就是杨易臣所谓的"气节"。你一个戏子，吃的就是开口饭，给谁唱戏都是唱，干吗要做出一副大义凛然的样子？你是史可法还是文天祥？你若是自比忠臣，那我和新民会成什么了？其实陆中庸也没想把杨易臣怎么样，以杨易臣的母亲做人质的主意虽然是他出的，但这不过是给杨易臣施加点儿压力而已，只要杨易臣同意演出，谁也不会把老太太怎么样，陆中庸认为自己还是很够朋友的。

陆中庸走进客厅时，坐在沙发上等候的杨秋萍马上站起来，很有礼貌地向他鞠躬："陆伯伯，您好！"

陆中庸满面笑容地将杨秋萍按坐在沙发上："秋萍啊，你坐，你坐，让陆伯伯好好看看，真是长成大姑娘了，越长越漂亮，听说你考上燕京大学了？"

"去年考上的，现在是二年级了。"

"有出息，有出息啊，将来准比你爸有出息。秋萍啊，你来找我有事吗？"

杨秋萍似乎很拘谨，吞吞吐吐地说："陆伯伯，我……我是为我爸的事来的……"

"哦，你爸想通了没有？其实这完全是件小事，你爸这个人哪，就是一根筋，艺术是不分国界的，这和是否爱国没有关系，你说是不是？"

"陆伯伯，我只想问问您，是不是只要您说一句话，我奶奶就能回家？"

陆中庸笑了笑，口气有些自得："这应该没有问题，大侄女，不瞒你说，你陆伯伯在日本人那里还是有些面子的，不过，你爸爸也不能由着性子来，他若是不答应演出，我在日本人那里也实在不好交代，所以嘛，咱们还得劝劝你爸，爱国不爱国的先放在一边，权当是给我陆某一个面子，只要他同意演出，一切都包在我身上。"

杨秋萍恳求道："这恐怕不行，我爸的主我做不了，我只要奶奶回家，陆伯伯，这个忙您一定要帮，您刚才说了，这件事您能做主的。"

陆中庸摇摇头说："大侄女，你这就让我为难了，你爸爸不合作，我和日本人没法开口啊。"

"我求您了，请您帮帮我……"

"不行，我说大侄女，真的不行，这件事没有商量。"

"陆伯伯，您真的不管吗？"杨秋萍的眼睛里射出两道冷光。

陆中庸没注意杨秋萍脸色的变化，他自顾自地说："秋萍，我们得承认现实，现在北平是日本人的天下，不管你愿意不愿意，这总是事实吧，你爸爸……唉，说句不好听的，叫不识时务……"陆中庸突然不吭声了，他发现一支手枪正顶在自己脑门上，他的冷汗一下子顺着脑门流了下来："大侄女，你这是干什么？快把枪收起来……"

杨秋萍的食指紧紧地扣着手枪扳机，子弹随时有出膛的可能。她冷冷地将枪口在陆中庸脑门上晃动了一下道："姓陆的，你给我听好了，我今天不是来求你的，只是想考查一下，你是不是真的死心塌地为日本人服务，看来你真是个汉奸。"

"秋萍啊，你先把枪收起来，有事好商量嘛。"

"陆中庸，我没时间听你闲扯，今天我不杀你，条件是必须放我奶奶回家，不然你就活不过今天夜里。"

"秋萍，这样干不行……你就不怕日本人抓你？"

"这我不担心，只要我有什么不测，自然有人来取你的狗命，你以为我会是一个人吗？"

"秋萍，要是我不合作呢，你能把我怎么样？"陆中庸软中带硬地试探道，他不大相信这个姑娘真敢开枪。

杨秋萍干脆地回答："那我现在就打死你，你考虑一下，我数到三就开枪，一……"

"别别别……我答应你，我答应你，我马上去宪兵队找黑田中佐，你千万别开枪……"陆中庸的意志终于崩溃了。

杨秋萍垂下枪口："你要记好两件事，第一，我奶奶今天晚上10点之前必须回家；第二，今后我和我的家人如有什么麻烦，那就是你告发的，我们会让你的脑袋开花，明白吗？"

"明白，明白，一切照你说的办……大侄女，我能问问你们是哪条道儿上的人吗？"

"闭嘴！照我说的办。"

· 第七章 ·

　　文三儿自从"聚宝阁"倒闭后，陈掌柜家是住不成了，他只好回"同和"车行去睡大通铺，也拉起了散座儿。他可是有日子没吃这份苦了，干这活儿你得拉着车满大街转，有时为抢生意还免不了和同行打一架，一天下来没挣着钱也得交车行老板车份儿钱，想赊着连门儿也没有。"同和"车行位于南城南横街的黑窑厂，老板孙金发早年是天津卫"混混儿"，不是土生土长的北平人。

　　天津卫的"混混儿"是有了名的，和北平的流氓地痞、泼皮无赖不是一个路数。北平的黑道儿人物之间进行火并往往搞得轰轰烈烈，双方约好个场子开打，一般都是人迹罕至的角落，比如北海夹道、天坛的南墙根儿等地。这种火并有点儿像古代打仗，双方人马各占一边，各出一员大将"单挑"，是比试拳脚还是动刀子玩命全凭事先的约定，双方都会遵守规则，这和欧洲中世纪的决斗颇为相像。当然，也有打群架的时候，双方数十人各执器械一拥而上，真刀真枪真往死里招呼，打死个一两口子是常有的事，当一方"认栽"了，另一方则表现出一种难得的大度，主动出钱给死伤者以抚恤，双方握手言和，从此败的一方不再"乍刺儿"，胜的一方也绝不挟胜欺负人。

　　天津卫的"混混儿"可不是这样，他们也是有帮有派，同样也是打架不要命，但表现形式比较独特，这和天津卫的民风有关，为此史书有明载，方志有专述。

　　明《天津整饬副使毛公德政去思碑》上说，天津三卫（按明代分天津卫、天津左卫、天津右卫）"风俗不甚纯一，心性少淳朴，官不读书，皆武流；且万灶沿河（南运河）而居，日以戈矛弓矢为事"。足见舞刀弄枪，渊源有自。天津且为水陆码头、商业城市，接官迎差，贩夫走卒，互相割据，各霸一方。同时，"有等市井无赖游民，同居伙食，称为锅伙。自谓混混，又名混星子"。他们"把持行市，扰害商民，结党成群，借端肇衅"。讲打讲闹的风气，从天津城市发展最快的清代乾隆末年到光绪初年最烈。津门乾嘉时人杨无怪所写的《天津论》上描绘："小帽歪，衣襟敞，提眉横目，慌里慌张。"绘声绘色，想见其人。

有人说天津人的起哄架秧子曾影响到中国政治与历史，这话似乎也有些道理。同治九年的天津教案中火烧望海楼、光绪二十六年义和团攻打天津租界，与天津人这种起哄架秧子之风不无关系。据说当时天津卫鸟市前身院门口的空场上，经常聚集着大批闲人，当围攻望海楼时，他们中的一些人闻风赶去，加入围攻队伍，由起哄、扔砖头终至放起火来。还有一本笔记记载："同治九年五月二十三日，土棍若干人，相聚攻教堂。堂破，得盲儿无数，益信被拐儿童遭剜目之惨。实则盲（童）学校之学生也。土棍等益怒，乃杀教士，并焚教堂。"由此可见，天津"混混儿"起哄架秧子的水平高于北平的地痞流氓。

清末的天津混混儿讲究"花鞋大辫子，一走一趔趄"，辫子既粗且松，有的每股中还插茉莉花儿一朵；额贴太阳膏；行路时一只手伸入大褂的纽襻下，半提衣襟，一瘸一拐，表示自己身经百战，曾伤筋动骨，落得残疾。轮到孙金发这辈儿上，天津混混儿的规矩已经形成，出现众多的"流派"。打群架动刀子的固然有之，可孙金发却看不起这个，他有自己的方式。若是和哪个团伙有了过节，需要一争长短，他们讲究"文打"。先是派出一个最"横"的混混儿单刀赴会，单身到对方地盘上叫板，这混混儿既不带家伙也不会什么武功，说白了就是找挨揍去了，你不揍都不行，若是不揍他就当你是不敢揍，先从你家十八代先人骂起，再向五服之内漫延，污言秽语、日爹操娘不绝于耳。总之，非把你骂得火冒三丈揍他不可，这就算达到目的了。他把脑袋一抱，两腿一夹护住档部，屈膝弓背侧躺在地上，任你拳打脚踢，乱棍齐下，哼都不哼一声。这半边身子打烂了，他一翻身又把那半边身子让出来给你打，越打得血肉横飞，人家神色越发安详，仿佛是酒足饭饱后让人按摩一样，嘴里还连声喊舒坦。他的意思很明显，有能耐你就打死我。毕竟人命官司非同小可，一出手就把人打死总不是个事儿。要是你不敢把他往死里打，那好，你算"尿了"，认栽吧，摆席赔礼让出地盘不说，往后不管在哪儿碰上，您得鞠躬叫爷。

"同和"车行老板孙金发的身子骨就是这么练出来的，他今年五十八岁，这辈子统共挨过多少次揍，他自己是记不清了。反正是两边的肋骨没一根儿好的，从脸蛋到屁股蛋伤疤排列得密密麻麻。纵观百业，在哪行混饭吃都得有手艺，孙金发的手艺就是能扛揍，属鸭子的——肉烂嘴不烂。北平的叫花子是个人都会来套"莲花落""数来宝"什么的，可京油子却说不过卫嘴子，要是较起真儿来，天津快板比"莲花落""数来宝"更贫，孙金发的天津快板完全是挨揍时的即兴创作，打得越狠他越有灵感，挨一拳口吐莲花，再挨一脚妙语连珠，这事儿怪了，若是不挨揍他一句也说不出来，还真有点儿贱骨头。天津卫是什么地界？水陆通衢、五类杂处之地，在这儿能混出点儿名来可不容易，孙金发愣是在混混儿群里成了名，人称孙二爷，这可不是闹着玩的。

当年孙金发在海河边上和大名鼎鼎的"海河帮"叫板，照例是一抱脑袋一夹裆侧躺下去，只当自己是个沙土袋，任打任踹您随便。"海河帮"的帮主绰号"海河蛟"，是个心毒手狠的角色。那几天海河蛟正浑身较劲手痒痒，见有人躺在这儿让你打，那就对不起了，不打白不打，他先是运足了气照孙金发的软肋给了一脚，这一脚踢断两根肋骨，孙金发面不改色大叫："舒坦，真他妈的舒坦，再来两下……"

海河蛟又是一脚，孙金发却即兴创作起天津快板来："爷住天津卫呀……"

"嗵！""嗵！"又是几脚。

"是嘛也学不会……"孙金发接着说。

又是一阵雨点儿般的拳脚。

"学会了×你妈呀，是专和你妈睡……"

海河蛟是个大孝子，最忌讳有人骂他娘，于是火冒三丈，指挥手下人把孙金发往死里打。孙金发神态自若地挨着一下一下的重击，照样念着天津快板，污言秽语一句跟着一句，抑扬顿挫，合辙押韵，海河蛟家族里的女性长辈挨着个儿让他×了一遍，最后骂得海河蛟汗都下来了。他算看出来了，眼前只有两条道儿好走，要么打死他算了；要么自己认栽。要说打死他，海河蛟倒也没什么下不去手的，问题是一旦出了人命，他在地面儿上未必罩得住。唯一的办法就是抛下多年积蓄的家当远走他乡，可话又说回来了，为这么一个泼皮值当吗？你要是不打死他，任他把十八代先人都×一遍，往后还怎么在天津卫混？有道是，光脚的不怕穿鞋的。那时孙金发光棍一条，灶王爷贴在腿肚子上——把脚一抬，全家上路。他怕什么？这条贱命不值钱，打死就算了，打不死您就拿钱来摆平吧，钱到手了还要当你的爷。

最后海河蛟很明智地选择了认栽，让出地盘，赔了一大笔钱又叫了声"爷"了事。

敲锣卖糖，各干一行。孙二爷是靠这门手艺吃饭的人，既然是三百六十行，行行出状元，那么在混混儿群里，孙二爷理应是状元。

然而孙二爷终于有一天也栽了，而且是彻底断送了他的混混儿生涯。

那天孙二爷逛街逛到南市口，发现新开张了一家饭庄，门口的横匾上写着店名"金法楼"。孙二爷不识字，他扫了一眼没在意，正要过去，他身边一个能识几个字的小混混儿说话了："二爷，这家饭庄起的名儿可有点儿不对，您听听，愣敢叫金法楼，这不是和二爷您叫板吗？"

孙二爷歪着脑袋想了一会儿，不禁勃然大怒："没错儿，这名儿起得是不地道，金法楼？犯了咱爷们儿的名讳，这不明摆和咱爷们儿过不去吗？行啊，咱们走着瞧……"

当天夜里，孙二爷派了几个小混混儿给这家饭庄粉刷了一遍门脸儿。当然，粉刷的材料不是油漆和大白，而是稠稠的、已发酵成绿色的大粪汤，愣是熏臭了一条街，第二天那条街上连行人都没了，苍蝇们倒是成群结伙去那儿逛街了。

孙二爷这下捅了马蜂窝，那家饭庄并不好惹，买卖是几个人合股的，最大的股东是个日本浪人，叫木田八郎。此人在日本国内也不是个良民，是个有黑社会背景的人，不知因为惹了什么事才跑到中国来。木田八郎是个剑道高手，总挎着一把武士刀，指名道姓地要和中国武术名家比武。他是个不安分的人，平日无风还想搅起三尺浪来，何况这次孙二爷惹了他。

木田八郎派人给孙二爷送了帖子，约孙二爷于某日晚在四平道的一片空地上决斗。孙二爷接到帖子时正在茶馆里喝茶，一听木田提出的要求他乐得把嘴里的茶都喷出来了。他心说这东洋鬼子简直是个"棒槌"，他难道不知道什么叫天津混混儿？你有武艺可二爷我不和你玩，二爷走的是挨揍的路子，伸着脖子让你打，有能耐你打死我，你要不敢咱就换换，你躺下让我打，二爷我揍不出你屎来，就姓你的姓。

那天晚上孙二爷带了几个小混混儿准时赴了约，一个叫小二的混混儿还拎着一个小铁桶，里面装了半桶刚从茅坑里捞出来的新鲜粪汤。

木田八郎是一个人来的，他穿着一身藏青色的和服，脚上蹬着木屐，左手握着一柄带鞘的武士刀。一看他这身行头，孙二爷和几个混混儿都乐了，这小子简直是个生瓜蛋子，任吗不懂，和天津混混儿叫板，他带把破刀来干吗？对这类生瓜蛋子，孙二爷是不屑于亲自上阵的，二爷不打算给他这个脸。

孙二爷用手一指："你，你打头一阵。"

一个叫秃子的混混儿应声走上前去，秃子当混混儿有十来年了，也算身经百战挨过几十顿揍了，是孙二爷的得力干将。

木田八郎警惕地注视着向他走来的秃子，他心里暗暗惊讶，对方居然赤手空拳来和他交手，莫不是精通空手入白刃的功夫？看来此人是个高手，须小心对付才是。木田八郎不敢怠慢，他"唰"的一声钢刀出鞘，伴随着一缕金属的铮鸣声，黑暗中漫起一抹寒光。他双手握住刀柄，立好门户，静静注视着走近的对手。此时木田八郎浑身的肌肉都绷得紧紧的，整个身体犹如已搭在弓弦上的箭……他突然觉得有点儿不对劲，对方怎么双手抱头，身子一侧躺下来了？这是什么门派？地躺拳？还是什么更神秘的中国功夫？木田八郎一时发起愣来。

对面的孙二爷和手下几个混混儿早已乐得前仰后合，都捂着肚子喘不上气来。孙二爷上气不接下气地喊："小二，你……你他妈的还愣着干吗？去，给这小子洗个澡……"

那边的木田八郎还没醒过味儿来，他发现又过来一个人，手里还拎着个水桶，仔细看看，没错，是个水桶，而不是什么兵器。这是干什么？木田八郎正在纳闷，只见小二一托桶底，一团黑乎乎、黏稠的液体迎面泼来……一股恶臭四下漫延开来，木田八郎往脸上抹了一把才发现是大粪，他恶心得差点儿吐出来。这半桶大粪一点儿没糟蹋，全部泼在了他的脸上和身上，还有一部分进到了嘴里。木田八郎气得发疯，身为日本武士，尊严比性命都重要，如今被人泼了一脸大粪，简直是奇耻大辱。这些可恶的中国流氓，他们必须用血来为自己的行为负责。木田八郎双手握刀，黑暗中寒光一闪，小二的笑声戛然而止，锋利的武士刀将他的头颅齐崭崭地劈成了两半……

饶是混混儿们身经百战，也从没见过如此惨烈的景象，他们耍泼皮是建立在"法律保障"的前提下，知道对方不敢要他的命，如果不是被掘了祖坟，对方也犯不上要他的命，为这条贱命吃官司不值得。而木田八郎的确是个生瓜蛋子，他可不管这些，一出手就劈开了对手的脑袋，这也太不讲规矩了。混混儿们的神经终于崩溃了，最先蹿起来的是躺在地上准备挨揍的秃子，他被吓破了胆，不打算玩了。孙二爷愣了一下，突然从喉咙深处发出一声带着颤音的怪叫，叫声没落，孙二爷已经蹿出了十几米，小混混儿们也一哄而散，跑得一个比一个快。

这件事在天津卫说大不大，说小不小。说大是因为此事见了官，既然是出了人命官府便不得不管了，但中国的官府管不了日本侨民。天津有英、法、日等国的租界，还有万国租界（公共租界），清政府当年签订的《辛丑条约》还在生效，日本人在租界里有驻兵权，日本华北驻屯军的司令部就在天津。偌大的一个天津唯独中国政府没有驻兵权。这叫什么事儿？日本侨民归日租界的领事馆管理，日本人在中国就是犯了天大的事儿，日本领事一句话就能打发了。这没办法，人家有"领事裁判权"，或者叫"治外法权"。比如这次日本侨民木田八郎杀了人，日本领事告诉中国官员，木田八郎犯了罪，已被送回国严惩了。这案子就算了结了，至于木田八郎回国是否受到法律的制裁，那只有天知道了。

这件事损失最大的还是孙二爷，因为孙二爷所从事的职业比较特殊，这种职业是栽不起的，你九十九次过五关斩六将，最后一次走了麦城，对不起，就这一次您就认栽吧。天津卫这个大码头是不收留失败者的，混混儿靠什么扬名立万？靠的是命贱，这条命不值钱，随时可以和富贵人换命，人家舍不得和你换，得嘞，你就赢了。怕死是混混儿的大忌，要是有一天你突然觉得自己那条命也值钱了，舍不得和人家换了，那么这行你算干到头了，识相点儿你自己卷铺盖滚蛋，不然你自己手下的喽啰也得把你打出天津卫，因为他们没必要再认一个没能耐的人当大哥。

孙二爷是个明白人，不管自己年轻时有多少英雄业绩，反正这回是"尿了"，几十年挣来的面子毁于一旦，他认栽。混混头儿是别想干了，他该挪挪窝儿了，好在手里还有些积蓄，孙二爷跑到北平开起了人力车行。

北平的粮价飞涨引起市场萧条，百业凋零，连洋车夫的生意都少了，市民们首先要考虑的是糊口，谁有闲钱坐洋车，有事儿上街自己溜达着算了。

文三儿近来生意不太好，连着几天都没挣着钱。今天也是如此，都下午4点多了，挣的钱只够交车份儿，他从前门火车站一直溜达到虎坊桥也没见有人坐车。天冷得邪乎，西北风就像小刀子，一个劲儿地戳他的脖子，冷风顺着脊梁往屁股沟那儿溜，那件破棉袄实在扛不住冷。文三儿一跺脚不干了，收车！爱怎么着怎么着吧。

文三儿回车行刚放好车，见孙二爷捧着铜制的水烟具从屋里出来，他见了文三儿便和气地问："怎么着文三儿，这么早就收车啦？"

文三儿哈哈腰道："二爷，今儿个天儿冷，实在拉不着座儿。"

"这就对了，天儿冷就早点儿收车，别为多挣俩钱儿就不要命，一会儿到我屋里烤火，顺手推两把。"

孙二爷喜欢推牌九，平时不玩，只是见谁手里有了俩活钱，他的赌瘾就容易犯。他要想玩而别人不玩，这就是看不起他，孙二爷就要发火。问题是孙二爷掷骰子的功夫早已炉火纯青，随便一扔，想要几点有几点，想从他手里赢点儿钱，门儿也没有，只有南横街口巡警阁子里的王巡长能赢他。王巡长掷骰子的本事不大，可王巡长有个毛病，输了就瞪眼，手还爱往腰间的枪套上摸，看着怪吓人的，所以孙二爷赢不了他。除此之外，有一个算一个，孙二爷还没遇见过对手呢。

文三儿心说这老东西可真有眼力见儿，自己喝了一天西北风，连饭钱都没挣出来，哪有钱玩牌九？车行里的伙计们谁不知道，和孙二爷推牌九就等于给这老东西送礼。文三儿心里琢磨着，是不是求求孙二爷，把今天的车份儿免了，不然他今天要饿肚子。

孙二爷站在车行的院门口，一边吸着水烟一边看街景。车行隔壁的院子里传出一阵电锯开木料的刺耳噪声，这是一家木材加工厂，孙二爷刚来时对这种噪声很不适应，经过一番较量，木材厂的于老板被摆平，签订了每月付孙二爷"耳朵磨损费"的协议。看来只要交钱，孙二爷的耳朵还是可以适应任何噪声的。

而今天孙二爷又发现了问题，马路对过不知什么时候新开了一家烧鸡店，牌匾上写着"满口香"三个颜体大字，烧鸡店的窗口挂着一溜儿油汪汪的烧鸡，顾客进进出出，看来生意不错。

文三儿跟在孙二爷身后，想开口提免车份儿的事，他仔细斟酌着词句，好不容易鼓足勇气，正要开口，见孙二爷突然神色大变，他脸上的肌肉抖动起来，面颊上的伤疤也渐渐变成了紫红色，这都是孙二爷发怒的前兆，看样子是什么事儿又招孙二爷生气了。

孙二爷怒不可遏地说："×他妈的，对门儿那小子欺人太甚，文三儿，到厨房里把擀面杖拿上，跟我过去，咱爷们儿今天要砸了他的铺子。快点儿，怕什么？有我顶着呢。"

文三儿不知道对门儿的烧鸡铺子如何得罪了孙二爷，既然是老板发话了，他自然要服从，有老板顶着，他怕什么？砸哪儿他都不怵。当然，要是砸街口的巡警阁子那可另当别论了。

文三儿二话没说，找出了擀面杖拎在手里，跟着孙二爷来到了烧鸡店的门口，文三儿掂掂擀面杖请示道："二爷，先从哪儿砸？您说话。"

孙二爷摆摆手道："先不忙，咱爷们儿好歹也是生意人，讲究的是先礼后兵，他要是不懂规矩，就别怪咱砸他的买卖。"

北平人对看热闹是从来不落空的，就这么一会儿，周围已经围上了十几个闲人。人多了好，孙二爷要的就是这效果，他扯着嗓子喊了一句："谁是老板呀？他妈的给我滚出来！"

烧鸡店的老板赵宝才是河北衡水人，五十多岁。衡水的老白干和烧鸡都颇有名气，赵老板刚盘下这个铺子，打算在北平城里闯闯牌子，今天是开张的日子。外乡人进北平做买卖，人生地不熟，最怕惹事，赵老板一边往外走一边在纳闷，我没得罪人啊。

文三儿觉得自己有义务给赵老板介绍一下，他面前站的是何许人也，于是便大模大样地训斥道："你是老板，怎么这么磨蹭？这是'同和'车行的老板孙二爷，有事儿要找你问话。"

赵老板冲孙二爷一抱拳赔笑道："哟，孙二爷，您老来啦，在下赵宝才，河北衡水人，小店刚刚开张，我还没来得及拜访孙二爷，要有什么得罪二爷的地方，您该打就打，该骂就骂，可今天这事儿……二爷，您得让我闹个明白呀。"

孙二爷说话了："噢，你还不明白，这么说是我欺负你了？"

"哪儿的话？二爷，您别误会，我可没这个意思，您先消消气，有话慢慢说。"

孙二爷指指挂在钩子上的一排烧鸡蛮横地说："姓赵的，你甭跟我揣着明白装糊涂，你瞧瞧这烧鸡，有你这么挂法儿吗？"

赵老板仔细看看烧鸡，怎么也看不出这烧鸡如何得罪了孙二爷，他赔着笑脸说："哎哟，二爷，我还是不明白……"

"你少跟我这儿装孙子……"孙二爷勃然大怒，"姓赵的，你瞧瞧这一溜儿烧鸡，个个都拿屁眼儿对着我的大门，你看咱爷们儿好欺负是不是？"

赵老板这才恍然大悟，好嘛，这不是没事儿找事儿吗？要这么说，每天从我这儿过马路的人多了，哪个不是拿屁冲着"同和"车行的大门，你怎么不找过马路的人麻烦？当然，想是这么想，赵老板是个讲究和气生财的生意人，他不想把这点儿小事闹大。

"孙二爷，这事儿怨我，没想到二爷忌讳这个，您消消气，我叫伙计把烧鸡拿下来，以后我挂到里面去，保证不会再惹二爷您生气。"

孙二爷用鼻子哼了一声："少来这套，以后是以后，现在是现在，一码说一码，今天这事儿怎么办？"

赵老板的儿子是个二十来岁的精壮小伙子，正是血气方刚的年龄，他此时有些忍不住了，抄起一把菜刀冲出来朝赵老板喊道："爹，咱没招他，他是欺负咱外乡人，您别求他，我看他敢怎么着。"

孙二爷冷笑一声："嘿？小兔崽子，胎毛还没褪呢，就敢跟你爷爷这么说话，活腻了吧？咱爷们儿玩刀子的时候，你小子还在你爹腿肚子里转筋呢。小子，往这儿砍，不砍你都是孙子……"孙二爷歪着脑袋拍拍脖子，把头一个劲儿地往对方的刀口上送。

赵老板一把抱住儿子，大声训斥着，他扭过头来向孙二爷不停地赔不是。

孙二爷不依不饶，嘴里喊着："文三儿，你还等什么？给我揍这小兔崽子，打！往死里打！打死了算我的……"

文三儿拎着擀面杖踌躇起来，他倒没考虑打死了算谁的，他犹豫的原因在于对方手里的菜刀，真要把自己砍了怎么办。

孙二爷到底是岁数大了，比起当年在天津卫的豪气，如今也算是翻篇儿了，这事儿要是搁在过去，赵老板的小烧鸡店非关张不可，孙二爷是这么好惹的？可如今在北平这大码头上，连孙二爷自己都成了外乡人，再加上岁数不饶人，他当年滚钉板儿、油锅里捞秤砣的英雄气概已经成了昔日的辉煌，见好就收才是上策。那天孙二爷把这条街闹个底儿朝天，看热闹的人足有好几百，连街口巡警阁子里的王巡长都被惊动了。幸亏是王巡长来了，不然这件事还不知道如何收场呢。

经王巡长调解，双方最终达成了协议。王巡长坚持要将协议落实到书面文字上，但孙二爷、赵老板都不认得几个字，这种类似合同文件的调解书由街头算卦先生常老四起草，常老四平时除了算卦，也帮人代写打官司的诉讼状子，人称"刀笔老四"。

调解书采用了较为时髦的白话文：……由于"满口香"烧鸡店赵老板有意将烧鸡的臀部及肛门对着"同和"车行的大门，给"同和"车行老板孙二爷造成了极大的精神伤害。经调解，"满口香"烧鸡店赵老板愿向"同和"车行老板孙二爷赔礼道歉，并奉送烧鸡两只，保证今后不再发生此类行为。对此，"同和"车行老板孙二爷表示接受"满口香"烧鸡店赵老板的道歉，今后不再追究……

那天所有参与此事的人都很满意，孙二爷找回了面子，还得了两只烧鸡；赵老板破财消灾，一劳永逸地解决了后患；王巡长和常老四帮了忙，各得一只烧鸡作为酬谢。唯独没有文三儿什么事儿。文三儿很愤怒，他跟着孙二爷忙乎了半天，临了连根鸡骨头也没啃上，更可气的是，当晚孙二爷酒足饭饱后，公事公办地向他讨要了当天的车份儿，一个子儿没少要。文三儿愤愤地想，这老王八蛋，想讹人家烧鸡你就明说，隔着七八丈远，你老眼昏花的能看见那烧鸡哪儿是脑袋哪儿是屁眼儿吗？

那天晚上，要不是同车行的老韩头借给文三儿一毛钱，他真得饿到第二天去。

第七章

　　文三儿说过,他从来不认什么政府,谁来管理这个国家都不关他的事,反正你得让老百姓挣钱吃饭。这个要求似乎不算高,可日本人并不认同文三儿的道理,他们就认为,中国人最好不要吃饭,即使吃饭也不要吃饱,而且最好不要吃纯粮食。

　　日本占领当局先是宣布国民政府发行的法币禁止流通,取而代之的是日本"军票"。谁也说不清这种军票的发行量,是否有硬通货作为储备,它能否叫作货币也很难说,说它是某种票证或代用券倒是沾点儿边。由于日本军队所需的粮食全部取之于占领区,再加上华北连年干旱,各地普遍歉收,引起北平粮价暴涨,日本占领当局采用了转移目标的手法,将责任归罪于粮商的囤积居奇、哄抬物价。日本宪兵队对北平的粮食商号进行了突击检查,在一天之内逮捕了一百二十八个粮商,查封了大批存粮,同时宣布对粮食实行管制,偷运粮食属于走私罪,违者处死。下令全市各粮号禁止按过去的正常方法加工粮食,要求各粮号将各种杂粮混合在一起,掺上麸皮、米糠、橡子等物,磨成混合面供应市民。

　　北平的市民还没遭过这种罪,以前再不济也有窝头吃,棒子面虽然不好吃,可好歹是纯粮食,比起现在的混合面来就算是美味了。混合面的颜色灰暗,碜牙,口感苦涩还有异味,吃下去不是腹痛拉稀就是大便干结拉不出来。更糟糕的是,即使是混合面也要凭证定量购买,甭想吃饱了。

　　文三儿在前门火车站等散座儿,好容易赶上一个客人要去海淀,这活儿要搁在以前,文三儿得乐死,这是个肥活儿。按战前北平的交通行情,以正阳门为起点,包汽车行的汽车去海淀清华园,单程价格为四元五角,往返则需五个小时,车费六元,而洋车费用减半……民国二十五年出版的《北平旅行指南》上也是这样向外地游客介绍的。也就是说,拉洋车跑一趟海淀能挣三元钱,这绝对是个大数儿。可文三儿二话不说就拒绝了,原因很简单,他实在没有力气跑这么远的路,都是混合面闹的。

　　文三儿拉着空车晃悠了一上午还没开张,如今市面萧条,人心惶惶,拉车的人比坐车的人多。文三儿沮丧地走过前门牌楼,想回火车站碰碰运气。他发现车行里几个老伙计都揣着手猫在前门箭楼的墙根儿下晒太阳,文三儿幸灾乐祸地笑了,看样子这哥儿几个也是一上午没拉着活儿。这就对了,连文爷都没开张,这几个孙子就更不该开张了,文三儿拉着空车凑了过去。

车夫们正在听"大裤衩子"说笑话,时不时传来一阵阵哄笑。"大裤衩子"那来顺是旗人,早年从河北定州过来的,据说祖上也阔过,但现在就不能提了,过得比文三儿强不到哪儿去。那来顺只有一条半裤子,那半条裤子就是一条蓝布大裤衩,每年5月初上身,一直穿到10月底才换长裤,车行的伙计们都说,从民国十八年那来顺从定州逃荒来北平后,如今十来年过去了,除了这一条半裤子,还没见他穿过别的。"大裤衩子"这个外号就是这么落下的。

"大裤衩子"长了一张好嘴儿,他在北平混了十来年,别的本事没见长,倒是学会了一嘴京油子的"片儿汤话"[1],那张嘴要多贫有多贫。此时他一见文三儿便兴高采烈地打招呼:"文三儿,这一上午你小子到哪儿蹭墙根儿去啦?"

文三儿笑道:"不好意思,文爷我去韩家潭'庆元春'会相好的去啦。"

"文三儿啊,你就吹吧,八大胡同是你去的地方?你小子想当大茶壶都没人要。"

"我说大裤衩子,你还别拿豆包不当干粮,哪天文爷时来运转,就让你小子给我当跟班儿,咱往陕西巷口那儿一站,八大胡同的那些小婊子得把文爷抬进去,文爷跟谁睡那是给她脸。好好干吧,大裤衩子,到时候文爷一高兴,说不定就赏你个婊子,让你也刷刷锅。"

"得了吧文三儿,你这辈子也就是个臭拉车的,还他妈的逛八大胡同呢,也就是黄鼠狼抱鸡毛掸子——空喜欢一场。"那来顺反唇相讥。

"怎么着,哥儿几个,都没开张呢?"文三儿问。

"可不嘛,早上天刚一亮就出门儿了,拉着车来回'扫马路'[2],到现在一个活儿还没呢。"一个叫郑大宝的车夫回答。

老韩头正在啃混合面窝头,他每咬一口都努力地伸长脖子,费劲地往下咽。

文三儿又拿老韩头开心:"干吗呢?老韩头,姜太公钓王八——愿者伸脖子?"

---

[1] "片儿汤话"是北京人形容牢骚话、风凉话或不正经的调侃话。例如:你别跟我甩片儿汤话,别以为我听不出来。

[2] "扫马路"是旧时人力车夫的行话,意思是拉着空车在马路上来回兜生意。

"文三儿，你装什么丫挺的，拿我开心是不是？"老韩头骂道。

一提起混合面，"大裤衩子"不由得骂了起来："×他妈的，日本人是坟头上插路标——把人往死路上引啊，这东西是人吃的吗？前两天我去茅房，瞅见老少爷们儿在茅房里蹲了一溜儿，个个都脑门子冒汗，咬牙攥拳头，跟屁眼儿较劲，不知道的还以为咱北平的老少爷们儿都练什么功夫呢。我也跟着蹲了会儿，等擦屁股的时候，您猜怎么着？我他妈摸了一手血，闹了半天屁眼儿给撑裂了。"

文三儿坏笑道："我教你个招儿，往屁眼儿那儿抹点儿辣椒油，准保管用。"

那来顺正要回骂，忽然眼睛直了，他紧紧盯着一个正在过马路的日本女人，那女人穿着绣锦花卉图案的白缎子和服，发髻高耸，脸上涂着一层白粉，小嘴儿涂得通红，正扭着小腰儿款款走来，看样子，这是个日本妓女。早在战争爆发之前，由日本浪人开的妓院就已经挤进了八大胡同，韩家潭东口的那家日本窑子是比较出名的一个，生意一直很红火，不光是为在北平做生意的日本商人服务，中国的达官贵人也常去光顾。北平沦陷后，这些日本妓院成了日军中、高级军官的专用妓院，那些日本妓女白天无事就喜欢打扮得花枝招展地逛街，三三两两出没于闹市，成了前门、大栅栏地区的一道风景线。

车夫们一见日本妓女都纷纷来了精神，那来顺的脸上露出猥亵的笑容，他一边盯着看一边评论着："嘿！这小娘们儿还真水灵，你瞧那小腰儿一扭一扭的，真他妈勾人魂儿……"

老韩头老眼昏花的看不清，他眯着眼道："咋着？这娘们儿是刚从面口袋里钻出来的？脸上沾这么多白面，也不抖落抖落就出来啦。"

郑大宝起哄道："我知道这日本娘们儿叫什么，他们日本名儿不是四个字就是五个字，女的净叫什么什么'子'，叫着挺绕口的，这娘们儿就叫'裤裆加带子'。"

那来顺说："不对，不对，叫'净装孙子'……"

车夫们哄笑起来。

文三儿认为这日本妓女不懂中国话，于是胆子便大了起来，他起着哄地喊："鬼子大姐，今儿个晚上陪文爷睡怎么样？文爷这两天正浑身较劲，除了裤裆里哪儿都硬……"

老韩头笑道："文三儿，你再说一遍，我耳背，没听清楚，你那意思是该硬的地方不硬，不该硬的地方全硬啦？"

文三儿锲而不舍地朝日本女人追出几步，嘴里喊道："别走呀，咱还没谈价儿呢，鬼子大姐，睡一宿两毛钱够吗？"

那来顺说："文三儿，你那两毛钱留着回家孵豆芽儿吧，大爷我讲究不给钱白玩，有钱也得给咱中国婊子留着，这叫'抵制日货'。"

"大裤衩子，这你就不懂了，抵制日货不如抄起枪来抗日，怎么个抗法？这就有讲究了，他日本鬼子喜欢打仗，咱不跟他玩，咱玩他们日本娘们儿，文爷这杆枪专门对付日本娘们儿……"

"噢，明白了，敢情你是用这杆枪抗日？那可真得好好保养保养，别真到用的时候瞎了火。"

"不可能，不信让我嫂子来试试。"

"去你妈的，你嫂子是劁猪的出身……"

日本女人走远了，大家的兴致还没有下去，都认为今天的举动总算是给北平的老少爷们儿出了口恶气，心里很痛快，谁让你小鬼子欺负中国人？这就别怪咱爷们儿在你们日本娘们儿身上找碴儿，这叫一报还一报。

老韩头咬牙切齿地说："庚子那年董福祥的兵和义和团把东交民巷的日本使馆围得像个铁桶，大炮排子枪照使馆一通招呼，那叫痛快。后来听说是老佛爷不让打了，这才让他们反过手来，老娘们儿误事儿啊，当时要是让董福祥带兵打进去，甭管是娘们儿还是孩子全他妈斩草除根，灭了这帮孙子，让小日本知道咱中国人不好惹，兴许后来就不敢乍剌儿啦。"

文三儿感慨道："你说这些日本人怎么都这么矮？一个个儿长得还没我屌高，那天我在大栅栏那儿碰见一个小鬼子，我在他后面比画了一下，操！这孙子的个儿也就到我鼻子下面，刚好比我矮半头，我心说了，要是一对一单挑，文爷一只手在裤裆里挠痒，剩下那只手也能把这孙子捏死……"

文三儿正说得起劲，冷不防屁股上挨了重重一脚，差点儿把脸撞到城墙上，他发现那来顺和老韩头等人脸上都变了颜色，大家的眼睛都直勾勾、惊恐

第七章

地望着他的身后。文三儿转过身来，见前面站着一个穿黑色制服的中国警察，他身边还有两个穿着黄军装，佩着黑色领章的日本兵。文三儿的冷汗一下子顺着脑门流下来，这下可褶子啦，敢情那日本娘们儿懂中国话，不但报了警，还招来了日本兵，这回可是手榴弹擦屁股——大祸临门了。

一个日本兵慢慢地走到文三儿面前，毫无表情地上下打量着他，文三儿战战兢兢地向日本宪兵哈哈腰，以示恭敬，他觉得日本兵的目光冷得瘆人。

那个中国警察指指那来顺："你，给我站起来。"

那来顺哭丧着脸站起来分辩道："老总，我可什么也没干，我是良民呀。"

"良民？你这个良民胆儿倒是不小，敢调戏日本女人，你有种啊？给我站过去，靠墙站好。"

那来顺和文三儿被命令并排站在城墙根下，那来顺嘴里一个劲儿地喊冤，而文三儿却顾不上分辩，他的眼睛死死盯住日本兵的腰间，那儿挂着一个像王八盖儿一样的手枪套。文三儿心说，这两个鬼子干什么都没事儿，就是千万别往腰上摸，一旦掏出枪来可就他妈的麻烦了。

偏偏文三儿怕什么就来什么，一个日本兵慢慢地掀开王八盖儿，掏出了手枪，"咔嚓"一声把子弹推上了膛……

方景林按照每天的巡逻路线穿过前门牌楼准备向西拐，猛地看见箭楼的城墙根下围着不少人，其中还有穿黄军装的日本兵，随风传来一阵声嘶力竭的号啕声。这声音简直不像是人嗓子里喊出来的，如果不是恐惧至极谁会发出这种声音？方景林不用猜就知道，肯定是日本士兵又在实施什么暴行，自从北平沦陷后，方景林目睹的暴行实在太多了。

方景林有些踌躇，他心里很清楚，在日本占领军的眼里，中国警察连傀儡都算不上，干预暴行的结果很可能殃及自身。前几天西城的一个警察由于阻止几个日本浪人殴打商贩，被打成重伤，新上任的警察局长沈万山为此事专发了内部通报，称这个警察违令越权，咎由自取，并警告所有警务人员，今后凡涉及日本人的案件，切不可擅自介入，应通知日本宪兵队处理，否则后果自负。方景林迅速考虑了一下，决定还是过去看看，尽管他知道此举风险极大，也许还有生命危险，但眼看着自己同胞在受难而不闻不问，这种事他干不来。

方景林转过身向人群走去。

文三儿和那来顺的处境很不妙,看样子这两个日本兵都懒得逮捕他们,干脆就地枪毙。文三儿绝望地哭了,他两腿发软,靠着城墙的身子也站不稳了,一个劲要往地上出溜儿,他的思维在巨大的恐惧压力下变得支离破碎。老天爷啊,这太过分了,犯了这点儿事就枪毙?你好歹问问再毙也不迟啊,好嘛,连审都懒得审,把个前门楼子就当刑场了……

那来顺突然爆发出惊天动地的号啕声:"太君,您饶了我吧……我上有八十老母……下有一大家子……都指着我过日子呢……呜呜……我没说什么呀……是文三儿,是文三儿说的呀……"

这大裤衩子真他妈不仗义,死到临头还把事儿往别人身上推,有这么办事儿的吗?文三儿狠狠盯了那来顺一眼,恨不得掐死他。他正要骂那来顺儿句忽然又不吭声了,因为他发现自己的裤裆又湿了。

日本兵已经举枪向他们瞄准了,这时方景林走进人群用日语喊道:"等一下,我有话说……"

两个日本兵诧异地垂下举枪的手,他们好像不大明白,这个中国警察为什么这么大胆子,敢阻止皇军行刑?

方景林认出那个警察是局里的同事王有成,他似乎对杀人也没有心理准备,已经被吓得脸色煞白,说话都有些结结巴巴的:"老方,你……你可千万别……别和日本人戗……戗着来,有话……好好说……"

方景林没有理王有成,他注意了一下日本兵的军衔,其中一个人肩章上是两颗星的军曹[1],另外一个只是个一等兵,他们佩戴的黑色燕尾形领章表明了宪兵的身份。

方景林向军曹敬了个礼道:"宪兵先生,我是方景林警官,这一带是我的巡逻区,按照规定,在这一区域内发生的任何治安案件都应由我来处理,请阁下将人犯交给我。"

方景林日语说得还不太熟练,但那两个日本宪兵显然是听懂了,军曹对方景林的阻拦似乎很不满意,他举起手枪把枪口顶在方景林的脑门上,冷冷地

---

1 "二战"时日本军队中的军曹相当于中士军衔。

说:"警官,你好像很有胆量,怎么,想替这两个浑蛋去死吗?"

方景林面不改色地望着军曹道:"你可以开枪,但这是我职责所在,也是贵军司令部刚刚公布的治安管理条例,因此我不打算让步,除非你打死我。"

军曹的食指慢慢扣紧了扳机,王有成吓得不停地向军曹鞠躬:"太君,太君,他是刚来的,不懂事,您高抬贵手,饶了他吧……"

方景林火了:"王有成,你给我滚开,你他妈还是个爷们儿吗?"

两个日本宪兵对方景林的强硬大感意外,他们低声嘀咕了几句,事情似乎出现了转机,军曹放下了手枪……站在墙根儿的文三儿感到一阵狂喜,这回有救啦,老天爷有眼啊,哪至于为这点儿小事就给毙了?

军曹将手枪放回枪套,盯着方景林说:"警官,如果你同意我的要求,我可以不枪毙这两个浑蛋。我的要求是,你要为冒犯皇军付出代价,我们每人抽你两个耳光如何?当然,你也可以拒绝,我们不会勉强,但这两个人一定会被枪毙。"

方景林点点头说:"如果这能打消你们杀人的念头,我当然可以同意,动手吧。"

军曹嘿嘿笑了起来,他脱下白手套,用手掌在方景林眼前侮辱性地晃动了一下,突然左右开弓给了他两记耳光。方景林长这么大还没挨过揍,只觉得两眼冒金星,面颊火辣辣的,他费了好大劲儿才控制住自己,没有向军曹扑过去。他努力镇定下来,用手指着一等兵傲慢地说:"你,再来!"

"啪!啪!"又是两个耳光扇在方景林的脸上,他的面颊红肿起来。方景林狠狠地咬住嘴唇,竟然把嘴唇咬破,一缕鲜血从嘴角上流下来,滴落在衣领上……这种侮辱真比死还难受。

事情到了这一步还没完,两个日本宪兵认为,尽管文三儿和那来顺可以活下去了,但不能不受到惩罚,于是一人对一个,照着文三儿和那来顺的脸上左右开弓扇起耳光来,此时两个人的脸上发出一连串噼里啪啦的脆响。这两个日本宪兵虽说个子不高,但长得粗壮敦实,体力充沛,每一掌都带着极大的爆发力,文三儿一开始还能记住数儿,后来就糊涂了,记不清自己挨了多少耳光……

文三儿记不得日本人是什么时候走的，等他清醒一些的时候却觉得脸上有些异样，眼睛无论怎样努力也睁不开了，他用手指扒开肿胀的眼皮朝天上望了一眼，发现天还是这样蓝，阳光还是这样明亮，文三儿明白了，他终于可以活下来了，和生命相比，刚才那顿暴打不过是小菜一碟。对了，要不是方警官拦着，自己这会儿八成是早过了奈何桥啦。方警官，恩人哪，我得给他磕头谢恩，方警官呢？他在哪儿？文三儿又一次扒开眼皮寻找方景林……

他发现方景林早走了。

文三儿忘不了这一天，他牢牢地记住，这一天发生了两件大事。刚才挨揍当然算一件，但这还不算最糟糕的，也多亏了那个方警官。平时洋车夫们最恨警察，背地里管他们叫"臭脚巡"，却没想到"臭脚巡"里也有好人，刚才若不是那位方警官替他们挨打，文三儿和那来顺非让日本人毙了不可，他们杀个中国人就像捻死个蚂蚁一样。

在文三儿挨打后的半个小时里，离前门箭楼不远的廊房头条发生了一件血案，在这场血案中有两个人丧命，其中一个死者是刚才扇文三儿耳光的日本宪兵。另一个死者是个中国人，关于他的死是谁也没想到的，连文三儿听说后都大吃一惊，他竟然是老实得三脚踹不出个屁来的二顺子。

二顺子是个老实得近乎木讷的人，他从小到大没和任何人红过脸，小时候连胡同里的丫头片子都敢欺负他，二顺子受了欺负只有蹲在墙根儿下捂着脸哭的份儿，就是打死他也不敢还手，是远近公认的软货。就这么个人，居然干出了惊天的大事。

二顺子以卖烤白薯为生，他有辆经过改装的手推车，车上放个油桶做的煤火炉，炉上架着铁丝网，把白薯列在网上烘烤至烂熟，那股焦甜香的味道能飘出很远，北平的老百姓喜欢这种食品。

自从北平实行了粮食管制令后，二顺子抓了瞎。白薯无疑属于粮食类，当然也被列于禁止私自买卖之列，违者就算是"经济犯罪"。二顺子他爹死得早，他十四岁就干起了烤白薯的营生，家里的老娘和妹妹都靠他养活，一家三口人的日子过得一直紧巴巴的，这种混账禁令明明是要断了二顺子的生路。

第七章

二顺子是那种认死理的人，北平人管这叫"轴"。他不识字，眼界和见识都很狭窄，只晓得日出而作，日落而息，小心谨慎地过日子，对门外发生的任何事都没兴趣。就连29军在卢沟桥和日本人开仗这么大的事儿，二顺子也是稀里糊涂，他只是模模糊糊听街坊们说过，根本没往心里去，打仗就打呗，关他什么事？二顺子关心的是生存问题，从来就不知道什么是国家和民族。自从日本人发布了粮食管制令后，二顺子也明白了再这么大呼小叫地卖烤白薯会捅娄子，至于会捅多大娄子，二顺子却不具备这种想象力，他认为如果继续干下去，一旦被日本人发现大不了挨几个嘴巴，还能把人拉到菜市口砍脑袋？为这点儿小事值当吗？烤白薯当然还得卖，不卖他一家三口吃什么？

二顺子的三姨早年嫁到门头沟一带的山里，多年来一直走动得很勤，那里现在还比较太平，听说是共产党在那边建立了抗日根据地，日本人除了例行公事的扫荡，平时不大敢越过卢沟桥、永定河一线。二顺子的货源都是取自门头沟的三姨家，关键是如何把白薯弄进城里，这是种技术性较强的操作。西直门、阜成门的城门有日本兵站岗，通常是两个日本兵带两个伪军上岗，他们可以随便检查过往行人，尤其是挎篮子和背口袋的行人，目的是抓捕私运粮食的人，不少夹带粮食的人都在那里翻了船。被抓进宪兵队，其结果是不死也得脱层皮。

别看二顺子平时胆小，一旦关系到他的生计问题时，胆儿就大得出奇，他去门头沟运白薯时，都是昼伏夜出，专走小路，到了城外先找个僻静地方把白薯埋藏起来，然后往怀里揣几个通过岗哨，就这么来回倒腾，有时要跑个二三十趟才能把货全部运回家。二顺子的运气还算不错，这一年多的时间里还没出过事。

然而幸运不可能永远伴随二顺子，今天就出了大事。

那两个日本宪兵把文三儿和那来顺暴打了一顿，已经打得有些累了，便把那个中国警察打发回巡警房交差，他们两人穿过前门牌楼，沿着前门大街向南走去。该着二顺子倒霉，他卖烤白薯的地方就在廊房头条的东口，正处于日本宪兵巡视的路线上。

二顺子的买卖很红火，买烤白薯的人围了一圈，近来北平市民们吃混合面把脸儿都吃绿了，一见到香喷喷的烤白薯就像被勾走了魂儿，纷纷掏钱围了上来。二顺子的买卖从来没这么好过，他一时有些忘乎所以，不但提了价还敲着炉子吆喝起来。

两个日本宪兵刚好走过这里，一见二顺子在敲炉子吆喝，顿时脸就耷拉下来，他们觉得这个中国人实在是欠揍，既然皇军已经颁布了粮食管制令，这小贩还居然敢在光天化日之下跟皇军对着干。要是偷偷摸摸地干也就罢了，可这小子竟然大鸣大放地敲着响儿吆喝起来，似乎唯恐别人不知道，这简直是拿皇军的法令当放屁。

二顺子丝毫没有察觉危险的迫近，他一边忙不迭地收钱一边继续高声吆喝，冷不防后腰上挨了一脚。一等兵穿的是坚硬的翻毛皮鞋，用力又很猛，身材矮小的二顺子轻飘飘地飞出三米开外，一头扎在土地上，把嘴唇都磕破了。

二顺子从来没有挨过这样狠的毒打，他觉得很委屈、很无助，这些日本人也太不讲理了，他从十四岁起就是以卖烤白薯为生，这么多年来一直靠这个过日子，又不是你们日本人来了以后才干的这行，招谁惹谁了？天下事再大也大不过一个"理"字，是个人总得讲理，日本人也不能例外，凭什么打人？二顺子哭了，他哭得很伤心。

那两个日本宪兵却顾不上理会二顺子，按照惯例，他们先要把违法商贩的营业用具捣毁，然后再考虑怎样收拾当事人。军曹先是一脚把火炉踹倒，炉子里的白薯便滚落在地上，一等兵仔细地用脚将白薯一个个地踩瘪。二顺子顾不上哭了，他心疼地爬过去想把被踩得稀烂的白薯捧起来，却又挨了一脚，被踢回了刚才的位置。二顺子哭喊着跪在地上连连向军曹磕头："太君，太君，您饶了我吧，我以后再不敢卖啦，您别砸我炉子，您别砸我车呀……我一家三口可全指着它吃饭呀……太君，我求求您啦……"

一等兵从临街的铺子里找来一把锤子，照着二顺子的手推车轱辘就是一锤，金属瓦圈立刻变了形，车轱辘的辐条也弯了，这一锤像是敲在了二顺子的心口上，他发出一声惨叫："别砸啊，求求您啦……"

一等兵"啪""啪"又是几锤，手推车在连续的重击下成了一堆废铁，他转身又将锤子砸向火炉。

此时二顺子感到万念俱灰，他和许多北平胡同里长大的穷孩子一样，没见过世面，也抠抠搜搜惯了，在旁人看来，这辆破破烂烂的手推车似乎是堆废铁，可在二顺子心里却是他一家三口人的全部希望，毁了它就等于毁了二顺子的生活。二顺子终于绝望了，一个绝望的人是什么事都能干出来的。谁也不知道二顺子在这一瞬间都想了些什么，也许他什么也来不及想，只是出于一种下意识的行动。据目击者说，二顺子双手握住火通条闪电般地跃起，敏捷得像只豹子，他倾其全力用火通条向那个背对他砸车的一等兵捅过去……那根火通条是用一根十二毫米直径的钢条打磨而成，顶端被打磨得异常锋利，此时，这根通条变成了令人生畏的利器。一等兵的反应并不慢，他听到身后有动静忙转过身来，在这一刹那，这根本来可能捅进他后背的利器却直接穿过了他的脖子，两尺多长的通条犹如热刀子切黄油，毫不费力地从脖子的另一侧穿出，一等兵还没来得及叫一声就仰面栽倒……二顺子握住通条使劲想拔出来，继续攻击军曹，但他已经没有机会了。军曹的枪响了，他号叫着不停地扣动着扳机，枪声不间歇地爆响着，直到弹匣里的子弹全部射进二顺子的胸膛……

方景林盯着两个日本宪兵走远才离去，此时文三儿和那来顺已经被打得晕头转向，分不清东南西北，方景林怜悯地看看他们，一声不响地走了。

他沿着护城河向西继续巡逻，心中的怒火久久难以平息。他记住了那个日本军曹的相貌，心想总有一天要亲手干掉这个鬼子，现在他和那鬼子已经不是国家民族之间的对立，而是个人之间的刻骨仇恨。他侮辱了方景林，早晚要让他用命来偿还。方景林当然知道，一个共产党的地下工作者不应该意气用事，一切应以党的事业、组织原则为重，个人的荣辱算不了什么，道理谁都懂，但他是个男人，实在无法做到坦然地面对侮辱。

一只手搭在他的肩膀上，耳旁响起了熟悉的声音："景林兄，别来无恙乎？"

方景林一听就知道是徐金戈，他没有回头，继续向前走着说："金戈兄，你没有走？"

"走，上哪儿去？我喜欢北平，我不在，北平不热闹呀。哟，你脸怎么了，让人打了？"

"这有什么奇怪，干上这行，不是我打别人就是别人打我，习惯喽，有事儿吗？"方景林嘴里说着，眼睛却在观察周围的动静。

"需要你帮忙呀，我想拜访你们的局长沈万山，能帮我联络一下吗？"

方景林笑了："你们戴老板是什么眼光啊，军统怎么净出汉奸？"

"不好意思，所以要清理门户嘛，不然我们老板没脸见人呀。我想知道沈局长的住址和行动规律，而且要快一些。"

"我怎么找你？"方景林问。

"还是我找你吧，你每天的巡逻路线我知道。"

"明白了，还有别的事吗？"

"景林兄，我知道你是个有良心的中国人，问句不相干的话，你属于哪部分的？该不是共产党吧？哦，你要是不想回答，就算我没问。"

"君子矜而不争，群而不党，难道做个有良心的中国人还不够？不瞒你说，我这差事本来是混饭吃的，忠于职守是我的本分，谁让我当了警察呢？可就在刚才，我挨了日本宪兵四个耳光，这你就明白了吧？我和日本人还有当汉奸的人结了仇，只要是杀他们，需要我帮什么忙都成。"方景林满脸激愤地说。

徐金戈似乎放了心，他拍拍方景林的肩膀以示安慰："老兄，你受委屈了，无论如何要忍着点儿，这个仇咱先记着，早晚得报，你忙着，我先走一步。"

方景林默默地看着徐金戈的背影想，即使现在是国共合作、共同抗日，自己也没有权力暴露身份，尽管徐金戈还是个血性汉子，但军统这个部门可是个专出魔鬼的地方。

二顺子的死使文三儿掉了几滴眼泪。文三儿没什么朋友，在这个世界上没有谁拿他当回事儿，只有二顺子真心对他好，他对文三儿的崇拜是真诚的，即使是上次文三儿在酒馆里吹牛挨了一顿暴打以后，连文三儿自己都臊眉搭眼地不好意思见二顺子，可二顺子见了面仍然恭恭敬敬地叫他文哥，还千方百计地找辙给文三儿台阶下。按二顺子的解释，像文哥这种有功夫的高人，根本不屑于和那些小痞子一争长短，功夫越高深的人越是能忍，听说书的讲，韩信当年还钻过人家的裤裆呢，文哥不愿出手是怕伤了那两个小子，谁愿意为了这点儿小事就闹出人命官司？听二顺子这么一解释，文三儿心里便释然了，不但不觉得有失尊严，反而觉得脸上有了光彩，甚至还产生了一种使命感，文爷是干大事的，犯得上搭理那些痞子吗？通过这件事，文三儿和二顺子的关系又近了一层，可是，就这么活蹦乱跳的一个人，怎么说没就没了呢，文三儿这才对亡国奴这个概念有了比较深刻的认识。什么叫亡国奴？按文三儿的理解，就是自己的国家被人灭了，老百姓都成了案板上的黄瓜，人家想怎么拍就怎么拍，是想凉拌还是爆炒人家说了算。仗打败了，人家就是爷，中国人就得当孙子。

最让文三儿纳闷的是，平时人尿货软的二顺子那天不知哪儿来的一股邪劲儿，居然宰了一个日本兵，还真有点儿血性。文三儿扪心自问，这事儿要是搁在他身上，打死他也不敢这么干，这是闹着玩的吗？

文三儿想了很久，最后做出了一个决定，他要为二顺子报仇。既然是报仇，那当然要确定一下谁是主要仇人。照理说导致二顺子死亡的仇人是日本人，这文三儿好像惹不起，日本人太厉害了，连29军都打败了，何况一个拉车的文三儿，中国那句老话给他找到了台阶，"君子报仇，十年不晚"。日本人的账以后再算，问题是，谁是间接的肇事者？这需要好好琢磨一下。那天若不是那来顺嘴欠，先拿人家日本娘们儿开涮，那日本娘们儿就不会去找日本宪兵，那两个日本宪兵要是不来，文三儿也就不会挨揍，可他们来了，不但打了文三儿还又溜达到廊房头条，在那儿又杀了二顺子。要这么算起来，罪魁祸首应该是那来顺，全赖这孙子那张臭嘴，更可气的是，那来顺忒不仗义，一到关键时刻就把事情往别人身上推，让文三儿去顶雷，幸亏那两个日本宪兵不懂中国话，不然那天麻烦可就大啦。大裤衩子这号人，说轻了是他妈的小人，说严重点儿简直就是汉奸。二顺子不能就这么白死，冤有头，债有主，仇人就是那来顺这孙子，文三儿终于从逻辑上把这件事情想明白了。

徐金戈接到"黑马"的指令，要他赶到广安门内大街一家叫作"南山堂"的西药店，有要事通告。徐金戈不敢怠慢，马上赶到广内大街，找到"南山堂"西药店。

接待徐金戈的居然又是曾澈，他一身典型的买卖人打扮，上身是团花黑缎子马褂，下身是薄棉布裤、扎裤脚、窄条黑丝带裹腿，头上戴着黑缎子小帽头，帽顶上有一颗红珊瑚的顶珠。徐金戈笑了起来，在他的印象里，曾澈总是一身军装，佩少校领章，在任何时候都是军容肃整，脸上带有军人特有的冷峻与强悍，今天猛不丁看到曾澈这身打扮，徐金戈感到很好笑。

曾澈微笑着向徐金戈伸出手说："金戈兄，听说你最近像个兔子，被日本人撵得到处乱窜，是这样吧？"

徐金戈和他握手回答："哪儿的话，我在和日本人做游戏呢。我说曾掌柜，最近是不是发财啦？"

曾澈示意徐金戈坐下，开门见山地说："你指的是这个铺子？那我告诉你，这是根据'黑马'的指示，给你安置一个家，是我一手操办的，看看吧，怎么样？不瞒你说，我都舍不得走了，不过对我来讲，这铺子也就是个过路财神，想留也留不住。"

徐金戈惊讶地问："怎么，让我当药铺掌柜的？说实在的，我长这么大还没跟药品打过交道，光是上千种西药的名儿就够我背两个月的。"

曾澈指指桌上的几本书说："书已经给你准备好了，半个月之内你必须掌握几百种西药的名称和形状，最好还要知道一些常见药品的药理知识，还有，我顺便通知你一下，根据上峰的指示，你的工作有些变动，要在北平长期潜伏下来。"

徐金戈点点头道："我明白，坚决执行命令。"

曾澈朝客厅外拍了拍手，一个年轻女子走了进来。徐金戈听见脚步声转过身来，他感到眼前一亮，这女子竟是杨秋萍，她穿着一件月白色软缎旗袍，剪裁得恰到好处，勾勒出她纤细的腰身和浑身起伏的曲线，有如弱柳扶风，婀娜动人。

杨秋萍恭敬地向徐金戈鞠了一躬道："夫君好，秋萍向您请安了。"

"是你？"徐金戈转向曾澈，"曾兄，这也是任务的一部分吗？"

"当然，这是你的妻子，给你们半个月时间谈恋爱，半个月后结婚，但必须是明媒正娶，摆出排场来。"

"你的意思是真结婚？"徐金戈惊讶地问。

"至少形式上是这样，当然，你们是否行夫妻之事没人干涉，那是你们自己的事，不过，我倒是希望你们弄假成真，因为我看你们还是挺般配的。怎么样，金戈兄，有什么问题吗？"曾澈冷峻的脸上露出了一丝难得的笑意。

徐金戈点燃一支香烟，玩世不恭地笑道："当然没有问题，按说国难当头，大丈夫理应效命疆场，不过要是陪伴美人儿也是任务的一部分，那徐某也只好笑纳了。曾兄，多谢你向我传达了一项美差。"

杨秋萍冷笑一声："徐先生，别高兴得太早，也别拿'南山堂'当八大胡同，你还是先把那些药品名儿记住吧，至于别的念头，你最好省省脑子。"杨秋萍说完转身走出客厅。

徐金戈尴尬地望着她的背影自言自语道："哟，脾气不小，这哪是我老婆呀，简直比我妈还厉害。"

曾澈同情地望着徐金戈："金戈兄，你好自为之吧。"

文三儿发现找一个人的麻烦也不是容易事，最近那来顺一见了文三儿，脸上就泛起诌媚的笑容，态度也很谦卑，他大概也觉得自己有些理亏，努力想使文三儿忘掉那些不愉快。前两天收车时，文三儿鼓足勇气正待和他翻脸，没想到那来顺却殷勤地递过一根"哈德门"烟卷，文三儿一时反应不过来，竟神差鬼使地接过来，那来顺连忙划火柴帮他点上。一旦抽了人家的烟，文三儿就不太好意思和他翻脸了，报仇的事只好往后放放。文三儿愤愤地想，那来顺这孙子平时过日子抠得很，恨不得一个铜板儿碾成末儿花，什么时候见他抽过"哈德门"烟卷，他是抽这种烟的人吗？这分明是觉得自己理亏，想用小恩小惠来收买文三儿罢了。

文三儿决定决不再抽那来顺的烟，坚决不抽了，再抽就是孙子，别说是"哈德门"，就是"红锡包"也不成，二顺子的一条人命，岂能是一根儿烟卷就打发了？

机会终于来了，这天傍晚在车行交车时，那来顺哼着二黄走过来，看样子这小子今天很愉快，这使文三儿看他越发不顺眼。更气人的是，那来顺掏出那包"哈德门"，抽出一支自顾自地抽了起来，对旁人连让一让的意思都没有。

文三儿琢磨，这孙子大概是百年不遇买包好烟，目的是想用这包烟堵自己的嘴，现在他估计危机已经过去，便舍不得再往外发烟了，干脆留着自己抽了，什么东西？就冲这个也得捶他。想到这里，文三儿决定发难了，他膀子一横，堵住了那来顺的去路，斜着眼看着他道："我说大裤衩子，咱俩好像有笔账还没结呢。"

那来顺没想到文三儿会突然发难，他本以为事情早已过去，但他毕竟觉得有些理亏，那天差点儿让日本人给毙了，他吓坏了，情急之下便把责任推给了文三儿，那实在是吓晕了，天地良心，他没有要害谁的意思。那来顺的底气不足，口气便很软："兄弟，那天的事儿，你生老哥的气啦？你消消气，听我说，那天咱俩不是赶上倒霉嘛，本来是拿日本婊子开涮，谁知道那小婊子把宪兵招来了？我要是早知道……"

"哼！早知道，你他妈早知道尿炕怎么不睡筛子？那来顺，我×你妈。"文三儿破口大骂。

那来顺的脸上有些挂不住了："文三儿，你怎么张嘴就骂人呢？要这样咱可得好好说道说道，那天你的嘴也没闲着呀，事儿又不是我一个人惹的，再说了，你挨了揍该找日本人算账去，跟我找什么碴儿？"

文三儿冷笑道："日本人我他妈惹不起，文爷我就有本事收拾你，操！我还真没发现，咱'同和'车行里还藏着你这么个汉奸。"

那来顺大怒，他一把揪住文三儿的衣领："你他妈说谁是汉奸？别给脸不要脸啊，你以为老子怕你？你他妈再说一句，老子碎了你。"

刚收车回来的老韩头连忙上来劝解："得了，得了，都少说两句，都拉了一天车了，不累是怎么着？"

老板孙二爷听见吵闹声走进来，见两人拉扯在一起，旁边还有劝架的。孙二爷大喜："都别拉他们，让他们打。打呀？你们今天不打死一个都不是人揍的，二爷我反正闲着没事儿，看看打架也是个乐子，打！谁打赢了二爷我免他今天的车份儿。"

既然打算动手，文三儿便懒得和那来顺斗嘴，他抡圆了一巴掌扇在那来顺的脸上，发出了一声脆响，那来顺顿时蒙了。文三儿不大会扇人耳光，这是个技术活儿，杀伤力不大，通常靠耳光无法达到一招制敌的效果，主要是用于侮辱对手，一般都是朝对方面颊上打，而文三儿则是没头没脑从正面一巴掌呼上去，这下子把那来顺的眼睛鼻子都纳入了巴掌的攻击下，使那来顺鼻涕眼泪滚滚而下，他情急之下照着文三儿的裆下就是一脚……这一脚要是踢中了地方，这场架就不用再打了，文三儿会捂着裤裆自动退出战斗，万幸的是，这一脚竟然踹空了，只是从文三儿的两腿之间穿了过去，文三儿毫发未损。

"好！"孙二爷和伙计们齐声喝起彩来。孙二爷恨铁不成钢地评论道："他妈的，这一脚欠点儿准头儿，那来顺，你他妈没把握就别出腿，行家说，手似两扇门，全凭脚打人。话又说回来了，腿法可不是谁都能练成的，二爷我当年……"

孙二爷的话音未落，文三儿突然一猫腰钻入那来顺的裆下，想用肩膀把对方扛起来……这是步险棋，人称"黑狗钻裆"。文三儿在天桥多次见摆地摊的摔跤手沈三儿使过这招儿，沈三儿使起这招儿似乎很轻松，他腰一弯身子便已到位，然后把腰一直，那对手就被他头朝下扛在肩上，这一套动作如行云流水，张弛有度，看着很潇洒，沈三儿轻松地一抖肩膀，那对手就一头扎在地上啃个嘴啃泥。文三儿多次观摩过沈三儿摔跤，对沈三儿摔跤的各种招数熟悉得不能再熟悉了，他认为自己已经掌握了摔跤技巧，一般对手是不在话下。其实文三儿忽略了一点，他缺乏实战经验，这些看似简单的动作真要用起来就不容易了。应该说文三儿钻到那来顺的裆下，动作还是比较到位的，但他使劲一扛就发现了问题，那来顺居然纹丝不动。这下可糟了，那来顺反而顺势抱住文三儿的后腰一使劲，文三儿的两腿便腾空而起，脑袋朝下成了拿大顶状，他两脚在空中乱踹，双手在半空中乱抓，却只捞到那来顺的裤脚。那来顺在众人的哄笑中得意地问："文三儿，你小子服不服？"

文三儿嘴硬道："文爷不服，怎么着？"他手里一使劲把那来顺的裤脚撕开个口子。

前面说了，那来顺一年四季就这一条半裤子，他珍惜得很，你撕他一块皮他也许不在乎，就是别撕他的裤子。此时那来顺心疼得直哆嗦，他抱着文三儿往下一蹾，"咚"的一声，文三儿的脑袋就像打夯一样砸在地面上。这招儿很歹毒，差点儿把文三儿的脑袋戳到腔子里去，文三儿一时间觉得眼前星光灿烂，周围众人的哄笑声也渐渐朦胧起来……

孙二爷笑岔了气儿，他捂着肚子上气不接下气地喊："文三儿呀，你他妈气死我啦，闹了半天就这两下子？你是黄鼠狼钻磨房——硬充大尾巴驴啊。那来顺，再夯儿下，今儿个你车份儿免啦，让文三儿交双份儿……"

那来顺士气大振，他喊道："谢二爷啦。"说完又抱着文三儿朝地面上夯了几下。

老韩头看着不忍，便劝道："得啦，杀人不过头点地，你占点儿便宜就算啦，再这么夯就该把文三儿夯傻了，你还让不让人家拉车啦？快松手。"

那来顺也累了，他索性做个顺水人情，于是双手一松，文三儿便头朝下扎在了地上……

用文三儿的话说，人要是倒霉，放屁都砸脚后跟。这场架打得实在窝囊，当众出丑就不说了，还被孙二爷罚了双倍的车份儿。在随后的几天里，文三儿的方向感出了点儿问题，有好几次他拉着车差点儿撞到电线杆子上，映入眼帘的景象总是那么波诡云谲、变幻无常……妈的，还是那句话，君子报仇，十年不晚。

文三儿今天的运气不大好，早晨刚一出车就撞上了陆中庸，他想装作没看见，躲过这家伙，谁知陆中庸也眼尖，隔着马路就嚷了起来："文三儿，你小子给我过来。"

文三儿只好拉着车横穿过马路，向陆中庸打个招呼："怎么着，陆爷，有事儿吗？"

陆中庸正坐在一个馄饨摊的长凳上吃馄饨，他一边喝着热汤，一边掏出张钞票拍在桌上，用对待下人的口吻吩咐道："去，给我到前边买套烧饼果子。"

文三儿抗议道："我说陆爷，您怎么拿我当跟班儿的？对不起您哪，我可没工夫给您跑腿儿，我还得挣饭辙呢。"他说完扭头要走。

"站住！我让你走了吗？叫你去你就去，哪儿这么多废话？你这辆车陆爷我今天包了，听明白了吗？今儿个你得听我招呼。"陆中庸被热馄饨汤烫得咝咝吸着凉气。

文三儿怕就怕陆中庸坐他的车，按照以往经验，这小子一到掏车钱的时候就推三阻四，总说先记上账，过后十有八九不还钱，信誉很成问题。以前文三儿还可以和他理论一番，不过现在可不敢了，自打日本人进城后，陆中庸长了行市，文三儿闹不清他当了什么官儿，反正是有日本人撑腰，他惹不起。文三儿赔着笑脸说："陆爷，包车没问题，您是老雇主了，我少收点儿，可有一样儿，您得先给钱。"

陆中庸瞪起眼睛："文三儿啊，你小子那点儿心思我知道，怕陆爷我不给你钱？告诉你说，那是老皇历了，我陆中庸如今是爷啦，你小子还别拿土地爷不当神仙，别说是点儿车钱，要是你把陆爷我伺候舒坦了，给你在日本洋行谋个好差，那也是一句话的事儿。"

"得嘞，陆爷，冲您这句话，今儿个我就跟您干了，到时候您在日本宪兵队给我谋个差咱就知足啦。"文三儿话里有话地挖苦道。

"哟嗬，还真没看出来，就您这模样儿还想干宪兵队？给您个天皇当干不干？你他妈的拉车能走出直线儿来就不错了。"陆中庸笑着骂道。

陆中庸今天要去庆乐戏园开联欢会，这是由新民会出面主办的，主要内容是北平文化名流和日本占领当局联络感情，促进"中日友好"。大批的请柬已经发了出去，还是陆中庸亲笔写的，以示郑重，落款是"北平市新民会副会长陆中庸"。

今天的联欢会是由陆中庸直接策划的，为了这个活动他忙乎了有半个月时间，被邀请者多是些日本军政要人、北平亲日团体的负责人、新闻界人士，代表们讲完话后，还要请戏班子演出助兴，最后的安排是在"便宜坊"宴请与会人员吃烤鸭，陆中庸已经提前在"便宜坊"预定了若干桌酒席。陆中庸本来的计划是请杨易臣出演拿手戏《铁笼山》作为压轴节目，因为杨易臣无论是从梨园界的号召力还是从名声上讲，都是个不可忽视的人，甚至有很多日本人也喜欢他的戏，若是杨老板能出场，肯定是个满堂红。

杨易臣的不合作态度使陆中庸很恼火，其实他不愿演出也没关系，找个借口说自己有病推托了也就算了，但他不该甩那些"片儿汤话"，声称自己饿死也不当汉奸。噢，你杨易臣有骨气，你爱国，你以文天祥、史可法自居，你想

"留取丹心照汗青"，那我陆某成什么了，是秦桧还是吴三桂？这不是明摆着骂我是汉奸吗？

把杨易臣的母亲作为人质使其就范，这的确是陆中庸的主意，目的只有一个，看看你这个"文天祥"是真的还是假的，我就不信你为了爱国敢把老妈搭进去，要是没这个胆量，就给我乖乖地登台演出，少甩这些"片儿汤话"。

应该说陆中庸什么都算计到了，唯独没算计到杨秋萍的那支手枪。这丫头究竟是哪条道儿上的人？居然玩上枪了，看这架势，要是陆某不退一步，这丫头真敢在我脑门上钻个眼儿，这太过分了，陆某本是个文人，不喜欢舞刀弄枪的，那是粗人干的事，再者说了，为这点儿事犯得上玩命吗？杨秋萍的手枪使陆中庸迅速改变了主意，他费了很多口舌使黑田中佐相信，杨易臣确实因病重无法登台，再说杨易臣也不是最好的角儿，北平城里名角儿有的是，咱请更好的。

当天晚上，杨易臣把老母亲接回了家，在这件事上，陆中庸的确卖了力气。

庆乐戏园创建于1909年，当年名噪一时的河北梆子名角儿杨韵谱和李桂云就在这里演出过《茶花女》《血海深仇》等新戏，使庆乐戏园声名鹊起。后来李万春组织的鸣春社京剧团也在这里演出过机关布景剧目《天河配》和《济公传》等，舞台上灯光变幻，使观众耳目为之一新，上座率很高。李万春又去上海请来武生演员，在庆乐戏园演出了火爆异常的《三本铁公鸡》等武戏，自始至终一直开打，最后由李洪春演出《走麦城》等红生大轴戏，吸引了很多观众，直至战前，北平文化界凡有重大活动，都会选择在庆乐戏园举办。

庆乐戏园位于大栅栏东口路北，不远处便是南北走向的前门大街，文三儿拉着陆中庸穿过正阳门、箭楼的城门洞，由北向南进入前门大街，刚刚过了前门牌楼，就见两辆黑色"别克"牌轿车一路鸣着喇叭，风驰电掣般开过来，吓得文三儿赶紧把车拉到路边躲避，文三儿不满地嘟囔道："操！这是谁这么大谱儿呀？"

陆中庸却喜形于色道："还真来了，行，行啊，真给陆某面子。"

文三儿回过头问："陆爷，这是哪位爷？排场不小呀。"

陆中庸牛皮哄哄地回答:"哪位爷?说出来吓死你,警察局沈局长,听说过吗?"

"没听说过,陆爷,警察局局长和宪兵队队长比哪个大?谁管谁呀?"

陆中庸照文三儿背上踹了一脚骂道:"你他妈缺心眼儿啊,有这么比的吗?你还不如说日本天皇和蒋委员长比哪个大……"

陆中庸的话音没落,只听见前方响起一阵急促的枪声,正要拐进大栅栏的第一辆轿车被迎头而来的弹雨打得火星四溅,顷刻间成了蜂窝状,车头一歪猛地撞在一根电线杆上……几个头戴礼帽,身穿蓝布长衫的青年人端着冲锋枪,凶狠地打出几梭子弹后,飞快地闪进路东的鲜鱼口里,消失在人群中……

事情发生得很突然,文三儿一时没有反应过来,他呆呆地站在那里,好一会儿才缓过劲来。老天爷,是谁吃了豹子胆,敢对警察局局长下家伙?这是闹着玩的吗?文三儿回过神来再找陆中庸时却发现车座儿上已经没人了。陆中庸人哪儿去了?文三儿围着洋车找了一圈儿才在附近的马路牙子下找到陆中庸,这个发现使文三儿大为感慨,他以前还真小瞧了陆中庸,以为这位爷只是个酸文人,谁知他身手这么利索?枪声一响陆中庸从车座儿上蹿出去,就地十八滚,眨眼工夫已经在七八米开外的马路牙子底下卧好了,文三儿寻思,就冲陆爷这套动作,说他在杂技班子挑过大梁也有人信。

由于行刺事件的发生,庆乐戏园的中日联欢会这天没有开成,警察局局长沈万山却侥幸躲过了刺客的冲锋枪,他正巧临时调换了座车,当枪声响起的时候,沈万山正坐在第二辆"别克"轿车里,而第一辆轿车上的四个保镖连同司机全部毙命,无一幸免。

· 第八章 ·

"同和"车行里最近空出一辆车来,原因是老韩头死了。

一个星期以前,老韩头就开始"打摆子",一会儿觉得冷,一会儿又喊热,拉车时两腿"拌蒜",浑身无力。车行里的伙计们都劝他歇几天,可老韩头不干,他觉得没事儿,谁还没个头疼脑热的,扛一扛就过去了,老韩头得不起病,他家老婆孩子五口人全靠他拉车养活,真要是趴下,全家都得喝西北风。

老韩头硬是扛了三天,最后在缸瓦市一头栽倒在街上,坐车的人吓得直叫唤,结果招来了日本宪兵,日本宪兵低头看了看老韩头,连忙捂住鼻子跳开两米远,说这人得了传染病。不一会儿就来了几个穿白大褂儿、戴着大口罩的人,他们把老韩头抬起来,忽悠了几下,喊了声一二三,老韩头就像个麻袋一样被扔进一辆铺满石灰的卡车斗里,腾起一股呛人的白烟,就这样,一个大活人就没了。

警察署通知老韩头家属时,说老韩头没到检疫所就咽了气,日本人有规定,凡因传染病死亡的人一律统一火化,家属不得擅自处理。知道内情的人说,日本人经常把没断气的病人和尸体一起烧了,他们那个狗屁检疫所给中国人治病的唯一办法就是把病人往石灰坑里扔,说是消毒,那石灰是闹着玩的吗?别说是病人,好人也能给折腾死。

这年头儿死的人太多了,谁也不会在乎多死个老韩头,车行里几个平时和老韩头关系不错的车夫还凑了几块钱给他的家属送去,大家议论一阵也就过去了,文三儿甚至连凑份子都没参与,他和老韩头只是一般交情。最愤怒的是孙二爷,他是心疼老韩头拉的那辆车,老韩头被拉走后,那辆车成了无人认领的物品,在西四巡警阁子旁扔了好几天,其间还被用于拉死人,车轮瓦圈隆了,辐条也断了好几根，车座上破了几个窟窿，还留下很多可疑的斑痕。孙二爷是托人送了礼才领回的这辆车，他一想起此事就觉得堵心，他妈的，这老韩头那条贱命哪里顶得上二爷一辆车值钱？这辆车是孙二爷花了五十块大洋从崇文门外上三条的"东福星"车行里买回来的，就是把老韩头一家子都卖了，也值不了一辆车钱。孙二爷觉得自己赔大发了，损失了好几天的车份儿收入不说，连送礼带修车又花了一笔钱，要是老赶上这种事儿，他的车行就别开了。

孙二爷很快就想出了一个办法，他在一个傍晚向车夫们宣布："都他妈的给我听着，从今天起，每人在收车时要多交两毛钱押金，什么叫押金呢？说白了就是风险抵押。"

车夫们面面相觑，他们的理解力不是很强，实在闹不懂这些文绉绉的书面语言是什么意思，只是隐隐约约感到似乎是和钱有关。文三儿壮着胆子问了一句："二爷，咱听不明白，您说的'压筋'是什么。"

孙二爷不耐烦地说："反正说深了你们也听不懂，打个比方吧，比方说文三儿有一天拉着我的车一个跟头栽到地上死了……"

"哎哟，二爷，您可别方我[1]，我活得好好的……"文三儿抗议道。

"文三儿，你他妈别打岔，二爷我是打比方，比方说文三儿死了，那他当天该交的车份儿我找谁要去，那车要是丢了由谁负责？别说文三儿没有老婆孩子，就是有又怎么样？二爷我总不能把他老婆孩子插上草标卖了吧，这年头儿三条腿儿的蛤蟆难找，两条腿儿的人可有的是，谁买呀？就算是贱卖也顶不了二爷我一辆车。哥儿几个，别怨二爷我心狠，你们要吃饭，二爷我也要吃饭，老韩头的事儿你们都看见了，他自己倒是痛快，两眼一闭听蛐蛐儿叫去了，他妈的二爷我招谁惹谁了？闹个赔本儿赚吆喝，照这事儿再来上几次，二爷我就得喝西北风去。我琢磨了几天，总算想明白啦，咱们还是先小人后君子，每天交车时除了车份儿，你们还得再交我两毛钱，这钱我不要你们的，年底结账时我如数退还，可有一样，谁要跟老韩头似的一头扎地上死了，这钱我也就不退了，这就叫'风险抵押金'。你们要是同意呢，咱就从今天开始，要是不同意也没关系，我这儿的庙太小，养不下您这大菩萨，您还是另找地儿吧。"

---

1 "您可别方我"是北京方言，意思是：您可别咒我。

车夫们这次都听明白了,说了半天就是每天的车份儿钱又涨了两毛,孙二爷说年底退还,这话是否靠得住你就琢磨去吧,到时候他不定又想出什么辙来把钱吞了,你又能拿他怎么样?

　　那来顺有点儿坐不住了,他家里人口多,每天多交两毛钱对他来说非同小可,他站起来说:"二爷,咱能不能再商量商量?这年头坐车的人本来就少,有时半天也等不上一个座儿,我家人口多这您是知道的,要是每天再多交两毛钱,我一家老小就得把脖子扎起来……"

　　孙二爷吸了口水烟,慢悠悠地回答:"那来顺,你一家老小扎脖子不碍我的事儿吧?你那几个孩子又不是我揍出来的,吃不上饭也是你自己没能耐,养不起就别生,别他妈的光顾着炕头上舒坦……"

　　那来顺急了,他涨红着脸大声回嘴道:"二爷,您这是什么话?我那来顺穷就该死?连生孩子都是罪过,您得讲理是不是?不能上来就骂人哪。"

　　"哟嗬?大裤衩子,几天没见,你倒是长行市了,怎么着?我骂你了又怎么样?瞧你这穷相儿,你也配养孩子?我要是你,就拿把刀把裤裆里那玩意儿剁下来,省得它净添乱。"

　　那来顺再也忍不住了,他吼了一声:"姓孙的,你别他妈的欺人太甚,老子和你拼了……"他不管不顾地向孙二爷扑过去。

　　孙二爷这辈子什么没见过?当年在天津卫为了争地盘儿他还和对手滚过钉板呢,打架玩命更是平常事。他没练过什么功夫,靠的是心毒手狠敢使黑招儿,架打多了倒也练出一些技巧,知道一出手该往对手哪个部位打,一般人还真不是他对手。空有一身蛮力的那来顺哪里知道孙二爷的厉害,在他扑过去的一刹那,被孙二爷一脚踢中裆下,他惨叫一声,双手捂住裆部疼得蹲下身去。孙二爷不愧是沙场老将,他一招儿得手便不容对方有半点儿喘息的工夫,又是一个窝心脚踢在那来顺心口上,那来顺被踢得仰面摔倒,疼得在地上滚来滚去……车夫们一拥而上,连求带劝地拉开孙二爷。此时孙二爷方显出天津混混儿的本色,旁人越劝他越来劲,他从里屋抄出一把斧子高举过头顶,口口声声要活劈了那来顺,劝架的车夫们生怕出了人命,便死死抱住孙二爷,从他手里抢下斧子。其实连文三儿都看出来了,孙二爷此举完全是虚张声势,以疯撒邪，混混儿可以死缠烂打，可以泼皮耍横，唯独没有杀人的胆儿，要真有这点儿狠劲，他早改行当土匪强盗了，孙二爷无非是想造点儿声势罢了。

看见那来顺死狗一样躺在地上，文三儿心里真有说不出的痛快，就凭这个，他每天多交两毛钱都认了。不过话又说回来了，你不认又怎么样？别看拉洋车这活儿连下九流都算不上，可要是哪家车行富余出一辆车来，抢着来赁车的人能打出活人脑子来，这年头儿，想吃这碗饭的人多了去了。

那天文三儿没等事情结束就走了，没看见那来顺是怎样从地上爬起来的，听说是那来顺向孙二爷说了软话，因为孙二爷执意让他滚蛋。那来顺也是个明白人，赌气谁都会，可如今这年月能有个拉车的活儿就不错了，装好汉可顶不了饱。孙二爷收取押金的目的达到了，又揍人出了气，索性就做出大度的样子，表示不再追究。

徐金戈和杨秋萍以夫妻的名义在"南山堂"西药店过上了日子，两人在公开场合下相敬如宾，举案齐眉，尤其是杨秋萍，别提有多贤惠了，在外人面前给足了徐金戈的面子。而徐金戈也摆出一家之主的架子，颐指气使地把杨秋萍支使得团团转，动辄还训斥几句，杨秋萍气得暗自咬牙，但当着外人面却不敢发作，还得装出低眉顺首的样子。

回到家里，杨秋萍的大小姐脾气便暴露无遗，她懒得做家务，屋子里脏乱得像个猪圈，以至于徐金戈都看不下去了，只好自己收拾。杨秋萍也不会做饭，连煮个面条儿都会把锅底烧穿，徐金戈还说不得，说一句她顶一句，惹急了她便甩出一句："你以为自己是谁，还真拿自己当丈夫？要不是为了抗日，你给我提鞋都不配。"

徐金戈说："真没见过你这样的老婆，你要真是我老婆，我一天揍你三次，不信就管不了你。"

杨秋萍建议："要不还是请个用人吧，你这个掌柜的也不能太寒酸了。"

徐金戈马上拒绝道："不行，这里又是枪又是爆破器材的，你瞒不过用人的眼睛，走漏了风声你我谁也跑不了。"

杨秋萍想了想，觉得有道理。两人自从结成假夫妻以来，时刻都生活在高度警惕之中，连睡觉时都把上了膛的手枪放在枕头下。生活在日本人占领的北平城中，到处弥漫着恐怖气氛，稍有不慎便会带来杀身之祸，环境实在太恶劣了。杨秋萍说过，一旦身份暴露，她绝不会让鬼子活捉，无论如何也要给自己留一颗子弹。日本宪兵队的审讯室是个比地狱还要恐怖的地方，她对此早有耳闻，万一被捕她担心自己挺不下来。

而徐金戈是个职业特工，他对各种恶劣环境早已习以为常，但凡干这行的人都不大在乎生命——别人的生命，也包括自己的生命。他考虑更多的是如何干成大事。依照徐金戈的想法，最好是组织一两次行动，把日本驻华北派遣军总司令官寺内寿一大将及其日本驻北京特务机关的机关长喜多诚一的项上人头摘下来，只杀几个汉奸没多大意思。

最使徐金戈感到憋屈的是眼前的日子。他是个以四海为家的男人，不喜欢家庭生活，尤其是现在，他居然要硬着头皮和一个陌生女人过起小日子，更要命的是这个"老婆"还处处和自己对着干，根本没把他这个"丈夫"放在眼里。

两个月前，徐金戈按照上峰的指令，经过半个月的"恋爱期"，和杨秋萍结为"夫妻"。在谈恋爱的半个月里，两人口角不断，有几次还在公园里吵了起来。徐金戈声称若不是为了执行任务，他才不受这种洋罪，娶杨秋萍这样的女人有什么好？长相虽然马马虎虎过得去，可脾气却像个王爷，动不动脸就拉下来了，手里有什么敢摔什么，哪有半点儿妻子的贤惠？杨秋萍本来长得很漂亮，从小被人夸到大，没承想到了徐金戈嘴里，她的相貌成了"马马虎虎过得去"，于是火冒三丈地回敬他"癞蛤蟆想吃天鹅肉"，磨坊里的毛驴都比他长得顺眼，若不是为了工作，天下男人都死绝了也不会"嫁"给他。

"恋爱"期间两人互相看着都不顺眼，都觉得自己倒了八辈子霉，碰上这么个搭档。其实在外人看来，徐金戈和杨秋萍从年龄、相貌和气质上看，无疑都是天造地设的一对儿。

尽管两人相处得很糟糕，但戏还是要演下去，徐金戈硬着头皮去杨秋萍家见了老丈人杨易臣，根据"黑马"的指示，这个婚姻要做得像真的一样，连细节都不能马虎，杨秋萍从小生长在北平，父亲又是梨园行的名角儿，亲戚朋友很多，倘若杨秋萍不声不响成了"南山堂"药店的老板娘，那么早晚会被人认出来，看来"黑马"的思路还是很严密的。

徐金戈的身世早在战前就由军统局的专职人员做了缜密的伪装，他是个孤儿，从小由北平天主教会所办的孤儿院养大，商业专科学校毕业后一直从事商业活动，这些经历都记录在战前北平市警察局的户籍档案中，完全经得起调查。

杨易臣第一次见到"姑爷"的时候并不满意，他一向尊重文化人，希望女儿能找个出身书香门第又上过名牌大学的人，谁知这位"姑爷"不仅是个不明不白的孤儿，还是个买卖人，这种条件离杨易臣的初衷相去甚远。杨秋萍一见父亲沉下脸便知他不满意，于是亲热地挽着徐金戈的胳膊对父亲宣布道："爸，我非他不嫁，您要是不同意，我可和他私奔了，到时候您别怨我不孝顺。"

杨易臣见女儿态度坚决便连忙改口："闺女，我没说不同意呀，你们年轻人讲究自由恋爱，这我懂，你们先处处看。"

杨秋萍却直截了当地说："爸，我们要结婚了。"

杨易臣惊愕了："这太突然了吧，为什么这样着急？"

杨秋萍是个好演员，她在徐金戈的脸上吻了一下，甜蜜地回答："因为我爱他。"

杨易臣一时说不出话来，竟愣在那里。

徐金戈却心里一动，他仔细望着杨秋萍，心里竟有了一种异样的感觉……

白连旗最近又揭不开锅了，自从北平日本占领军宣布对粮食实行管制以后，德子的糖葫芦生意是没法做了，一是山楂和白糖类的原料来路被切断，二是有闲钱吃零食的人也少了。白家的家底儿经三代人折腾，如今能卖的只剩下白连旗自己了，至于能不能把自己卖出去，白连旗心里也没谱儿。一个只会吃饭不会干活儿的人，白送给人家当孙子，人家恐怕都得琢磨琢磨。当白连旗把他父亲留下的最后一间房卖掉之后，他就搬到果子巷德子家住了。德子也没有家眷，光棍一条。那间小屋家徒四壁，一副铺板用砖头支起来权作床，白连旗搬来后，两人睡一副铺板便嫌挤了，于是又偷了些砖头码在铺边，算是加宽了这张"床"。

住的问题好凑合，吃的问题却不好凑合。前些日子，两人实在没辙了，在果子巷北口的孙寡妇那儿吃了几天"瞪眼儿食"。"瞪眼儿食"是一种杂烩菜，有人把饭馆里酒席上的折箩攒在一起，用车拉回去重新加热再推出去叫卖，很受穷人欢迎。那些拉洋车的、扛大个儿的苦力都自带干粮，蹲在热腾腾的锅边用筷子夹肉吃，先吃后算账，规矩是不许挑，一筷子下去，大也好，小也好，肉皮也好，骨头也好，反正是一筷子一大枚铜板，能不能捞到肉吃要看你的运气。何谓"瞪眼儿"？是买卖双方都瞪大眼睛，卖主儿要仔细数着，若是哪位爷明明夹了五筷子却不认账，只交三个铜板，那这买卖可就做赔了。至于买主儿就更得瞪眼了，谁不想一筷子夹上个鸡大腿来，不瞪眼成吗？

白连旗头一回吃瞪眼儿食，没经验，他头一筷子下去只夹上来一根牙签儿，卖主儿可不管这个，"当"地一敲锅沿儿，算是记上了账，一大枚铜板就这么打了水漂儿，您再饿总不能啃牙签儿吧？白连旗长了记性，第二筷子下去就觉得沉甸甸的，他心头狂喜，认定是块五花肉，谁知却夹上了一根大骨头，更令人沮丧的是，这根骨头被啃得干干净净，连点儿肉渣儿也没有，看来此人啃骨头的水平极为专业，绝不亚于任何一条狗，卖主儿又一敲锅沿儿："当！"又是一大枚铜板被记上账。白连旗简直不敢下筷子了，这一眨眼工夫，两大枚铜板没了，他妈的连块肉皮也没捞着，这不把人窝囊死？还是德子有眼力见儿，他知道主子不高兴了，连忙说："主子，您歇着，瞧我的。"他做了个深呼吸，闭上眼睛，将一口丹田之气徐徐吐出，不明底细的人还以为这位爷在练气功。德子突然瞪大眼睛，出手如电，一副筷子如蛟龙入水直插锅底，转眼间一个完整的肉丸子浮出汤面，围在锅边的人群瞪大了眼睛发出一声惊叹："噢……"犹如德子中了头彩。

当然，这个肉丸子马上就进了白连旗的肚子，他甚至没来得及仔细品味一下肉丸子的滋味，眼泪就控制不住地滚落在胸前，一个大户人家的少爷，如今混到这份儿上，还活个什么劲啊。

别以为白连旗这一哭能哭出什么人生感悟，从此就励精图治，改变人生，根本没戏，这不过是情境造成的一时伤感罢了。白连旗是那种过一天算一天的主儿，他的头脑中永远不会产生出思辨的火花，他承认自己是个俗人，从来也没想去干些经天纬地的大事，他活在这个世界上帮不了任何人的忙，别人对他也不应该有太多的奢求,他白连旗能把自个儿的事情料理好就算是为这个世界做出贡献了。

"瞪眼食儿"吃过了,哭也哭了,这时德子不知从哪儿淘换些"高末儿"[1]来,用陶壶沏上递到白连旗眼前。他对着壶嘴儿喝了一口,只觉得一股茶香顺着喉咙沁入心脾,身上感到懒洋洋的,心情也渐渐好了起来。他为自己刚才的失态感到羞愧,有什么大不了的,人生在世谁还没个坎儿?关键是得想个辙了。

白连旗坐在炕头上想了好几天,终于决定放下架子,赁一辆洋车,靠拉车养活自己。当然,他没打算真去当车夫,他也没那个体力,这只是象征性的,卖力气的事自有奴才德子去干,白连旗认为自己能放下架子去赁洋车,已经够丢人现眼的了,白家的先人们若泉下有知决不会安生。

徐金戈和杨秋萍"结婚"以来,始终不大和谐,最尴尬的是晚上睡觉。结婚的第一天晚上,杨秋萍在磨磨蹭蹭地洗漱,徐金戈却坦然上了床,他理所当然地认为,一男一女躺在一张床上,该发生什么事自然要发生,他只需顺其自然就成。可杨秋萍却不这么想,她推了推徐金戈:"你这个人怎么这么没礼貌?咱们还没商量好各人睡觉的位置,你怎么就先躺下了?"

徐金戈无所谓地回答:"反正就这么一张床,还商量什么?总不能一个睡床上,一个睡地上。"

"哟,你这人怎么这么无赖,你还真以为咱们是两口子?别做梦了,我说徐先生,你挑吧,你是愿意睡床上呢,还是愿意打地铺?"

徐金戈躺着没动,轻飘飘地甩过一句:"这还用问?我当然愿意睡床上。"

"徐先生,你难道不觉得脸红吗?自己堂而皇之地躺在床上,却让一个女人睡在地上,你好意思吗?"

"我没什么不好意思的,你去打听一下,有没有新婚之夜老婆不肯和丈夫睡在一张床上的?这倒也罢了,要是再把丈夫轰到地上睡可有点儿过分了,你说是不是?"

杨秋萍愤愤地将褥子扔在地上道:"好,我睡地上,只要你这个大男人看

---

[1] 茶叶店扫底的茶叶末儿,价格极便宜,只有穷人才买,京城人称之为"高末儿"。

得下去,我无所谓。"

徐金戈闭上眼睛不吭声了。

杨秋萍赌气铺好被褥和衣躺下。

徐金戈向床下看了看,见杨秋萍把脸转向另一边,显然还在生气,他叹口气无奈地坐起来:"好好好,我的姑奶奶,你赢了,我睡地铺。"

杨秋萍一骨碌爬起来,眉开眼笑地说:"这还差不多,还像个男人。"

徐金戈嘟囔着躺在地铺上:"像个男人?什么话嘛……"

睡到半夜徐金戈醒了,他感到口渴得很,便起身去喝水,当他喝完水准备躺下的时候却被杨秋萍的睡相所吸引。杨秋萍在睡梦中翻了个身,雪白的胳膊露在被子外,胸前的睡衣扣也被挣开,隐隐约约露出半个乳房……徐金戈不看还好,一看便生出无穷的遐想,难免有些心猿意马。他虽说没结过婚,但也不是没亲近过女人,以前无聊时也曾被同事们拉着去过一些风月场所。干杀手这行的人是没有未来的,他们讲究的是及时行乐,当走出女人房间五分钟之后,这个刚刚和他亲热过的女人便在他心中永远地消失了,不会留下一丝一毫的痕迹。徐金戈每次干完这种事心中没有任何愧疚,我花了钱了,谁也不欠。

徐金戈此时睡意全无,他索性点燃一支蜡烛,借着烛光欣赏起睡美人儿来。"灯下看美人儿"是前人总结出的经验,果然有道理,这时光线不可太强烈,要有意调整得昏暗一些,女人的面容只有在这种光线下才能体现出朦胧的美感,杨秋萍长长的睫毛在烛光下微微地闪动着,脸颊上有两个若隐若现的酒窝,精致而笔直的鼻梁,鲜润的嘴唇在轻轻嚅动着……徐金戈感到周身燥热,像是一股火流在左奔右突并急于找到宣泄口。妈的,这女人似乎没把我当成个男人,和我同住一室,居然敢睡得这么踏实,难道把老子当个太监不成?徐金戈感到男性尊严受到冒犯,他打算占有这个女人,一定要让她明白自己的身份,你已经不是什么大小姐了,你是徐金戈的老婆,你有义务使丈夫得到满足。想到这里,徐金戈撩开被子钻进了杨秋萍的被窝……

杨秋萍在梦中被惊醒,当她弄明白徐金戈的举动时不禁大为恼怒,她嘴里骂着手足并用又踢又打。徐金戈才不管这些,他认为女人都像野马,不驯是不行的,第一次肯定会又撕又咬,一旦让男人得了手,就会变成一只乖猫,他一手搂住杨秋萍的身子，另一只手从容不迫地解开她的睡衣扣子……徐金戈终于觉得杨秋萍停止了挣扎，渐渐平静下来，不由心中窃喜，才这么两下就不闹了？得手得是不是快了些？徐金戈就这么一分心，一支手枪的枪口就顶在他脑门上，徐金戈的身子僵在那里……

杨秋萍的"马牌撸子"就放在枕头下面，她自从学会使用手枪以来一直有个不太好的习惯——不愿关保险，使手枪随时处于上膛待发状。杨秋萍的理由很充分，宁可走火也不愿由于来不及开保险而被俘，要是落到那些禽兽手里真不如给自己一枪。杨秋萍的手枪这回终于派上用场了，它正稳稳地顶在徐金戈的脑门上。

徐金戈是玩枪老手，他一眼就发现这支"马牌撸子"是打开保险的，杨秋萍又是个新手，这时候最好别动，这丫头正在气头上，闹不好就走了火，他出道后多少大风大浪都闯过来了，要是在被窝里死在一个黄毛丫头手里还不让同道们笑掉大牙？

徐金戈好言好语地劝道："秋萍，把枪收起来，走了火不是闹着玩的，听话！"

"收枪可以，你先给我滚下床去……"

"好好好，我滚，可你至少先把保险关上啊，有你这么玩枪的吗？看着都悬。"

"别废话，滚！"杨秋萍怒目圆睁。

徐金戈臊眉搭眼地回到地铺上，发着牢骚："有你这种老婆吗？简直像个母老虎，当你丈夫算是倒了霉，别说碰一下，连人身安全都没有保障，这日子可怎么过？"

"活该！我警告你，下次要是再敢碰我，就一枪毙了你……"

"行行行，我的姑奶奶，从今往后我就是他妈的柳下惠，你就是坐我怀里我也不乱动……"

"呸！人家柳下惠是坐怀不乱，你呢，离着八丈远就扑过来了，简直像条饿狼，睡吧，睡吧，别再胡思乱想了。"杨秋萍翻了个身，沉沉睡去……

老韩头那辆车终于有人来赁了。

那天早晨孙二爷吃完一个芝麻烧饼、两个焦圈儿外加一碗豆汁，他心满意足地捧着个泥壶，一边对着壶嘴儿喝茶，一边逗着笼子里的画眉。他本是天津人，对老北京的"鸟儿经"一窍不通，但他喜欢京城的时髦，很羡慕京城养鸟人清晨提着笼子遛鸟儿时从容不迫的架势，那真够派，不是从小生在皇城根下的人，你装都装不出来那气派。孙二爷也买了只画眉，为什么要养画眉呢？就因为京城玩鸟儿的人有规矩，叫"文百灵，武画眉"。习文之人，或当文差者，如任拨什库、笔帖式及其他文差的人讲究提百灵笼。而当武差的人则讲究提画眉笼。如此说来，孙二爷显然是把自己归入"武人"的范畴了。

有了好鸟儿当然要配好笼子，孙二爷的画眉笼是花了二十块大洋置办的，连笼腔、盖板、葫芦、抓钩、布罩和两个瓷制彩绘的鸟食罐儿也一应俱全，笼中还设有一杠，曰"沙杠"，就是在供鸟儿站立的杠子上黏裹细沙，供鸟儿砺爪磨喙。鸟儿是好鸟儿，家伙是好家伙，问题是孙二爷并不懂养鸟儿，好鸟儿也养不出好来。画眉和百灵都属鸣叫鸟儿，讲究的是听它叫，京城的某王爷曾颇具文采地形容一只名贵的画眉，说它叫起来"千声百啭，入耳即娱，或如铜琶铁板之激壮，或如玉笛铜笙之悠谐，或如惊涛骇浪之谲诡，或如洞箫清瑟之幽咽"。孙二爷心说，好嘛，一只鸟儿能整出这么大动静来，那还要戏园子干吗？

使孙二爷堵心的是，他的画眉自打买来后就没听它叫过，气得孙二爷经常拿根筷子伸进笼子捅它。这画眉也倔得很，它在笼子里左突右闪地来回扑腾，就是死不开口，气得孙二爷真想摔死这混账东西。

文三儿那天早上出车晚了些，见两个人走进车行，走在前边的一位一进门就大模大样地问："哪位是孙二爷？"孙二爷正对着鸟儿笼子生气，听说有人找他，便头也不回没好气地说："有话说，有屁放。"

来人是白连旗和德子。当惯奴才的人都有点儿"二百五"，缺乏审时度势的能力，德子认为主子虽然有些落魄，但主子毕竟是主子，是有身份的人，给主子当差当然要维护主子的尊严。至于别人是否认为主子应该有尊严，德子根本没工夫去想。德子大模大样地向身后一指，对孙二爷说："这是我家主子，想跟您赁辆车玩玩。"

孙二爷放肆地上下打量着白连旗，他穿着一件半旧的蓝布长衫，上身还套了件蓝马褂儿，皮肤白皙，一副弱不禁风的样子。就这主儿还想拉车，这不是裹乱吗？别说拉车，就是坐车时间长了都未必受得了。

孙二爷哼了一声，冷冷道："什么？赁辆车玩玩，这是玩的吗？怎么着，二位爷是不是拿我开心呢？"

文三儿在一边却看乐了，自打白连旗一进门，文三儿就看出这位爷的身份。民国以后，京城里这种八旗子弟多了去了，这些人好吃懒做又身无一技之长，还有个通病，就是人倒架子不倒，肉烂嘴不烂。就说眼前这位爷吧，明明是吃不上饭了，想赁辆车糊口，可人家好面子，愣说要赁辆车玩玩，似乎是闲得难受，拿洋车当玩意儿玩。

德子也不大高兴，他觉得孙二爷怠慢了主子，因此话便横着出来了："怎么着？您这洋车不就是往外赁的嘛，总不至于是留着下崽儿的吧？该交多少车份儿咱爷们儿照交就是，您就甭说这么多没用的了，来句痛快话，这车您赁不赁吧？"

孙二爷一听更不高兴了，如今人多车少，想赁车的主儿多的是，哪个不是点头哈腰地来求自己？这位可好，整个一生瓜蛋子，话一出口就这么横，就像谁该他的，就冲这个，车也不能赁给他。

孙二爷皮笑肉不笑地说："哟，我看您这位爷可不像是拉车的，倒像是衙门里拿人的捕快，真对不住，我这辆车有人赁啦，您二位来晚了一步，要不这么着，您留个地址，哪天有了空车我给您送到府上去。"

德子一听正要发火，却被白连旗制止了："德子，你怎么跟孙老板说话呢？一点儿家教没有！去去去，一边儿待着去。"他回身向孙二爷一抱拳："孙老板，我白连旗对奴才管教不严，惹您生气了，我这儿给您赔个不是，您可千万别往心里去。"

孙二爷觉得这还是句人话，他朝白连旗拱拱手，语气也缓和了许多："哦，原来是白先生，您坐，文三儿，给白先生上茶。"

文三儿心说，什么白先生，不就是个破落户吗？都穷到拉车的份儿了，还他妈摆谱。他不情愿地走到里屋去倒茶。

白连旗看了看孙二爷的鸟儿笼子淡淡地说："孙老板不用客气，您既然有难处，我就不强求了，我马上就走，顺便问一句，孙老板喜欢养鸟儿？"

孙二爷客气道："嗨，闲着没事儿，养着玩呗。"

"孙老板，我说句您不爱听的话，您这画眉这么养可不行，到时候您银子也花了，鸟儿也糟蹋了。"

孙二爷一听来了精神："白先生也懂鸟儿？您说说看。"

"画眉这类鸟儿最耽误人工夫，想听它叫唤您得先陪鸟儿玩，每天早晨要去遛鸟儿，遛一阵子鸟儿就成了习惯，您走不够那路程鸟儿就死不开口，遛鸟儿走到一定的地方，您得找个林子等着，等林子里别的鸟儿叫了，您笼子里的鸟儿听了就模仿其鸣声，日子久了，您的鸟儿就学会了，这就叫'压鸟儿'。还有，'压鸟儿'也不能瞎压，要是听见什么就学什么，那叫'脏口儿'。说句不好听的，要是哪天您拎着鸟儿笼子进了茶馆，碰见一群玩鸟儿的，您还没说话，您笼子里的画眉冷不丁学起白玉鸟[1]叫了，这下麻烦可就大了，那些玩鸟儿的主儿敢把您鸟儿笼子砸了。一只'脏口儿'的鸟儿能带坏一大群鸟儿，这跟人一样，学好不容易，要学坏一会儿就会，人家的鸟儿被您的鸟儿带坏了，能不跟您急吗？所以说养鸟儿不易啊，您要是犯懒，足不出户，就是把鸟儿喂得再好，鸟儿也不给你好好叫唤，画眉就是这习性，您糊弄它，它就糊弄您。您这鸟儿我一进门就看出来了，鸟儿是只好鸟儿，就是没好好'压'过，万幸的是还没'脏口儿'，要是'脏了口儿'，这鸟儿就没法要了，您趁早把它喂了猫。"

白连旗的"鸟儿经"可真把孙二爷听傻了，敢情养鸟儿还有这么多学问？比养个娘们儿还麻烦。孙二爷佩服地连声说："白先生真是行家，一看就是大户人家出身，吃过玩过见过，不是我捧您，您刚才一席话说得……真他妈的是光腚坐板凳——有板有眼啊……哎哟，对不住，对不住，我是一粗人，说话糙了点儿，白先生见笑了。"

白连旗显得很宽容："孙老板快人快语，一瞧就知道是个爽快人，咱们今天就算认识了，您歇着，我再去别的车行转转，改日再聊……哟，您这画眉喂的食儿也不对，哪能光喂小米儿？画眉本食虫豸，春夏季您得喂它活土鳖、马

---

[1] 白玉鸟为观赏鸟，进京历史很短，京城的养鸟儿爱好者以"正统"自居，讲究养鸣叫类鸟儿，而极力排斥白玉鸟，认为自己的鸟儿一旦模仿白玉鸟叫就是"脏口"，视为奇耻大辱。

蛇子、水蜘蛛之类的虫。到了冬天没活食儿了怎么办？那您就不能怕麻烦，得拿鸡蛋煮熟了晒干碾成末儿，用鸡蛋粉搓小米儿，再把鲜牛肉剁碎用香油炒干，和小米儿拌在一起喂……还有，画眉喜欢吃活食儿，可吃多了又容易积食上火，您得每天给它洗个澡，先由'行笼'串入'洗笼'，搁在大水盆里，让画眉拨水自浴，浴后再串入'行笼'，悬而曝之，此时不要急于上布罩，一定要等它翎羽干透，否则水浸羽而生虱，这种虱子很麻烦，虱红而小，附着鸟身，吸其血液，鸟自病矣……得嘞，时候不早了，我该走了，孙二爷，回见了您哪……"

孙二爷正听得一头雾水，见白连旗要走便有些急了，他一把拉住白连旗道："白先生，您别走呀，您不是要赁车吗？这样吧，我按车份儿的半价赁给您，从今天起，您就是'同和'车行的人了，怎么样，白先生？"

白连旗停住脚步犹豫道："这……实话跟您说吧，我这个人好动，吃饱饭不活动活动就浑身较劲，前些日子我闲得实在难受，一咬牙一跺脚，什么面子不面子的，顾不上了，我到前门火车站扛了一天的麻包，您说怪不怪吧，这一天下来浑身舒坦，吃什么什么香，您说我这不是贱骨头吗？我寻思着，还是得找点儿力气活儿，既解闷儿又舒坦，麻包咱是扛过了，得换着花样儿玩不是？得嘞，我就在您这儿赁辆车玩玩，不过，我可先得和您打个招呼，要是哪天我玩洋车玩腻了，不想玩了，您可别说我给您拆台。我就好比票友，闲得没事儿客串一把。"

孙二爷忙不迭地回答："白爷，您尽管玩，什么时候您玩烦了，咱再想辙换别的玩……"

徐金戈和杨秋萍终于睡到了一张床上，这倒不是杨秋萍自愿，而是日本人夜间入户搜查闹的。

一天夜里，日本人全城统一行动，挨家挨户搜查，徐金戈被砸门声惊醒，他第一个反应是把枕头和被子扔上床，把铺在地上的褥子卷起放进衣柜，又随手在床上做了伪装，摆出刚刚睡过的零乱状态，杨秋萍慌乱中将枕头下的手枪藏在褥子下面，徐金戈这才去开门。

两个日本兵带着两个中国警察闯了进来，一个高个子警察满脸怒气，一进门就照徐金戈的胸口上打了一拳，责骂道："你他妈的磨蹭什么，怎么才开门？"

徐金戈谦卑地回答："老总，实在对不起，我得先穿上衣服呀。"

一个矮个子警察看着门上贴的"喜"字，又看看衣衫不整的杨秋萍，猥琐地笑道："哦，这小媳妇是刚过门吧？难怪折腾这么半天才开门，对不住啦，耽误了你们的好事，我们也是没办法，执行公务嘛。"

一个日本兵用刺刀挑开了徐金戈的被子，用日语问了几句，高个子警察翻译："太君问你，你家有没有外人留宿？把你们的户口册拿出来。"

徐金戈递过户口册："只有我们两个，没有外人留宿，我们是规矩的生意人。"

矮个子警察在房间里随手翻弄了几下，又撩起床单看看床下是否藏着人，他突然把手插进徐金戈的被子，猛地抬起头阴沉地问："你刚才好像不是睡在这儿，你在干什么？"

徐金戈笑笑："老总，一男一女睡在一个被窝里，还能干什么？"

正在查看户口册的警察对日本兵说了几句日语，大概是把徐金戈的话翻译过去，两个日本兵大笑起来，其中一个嘴里叽里咕噜地说着，还向徐金戈做出个猥亵手势，高个子警察翻译："太君说，你老婆很漂亮，他很好奇，想知道你老婆在床上表现如何。"

杨秋萍的脸色一下子变得通红，眼睛里闪出了怒火，徐金戈不容她发作，亲热地搂住她的腰，向日本兵眨眨眼，用同样猥亵的口吻说："好极了，我们的游戏就像中日亲善。"

日本兵和警察大笑起来，高个子警察扔过户口册："你们听着，皇军有令，今后凡发现可疑人等一律要向日本宪兵队举报，否则以通匪论处，好了，你们继续'亲善'吧。"

徐金戈点头哈腰地将日本兵和警察们送出院子，插好院门，刚刚回到屋里就挨了杨秋萍一个耳光。

"你疯啦，怎么打人呀？"徐金戈长这么大还没挨过耳光，更何况是挨女人耳光，这简直是奇耻大辱。徐金戈一下子爆发了，他暴怒地举起拳头："妈的，我今天……"

杨秋萍轻蔑地把脸凑上来："想打人？来呀，你打，你打，我倒想看看一个大男人是怎么欺负女人的。"

徐金戈的拳头最终没有打下去，他冷静下来："秋萍，你要是个男人，我会一拳打断你的肋骨。"

杨秋萍满面怒容地说："姓徐的，看看你那副流氓嘴脸，说起下流话简直自如得很，怎么这么不要脸。"

"噢，原来是为这个，秋萍，要是你连这几句话都受不了，那我劝你还是不要干这种工作，趁早撤到后方上学去，这才刚到哪儿？要命的日子还在后面呢。"

杨秋萍余怒未消："你少跟我讲抗战的大道理，我都懂，关键在于你刚才的表现，一脸的轻薄相，居然还和鬼子挤眉弄眼，看着就这么面目可憎。"

"别生气了，秋萍，实话告诉你，刚才我都捏着一把汗，要是那鬼子的刺刀挑起的不是被子而是褥子就麻烦了，你的枪就在褥子下面，幸亏他们没发现。"徐金戈从褥子下抽出杨秋萍的"马牌撸子"扔在床上。

杨秋萍想了想，也觉得自己有些过分，口气便缓和了很多："好了，好了，我刚才生气了，所以冒犯了你，现在我向你道歉，你一个大男人总不能和女人一般见识吧？"

徐金戈把褥子从柜子里拿出来铺在地上，嘴里发着牢骚："一般情况下男人当然要让着女人，但也有例外，譬如武松遇见开黑店的孙二娘，要是一味退让恐怕就成了人肉包子。"

杨秋萍大笑起来："以前我还真没发现，你还挺幽默的，拐弯抹角地夸了自己，还把我骂成母夜叉，你可真够坏的……咦，你在干什么？"

徐金戈没好气地说："没干什么，打地铺睡觉呗。"

杨秋萍沉默了，她趴在床沿边看徐金戈铺好被褥躺下，目光中有了一种柔情，徐金戈发现她正盯着自己，眼神有些异样，便用被子蒙住了头。

"金戈兄……"杨秋萍轻轻叫道。

徐金戈没有吭声。

"……夫君。"杨秋萍的声音里有了一丝哀怨。

"秋萍,你叫谁呢?"徐金戈把头从被子里探出来问。

"叫你呢,你不是我丈夫吗?我们可是拜过天地的。"

"哦,我记不得了,我们好像是为了工作才被迫住在一起,任务一结束我们各走各的。"徐金戈翻了个身闭上眼睛。

"金戈兄,上床睡吧,刚才那个警察摸出褥子是凉的,要不是你脑子快就糟了,为……为了工作,你还是到床上睡吧。"杨秋萍的声音越来越小。

"算了吧,我一个人睡地铺习惯了,身边猛不丁出现一个女人很容易把我吓着,要是做梦的时候不留神把手伸过去就更麻烦了,你那枪还顶着火呢。"

"如果做梦的时候出现这种情况是可以原谅的,我不会怪你……"

"秋萍,你最好还是别给我这个机会,因为我白天也经常做梦。"徐金戈点燃了一支烟,轻飘飘地向天花板喷出一个烟圈。

杨秋萍终于火了,她大喊起来:"徐金戈,你这个浑蛋,你还要我跪下来求你吗?你就会欺负我,我恨你……"她的眼泪控制不住地流了下来,呜咽着把头埋进了枕头。

徐金戈愣了一会儿,慌忙掐灭了烟,站起来走到床边,轻轻撩开杨秋萍的被子钻进被窝……

杨秋萍此时像个无助的小女孩,抽泣着扎进徐金戈的怀里,徐金戈默默无语地搂住她,心情很复杂,一时不知该说些什么。

"金戈兄,抱紧我,爱抚我……"杨秋萍语无伦次地低吟。

"秋萍,你怎么……怎么改变主意了呢?你以前……"

"金戈兄,我怕,我害怕极了,我看到鬼子心里就发抖,他们不是人,是野兽,我不敢想象,要是有一天落在他们手里会是什么样的结果。金戈兄,我不怕死,可我怕鬼子,有时连做梦都被吓出一身冷汗,我承认自己胆小,我毕竟是个女人啊。"杨秋萍紧紧抱住徐金戈,身体在不停地颤抖。

"别怕,有我呢,我会保护你,我可不怕鬼子,留在北平就是为了杀鬼子汉奸,他们有什么好怕的,一枪打上去照样一个窟窿。"徐金戈抚摸着杨秋萍身体安慰着。

"金戈,说实话,刚认识你的时候我对你印象不太好,你这个人冷冷的,永远是面无表情，看女人的眼神也是高高在上的感觉，好像根本不关注别人的性别，那时我甚至怀疑你的血是冰凉的，所以讨厌你。"

"嗯，那你什么时候改变印象的呢？"

"你先告诉我，你对我是什么印象？以前和现在有什么不同？"

"老实说，一开始印象也不怎么样，任性、无礼、颐指气使，典型的有钱人家的大小姐，好像全世界的男人都该围着你转，所以我们同居的第一天我就打算……"

"打算占有我，以示报复，是吧？"

"没错，打消你的气焰，让你从此以后服从我，我是这么想的。"徐金戈老老实实承认道。

"金戈，你可真够坏的，你们男人怎么就不明白，要用心去征服一个女人，而不是靠粗暴、靠蛮横。你知道我为什么后来改变了对你的看法吗？就因为你骨子里还是个君子。我们生活在一间屋子里，要是你想做什么，肯定能做成，你可以强迫我，我没有能力制止你，所有的人都知道你是我丈夫，如果你强行占有我，我连哭诉的地方都没有，可你没这么做，你没有利用自己的特权，而是尊重了我的意愿，我……真的很感谢你……"

徐金戈停止了抚摸："秋萍，你这么夸我，弄得我都不好意思了，既然你要求我做个君子，那我还是做到底吧，我去地铺睡。"他说着准备下床。

杨秋萍一把抱住徐金戈，将脸紧紧地贴在他的胸前喃喃道："不，我不要你离开我，我要你爱我，好好地爱我，亲爱的，我们过的是什么日子？每天生活在危险之中，生活在恐怖之中，每个夜晚都在想，明天太阳升起的时候，我是否还活在这个世界上？亲爱的，我不要恐惧，我要幸福，我要紧紧抓住每一个可以触摸到的幸福，亲爱的，我要把自己……完整地交给你……你要接受我……"

徐金戈感到周身血液在燃烧，欲念在膨胀，激情在涌动，他突然发现，这个女人真的很可爱，今夜两人之间要是不发生点儿什么，这辈子就算是白活了。徐金戈粗鲁地将杨秋萍的睡衣扯去，翻身压上去……

·第九章·

徐金戈早晨买香烟时，从找回的零钱中发现了"黑马"的指令，"黑马"通知他到煤渣胡同37号，有要事商议。徐金戈知道，那里是军统北平区的区本部，在军统平津两地的特工中，只有极少数人知道这个地址。

徐金戈不敢怠慢，他回到家里和杨秋萍打了个招呼，便马上动身赶到东四牌楼南大街，走进了煤渣胡同东口。进入胡同后徐金戈注意观察了一下靠左的第一个红门，门前有两个警察在站岗，他知道这里是有名的"铁路俱乐部"，原先是平汉铁路局高级职员休息的处所，现在已被华北伪政权所占用。在徐金戈所看到的情报中，此处被称为"煤渣胡同20号"，据说日本驻华北派遣军联络部部长喜多诚一经常来此处会晤伪中华民国临时政府委员长王克敏。

徐金戈似乎漫不经心地闲逛，把周围的地形地貌记在心里，最后出北极阁又转到金鱼胡同，从金鱼胡同的旁门走进了煤渣胡同37号。徐金戈按照约定的暗号敲了敲院门，一个中等个子、三十多岁的男人打开门满面笑容地和徐金戈打招呼："哎哟，表兄啊，您可是有日子没来啦，请进！请进！"

徐金戈一边往院里走一边笑着和这人寒暄："表弟，看来最近日子过得顺心啊，都有点儿发福啦。"

这个人是军统北平区的代理区长毛万里，徐金戈在战前就和他很熟，他是戴笠的同乡，又是军统干将毛人凤的族弟，因此戴笠对毛万里极为器重，先是选他做自己的机要秘书，如今因北平区长王天木在天津搞游击工作，毛万里暂时代理区长职务。这人看上去给人一种老实憨厚的印象，其实是个心狠手辣的人，同事们都很怕他。徐金戈与毛万里虽然很熟，但并无深交，军统的纪律很严格，不允许内部人员之间关系过密。

毛万里将徐金戈引进客厅，一个相貌英俊的男人迎上来笑道："金戈兄，别来无恙乎？"

徐金戈也笑着伸出手："恭澍兄，没想到在这儿见到你，到北平公干？"

此人是军统天津站站长、大名鼎鼎的杀手陈恭澍。陈恭澍是黄埔五期学员，也是徐金戈于1935年在南京三道高井"参谋本部特务警员训练班"的同学，当年的特训班共培训出三十个学员，这些人后来都成了军统局的骨干，除徐金戈外，赵理君、陈恭澍、赵世瑞、徐远举、何龙庆、陈善周、廖宗泽、田功云等人，都成了赫赫有名的杀手……

陈恭澍和徐金戈握手，开门见山道："金戈兄，国难当头，闲话就不叙了，我这次赴北平负有重要使命，还得有劳金戈兄助一臂之力。"

徐金戈淡淡一笑："好说，恭澍兄有事就直说。"

陈恭澍请徐金戈坐下，递过一支香烟用打火机替他点燃，直截了当地说："最近王克敏通敌卖国，出任汉奸政府首脑，老头子很恼火，命令戴老板干掉王克敏。昨天戴老板给我下达了命令，对王克敏'相机予以制裁'。金戈兄，这次戴老板特地点了你的将，要你协助我，怎么样，有问题吗？"

徐金戈一口应承下来："没问题，你说怎么干？我听你的。"

陈恭澍兴奋地给了徐金戈一拳："好，有你这句话我就放心了，说实话，北平区特工虽然很多，但除了你的行动组，其余的都不大得力，而你这块香饽饽又直接听命于'黑马'，这也是戴老板让你来协助我的原因，怎么样，看来'黑马'同意了？"

徐金戈点点头："当然，要不我怎么会直接找到这里？"

"咱们做个计划吧，你要多担待哟，老兄。"陈恭澍客气地征求徐金戈的意见。

"好，你先介绍一下王克敏的背景，这个人我还不大了解，只知道他是个大汉奸。"徐金戈说。

陈恭澍笑道："金戈兄，你还是老样子，不无缘无故杀人，如果出手便一定要有出手的理由，在我们军统行动人员中，你这样的人可不多。"

徐金戈正色道："为国家和民族利益惩恶扬善，这是我的原则，否则，我为什么要杀人？"

孙二爷最近可谓"玩物丧志"，自从白连旗来后，他算是什么都学会了。先说养鸟儿，本来他只养了只画眉，在白连旗的撺掇下，他又买了百灵、黄雀儿、蓝靛颏儿等善鸣的鸟儿，光不同的鸟笼子就有七八个，早晨遛鸟儿都拿不过来。孙二爷只好请车夫们帮忙，车夫们也不傻，没点儿好处谁管你这个？于是孙二爷开出价码，谁帮他遛鸟儿可免一半的车份儿，文三儿一听连个愣儿都没打，当即同意当这些鸟儿的"服务员"，等别的车夫醒过味来，再想竞争这个肥差时，文三儿已经拎着几个鸟笼子开始工作了。

每天早晨5点钟，孙二爷和文三儿就准时出了门，每人各拎四个鸟笼子，上面还蒙着蓝布罩，双手还要边走边甩，据说名贵的鸟儿都喜欢这种荡秋千的感觉。两人从南横街出发，经虎坊桥穿过铁树斜街进入大栅栏，再穿过前门楼子到太庙后河，那里是京城最大的带鸟儿学艺的场所，此处天高水清，树木茂盛，又无都市噪声，过往的鸟儿多在此觅食，是练"压口儿"鸟儿的天然教室，遛鸟儿人将鸟笼置于树下，人则躲在一边静观，这是个练耐性的活儿，要是运气好，鸟儿又机灵，兴许几天就能"压"上新口儿，反之，你等一两个月也白搭。孙二爷以前压根儿就不知道这里还有个给鸟儿"压口儿"的地方，若不是白连旗指点，他且入不了道儿呢。

从太庙后河回来，孙二爷还要去西珠市口大街的"广义轩"茶馆坐坐，这个茶馆是京城有名的"黄鸟儿座儿"，每天上午来这儿喝茶的主儿都是养黄雀儿的人，他们遛完鸟儿都要集中在这里，把鸟笼子挂在茶馆门口，一边品茶一边评论着鸟儿鸣。在这里，喝茶是次要的，大家主要是来交流养鸟儿经验，并且相互炫耀，要是哪位爷把脏了口儿的鸟儿带进茶馆，那就算是捅了大娄子，那些养黄鸟儿的主儿非跟你拼命不可。

每当这时，文三儿就得站在茶馆外面看着鸟笼子，因为这是"黄鸟儿座儿"，别的鸟儿不能进来，孙二爷懂规矩，他每天进"广义轩"茶馆只拎着两个黄鸟笼子。

遛完鸟儿回到车行，时间还不到8点，孙二爷要睡回笼觉，文三儿则拉车上街。对遛鸟儿这个活儿，文三儿还是挺知足的，虽说起得早了点儿，可免掉一半的车份儿还是值了。

白连旗和德子每天准时来车行，德子取了车就走，而白连旗则留下陪孙二爷玩。孙二爷好玩，手里又有些钱，就是不知道怎么入道儿。白连旗没钱，别的本事也没有，唯独会玩，更难得的是有闲工夫，两人便一拍即合。白连旗成了"同和"车行的"顾问"，不光是指导养鸟儿，还撺掇孙二爷养虫儿，等孙二爷养虫儿的兴趣被培养起来后，白连旗便隔三岔五地和孙二爷做点儿小买卖，不是今天从怀里掏出个蝈蝈儿来，就是明天捧个蛐蛐儿罐来。按白连旗的意思，他所经手的虫儿都是绝对的上品，要搁在以前都是进宫上贡的极品，如今皇上不在了，这些极品只好便宜孙二爷了。孙二爷虽不懂行情，却也知道讨价还价，每当白连旗报出价儿来，孙二爷便想也不想，拦腰就是一刀，成交总在半价以下。白连旗接过钱时总是抱怨："你们汉人做生意门槛儿太精，我们满人和你们斗了小三百年，到了也斗不过你们。"

孙二爷说："你们压根儿就不该来，猫在关外射射兔子，缝件兽皮袄什么的，活得不是挺滋润吗？非他妈的哭着喊着上我们汉人的地盘上来，好几百年了，什么本事没学会，吃喝嫖赌倒是样样精通，要是这会儿再把你们轰回去，连他妈的射兔子的手艺都丢生了。"

北平人养虫儿不光是为了听叫唤，主要还是为了斗虫儿，斗虫儿就得有对手，于是白连旗便把"同和"车行改成了斗蛐蛐儿的场子，经常往外发帖子约人，请帖的封皮上写着"乐战九秋"等字样，显得很有品位。最近车行里热闹异常，进进出出的都是些手捧着蛐蛐儿罐的主儿，连日本人都招来了。

日本浪人犬养平斋是个中国通，战前他已经在中国居住多年，在穿着方面，他永远是一身黑色和服，脚蹬日本传统木屐，有时还挎着一把日本武士刀，光看打扮，你说他是二百年前的日本人都有人信。犬养平斋好像没有正当职业，他有的是闲工夫，经常出没于北平的街头巷尾，酒肆茶楼。还有人在琉璃厂和八大胡同见过他，他花起钱来很大方，可谁也不知道他靠什么挣钱。

犬养平斋和白连旗在战前就认识，他对京城八旗子弟的生活方式很感兴趣，也极力加以模仿，只是玩什么都没有常性。那时他在白连旗的撺掇下对养鸟儿入了迷，整天缠着白连旗给他找鸟儿，正好白连旗的一位酒肉朋友有只"脏了口儿"的黄鸟儿，那位爷见着这只鸟儿就烦，正准备摔死这不长进的东西，却被白连旗拦下了，说这鸟儿好歹是条性命，不如给我吧。那位爷挥挥手说，白爷，劳驾您哪，把它拿远点儿，别让我再看见它，省得我闹心。白连旗得了鸟儿，一转身以十块大洋的价儿卖给了犬养平斋，而犬养平斋虽号称中国通，却不通养鸟儿，他哪里懂得什么是"脏口儿"，得了鸟儿便拎着鸟笼子满世地招摇过市，逮谁和谁显摆。那些养黄鸟儿的主儿一见犬养平斋拎着鸟笼子过来都避之不及，生怕自己的鸟儿也学脏了口儿。

那时日本人正撺掇汉奸殷汝耕成立什么"自治政府"，中国人的反日情绪高涨，养鸟儿的朋友都称赞白连旗此举是给中国人长了脸，日本人的钱不坑白不坑。当然也有不地道的主儿，成天惦着讨日本人的好，《京城晚报》的记者陆中庸就是这么块料，他告诉犬养平斋："这只黄鸟儿是脏了口儿的，一钱不值，你让白连旗给坑了。"

无奈怎么解释，犬养平斋也闹不清什么叫"脏口儿"。

"这只鸟儿是吃了什么东西把嘴给搞脏了，那漱漱口不就得了？"

陆中庸急了："这么说吧，你这只鸟儿学会骂人了，这你就明白了吧？"

犬养平斋一听就乐了："会骂人？这可太好了，会骂人的鸟儿当然是珍品了，要是会打人就更好了，我喜欢这只鸟儿，用你们中国人的话说，叫'卓尔不群'，对吧？"

此事在养鸟儿的老少爷们儿中一时成为笑谈，大家一致认为日本人都是缺心眼儿的货，连"脏口儿"都不懂，他也配养鸟儿？

那只脏了口儿的黄鸟儿最终还是被犬养平斋养死了，他固执地认为，自己爱吃什么鸟儿就爱吃什么，比如他爱喝日本酱汤，还爱吃叫作"苏喜"的饭团，于是就用酱汤拌"苏喜"喂黄鸟儿，有时候还加点绿芥末或辣椒油，说这样更有味道一些，就这么着，不到一个月就把那只黄鸟儿给喂死了。

犬养平斋喜欢上养蛐蛐儿是最近的事，这当然也是白连旗教唆的。既然犬养平斋自称是"中国通"，那白连旗自然要从历史的角度去论证一下。为什么说养蛐蛐儿是中国的"国粹"呢？据白连旗介绍，中国自古以来养蛐蛐儿、斗蛐蛐儿就是一项高雅的上流社会活动，远在南宋王朝就已蔚然成风，南宋宰相贾似道就是个养蛐蛐儿的高手，在他的带动下，当时的王公贵族都纷纷效法，以养蛐蛐儿、斗蛐蛐儿为时尚，此风传至今天未减，是我们中国的国粹之一。

犬养平斋懂得一些中国历史，他哼了一声："我记得南宋王朝就是因为爱玩才亡了国的。"

白连旗正色道："此言差矣，玩儿不过是种通俗的说法，其实这是一种博大精深的中华文化，中华文化从不以武力服人，而是以礼仪教化服人，这么说吧，甭管您是什么来头儿，是动刀动枪打进来的，还是带着银子做买卖来的，甭多了，不出一百年，您就找不着自个儿了，哪儿去了？化啦，融化在中华文化里了，您不再想舞刀动枪，撒野耍横，那是寒碜。您学会了中国的琴棋书画，学会了吃喝玩乐，玩着玩着就把自己玩成了中国人，忘了自个儿早先是从哪儿来的。什么叫亡国？国可亡不了，越亡国中国人越多，地盘越大，您信不信？金灭北宋，元又灭金、灭南宋，到了怎么样？元灭南宋后不到一百年自己也玩完了，中国还是中国，它灭了吗？我们满人当年入主中原，八旗军也是弓马娴熟，武功赫赫，怎么样？不到三百年，八旗子弟连马都不会骑了，再舞刀弄枪的，自己都觉得寒碜，可玩起玩意儿来却样样精通，中国亡了吗？没亡，不但没亡，连我们满人都入了伙，成了中国人，中国倒是更大了。您想想吧，两千多年了，今天你灭我，明天我灭你，灭来灭去，还是肉烂在锅里，中国还是中国。"

犬养平斋听得笑了起来："白君，你的历史观很有意思，我听明白了，你是说我们日本人早晚也会被你们同化，你这种反日言论，就不怕我去报告宪兵队？"

"犬养君，您把我抓进宪兵队，谁来教您玩呢？"

犬养平斋想了想道："这倒也是，白君，我是个在野人士，对政治没有兴趣，也不信那些政治家的鬼话，坦率地讲，什么中日亲善，什么共建大东亚共荣圈，这都是扯淡，我喜欢说实话，依我看，日本和中国的战争无非是资源与生存空间的争夺，大家都是丛林里的动物，强者吃掉弱者是天经地义的，这并不需要什么理由，也许肚子饿了就是理由……"

"犬养君，您的意思是说，你们日本人的肚子饿了，想把中国当块烤白薯吞下去,是吗?"

"不好意思,是有这个打算,我们饿了上千年,怎么着也该轮到我们吃顿饱饭了吧?我们大和民族崇尚强者,鄙视弱者,按你们北京话说,仗打胜了就是爷,仗打败了就是孙子,就得认头。"

"就得吃混合面?"

"是这个意思,白君,你不要不服气,别的中国人我不了解,但你白连旗我还是了解的,你根本就没有胆量拿起武器来抵抗日本人,所以,你的言论也构不成任何威胁,我有什么必要去举报你?"

白连旗笑道:"没错,您说的一点儿不错,我白连旗是没有玩枪玩炮的能耐,我的能耐就是玩玩意儿,要是让你们日本人玩得忘了打仗,中日亲善也就实现了。"

犬养平斋说:"白君,把你的宝贝拿出来看看,我要事先声明,我只对上品的蛐蛐儿感兴趣。"

白连旗从怀里掏出了两个白纸卷成的纸筒说:"我白连旗从来只玩极品,您瞅瞅,这是宁阳出的'黑牙青麻头',绝对的极品。看过蒲松龄的《促织》吗?那里面说的能和公鸡相斗的蛐蛐儿就是'黑牙青麻头'。"

犬养平斋吃惊地问:"蟋蟀儿能和公鸡斗?你不是在开玩笑吧,公鸡会一口吃掉蟋蟀儿。"

"这您就不懂了吧,要不怎么说是极品呢。您不是中国通吗?那您找本儿《聊斋》,别说是极品蛐蛐儿能斗鸡,能斗老虎都不稀奇,您还别不信。"白连旗说得渐渐兴奋起来,"犬养君,敢情您什么都不懂也想养蛐蛐儿?这行里的水可深了去啦,看来我得给您讲讲养虫儿的知识。说起蛐蛐儿,我们中国比较有名的产地都在安徽、浙江、江苏等地,浙江杭州一带出产有名的'浙虫儿'和'绍虫儿'。'浙虫儿'品种有'白砂青''铁色红钳'。绍虫儿的主要品种有'血牙青''白牙青'等。唉,品种太多了,要说起来,仨钟头也打不住,我先拣主要的讲,湖州一带出'白腹背',安徽黄山一带出'黑白牙',扬州出'白头青背',南京出'麻头紫',苏州出'紫头金翅'……"

犬养平斋听得一头雾水,这么多名儿他根本记不住,再说了,他没有必要知道这么多蟋蟀品种，他不客气地打断白连旗的话："白君，您现在手里只有两只蛐蛐儿，刚才您说了，一只叫作'黑牙青麻头'，另一只叫什么？"

"噢，这只是北平地区出产的。当年我们老佛爷最喜欢北京一带的品种，还专门派太监去收购，最有名的是京北苏家坨的'伏地儿蛐蛐儿'和京西福寿岭的'青麻头'，还有十三陵的'蟹壳青'。我这只蛐蛐儿就是大名鼎鼎的'蟹壳青'，绝对的极品，这么说吧，要是倒退个几十年，这玩意儿也到不了您手里，都得给皇上进贡，不然就是欺君之罪。当年我爷爷有只'蟹壳青'，搁在葫芦里，睡觉都搂着，我奶奶都吃醋了，为这只蛐蛐儿，死活要回娘家，气得我爷爷当时就要写休书呀，休了这不懂事儿的老娘们儿，我家管家跪下来劝了两个时辰我爷爷才消了火。当时京城里有名的大玩家桂月汀先生听说了，死说活缠地花了二百两银子从我爷爷手里买走了'蟹壳青'。这位桂三爷祖上是做大官的，身上带着腰牌，可以随时出入紫禁城，这只'蟹壳青'让他转手献给了老佛爷，老佛爷大喜，传旨赏黄金二百两，您瞧瞧，一只蛐蛐儿，愣是值二百两黄金哪。"

犬养平斋直截了当地问："你不用说这么多，只要告诉我，这两只蛐蛐儿你打算卖多少钱就行。"

"得，闹了半天您当我是在说废话？我说您外行还真不是挤对您，价儿是多少您先别着急，我还没说完呢。说到蛐蛐儿就不能不提蛐蛐儿罐儿，打个比方，您犬养君是个有身份的人，因此您就得住好房子，怎么着也得住个三进宅院吧，要不然您丢不起那面子。蛐蛐儿也一样，极品蛐蛐儿可遇不可求，闹不好百十年才出一只，咱能委屈它吗？蛐蛐儿有蛐蛐儿的讲究，入冬之前得养在罐儿里，入冬之后它该搬家了，得住进葫芦里。咱先说罐儿吧，中国的蛐蛐儿罐儿讲究可大了，历代都有制作名家，留下不少传世之作。比如明宣德年制作的醉茗痴人仿宋贾氏珍玩蛐蛐儿罐儿，清正斋主人制彩瓷竹菊蛐蛐儿罐儿等，当然，这都是价值连城的古玩了，我是玩不起。您瞧瞧我这个罐儿，这叫澄泥罐儿，就是用澄浆泥淀制成型，再入窑烧制而成。您再瞧瞧这罐儿底，刻着赵子玉的名字，赵子玉是制澄泥盆的大家，民国初时，一个赵子玉的澄泥盆值一百八十块袁大头，您要找个赵子玉的蛐蛐儿罐儿就更难了，为什么呢？因为赵子玉是以制澄泥盆而成名，他却很少制罐儿，心血来潮时偶尔也做几个玩玩，这就不得了啦，物以稀为贵，他的蛐蛐儿罐儿传世的极少，所以弥足珍贵……"

犬养平斋笑道："你怎么能证明这是赵子玉的真品呢？据我所知，你们中国人造假的功夫堪称一绝，你这个蛐蛐儿罐儿该不会是仿制的吧？"

白连旗面不改色道："这您算说到点子上了，犬养君不愧是中国通，您说得没错，中国的古玩行里假货居多，关键是没有一种万无一失的鉴定方法，再有经验的鉴赏家也难免有看走眼的时候。就目前来说，最有效的鉴定方法是查一下这件古物的来路。一般来讲，家传之物真品居多。比方说，文徵明和你家先人是朋友，他送你家先人的画被一代一代传下来，几百年来就没离开过你们家，这就不该有假了，您能说前门楼子是假的吗？它打造好那天起就没挪过窝儿，想假也假不了。在我们中国，什么都可能有假，但家谱却不容易作假，您要愣说您是李世民的后裔，那对不起，您拿家谱儿来瞧瞧，李世民有几个儿子、多少个孙子，哪房哪支去了哪里，上面都记得清清楚楚，实在不信您还可以去探访一下，李家后人又不止你一个，是不是假的，一问就露馅。所以说，一件古物的来历很重要。就说我白连旗吧，别看现在这模样有点儿背，可咱绝对是世家子弟，这可假不了，想当年我家祖上是康熙爷的御前一等侍卫，您打听打听，在皇上面前谁敢佩刀？那可是夷族之罪，可我家老爷子就能挎把腰刀在皇上面前晃悠，这是皇上恩准的，叫'佩刀侍卫'，谁眼红也没辙。到了道光年，我家先人官拜镇守居庸关的总兵，官衔相当于你们皇军的中将衔。这您就该明白了，我白连旗到底是从哪儿来的，家世就摆在这儿呢，想当年我家使起银子来就像往外泼水，家里存的古玩字画够开博物馆，别说一个赵子玉的蛐蛐儿罐儿，就连杨贵妃丢在马嵬坡的袜子还存着一只呢。"

犬养平斋点点头说："哦，我知道了，请您接着说下去，您还有什么收藏？"

白连旗又从怀里掏出个葫芦说："刚才我说了，蛐蛐儿一入冬要放入葫芦里养，讲究的是冬至以后听蛐蛐儿叫唤，还能把葫芦揣在怀里，出门带上。这么说吧，蛐蛐儿住在罐儿里好比夏天住帐篷，到了冬天就要往房子里搬了，这就是葫芦。您瞧瞧，我这个葫芦是大名鼎鼎的'三河刘'制作的，此人是咸丰年间三河县人氏，他制作的葫芦除了美观外，蛐蛐儿在其中发出的鸣叫声也格外悦耳。这葫芦有三个特点：首先是高矮合适，葫芦腰纤细、高窄、长短相称；二是葫芦皮老，里子发糠，外表用布盘怎么磨也磨不透，像瓷的一样，越盘越油亮，称之为'皮瓷、里糠'；三是凡'三河刘'的葫芦，底儿都有双脐，就像人有两个肚脐眼儿一样……"

犬养平斋听得实在是累了，他挥挥手略带疲倦地说："白君，我计算了一下时间，刚才您整整说了一个小时零二十分钟，我听得都有些疲倦了，也真难为您了，简单地说，您有四件东西打算卖给我，一只'黑牙青麻头'，一只'蟹壳青'，一个赵子玉的蛐蛐儿罐儿，一个'三河刘'的葫芦。咱们不妨简单点儿，您说吧，这四件东西加在一起是多少钱？"

"犬养君快人快语，我白连旗也不能当小脚儿娘们儿，当然得痛快点儿，只是……有些东西毕竟是祖上传下来的，要不是如今这年月，就是把老婆孩子卖了，也不能……"

犬养平斋半开玩笑地说："您的老婆孩子恐怕早就卖掉了吧？白君，你们中国人说话为什么总兜圈子？能不能痛快些？我再说一遍，请您开价。"

白连旗一咬牙伸出两根手指道："两百，我只认袁大头，少一个子儿我不卖。"

犬养平斋不吭声，只是伸出了一个指头。

"一百？不行，不行，犬养君，绝对不行，我说了，少一个子儿我不卖。"

犬养平斋开口了："你搞错了，我说的不是一百，而是一块钱。"

白连旗蹦了起来："什么，什么，您不是开玩笑吧？犬养君，那我只能认为，您在这宗生意上缺乏诚意，按我们北平话说，您是在拿白某开涮。"

犬养平斋把一块银圆放在桌子上，笑了笑说："白君，对北平民俗我也是有个逐渐了解的过程，咱们认识不是一年两年了，以前您可以拿些东西来糊弄我，用你们北平话说，叫糊弄洋鬼子，对吗？可您忽略了一点，我这个洋鬼子是个肯学习的洋鬼子，不然还敢称中国通吗？据我所知，您家祖上是做过武官，家产也是有一些的，但现在您已经落魄到靠奴才养活的地步，手里怎么还会有好东西呢？坦率地说，您的知识是真的，您的货却是假的，我没有说错吧？我之所以付给您一块钱，是因为您讲了很多我感兴趣的知识，这是我付给您的讲课酬劳，如果您愿意，我以后还想听听白君介绍的北平民俗，顺便说一句，希望我刚才的话没有冒犯您。"犬养平斋站起来向白连旗深深地鞠了个躬。

白连旗愣在那儿,一句话也说不出来,闹了半天这鬼子在拿他涮着玩呢,他自己却说得口干舌燥,激情四射,×他妈的!白连旗很想骂人,可嘴唇动了动却没敢骂出口。他想扭头就走,以此来捍卫自己的尊严,但最终还是拿起了那块银圆。不管怎么样,一块钱虽然不多,可好歹顶德子拉好几天车挣的钱,这年头儿面子值多少钱一斤,谁跟钱有仇呢?白连旗毫不犹豫地把银圆装进兜里。

根据情报,王克敏每个星期二要到煤渣胡同20号与日本驻华北派遣军联络部部长喜多诚一举行联席会议,他出行都是前后两辆汽车。途中,王克敏的座车在前,上面除了司机,还有两名带着手枪的贴身警卫,后面是一部警备车,车上有四个武装警卫。快到目的地的时候,王克敏的车就减速慢行,后面那辆警备车就加速越过前车。警卫们先下来布置,然后王克敏再下车进门。陈恭澍和徐金戈一致认为在煤渣胡同行动是最好时机,此外,就再没有行动机会了。这个地方的最大好处是临近胡同口,出了胡同就是四通八达的大街,来去都甚为方便。

"平汉铁路俱乐部"只是个消闲场所,门口只有两名徒手警察站岗,徐金戈认为必须有足够的火力优势来对付王克敏的随从。另外,在20号的斜对面,相距不到一百米的地方就是东城日本宪兵队,如果枪声响起,必会惊动他们,如何防止他们异动,便是此次行动的关键。陈恭澍和徐金戈两人在勘探地形、研究战术后,制订了刺杀王克敏的计划:陈恭澍统一指挥全局,徐金戈负责在现场执行刺杀行动。行动人员六人分为两个小组,以第一小组的三个人为主体,集中火力射击目标——王克敏;第二小组的三个人则专事掩护第一小组的安全,尽可能制住对方警卫人员的反击;总指挥陈恭澍将在目力所及的地方视现场情况随机应变,以策进退。每个行动人员都配备了自行车,行动之后可迅速逃离,防止被日本宪兵抓获,所用武器是配二十发弹匣的德国造驳壳枪,每个行动人员各带两支。

杀手们已做好了一切准备,只等星期二行动了。

徐金戈利用这段时间研究了王克敏的背景材料:王克敏,生于广东,字叔鲁。光绪二十九年中举，后赴日本留学，当过清王朝驻日公使馆参赞。1907年回国后历任直隶交涉使等职。辛亥革命后，任中法实业银行中方总经理、中国银行总裁，并一度担任北洋政府财政总长。自1932年起，历任南京国民政府东北政务委员、北平政务整理委员。1935年任冀察政务委员会委员。抗战爆发后叛国投敌。先后任伪中华民国临时政府行政委员会委员长和汉奸组织"新民会"会长、伪中华民国联合委员会主任委员等职。

王克敏的"中华民国临时政府"是1937年12月14日，由日军占领北平后扶植的一批汉奸所成立，办公机构设在中南海内西北部的"集灵囿"，即以前北洋政府国务院曾占用过的地方。

平津等城市沦陷后，日本华北方面军共辖八个师团，总兵力达到三十七万余人，兵力虽然不少，但用来控制地域广阔的华北地区，仍感力不从心，为此才成立"中华民国临时政府"，意图借助汉奸势力配合日军对占领区的统治。

王克敏是个典型的实用主义者，只要有利可图，他不大在乎名声，他知道日本人找过曹锟、靳云鹏、吴佩孚、曹汝霖等军政界名人，但这些人都不愿担个汉奸的骂名，死活不愿出头，而王克敏却不在乎名声，他把权位看得很重，只要日本人全力支持他成立新政府，他会投桃报李，为日本占领军服务。

徐金戈从资料上发现，王克敏没有食言，他和日本帝国签订了条约，把华北的煤炭资源让给日本人开采，还下令华北各省合力征集，把日本帝国需要的大量粮食、棉花运往日本。

徐金戈的"固执"在军统局内部尽人皆知，他执行刺杀行动是有条件的——那就是杀人必须要有正当理由，否则他拒绝执行杀人任务。而陈恭澍等人杀人却不需要理由，只要戴老板发话，杀谁都可以。徐金戈的"固执"曾使军统局内同事颇有微词，认为他对党国、对领袖不够忠诚，军人应该以服从命令为天职，不应以自己的好恶评判为标准。奇怪的是，在军统局一言九鼎的戴老板竟然对徐金戈网开一面，默许了他的"固执"，若是换作别人，戴笠早下令清理门户了，他如此宽容徐金戈，原因只有一个，他喜欢徐金戈，认为他是个有才之人。

徐金戈对王克敏的背景材料进行分析后得出自己的结论：对这样死心塌地

的汉奸，徐金戈认为杀他十次都不多。

唯一使徐金戈感到踌躇的是杨秋萍，她并不是专业特工，在战前只是个普通女学生，北平沦陷后她加入了曾澈领导的"抗日锄奸团"，只受过使用枪械的短期训练，别的专业知识几乎是零。前些日子，"黑马"指示徐金戈扮成"南山堂"药店老板，由曾澈负责解决徐金戈的"老婆"问题，曾澈选择了杨秋萍，并且把杨秋萍纳入军统北平区的编制。按照规定，杨秋萍是行动组的成员，归徐金戈领导，这次行动组要执行刺杀任务，杨秋萍理应参加，但徐金戈自从参加军统后从没有像现在这样感到为难，他实在不愿意杨秋萍参加这次行动，身为专业人员，他深知这次行动的凶险，一招不慎便会带来杀身之祸，让杨秋萍这样的年轻姑娘参加刺杀行动是不是太残酷了？

徐金戈对陈恭澍说出了自己的顾虑，陈恭澍却冷冷地问道："金戈兄，每日拥美人儿而眠，是不是英雄气短了？"

徐金戈有些难堪地回答："这倒也不是，她是个没有受过专业训练的女人，恐怕在行动中会拖后腿，这是我最担心的，能不能不让她参加？"

"恐怕不能，你知道，我们的人手有限，一个萝卜一个坑。再说了，抗日救国是每一个中国人分内的事，男女都不例外。蒋委员长说过，地不分东西南北，人不分男女老幼，皆有守土抗战之责。金戈兄，你是军统的老同志了，怎么能在关键时刻儿女情长呢？"

徐金戈觉得陈恭澍的话难以反驳，他一时语塞："这……"

陈恭澍正色道："金戈兄，恕我直言，你可有些变了，在我印象里，你是个忠于职守的冷血杀手，把男女之情看得很淡，这次是怎么啦，让那小娘们儿把魂儿勾走了？真拿她当老婆啦？"

徐金戈一把揪住陈恭澍的衣领，直视着他的眼睛，凶狠地说："姓陈的，杨秋萍是我的老婆，你要是再用这种口气说她，我会把你脖子拧断，你记住了！"

陈恭澍面无表情："好，我不再说了，但杨秋萍必须参加行动，我是这次行动的负责人，我说了算。"

文三儿近来心情很舒畅，因为"同和"车行几乎变成了赌场。自打白连旗来了以后，孙二爷越来越上道儿了，他算是学会了玩，而且越玩瘾越大，几乎到了不务正业的程度，按说老板要是不务正业，那就是伙计们狂欢的节日了，没人成天老盯着你，这还不是好事儿？文三儿巴不得孙二爷见天儿去逛窑子，晚上就住在八大胡同别回来，兴许哪天玩高兴了就忘了收车份儿。

孙二爷不但学会了养鸟儿、养虫儿，还养起了金鱼，院子里一溜儿摆了八个大鱼缸，金鱼按品种分缸养殖。孙二爷不管见了谁，都得意地向对方介绍自己的金鱼，哪个是"狮子头"，哪个是"水泡眼"，哪个是"珍珠"或"红头"。由于鱼缸太多，院子里摆不下，又把车棚子占了一部分，这下收车晚的车夫没地方放车，只好把洋车用铁链锁在一起，放在院外过夜。

京东通惠河的平津上闸附近有个叫高碑店的地界儿，那里的人靠养鱼为生，不光是养金鱼，也养鲢、鲫、鲤、草等鱼类，供京城人食用、供佛或放生。孙二爷最近有点儿空就往高碑店跑，只要有新的金鱼品种，他是一定要买的，实在没的买看看也好，那些色彩斑斓的金鱼把孙二爷弄得魂不守舍。文三儿对孙二爷这些新嗜好一概加以恭维和怂恿，因为孙二爷每次去高碑店总是坐他的车。南城的南横街离京东高碑店少说有四十里，一去一回就是一整天，比起在大街上拉散座儿，这绝对是个肥差。从前孙二爷有钱却不知怎么玩，现在好不容易上道儿了，文三儿难道不该鼓励一下吗？

在去高碑店的路上，文三儿的嘴就没闲着："二爷，前两天我在西四牌楼碰见几个'吉祥'车行的伙计，他们一见面就打听您。"

孙二爷一听就竖起了耳朵："是吗，打听我什么？"

"说你们老板孙二爷最近得了个绰号你听说了吗？叫'金鱼孙'啊，虽说出道儿是晚了点儿，可一玩起来就收不住了，一下子就四九城闻名啊。我说这事儿传得真快，怎么连你们都知道了？他们说敢情，四九城谁不知道？你们孙二爷是个大玩家，玩什么像什么，别看不是老北京，真玩起来比大宅门里的公子哥儿不差。"

孙二爷听得浑身舒坦，但嘴上还得谦虚几句："不行，不行，二爷我还差得远，也就是刚入道儿吧。"

"二爷，您这么说我可就不爱听了，您别小瞧了一个'玩'字，这里面学问大啦，不懂的那是瞎玩，玩一辈子也玩不出名堂来，不是有句话叫武大郎玩夜猫子——什么人玩什么鸟儿吗？这话没错，就说我吧，也喜欢养鸟儿，可喜欢管什么用，您得有那本事不是？不瞒您说，前几年我还真养了只鸟儿……"

"嘀，你也养过鸟儿？没听你提过呀，你养了只什么鸟儿？"

"嗨，说出来都臊得慌，百灵、画眉那是名贵鸟儿，我连想也不敢想，我养了只'老西子'，还买不起鸟儿笼子，只能弄根儿木棍儿让它站着，为了驯它叼东西我可是没少费劲，可这东西除了会嗑瓜子别的什么也不会。有一次我不在家，这'老西子'没站稳，从棍儿上掉下去，那根拴脚绳儿就这么吊着它，'老西子'扑腾半天也没翻上来，就这么吊死了。"

孙二爷放声大笑："文三儿啊文三儿，连他妈的'老西子'都养不活，也敢叫养鸟儿？那不是你玩的东西，你小子，也就是个拉车的货。"

"那是，我这辈子算是没什么奔头儿了，到哪儿也是拉车的货，不像二爷您，玩什么都能玩出彩来，就说养金鱼吧，您才玩了几天？得嘞，绰号都有了，'金鱼孙'啊，这是闹着玩的吗？二爷啊，我文三儿算是遇见真人啦，您没看出来？'同和'车行几十号人，还就是我跟二爷亲近，得，什么也甭说了，二爷以后有用得着我文三儿的地方，您只管言语，您记着，我文三儿死都是'同和'车行的鬼。"

"嗯，好好干吧文三儿，二爷我不会亏待你。"

文三儿心里暗暗好笑，去你妈的，老不死的东西，说你咳嗽你就喘上了，什么他妈的"金鱼孙"？是养金鱼的孙子。文三儿一脸坏笑地瞟了孙二爷一眼，嘴里含含糊糊地哼起了小曲儿：

> 姓孙的回家问爹娘，
> 为什么不姓李张王，
> 站在人前矮两辈儿，
> 姓儿也比姓孙强。
> ……

正靠在车座儿上闭目养神的孙二爷突然睁开眼睛："文三儿，你他妈哼哼什么哪？"

文三儿吓了一跳："二爷，我哼戏文呢，《东皇庄》，说的是拿康小八的事儿，您听过吗？"

"别他妈瞎哼哼，跟草驴叫槽似的，二爷我要眯瞪一会儿……"

徐金戈和杨秋萍浑身赤裸着相拥在床上，杨秋萍用手轻轻抚摸着徐金戈的胸膛小声问："金戈，你有心事，告诉我好吗？"

"没事。"

"你有，告诉我。"杨秋萍固执地要求。

"我在想明天的行动，还不知谁能活下来。"徐金戈的眼睛望着天花板。

杨秋萍轻声说："我们都宣过誓，这是我们自己的选择，能不能在这场战争中活下来，只有凭天意了。"

"秋萍，你怕吗？"

"我说过，我不怕死，但怕被俘，所以一旦有被俘的可能，我唯有一死。"

徐金戈猛地坐起来："秋萍，我想好了，明天你不要去，马上给我离开北平，到后方去，听说北大、清华、南开的学生们已经撤离长沙迁往昆明，国府决定成立西南联合大学，秋萍，你去云南找他们，继续完成学业，这里的事由我负责。"

杨秋萍摇摇头："不，我绝不走，这是临阵脱逃，是要受纪律制裁的，再说，我也不想做胆小鬼。"

徐金戈吼道："可你是个女人，打打杀杀不该是你干的事，中国的男人还没有死绝呢，你给我走，有什么事我顶着就是。"

杨秋萍抱住徐金戈温柔地吻了一下："金戈，你猜我昨天遇见谁了？罗梦云，还记得吗？我们第一次见面时和我募捐的那个姑娘。"

徐金戈呼出一口粗气，点点头："记得，那姑娘好像比你脾气好，说话柔柔的。"

"日本人进城后，我和燕大的同学们就失去了联系，昨天我在珠市口遇见罗梦云，我和她聊了一会儿，我问她现在在做什么，罗梦云说，秋萍，我不问你在做什么，你也不要问我，总之，咱们都别忘了自己是中国人就行。金戈，我估计罗梦云肯定参加了地下抵抗组织，至于是哪方面的人，我就猜不出来了。她和我聊了只有几分钟就匆匆离去，回到家以后我想了很多。金戈，你知道我想了些什么吗？"

"大概是些很有诗意的想法，把抗日救国想象得比较浪漫，是不是？"徐金戈不无讽刺地说。

"那是我以前的想法，燕大的女同学有几个不浪漫？罗梦云比我还浪漫，可我们现在都了解了战争的残酷，昨天罗梦云和我谈话时，看似漫不经心，其实眼睛一直在观察四周的动静。我们谈到燕大的师生们，谈到校长司徒雷登先生，罗梦云认为校长在北平沦陷后仍然决定将燕大留在北平，这是个错误的决定。我反驳她说，燕大的最高理想是为中国人民服务，而不是单纯为某个政治势力或某个政府服务。司徒雷登校长说过，'在人类生活中有许多基本的关系，政治关系只是其中的一种。当年耶稣并没有设法逃出古罗马人的统治，而是在压迫中继续他的事业和使命'。我认为燕大必须在沦陷区坚持下来，为沦陷区的人民提供受教育的机会。"

徐金戈听得入神，他发现这些女大学生毕竟是些有文化、有思想的人，她们争论的问题自己以前根本没有想过。

"哦，罗梦云怎么说呢？"

"她认为燕大留在北平的唯一理由应该是反抗日军的占领，她告诉我，北平的很多地下抵抗组织里都活跃着燕大师生，有些人还成了反抗组织的领导人。罗梦云还劝我参加一些抗日工作，她说，我们虽然不能拿起枪和侵略者进行直接的战斗，但是我们用自己的知识去宣传抗日，号召人们反抗日本占领军。我没有吭声，心里想，谁说女人不能拿起枪参加战斗？我的提包里就放着上了膛的手枪，燕大的女同学里有几个像我这样直接参加战斗的？金戈，我说这些你明白吗？北平在战斗，我的同学们都在战斗，我怎么能在这种时候退出战斗呢？"杨秋萍抚摸着徐金戈喃喃细语。

徐金戈叹了口气："唉，你们这些女学生啊，总是过高地估计自己，其实在这种刺杀行动中，女人根本帮不上什么忙，闹不好还要添乱，干这种活儿需要的是亡命徒，是我和陈恭澍这样的人，秋萍，你听我的，明天就别去了。"

"金戈，你告诉我心里话，为什么不愿意我参加明天的行动？是真觉得女人会给你添乱，还是你心疼我，不愿让我冒险？"

"我……是心疼你……"徐金戈很困难地承认。

"你爱我吗？"

"我爱你！"徐金戈感到脸在发烧，他从来没说过这种话，自己都觉得别扭。

杨秋萍的嘴唇热烈地迎了上来，把徐金戈要说的话堵了回去，在狂热的亲吻中，徐金戈感到自己的身体在慢慢地沉下水去，一种窒息的感觉……

杨秋萍狂吻着徐金戈语无伦次地说："金戈兄，我要你，我要你，请再爱我一次，我把一切都给你，你来呀……"

陈恭澍坐在豆汁摊上喝豆汁，眼睛却死死地盯着对面的煤渣胡同东口。这一带视野较为开阔，他看见徐金戈站在煤渣胡同东口外的一家裱糊店门口，假装观赏字画，他手下的两个人慢慢地向东口走去。徐金戈今天穿着一件红狐皮吊的袍子，乌绒高棉靴头，外面再披一件厚大氅，大氅上镶的是水獭皮领子，头上还戴着一顶海龙皮帽，看上去像个十足的大掌柜。

第二小组的毛万里和杨秋萍推着自行车走进了金鱼胡同。按计划，毛万里、杨秋萍将从煤渣胡同西口向东口走来。

中午过后，太阳被云层遮住，天色暗淡了下来。朔风渐起，卷起漫天尘沙。

站在裱糊店门前的徐金戈感到一股浓浓的杀气弥漫在四周。下午1时57分，两辆黑色"别克"轿车一前一后地驶过来。徐金戈稳稳地转过身子仔细辨认，只见司机和一个卫士坐在前座，后座却有两个人。徐金戈认出了王克敏，他已经无数次看过王克敏的照片，绝不会认错，而王克敏身边的人既不像卫士也不像秘书，此人是谁？徐金戈来不及细想，两辆轿车已驶到煤渣胡同东口，并开始减速慢行。

坐在豆汁摊上的陈恭澍放下手中的汤匙，猛地站了起来，徐金戈知道陈恭澍已经下了"预备令"。转眼间，第一部轿车转弯驶入了煤渣胡同东口，第二部车正待打转方向盘驶入胡同，陈恭澍迅速把一顶黑缎小帽戴在头上，这是事先约定的射击命令。

徐金戈掀开皮袍抽出两支驳壳枪，双手举枪扣动了扳机，枪声爆豆般地响起，子弹像泼水一样打进轿车的风挡玻璃……与此同时，其他杀手们也开始了连发射击。刹那间枪声大作，密集的弹雨狂风般卷向目标，两个行动组都按事先的计划各自进攻自己的目标，而周围的老百姓则吓得四处逃窜，一时间秩序大乱。

按照计划，徐金戈和杨秋萍不属于一个行动组，徐金戈一组人负责主攻，毛万里、杨秋萍一组负责掩护，主攻组的三人每人持两支二十发弹匣的驳壳枪连发扫射，打空弹匣后即可撤离，后面的事由掩护组负责。行动前徐金戈和陈恭澍测算，首轮攻击的一百二十发子弹在几十秒钟的抵近射击下，足以使王克敏和卫士们死上几次的。

枪声夹杂着风声，持续了二三十秒。枪声忽然停了下来。四周静得连一点声音都没有，天地间的一切仿佛都忽然静止，徐金戈看见自己手下的两个杀手甩掉驳壳枪，骑着自行车从容地朝南驰去，看来第一小组的任务已经完成，剩下的事自有陈恭澍和掩护组去处理。徐金戈扔掉手里的枪，骑上自行车拐进了金鱼胡同向胡同的西口驶去，他刚刚驶出金鱼胡同，就听见煤渣胡同方向又响起了激烈的枪声……坏了，秋萍他们遇到麻烦了！一个念头从徐金戈的脑子里闪过，他猛地停住车，双手习惯性地向腰间摸去，却摸了个空，他的两支枪已经扔掉了。

一队身穿土黄军装的日本宪兵荷枪实弹地向枪响的地方扑去，徐金戈一拳打在电线杆上，无奈地骑上自行车……

担任掩护的毛万里一组运气不太好，当徐金戈一组全力攻击王克敏的座车时，第二辆车里的四名卫士以极敏捷的身手跳出车外拔枪还击，毛万里等人没容他们开火就扣动了扳机，四名卫士在猛烈的火力攻击下被打得手舞足蹈地跌翻在地，这时不远处的陈恭澍发出了撤离信号，毛万里抄起靠在墙边的自行车，一个飞跃蹿上车，蹬了几下就没了影子……杨秋萍刚刚推起自行车，后面又响了一枪，她只觉得腿上一麻，便不由自主地栽倒了。这一枪是一个受重伤的卫士打的，他在咽气之前发出了最后一枪。

杨秋萍挣扎着想站起来，但无论怎么努力也无济于事，这时在20号斜对面的日本宪兵队已经做出反应，一群日本宪兵持枪冲出大门……

按计划，陈恭澍应该最后撤离，作为这次行动的指挥者，他没有参加攻击，他的职责是控制全局，指挥全体人员安全撤退。还有一个拿不上桌面的理由，是确保行动人员中不能有一个人被俘，否则会给平津两地的潜伏人员带来极大的危险。陈恭澍是个现实主义者，他从来不相信人的意志能抗住酷刑，特别是日本宪兵队的行刑室，到了那里的人只有一个念头——只求速死，不会再有别的想法。问题是，那些凶残的日本宪兵怎么会让你一死了之呢？

"不行，不能让一个女人搅乱了全局，对于刺客只有两种选择，或成功或死亡，没有第三种选择，这个女人已经完了，她走不了了，她必须死……"陈恭澍想到这里便下了决心，他闪电般掏出手枪向杨秋萍扣动了扳机，眼见杨秋萍在子弹强大的冲击力下栽倒在地上才放了心，他骑上自行车从容离去……

杨秋萍没有死，陈恭澍的一枪只击中了她的左肩，由于是手枪发射加之距离稍远，子弹没有造成贯通伤，弹头射入身体后卡在后背的肩胛骨间，这样的后果更糟糕，按创伤弹道学的理论，杨秋萍的身体将弹头带来的巨大动能全部吸收了，由此造成的震荡波会伤及其他器官。不过杨秋萍的生命力很顽强，第二次负伤只使她昏迷了短暂的几十秒钟，随后又在剧痛中苏醒过来，她发现自己失血很严重，整个身子都浸泡在血中，腿部、肩膀上的伤口中不断有鲜血涌出，杨秋萍看到七八个日本宪兵已经正呈扇面向自己包围过来，而陈恭澍和掩护组的成员已经连个人影都不见了……

杨秋萍的脑子里一片空白，她万万没想到身为行动负责人的陈恭澍会在自己负伤后不但没有实施救援，反而向自己开枪，以达到灭口的目的。杨秋萍不是专业特工，她只是个青年学生，抱着以抗日救国为己任的目的参加地下抵抗运动，当徐金戈告诉她，军统局已经正式将她纳入编制时，杨秋萍当时感到很激动，这是个神秘而充满冒险意味的机关，它的全部存在意义在于维护国家安全，加入这个部门意味着直接为自己的国家服务，这是一件多么值得自豪的工作，她在国旗下宣过誓，愿意为国家利益赴汤蹈火甚至献出自己的生命。

而眼前的现实击碎了杨秋萍所有美好的想象，冷酷的现实告诉她，这个代表国家利益、维护国家安全的机关却在关键时刻抛弃了自己，陈恭澍等人都是典型的现实主义者，他们遵循的理念只是特工的行规，这种行规不关注人性，没有温情，只有岩石般的坚硬和冷酷，你不是一个有血有肉的人，只是这部机器上的一个零件，机器的主人随时可以更换这个零件。

杨秋萍挣扎着爬到墙角的电线杆后面，倚靠着电线杆掏出了"马牌撸子"，她剧烈地喘息着想，我爱这个国家，可国家却抛弃了我，但我决不投降……杨秋萍瞄准正在逼近的日本宪兵猛地扣动了扳机……"啪！""啪！"两个日本宪兵被子弹击中胸部仰面栽倒，其余的日本宪兵慌忙卧倒，看样子他们想捉活的，没有贸然还击。杨秋萍仰天大笑："日本鬼子，你们怕啦？来呀，来抓我呀！"

四周死一样的寂静……

日本宪兵们利用地面的各种障碍物慢慢地匍匐前进，他们很有耐心，这个女人最终会因为失血而昏迷，时间不会太长了。

杨秋萍感到一阵晕眩，神志在逐渐模糊，伤口的疼痛已经消失，她感到自己的身体变得轻如羽毛，正向天空飘起……这种感觉真好，昨夜与金戈兄在床上就是这种神驰心醉的感觉，哦，金戈兄，我的爱人，我们来生再见……杨秋萍艰难地举起手枪，将枪口顶在太阳穴上扣动了扳机，手枪撞针撞击子弹底火发出了轻微的声响，弹头却没有呼啸而出——子弹哑火了，杨秋萍举枪的手无力地垂下，眼前出现一片玫瑰色的霞光……

· 第十章 ·

陈恭澍在王府井南口扔掉了自行车，改坐人力车回到煤渣胡同西口的37号，他收拾了一下行李，打算乘火车回天津。陈恭澍知道事发后日本宪兵肯定会逐门逐户进行搜查，他没有办临时户口，万一被查出来，定会祸及军统在北平的工作。

毛万里出去打探消息了，下午才回来，只见他拿着几份报纸，神情沮丧。陈恭澍打开一看，顿时觉得天旋地转，一屁股坐在了沙发上。

报纸上说王克敏并没有死，被打死的是日本顾问山本荣治，此人是个日本浪人，为日本"黑龙会"成员。他名为王克敏的顾问，实则是喜多诚一安插在王克敏身边的一个内线，不料却做了王克敏的替死鬼，这次行动又失手了。

陈恭澍想办法搞到了去天津的火车票，也打探到刺杀行动结束后的细节，当得知杨秋萍没有死，在昏迷中被日本宪兵生俘的消息时，他大吃一惊，立刻紧张地盘算起来，在参加这次行动的人员中，除了徐金戈和毛万里，其余人并不知道煤渣胡同37号是军统北平区的区本部，因此这个地点暂时还没有危险，但杨秋萍的被捕有可能使徐金戈的身份和"南山堂"药店暴露，更要命的是曾澈领导的"抗日锄奸团"成员的身份地址及联络点宣武门天主教堂，万一杨秋萍挺不过日本宪兵的刑讯，吐露了情况，那么这些人员和联络点将意味着毁灭，此事乃牵一发而动全身，非同小可。

陈恭澍通过秘密途径火速将情况通知了"黑马"，希望"黑马"立即通知徐金戈、曾澈等人转移。按照组织程序，徐金戈的行动组是由"黑马"直接指挥的，无论是陈恭澍还是毛万里都不能与徐金戈发生横向联系，只能寄希望于"黑马"的动作了。

陈恭澍与毛万里放弃了撤往天津的打算,离开煤渣胡同37号,火速赶往另一个秘密联络点——平西潭柘寺。

平西潭柘寺地处燕山山脉的崇山峻岭之中,悠远僻静,是北平上层人士修身养性的好去处,千年古刹依山而建,错落有致,远眺峰峦叠翠,寺前清泉淙淙,素有"潭柘寺秀甲天下"之说。

徐金戈是第一次来潭柘寺,他坐在马车上和赶车的慧云和尚闲扯,远远望见山坳之中的千年古刹,早春时节群峰如黛,层林染翠,黄顶红墙的潭柘寺在夕阳下显得幽邃庄重。

看得出来,慧云和尚是个话痨儿[1],从进山时算起,他就喋喋不休唠叨了一路,到现在还收不住:"施主,那就是潭柘寺,说起来小庙共有十景,可谓闻名遐迩!"

徐金戈心不在焉地回答:"师父不妨说来听听。"

"这里春夏秋冬,景色各异,早中晚夜,各不相同。十景为平园红叶、九龙戏珠、千峰拱翠、万壑堆云、殿阁南熏、御亭流杯、雄峰捧日、层峦架月、锦屏雪浪、飞尘夜雨,分别为各时节的绝景。唉,可惜啊!俗世不太平,今年的香客比往年少多了。"慧云和尚叹息着。

徐金戈没注意慧云说什么,他心里很乱,这是他从事秘密工作以来,第一次出现心神不宁的状态。这一路上,杨秋萍的一颦一笑总在他脑海中挥之不去,他懊丧地发现,自己不知从什么时候起开始变了,变得英雄气短、儿女情长。一个杀手要是到了这步田地,他的职业生涯也该终结了。杨秋萍是谁?她不过是自己的临时工作搭档,这种临时性的组合以前也有过,军统的女特工都很懂规矩,在床上个个风情万种,任务一旦完成后各走各的,决不纠缠,若是以后遇见,有时还能重温旧梦,共度一个浪漫的夜晚,同事之间决不可能产生什么感情,徐金戈比较习惯这样与女人相处。

唯有杨秋萍是个例外,这个女人不知用了什么方法勾住了徐金戈的魂儿,从与她同居的那天算起,徐金戈就总是处于被动状态,当他想与杨秋萍寻欢时

---

[1] "话痨儿"在北京方言中指话多之人。

被毫不客气地拒绝，甚至不惜用手枪相威胁，简直可以上《烈女传》了。当徐金戈彻底断了这份念想时，杨秋萍又主动投怀送抱，柔情似水，弄得徐金戈一惊一乍，无所适从。特别是最后一个夜晚，杨秋萍依偎着他呢喃蜜语、娇嗔戏谑，她的目光时而激情似火，时而迷离如梦……这种种举动使徐金戈欲罢不能。

以前和一些喜欢眠花宿柳的同事谈论女人时，有人说天下女人都一样，只分两种——让干的和不让干的。没想到接触杨秋萍后，徐金戈渐渐感悟到，那些同事的话大谬不然，对于男人而言，女人就犹如树叶——天下没有两片相同的树叶，不同的女人会给男人带来不同的感受，其中滋味只有当事人自己知道。

徐金戈的内心感到一种慌乱，为什么杨秋萍的安危使自己如此牵肠挂肚？结论只有一个：自己爱上这个女人了。

邪门儿啦，一个在刀尖上舔血的职业杀手居然会有爱情？这简直不合乎情理，一个以杀人为生的人只可以占有女人，却不能与女人产生爱情，恋爱和杀人生涯不可以同时出现在一个人身上。

"施主，到了，请随我来！"慧云和尚下了马车引导徐金戈走进寺门。过了正对大门的大雄宝殿，来到庭院，两棵高近二十米的银杏树映入徐金戈眼帘，这两棵树伟岸挺拔，遒劲有力，令徐金戈不住啧啧称奇。

"东边那棵是'帝王树'，相传清代每一个皇帝即位，此树就长出一条新枝。施主请看，西边一棵是'配王树'，这两棵银杏树少说也有千年以上了。"慧云和尚为徐金戈介绍。

两人穿长廊，过流杯亭，一路宛转，经过千余米的羊肠小路，来到了龙潭，慧云和尚请徐金戈稍等片刻，自己则躬身告退。徐金戈环视四周，只见脚下潭水深不可测，对面山峰壁高万仞，不禁暂时忘却了烦恼与忧虑，欣赏起景色来。

陈恭澍与毛万里出现在小路上，近日天气转暖，两人都换了春装，陈恭澍着一身铁灰色的派力斯三件套西装，系藏青色领带，显得风度翩翩。他老远就兴高采烈地喊上了："金戈兄，咱们兄弟总算是又见面了，老兄一路还顺利吧？"

徐金戈不动声色地讥讽道："还好，还好，恭澍兄还真是一表人才，真乃玉树临风啊。"

"金戈兄拿我开心,是不是?"陈恭澍已来到徐金戈面前。

徐金戈突然一个勾拳打在陈恭澍脸上,陈恭澍猝不及防仰面跌倒……毛万里一把抓住徐金戈的手臂:"金戈兄,你疯啦?"徐金戈肩膀一晃,毛万里飞出两米开外,"嗵"的一声摔进龙潭,水花飞溅。陈恭澍正待爬起来,徐金戈上去又是一脚,陈恭澍满脸是血地倒在岩石旁……

"金戈兄,这是为什么?你要打人也该说说原因啊,兄弟我哪儿得罪你了?"陈恭澍躺在地上问,他的语气很平静。

"陈恭澍,你别他妈的装傻充愣,什么原因你该知道,起来!你不是号称军统局第一杀手吗?今天我和你过过招儿,生死凭天命,我要是输给你,这龙潭就是我的葬身之地。"徐金戈冷冷地说,他的脸上杀气在逐渐凝聚。

"不许动!"浑身水淋淋的毛万里用手枪指着徐金戈命令道。

"毛万里,你小子有种就开枪,来!照这儿打!要不敢打,等会儿我把你脖子拧断。"徐金戈轻蔑地看着他,敞开了衣服,拍拍胸膛。

"老毛,放下枪!都是自家兄弟,犯不上舞刀弄枪的。"陈恭澍大声呵斥道。他站了起来,西装上沾满了泥土,鼻子和嘴唇也在流血,模样很狼狈。

"陈恭澍,你出手吧,我今天来就是找你做个了断。"徐金戈拉开格斗的架势。

陈恭澍却掏出香烟递过来:"来,抽支烟。"

"少来这套!"

"金戈兄,我知道你为杨秋萍的事恨我,但这件事我用不着解释,你心里比谁都清楚,干我们这行的怎么能感情用事呢?当时的情况你也知道,杨秋萍已经负伤,我们救不了她,与其让她被俘,不如采取果断措施,如果换了你,你也会这么做。"

徐金戈无言以对,他心里全明白,但感情上却无论如何也接受不了,一个年轻姑娘根本就不该参加这种敢死行动,退一万步说,即使参与了,也该由男人掩护她先撤离,可我们都干了些什么?当她负了伤最需要帮助的时候,我们却落井下石,不但没有帮助她,反而向她下黑手,以达到灭口的目的,我们还是人吗?

"金戈兄，干我们这一行是有规则的，谁都得照规则办事，我们只对事，不对人，天王老子来了也一样。换句话说，如果当时负伤的是我，你照样也会向我开枪，但我不会怨恨你，因为我知道，我们不是为了私人恩怨，而是为了抗日救国。"陈恭澍说得慷慨激昂。

"抗日救国？要是为了这个理由，就把我们变得没一点人味儿，我看这个国不救也罢，我们就应该亡国灭种。"徐金戈愤愤地说。

陈恭澍克制地回答："那是你的想法，并不代表我们，我始终认为国家利益高于一切，为了国家利益，个人的牺牲算得了什么？金戈兄，恕我直言，当年在特警班受训时，我就看出来了，你老兄的业务能力全班三十人无人能比，但唯独你不适合干特工，因为你是个性情中人，过分强调自己的判断，照你的话说，是凭良心去做事。可你错了，干别的行业可以凭良心，唯有当特工却不能凭良心，为了国家利益，使用任何手段都不算过分，这是对一个特工人员最起码的要求。"

徐金戈冷笑道："要是戴老板也这么想就好了，我倒宁可去带兵打仗，你以为我愿意干这行？"

"没错，戴老板护着你是因为你能干，平心而论，就业务能力我不如你，可你想过没有，这次行动为什么让我做负责人，而只让你做我的副手？明说吧，就是因为你的心理素质不如我，要是你能在这方面调整一下，你老兄在军统局将前途无量。"陈恭澍诚恳地说。

徐金戈扭头走了。

"金戈兄，安心在这里住几天，等待上峰的指示，千万不要回北平。"陈恭澍在后面喊道。

徐金戈头也不回地甩出一句："这你就别操心了，我又不归你管。"

方景林早晨一出门就碰上了文三儿，他上身穿着蓝布号坎儿[1]，上面的汗碱有五分厚，看样子这一夏天就没洗过。他的灰布裤子上补着各色的补丁，裤腿上还有两三个窟窿，穿着双张了嘴的破鞋，用麻绳儿绑着，手里提着条和地皮

---

[1] "号坎儿"指印上号码的坎肩儿。

同色儿的小毛巾,敞着怀,肋条一棱一棱的像个搓板儿。文三儿浑身上下除了蓝布号坎儿稍新外,没有一处不是破破烂烂的。

"哎哟,方爷,您出门儿?坐我的车吧。"文三儿凑过来满脸期待地说。

方景林看看文三儿:"我说文三儿啊,你怎么这副倒霉相儿?你这号坎儿都快馊了,就不能洗洗?脏成这样谁敢坐你的车?"

"不洗,就不洗,我这身打扮就为了给他们满街散德行。"文三儿眨着小眼睛坏笑着。

方景林知道文三儿的意思,他是不满警察局发的新号坎儿。北平的洋车夫以前没有号坎儿,到了民国十八年,北平的洋车达到几万辆,当时的警察局想出个生财之道,做了号坎儿,上面印有号码,通过车厂主卖给拉车的,并规定:不穿号坎儿不准拉车。为此车夫们很是不满,不过时间长了也就习惯了,他们经常把号坎儿系在腰上,省得穿破了又得买新的。日本人进城后,警察局长沈万山又想起这招儿来,宣布以前的号坎儿作废,车夫们必须买新定做的号坎儿,否则没收洋车。这个规定很阴损,分明是借日本人的势力盘剥自己的同胞,北平的车夫们敢怒不敢言,只好在暗地里问候沈万山家的女性长辈,把沈万山的十八辈祖宗操了若干遍。

方景林想了想,对文三儿说:"好吧,照顾一下你生意,我去中山公园,走吧。"

"好嘞,您坐稳了,走喽!"

方景林坐在车上和文三儿有一搭没一搭地聊着,自从方景林救过文三儿以后,文三儿便认定他是个好人,敢情警察里也有好人,以前文三儿总认为北平的警察就没有一只好鸟儿,没想到还有方爷这样的好人。

"方爷,上回亏得您照应,要不然我和大裤衩子非听蛐蛐儿叫去不可,我还没谢您呢,这么着吧,一会儿我请您喝豆汁儿去,您敞开了喝……"文三儿边跑边向方景林表达谢意。

"你用不着谢我,那一带是我的管片儿,我总不能眼看着你让日本人杀了呀,好歹咱们都是中国人,理应互相关照嘛。"

"方爷,不是我捧您,您就是和别的警察不一样,那帮孙子其实也和我们一样，本来就是草民一个，得，黑皮一穿，人五人六的以为自个儿是爷了，要叫我说，也就是一黑狗子……"

"嗨嗨嗨！怎么说话呢，谁是黑狗子？"方景林听得不大顺耳。

"哎哟，您瞧我这臭嘴，说着说着就说秃噜[1]了，一不留神把您也捎进去啦，我给您赔不是，我不是这意思，我是说那帮警察……对了，除了方爷您，那帮警察比日本人还孙子。"

"文三儿啊，你说得可有点儿过了，警察们说到底都是中国人，怎么会还不如日本人？你好像不大恨日本人，却总和中国警察过不去。"

"方爷，话得这么说，日本人横呀，人家是拿枪拿炮打进来的，咱有能耐别让人家进来呀，咱不是惹不起吗？惹不起你就得让人家当爷，可那帮黑……不是，是警察，那帮警察凭什么当爷？有能耐你管日本人去，干吗老跟老百姓过不去，就说这回买号坎儿的事儿吧……"

"行了，行了，你又来了，又说回号坎儿了，这一个号坎儿花了你多少钱？招出你这么大火来。"方景林不耐烦地说。

"花多少钱？好嘛，就这么个破玩意儿愣要了我八毛啊，这还让不让人活了，我一天才挣多少？"文三儿固执地揪住这个话题不放，买号坎儿的八毛钱使他心疼不已，于是迁怒于天下所有的警察。

"文三儿，以后说话嘴上要留个把门儿的，照你这么胡说八道早晚要出事儿，警察里有好人也有坏人，要是让坏人听见，你又该倒霉了。"方景林四下里看看，小声说，"要是这种日子过不下去，你就出城找抗日队伍，跟鬼子干一场，总比窝在北平受气强，你没家没业的怕什么？"

文三儿一听抗日就像泄了气的皮球，刚才的义愤转眼间消失得干干净净："方爷，您饶了我吧，就我这身子骨还打仗哪，真有那能耐咱也不用拉车啦，早改行当土匪去了，咱不是没那个胆儿吗？我早想开了，好死不如赖活着，北平总得有人管，早先是皇上管，后来是段祺瑞，张大帅也管了几年，日本人来之前是宋哲元还是蒋委员长？咱闹不清，反正现在是日本人，咱草民一个让谁管着都一样，反正得挣钱吃饭不是？谁愿意抗日就去抗，咱只会拉车。"

---

[1] "秃噜"指说话走板，相当于"说着说着就走板啦"。

方景林终于气急败坏地咆哮起来:"你呀,典型的奴才,当了亡国奴还不知道耻辱,我看你比汉奸也强不到哪儿去,我问你,你还是不是中国人?"

文三儿诚惶诚恐地问:"方爷,您不高兴啦,我是不是哪儿得罪您了,怎么好好的就发起火儿来啦?方爷,您消消气儿,一会儿我还得请您喝豆汁儿呢。"

"行啦,你拉你的车吧,把嘴闭上。"方景林闭上眼不再说话。

方景林此时脑子里很乱,近来麻烦事儿实在太多,上次罗梦云向他传达了当前的形势及上级指示,今年3月初,八路军晋察冀军区第一支队政委邓华率部进入门头沟地区的斋堂川,创建起平西抗日根据地。平西是华北的最前线,是晋察冀边区的北部屏障,也是冀中八路军十分区的战略后方,创建平西根据地的意义在于建立八路军向热河、察哈尔方向的前进阵地,此举既可牵制敌人,又能巩固边区。上级指示,北平地下党的同志应协助根据地建立由北平至门头沟地区的物资运输通道,将根据地所需药品、布匹、电讯器材、化工原料运往平西,并尽可能动员更多的北平青壮年到根据地来,以壮大抗日武装力量。

方景林很生自己的气,当警察也好几年了,从学校里带来的书生气还是难以消除,本来他和罗梦云打了保票,至少动员五个青壮年去参加八路军,没想到碰上文三儿这号材料,整个儿是油盐不进,甚至连国家、民族的概念都没有,浑浑噩噩的只知道拉车吃饭。方景林厌恶地看着文三儿晃动的后背想,这号人在我们的国民中到底有多少?要是日本军部稍微改变一下对占领区的政策,譬如使用怀柔政策,给这号人少许好处,恐怕当汉奸的人会不在少数。方景林深切意识到,和底层民众打交道恐怕得换一种思路,书生气最要不得。

方景林在南池子中山公园西门下了车,文三儿还在喋喋不休地唠叨着请方景林喝豆汁儿的问题,方景林说:"改日吧,今天我有事。"

文三儿还不肯罢休,坚持要请客:"方爷,再往北走几步就到西华门了,那儿有个豆汁儿摊,摊主叫侯老六,那是我拜把子的兄弟,他们家的豆汁儿可是祖传的手艺,每天不多卖,就这么一桶,卖完拉倒,去晚了还没有呢。方爷,人家那豆汁儿才真叫豆汁儿,色儿正味儿足,一碗豆汁儿配俩焦圈儿、一碟咸菜丝儿,那咸菜丝切得比羊毛还细……"

方景林把车钱交给文三儿："我说你有完没完？这一路上不是'号坎儿'就是豆汁儿，你脑子里怎么全是这些玩意儿？行啦，把钱拿走，该干吗干吗去。"

他赶走文三儿，仔细观察了四周的动静，确信没有人跟踪才进了中山公园西门。

白连旗总算盼到了立秋，秋天是斗虫儿最好的季节。

白连旗最近还真成了人物，每天晚上开局斗蛐蛐儿时，他都是组织者和主持人的身份。主持斗蛐蛐儿可不是件简单的事儿，这需要一定的操作性。

"乐战九秋"的帖子发出之后，就开始筹备了，先是摆好铺着红毯子的桌子，中放斗盆，是为战场。另桌设分厘戥、象牙牌子、象牙筹、鼠须探子等赌赛品。一会儿各路赌客便陆续到了，赌客们都带着仆人，挑着盛蛐蛐儿的圆笼，各据厅里一个角落。这一点很重要，各人的蛐蛐儿是不能放在一起的，这里有怕别人做手脚和避嫌的意思。

大家先是寒暄几句，然后准备开战，各家准备上场的蛐蛐儿都分别装进象牙筒里，由主持人白连旗过分厘戥称出分量，然后记在象牙牌子上，将同重量的两只蛐蛐儿放入斗盆，决战算是开始了。

据白连旗介绍，斗虫儿是一种高雅的活动，真正的佳种名虫儿好比掼跤高手，此类名虫儿一上场，根本用不着拿鼠须探子进行挑逗，双方的蛐蛐儿一经接触就杀得难解难分，那架势和天桥的掼跤手一样，招式也大致相同，无非是夹、钩、闪、蹾、抱、箍、滚。个别名蛐蛐儿似乎还具备武术家的"手眼身法步"，这大约是出于天赋，而非人所训练。

斗蛐蛐儿很容易斗气，通常是一场厮杀下来，得胜的蛐蛐儿振翅鸣叫，主人顿觉脸上有光。若是平分秋色，数战未决胜负，双方主人则握手言和，彼此间还保持着应有的风度。若是斗输了，得胜一方又缺乏涵养，甩过几句"片儿汤话"，这就容易斗气了，那只战败的蛐蛐儿往往成了主人的出气筒，被主人怒掷摔死，而主人有时仍恨声不绝，甚至指桑骂槐，影射对手主人如此下场。这就会结仇，有些黑道儿上的火并往往就是因为斗蛐蛐儿引起的。

由于斗虫儿的地点在"同和"车行，所以孙二爷成了庄家，按赌场上的规矩，不管谁输谁赢，庄家一律抽头，至于孙二爷和白连旗如何分红，则是他们两人的秘密。孙二爷是双重身份，他既是庄家又是赌客，他有两张王牌，一只宁阳产的"铁头青背"，一只苏州产的"紫头金翅"。开赌以来，这两只蛐蛐儿胜多败少，是孙二爷的心尖子。

孙二爷本是混混儿出身，既没文化又缺少涵养，自己的蛐蛐儿赢了便喜形于色，全然不照顾对方的情绪。若是输了，孙二爷便骂不绝口，当然是骂这不争气的蛐蛐儿，一边骂一边把蛐蛐儿收回罐里，绝对舍不得摔死。这种小家子气很让人看不起，达智桥的李二虎就是一个，他早就看孙二爷不顺眼，只不过是没有找到机会和孙二爷翻脸而已。

李二虎是达智桥一带的地痞，此人自幼在街头耍青皮，好勇斗狠，手下还纠集了不少流氓无赖，在南城达智桥、菜市口一带颇有些名气，这一带的商家都按月给他送"保护费"，不然生意是做不成的。这一来二去就把李二虎给惯坏了，随着年龄的增长，他的脾气也渐长，如今四十岁出头，能让他看得顺眼的人还真不多。

中秋节那天，白连旗早早就发出了帖子，吃完晚饭就摆好了桌子，车行里收车早的几个伙计被孙二爷打发去接客人，车夫们自然都乐意去，因为除了车资，客人们还少不了给些赏钱，赶上大方的主儿，随手赏个一两块钱的事儿也是有的。此等好事文三儿自然是不会放过，他被吩咐去达智桥接李二虎。

李二虎刚吃完晚饭，他一边用牙签剔牙一边大模大样地上了文三儿的车。文三儿偷偷看了一眼，发现这位爷谱儿挺大。他留着中分式发型，头发上抹了发蜡，显得油光水滑。身上穿着一套黑色"香云纱"裤褂，敞着怀，腰里系着三寸宽的软牛皮板儿带，硕大的黄铜扣上还刻着一条张牙舞爪的龙，一根粗大的金制怀表链子垂在胸前，他手下的两个"碎催"捧着蛐蛐儿罐儿跟在车后面一溜儿小跑地伺候着。

李二虎上了车就没说过一句话，他阴沉着脸似乎是不大高兴。达智桥到南横街不算远，文三儿从菜市口的米市胡同穿过去，到达黑窑厂的"同和"车行只用了二十分钟，他跑得急了些，出了一身臭汗，正眼巴巴地等着李二虎给赏钱，谁知李二虎连个屁都没放，跳下车就和刚刚赶到的陆中庸抱拳寒暄起来，硬是把文三儿晾在了一边。

陆中庸现在可是今非昔比，他成了《新民日报》的总编辑。陆中庸不在乎戴上个汉奸帽子被人戳脊梁骨，反正他是个小人物，流芳千古也好，遗臭万年也罢，他都无所谓，犯不上去琢磨。

陆中庸没有当亡国奴的感觉，他认为国家和民族从来就是个虚幻的概念，作为一个小人物，国家也从来没给过他任何好处，既然没给过好处，那他凭什么要给国家卖命呢？北平这地界儿，谁爱来谁来，谁有能耐谁就是爷，不管是蒋委员长还是日本人，都他妈的差不多。都说蒋委员长抗日最坚决，那也是应该的，因为蒋委员长本来日子过得好好的，成天吃香的喝辣的，可日本人不让他过好日子，想把他的好日子夺走，那老蒋能干吗？他当然要和日本人拼命，由此说来，事情就很清楚了，打仗是老蒋和日本人之间的事，关他陆中庸屁事？

其实，《新民日报》总编辑的工作很简单，主要还是写些社论、评论什么的，比如日本军队为什么要来到中国？这个问题老百姓们可能不大理解。这不奇怪，愚民都是这样，大多数都是稀里糊涂一脑袋糨子。这就需要告诉他们，他们生活的这块地方叫作亚洲，咱们黄皮肤、黑头发的亚洲人自古以来就生活在这块地方，而那些白皮肤高鼻子、一脑袋黄毛的西洋人总想到这里来找便宜。所以亚洲人应该团结起来，揍那些不要脸的西洋人，把他们赶走，日本军队就是为了这个目的才来到中国的。做这样的宣传工作对于小报记者出身的陆中庸来说，可谓轻车熟路，顺手就干了。

犬养平斋本不认识孙二爷，是陆中庸引见的，像这种"乐战九秋"的活动，犬养平斋已经参与过多次，他不大在乎输赢，对他来说，斗蛐蛐儿不过是他了解北平民俗的一个手段而已。

陆中庸为有这样一个日本朋友感到很有面子，他认为日本人很懂得礼貌，不说别的，每次他和犬养平斋见面，人家都是规规矩矩地鞠躬问候，哪像中国人，一点儿也不懂礼数。如今的北平，日本人是真正的爷，可人家日本朋友一点儿架子也没有，他和犬养平斋吃过几次饭，每次都是人家结账，陆中庸不是没争过，有一次为了抢着付账还差点儿和犬养平斋急了，可到底也没争过他，这也就是日本人，换了中国人哪有这么仗义？

陆中庸和李二虎寒暄了几句,又将犬养平斋介绍给东四"永盛"杠房的吴掌柜、"拉房纤儿"[1]的胡六儿,这两位也是蛐蛐儿迷,在北平也算是个玩家。

孙二爷是急性子,又是个粗人,本不善寒暄,他认为这些老北京的礼节纯属扯淡,二爷我今天又不是办堂会,闲扯什么?既然大家是来斗蛐蛐儿的,那就少废话,来了就斗,输了就掏钱,哪儿那么多说的?

孙二爷不耐烦地清了清嗓子,大声说:"我说各位爷,大家扯够了没有?要是没扯够我先回屋睡会儿,等你们扯够了再叫醒我,我记得咱今天好像不是来扯淡的吧?"

吴掌柜说:"您瞧瞧,孙老板都等不及了,人家装银子的口袋都备齐了,只等着赢钱哪,不扯啦,不扯啦,咱们开始吧。"

李二虎皮笑肉不笑地说了一句:"孙二爷最近可是脾气见长啊,您消消火儿,别吓着我,咱可胆儿小。"

孙二爷盯着李二虎不说话,李二虎也斜视着孙二爷,两人的目光中都带着毫不掩饰的不屑和敌视……

位于天安门西侧的中山公园原是明、清时的社稷坛,是明清皇帝祭土地和五谷之神的地方,建于明永乐十九年。因1925年孙中山先生的灵柩曾停放在园内拜殿中,所以1928年被国民政府命名为中山公园。

方景林和罗梦云的接头地点选在社稷坛,罗梦云已经先行赶到,她见到方景林嫣然一笑,很自然地挽住他胳膊,两人就像一对恋人一样朝拜殿方向走去。方景林的呼吸有些急促,罗梦云温软的身子紧紧地贴着他,使他感到很陶醉,他长这么大还没有和年轻女性有过任何肢体接触,他盼望这种亲密接触的时间能尽量延长一些。

罗梦云依偎着方景林像说情话一般轻声道:"景林,军统方面对王克敏进行了一次刺杀行动,他们干得不太漂亮,只打死了王克敏的日本顾问山本荣治和几个卫士,王克敏倒是死里逃生躲过了袭击。但据我们内线情报,王克敏被

---

[1] 旧时京城里专为房屋买卖牵线的人,买卖双方一旦成交,都要付给他佣金,此类职业称为"拉房纤儿"。

这次刺杀行动吓破了胆，他现在深居简出，连伪政府的公务也不过问了。从某种意义上讲，这个人尽管还活着，但对日本人的价值已经不大，军统方面不会再采取什么行动了。"

"徐金戈为这件事找过我，你那个同学杨秋萍参与刺杀行动被捕，徐金戈托我打听一下她的关押地点，看样子军统方面有营救杨秋萍的打算。"方景林回答。

"有这个可能吗？"

"可能性微乎其微，杨秋萍是在受伤昏迷后被俘，日本人为了取得口供把她送到协和医院抢救，杨秋萍因失血过多已经快不行了，被大量输血后才抢救过来。现在日本宪兵对杨秋萍的病房设置了严密警戒，没有人可以接近，武装突袭不可能成功。"

罗梦云黯然神伤："没有别的办法了吗？"

"我们恐怕无能为力，军统方面也没有营救的能力。杨秋萍的情况还是王庆生告诉我的，他是日本宪兵队的翻译官，和我私交不错。据王庆生说，杨秋萍的伤势一旦稳定下来就会被送进审讯室，日本宪兵队的刑讯手段简直令人发指。"

罗梦云忧虑地自语："真无法想象，秋萍会受到怎样的折磨。"

方景林的眼睛似乎漫不经心地巡视着四周："有件事请代我向上级请示一下，看徐金戈的意思，是想在协和医院搞武装劫持，把杨秋萍营救出来，但我已经从王庆生处得知，这是日本人设下的陷阱，军统的人一旦行动就会中圈套，我是否可以把这个情报透露给徐金戈？"

罗梦云考虑了一下，点点头："我看可以，现在不是强调统一战线吗？无论是何党派，只要真心抗日都是我们的友军，我会向上级汇报的。景林，我们今天就到这儿吧，你要注意安全，我先走了。"

"等等，梦云，我们再散散步好吗？我……我想和你多待一会儿。"方景林鼓足勇气请求道。

罗梦云微笑着为方景林整整衣领，柔声说："景林，你不看看这是什么时候，我们每天都面临着流血和死亡，个人的事……以后再谈，好吗？"

方景林固执地说："不，我不同意你的观点，难道革命者就不需要爱情？

马克思还有个燕妮呢，列宁也不是清教徒，我们为什么就不能相爱？除非你看不上我，那我以后绝不再提这件事，我们继续保持同志的关系。"

"景林，你可真是……真是个小布尔乔亚，哪像个警察？"

"我本来就不是什么警察，你当我喜欢干警察？这是组织上的安排，我必须服从。再说了，你说我是小布尔乔亚，我承认，可你呢，我看和我是同路人，上次接头时我注意到你手里还拿着一本《普希金诗集》，我无意中翻了翻，发现你把书签夹在《巴赫奇萨赖的泪泉》这一页，当时我就想，能喜欢这首抒情叙事诗的姑娘一定是个感情细腻、具有浪漫情怀的女人，我这个小布尔乔亚当然要寻找同类了。"方景林凝视着罗梦云的眼睛说。

本来要走的罗梦云突然改变了主意，她建议道："我们找个地方坐一坐？"

"那我当然求之不得。"

两人走到筒子河边，坐在长椅上，罗梦云望着河对岸紫禁城灰色的城墙和略显残破的角楼若有所思。

方景林轻声朗诵普希金的诗句："爱情的喷泉，永生的喷泉！我为你送来两朵玫瑰。我爱你连绵不断的絮语，还有富于诗意的眼泪……"

罗梦云扭过头看看他，问道："你也喜欢文学？"

"当然了，上中学的时候看了不少杂书，功课都耽误了，那时抓到什么就读什么，小说、话本、唐宋诗词、'五四'以后的新体诗，还有普希金、莱蒙托夫、惠特曼、泰戈尔的诗集，我和同学们都是深受'五四'运动影响的少年，满脑子全是'科学与民主'，那时我曾立志将来做一个诗人，可万万没想到……当了一个警察。"方景林深深叹息着。

罗梦云安慰道："这是暂时的，等到共产主义实现的那天，你可以做任何自己想做的事情，也许你能成为一个伟大的诗人，就像普希金那样。景林，你可真令我刮目相看，一说到《巴赫奇萨赖的泪泉》就能背出里面的诗句，你也喜欢这首叙事诗吗？我刚看了个开头，连这首诗的创作背景还没搞清楚呢，你知道，我最近实在太忙了，几乎没有时间看书。"

"巴赫奇萨赖是俄国克里米亚半岛上的古城，16世纪初，克里米亚汗国定都巴赫奇萨赖，并在此建造了可汗宫。巴赫奇萨赖汗宫的灵魂当属泪泉，它位于汗宫喷泉庭院的一角，由一块长方形大理石雕刻而成。大理石的正面雕刻成拱门的轮廓，泉眼就处在拱门上方的中心位置。下面则是几个盛接泉水的石头托盘。据说泪泉是由当时的可汗克雷姆–吉列伊汗为纪念早逝的爱人季莉娅拉建造的。吉列伊汗对设计师说：'谁也没看过我流泪，但我的心每天都在滴血。人有心灵，石头也有灵魂，让石头像心灵一样哭泣吧。石头的眼泪，就是我的眼泪。'于是，一座日夜'流泪'的喷泉便诞生了。1820年，被沙俄政府流放到南方的普希金来到了克里米亚巴赫奇萨赖汗宫，从他的情人索菲娅·波托茨卡娅那里听说了关于泪泉的故事，便创作出这首抒情叙事诗，后来这首诗被广为流传，普希金去世后，为缅怀这位伟大的诗人，巴赫奇萨赖汗宫的管理员每天都要在盛接泉水的托盘上放上两朵玫瑰，一朵红色的，一朵黄色的。"方景林闭上眼睛，沉浸在遐想中。

罗梦云无限神往地自语："真美，我真该早点儿读它，'人有心灵，石头也有灵魂。让石头像心灵一样哭泣吧。石头的眼泪，就是我的眼泪。'这话真令人伤感……那两朵玫瑰也充满了诗意，红色代表热烈，黄色象征着爱情。景林，你说得对，我也有些小布尔乔亚情调，我们身上有很多相同的东西，看来要想成为一个真正的革命者，我们还有一定距离。"

"革命者是由不同阶层、不同文化水平的人组成，我们有些出身工农的同志总以没文化自喜，甚至由此产生一种优越感。恩格斯的遗嘱执行人伯恩斯坦是个地道的工人阶级，他当过火车司机，伯恩斯坦说：'工人们是什么样子，我们就必须把他们看成什么样子。他们既没有像《共产党宣言》所预见的那样普遍地赤贫化，也不是像他们的臣仆们要我们相信的那样不受偏见和弱点的束缚。他们有着他们在其中生活的经济和社会条件的德行和罪恶。''我们不能要求一个大多数都住得很挤，教育得很差，收入不稳定也不充分的阶级有那样高的知识和道德水平，而一个社会主义社会的建立和维持是以这样的水平为前提的。'梦云，刚才我是坐文三儿车来的，你认识这个人吗？"

"认识，我父亲经常用他的车，这个人应该算是真正的无产者了，我还和他聊过天呢。"

"我刚才还动员这位无产者去抗日前线，你猜他怎么说？他说好死不如赖活着,他一个草民让谁管着都一样,反正得挣钱吃饭,谁愿意抗日就去抗,他只管拉车。文三儿脑子里既没有国家与民族的概念,也没有人的尊严,只是浑浑噩噩地为活着而活着。看来伯恩斯坦说的有几分道理,我也不大相信无产阶级能够'不受偏见和弱点的束缚',他们该是什么样子就是什么样子,绝对不能人为地夸大他们。"方景林从来没有像今天这样滔滔不绝地说话。

罗梦云若有所思地沉吟道:"你说的倒有几分道理,但是党内大部分同志恐怕不会认同这种看法,至于我本人,还要仔细想想,你知道,我对理论问题向来有些迟钝,像第二国际、伯恩斯坦、考茨基这些名词和人物常常弄不清,其实我曾花了不少时间去研究它,到头来却进展不大,可你刚才提到《巴赫奇萨赖的泪泉》,提到那放在泪泉上的两朵玫瑰,我一下子就记住了,而且永远也忘不了。景林,尽管我在努力克服小布尔乔亚思想,但我恐怕永远不可能成为一个坚定的革命者。"

方景林反驳道:"真正的革命者应该是什么样子,谁能说得清?我就不相信没有文化、没有教养、器量狭窄、举止粗俗的人能成为革命者的楷模,如果是这样,这种革命不要也罢。梦云,刚才你说到自己的所谓缺点,我倒不这么认为,这恰恰是你最可爱的地方,真诚、善良、浪漫,所以我才会被你吸引。"

"谢谢!你能这么评价我,我还是挺高兴的。"

"那你同意了?"

"同意什么呀?"

"同意我追求你,做我的女友。"方景林期待地望着罗梦云。

罗梦云想了想,抬起头来大胆地看着方景林:"景林,说实话,我以前没有谈过男朋友,你知道,我父母对我管得很严,上大学之前都是在女子学校度过的,也没接触过几个男人,所以……我对自己将来会选择什么样的男人毫无概念,好像也没有想过,你给我点时间想想好吗?"

"当然可以,我有耐心等,我认为我们很般配,我这个人还是有些优点的。"方景林毫不谦虚地介绍自己。

罗梦云微笑道:"是吗?那你介绍一下自己,都有什么优点啊?"

"有为理想献身的勇气,有不达目的誓不罢休的坚韧意志,对美好事物具有异乎寻常的敏感力和浪漫情怀，对自己心爱的人忠贞不渝……这些还不够吗？"

罗梦云放声大笑："方景林，你可真能自吹自擂，你说的这些优点能不能容我以后考察？我再给你提一条要求……"

"提吧，我会照办。"方景林惊喜地保证道。

"我最熟悉的男人应该是我父亲，他是个教授，在我眼里，他是个儒雅博学、正直高尚的人。作为男人，他唯一的缺点就是书生气太重，不够强悍。我和母亲都很胆小，因为我们这个家庭向来缺少安全感，总觉得一旦有危险父亲不可能保护我们，也许他本人还需要我们的保护，你明白我的意思吗？"

"你是说，我也有书生气，也同样不够强悍？"

"景林，你不要生气，你哪儿都好，要是能强悍一些就更好了。"

方景林不以为然地摸摸自己光溜溜的下巴说："嗯，明白啦，我搞个假胡须戴上，再把脸弄得糙一点儿，这样也许会符合你的要求。"

"别瞎说，谁要你去化装？我看重的是男人内在的强悍。"罗梦云解释道。

方景林叹了口气："那你就等等看，也许我死了以后才能证明。"

"同和"车行里"乐战九秋"活动已经拉开序幕，按照事先的约定，第一局应该是吴掌柜对犬养平斋。吴掌柜是养蛐蛐儿的高手，由于在道儿里混久了，圈儿里人都了解，他的几只极品蛐蛐儿别人都能叫出名儿来。吴掌柜的王牌是一只京西黑龙潭的"虾头青"，绰号"愣头儿青"。据称这只蛐蛐儿曾历经数十战无一败绩，"愣头儿青"的身价已经超过二百块现大洋。

犬养平斋不动声色地把自己的蛐蛐儿放入斗盆，大家发出一声惊叹，这是一只上好的"血牙青"，产自嘉兴一带。这只蛐蛐儿一看就是只不好惹的虫儿，对手还没来呢，它就开了牙，急匆匆地在斗盆里四下寻觅，大有"谁敢惹我"的气概。

吴掌柜看了看"血牙青"，淡淡一笑道："犬养先生，您这只虫儿怎么称呼呀？"

犬养平斋回答："不好意思，我起的是日本名字，叫东乡平八郎。"

在场的人大部分不知道东乡平八郎为何许人也，别说没听过这个名字，就连日俄战争也没听说过，大家听完都一阵犯愣。

陆中庸不愧是有学问的人，他解释道："这是日俄战争时期日本海军大将、联合舰队司令官的名字，当年对马海战，东乡平八郎率联合舰队一举击败俄国舰队，一战扬名天下。"

犬养平斋点点头补充道："我父亲当年就在东乡大将的旗舰'三笠'号上任海军少尉，他曾详细向我描述过当年海战的情景，所以，东乡平八郎是我平生最崇拜的人。"

赌注已经下了，双方的蛐蛐儿也用分厘戥称好了分量，"愣头儿青"和"东乡平八郎"的决斗开始了。双方都是杀场宿将，经验很是老到。"愣头儿青"善使"重啮口"战术，它一入盆，不经挑逗就把对方当成了不共戴天的仇人，天知道它这股火儿是从哪儿来的，难怪它叫"愣头儿青"，果然名副其实。它一照面便向对手恶狠狠地一口咬去，这招儿很恶毒，若是被它咬住，谁也别想让它松口，不把对手咬死不算完。而"东乡平八郎"却不上它的当，它只是和对手牙一相交即刻分开，然后退避三舍，静候一时，如发现对手破绽，则立刻凶狠反击。此乃"智啮法"战术，难怪这虫儿叫"东乡平八郎"，其战术果然和那个日本海军大将相似，善用偷袭手段，很是阴险。

大家头对头地围着斗盆，眼珠子都快瞪出来了。孙二爷在"愣头儿青"身上押了赌注，此时更是激动得咬牙跺脚，恨不得自己也冲进斗盆帮把手，他拍着桌子大声喊："咬啊，咬它的肚子，咬住就他妈别松嘴，把它五脏六腑掏出来……"

李二虎在"东乡平八郎"身上押了赌注，对孙二爷的喊叫自然听得不大入耳，他冷着脸针锋相对地哼了一声："这'愣头儿青'也就这两下子，好比程咬金的三板斧，看着厉害，三下抡完就没招儿了。"

孙二爷觉得刺耳，他把眼一瞪："你看清楚了，那可不是程咬金的板斧，那是李元霸的锤，挨上一下就完蛋。"

李二虎成心斗气儿："孙二爷，您说是李元霸的锤厉害，还是日本人的三八大盖厉害？"

孙二爷的火儿更大了："怎么着，李爷，斗气儿是怎么着？"

吴掌柜见两人火气都不小，连忙打圆场道："各位爷，各位爷，我这蛐蛐儿李元霸可不敢当，撑死了也就是个罗成吧，排第七条好汉我就知足了……"

犬养平斋把手指放在嘴唇上"嘘"了一声，大家才静了下来。斗盆里的厮杀已经接近尾声，"愣头儿青"屡次扑空，此时已显败相。"东乡平八郎"由于一开始以逸待劳，体力消耗不大，现在开始咄咄逼人地进行反击了，"愣头儿青"先是腿上挨了一口，它负痛闪开，"东乡平八郎"不容对手喘息，欺身而上，先以须晃对手目光，然后猛地一口咬住"愣头儿青"的肚子，它偷袭的位置极为刁钻，使"愣头儿青"无法反击。"东乡平八郎"一招儿得手便毫不留情，它狠咬着对手的肚子左右甩动……大家齐声发出喝彩，其中李二虎喊得最起劲儿，犬养平斋的脸上也露出了得意的笑容。

吴掌柜见"愣头儿青"被咬住肚子，心疼得眼泪都快流下来了，他连声喊："我认输了，我认输了，不能再咬了，把它们分开……"

犬养平斋冷笑道："对不起，我无法把它们分开，还是顺其自然吧。"

斗盆里的"东乡平八郎"咬住对手的肚子继续甩动，根本没有松口的意思，眼见"愣头儿青"渐渐停止了挣扎……

吴掌柜哭丧着脸哀叹道："完了，完了，我的'愣头儿青'啊，二百块大洋啊，就这么打了水漂儿啦。"

孙二爷向来是那种赢得起却输不起的人，今天他第一局押注就输了，正没好气，偏偏李二虎还说风凉话："哟，二爷，李元霸不是排天下第一条好汉吗？怎么也让人给收拾啦，这可不应该呀。"

孙二爷反唇相讥道："这有嘛好奇怪的，自古英雄好汉不都是被小人算计的吗？"

"二爷，我听您这话怎么有点儿扎耳朵呀，您这是指谁呢？"

"操！谁他妈认我就说谁呢，怎么着？"孙二爷边说边挽起了袖子。

李二虎冷笑道："嚯，我算看出来了，二爷今天是想和我过不去，好日子过腻了，想找点儿乐子，我没说错吧？二爷。"

话都说到这个份儿上，孙二爷索性也撕破了脸皮："姓李的，咱明说吧，二爷我就是看你不顺眼，怎么啦？别他妈捋着胡子坐摇篮——装孙子。"

李二虎的涵养比孙二爷强一些，真正的流氓都是这样，狠劲不挂在嘴上。他不温不火地说："二爷啊，您先消消火儿，就算您想一刀宰了我，也不在乎这一会儿不是？俗话说，有屁股不愁挨板子，咱哥俩儿有的是时间，今天咱玩什么，二爷您说了算，我奉陪就是。"

吴掌柜是个买卖人，天生胆儿小，他最见不得这种剑拔弩张的场面，便连忙起来劝解："二位爷，二位爷，都消消火儿，大家不都是为了玩吗，犯得上这么舞刀弄枪吗？孙爷、李爷，你们哥俩儿都给我个面子，今天我做东，一会儿去'丰泽园'怎么样？"

胡六儿也劝道："算啦，算啦，二位爷，为这点儿事儿值当吗？"

陆中庸一声不响地掏出了钢笔和笔记本，此时他来了灵感，一个绝好的新闻素材出现了，江湖人物的火并应该比街头巷尾的泼妇打架更有传奇性，更刺激。陆中庸最烦劝架的人，这些人就这么爱管闲事，有些事开始的时候并不起眼，这就需要你独具慧眼，准确判断出这件事能否发展成惊天血案，劝架的人最容易坏事，他们的出现往往使斗殴的双方找到台阶，从而使本来可以出现的精彩场面化为乌有。这些人真是新闻事业的大敌，有他们在就不会有新闻。陆中庸琢磨着，用什么方法才能使斗殴双方不受劝解人的干扰，使他们的火气保持在临界点上。

白连旗这会儿已经走到大厅的门口，他做好了随时逃走的准备。和陆中庸正相反，白连旗在街上遇到斗殴的事从来是躲得远远的，万一打架的人打昏了头，懵懵懂懂把他当成了对手，这可就麻烦了，他的身子骨单薄，经不住两拳就会散架。

犬养平斋饶有兴味地看着孙、李二人说话了："孙二爷，李先生，你们刚才在争吵中都相互侮辱了对方，在我看来，这已经没有调解的可能，唯一的解决方式就是决斗了，不知道你们中国人的血性如何，这要在我们日本，今天恐怕要在决斗中死去一个人。我认为，如果你们还认为自己是个男人，那就该拿出行动来证明一下，诸位以为如何？"

犬养平斋的话音没落，吴掌柜和胡六儿马上识相地闭上了嘴。

客厅里空气紧张起来……

第十章

一桶冷水泼在杨秋萍身上,她从昏迷中醒来,映入眼帘的第一个人是坐在靠背椅上的黑田中佐,他正在用绒布擦自己的眼镜,然后将眼镜戴上,饶有兴趣地打量着杨秋萍赤裸的身体。

自从进入审讯室以后,杨秋萍自己也记不清这是第几次昏迷了,以前她只耳闻日本宪兵队的老虎凳和灌辣椒水等酷刑,谁知道这只是最普通的刑讯手段。那些日本宪兵在刑讯方面的创造力的确令人叹为观止,他们像医生一样精通人体解剖学,有充足的数据证明人体各器官对疼痛感的承受力,至于使用什么器械对人体的什么部位施刑以及施刑的后果都犹如外科手术一般精密准确,其目的就是要达到一种效果,使受刑人生不如死,在精神崩溃的状态下,吐出心中的秘密。刚才致使杨秋萍几次昏迷的刑法其实很简单,不过是烧红的烙铁在她身体上精雕细刻地操作了一遍,在短短的十几分钟里,杨秋萍发出瘆人的惨叫声,空气中弥漫着烤肉的焦煳味。

杨秋萍在负伤昏迷后被送往协和医院进行了抢救,在抢救室门外,一个主治医生认为杨秋萍因失血过多已濒临死亡,无抢救的必要。这时黑田中佐掏出了手枪,把枪口顶在医生的脑门上简短地说:"这个女人如果死了,你也必须死。"

那个医生的脸色立刻变得灰白,他没有再争辩,转身走进抢救室。

杨秋萍的生命力很顽强,在进行了大量输血后终于活了下来。关于杨秋萍的出院问题,那个主治医生又一次表现出过分的迂腐,他认为伤员的生命虽然保住了,但离痊愈出院还早着呢,至少还需要三个月时间的治疗和调养,否则我们为什么要费这么大力气把她救活呢?

黑田本来想以杨秋萍为诱饵,引她的同伙前来医院解救,从而达到一网打尽的目的。谁知日本宪兵们在协和医院里埋伏了两个多月,个个搞得疲惫不堪,杨秋萍的同伙们却连个面都没露,黑田感到很恼火。

对于医生的意见,黑田认为很可笑,他之所以挽救杨秋萍的生命是为了更好地折磨她,从她嘴里掏出自己需要的情报,除此之外,杨秋萍的生命便没有任何价值。黑田是个不喜欢说废话的人,他直截了当地向医生表达了自己的意思:"医生先生,我是个重承诺的人,现在这个女人保住了性命,因此我恭喜你,你也可以活下来了,至于别的,你就不用操心了。"

黑田的中国话说得很好,口音中带有明显的东北味儿,如果不穿军装,谁都会把他当成中国东北人。他是在中国东北长大的,父母都是甲午战争后来中国的早期"拓荒团"成员,1932年后这个半军事性质的组织被称为"满蒙拓荒团",人数也扩展到上万人,在这种环境下长大的黑田坚持认为,中国人是劣等种族,而一个劣等种族是没有资格占有如此广袤的土地和资源的,我们不妨把眼前这个世界看成一个大丛林,以丛林法则去思考问题。什么是丛林法则?弱肉强食、优胜劣汰,人类不就是这样从远古走到今天的吗?

如果黑田可以选择的话,他宁愿选择审讯年轻女人,这对审讯者来说是一种愉悦,意味着自己可以对一个年轻女人的精神及肉体为所欲为,还不用承担任何责任,一切都是在国家利益的名义下进行的,黑田个人没有良心上的负担。

当杨秋萍被架进审讯室时,黑田只是询问了一句:"杨女士,有什么要说的吗?"

杨秋萍沉默地摇摇头。

黑田满面笑容地轻声追问了一句:"请说心里话,你想死吗?"

"既然落到你们手里,我就没打算活。"杨秋萍终于开口了。

"可我怎么舍得让你死呢?战争期间女人可是稀罕物品,更何况是个美人儿了。"

杨秋萍打个冷战,保持沉默。

黑田一挥手,两个宪兵立刻上前拽下了杨秋萍身上的衣裤。杨秋萍面无表情,没有挣扎,显得很从容,她知道反抗是无用的,任由宪兵们把她的衣裤剥掉。她的裤子和包扎大腿枪伤的绷带紧紧地粘在一起,拉不下来,两个宪兵费了很大的劲才把她的裤管撕开。杨秋萍本能地想用手遮挡下体,但马上就放弃了这种无意义的打算。她在众目睽睽之下,一丝不挂地站在审讯室中间,还甩了一下头发,冷漠倔强地抬头盯着宪兵们,漠然地随宪兵们把她的手脚绑到刑架上。

黑田对杨秋萍的态度早已习以为常,这类人都是为了某种信念去从事抗日活动，绝不是因为没有饭吃才去铤而走险，作为审讯者，当然要允许他们表现一下自己。使黑田感到惊讶的是，杨秋萍居然挺住了烙铁的烧灼，尽管惨叫不已，但叫声平息后便是沉默，甚至没有说过一句话。

黑田走到杨秋萍跟前，狠狠捏住她的乳头和乳房，用手使劲挖着被烙伤露出鲜肉的伤口。杨秋萍忍住疼痛，额头和脸上沁出细小的汗珠，依然保持着沉默。

黑田向宪兵们挥了挥手说："继续吧。"他又回到了座位上。

一个粗壮的宪兵拿着两根闪着冷光的粗钢针分别插入杨秋萍的乳头处，她忍不住喊了一声，随即便咬着牙，一声不吭。宪兵捏住针鼻，反复来回捻动插在杨秋萍乳房深处的钢针，把钢针拔出来后再慢慢地插进去，针尖搅动刺伤着杨秋萍双乳最敏感的深层神经……

杨秋萍紧张地挺着胸脯，肩膀无助地抖动了几下，大滴的血珠从乳头处慢慢沁出，但她还是顽强地坚持着，控制住自己不再喊叫。

黑田全神贯注地盯着杨秋萍，他用手枪柄敲了敲桌子，宪兵停止了动作。

"杨女士，我可以告诉你实话，来到这里，你无论是说还是不说，都没有活下去的可能，不同的是，你如果配合我们，我可以让你死得痛快一些，反之，你会在极端的痛苦中死去。我要问的是，你准备选择哪种死法？"

杨秋萍闭着眼睛一声不吭，她正在用全部意志力抵抗着胸前传来的阵阵剧痛……恍惚中她想，一切都毫无意义，就算自己挺不住酷刑，吐露了组织成员和联络地点也毫无意义，徐金戈等人不会这么傻，他们会在第一时间转移人员，撤空联络点，切断任何与自己有关的联系，这是特工人员最起码的常识。唯一使杨秋萍能够挺下来的是对自己那份感情的坚持，她爱那个男人，就凭这份感情也绝不能出卖自己的爱人，哪怕心里闪过一丝一毫这样的想法都不能，她不愿让徐金戈怨恨自己，哪怕是在自己死后，徐金戈早晚会知道，杨秋萍到死也没有说一句对自己爱人不利的话，他没有白爱这个女人。

黑田终于不耐烦了，他环视一下审讯室里行刑的宪兵们问道："大岛君、笠原君，你们多久没有玩过女人了？"

"黑田君，好像有一个世纪这么久了。"

"那好，你们替我好好照顾一下这个女人，我觉得她也很需要男人。"

"谢谢黑田君！我们很有兴趣。"

黑田扭头走出审讯室。

宪兵们兴奋地开始脱衣服，杨秋萍惊恐地注视着他们……

"同和"车行厅堂里的空气中弥漫着恐怖气息，孙二爷和李二虎在沉默地对视；犬养平斋若无其事地端起盖碗，用碗盖轻轻撇开茶沫，他等待着一场血腥格斗，显得很有耐心；陆中庸伏在桌上奋笔疾书；吴掌柜、胡六儿、白连旗、文三儿等人都在哆哆嗦嗦地看看这个，看看那个，没有人敢吭声。

孙二爷的眼睛里射出一道冷光，使人感到彻骨的寒冷，李二虎坦然迎着他的目光，放肆地上下打量着孙二爷，脸上布满凶狠的杀气。

犬养平斋用指关节敲敲桌子，似乎在催促什么。

孙二爷不动声色地解开上衣扣子吩咐道："文三儿，你到我房里把刀拿来。"

"唉！"文三儿痛快地答应着进屋去拿刀，他在孙二爷的枕头下面找到一柄带鞘的匕首，他抽出匕首用拇指试了试刀刃的锋利程度，感到很满意。他巴不得看看热闹，这把刀子捅在谁身上文三儿都没意见。

等文三儿拿着刀回到厅里时，孙二爷已经脱得只剩条裤衩了，这位当年的混混儿身板儿不算壮实，瘦骨嶙峋的身上到处是醒目的伤疤。李二虎在一边微笑着抱着胳膊看着孙二爷，一副客随主便的样子。

孙二爷做了几个扩胸动作，还踢了几下腿，似乎在为格斗做热身准备，大家都屏住了呼吸，所有的眼睛都死死盯住孙二爷，他慢慢地从刀鞘里抽出了刀子……谁都知道孙二爷当年是天津卫的成名人物，吃的就是刀尖上舔血这碗饭，打起架来自然该有些名家风范。

谁知大家都想错了，事实上满不是那么回事儿，孙二爷根本就没打算攻击李二虎，他把刀子往空中一扔，匕首在空中翻了几个跟头又落在他的手里，动作很潇洒，不愧是玩刀子的老手。接下来的情景就让人目瞪口呆了，孙二爷右手持刀，一刀将左手的小拇指剁了下来……在场的所有人都发出一声惊呼，只见鲜血像喷泉一样从孙二爷断指处冒了出来，孙二爷面不改色地将断指和匕首扔在桌上，向李二虎做了个手势："李爷，您请。"

李二虎没料到孙二爷玩出这么一手，他缺乏心理准备。这辈子动刀子玩命的事儿他经历得多了，这本算不了什么，问题是以往都是拿刀子朝别人身上招呼，今天却是往自己身上下刀子，这倒需要点儿勇气。事情到了这一步，李二虎是没有退路了，既然刚才他当着大伙的面夸下海口，玩什么由孙二爷说了算，自己奉陪到底，这会儿要是不敢朝自己下手，李二虎就算是栽到家了，往后还有什么脸面在江湖上混？

李二虎一咬牙抓住刀子手起刀落，也剁下了一根小拇指，他忍住疼面带微笑地问："二爷，下一步怎么玩？"

孙二爷掂了掂刀子道："李爷，您可是稀客，好不容易来我这儿一趟，我要是不管饭可就失礼啦，这么着，今个儿晚上咱吃炖肉怎么样？"孙二爷一刀扎进自己赤裸的大腿，慢慢地划开肌肉，又沿着第一刀的刀口平行划了一刀，然后用刀尖一挑，把一长条儿血淋淋的肉扔在桌子上吩咐道："文三儿啊，把这块肉拿到厨房炖了，多放点儿花椒大料，再放些白酒去去腥气，记住！炖烂点儿，李爷牙口不太好。"

文三儿望着孙二爷腿上涌出的大量鲜血吓得不知如何是好，他语无伦次地问："二爷，您……您不要紧吧？我……我去找……找点儿云南白药……"

孙二爷放声大笑道："文三儿啊文三儿，瞧你那个样儿，这刚哪儿到哪儿呀？这点儿肉还不够李爷塞牙缝儿的，也就是个下酒菜吧，咱得让李爷吃饱喝足了不是？李爷，您没事儿吧，要没事儿咱就接着玩？"

李二虎惨笑着晃晃刀子说："二爷，您够仗义，我也凑个份子，弄点儿下酒菜，这玩意儿有嚼头儿。"他扯住左边的耳朵狠命一刀割了下来，"砰"的一声用刀子插在桌上。

吴掌柜哪里见过这种阵势，他的脸都吓白了，一个劲儿地向孙、李二人作揖："二位爷，二位爷，快住手吧，再这么下去要出人命啦。"

犬养平斋面无表情地看着，一言不发。

孙二爷还没有罢手的意思，他又抓过刀子在手里把玩着，刀把儿上已经沾满了鲜血，摸上去滑腻腻的。孙二爷干笑了一声，阴沉沉地说："我说李爷啊，咱俩像是小孩子玩过家家儿,玩来玩去净是摘些小零件儿,这可不是爷们儿干的事儿,传出去让人笑话呀,这样吧,我给李爷弄点儿稀罕物,钱儿肉您吃过吗?嗯,看样子没有。其实那也算不上什么稀罕之物,你我裤裆里都有,到了我这个岁数,这玩意儿用处不大了,留着也是个累赘,干脆剁下来一块儿下酒……"

李二虎愣住了,他万万没想到孙二爷敢把那东西豁出来,这太出乎他的意料了,他终于知道什么是天津混混儿了,这老东西果然歹毒,他反正是半截儿身子入土,那东西要不要还真无所谓。可他李二虎才四十来岁,家里有老婆,窑子里有相好的,要是没了这东西,可他妈的全玩完了。李二虎不怕动刀子玩命,必要时舍一条腿或一条胳膊他都扛得住,可唯独不能舍了那东西,否则后果非常严重。李二虎不敢再想下去,他的脑子转弯很快,马上便得出了结论,他犯不上和那老棺材瓢子斗气儿,他还能活几天?可李二虎的日子还长着呢。

孙二爷可真不含糊,他老人家已经在脱裤衩了,李二虎觉得自己无论如何不能再撑下去了,他不想玩了,他认栽,李二虎终于喊了出来:"您等等……"

孙二爷正用刀子在那东西上比画,似乎是在选择一个下刀子的最佳位置,他这时抬起头来:"怎么着,李爷?"

李二虎朝孙二爷一抱拳:"二爷,算您狠,我李二虎今儿个认栽啦。"

孙二爷笑道:"别价,李爷,咱哥俩儿正玩到兴头上,怎么就撤火了呢?我早听说李爷是条汉子,身上来个三刀六洞是小意思,今儿个是怎么啦?"

"得嘞,您是爷,我是孙子,成不成?您杀人不过头点地,就别再挤对我了。二爷,今儿个一切花费算在我身上,改日我再来给二爷请安,我告辞了。"

李二虎还没忘了正在伏案疾书的陆中庸,他朝陆中庸一抱拳:"陆爷,您这篇稿子值多少钱?请开价,我李二虎买了,回见了您哪。"他捂着耳朵走了。

陆中庸立刻收起了笔,既然这篇稿子有人要了,那么是否见报就无所谓了。他是这样理解的,李二虎要买的是陆总编的新闻报道权,而不在乎一篇稿子,若是这样,价格可得好好谈谈。

犬养平斋也站起来告辞了,他走到门前又回过身来,说了一句使在场所有人都感到刺耳的话:"我很奇怪,你们中国人内斗倒是很有血性,可为什么总打败仗呢?"

第十一章

昨夜秋雨淅淅沥沥地下了一整夜，打在枯叶残荷上沙沙的雨声时紧时疏，深秋的寒意伴随着秋雨在北平的大街小巷间弥漫开来。早晨起来，北平的市民们发现泥泞的街道上铺满了枯黄的落叶，远处的西山被如织的烟雨笼罩着，只能远远看到朦胧而模糊的暗影，一种压抑的心情就像阴沉沉的天空清冷灰暗，总也开朗不起来。

在前门大街两侧的小巷胡同里，一股强烈的躁动在漫延，人们冲出院落，沿着胡同奔跑着，汹涌的人群犹如千百条小溪汇入奔腾的大河，转眼间，南北走向的前门大街两侧的街道上便挤满了人……

很多人气喘吁吁地跑来还不知道发生了什么事，人们在互相打听："爷们儿，出什么事了？"

"谁知道，我一瞅见街坊们往外跑，也跟着跑出来啦，我这儿还打听呢。"

一个中年市民说："不知道是什么事儿，刚才我们那片儿有'维持会'的人挨家通知，说是让街坊们都到大街上来，有重要事儿。"

市民们纷纷议论着，都闹不清日本人又出了什么"幺蛾子"[1]，一惊一乍地把老少爷们儿都轰上大街来，有病是怎么着？

文三儿早晨6点多就拎着鸟笼子去了太庙后河。这些日子孙二爷腿上的伤还没好利索，活人腿可不是肉案上的猪肘子，平白无故割去一大块肉，且得调养一阵子呢，于是每天遛鸟儿、喂蛐蛐儿、喂金鱼的事就交给文三儿代劳了。文三儿当然不能白干，孙二爷得给钱，不但车份儿免了，每天还要外加五毛钱，文三儿可不是吃亏的主儿。

---

[1] 出"幺蛾子"是北京方言中出花招儿的意思。

文三儿双手拎着四个鸟笼子，边走边甩，刚刚从北向南穿过前门牌楼就被汹涌的人群挤到了马路边上动弹不得，文三儿嘴里不停地嚷着："慢点儿挤……嗨嗨嗨！我说爷们儿，您这屁股能不能挪挪地儿？别么撅着，您屁股一撅不要紧，我这鸟笼子可就瘪了，您知道我这对儿黄鸟儿值多少钱？说出来吓着您……哎哟，这是哪位爷顶着我后腰了？您可悠着点儿，回头把我顶出个好歹来我可得上您家吃饭去……"

人群又是一阵躁动，站在最前排的人纷纷向后退，后面的人不明就里又纷纷向前挤，有人小声喊："老少爷们儿，别挤，别挤，日本人过来啦，都上着刺刀呢，留神给您一下。"

后面的人问："怎么回事？这大清早儿的，日本人干什么呢？"

"轻点儿，好像是犯人游街，瞅这路子是把犯人拉到永定门外枪毙，哎哟，过来啦，是个女的……"

文三儿站在最后面，背靠着一家店铺的砖墙，他努力踮起脚尖，伸长脖子向前看，发现大街两侧都站满了警察和日本宪兵，马路中间缓缓地驶来几辆卡车，头一辆卡车的车斗中央立着一块巨大的木制门板，门板上好像有个人……文三儿觉得眼睛有些模糊，他使劲揉揉眼，重新踮起脚尖向前望去，却突然打了个冷战，脸色变得蜡黄，冷汗顺着额头流了下来……

杨秋萍的身体呈"大"字被粗大的铁钉钉在门板上，使用的铁钉竟然是棺材铺为钉棺材盖而专门打制的那种粗糙巨大的方形铁钉。杨秋萍的四肢被牢牢地钉在门板上，她低垂着头，长长的头发垂落在胸前，门板上溅满了已经凝固的鲜血……人群中发出一片惊恐的叫声，站在最前排的一个中年女人竟然当场昏倒，身边的人七手八脚地将昏厥的女人抬到后面。大街两侧的人群突然变得鸦雀无声，人们被这恐怖的景象震惊得屏住了呼吸……

文三儿终于认出来了，这不是杨易臣家的大小姐杨秋萍吗？她怎么成了这副模样？这丫头犯了什么事儿？文三儿两腿发软，渐渐地顺着砖墙滑坐到墙根儿里，连鸟笼子也顾不上了。那些黄鸟儿似乎也被眼前的惨象吓住，静静地伏在笼子里一声不吭。

身穿警服的方景林站在大栅栏东口的街面上，静静注视着驶近的卡车，当卡车驶过他身边时，方景林的脸色变得铁青，双手在微微战栗，他努力控制住自己，向身边担任警戒的同事们看了一眼，他发现巡警们的脸色也变得灰白，微微垂下了头……方景林知道，这是一群最冷酷的人，他们的职业就是用暴力使人就范，对流血和死亡已经司空见惯，世界上很难有什么事情能引起他们的怜悯，可是今天，这些巡警也被眼前的惨景震慑以至于失去了常态。

方景林近距离地望着杨秋萍，痛楚地闭上眼睛，他在想，天哪，这就是法西斯主义，今天总算是看到了它的实质，它总是能把人类中最残酷的暴行推向极致，在如此残暴的敌人面前，我们的民族没有退路，必须坚持战斗下去，不是胜利就是灭亡。

与此同时，在前门箭楼前，宪兵队队长黑田中佐在接受《新民日报》总编辑陆中庸的现场采访。

陆中庸的问话似乎带有西方记者常用的口吻："黑田森树先生，我们中华民国临时政府自建立起就以提倡民主与自由为己任，我国人民享受着广泛的民主和自由，作为《新民日报》的记者，我将本着我国政府赋予我们言论自由的权利向阁下提出问题，在采访中若有略微过分的言辞，还望黑田森树先生谅解，毕竟我国有我国的制度与国情。"

黑田用戴着白手套的手指择去军装上的一根线头，彬彬有礼地回答："记者先生但说无妨，贵国是个具有独立主权的国家，日本军队完全尊重贵国国民言论自由的权利。"

"阁下，我们已经得知这个女犯的身份及犯罪事实，也知道日本皇军在协助我国警方捉拿罪犯时付出的重大牺牲，为此，我对在这次行动中牺牲的皇军士兵表示哀悼。"

"谢谢！为天皇捐躯是他们的荣耀。"

"我的问题是，既然这个女犯已经被判死刑，为什么还要以这种方式游街示众？阁下是否认同这种看法，这种方式有些……过于残酷？"陆中庸仔细斟酌着言辞。

黑田温和地回答："是的，我同意这种看法，是有些残酷，但也是无奈之举。人类在没有进入战争状态以前，脸上总是虚伪地遮盖着一层温情脉脉的面纱，一旦进入了战争状态，人类就会变成野兽，在国家利益的口号下进行野蛮的杀戮。战争意味着流血和死亡，这是不争的事实，我们谁也无法摆脱这个现实。就我个人而言，并不喜欢这种残酷的游戏，但当有人用恐怖的手段来对抗我们的时候，我们也只好用同样的手段去回敬敌人。"

"阁下，可能有人要问，一个人就算是犯了死罪，皇军完全可以按照战时法律判处这个人死刑，似乎没有必要在北平的市民中造成这种恐怖的印象。"

黑田笑了："据我对贵国的了解，贵国历代官府都喜欢在犯人被处决之前进行游街示众，以此方式对民众进行法治教化，达到威慑天下之目的。而贵国国民也有上街围观的传统，每当这时万人空巷，犹如狂欢的节日，这总是事实吧？而大和民族却没有这个传统，我们不过是尊重贵国的风俗而已。还有什么问题吗？陆先生。"

"哦，没有什么问题了，我可以把您刚才的话如实写进报道吗？"

"当然可以，我说过，日本军队完全尊重贵国的新闻自由及言论自由。"黑田向陆中庸深深鞠了个躬。

一阵剧痛使杨秋萍从昏迷中醒来，一种难以忍受的痛楚从被穿透的四肢传来，她的身体已经被冷汗浸透。杨秋萍努力抬起头来，用力甩开遮挡在脸上的长发，大街两侧的老百姓发出一阵惊呼："她还活着！"

杨秋萍忍住疼痛，微笑着向街两侧的老百姓点点头，人群中又是一片喧哗……她努力辨认着街道两侧的建筑物，这是哪里？这街道似乎很熟悉，哦，想起来了，这是前门大街，前边的那个十字路口应该是珠市口，如果向西拐几步，就是煤市街南口，从这里进去就可以回家了，杨秋萍想象着大马神庙11号院里的情景……南墙上满是"爬山虎"，整面墙呈墨绿色。院子中间的藤萝架下，父亲似乎正坐在藤椅上，捏着个小陶壶对着嘴喝茶，旁边放着养金鱼、荷花、绿毛龟的几个大缸，花坛里种有干枝梅，还有盆菊，藤萝架上挂着蝈蝈笼、盛蟋蟀的葫芦，院子里的横竿上挂着几个鸟笼子，笼中有百灵、黄鸟儿、红子……

这里离家咫尺之遥，但今生今世怕是再也回不去了，杨秋萍有些伤感，她非常想向人群喊几句，她想说：我的祖国，我的同胞们，我爱你们！她张了张嘴却发不出声音来，她知道自己的声带已受到严重损伤，是受刑时忍不住发出惨叫造成的。

杨秋萍的眼睛突然睁大了，她在人群中发现了罗梦云，罗梦云穿着一件黑色细布旗袍，正目不转睛地望着自己，杨秋萍清楚地记得，罗梦云除了参加西式葬礼，从来不穿黑色服装，如此说来，她今天是特地穿上黑色的旗袍来为自己送行，杨秋萍感到由衷的温暖，她向罗梦云微笑着点点头，用目光向她传递着信号：好姐妹，好同学，谢谢了，一切尽在不言中，多保重……

站在人群中的罗梦云猛地用手捂住嘴，禁不住泪如泉涌，她实在控制不住内心的悲苦，转身消失在人群中……

阵阵剧痛使杨秋萍时而昏迷时而清醒，她盼望着刑车能开得快一些，尽早赶到刑场，在这种时刻死亡的来临将是件多么幸福的事情，在这个世界上有谁能这样怀着迫切的心情盼望死亡？此时恐怕只有杨秋萍了。

当她再次清醒的时候，发现刑车已经来到天坛的西门前，这条大街的路西是当年皇帝祈求五谷丰登的先农坛，而路东是皇帝祭天的天坛。杨秋萍对这里很熟悉，战前她和同学们经常到天坛、先农坛的林间草地上温习功课，在几百年树龄的古柏间打闹嬉戏，那段时光是杨秋萍一生中最无忧无虑的岁月……

街两侧的人群中传来一阵低沉的、被压抑的抽泣声，成千上万人的抽泣有如海啸般的声响滚过阴沉的天空，声音越来越大，最后成千上万的人终于爆发出惊天动地的哭声……

北平的市民用悲痛的眼泪为自己的英雄送行。

押送刑车的日本宪兵们迅速做出了反应，他们纷纷拉动枪栓，将子弹上膛，然后端起枪警惕地注视着人群，准备在人群中发现肇事者并予以逮捕，但日本宪兵们发现，他们无法逮捕成千上万的人，除非你把北平这座城市变成一座巨大的监狱。

多年以后，很多北平人都还记得当时的情景，他们说，那天负责沿路警戒的中国警察们都低着头，脸色灰白……

杨秋萍含着热泪用目光向北平的父老兄弟告别。突然，她的目光停留在路西一处院子的台阶上，一个戴着礼帽、穿着长衫的人一只手将提包抱在怀里，另一只手则伸进提包……徐金戈，是徐金戈，杨秋萍惊喜地睁大眼睛，浑身的疼痛感似乎也减轻了，她熟悉徐金戈的站姿，此时他手里肯定握着一支子弹上膛的驳壳枪，保持着随时拔枪射击的状态。

杨秋萍目不转睛地望着徐金戈，心里默念着：金戈兄，谢谢你为我送行，我们没有白相爱一场，有你在身边，我觉得身上一点儿都不疼了，金戈兄，你是懂我的，你该知道我在想什么。

徐金戈所站的位置离杨秋萍的刑车不足五十米，这是一条胡同的入口处，位置极佳，一旦出现情况可以迅速从胡同里撤离，这条胡同连接着天桥一带密如蛛网的胡同小巷，对于日本宪兵来讲有如迷宫一般。

徐金戈昨天就从方景林处得到了消息，他知道凭自己的力量无法解救杨秋萍，在敌人重兵护卫下劫法场的故事只有在小说里才可能出现，你想都不要想，就算"黑马"同意，并派出若干行动组给予配合也不可能成功，况且"黑马"根本不会配合，他不会为了一个无足轻重的女人搭上手里的全部王牌，否则他就不是"黑马"了。

徐金戈想了很久，觉得自己唯一能做的是帮助杨秋萍早些摆脱痛苦，现在他终于理解陈恭澍了，如果当时陈恭澍那一枪打得准一些，杨秋萍也不会承受这么多非人的折磨，作为一个特工人员，理性始终应该是第一位的。想到这些时他心里在淌血，用自己的手杀死心爱的人，这种难以承受的痛苦简直要使徐金戈疯掉。

徐金戈感到一阵战栗，他的目光和杨秋萍的目光骤然相遇，两人互相凝视着，在一刹那，仿佛时空也凝固了……杨秋萍的目光中充满了温情，她似乎已经猜到徐金戈的想法，微微地点点头，好像在说，亲爱的，快动手！我不怨你，我爱你……两行泪水顺着徐金戈的面颊滚落在胸前，他左手将提包掉转方向，伸在提包里的右手猛地扣动了驳壳枪的扳机，枪声爆豆般响起，一排子弹穿透皮制手提包，高速飞过五十米距离打进杨秋萍的胸膛……

人群一下子炸了营，街道两侧顿时大乱，押送刑车的日本宪兵们被突如其来的袭击惊呆了，一时没有做出任何反应，徐金戈趁乱闪进胡同，在撤离之前他回头看了一眼，杨秋萍低垂着头，长长的头发在秋风中飞扬……

第十一章

泪眼蒙眬中,这景象永久地驻留在徐金戈的脑海里,今生今世不会忘怀。

徐金戈脱身后奉"黑马"的指示撤往天津英租界的一座二层洋楼待命,这里是军统天津站的秘密据点,天津站站长王天木为他安排了二楼的一个房间,王天木客气地说:"老弟,还有什么需要,你随时告诉我。"

徐金戈点点头说:"谢谢王站长,我只有一个请求,这几天不要有任何人打扰。"

"没问题,你好好休息。"王天木转身走出房间,顺手带上了门。

徐金戈走进卫生间,拧开了水龙头,把头伸到下面,任冷水冲在自己的头上。此时徐金戈浑身发烫,像是着了火一样,他想给自己降降温,借此控制一下自己的情绪。冰冷的自来水使他清醒了很多,他抬起头想照照水龙头上方的镜子,看看自己这两天变成了什么样,突然,他觉得嗓子里发堵,一股灼热的液体涌上来,"噗"一口鲜血喷在镜子上,徐金戈的身体摇晃了一下,颓然栽倒……

以前只是听说人悲痛到极点的时候会吐血,徐金戈总认为是无稽之谈,这次他可是真见识了。他的身体很强壮,没有任何器质性病变,也没有受什么内伤,居然会吐血?这简直不可思议。

徐金戈没敢声张吐血的事,他觉得丢脸,堂堂一条汉子怎么会如此脆弱?特别是在特工这一行,流血和死亡是家常便饭,要是没有这种承受力,你最好改行。

徐金戈把自己关在屋子里,整整三天不吃不喝不睡觉,谁也不知道这三天他都想了些什么,当他三天以后走出屋子的时候,同事们发现他整个变了模样,以前乌黑的头发竟变得花白,眼珠血红,丰满的两颊凹了进去,呈灰白色,一张国字脸似乎经过刀削斧劈般地变了形,唯一没变的是眼睛里寒气彻骨的冷光。

杨易臣家住的是独院,很少和邻院的街坊来往,北平沦陷后杨易臣深居简出,和外界断绝了一切来往,过着很闭塞的生活。杨秋萍的母亲去世后,杨易臣没有再续弦,他怕委屈了女儿,想等女儿长大成人再考虑这个问题。

前些日子，杨秋萍回家看望父亲，说自己正在寻找机会和同学们一起去后方继续学业，听说国民政府要在昆明建立西南联合大学，很多沦陷区的青年冒着穿越封锁线的危险，不顾一切地前往后方。杨秋萍吞吞吐吐地表示自己也想去，只是放心不下父亲。杨易臣当即表示支持："应该去，你不用考虑我，我身子骨还硬朗，你奶奶有我照顾，你放心去，这是好事儿，到了后方干点儿什么也比在北平当亡国奴强。萍儿，我那姑爷怎么样？"

"他生意上的事很忙，不过我们俩早商量好了，到时候一起走，他也不愿当亡国奴。"

杨易臣大声赞同："好！这才是我姑爷，有志气。"

杨秋萍仔细斟酌着措辞："爸，您知道，我的同学正在和后方联系，一旦安排好路线可能会马上就走，到时候我也许来不及和您告别，您……不会怨我吧？"

"不会，你们干的是救国救民的大事，我不会拖你后腿，有机会就赶紧走，越快越好。"

杨秋萍临走时神色豁然地拥抱了父亲："爸，一旦我不回家了，就说明我已经走了，您不要着急，多保重！"

这是杨秋萍执行刺杀行动的前一天。

罗梦云从父亲罗云轩处得知，杨秋萍遇难的消息全北平已经家喻户晓，唯独她父亲杨易臣还不知道，杨家的用人和街坊邻居把杨易臣和老太太瞒得死死的，连这一带的管片儿警察也良心发现，悄悄扣下杨秋萍遇难的消息。

罗梦云踌躇良久，最后还是决定去看望一下杨易臣，虽然此举严重违反地下工作的纪律，但罗梦云却顾不上了。她和杨秋萍是好朋友、老同学，两家又是世交，从哪方面讲，她都应该去一次。

罗梦云佯装散步，在大马神庙11号院附近转了几趟，她确信这里已无人监视才走上台阶叩响院门。

杨家的用人王妈来开门，一见罗梦云便惊慌地要说什么，罗梦云轻声说："王妈，您放心，我只是来看看杨伯伯，不会说什么。"

王妈点点头，小心地回头看了一眼说："老爷子正喂鸟儿呢，罗小姐您说话留神点儿。"

杨易臣正站在藤萝架下喂鸟儿，一对儿黄鸟儿在笼子里上蹿下跳，欢实得很，老爷子今天心情不错，一见罗梦云就大声打招呼："是梦云啊，你今天怎么有工夫串门儿啦，是找我还是找萍儿？"

罗梦云强装出笑脸："杨伯伯，我是来看您的，不是好久没来了吗？"

"来来来，坐这儿，王妈，给梦云上杯茶，梦云呀，你爸好吗？"杨易臣不愧是名角儿，说话中气十足。

"我爸挺好，他总说现在燕大是北平的一块净土，有司徒雷登校长主掌燕大，日本人和汉奸的势力就无法进入，一说起这个，我爸得意得很。"罗梦云边说边逗着笼子里的黄鸟儿。

"这话我爱听，他小鬼子总有惹不起的，燕大有美国校长撑着，鬼子汉奸要进去捣乱还真得琢磨琢磨。梦云呀，最近碰见我家萍儿了吗？"

罗梦云怕就怕他提杨秋萍，一时竟不知说什么好，她慌乱地说："杨伯伯，我最近……功课很紧张，秋萍虽然和我是一个系，可……我们不是一个班的，我……我最近好像没……没看见……"

"嘘！"杨易臣把食指放在嘴上，"小声点儿，隔墙有耳，梦云啊，你不是外人，我跟你说实话，我家萍儿可能是走了。"

"走了？"罗梦云大惊，她怀疑杨易臣已经知道了女儿遇难的消息，老爷子的神经不太正常了。

"杨伯伯，您……说她走了？"

杨易臣得意地说："那当然，我是她爹，萍儿去哪儿当然会跟我说，告诉你吧，萍儿跟几个同学去大后方啦，走得好啊，年轻人就是比我们这些老东西有志气，他们才不窝在北平当亡国奴呢。哟，对了，梦云啊，你怎么没走？是秋萍她们瞒着你，没跟你说？这可不应该呀，你们不是好朋友吗？"

罗梦云觉得自己的眼泪快要止不住了，她困难地说："我知道了，杨伯伯，燕大的很多同学都走了，秋萍她们……和我……不是一批，我……马上也会走，杨伯伯，我今天……是向您告别来的，您……您要多保重……"罗梦云终于忍不住了，她泪如泉涌。

杨易臣却以为她是来向自己告别的，女孩子爱哭，这也正常，况且是要到大后方去，这中间隔着千山万水，以后再回来也不知哪一年了。他安慰着罗梦云："闺女啊，别哭，你们都大了，翅膀也硬了，不能总在父母跟前儿守着，总要飞出去见见世面，别哭，来，擦擦眼泪，到了后方你要是见着萍儿，让她记着给家捎信儿，告诉她，只要我闺女好好的，我这把老骨头随便埋哪儿都成，我就不信他小鬼子能把北平老百姓全杀干净。"

罗梦云哽咽着，不住地点头："杨伯伯，我记住了，我和秋萍是好朋友，我们会互相照应，您……也要好好照顾自己，等我们回来……"

杨易臣慈爱地摸摸罗梦云的头："闺女，放心大胆地去吧，别惦记我们，路上要小心。"

走出杨家小院，当罗梦云确定杨易臣没有跟出来时，她忍不住失声痛哭起来……

"梦云，你怎么了？"

罗梦云抬起头，泪眼婆娑地发现方景林穿着警服站在她面前。

这一带是方景林的责任区，他每天都要在这里走几个来回，杨秋萍遇难后，他很关注杨易臣家的动静，生怕杨易臣从哪儿得知女儿惨死的消息酿出大问题，同时他也在观察敌人是否继续对杨家进行监视。

罗梦云哭得说不出话来，她指一指杨家的院门，方景林立刻就明白了，他深深地叹了口气说："梦云，这里不宜久留，你马上离开这里。"

罗梦云在悲痛中突然感到很无助，她希望和方景林待一会儿，缓解一下自己的情绪，她擦着眼泪问："你怎么也在这儿？"

方景林警惕地四下里望望回答："我也在关注杨家，看看有什么需要帮忙的，我已经关照了邻居们，千万不要把杨秋萍的事告诉老爷子。"

罗梦云感激地望着他，心想，这个男人真细心，也很善良，他每天的工作够繁重的了，居然还会在这些事上用心思。

"景林，你现在可以和我谈谈吗？"罗梦云问。

方景林干脆地说："这里绝对不行，一个小时后我们老地方见，我帮你叫辆洋车，我随后就到。"

第十一章

方景林陪罗梦云走出胡同，远远瞧见文三儿拉着空车走来，方景林叫住文三儿，扶罗梦云上了车才转身离去。

文三儿拉着罗梦云小跑起来，边跑边和罗梦云闲扯："罗小姐，您也认识方爷？"

"是呀，我们早认识，怎么了？"

"方爷可是好人哪，要不是方爷，我文三儿这条命早玩完啦，就冲这个，方爷就是文三儿的大恩人，方爷的事儿就是我的事儿，罗小姐，今儿个我不收车钱。"文三儿絮絮叨叨地表达着对方景林的感激。

"哪能这样？你们拉车可不容易啊，我怎么能白坐车？文大哥，你还没有告诉我，方景林为什么是你的恩人呢？"罗梦云不解地问。

"嗨！一言难尽，鬼子刚进城那会儿我差点儿让人一枪毙了，要不是方爷……"

方景林把手头的事安排了一下，便赶到中山公园，公园里冷冷清清的，没有几个游人，他远远看见罗梦云从社稷坛的大门里向他走过来。

罗梦云好像刚刚痛哭过一场，满脸的泪水还没来得及擦去。方景林默默地迎上前，他知道杨秋萍的死使罗梦云格外悲痛，她俩毕竟是从小一起长大的好朋友，罗梦云一时还无法从悲痛中解脱出来。

方景林掏出手帕递给她，充满温情地轻声说："梦云，哭有什么用？我们该替杨秋萍报仇才是。"

罗梦云正在想那天看见的杨秋萍的惨状，她竟然被粗大的铁钉活活钉在门板上，简直令人发指。罗梦云难以想象，杨秋萍是如何挺过那些酷刑的，这需要承受多么巨大的痛苦？每当想起这些，罗梦云就禁不住浑身颤抖，她突然感到，在一场残酷的战争中，面对如此残暴的敌人，作为一个女人是多么无助、多么恐惧……

罗梦云呆呆地看着方景林，她突然觉得这个男人是可以依靠的，他总是这样沉静如水，这样充满理性。罗梦云感到自己无法克服那种来自女人天性的软弱，她需要有个男人的胸膛可以依靠，这没什么可丢脸的，自己本来就是个弱女子，罗梦云顾不上矜持，一头扑进方景林的怀里，痛痛快快地哭了起来……

方景林没有精神准备，他被罗梦云的举动震惊了。自从认识罗梦云后，方景林始终认为她是个坚强的共产党员，也是个坚强的女性，可眼前的罗梦云居然变成一个软弱无助的女人，这使他很惊讶，他轻轻抱着罗梦云，心想，这样也好，这才更像个女人。

罗梦云终于平静下来，她不好意思地从方景林的怀抱中挣脱出来："对不起，景林，我刚才有些失态，你不要在意。"

方景林有些动情："我当然在意，你在我心里已经不是一天两天了，不过……我不想乘人之危。"

罗梦云望着他，口气中带有一种前所未有的温柔："你为什么会这样想？"

"你说过，我这个人书生气太重，还不够强悍……"

罗梦云用手捂住他的嘴："景林，你别说了，我只能说，以前我不太了解你，你要原谅我，好吗？"

方景林奇怪地问："是什么原因使你改变了对我的看法？"

"别问，我不告诉你！"

当罗梦云知道方景林从日本宪兵的枪口下救了文三儿时，她竟然惊讶得说不出话来。在她的印象里，方景林不是个强悍的男人，他白皙的脸上总显出几分文弱，无论和谁说话总是彬彬有礼，他身上的那股书生气总是和警察的身份形成强烈的反差，若是不穿警服，谁都以为方景林是个教书先生。罗梦云简直难以想象，方景林在日本宪兵的枪口下会如此强硬、如此勇敢，这一英勇的举动只是为了救一个身份卑贱的车夫。罗梦云不得不对方景林刮目相看，并为自己以前对他的误解感到羞愧。

想是这么想，但罗梦云不打算把这些想法告诉方景林，她只想对方景林说，她同意和方景林调整一下关系，从此以后，他们不仅仅是同志，还是恋人。

天津站站长王天木是东北人，东北讲武堂毕业，做过保定军校教官，到日本留过学。后来戴笠组织"十人团"，把王天木拉了进来，王天木成了戴笠最信任的部下。1932年年初，戴笠秉承蒋介石的旨意成立天津站，首先想到了王天木，便派他以郑士松的化名打进了天津英租界。

第十一章

王天木是个圆脸,又白又胖,在英租界里住长了,养成了一身洋毛病,喜欢喝咖啡吃西餐,平时总是西装革履,洋派十足,看上去就像个银行家,谁会想到他竟是一个老牌特工。

王天木风流倜傥,私生活方面乱得一塌糊涂,身边的女人像走马灯一样换得很勤,他犒赏部下的方式是介绍女人,谁的工作有成绩就会得到一个漂亮女人。陈恭澍调走时将徐金戈和杨秋萍的事告诉了王天木,要他关注徐金戈的表现,陈恭澍认为徐金戈作为一个特工人员是不够格的,他的心理素质较差,好感情用事,这种人在关键时刻有可能坏事。王天木却不以为然,他欣赏徐金戈的才干,很想把他留在天津站工作,至于徐金戈与杨秋萍的恋情,王天木则认为徐金戈还年轻,对男女恋情还有些理想主义色彩,随着阅历的增加,徐金戈会成熟起来。

当徐金戈把自己关在屋子里痛不欲生时,王天木指示手下谁也不要打扰他,"人非草木,孰能无情?"王天木表示理解,但这段感情总会过去,一个男人要做大事,不能陷在感情里,给他个几天时间就差不多了。

王天木想错了,徐金戈不是那种轻易动感情的人,可是一旦动了感情却惊天动地,九头牛也拉不回来。到了第四天,王天木为徐金戈找了个漂亮女人,直接送进徐金戈的房间,本指望那女人能把徐金戈从痛苦中解脱出来,谁知徐金戈却异常暴躁,一脚将这女人从房间里踢了出来……

王天木很生气,决定找徐金戈谈谈。

"老弟,你这种状态可不太好,杨秋萍是我们的同志,她的牺牲我们每个人心里都很难过,可你想过没有,战争总是要死人的,从民国二十六年起我们牺牲了多少人?杨秋萍不过是其中的一个,也许明天你我也会牺牲,我们就是干这个的,这一点你要想明白。"王天木推心置腹地说。

徐金戈沉默半晌才说出一句话:"干这行谁也不怕死,可不该死得这么惨……"

王天木的眼睛眯缝着,显出一丝狰狞:"你应该想到,日本人的刑讯手段的确很厉害,我们一旦被俘后果是可以想象的。但你想过没有,刑讯逼供是这行的规矩,我们军统也不能免俗,日本人落到我们手里也是一样,我就曾经在审讯室里活剥过一个日本特工的人皮,那个家伙死得也很惨,想想这些你心里可能会好受一点。"

"杨秋萍说过,她不怕死,就怕被俘,她……真是怕,甚至连手枪的保险都不关,生怕遇到紧急情况时来不及开保险自杀,可怕什么就来什么,到头来她还是被俘受尽酷刑而死。这大概就是命吧,早知道这样,我说什么也不会让她参加行动。"徐金戈望着天花板喃喃自语。

"老弟,听我一句劝,女人有的是……"

徐金戈固执地说:"可杨秋萍只有一个,她死了,从此这世界上没有女人了。"

"可你总要工作,不能因为这件事就消沉下去,这可不像你。说吧,你要怎样才能恢复状态?"王天木有点儿急了。

"给我几天假,我想回趟北平,行吗?"

"嗯,说说你的理由。"

徐金戈杀气腾腾:"干掉黑田,给杨秋萍报仇!"

"老弟,这恐怕不可能。"王天木转身走出房间。

几天以后,戴笠的电报到了,命令徐金戈离开天津站,前往武汉报到,那里正在进行一场前所未有的大会战,战役6月初在武汉外围展开,日军前后投入武汉作战的兵力达三十五万余众,中国参战的部队则达到一百三十个师,约一百万人。整个战事从长江沿线展开,扩及大别山麓、赣北南浔铁路以及武汉近郊,纵横数千里。会战时间之长、参战兵力之多、规模之大,是抗战期间任何一次战役所不能比的,也是中国近代军事史上最大规模的战役之一。

徐金戈服从了命令,他渴望着走上战场浴血杀敌,他本来就应该是个陆军军官,若不是命运的捉弄,徐金戈现在可能是野战部队的少校营长,手下统领着几百号弟兄。

方景林和罗梦云的事也搁了浅,因为罗梦云接到上级指示,要她在11月底撤离北平,并做好远途跋涉的准备。方景林和罗梦云都猜测到了,此行的目的地很有可能是延安。

自从上次两人在中山公园的谈话后,罗梦云对方景林产生了一种依恋感,她发现方景林骨子里是个感情奔放、细腻浪漫的人，在党内同志中这样的人并不多见。罗梦云和一些工农出身的同志虽然也能和睦相处，但毕竟没什么共同语言，尽管她努力、主动和这些同志搞好关系，可由文化和出身带来的差异是无法消除的。唯有与方景林谈话可以给自己带来愉悦，他看过很多书，而且有独立思考能力，他参加革命的目的很明确，是为了寻找真理，寻找一条救国救民之路，建立一个公正、自由的社会，这和有些人因为生计问题而参加革命不属于一个层次。平心而论，罗梦云更喜欢这种理想主义者，就像俄国的十二月党人，并非出于自己的阶级利益去反抗暴政。

罗梦云决定和方景林做进一步接触，以便好好了解一下这个男人，她现在对方景林充满了爱恋。

没想到事情还没有开始却要结束了，上级的指示使罗梦云感到很突然，她发现自己对北平还是很留恋的，毕竟她出生在这里，北平有她的父母、亲友和同学，更令她难以割舍的是那个方景林……

临行的前一天，两人又在中山公园见了面，这一次见面并不是为了工作，而是纯粹的私人会晤，也是严重违反地下工作纪律的，但这两个党龄都不算短的青年却顾不上纪律的约束了。

罗梦云轻挽着方景林的胳膊，两人并排走着，默默无语。

罗梦云的心中充满了忧郁，她不知该说点什么，沉默半晌才轻问一句："景林，你怎么不说话？"

方景林答非所问地低吟："此去经年，应是良辰好景虚设。便纵有千种风情，更与何人说？"

罗梦云的眼睛里突然涌出了泪水："景林，别这么说，我还会回来的……"

方景林仰望苍穹道："梦云，我心里很清楚，我们都是小人物，谁也无法主宰自己的命运，更何况现在是战争时期。"

罗梦云下了决心："景林，我有个要求。"

"说！"

罗梦云鼓起勇气说："你等我，等我回来，在这期间……不要和其他女人来往……"

方景林静静地望着罗梦云:"要是我牺牲了……"

罗梦云一把捂住他的嘴,抢先说道:"如果我牺牲了,请找到我的坟墓,在墓前放两朵玫瑰,你应该记得,一朵黄色的,一朵红色的。"

"哦,你还记得'泪泉'的故事?"

"怎么会忘呢?大概从那天起我就对你有了份牵挂,景林,你答应我,好吗?"

方景林点点头:"我答应,包括那两朵玫瑰。"

罗梦云轻声朗诵普希金的诗句:"爱情的喷泉,永生的喷泉!我为你送来两朵玫瑰。我爱你连绵不断的絮语,还有富于诗意的眼泪……"

"哦,你把《巴赫奇萨赖的泪泉》看完了?"

"我几乎快背下来了,真美。"

方景林微笑道:"诗的意境和战争氛围简直南辕北辙,到了那边你要谨慎,小布尔乔亚情调是要受批判的,要学会保护自己,要格外注意。"

"知道了,景林,还有件事……"罗梦云低着头吞吞吐吐地说。

"说嘛。"

"我有点儿……有点儿说不出口,可明天我就要走了,再不说就……就没机会了……我还是说吧……"

"梦云,你到底要说什么?"

"我想让你……吻吻我……"罗梦云的脸上烧得通红。

方景林如梦初醒,他一把将罗梦云抱在怀里,罗梦云热烈的嘴唇已经迎了上来,两人的嘴唇胶着在一起,四周的景物似乎旋转起来……

· 第十二章 ·

战争已经进行了七个年头，据说国军在西南一带守住了战线，日本人打不过去，国军也打不回来，双方就这么干耗着，此时北平的市民们觉得战争似乎已是很遥远的事了。

在文三儿的意识中，这场战争早在民国二十六年29军撤出北平时就结束了，有人说仗还在打，不过战场离北平很远，好像是在南方的一些地方。可文三儿并不认同这种说法，打仗，谁和谁打？我怎么没看见？至于南方正在进行的战争，文三儿觉得那好像是另外一场战争，和他关系不大，中国的地方这么大，他文三儿操不了这个心，那是蒋委员长的事儿。在文三儿心中，打仗的直接后果就是混合面的问题，仗打败了就得吃混合面，反过来说，蒋委员长若是收拾了日本人，那就该让日本人吃混合面。提起混合面，文三儿就咬牙切齿，蒋委员长在的时候，北平的老少爷们儿没吃过混合面，就凭这个，文三儿就有理由认为日本人比蒋委员长更孙子。

文三儿很纳闷，照理说都当亡国奴了，要吃混合面也该大家一起吃，蹲茅房的时候谁也别笑话谁，大伙儿一块儿攥拳头使劲，可他发现并不是人人都吃混合面，有些人活得相当滋润。

每当夜幕降临时，东安市场的"吉祥"戏院、大栅栏的"广德楼"照例是灯火辉煌，梨园名角儿纷纷粉墨登场，台下捧角儿的主儿比以前一点儿也没见少。东单三条"泰安红楼"的俄式大菜照样有人吃，到中山公园"来今雨轩"品尝法式口蘑鸡的阔人去晚了还订不上座儿。更红火的是八大胡同，每天迎来送往，车水马龙，卖笑的婊子阵容比战前扩大了一倍。那些嫖客理直气壮地认为，都说人不能饿着，胯下的老二难道可以饿着？战争时期怎么了？老二才不管你什么战争不战争。

对此文三儿常常大发感慨，人比人该死，货比货该扔。这帮孙子天生就是享福的命，蒋委员长在的时候人家享福，日本人来了人家照样过好日子，你看人家活得那个滋润劲儿，八成是不知道混合面到底长什么样。文三儿非常希望让这帮孙子尝尝混合面的滋味，顺便也体验一下蹲茅房攥拳头使劲的感觉。

北平的8月是最难熬的，日头毒得能把人油烤出来，文三儿干脆连汗褟儿都省了，拉车时上身光着脊梁，下身只穿条裤衩，只是远远看见警察过来才穿上号坎。文三儿从陶然亭拉一个客人去韩家潭，客人下车进了"庆元春"，此时已经是傍晚时分。

韩家潭是八大胡同中最著名的一条胡同，明朝时有凉水河支流在此积水成潭，先取名寒葭潭，后有清内阁大学士韩少元住这儿，就改叫了韩家潭。别看文三儿没正经逛过窑子，可提起八大胡同的各家妓院他却门儿清。陕西巷、石头胡同、韩家潭一带多是一等妓院，而小李纱帽胡同、朱家胡同、王广福斜街二三等妓院居多。韩家潭的"庆元春"是一等妓院中名气最大的，这是个中西合璧的二层小楼，门楣上端有乳白色电灯，灯罩上有红漆书写的"庆元春"字号，周围还挂有成串的彩灯，门框左右各挂一块长方形铜牌，上有红漆书写的"一等"二字，下面是竖写的"清吟小班"字样，门楣上还挂着红绿彩绸，垂向两侧，门外墙壁上挂着的铜牌上写有窑姐的花名儿。文三儿虽然经常拉客人来这里，但一等妓院里面到底是什么样子，他却从来没有见识过。

"庆元春"的头牌姑娘小玉春住在楼上的一处豪华套间里，外间是个大客厅，全套法国路易十五风格的家具，客厅中央摆着一圈沙发供客人聊天、听音乐，小玉春常用的琵琶挂在墙上，墙角还摆放着一只古筝。靠墙的唱片柜顶上放着一台德国"西门子"公司出产的手摇唱机，挨着唱片柜的是一张樱桃木的美人榻，唱机的铜喇叭里传来肖邦的《夜曲》……

扮成嫖客的徐金戈和助手叶兆明规规矩矩地坐在沙发上望着小玉春为他俩冲咖啡。这是徐金戈自1938年撤离北平后第二次潜入北平，他从重庆出发，穿越无数道封锁线，足足走了二十多天才进入北平。

此次行动还是冲着伪警察局局长沈万山来的，这家伙近年来越发不像话，

第十二章

他配合日本特高课又端掉了军统北平站的几个秘密联络点，被捕的军统人员除几个扛不住酷刑叛变的人以外，其余的全部被杀害，戴老板对沈万山恨得咬牙切齿，发誓要不惜一切代价干掉他。临行之前，戴笠亲自向徐金戈交代，此次行动仍然由"黑马"负责，你们随时按他的指令行事即可。

看来刺杀行动选择在"庆元春"妓院，也是"黑马"一手策划的，徐金戈觉得这次行动倒是很省心，不用自己费脑子，反正照指令行事即可。

助手叶兆明是个富家子弟，战前曾在巴黎留学，也游历过不少国家，他没什么远大抱负，对名牌大学的文凭毫无兴趣，终日沉浸在声色犬马之中，留学五年，正经的本事没学会，吃喝玩乐倒样样精通，还和一个漂亮的法国女郎同居，日子过得颠三倒四，有今天没明天。抗战爆发后，叶兆明突然惊醒，他发现自己尽管行为荒唐，可爱国心还是有的。叶兆明当即遣散女友，收拾行装回国。在重庆，叶兆明拜访了宋美龄女士。叶家和宋家是世交，宋女士一直很喜欢这个小老弟，为他回国参加抗战感到很高兴。当宋女士问他喜欢什么样的工作时，叶兆明毫不犹豫地回答：最冒险的。宋女士微笑着点点头说，那我给你介绍个人。就这样，叶兆明和戴老板见了面，抗战初期正是用人之际，戴老板思贤若渴，当即批准叶兆明加入军统，并保送军统局所办息烽训练班学习，叶兆明毕业后被分配到徐金戈所在部门担任他的助手。

徐金戈对这个助手还是很满意的，叶兆明身手一般，但精通四国语言，熟悉欧洲文化，对上流社会各种礼仪更是烂熟于心。更难得的是，此人生性极好冒险，具有非凡的勇气，并具备良好而稳定的心理素质，似乎从来不把自己的生命当回事。徐金戈曾带他去上海执行过几次刺杀任务，叶兆明在行动中表现出过人的勇敢。1939年圣诞夜，徐金戈、叶兆明等几个军统特工在上海西区兆丰公园附近的夜总会袭击了汪伪政权的官员以及汪伪情报机构"76号"的特工。时值圣诞之夜，军统投敌人员陈明楚及"76号"的特工人员正在夜总会的酒吧舞厅里饮酒作乐，叶兆明率先冲进夜总会，向人群一阵扫射，陈明楚当场毙命，保镖们来不及掏枪，顷刻间当场被撂倒了七八个。在徐金戈等人的掩护下，叶兆明趁混乱跳上备好的汽车迅速脱离了现场……徐金戈等人到达安全地点后却找不到叶兆明，原来他趁这会儿工夫又勾搭上一名富商小姐一起参加圣诞舞会去了，而舞会的地点只和刺杀现场隔着一条街……一个从没吃过苦，过惯了锦衣玉食生活的富家子弟，能有此等勇气，殊为难得。

此时叶兆明把一个牛皮提包挪到两人脚下，凑近徐金戈耳语："武器我已经检查过了，子弹也上了膛，注意！我没有关保险，随时可以击发。"

徐金戈微微点头，他打量着室内的陈设向小玉春恭维道："玉春小姐不愧是洋派女性，这客厅里的家具我敢说全北平也没几套。"

小玉春把两杯咖啡放在茶几上说："先生过奖了，家具再好也不能当饭吃，如今的北平不需要鉴赏家，能吃饱肚子就不错了。"

叶兆明一副见多识广的口吻："路易十五风格也称洛可可风格。法王路易十五执政期间是18世纪，那时形成了以女性为中心的法国沙龙文化，由于是少数人的社交活动，所以在空间比较小的房间里，洛可可风格的家具体形较小，也更趋于女性化设计。玉春小姐果然是见过世面的人，选配的家具都能表现出女主人的高雅。"

小玉春惊奇地看了叶兆明一眼道："这位先生留过洋吧？竟然对欧洲文化如此熟悉。"

叶兆明反问道："玉春小姐也受过西式教育？从室内陈设到喜欢的音乐，还有喝咖啡的习惯都能表现出来。"

小玉春客气地回答："先生好眼力，我在杭州文德女中读过书，那是所教会学校，不好意思，让先生见笑了。"

叶兆明以一种玩世不恭的口气说："可我不明白的是，玉春小姐既然受过西方教育，至少也该是个'茶花女'，怎么会做了'杜十娘'在八大胡同安身？是喜欢这种生活方式吗？还是出于某种生理原因？"

"先生，到这里来的男人目的都很明确，很少有先生这种带有强烈好奇心的人，敢问先生是什么人，是告诫我'非礼勿行'的孔夫子？还是爱上茶花女的阿尔弗来德？先生不觉得到这种地方来讲'礼'有些荒唐？您要求一个风尘女子去读《烈女传》吗？"小玉春被叶兆明的挑衅激怒了。

徐金戈见两人谈僵了，连忙打圆场："玉春小姐，我这位弟兄不会说话，您不要和他一般见识，我们是生意人，四海为家，这次到北平办事，听朋友们说‘庆元春’的玉春小姐色艺双绝，名震北平，我等俗人纵是千金也难买一笑，我这兄弟不相信，非要来一睹芳容，至于费用嘛，全凭小姐一句话，我们绝不还价。"

"真对不起，我今天约了朋友，他一会儿就到，这位先生的美意我心领了，我看还是再约时间吧。"小玉春冷淡地敷衍道。

徐金戈心中狂喜，看来"黑马"的情报绝对准确，沈万山马上就到，只要他踏进"庆元春"的大门，今天就别想活着出去，"黑马"为徐金戈选择的这个刺杀地点简直太妙了。

叶兆明摆出一副轻佻的嘴脸对小玉春说："没关系，等您那位朋友来了，我会和他商量，毕竟大家要按规矩办，出钱多的一方自然要优先考虑，您说呢，玉春小姐？"

小玉春冷冷地回答："如果二位有这个胆量，你们可以等等看，不过……我这位朋友脾气不大好……"

叶兆明嬉皮笑脸地说："他又不是老虎，还能把我吃了？"

"庆元春"门外的街道上是车夫们等座儿的"车口儿"[1]，车夫们各自坐在自己的车斗里正聊得欢。文三儿凑过去一瞧就乐了，这哥儿几个他都认识，有和自己同一车行的赵二傻，有果子巷"正泰"车行的袁金喜和魏良才，有住在山涧口的张广福，除了这几位，还有个不认识的车夫，这人四十多岁，一脸胡楂子，除了身上穿的那件号坎还新一些，其余的衣服都是破破烂烂的。这几位一见文三儿也来了精神，都七嘴八舌地和文三儿打起招呼，语言颇为不雅。魏良才做出一副惊喜的样子喊："哟，文三儿啊，你可是我亲舅舅，我舅舅来啦。"

别以为魏良才打算认文三儿当长辈，这是北平下层人骂人的圈套，上来就亲热地管你叫舅舅，你还以为占了什么便宜，紧跟着旁边就有人说话了，一句话就把你装进去。

果然，这时站在一边的袁金喜说："老魏啊，我×你舅舅。"

赵二傻也起哄道："文三儿，老没见了，听说你娶媳妇了，还是个八十多

---

[1] "车口儿"是北平洋车夫们的行话，指商家或消费场所外为等候客人的车夫们指定的地点。

岁的黄花闺女，有这事儿吗？"

车夫们哄笑起来。

文三儿一点儿也不恼，他乐呵呵地回嘴道："文爷最近有点儿背，是要饭的掉了棍儿——受狗欺呀。"文三儿在嘴上从来不吃亏，就这一句，把在场的几位都骂了。

这时那个半天没吭声的车夫说话了："别价呀哥们儿，怎么把我也饶上啦？我可没招你呀。"

文三儿赶紧赔不是："哎哟，老哥，您甭误会，我可没说您，您也瞅见了，是这帮孙子先拿我打镲，我们哥们儿之间逗惯了。老哥，我看您眼生呀，是新入行的？"

赵二傻介绍："这是老王，早先住东直门外下关，最近才搬到南城住，你当然没见过。老王，我来引见一下，这是文三儿，您可得留神，这孙子打小就不是只好鸟儿，这么说吧，爬墙头儿钻狗洞，打瞎子骂聋子，刨绝户坟儿踹寡妇门儿，放屁崩坑儿撒尿和泥儿，专揍没主儿的狗，对啦，您家要有什么大姑娘小媳妇的可得藏严实点儿，文三儿长了一狗鼻子，闻着味儿就能寻上门去。"

"赵二傻，我×你大爷。"文三儿骂道。

老王客气地说："哥们儿，兄弟我初来乍到，到南城来混碗饭吃，还得指您多照应。"

"客气啦，客气啦，南城地面儿上有什么事儿您言语。"文三儿大包大揽地说。

魏良才是给"庆元春"当红窑姐小玉春拉包月的，他的洋车显得很气派，车两侧安着脚铃，是进口的洋货，坐车人用脚一踩就叮叮当当响起来，车前的大灯和车后的尾灯都是烧电石的，车把上有个铜喇叭，车厢是圆形的，上面涂着紫和黑两种颜色的油漆，车身上还包着白铜活儿。坐这种车的都是有些身份的人，在虎坊桥的"西福星"洋车行，这种车的标价为一百七十五元。

文三儿先是假意夸魏良才的新车，魏良才不大禁夸，才几句就咧着大嘴乐了，文三儿的话锋一转，拿老魏开起心来。他问魏良才那个小玉春长得什么模样，老魏说："一个鼻子俩眼儿呗，别看咱见天儿给她拉车，也没太仔细瞧过。"

第十二章

文三儿坏笑着给老魏出主意："没仔细瞧过？那是因为她坐在你后面，你屁股上虽说有眼，可那是有眼无珠，看不见东西。文爷教你一招儿，下次拉上她你就找个窄点儿的死胡同钻进去，走到头才假装发现走错了路，胡同太窄又没法掉头，怎么办？这时候你就转过身来，和她脸对脸地把车倒回来，保管让你瞧个够。"

车夫们哄笑起来。文三儿又建议老魏，每月和小玉春结账时可以少收一些钱，和她睡一宿就全顶了。老魏用烟袋锅敲了文三儿脑袋一下："你小子也就是个井底下的蛤蟆，没见过多大的天，别看你经常来八大胡同，这窑姐的炕头是朝南朝北你都不知道，这里面的水深着呢，你要想听，大爷我就给你讲讲。文三儿啊，要是有一天你发了，混出个人模狗样的，你小子肯定不会闲着，八大胡同的窑子都有规矩，你可不能瞎逛，你以为瞧上哪个窑姐了，进门就能脱裤子上炕？门儿也没有，你得按规矩来，新客见了姑娘都是先聊聊报纸上的新闻，谈谈生意上的事，撑死了也就是要要贫嘴，打情骂俏。姑娘呢，也就是陪你喝茶嗑瓜子，高兴了还能唱个小曲儿。当然了，嫖客里也有心急手欠的，可你再急顶多也是摸一把，过分了窑姐可就要翻脸了。这么说吧，新客想要住局，甭管您有多少银子，对不起，您歇着吧，那可不是几天工夫就能拿下来的，不光是嘴皮子磨到了，银子也得使到了，窑姐那儿使银子不算，老鸨那儿也得使，把这些通通走到了，您再琢磨上炕的事儿。"

文三儿愤愤地说："这不是装孙子吗？想喝茶我去茶馆，想听戏咱去戏园子，不为了上炕我上你这儿干吗来了？还不如去寿长街的'半掩门儿'，好歹是明码标价，进门就脱裤子，完事走人，哪像这儿，银子花了好几天了，连他妈碰都不让碰一下，这不活活要把咱爷们儿急死吗？"

张广福说："文三儿啊，您要着急就别上这儿来，您去猪圈得嘞，甭说进门就脱裤子，您光着腚去都成，老母猪还不跟您要钱。"

文三儿刚要回嘴，见一辆黑色"福特"牌轿车开进胡同，左右车门的踏板上还站着两个穿黑色警服挎着盒子炮的马弁。汽车停在"庆元春"的门口，马弁拉开车门，里面钻出个矮胖的中年男人，那人似乎漫不经心地向车夫们扫了一眼，文三儿等人都吓得住了嘴，不约而同地低下头去。看样子这是个不好惹的主儿，别的甭说，就冲他看人的眼神，透着一股阴冷的凶光，给人一种感觉，谁要是犯在这人手里，不死也得脱层皮。

那个人和马弁进了"庆元春"后，老魏才敢抬起头来："哥儿几个，知道这人是谁吗？"

赵二傻"呸"地吐了口唾沫："当官儿的呗。"

老王哑巴着嘴说："啧，啧，这人瞧着官儿可不小，又是汽车又是护兵的，谱儿够大的。"

老魏说："这人可不是一般的官儿，这是警察局长沈万山，和我们小玉春是相好，自打小玉春靠上他，别的客都不接了，您有多少银子都没戏，顶多陪您打打麻将、喝杯茶，想干那个？门儿也没有。哥儿几个，咱们可哪说哪了，嘴上把严点儿，这姓沈的可黑着呢。头些日子，日本宪兵队抓了北新桥汪大人胡同'永顺成'粮店的姜老板，说他囤积居奇，哄抬物价，据说就是沈万山做的局。我有个老街坊和姜老板沾点儿亲，说姜老板被抓的前一天还和沈万山搓了几圈儿麻将，那天姜老板手气好，愣是赢了沈万山五百块大洋，沈万山当时阴着脸走的，第二天姜老板就出了事……"

文三儿幸灾乐祸地说："姜老板我见过，胖子，中不溜儿的个儿，老挺着个肚子，没见他系过裤腰带，总用两根带子吊着裤子，人五人六的，都是钱烧的，这回可褶子啦，宪兵队是闹着玩的吗？也该让这些有钱的主儿尝尝滋味啦。"

老魏继续说："姜老板在沙滩红楼的日本宪兵队地牢里溜溜儿待了三个月，老虎凳、辣椒水儿挨个儿尝了一遍，沈万山这时候才出面做好人，保出了姜老板，为这事儿，姜家不知花了多少钱，没有上万也有个几千，人出来了，姜老板也倾家荡产了。唉，姜老板糊涂啊，你缺那点儿钱吗？非要赢沈万山的钱，这叫鸡巴上扛刀子——玩悬的呀……"

沈万山进了"庆元春"的大门就直接上了楼，他的两个马弁照例留在一楼会客室，由老鸨负责招待。身体肥胖的沈万山顺着楼梯爬到二楼时已经气喘吁吁了，当他抬起头准备进入二楼走廊时，却发现迎面站着两个穿长衫、戴礼帽的男人。沈万山心中一惊，额头上一下子渗出冷汗来，他分明看见那两人手里都举着二十发弹匣的驳壳枪。沈万山心里顿时什么都明白了，他来不及多想，闪电般地将右手伸向腰间的枪套……然而晚了，徐金戈和叶兆明的枪口吐出长长的火焰，爆豆般的枪声响起来，沈万山的身体在弹雨中抽搐着滚下楼梯，此时套房中的小玉春发出一声凄厉的尖叫……

正在一楼会客室的两个马弁反应奇快，在枪响的一刹那便迅速拔枪在手，向楼上扑去，此时徐金戈和叶兆明正顺着楼梯跑下来，两方在楼梯拐弯处相遇，便同时开了火。近距离的枪战没有赢家，经验老到的徐金戈一个短点射将三发子弹打进一个马弁的额头，而对方子弹也射入了他的大腿……另一个马弁的出枪速度显然比叶兆明快，叶兆明还没来得及扣动扳机，两发子弹已经打进他的胸口。那家伙身手很是了得，在子弹出膛的同时身子便跃过楼梯扶栏跳到一楼，回身又是一个长点射，趁徐金戈躲避的一瞬间蹿出"庆元春"的大门……

徐金戈回身看看叶兆明，他已经栽倒在楼梯上，胸前赫然排列着两个弹孔，鲜血在不停地涌出伤口。徐金戈试了试他的鼻息，无奈地摇摇头，然后一瘸一拐地追出大门……

文三儿等人正在谈论沈万山，就听见"庆元春"的大门里响起了激烈的枪声，夜晚的枪声显得格外震耳瘆人，车夫们都吓愣了，他们呆呆地站在墙根儿下，眼睛都死死盯着大门，谁也闹不清发生了什么事。文三儿站的位置离大门最近，他看见一个人影敏捷地蹿出"庆元春"大门，这人手里拿着一支驳壳枪，边跑边回头向大门里射击，枪口发出的火焰在暗夜中显得很醒目，灼热的弹壳迸溅在地上又弹了起来……文三儿被吓得抱住脑袋蹲在自己的洋车前，一动不敢动，他认出开枪的人是沈万山的一个马弁，刚才连沈万山在内一共进去三个人，而现在却只跑出一个，他们显然是遭到了袭击，是谁在追杀他们？胆子也太大了。

就在文三儿一愣神的工夫，"庆元春"的大门里火光一闪，随着两声枪响，那个马弁的身体猛地痉挛起来，他摇晃了几下就一头栽倒……文三儿长这么大还是头一次见到近距离的枪战，他吓得腿都软了，正不知如何是好，却发现赵二傻、魏良才等人已经从地上爬起来没命地蹿出了胡同。文三儿连想也没想，也跟着拔腿就跑，他刚跑出几步又猛地想起自己的车。逃命固然要紧，可要是把车丢了也不是闹着玩的,孙二爷还不扒了他的皮?就在文三儿回身拉车的工夫,"庆元春"的大门洞里一瘸一拐地跑出一个人,那人右手拎着手枪,左手捂着大腿,鲜血从指缝中流淌下来,他艰难地爬上文三儿的洋车,朝文三儿一挥手低声道:"快跑!"

文三儿战战兢兢地哀求道:"长官,您饶了我吧,我是个臭拉车的,这不关我的事儿呀。"

那人火了,他一抬手把黑洞洞的枪口对准文三儿的脑门低吼道:"快走!不然我打死你……"

他的话音没落,文三儿已经拉着车蹿出了胡同口,这几乎是下意识的动作,文三儿实在是太怕那人手里的枪了,他边跑边回头看看这位强行坐车的人,总觉得后背冷飕飕的。那人只是简短地吩咐了一句:"去香厂路'新世界',快点儿。"

文三儿嘴里应着,脚下拼命地跑着,他心里盘算,从韩家潭胡同到香厂路"新世界"大楼顶多只有一里地,转眼就能到,只要这位爷下了车,天大的案子也跟他无关了,他情愿不要车钱。文三儿这么想着,已经跑出了陕西巷口,正要横穿马路进入万明路北口时,迎面跑过来两个日本宪兵,他们显然已经发现坐在车上的刺客,这人太显眼了,浑身是血,手里还握着枪,别说是日本宪兵,就是个普通老百姓也能认出这是个受了伤的刺客。两个日本宪兵用日语大叫着,边跑边掏枪,受伤的刺客没有丝毫的惊慌,他抬手就是两枪,子弹从文三儿的脑袋上飞过去,准确地击中了两个日本宪兵的额头,他们被子弹强大的冲击力打得仰面飞出去……

位于香厂路的"新世界"大楼是座外观呈环形的五层大楼,形状与轮船颇为相像,是仿造上海"大世界"而建造的,始建于1913年,由前九门提督陈光远投资,英国人包工建造,1918年开业,当时成为京城的一大胜景,娱乐业的龙头老大,直到1928年国府南迁,"新世界"才冷寂下来,最后竟倒闭关张。文三儿在"新世界"鼎盛时期经常拉客人来此娱乐,对这里很熟悉,不过他从来没有进去过,与其花那三十个铜板的门票钱还不如去买二两酒喝。

文三儿拉着刺客狂奔到"新世界"大楼时,迎面一辆黑色的轿车缓缓停下,车上下来两个穿西服的汉子将受伤的刺客扶进汽车。那刺客在钻进车门之前似乎想起了什么，他回头对文三儿说："兄弟，你叫什么名字？"

文三儿哈哈腰道："长官，我叫文三儿，是南横街'同和'车行的，我们老板是孙二爷。"

那人说："好，我记住了，你听着，照理说你救了我的命，我该好好感谢你才是，可我现在身上没有钱，这样吧，如果抗战胜利后我还活着，我会专程来找你，兄弟，谢谢你了，你好自为之吧。"

汽车开走了，文三儿呆呆地站在路边发愣，他终于想起来了，这个刺客他肯定见过，那次在永定门的城门洞，就是这个人救了自己，若不是他提醒自己向日本兵鞠躬，自个儿很可能当场就被日本兵用刺刀捅死了，这人姓什么来着？对了，姓徐，就是这个老徐。

过了几天，文三儿听一个客人说，报纸上都登了，警察局长沈万山和两个马弁在韩家潭胡同的"庆元春"同时遇刺身亡，据称，刺客为两人，在枪战中一名刺客中弹身亡，另一名刺客负伤在逃。据一个勘察过现场的警察私下透露，这是连环案，当刺客得手逃走后，"庆元春"又遭到第二次袭击，在这次袭击中，老鸨、门房及妓女小玉春被枪击身亡，沈万山的皮制文件包失踪。据案件调查人推测，这两起刺杀案为同一组织所为，其行动计划极为周密，第一批凶手负责打死沈万山和马弁，然后迅速脱离现场，而第二批凶手的目标很可能是沈万山的文件包，至于杀死小玉春等人是凶手为消灭目击者所做的杀人灭口行为。目前，北平警方及日本宪兵队正在全力追捕，据警方发言人称，此次刺杀行动极有可能是重庆方面军统人员所为……

徐金戈是带伤撤离北平的，在刺杀沈万山的行动中，他的搭档叶兆明中弹身亡，他自己腿部中弹，因流血过多险些丧了命。沈万山那两个保镖也是高手，若不是徐金戈以逸待劳，突然出手，谁死谁活还说不定呢。事后徐金戈回忆起这次行动的细节，不得不佩服那个从未露过面的"黑马"，此人的计划极为周密，他把接应脱身的汽车安排在香厂路的"新世界"大楼的确是个高招儿，因为韩家潭胡同的位置处于密如蛛网的小巷区，汽车在这种地形下很难迅速撤离，对方如果反应迅速，只需在几个主要出口设下障碍，那么刺客只有束手就擒了。这匹"黑马"的确是个特工高手,行动计划安排得丝丝入扣,徐金戈刚刚撤离现场不到两分钟,隐在暗处的"黑马"就发起了第二次袭击,不仅拿到沈万山的公文包,还果断地将一切目击者全部干掉,达到了灭口的目的,然后从容隐去。此人到底是谁?看来军统局内藏龙卧虎,人才济济,"黑马"也许是一个平时不起眼的同事,徐金戈还曾经和他一起喝过酒。由于军统内部的严格纪律,同事们之间几乎没有任何沟通,也不可能有朋友,徐金戈可能永远也不会知道那个神秘的"黑马"是谁。

至于助手叶兆明的死,徐金戈没有太多的伤感,干这行的人最忌动感情,他认为叶兆明是条好汉,但就一个特工而言,他不过是尽了职责而已。徐金戈把这次行动得到的全部奖金通过人事部门转交给叶兆明在国外的父母,以表示作为同事的慰问,从此他不再用固定的助手。

徐金戈靠惊人的毅力摆脱了日本宪兵队的追捕,在内线的帮助下撤离了北平。他在天津杨村的秘密据点里养了半年的伤,伤刚好就收到"黑马"的指令,要他立刻赶到北平,徐金戈心里明白,"黑马"怕是又有新动作了。

徐金戈到北平已经十几天了,他像一头在丛林里觅食的豹子,正在一点一点地接近猎物,这是个慢活儿,绝对急不得。他的猎物不是等闲之辈,而是身怀绝技的日本黑龙会成员犬养平斋。此次行动之前,徐金戈查阅了大量关于日本黑龙会及其主要成员的背景资料,那个神秘的黑龙会渐渐从暗夜里的迷雾中浮现出来……

这是日本最大的浪人团体,其前身为"玄洋社",成立于中法战争之后,由日本浪人平冈浩太郎创立,也是最早在中国进行间谍活动的特务组织。黑龙会出现于1901年,其头目头山满在日本的右翼团体、政界、军界和财界都具有极大的影响,日本军政界的许多著名人物,如土肥原贤二、香月青司、广田等都是头山满的得意门徒。黑龙会的宗旨之一是标榜"大亚细亚主义",极力策动政府侵略中国和朝鲜,它表面上是个民间团体,党羽却遍布于日本军政界,在政治上具有极大的势力。黑龙会的总会长头山满没有担任过任何官方职务,其原因是日本没有一个官方职务能适合他的超然地位,连首相要找他商量事情,都要移尊就教去登门拜访,这种地位没有做官的必要。

第十二章

根据徐金戈掌握的情报，犬养平斋是黑龙会派驻中国的重要成员，他在20年代就以浪人身份潜入中国，从1927年的"济南事件"到1937年的"七七事变"，中日两国之间发生的所有重大事件中都有犬养平斋的影子。此人与日本政府和军部都没有隶属关系，他只受命于黑龙会总会长头山满，种种迹象表明，犬养平斋是黑龙会派往中国华北搜集情报的总负责人，和日本军部及日本谍报机关是既独立又交叉的关系。徐金戈注意到，犬养平斋虽然长驻北平，但他始终行踪莫测，没有人知道他的住址。据军统驻北平站的内线人员报告，犬养平斋曾租下西四附近的一个四合院为住宅，但却很少在那里居住，军统情报人员曾试图对他进行跟踪，但由于种种原因，都没有结果。犬养平斋以日本浪人的身份广交朋友，上至清朝遗老，下至三教九流，他出手阔绰，一掷千金，生活放荡不羁，热衷于声色犬马，在北平的各种圈子里都有人望。还有一条重要情报引起徐金戈的注意，犬养平斋最近迷上了斗蟋蟀，经常去南城南横街黑窑厂的"同和"车行斗蟋蟀。

"南横街"？"同和车行"？徐金戈飞快地在记忆中搜索着，没错，他听说过这些名称，这些信息似乎是在无意中进入记忆的，需要仔细想一下。

以一个特工人员的眼光看，这个犬养平斋绝对是条大鱼，他掌握着黑龙会在中国惨淡经营多年的情报网，这个极有效率的情报网独立于日本情报机关之外，十分隐秘。换句话说，假如日本战败，犬养平斋的身份也不会有任何改变，他只是个日本侨民，按照国际法原则，你无法把他列入战犯加以逮捕和审讯，按"黑马"的指令，对付犬养平斋最好的选择是秘密绑架或是干脆干掉他。

徐金戈认为，对于犬养平斋这种危险人物，最省事的办法就是消灭他，对于其他手段他不感兴趣，也没有必要使操作复杂化，既然"黑马"给了他两种选择，徐金戈当然要选择最容易的操作方法。

他终于想起来了，那个形象猥琐、胆小如鼠的文三儿就是"同和"车行的车夫，上次在韩家潭胡同脱险多亏了文三儿，他还欠着文三儿一份人情呢。

孙二爷这几年岁数大了，人也变懒了，每天遛鸟儿、喂蛐蛐儿、喂金鱼的事还是由文三儿代劳。干这些活儿也并不轻松，早晨遛鸟儿回来，文三儿先要喂蛐蛐儿，再给蛐蛐儿罐儿里换上新鲜的湿土，不然蛐蛐儿会生病。忙完蛐蛐儿的事又该喂金鱼，给金鱼缸换水了。喂金鱼是件麻烦事，金鱼要吃活食儿，文三儿还得去金鱼池那儿买鱼虫儿。龙须沟有个老头儿以卖鱼虫儿为生，他每天上午在金鱼池的天坛北墙根儿摆摊，文三儿得到那里去买。他拎着鱼虫儿罐儿从南横街出发，要顶着毒日头走四十分钟才能买到鱼虫儿，这滋味比拉车也强不到哪儿去，要不是看在钱的分儿上，他才不干这碎催活儿。

文三儿在金鱼池买完鱼虫儿就不想动了，他早晨没顾上吃饭，这会儿已经饿得直冒虚汗。他四下望望，发现路边有个卖烧饼馄饨的食摊儿。最近北平的市场稍微活泛了些，不少传统食品摊儿又开始恢复了，只要有钱就不一定要吃混合面。文三儿摸摸兜儿，一咬牙要了四个烧饼，一碗馄饨，用了不到五分钟就全部倒进了肚子，他心满意足地打着饱嗝儿松开裤腰带。只要是吃饱了饭，文三儿到哪儿都是这套动作，他没觉得有什么不雅。在文三儿准备结账时却遇到了怪事，摊主说："老哥，您的账有人替您结了。"

文三儿身子一歪，差点儿从板凳上摔下去，长这么大他还没赶上过这种事儿，天上还真掉馅饼了？文三儿连忙四下看看，是哪位爷替他结了账，这一看不要紧，他的一声惊呼顿时就卡在嗓子眼儿里了，他发现上次在韩家潭遇见的刺客正大模大样地坐在他的车座上……一股凉气从文三儿的后脚跟向上直冲脑门儿，他的两条腿不由自主地哆嗦起来，眼睛也有些发直，一时竟说不出话来。

徐金戈微笑着和文三儿打招呼："文三儿啊，好久没见了，我还挺想你的。"

文三儿本能地感到，这位老兄来找他绝没有什么好事，这烧饼馄饨也不会白吃，和这种人打交道实在是太悬，随时有可能捅出大娄子。真他妈邪门儿了，这辈子好事儿从来没赶上过，倒霉事儿倒是老缠着他。

文三儿的脸上挤出一丝笑容："大哥，您来啦？"

徐金戈笑道："文三儿，你紧张什么？我没别的意思，只是想包你的车，你不愿意吗？"

文三儿哪敢说不愿意，他顺从地抄起车把："大哥，您去哪儿？"

"你就叫我老徐吧，好久没来北平了，想在城里逛逛，你随便走吧，去哪儿都行。"

第十二章

文三儿拉起车的时候腿还在哆嗦,他生怕这位爷又惹出什么事来,他腰里十有八九掖着家伙,要是碰见日本宪兵,这位爷随时有可能掏出家伙撂倒几个,看样子他和日本人有仇,这可不是闹着玩的,他姓徐的偷了驴,让文三儿拔橛子?这种傻事儿他可不想掺和,可话又说回来,不去行吗?惹恼了姓徐的,也照样是吃不了兜着走,文三儿还真是左右为难。他想起孙二爷的金鱼还没喂,他得先把鱼虫儿送回车行。徐金戈表示无所谓,他反正是闲逛,去哪儿都行,这一路上徐金戈似乎没什么正经事儿,只是和文三儿东拉西扯地闲聊。而文三儿见徐金戈不像要惹事的样子,也渐渐地放下心来。

至于文三儿的嘴,车行里的老伙计们早有评价:这小子心里搁不下事儿,嘴里藏不住话,是叫花子养兔子——人穷嘴碎。从金鱼池到南横街不过四十分钟的路,徐金戈从文三儿嘴里知道了很多他需要的东西。

徐金戈临走时扔下十块钱,文三儿没见过出手如此大方的人,他当时被一口气噎住,差点儿背过气去:"大哥……这……这是给我的?您真是太客气啦,其实用不了这么多,要不您再拿回去五块?"

徐金戈冷冷地说:"文三儿啊,你知道这钱是什么意思吗?明说吧,就是买你小子这张嘴,把钱收起来,给我把嘴闭严喽,你要记着,从今往后不管在哪儿遇见我,都要像不认识一样,除非我找你,听见没有?"

文三儿忙不迭地收起了钱,把头点得像鸡叨米:"我记住了,我记住了,您放心,我不认识您,我压根儿就没见过您,我从来就没从您这儿拿过钱……"

"你怎么这么多废话,说着说着就说秃噜了嘴,什么钱不钱的!对了,你说那个陆中庸喜欢去的茶馆是什么字号?"

"广义轩,在西珠市口大街路北,门脸儿朝南,掌柜的叫……"

"行啦,行啦,我知道了,我看你话又多了。"

陆中庸有个习惯,他喜欢在茶馆里写稿子,环境越闹他越有灵感,反之,他一个字也写不出来。报社里专门给陆总编准备了一张巨大的樱桃木写字台,奇怪的是,陆中庸只要趴上去就会打瞌睡,这张写字台似乎具有催眠效果。

陆中庸近来心情不大好,他被吓着了,以至于夜里经常做噩梦。他所加入的"新民会"看起来是个亲日的民间团体，实际上被日本占领当局牢牢控制着。按日本宪兵队的要求，"新民会"的成员必须要监督举报市民中的反日言论及行动，还要定期写出书面汇报。这是件得罪人的事，陆中庸实在不愿意干，他是个胆小的文人，谁也不愿意招惹，他只想当日本人的顺民，并不想和自己的同胞过不去，可宪兵队也不是好糊弄的，若是不表示一下，日本人会怀疑你的合作诚意。事情是明摆着的，别人都在吃混合面，你陆中庸却有特殊配给，大米白面始终没断过，总不能便宜都让你占了，人家要你帮忙的时候自己却一毛不拔？这说不过去。

陆中庸在《京城晚报》时的一个同事经常在私下里议论时局，还偷听重庆方面的广播，有一次和陆中庸一起喝茶时还劝他不要为日本人做事，国民政府早晚还会打回来，到那时戴个汉奸帽子实在是不值得。陆中庸考虑很久，最后决定行使一下"新民会"会员的职责，他向日本宪兵队举报了这件事，这位同事当即被捕。陆中庸本以为此事就算过去了，谁知日本宪兵队竟通知他去审讯室和那位同事对质，因为他拒不承认自己的反日言论。当陆中庸在审讯室里见到这位老同事的时候，他被吓得差点儿昏过去。老同事的双腿已经被老虎凳压断，他浑身是血，面目血肉模糊不可辨认，一个光着膀子的日本宪兵正在专心致志地用老虎钳把他的牙一颗一颗地拔下来……这件事对陆中庸刺激极深，平心而论，他和那个同事无冤无仇，甚至还是朋友，他只是想讨好日本人，并不想要老同事的命，谁知后果竟如此严重。陆中庸本是个胆小的人，内心里从来没想过和杀人的事沾边儿，他算是明白了，日本人干事就是这么认真，谁哪怕是口头上反对他们而并无实际行动，也敢要了人的命。后来陆中庸听说这位同事被宪兵队枪毙了，他当天就发起了高烧，在床上整整躺了一个星期。

如果说陆中庸以前为日本人做事是出于投机，那么通过这件事，陆中庸算是明白了，他不可能反抗日本人，他为日本人做事是出于恐惧，日本人太横了，惹不起啊。

陆中庸知道有很多人恨他，把他叫作汉奸，他对此有不同的理解，什么叫汉奸？都说吴三桂是个大汉奸，那林则徐算不算？一个汉人却做了满人的大官，怎么没人说他是汉奸？甚至还被说成是民族英雄。照陆中庸看，这两人的区别在于时间上，吴三桂投清早了些，老百姓的脑子还没转过弯来，他自然要多担些骂名，要是晚个几十年，吴三桂兴许就是国之栋梁。清朝入主中原，汉人一开始当然不大习惯，自然要折腾一下，喊喊反清复明的口号，一旦天下大势已定，汉族文人还不是争先恐后地应科举，入仕做官，见了满人皇帝也照样诚惶诚恐地三叩九拜，山呼万岁。世上的事儿就是这样，人嘴两张皮，当然是怎么说怎么有理，陆中庸才不怕别人的闲言碎语，如今既然是日本人要建立大东亚共荣圈，那就不是一朝一夕的事，闹不好也像清朝入中原似的，二三百年就下来了，中日成了一家人，到那时还有汉奸一说吗？中国的老百姓啊，说到底就是眼皮子浅。再者说了，也不能排除有些人是出于嫉妒，"新民会"就这么好入？是个人就能参加？非也，日本人也要看看你的身份，是不是有头有脸儿，是不是栋梁之材。像什么拉洋车的、扛大个儿的、贩夫走卒、街头的乞丐、窑子里的"大茶壶"，想入"新民会"？门儿也没有，日本人可丢不起这个面子。

"广义轩"茶馆是陆中庸常来的地方，茶馆的楚掌柜知道陆中庸是《新民日报》的总编，日本人的红人儿，是个惹不起的主儿，于是一心想巴结他，便把靠窗户的那张桌子定为陆总编的专座儿，不管有多少客人，只要陆总编不在，那座儿永远空着。

陆中庸这两天正为写一篇文章而苦恼，听说在日本的北海道最近挖掘出一座古墓，出土了几个中国南宋时期的蛐蛐儿罐儿，上面还有彩绘的春宫图。陆中庸灵感忽至，打算写一篇关于中日两国友谊的文章，题目也起好了，叫作《逝去的战争》，听起来很刺激，其实他所说的战争是指远在唐宋时期中国诗人和日本和尚之间的蟋蟀之战，陆中庸以此来论证中日两国的友谊交往源远流长。

陆总编最近脑子不大好使，总像是一盆儿糨子，才写了几行字就卡壳了，怎么也理不出头绪来，正在抓耳搔腮，忽然听见身后有人问："对不起，敢问这位可是陆中庸先生？"

陆中庸转过身来，见是一位三十岁左右的男人，中等个子，穿着一身做工考究、剪裁得体的藏青色三件套西装，系银灰色领带，头戴蓝色呢制礼帽，此人看打扮就是个有身份的人，陆中庸连忙站起来，双手抱拳道："在下陆中庸，先生是……"

那男人自我介绍："鄙人徐东平，在南京政府财政部供职，此次来北平是因为公事。"

陆中庸打量着对方："南京财政部，您是汪先生的人？"

"在汪先生手下混碗饭吃，惭愧了。"化名为徐东平的徐金戈恭敬地鞠了个躬。

"哪里，哪里，徐先生过谦了，汪兆铭先生是当今伟人，是中国的一面旗帜，没有汪先生的努力，就没有今天中日亲善的局面，鄙人对汪先生是仰慕已久啊。"

徐金戈做了个手势道："陆先生请坐，恕我冒昧，刚才我听到茶房称您为陆总编，便猜到您就是大名鼎鼎的陆中庸先生，我经常读您的文章，和您神交已久，很佩服先生的学问和文采，希望和您交个朋友，所以就忍不住贸然打扰了。"

陆中庸听得心里很是受用："有朋自远方来，不亦乐乎？徐先生，我们已经是朋友了嘛，如有用得着陆某的地方，徐先生尽管吩咐。"

徐金戈招呼茶房撤去陆中庸的旧茶，换上最昂贵的武夷山"大红袍"，陆中庸道："真不好意思，让徐先生破费了，改日我请您去'全聚德'吃烤鸭。"

徐金戈说："如今这年月，能享受一天是一天，以后怕是享受不到好日子了。"

"徐先生这话是怎么讲？似乎对时局很悲观呀。"

"陆先生，您难道不为时局担忧？别忘了，您和我这碗饭都是日本人给的，日本人要是不行了，我们也就完了。您听说了吗？俄国人已经逼近柏林了，如果不发生奇迹，希特勒先生恐怕是回天乏力。太平洋方面的战事也很糟糕，美国人的轰炸机已经直接轰炸东京了，据您看，日本人还能支撑多久？"

陆中庸淡淡一笑道："此言差矣，徐先生大可不必悲观，您只看到了事物的一个方面，因此对时局的估计难免悲观，其实不然，对于中国来讲，眼下时局恰如在下的名字，中庸……"

"哦，愿闻其详。"

"事情是明摆着的，此次世界大战无非是两大阵营，同盟国对轴心国，这么说吧，不管欧洲和太平洋打得有多热闹，不管将来哪个阵营获胜，咱中国都是战胜国。您想想，重庆的蒋先生是同盟国一边的，而南京的汪先生则是轴心国一边的，他们两人都代表中国，都是政府，谁打赢了都是中国赢了，割地赔款的事断不会发生，胜者王侯败者寇，蒋、汪两位先生各押各的宝，各下各的注，输了赢了是他们个人的事，可中国还是中国。汪先生的'曲线救国'确是高招儿，蒋先生的'抗战不到最后一刻，决不轻言牺牲'也是大有深意，就像大街上两个人打架，一个瘦小枯干，一个五大三粗，旁边还围着一群看热闹的。那瘦小枯干的主儿只要咬住牙坚持个两三回合，最好还被打得鼻青脸肿，这时就会有人看不下去了，您放心，好打抱不平的主儿什么时候都有，一旦有人挺身而出，得嘞，您就用不着打了，自然有人替您出气，关键是头几回合您得撑住，不然就没下面的戏了。这蒋委员长玩的就是这招儿，结果怎么样？美国人、英国人、俄国人都卷进来了，蒋委员长倒踏实了，他不着急了，和日本人干脆进入了'相持阶段'。高啊，真是高，蒋、汪两位先生都是高人，联手玩了个'中庸之道'，一下子把两大阵营都搁进去啦……"

陆中庸的高论听得徐金戈一阵犯愣，这种理论他还是头一次听说，真不知陆中庸是怎么想出来的。照他的意思，蒋、汪两位先生可能是事先就设好了套儿，打算和世界上几大强国玩"过家家儿"的游戏，"找啊，找啊，找朋友，找到一个好朋友……"玩着玩着儿大强国就掐起来了，蒋、汪两位先生倒在一边看起了热闹。真是匪夷所思，难怪陆中庸愿意当汉奸，闹了半天他有自己的一套歪理，甚至认为自己也是这场"过家家儿"游戏的参与者，也在"曲线救国"。徐金戈很想一枪崩了陆中庸，这种人留着除了给中国人丢脸，别的什么用也没有，若不是行动计划的需要，徐金戈早就出手杀了他。

徐金戈放声大笑起来："高论，高论，陆先生关于时局的高论果然是有见地，徐某受益匪浅，佩服，佩服，您这个朋友我是交定了，陆先生，咱们说定了，今天晚上我来做东，您可不许跟我抢，说什么也得给我个面子……"

· 第十三章 ·

文三儿近来心情不大好,他认为这姓徐的是个丧门星,谁遇见他谁倒霉。他想躲开徐金戈,谁知徐金戈却像块猪皮膘一样粘上了他,甩都甩不掉。

其实徐金戈对文三儿还是很客气的,他包了文三儿的车,出手也还大方,每天一块钱,条件是随叫随到。这比文三儿在大街上等散座儿不知强多少倍,这种好事要是搁在以前,文三儿早乐得蹦了起来。可这回文三儿的心情却很悲愤,他认为姓徐的小子是他前世的冤家,是专门找他麻烦来的,这是坟头上插路标——把人往死路上引。他徐金戈干的是刀尖上舔血的营生,连他妈的日本宪兵都敢杀,要是有一天看他文三儿不顺眼,杀他还不像捻个臭虫?从表面上看,徐金戈似乎脾气不错,对文三儿说话总是客客气气,可他越客气,文三儿心里就越发毛。

文三儿私下里承认,自己的确是个贱骨头,属叫驴的——轰着不走赶着走。伺候孙二爷时,孙二爷拿文三儿当条狗,呼来喝去,一不高兴就踹上一脚,文三儿却觉得很正常。无论什么事,一旦习惯了就成了常态。老韩头活着的时候总是这样打比方:别觉着穷日子难过,习惯就好了,这好比一个孩子刚生下来,您拿针扎他屁股一下试试,头一天准哭得死去活来,不是疼吗?没关系,您接着来,每天一下,连扎三个月,这孩子就习惯啦,他以为过日子就是这样,每天屁股上都要疼一下。要是您哪天忘了扎,这孩子闹不好又得哭起来,他觉得不对劲,还纳闷呢,心说过日子不是这样儿啊,屁股怎么不疼啦?老韩头说得没错,眼下文三儿就有点儿屁股不疼的感觉,他也觉得不对劲,徐金戈对他越客气,文三儿就越害怕,总有点儿大祸临头的恐惧。

文三儿闹不明白,这姓徐的近来竟然和陆中庸交上朋友,两人好得穿一条

第十三章

裤子，彼此称兄道弟，不分你我，幸亏两人都没老婆，不然真可能换老婆了。姓徐的出手阔绰，兜里似乎有花不完的钱。才不到两个礼拜的工夫，文三儿已经把北平有名的饭庄转了一圈儿，同和居、玉华台、鸿宾楼、马凯……这些饭庄的门口儿有几道台阶，有几棵树，文三儿都印在脑子里了，反正人家吃饭时文三儿总是蹲在门口儿。每次都是姓徐的搀着喝得烂醉的陆中庸从里面出来，吩咐文三儿将陆总编送回家去，他自己则另叫车走。

对陆中庸的家文三儿简直太熟悉了，陆中庸光棍一根儿，以前不是不想讨老婆，可他高不成低不就，脑子里总有个大家闺秀做样板儿，幻想着美人儿待月西厢，他变成张生爬墙头去幽会，可惜他运气不太好，一直没遇到过这种好事儿，因此婚事就耽搁下来了。陆中庸发迹前住在菜市口北半截胡同的一间小房子里，屋里又黑又潮，床上的被子从来不叠，脏得像油抹布，屋子里总有股腌酸菜的味道。唯一能表现陆中庸文人身份的，是一个小书架，上面散乱地堆着一些破烂的线装书和旧报刊。那时陆中庸的日子比文三儿也强不了多少，每次的车钱总是欠着，往往拖着拖着就赖掉了。文三儿吃过几次亏以后，对陆中庸也很警惕，陆中庸再坐他车时，文三儿坚决先讨车钱，不然绝不拉。

陆中庸发迹后住进了宽大的四合院，却从不邀请朋友上门做客，因此去过的人不多。那天文三儿把烂醉如泥的陆中庸背进卧室，恶狠狠地扔在床上，心说这会儿文爷要是给你几个嘴巴你也不知道。

文三儿环视陆中庸的客厅，只见清一色的红木家具，二十四史书柜旁是博物架，上面摆了不少生满绿锈的青铜器和古瓷器，花梨木条案上还像模像样地摆了个刀架，上面架着一把日本武士刀。文三儿"呸"地吐了口唾沫，心里骂道，这孙子如今可真是鞋帮子改帽檐儿——一步登天了。

今天又是徐金戈请客，地点是西珠市口的丰泽园饭庄。文三儿将徐金戈送进饭庄，就想找个背风的地方眯一觉，凭经验估计，这顿饭局没俩钟头拿不下来，等这帮孙子吃饱喝足，你就进去背人吧，陆中庸不被放倒不算完。

文三儿发现对面墙根儿下蹲着几位老伙计，除了大裤衩子那来顺，还有东四"泰来"车行的尤二柱和小六子，住菜市口米市胡同的"李大砍"。看来这几位是在等散座儿，正晒着太阳聊得正欢，文三儿连忙凑了过去。

李大砍在和那来顺抬杠，两人争得面红耳赤，起因是那来顺在"广和剧院"蹭了一场戏，剧目是京剧名角儿谭子同挑大梁的《东皇庄》，那来顺"一担挑儿"[1]的二大爷在广和戏院看大门儿，有了这点儿小职权，那来顺就经常溜进去蹭戏看。问题是那来顺每次蹭戏都是演了小半场后才能溜进去，虽白看了不少戏，可压根儿就没有看全过。《东皇庄》是一出新戏，说的是清末江洋大盗康小八落网的故事，那来顺没看前半场，可他照吹不误，俨然一副行家的口气，这时李大砍就不爱听了，两人便抬起杠来。

李大砍可不是一般人，他今年六十岁，倒退四十年，他在京城还算个人物，当年他是刑部狱押司刑房里的刽子手，干的是砍人脑袋的活儿。进入民国后，斩刑废除，李大砍就失了业，他这辈子没结过婚，主要是因为娶不到合适女人，但凡他看上眼的女人，一听说他的职业，都吓得尿了裤子，宁可老死闺中也不愿和刽子手过一辈子。大清国还立着的时候，李大砍对有没有老婆还无所谓，反正他收入不低，急了就去趟八大胡同泄泄火，日子过得倒也快活。后来大清国垮了，李大砍立马崴泥[2]了，他除了杀人，别无一技之长，生计马上成了问题，只好动用积蓄买了一辆洋车，靠拉车度日。如今他年过六十，身子骨不行了，也不得不继续拉车，不然就没饭吃，早晚也得跟老韩头似的，干到倒毙街头为止。

那来顺说："李爷，我说话您别不爱听，要说砍人脑袋，您是行家，咱不敢抬杠。可要说看戏，您可就差着行市呢，我那来顺就好这一口儿，咱什么戏没看过？老戏就别说了，就说这'八大拿'[3]吧，能看全的人就没几个，不信咱以后碰见马连良马老板问问，他老人家能看过一半儿就不错了，人家名角儿喜欢唱老段子，瞧不上新戏，《东皇庄》说的是拿康小八，这么说吧，康八爷死了才多少年？也就四十来年吧，那时老佛爷还在世，当年九门提督拿住康八爷，从景山后街往地安门押送，老佛爷站在景山上，拿个望远镜瞅了个够，老佛爷

---

1 "一担挑儿"为连襟之意，两个男人分别娶了亲姐妹，彼此之间的关系是"一担挑儿"。
2 "崴泥"为北京方言中"麻烦了"之意。
3 "八大拿"为清代英雄戏，取材于《施公案》，其中有《薛家窝》《洗浮山》《霸王庄》《双镖计》《河间府》《独虎营》《东昌府》《殷家堡》。另有一说法："八大拿"为《霸王庄》《独虎营》《里海坞》《东昌府》《殷家堡》《落马湖》《淮安府》《八蜡庙》。

纳闷呀，就这么个矮胖子，怎么就把京城闹了个底儿朝天……"

李大砍毫不客气地打断那来顺："什么他妈《东皇庄》？少和老子扯淡，大爷我从来不看戏，从小就烦唱戏的，我师父说过，甭搭理那帮戏子，都是下九流，不就是在台上吼一嗓子折俩跟头吗？那是吃饱撑的。你说吧，一个广和戏院撑死了也就坐几百号人吧？您在台上折腾，满打满算才几百号人看，那叫露脸儿吗？差得远啦，不是李爷我吹，当年在菜市口凌迟康小八，看热闹的人几万也打不住……"

尤二柱说："李爷，李爷，这是两码事，人家说看戏呢，您怎么扯起剐活人来啦？这不是抬杠吗？话又说回来了，老那说的也不对，'八大拿'里好像没有《东皇庄》，老那你就扯淡吧，怎么着，你还不服气？我给你数数，《霸王庄》拿黄隆基、《独虎营》拿罗四虎、《里海坞》拿郎如豹、《东昌府》拿郝文、《殷家堡》拿殷洪、《落马湖》拿李佩、《淮安府》拿蔡天化、《八蜡庙》拿费德功，您说吧，这拿康小八算哪一出？"

文三儿和那来顺素有积怨，自然向着李大砍，他起哄道："李爷，您接着说，看戏有什么意思？还是剐活人有看头。"

李大砍自顾自地沉浸在当年的辉煌中："那次是我们师徒俩伺候康八爷，活儿干得那叫漂亮，我师父操刀，我在一边报数儿，割一刀喊一声，我的话音一落，看热闹的人群就齐崭崭地叫一声好，好家伙，几万人一叫唤是什么动静？就跟他妈的打雷似的，那天李爷我嗓子都喊哑了，京城的老少爷们儿劲头儿一点儿没下去。菜市口一带人山人海，临街的房顶上、树上都是人，连窑子里的窑姐儿都出来啦，看到最后就乱了套，在外围警戒的绿营兵也撑不住了，都被人群挤到凌迟柱边儿上，李爷我一不留神被撞到康小八的怀里，鼻子都拱到康小八的肚子上，康八爷这时已经快成一副骨头架子了，他老人家还烦呢，竟然教训起绿营兵来：嗨！绿营那帮丫头养的，连他妈个场子都看不住？要你们这帮吃货干吗使？丢人现眼的东西！康八爷真是条汉子，都这模样儿了，还骂人呢，把绿营那帮孙子骂得臊眉耷眼的，没一个敢吱声的。事后我才听说，当时监斩官侯大人坐在'鹤年堂'药铺门口，被人从太师椅上挤翻在地，摔了个狗吃屎，那天菜市口一带愣是挤死十几口子。你说说，戏子唱戏能露脸到这个份儿上吗？谁是名角儿？我和我师父呀。"

那来顺不服气地说："李爷，您可真能扳杠，说着说着就走板，这是哪儿跟哪儿呀？您哪，四十里地换肩——抬杠好手。我说前门楼子，您说鸡巴头子，这不是瞎扳杠吗？"

李大砍道："谁扳杠啦？李爷我剐康小八的时候，还没《东皇庄》这出戏呢。"

"您哪，说句不好听的，您就是一杠头，八竿子打不着的事也抬杠，好！咱就说露脸的事儿，人家京剧名角儿唱一场戏能挣多少钱？您剐一活人挣多少？这能比吗？"那来顺说。

"你还别说，剐康小八那次，刑部朱大人送来四十两银子，我和师父足吃足喝造了好几个月，从那以后就再没判过凌迟处死的犯人。光绪三十一年，大臣沈家本奏请皇上删除凌迟等重刑，皇上批了八个字'永远删除，俱改斩决'。这下子可他妈崴泥啦，我和师父只能靠砍人脑袋挣钱了，收入少多啦。这还不算，到了民国又来个司法改革，杀人连刀都不让用了，一枪撂倒完事，这叫什么事儿呀？自古以来杀人哪有不用刀的？咱学的就是这手艺呀……"

文三儿插嘴道："嘁，这叫什么手艺？不就是拿刀砍脖子吗？是个人就会。"

李大砍一瞪眼："你懂个屁，你当砍人脑袋是剁猪排骨？外行人使刀根本就不知道从哪儿下刀，铆足了劲儿就抡，十下八下也砍不断，真正的刽子手是从骨头缝里下刀，讲究的是刀锋不碰骨头，只用五六成力，关键是个巧劲儿，刀锋一闪，人头滚出一丈远，还朝你眨眼呢。"

尤二柱听得发呆："老天爷，砍人还这么多讲究？"

李大砍得意地说："敢情，这活儿你以为是个人就能干？当年大清国刑部狱押司刑房里正式挂名拿饷钱的总共只有五个人，这么说吧，上至朝廷里文武百官，下至京城几十万百姓，谁犯了死罪，都是我们五个人伺候上路。"

小六子鼓动道："李爷，您就说说康小八的事，好家伙，康八爷，京城的老少爷们儿谁不知道？听说是条汉子。"

文三儿说："康小八的事我知道，他家住在通州康庄子，武艺一般，可他手里有把手枪，那会儿有枪的人可不多，连衙门里的捕快也合不上人手一支枪，有的捕快还挎着腰刀呢，这下子康小八可成精啦，这小子作案时二话不

第十三章

说，先一枪把人放倒，再抢东西，就这么着，没几年工夫，康小八手上就有了十几条人命，被朝廷列为重犯……"

李大砍不满地翻翻小眼睛："文三儿，你小子见过康小八吗？"

"我没见过，我是光绪二十八年出生的，康小八死时我还不懂事，我是听人家说的。"

李大砍坏笑一声："我说呢，光绪二十八年生的，也就是说，庚子年八国联军进了北京城，第二年你小子就生出来了，我得好好琢磨琢磨，你爹到底是谁？"

大伙哄笑起来。

小六子起哄道："文三儿这小子八成是八国联军揍的吧？"

文三儿面不改色地回嘴："小六子，拿你文爷打镲是不是？我×你舅舅的，文爷我要是八国联军揍的倒好了，还用在这儿拉车？早他妈的外国享福去啦。"

李大砍说："文三儿这小子，什么事儿都有他，天下的事儿没有他不懂的，就是老忘了他自个儿姓什么，孙子，你不是什么都懂吗？懂就给大伙儿说说。"

文三儿赔笑道："得嘞，李爷，怨我多嘴，您说，您砍下的脑袋比我吃的窝头都多，我哪敢跟您叫板呀。"

李大砍抽着烟袋开始侃侃而谈："康小八没人传得这么神，这人练过几天武艺，也就是个三脚猫的功夫，文三儿说得没错，他就仗着那把枪，那是把六响转轮手枪，至于这枪是怎么来的，说法就多了，有人说是偷了英国公使的枪，也有人说是庚子年京城大乱时康小八干掉一个洋鬼子军官得的。康小八犯下重案之后，九门提督衙门也围捕过他几次，都让他跑了。反正那会儿大清国快玩完了，衙门里的捕快也是当一天和尚撞一天钟，没人愿意替朝廷玩命，康小八掏枪放倒一个，其余的跑得比兔子还快。康小八得了便宜就收不住了，接连犯下不少重案，老佛爷亲自下令拿他，庄亲王领旨后下令由萧海波带队，率京城捕快刘伟祥等人一同前去擒拿此贼。刘伟祥是何等人物？世称刘二彪子，师承号称'半步崩拳，天下无敌'的形意拳八大名家之一的郭云深。萧海波和刘伟祥可都是一等一的高手，他俩联手就没有干不成的事。当时康小八藏在一间屋子里，手里握着枪，只等见人就搂火，萧海波上前轻挑门帘，一个'旋风缠头背刀式'闪过康小八的子弹，顺势用刀背直劈康小八的后背，这时刘伟祥一记'半步崩拳'也同时赶到，正中康小八的前胸，康小八当时就翻了白眼倒在地上，众人蜂拥而上，将这小子拿下。为这小子，老佛爷头上又添了几根白头发，恨得老佛爷牙根儿疼，没几天刑部的判决就下来了，判的是凌迟处死……"

尤二柱插嘴："李爷，您就说说怎么剐活人吧，听说也有讲究，判剐多少刀就是多少刀，多了少了都不行，最多的有判几千刀的。"

"听我师父说，明朝的凌迟有判一万刀的，明朝的大太监刘瑾犯上作乱，被正德皇帝判了凌迟处死，刀数是三千三百五十七刀，分三日执行，按大明律，对被凌迟的犯人，必须按判决割足刀数，最后一刀人才能死，不然行刑人就得倒霉。到了大清朝，判凌迟的就少了，刀数最高的也就五百多刀，死罪一般都是斩首。除非是犯下十恶不赦的大罪，康小八就犯在这上面了，手上有十几条人命，老佛爷觉得砍头太便宜他啦，不过康小八还真是条汉子，行刑那天康小八被绑在凌迟柱上，我师父冲他一抱拳说，八爷，今儿个是我们师徒俩伺候您归天，得罪啦。康小八说，爷们儿，活儿干得利索点儿，拜托啦。我师父说，实在扛不住您就大声叫，没关系，那不栽面儿。康小八冷笑一声，您尽管招呼，八爷要是哼一声都不是人揍的。就这么着，炮声一响，我师父就开始干活儿了。按这行的规矩，头一刀从胸口上开始，从胸脯上割下一片肉往天上一扔，这叫'祭天肉'。第二刀是从犯人额头上划一刀，让肉片耷拉下来遮住眼睛，这叫'遮眼罩'。这时康八爷不乐意了：爷们儿，别遮我眼，这么多人看热闹，怎么就不让我看呢？我师父小声说，八爷，别看了，菜市口您又不是没逛过。您猜康八爷怎么说？康八爷说了，这么多大姑娘小媳妇的，八爷我正寻摸呢，哪个长得俊点儿，您得让我瞧一眼不是？您听听，这才是康八爷，到死都是条汉子……"

小六子喷着嘴："这叫病床上摘牡丹——临死还贪花。"

尤二柱不满地制止："听着，怎么他妈的一提这个你耳朵就竖起来啦？李爷，甭搭理他，您接着说。"

李大砍敲敲烟袋锅子继续说："我师父也觉着康八爷说得有道理，人都要死了，还不许看看娘们儿？这说不过去呀。我师父对康八爷一抱拳说，得嘞，八爷，我听您的。他刀尖一挑，把那片遮眼肉挑飞了。我接着就吼了一嗓子：

第二刀……这时底下几万人齐崭崭地喊了一声：好！康八爷咧开嘴乐啦。要说我师父干活儿那真是没的挑，这活儿讲究的是刀法，是精雕细刻，每刀片下的肉大小得差不多，您弄杆秤约约，分量也得大概其，我们的行话叫'鱼鳞剐'。手艺差点儿的刽子手干这种活儿时要用渔网把犯人裹起来绷紧喽，让人肉从网眼儿中绷出来再下刀，可我师父用不着，他老人家是高手，就像是在玩山西刀削面，只见那刀子在康八爷身上唰唰地走，一片片指甲盖大小的鲜肉嗖嗖地落进木桶，真他妈绝啦！我嗓子都喊哑了，康八爷果真是一声没吭，四百九十九刀后，康八爷只剩下一副骨头架子，可人还没死，眼珠子照样滴溜溜乱转，他盯着我师父还微微点了点头，可能是在夸我师父活儿干得漂亮。我师父说，八爷，咱哥俩儿就此分手，您走好，要是有缘，咱下辈子见！说完一刀捅进康八爷的心窝子，刀子一转把心挑了出来，康八爷这才咽了气……"

文三儿问："这就完啦？"

李大砍反问："废话，不完怎么着？人家康八爷生生扛了五百刀，要搁你小子身上，十刀你也扛不住。"

文三儿意犹未尽地说："吃烤鸭子还得剩副鸭架子不是？那康小八的骨头架子怎么办？"

李大砍说："下面的活儿该我干了，按规矩，凌迟处死的人要挫骨扬灰，不许犯人家属收尸。什么叫'挫骨扬灰'？就是把死人的骨头全砸碎，连碎肉带碎骨装进木桶，扔在乱坟岗子喂野狗。这可是个力气活儿，等骨头全砸碎，我也快累瘫了，本想歇一会儿，我师父用烟袋锅子敲了我脑门一下说，瞧你这样儿，快点儿，把活儿干利索了。得，我又拎着木桶从菜市口走到天桥的山涧口乱坟岗子，刚把骨头渣子倒出去，十几条饿红眼的野狗呼地围上来，差点儿把老子我也给吃了……"

李大砍说完，独自装了一袋烟，点燃抽起来。

连文三儿在内的几位老伙计都听傻了。

尤二柱半天才缓过劲来："我操！真够吓人的，生生把一活人给剐成骨头架子，这种热闹我都不敢去看，非他妈吓出毛病来不行。"

文三儿却认为这是个乐子，他不无遗憾地说："有这热闹看能不去吗？比看戏强多了,反正那刀子又没割在我身上。"

李大砍以内行的眼光上下打量文三儿:"你小子可不是块好材料,瘦得像个刀螂,没两下就见骨头了,上下一瞧,都他妈的没处下刀子,要赶上这么个活儿,非把李爷我的牌子做倒了不可。你瞧人家康八爷,那身子板儿,那身肉膘儿,天生就是为凌迟长的。你再瞧瞧你,整个一扇儿排骨,李爷我都懒得做这活儿。"

文三儿回嘴道:"得嘞,您手艺再精,如今不是也用不上了?要让我说,李爷您改行也不该到车行里,您该到屠户那儿找个差事,宰不着人就宰猪吧,没事给猪头来个'鱼鳞剐',又剁了肉馅又练了手艺。"

李大砍笑道:"李爷我宁可在你屁股上练手艺,你小子那屁股长得实在不好,人家都是两瓣儿,你小子是他妈四瓣儿,我得给你好好修理修理。"

小六子也插嘴道:"对!给文三儿这小子的裤子扒了,再兜个渔网,李爷您没事就拿他屁股练练手。"

那来顺也开起玩笑:"文三儿的屁股上净是筋,要做'鱼鳞剐',刀子怕是不管事,得用烙铁烙。"

文三儿斜了那来顺一眼,冷冷道:"哟,河边儿娶媳妇——把王八都逗乐啦……"

陆中庸和徐金戈坐在丰泽园饭庄的雅座儿里,一瓶"五粮液"已经见了底,陆中庸的话也明显地多了起来,原来他也有一肚子委屈。

"老弟呀,如今的差事不好干,咱们这些人是耗子钻风箱——两头儿受气。日本人的饭不好吃,也不白吃,您得隔三岔五检举几个'抗日分子',不然宪兵队和特高课饶不了你。可咱检举谁呀?都没冤没仇的,人家就是真有抗日思想能让你知道吗?我陆中庸多少也有些肚量,被骂几句汉奸无所谓。人嘛,哪有不挨骂的?以前我当记者,不是也没少挨骂吗?问题不在这儿,我是为咱中国人担心哪……"

徐金戈夹了块肘子放在陆中庸的碟子里:"怎么着?陆兄还有点儿忧国忧民?"

陆中庸激动起来,他把酒盅重重放在桌子上:"嘿!裤子里冒烟儿——当然（裆燃）了，我当然忧国忧民了，我认为中国的问题在于国民素质，国民素质的低劣导致国家的贫弱，四万万人哪，有思想有见解的人有多少？大部分人还不是浑浑噩噩？就这种素质，你还想抗日？根本不可能嘛！陆某虽一介文人，但对军事问题也有研究，拿淞沪会战来说，蒋先生可谓是大手笔，短时间内调集七十余万大军，是全国陆军三分之二的兵力。日本人有多少？一开始只有不足一万人，后来大举增兵也不过是二十多万人，结果怎么样？照样是兵败如山倒，连首都都丢了。您再看看咱中国历史，金灭北宋，元灭南宋，清灭大明，越抵抗亡国越快，不是没有敢拼命的主儿，岳飞、文天祥、史可法都够硬的，可那又怎么样？史可法的《答多尔衮书》写得倒是气势磅礴，可结果如何？自己兵败被俘，还引来'扬州十日'，百姓血流成河，这值当吗？从这点上看，人家西方人就比较灵活。法国人也抵抗，打着打着觉得路子不对，德国人忒厉害，抵抗也是白搭，人家政府连个愣儿都没打，痛痛快快投降了，战争一下就结束了，别的不提，起码先不死人是真的。您再瞧瞧荷兰、比利时，也都明白着呢，打不过就不打，立马宣布投降，德国人能怎么着？人家能把你灭了？把老百姓都杀光了？不可能嘛，法国还是法国，荷兰还是荷兰，老百姓照样娶妻生子过日子，不过是换了个政府嘛。"

徐金戈给陆中庸斟上酒，附和道："有道理，有道理呀，听陆兄一言，兄弟我茅塞顿开，老百姓就是老百姓，政治家毕竟是政治家，各自的想法不一样。"

陆中庸抿了一口酒，侃侃而谈："对老百姓来说，总得有人管着，不是张三就是李四，谁管不是管？管就管吧，关咱老百姓屁事？咱中国人打仗不行，就得玩软的，日本人怎么啦？他来了咱不招他，踏踏实实做顺民，我看他坦克大炮打谁去。您知道历史上的北魏吗？那是打进中原的鲜卑人建立的王朝，鲜卑人是游牧民族，善骑射，汉人不是对手，怎么办？没关系，您什么也别干，只管踏踏实实过日子，时间总能证明一切，他鲜卑人坐了江山以后总不能成天舞刀弄枪的，又没人招你，你跟谁打呀？坐了江山该享福了不是？得嘞，这好日子一过就收不住啦，咱有的是漂亮女人，你瞧着眼馋不是？没关系，咱白送，你娶十个八个媳妇咱也送，敞开了让你生孩子，孩子越生越多，那些孩子你说算什么种儿？噢，你说是鲜卑种儿，那没关系，等孩子长大再跟汉人通婚，再生的孩子还能是鲜卑种儿？几十年一晃就过去，一眨眼工夫，几茬人的种儿就串啦。您放心，串来串去串不出中国去，这叫肉烂在锅里，外人压根儿就占不着便宜。北魏孝文帝改革，着汉人服饰，习汉人文化，民族通婚，血缘融合，三下两下，您瞧瞧，鲜卑族没了，哪儿去啦？被融合了，汉人还好好地戳在那儿，可鲜卑人却从此消失，老弟呀，这就是历史，眼光要放远一些，不能只看眼前。"

徐金戈笑道："陆兄的意思，眼下对付日本人也得用这招儿，不抵抗，只当顺民，用软功对付？"

"对喽，这招儿比什么都管用，要不我怎么佩服汪兆铭先生呢，人家那曲线救国的确是高招儿。战争初期，汪先生也是坚定的主战派，在抵抗日本的问题上和蒋先生是惊人地一致，可为什么汪先生后来又改变了主张呢？这就不得不承认汪先生在审时度势方面确比蒋先生略高一筹。原因很简单，在尽全力抵抗之后，发现咱中国根本不是日本的对手，硬打下去，只有生灵涂炭、亡国灭种的结果。他蒋先生倒是可以成全自己的气节，可咱老百姓招谁惹谁了？老弟啊，咱中国人和洋人的观念不一样，西方人讲究'不自由毋宁死'，咱中国人讲究'好死不如赖活着'。说句不好听的，洋人的脑子不大好使，绕着绕着就把自己绕进去了，其实这道理是明摆着的，要是脑袋都没了，那要自由有什么用？也不可能有自由嘛，您说是不是这个理儿？"

徐金戈叫起好来："好啊，高论，真是高论，陆兄不愧是文化人，能把道理讲得深入浅出，兄弟我受益匪浅啊。"

陆中庸显得很谦虚："哪里，哪里，老弟过奖了，其实，世上没有很深奥的理论，所有的理论原本都很简单，不过是被人为地复杂化了，文化人的责任就是把复杂的理论还原成简单的道理。"

徐金戈话锋一转："陆兄，我现在关心的是战争的结局，明眼人都看得出来，日本人在太平洋可有些撑不住了，美国的轰炸机已经把东京炸成一片焦土，欧洲战场上德国人也在节节败退，俄国人已经逼近柏林。我在想，如果这场战争轴心国方面打输了，我们怎么办？将来蒋先生从重庆还都，我们的日子恐怕不会好过，不知陆兄有什么打算？"

陆中庸用餐巾擦擦嘴，胸有成竹地回答："老弟的忧虑不是没有道理，凡事都要谋划在先，但凡战争总要有个结果，无非是三种结局，或胜或败或言和，日本人打胜了自不必说，若是打败了或者言和肯定会对我们不利，这点我早已想到了，也有了对策。"

徐金戈说："哦，愿闻其详，请陆兄指点迷津。"

"老弟，你我认识时间虽不长，但一见如故，陆某诚心交你这个朋友，若是换了别人，我是断不会透露的……"陆中庸凑近徐金戈压低嗓音道，"想办法加入日本国籍，此为上策。"

"为什么？"

"如果日本战败，盟军方面也会按国际法行事，我们会作为日本侨民被遣返回国，中国政府无权追究一个日本公民在战争中的责任。所以说，身份问题太重要了。"

徐金戈忧心忡忡地说："可是……这日本国籍可不是好加入的，这其中恐怕有不少具体规定吧？"

"还是得看关系，一是看你在日本人那里是否有面子，是否算是社会名流，再一个是你对日本是否有较大的贡献。不瞒老弟你说，这两条老哥我都占了，更重要的是，还有一些有身份的日本朋友帮忙，对此，我是高枕无忧啊。"

"陆兄能否为兄弟我想想办法？你知道，我们这些为日本人做事的人，难免会得罪一些人，有时也是身不由己，为了混口饭吃，谁会想到如今连条后路都没有了，陆兄若是有办法，该拉小弟一把才是。"

陆中庸叹了口气道："老弟啊，世事如棋局，聪明人要走一步看三步，你早该考虑后路问题啦。不过，你我既然是朋友，我肯定要帮你这个忙，我有个日本朋友叫犬养平斋，此人很是神通广大，他若愿意帮忙，应该是没问题，只是这里面有个费用问题。"

徐金戈连声道："这不成问题，这不成问题，规矩我懂，咱们一切按规矩办，您放心，事成之后，您这个中间人我也会另有一番意思。"

"这您就见外了，咱们是朋友嘛，朋友之间不言利，陆某的为人，日子长了您就明白了。"

"那是，那是，我心里有数，陆兄，我还想问一句，您那位日本朋友是在政界还是军界？"

"他是个日本浪人，他的真实身份我也不清楚，不过有一点我是知道的，此人背景极深，别说是政界军界，甚至和日本皇室也有密切联系。"

徐金戈凑近陆中庸低声道："陆兄，如果您方便，能否为我和犬养先生安排一次会面？为了表示我的诚意，兄弟我愿向犬养先生提供一条有关南京政府方面的绝密情报。"

陆中庸吃了一惊："绝密情报？能和我大致讲讲吗？"

"对不起，陆兄，事关重大，恕我不能详谈，请您转告犬养先生，自从汪兆铭先生在日本病故以后，南京政府中的陈公博、褚民谊、周佛海、梅思平等实权人物在进行秘密串联，而且已和重庆方面建立了某种默契，关于具体细节，我只能面见犬养先生后再谈，请陆兄见谅。"徐金戈一再道歉。

陆中庸谅解地说："没关系，既然是绝密情报，我就不打听了，您放心，我会安排这次会面的。"

丰泽园饭庄的外面，文三儿和那来顺又拉扯起来，那来顺揪住文三儿的衣领，文三儿拽着那来顺的袖子，尤二柱和小六子在一边拉架。

那来顺晃着拳头威胁道："文三儿，是不是有日子没揍你了，身上又痒痒了吧？你再骂一句我听听，不把你屎打出来，我姓你的姓。"

文三儿上次和那来顺打架吃了亏，因此便有些胆怯，他心虚地狡辩道："我指名道姓骂你了吗？大家评评理，这年头有捡金子的，也有捡银子的，我还没听说过有捡骂的。"

那来顺仍然不依不饶："那你骂谁呢？这儿就这么几个人，你没骂我，那是骂谁呢？你说吧，是骂李爷呢还是骂尤二柱和小六子？你说呀？"

文三儿当然不敢说是骂旁边几位，那还不引起众怒？这个那来顺真够可恨的，这不是逼着文三儿得罪人吗？文三儿很想照那来顺裤裆里踢一脚，想想又觉得胜算不大，于是马上放弃了这个念头，他一梗脖子道："骂我自己呢，怎么啦？"

那来顺要的就是这句话，他也不想真打架，对付文三儿这样的人，只需语言上的威慑就足矣，既然文三儿认了尿，那来顺自然也有了台阶下。

李大砍抽着烟袋一直兴致勃勃地观看文三儿和那来顺的争斗，一见没打起来，顿时大为扫兴，他磕磕烟袋评论道："怎么不打啦？真他妈没劲，有这工夫还不如到天桥瞧瞧沈三儿撂跤呢，你们这俩小子，哼！六月的冬瓜——毛儿嫩呀。"

正说着，徐金戈走到门口的台阶上喊道："文三儿，快去扶陆先生，送陆先生回家。"

· 第十四章 ·

犬养平斋认为,这个世界上除了他自己,根本就没有值得信任的人。在他眼里,陆中庸不过是一条狗,是他养的很多狗中的一条不太出色的狗,连爱犬都称不上。他的爱犬是一条名叫"菊花"的纯种狼青犬,"菊花"受过很专业的训练,极为凶猛,撕咬能力非同一般,攻击人时专往喉咙上咬,动作利索,绝不拖泥带水,能在几十秒钟置人于死地。这样的好狗,十个陆中庸也不换。

既然陆中庸的地位还不如一条狗,那么这条狗介绍来的人犬养平斋就更没兴趣了。日本帝国国土狭窄,资源贫乏,什么都缺,就是不缺人,一亿多国民都拥挤在如此狭窄的国土上,生存空间是首要问题,若不是因为这个,日本干吗还要打仗?当然,中国人要加入日本国籍也不是不可能,但要看看是谁了,反正不会是陆中庸这样的狗,因为他对谁的用处都不大。所以,当陆中庸提出自己想加入日本籍时,犬养平斋几乎笑了起来,他认为这种要求近乎荒唐,就像自己想当日本天皇一样。不过,陆中庸提到的那个徐东平倒引起了犬养平斋的注意。此人声称掌握南京政府内的重要情报,犬养平斋对此很有兴趣。

按照日本占领当局的设想,在中国占领区内,不能出现一个名副其实的国家政权,即使是傀儡政府也不行,一旦出现一个统一号令、能够有效行使行政权力的政府,那将是日本帝国的心腹大患。原因很简单,中国实在太大了,如此广大的地域、众多的人口,管理起来相当麻烦。最好的方法是把它分为若干块,分别进行管理。以汪精卫为首的南京政府,它的控制地区只局限于华东部分地区,集中在京沪杭一带。无论从哪方面说,这只是个小朝廷。眼下是战争时期,犬养平斋更关注的是军事问题,他清楚地知道这个小朝廷军事力量的构成。从原则上讲,它的正规军统归南京政府军委会直辖,地方团队则由各省管理。汪精卫政府所辖的军事力量，总计为第一方面军的两个军及苏北绥靖公署下辖的十二个师，两个独立旅，一个独立团，总兵力数十万人。犬养平斋明白，在战争中成建制投降的国军部队均属二流以下的部队，而国军中的精锐，如第五军、第七十四军、第十八军这样的部队非但没有出现成建制的投降，反而抵抗得很凶猛。

在1943年以前，日军占领当局也没有把这些投降的二流部队放在眼里，问题是，现在的时间是1945年年初，这场战争的结局已经很明显了，日本帝国无论怎么挣扎，也无法挽回败局。犬养平斋心里很清楚，长江下游的京沪杭三角区是中国最富庶的地区，在这片水陆交通便利、经济发达的地区内盘踞着数十万心怀不轨的军队，很有可能在某一天夜里，把驻守在京沪杭地区的日军守备部队变成了一盘菜，后果是相当严重的。

犬养平斋决定见一见徐东平，按陆中庸的介绍，徐东平自称是南京政府的工作人员，现已辞职做生意。出于慎重，犬养平斋还通过电台向南京方面查询过徐东平的情况，南京方面的答复是：财政部有徐东平这个人，三个月之前已辞职。这似乎无懈可击，但仍然没有解除犬养平斋的疑虑，他很清楚，如果徐东平是个专业特工，他必然会把自己的来路策划得无懈可击，况且那个风雨飘摇的南京政府本来就靠不住，别的不说，在上海极司菲尔路76号，那个把持南京政府情报系统的李士群就是个随风倒的人物。犬养平斋早有关于李士群的情报，他和重庆方面、新四军方面都有某种默契的联系。李士群于去年9月中毒身亡不是没有原因的，犬养平斋完全清楚，这是驻上海日本宪兵队所为，原因是李士群既难以驾驭又心怀二志，让他从这个世界上消失才是最好的选择。由此看来，这个南京政府所扮演的角色是颇为尴尬的，中国人认为它是个汉奸政府，而日本人又认为它是个靠不住的政府。出于以上种种考虑，犬养平斋对徐东平的疑心更重了。他没有答应陆中庸的要求，只是请陆中庸安排了一次"相面"活动，犬养平斋在暗中观察，观察的结果却更加深了他的疑虑。从徐金戈走路的姿势和站相，犬养平斋认定他是个受过严格武术训练的人，此人动作敏捷，眼睛里充满了机警，看起来是个很难对付的人。那天的"相面"活动安排在"全聚德"饭庄，由陆中庸做东，犬养平斋在另一个包间里暗中观察徐东平，从一个细节上犬养平斋看出了徐东平的一点微小破绽。通往包房的走廊有个九十度拐弯,徐东平拐弯时并不顺墙壁猛拐,而是向墙角的反方向跨出一步,然后才拐过弯。犬养平斋身上掠过一阵轻微的战栗,他似乎嗅到了一丝熟悉的气味,此人八成是个同行。一个受过特殊训练的人会随时保持着警觉,他要时刻提防藏在死角处对手的突然袭击,只能加大转弯角度,以便在对方突袭时迅速做出反应,久而久之,这种警觉和习惯动作已经浸到骨子里,总会不经意地流露出来。

犬养平斋决定会一会这个自称徐东平的人,不管徐东平出于什么目的,首先应该搞清楚他的来历,他为什么会对自己感兴趣。要知道,犬养平斋的公开身份不过是个日本浪人,难道姓徐的预先知道他的身份?也就是说,姓徐的更感兴趣的是他身后的"黑龙会"。如此看来,此人是来者不善,需要好好对付。犬养平斋请陆中庸通知徐东平,约徐东平在西四附近的砖塔胡同41号会面,由于事关机密,陆中庸就不必去了,犬养平斋将准时恭候徐东平先生的到来。

徐金戈这段时间也没闲着,在犬养平斋暗中对他进行调查的同时,他也布置了对犬养平斋的反侦察。当犬养平斋在"全聚德"饭庄的包房里暗中观察徐金戈时,却没想到他自己也失了一招儿。"螳螂捕蝉,黄雀在后",犬养平斋一现身就被军统北平站的特工盯上,徐金戈甚至提前知道了犬养平斋的住址。

文三儿又一次陷入了恐惧之中,看来这姓徐的又要捅什么娄子了,这个世界上还就有这么一类不安分的人,放着好好的日子不过,非要弄出点儿事来。文三儿觉得很愤怒,也很无奈,他姓徐的不想好好过日子,那是他自己的事,可文三儿又招谁惹谁了?北平城里有的是人,他姓徐的谁也不找,偏偏盯上文三儿,让你躲都躲不开。那天徐金戈和颜悦色地说要请文三儿喝茶,地点是骡马市大街的"翠云轩"茶馆。文三儿一听就明白了,这下可他妈崴泥了,准没好事。他文三儿是个臭拉车的,平时没人拿他当碟儿菜,猛不丁有人要请他喝茶,这就说明大祸临头了。文三儿愣在那儿琢磨了半天也没琢磨出个头绪来,不去又能怎样?

在"翠云轩"茶馆里,徐金戈对文三儿说的第一句话是:"文三儿,我问你,是中国人吗?"

第十四章

文三儿赔笑道:"徐爷,瞧您说的,咱不当中国人能当什么?想当日本人人家也不要啊。"

徐金戈干脆地说:"那好,我实话告诉你,我是重庆国民政府的地下工作人员,干的是抗日锄奸工作,现在我有事需要你帮忙。"

文三儿小声说:"徐爷,我一个臭拉车的,能帮您什么忙?"

徐金戈给文三儿续上水说:"明天我要去拜访犬养平斋,我不需要你做别的,只要你在门口等着,如果我进去二十分钟还没出来,你要马上按我给你的地址去找一个姓马的老板,把这个消息告诉他就没你事了,从此你还拉你的车,就当这件事从来没发生过。"

文三儿哭丧着脸拒绝道:"徐爷,这个忙我帮不了,您还是找别人吧。"

"为什么?"

"我不知道您要干什么,可我估摸这事儿小不了,八成是掉脑袋的事儿,您还是饶了我吧,这么说吧,玩命的事儿,给多少钱也不去。"文三儿坚决地说。

徐金戈冷冷地笑了:"给多少钱也不去?你想什么呢?告诉你,这是抗日救国的大事,一分钱也没有,你干也得干,不干也得干。"

文三儿索性耍开了青皮:"那您说说,我干有什么好处,不干又能把我怎么样?"

徐金戈干脆地说:"你要是干,便有活下去的可能;要是不干,你活不过明天,两条道儿,你选一条。"

文三儿顿时软了下来,他哀求道:"徐爷,您饶了我吧,我上有八十老母,下有……"

"文三儿,你少跟我扯淡,你光棍一条,哪来的八十老母?看你这样儿,你就不觉得丢脸?日本人占领北平七年多了,当亡国奴的滋味怎么样你比我清楚,你文三儿还是不是个爷们儿?为什么就没点儿爷们儿的血性?宁可吃混合面当亡国奴也要保住性命,连反抗一下的勇气都没有?你说吧,现在你有两个选择:一个是像狗一样活着,当日本人的顺民;另一个是起来反抗,哪怕是死,也要像条汉子。你选择哪个?"

文三儿缩起肩膀，低头小声道："好死不如赖活着……"

徐金戈的耐性终于到头了，他一掌拍在桌子上，桌上的茶壶、茶碗蹦起老高，他低吼道："浑蛋！我没工夫和你磨嘴皮子，从现在起，你的一切行动都要得到我的允许，你小子要是敢耍花招儿，我要你的狗命，听见没有？"

文三儿没想到徐金戈会发这么大火，他被吓坏了，一瞬间脑子里竟是一片空白，他忙不迭地点头："徐爷，您消消气儿，您消消气儿，我听您的还不成？"

徐金戈把茶钱扔在桌上，起身警告道："把嘴给我闭严了，要是走漏了风声，你照样儿得死。"

徐金戈头也不回地走了，只剩下文三儿在发呆。

文三儿也是很久以后才知道，那天夜里他救了徐金戈的命。在这场中日两国情报人员直接交手的火并中，文三儿居然成了举足轻重的人物，如此说来，文三儿也算是参加抗日活动了。这件事让文三儿自豪了很久，他这辈子生活过得太平淡了，在1945年3月的这个夜晚之前，他没什么值得炫耀的事，但经过这个夜晚，文三儿的身份变了，他不再是个拉车的苦力，他是抗日英雄了。当然，这都是文三儿自己的想法，别人是不是也这样认为，文三儿可不管。

其实那天晚上文三儿没做什么惊天动地的大事，他只是把徐金戈送到西四砖塔胡同41号。徐金戈进去后，文三儿抽了一袋烟，随后就开始犯困，于是便坐在车斗上眯瞪过去，后来有个人推醒他，问他去不去白石桥。文三儿摇摇头回答说我这是包车，不拉散座儿。那人转身要走，文三儿见他戴着手表便随口问了一句几点了，那人说10点05分，这时文三儿突然打了个激灵，一下子清醒过来。他记得徐金戈是晚上9点半进去的，而现在已经过了三十五分钟，按照和徐金戈的约定，如果徐金戈二十分钟后还不回来，文三儿就该去白塔寺附近的抄手胡同，找"鑫元"茶庄的马掌柜，把这消息告诉马掌柜。

文三儿一算时间，惊出一脑门子汗，崴泥啦，现在离约定的时间已经过了十五分钟，这姓徐的是死是活还不知道，八成是出事了。文三儿拉起车就奔了白塔寺，从砖塔胡同西口到抄手胡同东口只有十分钟路程，文三儿很顺利地找到"鑫元"茶庄的马掌柜。这是个四十多岁的中年男人，显得很精明，他不动声色地听完文三儿的叙述，转身从柜上拿了两块大洋往文三儿手上一拍道："兄弟，从现在起没你事儿了，记住！今儿晚上的事要烂在心里，听清楚了吗？"文三儿一见了大洋便抑制不住内心的狂喜，他连连点头："您放心，您放心，我文三儿懂规矩。"

那天夜里，文三儿没回车行睡觉，他先是找了个酒馆，喝了四两"莲花白"，有些高了，从酒馆出来时走在街上瞅谁都不顺眼，先是给了一个老叫花子一脚，嫌他躺得不是地方，不声不响躺在黑乎乎的墙根儿底下，差点儿绊倒了文爷，不给这老东西提个醒还行？

文三儿脚下拌蒜地走到虎坊桥，又碰到一个老盲人在路边拉胡琴卖唱，这时已是深夜，旁边一个听众也没有，文三儿冒着满嘴的酒气坐在老盲人的对面，还一个劲儿地打酒嗝儿。老盲人哪知道文三儿正想撒酒疯，他还以为来了知音，不然谁深更半夜跑到这儿来听唱？除非这人有病。于是老盲人又把嗓子提高了八度，自拉自唱地来了段《孟姜女寻夫》。文三儿悄悄拿过老盲人的乞钱罐儿看了看，发现里面一个钱也没有，便气恼地将钱罐儿扔回去，铁皮罐儿被摔得当啷乱响，老盲人被吓了一跳，连忙住了声……这时文三儿越看老盲人越不顺眼，尤其是孟姜女千里寻夫的唱词使他不痛快，千里寻夫？寻什么寻？再找个男人不就完了吗？像文爷这样没老婆的爷们儿有的是，干吗非他妈的一棵树上吊死？想到这儿文三儿又吼了一声："号他妈什么丧呢？给文爷我唱段《十八摸》，把文爷唱舒坦了有赏……"

老盲人吓得一哆嗦，连忙收起二胡，用棍子探索着路面，顺着墙根儿逃走了。文三儿酒劲儿向上涌，心中有股急于宣泄的欲望，他歪歪斜斜地走着，旁若无人地哼起了《十八摸》，歌声在深夜空寂无人的大街上显得格外嘹亮……

  伸手摸妹屁股边，
  好似扬扬大白绵。
  伸手摸姐大腿儿，
  好像冬瓜白丝丝。
  伸手摸姐白膝弯，

好似犁牛挽泥尘。

……

突然,文三儿的歌声戛然而止,酒也醒了一半,他看见马路对面有两个日本宪兵正在溜达。

那天夜里,文三儿在寿长街的一个婊子那里过的夜,可能是酒喝多了,文三儿忙乎了半天却什么事儿也没干成。第二天早上醒来,文三儿想接着忙乎,可那婊子却不干了,说再干还得掏钱,昨夜是昨夜,今儿个是今儿个,一码说一码。文三儿一怒便提上裤子走了,并发誓以后再不照顾这婊子的生意。不管怎么说,昨天这一宿赔大发啦,花了五毛钱落个住大车店,文三儿悲愤难平。

徐金戈能清醒地回忆起那天夜里发生的事时,已经是几个月以后的事了。这次行动很不顺利,本来徐金戈有个助手,两人一直配合得很默契,谁知动手之前的当天下午,他的助手突然在旅店被日本宪兵逮捕了,行动迫在眉睫,临时再找帮手是不可能了,徐金戈决定自己干。从他掌握的情报来看,犬养平斋还是个柔道和剑道高手,但徐金戈并没有把他放在眼里,刺杀行动不会靠拳脚取胜,他多次执行过刺杀任务,每次都是将目标一枪毙命,纵然是有一身武艺也根本用不上。

在徐金戈的记忆中,只有一次行动失了手,那是1939年3月21日在河内刺杀汪精卫。那天运气实在不好,汪精卫临时和秘书曾仲鸣调换了卧室,徐金戈和三个弟兄踢开卧室门,兜头一阵乱枪将床上的一男一女打死,然后就迅速撤离了现场。本以为汪精卫必死无疑,谁知第二天才从报纸上看到,汪精卫安然无恙,他们打错了人,为此徐金戈受到戴老板的严厉训斥。

在这次行动之前,徐金戈把所有可能出现的问题都考虑到了。犬养平斋是个老牌特工,他的智力绝不在徐金戈之下,如果带武器进入41号,成功的可能性微乎其微,犬养平斋的手下肯定要例行搜身,这是问题的关键。徐金戈对此也做了准备,他搞到一支特种手枪,这是一支英国制造的,伪装成雪茄烟的7.62毫米口径单发枪,子弹为钢芯弹头,穿透力极强。这支枪和其他几支真正的雪茄烟放在一个盒子里,在外形上足以乱真。这是一步险棋,万一被犬养平斋识破了,只好随机应变了。

徐金戈记得,那天可把文三儿给吓惨了,在去砖塔胡同的路上,文三儿的状态就很不稳定,他像往常一样,拉着车小跑,却总也跑不成直线,车把也在扭来扭去的。徐金戈发现文三儿的两条腿在剧烈地颤抖,他笑着拍拍文三儿的后背说:"文三儿啊,你小子走路怎么像鬼画符一样?"

文三儿说:"徐爷,不怕您笑话,我这会儿裤裆都湿了,两条腿也有点儿不听使唤。"

这次行动徐金戈的运气不太好,他几乎失手了。

当他走进犬养平斋的客厅时,他的目标却没有出现,只有两个穿黑色和服的日本人。那两个日本人向徐金戈鞠了一躬,其中一个脖子短粗的家伙汉语说得很流利:"徐先生,犬养平斋先生马上就到,请您稍等一下。对不起,我们能对您进行例行检查吗?"

徐金戈装出一副受到侮辱的表情大声抗议:"难道你们日本人就这样对待客人?连一点起码的礼貌都不讲?"

那两个日本人毫不理会徐金戈的抗议,只管蛮横地动手搜身,徐金戈的雪茄烟盒子被搜了出来。那脖子短粗的日本人打开盒子看了看,突然抽出一支雪茄从中间折断,徐金戈的心猛地一沉,马上意识到今天的行动有些棘手,他不动声色地看着那日本人又折断了第二支雪茄,心里迅速做出判断,看样子对方打算把所有的雪茄烟都折断,若是这样,尽管目标还没有现身,他却不得不动手了。

当那支伪装成雪茄的特种手枪被那日本人拿起来时,徐金戈果断出手了。他闪电般地一掌击中日本人的后脑,那家伙的头骨发出一声闷响,徐金戈凭手感就知道,对方的颅骨在他铁砂掌凌厉的打击下被打得粉碎,那支特种手枪已被徐金戈夺回手中。此时,另一个日本人已经以极快的手法掏出一支"南部"式手枪,还没来得及打开保险,徐金戈双臂一合,一个"双风贯耳"击中对方头部,随即双手一错,那个日本人的颈椎骨发出一声轻微的断裂声便无声地倒下……

徐金戈不到一分钟时间，徒手连毙两人，但他心里清楚，此时他已处在极大的危险之中，既然日本人已有防备，就绝不止眼前这两个杀手，说不定第三个杀手已经占据了有利位置。他正待转身之际，突然感到脑后起了一股微风，徐金戈心知不妙，这是有人在他身后进行偷袭，然而他想做出反应已经迟了……一根细细的钢丝勒住了他的喉咙，钢丝猛地抽紧，像刀子一样切进了皮肤，鲜血从切开皮肤的创口里迸溅出来，徐金戈徒劳地挣扎了一下，钢丝勒得更紧了，徐金戈绝望地感到，再有个十几秒钟，锋利的钢丝就会切断他的气管和颈动脉……钢丝突然松了一下，徐金戈身后传来一个冷冷的声音："徐先生，鄙人犬养平斋向你请安啦……"

徐金戈呼出一口气回答："犬养平斋先生……久仰了……你就这样招待客人？"

徐金戈抓住这个机会已经从口袋里摸出那支"雪茄烟"，他的手指也按在了发射钮上，但他绝望地发现，自己所处的角度根本无法向目标开枪，犬养平斋双手勒住钢丝，膝盖屈起顶住了徐金戈的后背，使用的手段是典型的"印度绞杀法"，使对手无论有多强武功也毫无还击余地。

徐金戈耳畔传来犬养平斋的声音："徐先生，在你临死之前，我还有点儿问题想核实一下。我的问题是，你这个刺客是受哪方面指派的？另一个问题是，你们是如何知道我的身份的？"

徐金戈勉强吸了一口气："犬养平斋，你下手吧，有人会替我报仇……"

"嗯，拒绝回答？真遗憾，像徐先生这样的高手要是能为我们日本帝国服务该多好，可你拒绝合作，这我就没办法了……"

钢丝又勒紧了，徐金戈感到一阵窒息，他的思维渐渐模糊，在失去知觉的一刹那，一个念头在徐金戈脑子里如电光石火般地闪过，鱼死网破，这是最后的机会了……徐金戈毫不迟疑地将"雪茄烟"抵住自己的胸口，猛地按动了发射钮，"砰！"枪声响了，一颗7.62毫米口径的钢芯弹头以极大的能量冲出枪管，迎面碰上一堵柔软的肉墙，弹头欢快轻松地洞穿肉墙，谁知穿出肉墙的钢芯弹头又撞上另一堵肉墙，在如此近的距离内，它还有足够的能量穿进另一堵肉墙，于是，钢芯弹头又义无反顾地撞进肉墙中……徐金戈和犬养平斋在子弹强大的冲击力下同时仰身跌倒，他们身后的白粉墙上溅满了鲜血，就像一幅"野兽派"的绘画……

方景林那天夜里也被卷入这个事件中。那几天夜里日本人全城搜捕抗日分子，警察局当然也不能闲着，方景林被派往珠市口一带进行夜巡。本来是两个人一组巡查，但他的临时搭档孟凡才晚饭不知吃了什么，走了没多远就蹲下捂住肚子喊起疼来，方景林一不耐烦就把他打发回家了。他一个人顺着西珠市口大街向东巡视，当他走到和前门大街交会的十字路口时，发现这里被设了路卡，一道蛇腹形铁丝网将路口拦住，两个日本兵和一个中国警察在铁丝网后面站岗。

那警察老远就和方景林打招呼，他走近了才看清，这是局里的同事王怀保，这家伙日语很好，正和两个日本兵聊得很热乎。方景林向他们点点头准备继续巡视，他实在厌恶王怀保，这是个死心塌地的汉奸，不光是积极协助日本人迫害自己的同胞，就是对警局里的同事也经常打小报告，干些落井下石的事儿。方景林早想好了，一旦有机会就收拾了这家伙。

王怀保偏偏不识趣，见方景林要走开便热情地邀请他参加讨论："老方，别走啊，一块儿聊聊，我正和两位太君讨论女人问题呢。"

方景林淡淡地说："哟，这我可没经验，我还没结婚呢，你们聊吧。"

王怀保用日语对一个日本兵说："老方的日语也不错，他也可以参加我们的讨论，反正现在也没事，离我们下岗还早着呢。"

那日本兵说："方桑，你不要走，我和王桑讨论的问题是，中国女人和日本女人在床上的表现有什么不同，是这样吧，王桑？"

"是这样，老方，你有什么看法？"王怀保向方景林猥亵地眨眨眼睛。

"老王，我说过了，我还要去巡逻，再说我对这种无聊的话题也不感兴趣。"方景林冷淡地说。

"哟嗬，老方你可是个正人君子，你是真没沾过女人？这我不大相信……"王怀保还在继续纠缠。

远处有汽车的灯光和引擎声，另一个日本兵警惕地端起步枪喊道："准备检查！有汽车过来。"

王怀保也掏出了手枪，举起左手示意汽车停下。

一辆黑色的1938年款的"菲亚特"轿车停在路卡前，司机是个中年男人，他摇下车窗说："太君、老总，我家里人得了急病，要去医院看病。"

王怀保瞪起了眼："有这么跟太君说话的吗？都给我下车接受检查。"

一个日本兵用手电向筒汽车后座照照，方景林看见一个穿长衫的人斜靠在后座上，头上的礼帽压得低低的，遮住了脸面。

两个日本兵立刻用步枪对准后座上的人哇啦哇啦叫起来，王怀保也举起手枪命令司机："你！把他的帽子拿开。"

司机在枪口的逼迫下无奈地将那人的礼帽拿下，方景林的心猛地一沉，他看见一张熟悉的脸，竟然是徐金戈……

徐金戈浑身是血，人已经昏迷不醒，他的头无力地耷拉下来。

日本兵和王怀保兴奋地大叫起来，他们没想到一条大鱼就这样轻而易举地撞到自己的网上，这个浑身是血的人肯定是个要犯。王怀保晃动着手枪对司机大声喊道："快！给我下车，举起手来！"

司机沮丧地举着手钻出车门……方景林的脑子里此时飞快地运转起来，怎么办？难道就这样眼睁睁地看着徐金戈被捕？杨秋萍在刑车上的惨状又浮现在方景林的眼前……一个中国特工落在日本人手里会是什么结果，方景林是非常清楚的。按照地下工作的纪律，他无权擅自采取行动，至少要向上级请示，但现在哪还来得及？如果错过这个机会，方景林会悔恨终生，不管徐金戈是不是自己同志，只要是抗日战士就没有不救的道理。

方景林来不及多想，他迅速观察了一下自己所站的位置，王怀保和两个日本兵都站在自己的前面，这是一个多好的射击位置，干掉他们！方景林迅速下了决心，他悄悄解开警服胸前的纽扣，将右手插进左腋下，那里藏着一支袖珍手枪，弹容只有五发，足够了。他考虑得很周全，警局所发的佩枪绝对不能使用，日本人的弹道专家不是傻子，他们会根据弹头找到发射它的那支枪，方景林才不会留下这种破绽。

王怀保已经拿出了手铐，准备扣上司机的双手。方景林能看出来，司机的身上可能藏有武器，不过是面对两个日本兵的枪口未敢轻易出手。看眼前的情景他稍有异动就会被击毙，日本兵的警惕性高得很。方景林的右手已经轻轻拨开了手枪的保险，不能再等了，出手！方景林猛地拔出手枪向前面的日本兵扣动了扳机……"砰！砰！"枪声在深夜的街道上显得格外震耳，子弹打进两个日本兵的后脑。方景林迅速掉转枪口，还没来得及开枪，"砰！"又是一声枪响，王怀保的脑门上中了一枪，三个敌人倒下后，方景林看见司机的枪口里冒出了一缕青烟……

"兄弟，好身手，谢啦！"那司机赞赏道。

"你出手也很快嘛，是军统的人？"方景林将手枪插回腋下枪套。

"没错，你是哪部分的？"

"中国人！快走吧！你们这伙计快不行了。"方景林环顾四周催促道。

司机蹿上汽车发动引擎，从车窗里探出头来说："前面不远有我们的藏身点，你要不要去避避？"

"不用，我有办法脱身，你们的据点里有医生吗？"方景林惦记着徐金戈的伤势。

"放心吧，什么都有，毕竟在这儿混了八年啦，兄弟，后会有期！"汽车像箭一样蹿出去，红色尾灯闪过路口消失在黑暗中。

远处响起了急促的警笛声，方景林迅速闪进煤市街南口，在黑暗中奔跑起来……

·第十五章·

那天晚上发生的事没给文三儿留下什么印象，他没几天就把徐金戈这个人给忘了。文三儿属于那种生活在混沌中的人，车行里的老伙计们都说文三儿是属耗子的，撂爪就忘。

文三儿只是在一个月后遇见了陆中庸，从陆中庸的嘴里才知道，那天晚上砖塔胡同41号出了大事，两个日本人被杀，犬养平斋受了重伤。事后日本宪兵把那一带都戒严了，还在全城展开了大搜捕，至少抓了一百多个嫌疑犯。据陆中庸说，犬养平斋是经过抢救才保住的性命，而姓徐的凶手却神秘地失踪了。巧的是那天晚上珠市口也发生枪击事件，日军12联队的两个士兵和一个中国警察中弹身亡，凶手也没有抓到，这两起事件之间有没有联系还不清楚。

陆中庸叹气道："这姓徐的不仗义呀，我陆中庸拿他当朋友，谁知他却是重庆派来的杀手，差点儿把我也搁进去，真是知人知面不知心，幸亏日本人对我还是比较信任的，不然我就是浑身是嘴也说不清呀。"

文三儿心说，你他妈活该！谁让你给日本人当狗？但表面上，他做出一副愁眉苦脸的样子："徐爷还欠着我的车钱呢，陆爷，这下我找谁要去？"

陆中庸幸灾乐祸地回答："文三儿，我教你个法子，找日本宪兵队要……"

文三儿再看见徐金戈时，已经是1945年的10月，那时战争已在8月15日结束了。据那来顺说，本来日本人还能挣扎两下，谁知美国大鼻子可不论秧子，照着日本国"咣""咣"就是俩大号"麻雷子"，炸得日本天皇当时就尿了裤子，还没缓过劲来，老毛子又来拉便宜手，在东北几天就把伪满洲国给灭了，这回日本天皇可真扛不住了，没二话，立马认栽。咱蒋委员长本来想就势灭了日本国，后来一看日本天皇认尿了，蒋委员长心说杀人不过头点地，人家

第十五章

都认厌了，咱中国人也不能没结没完不是？算啦，饶了这帮孙子吧。

文三儿可并不同意蒋委员长的观点。他有自己的道理，原先日本人横的时候咱惹不起，就先忍着，现如今日本人软了，该轮到咱收拾日本人了，就不能轻饶了这些小鬼子。欺负了咱中国人八年了，现在跟没事儿人似的想走，门儿也没有。

抗战胜利的消息使文三儿兴奋了好几天，他几乎不敢相信，如此凶悍的小鬼子怎么一下子就投降了。这些小鬼子也很奇怪，一旦投降了，一个个的比猫还温顺，见了中国人就不停地鞠躬。文三儿记得当年路过日本兵哨卡时，中国人若是不向日本兵鞠躬很可能就被捅一刀，如今风水又转回来了，这感觉简直太好了。

文三儿每次在街上遇见日本人时，都要故意停下车，双臂抱在胸前，两腿叉开，好好享受一下受人尊重的滋味。这种事也上瘾，要是哪个日本人没向他鞠躬，而是一低头就过去了，文三儿就会勃然大怒，这小子怎么这么不懂规矩？有人下没人养的东西，见了文爷不鞠躬，还反了他啦。这时文三儿必定要追上去踹他一脚。

后来，文三儿的胆子又大了一些，脾气也跟着见长，他在人力车的踏垫下藏了一根短棍，在街上遇见日本人，二话不说抽棍就打，不管他是侨民还是军人。有一次文三儿在珠市口碰见一个日本兵，这小子就像耗子一样溜着墙根儿走路，文三儿从踏垫下抽出短棍追了上去，照着日本兵的后腰就是一棍。那家伙连头也不敢回，只是捂着腰像狗一样拼命逃窜。这时旁边看热闹的老少爷们儿都叫起好来，文三儿忽然觉得自己很有些英雄气概，他一手叉腰，一手用短棍指着日本人的背影吼道："小鬼子，别再让文爷碰见你，见一次打一次。"

这时有个挑剃头挑子的剃头匠也手痒了，他连忙卸挑子抽扁担，准备助文三儿一臂之力，等他手忙脚乱抽出扁担时，那日本人早跑远了。

剃头匠埋怨众人："你们倒是截住小鬼子啊，咱爷们儿还没出手呢，这下可好，跑啦！这不是拱咱爷们儿火吗？"

文三儿很江湖地朝剃头匠一抱拳："兄弟，就不劳您出手啦，这小鬼子还没三块豆腐干高，咱一人打他仨都有富余。"

剃头匠也抱拳回礼:"老哥是条汉子,剃头不剃?咱免费。"

"免啦,后会有期。"文三儿把短棍放回原处。

国民政府的先遣部队已经开进了北平,听说准备把日本人分批遣返回国。文三儿对此很不满意,逢人便说,甭让这帮孙子走,都走了,文爷我手痒痒了怎么办?

国民政府的接收大员们也一批一批地出现在街上,他们进城时坐的是美式吉普车,才几天工夫,官员们的座车全换了,别克、奥斯汀、菲亚特……北平城成了万国汽车博览会,什么牌子的汽车都有,看来接收逆产是件很惬意的工作。

接收大员们忙得很,既然是接收逆产就得搞清楚什么是逆产,明着的好说,凡日本人的财产、公开投敌的汉奸财产都属于逆产,但还有很多人的财产属于模糊概念。既然在伪政权里担任过公职的人算是汉奸,那么在伪政权里当过门房的算不算?当过炊事员的算不算?在日本人开的洋行里工作的中国人算不算?在伪政权控制下的清华大学、燕京大学的教职员工算不算?在伪政权下上大学的学生是否算作"伪学生"?汉奸这个概念是模糊不得的,一模糊就会使很多人遭殃,他们名下的财产也会跟着易主。那么谁才拥有评判权呢?看来只有接收大员们,他们要说谁是汉奸,大概总能搞出点儿根据来。

先是陆中庸中箭落马,唯怨这小子太张扬,他抗战之前在北平城也就算半个名人,靠支破笔到处惹是生非,唯恐别人的日子过好了,本来仇家就多,况且后来又上赶着去当汉奸,其迫切程度不比科举时代赶考的秀才们低,还生怕日本人看不上自己,把当汉奸的名额给了别人。用文三儿的话说:跟他妈的吃了蜜蜂屎似的,谁拦住他当汉奸他跟谁翻脸,这孙子,打小就吃喝不落空,占便宜不让人,这下褶子了吧?

陆中庸是在一个深夜被逮捕的,国军宪兵煞有介事地来了二十多人,还开来好几辆汽车,其中一辆闷罐车被漆成血红色,一跑起来就呜呜乱叫,二里地以外都能听见。听说这玩意儿叫"飞行堡垒",专门逮人用的,不是要犯还没资格坐这种车。这回陆中庸算是露了大脸啦,人家宪兵一脚把他家大门踹开时,这小子还没醒过味儿来,披着件丝绸睡袍还伸出手要和宪兵们握手。为首的一个宪兵劈头给了他俩大耳光，陆中庸被抽得原地转了一个圈儿，还没来得及开口，就被两个身高马大的宪兵给放翻了，被麻利地扣上背铐，然后宪兵像拎只小鸡一样把陆总编扔进"飞行堡垒"。宪兵们从停车到走人没用了两分钟，陆中庸的一个邻居目睹了全过程，第二天就眉飞色舞地描述出来，市民们听得很过瘾，都说不能轻饶了这王八蛋。

文三儿在米市胡同北口碰上李大砍正拉着车进口，文三儿兴高采烈地问："李爷，听说陆中庸的事儿了吧？"

李大砍斜了文三儿一眼，不咸不淡地回答："姓陆的倒霉了，你小子乐什么？"

"我早说什么了？当汉奸没他妈好果子吃，这回让我说着了吧？李爷，这回闹不好就得活剐了这小子，他罪过大啦，枪毙都便宜他了。要我说，政府还得请您出山，除了您李爷，如今谁还有这手艺？"

李大砍说："扯淡，姓陆的顶多吃颗'黑枣'，如今不时兴凌迟斩首了，要不然大爷我能来拉车？这是他妈什么世道？二拇哥一动，人就玩完了，死得也忒舒坦啦。爷们儿，这法子不行啊，官家有官家的法度，犯什么法就得受什么刑，这是为什么？就为了让你在犯事儿之前好好琢磨琢磨，这案子犯得值不值，要是没人康八爷那身胆气，您就老老实实回家孵豆芽儿去，这就叫法度。现如今可好，甭管犯多大事儿都是一颗黑枣，您想不死都不行。当年的凌迟正好反过来，犯人只求早死，怕受罪，可大爷我偏不叫你死，让你死不了活受着，不这样镇不住人呀，往后敢犯案子的人还不越来越多？"

文三儿点头称是："没错，要是没点儿王法镇着，谁还汗珠子摔八瓣干这苦力活儿？连我都得当土匪去。"

李大砍嘴一撇，上下打量着文三儿："就你？说话也不怕闪了舌头，你他妈有这个胆儿吗？你当是个人就敢当土匪？别人我不敢说，就你文三儿，天生就是个拉车的货，连车都拉不好，还他妈当土匪呢？"

文三儿不急不恼："李爷，您比我也强不到哪儿去，天生就是个抢刀的，和宰猪的没什么两样儿。要说不一样，那就是你李爷砍人头，人家砍猪头。我听说干这行的都落下毛病，有事儿没事儿就琢磨人家的脖子，从哪儿下刀利索……"

文三儿不等李大砍回骂，拉起车就跑，跑出老远还听见李大砍的骂声："文三儿，你个杂种×的……"

也该着文三儿和徐金戈有缘，他还真在大街上碰上了徐金戈，这回徐金戈的装束变了，人家可真抖起来了。

那天文三儿在煤市街看见一个女人，这娘们儿贴着墙根儿走得飞快。文三儿觉得有些眼熟，他琢磨了一会儿，突然一拍脑门，他妈的，这小娘们儿就是当年那个日本妓女，那次文三儿和那来顺差点儿为这个日本娘们儿丢了命。真是老天有眼，又让文爷逮住了，文三儿顿时心花怒放，他来不及多想就冲上去把那日本女人用车别在墙角里。

那女人惊恐地望着文三儿，她穿着一件蓝布对襟的中式褂子，脸上不知涂了什么东西，显得脏乎乎的，不仔细点儿还真看不出她是个日本人。

文三儿乐了，他伸手在日本女人脸上捏了一把："哟，脸上涂的是豆面儿吧？这小娘们儿真机灵，愣把自个儿打扮成'驴打滚儿'的模样儿，你以为成了'驴打滚儿'文爷就认不出你啦？仔细瞅瞅，还认得文爷吗？"

日本女人慌乱地摇摇头。

"嗯，你们日本人记性都不好，看来文爷得让你长长记性。"文三儿拽住女人的衣领往下一扯，衣领被扯开一个口子，那日本女人白嫩的胸脯露了出来……

周围看热闹的人发出一阵哄笑，那日本女人哭了起来。

文三儿越发得意起来："装什么孙子，干的就是脱衣服的活儿，挣的就是卖炕的钱，装什么良家妇女？这叫捂着半儿拉充整个儿的，怎么文爷一动你就又哭又闹的，还动不得啦？"文三儿一时还没琢磨好该怎样收拾这日本娘们儿，但有一点是必须要做的，先把这小娘们儿的蓝布褂子扯下来再说。

文三儿正准备进一步采取行动，那日本女人却一屁股坐在地上号啕大哭起来。文三儿发现刚才还跟着起哄架秧子的几位看客都闭上了嘴，表情也变得严肃起来。他还没想明白是怎么回事，就觉得有人在他屁股上狠狠踢了一脚，文三儿猝不及防，一头来了个"狗吃屎"……

第十五章

两个戴着钢盔的国军宪兵手扶着腰间的枪套，正冷冷地盯着趴在地上的文三儿。

文三儿大惑不解，他从地上爬起来分辩道："老总，您这是……"

一个宪兵劈面给了文三儿两个耳光吼道："你胆子不小，敢光天化日下调戏妇女？"

文三儿认为有必要和宪兵们解释一下，这分明是误会，他并没有调戏妇女，他是在为国家做事。

"老总，您看清楚了，这可是个日本娘们儿，小日本不是投降了吗？咱中国不是打赢了吗？他小日本糟蹋了多少中国娘们儿？现在该轮到咱中国人报仇了不是？"

"啪！"文三儿又挨了一记耳光，一个高个子宪兵说："王八蛋，你还敢狡辩？谁告诉你日本女人就可以调戏？政府有政府的法令，轮得上你来说三道四？"

另一个宪兵掏出一副手铐说："你这是聚众闹事，扰乱社会治安，老子现在就逮捕你，快点儿，把手伸出来！"宪兵晃动着手铐催促道。

文三儿终于闹明白了，敢情收拾日本人也犯法。今天这事儿算是麻烦啦，他望着两个国军宪兵，双腿又开始不争气地哆嗦起来，一时竟不知身在何处，宪兵钢盔上的青天白日帽徽渐渐模糊起来，倏地变成了日本宪兵帽子上的黄色五角星。他当年从日本宪兵枪口下捡了一条命，被吓得尿了裤子，如今好容易把自己的政府盼回来，该是咱中国人抖起来的时候，可这是怎么回事？咱自己的宪兵怎么也打人抓人？

"嘿！说你哪，把手伸出来！"宪兵催促着。

文三儿绝望地哭了起来："老总……不不不，不是老总，您是我大爷，亲大爷，您饶了我吧，我下次再不敢了。两位大爷，我一臭拉车的，您别跟我一般见识，您就拿我当个屁——给放了吧。大爷，我的亲大爷，您高抬贵手，我上有八十老母，下有老婆孩子，一大家子靠我一人吃饭呀……"文三儿的鼻涕眼泪糊了一脸。

"文三儿呀，你又在这儿胡说八道，你哪儿来的八十老母和老婆孩子？怎么瞎话说来就来？"一个熟悉的声音在文三儿身后响起。

文三儿的精神为之一振，他胡乱抹了一把泪水，红红的小眼睛里立刻泛出了光亮。他看见一辆美制吉普车停在圈外，身穿美式军服，佩戴中校肩章的徐金戈坐在车里，脸上露出了嘲讽的微笑……

两个宪兵走到徐金戈面前立正敬礼。

徐金戈冷冷地问："怎么回事？"

高个子宪兵报告："报告长官，这个拉车的调戏妇女，扰乱治安，我们准备把他交给附近的警署。"

徐金戈略有些惊讶："就他？还敢调戏妇女？不会吧？这人我认识，他的胆子比耗子胆儿也大不了多少。"

"长官，事实如此，是我们亲眼看到的。"

文三儿直起腰来，脸色豁然开朗，满脸的鼻涕眼泪已消失得无影无踪。他虽然不认识徐金戈的军衔，但他本能地感到，有资格坐小车的人肯定比用两条腿走路的人官儿大。这就好办了，这时文三儿的脸上甚至露出一丝傲慢的神态，他朝徐金戈点点头："徐爷，这两位弟兄可能是和我有点儿误会，我文三儿是什么人？您知道呀，咱好歹参加过抗日。说句不好听的，我文三儿抗日的时候，这两位弟兄还不知在哪儿……"

徐金戈笑道："行啦，行啦，你少说两句，怎么这么多废话？"他扭头对宪兵们说："这个人交给我，由我来处理，你们忙去吧。"

两个宪兵向徐金戈敬礼后转身走了。

文三儿没好气儿地对围观的人群喊道："看什么？看什么？该干吗干吗去！吃饱了撑的？"

徐金戈拍拍文三儿的肩膀："文三儿呀，你小子可是长行市了，就你这个耗子胆儿也学会在大街上调戏妇女了？"

文三儿朝宪兵们的背影啐了口痰："我看这两个小子是他妈的汉奸，徐爷，您给评评理，他小日本欺负了咱八年，玩了咱中国多少娘们儿？我怎么就不能玩他们日本娘们儿？这叫一报还一报……"

"住嘴！刚才你怎么不敢说？人家走了你倒来劲儿啦？告诉你，日本政府已经宣布投降了，国民政府要按国际公约的规定把日本侨民分批遣送回国，在

第十五章

这期间还要保证日本侨民生命财产的安全，要是大家都去报私仇，那不就乱套了？"徐金戈教训道。

文三儿突然想起了什么："徐爷，您什么时候回的北平？自打上次我送您去砖塔胡同就再没见过您，您还……还欠着我半个月的车钱呢。"

徐金戈这才想起车钱的事，他抱歉地说："哟，真对不起，我把这事儿给忘了，这样吧，我给你留个地址，改日你去找我，我会加倍偿还你的。文三儿啊，我还得好好谢谢你呢，那天要不是你去报信，我也活不到今天，我还欠着你个大人情呢。"

"敢情是这么回事？"文三儿惊讶地张大了嘴，眼睛里放出光来。他今年四十四岁了，往前数数，这辈子还没干过什么太露脸的事，他没想到自己居然成了徐金戈的救命恩人，这无论如何也算件惊天动地的大事了。

"徐爷，我……"文三儿吞吞吐吐斟酌着词句，一时觉得很难开口。

"文三儿，你有话就说嘛。"徐金戈鼓励道。

"徐爷，那我……是不是也算参加过抗日工作？"

"当然算，你不但参加了抗日活动，还在一次敌后行动中救了我的命，我和我的上司也是这么汇报的。"

文三儿一拍大腿："这就结了，徐爷，您每月开多少饷钱？"

徐金戈一愣："饷钱？你问这干什么？什么意思？"

文三儿兴奋得满脸通红："您说了，我也参加了抗日活动，那我也算政府的人了，是不是？我要是政府的人，那也该给我开份饷钱，对不对？"

徐金戈大为恼火："噢，闹了半天你在琢磨这些哪？我说文三儿啊，你怎么就惦记钱呢？这是为国家为民族效力，不是挣钱的事儿啊。"

"徐爷，您可甭蒙我，国家是什么咱不知道，它认得我，我可不认识它，我就知道您是政府的人，总不会给政府白干吧？我就不信，您把脑袋掖裤腰带上，为政府玩命，到时候政府一句'为国家为民族'就把您给打发啦？这不可能。徐爷，我看这事儿还得麻烦您跟咱政府念叨一下，我那份饷钱还没给呢。"

徐金戈今天的心情不错，他懒得和文三儿纠缠钱的事，便索性干脆地挥挥手："行啦，行啦，不就是钱的事吗？好说，政府不给我徐金戈给。"

犬养平斋在砖塔胡同41号门前向正在下车的徐金戈恭恭敬敬地鞠躬:"徐先生,里面请……"

徐金戈不计前嫌地向犬养平斋伸出手:"犬养平斋先生,我们这是第二次见面吧?"

犬养平斋回答:"这是徐先生第一次见到我,因为那天我是从你背后偷袭的,徐先生没有看到我的脸,而我已经是第三次见到你了。"

两人走进客厅,犬养平斋说:"请坐,徐先生。"

徐金戈没有坐下,他仔细盯着犬养平斋的脸,像是在研究什么,而对方毫不退让,也用目光迎上来。双方谁也没有说话,只是用目光在交锋,彼此的心里竟泛起一种异样的感觉。就是在这间客厅里,几个月前的一个夜晚还发生了一场血腥的格斗,格斗的双方差点儿同归于尽,都以重伤为代价退出战斗,若不是战争的结束,两个人之间的决斗恐怕还要继续下去。

徐金戈在客厅里走了几步,突然转过身问:"犬养平斋先生好功夫啊。"

犬养平斋躬了躬身子回答:"徐先生过奖了,中国有句古话,叫作'败军之将不言勇'。"

徐金戈摆摆手说:"您不必谦虚,说实话,能无声无息出现在我身后,使我在毫无察觉的情况下中招儿,这已经很说明问题了,犬养平斋先生的确是个高手,徐某自愧不如。"

犬养平斋神色肃然:"请恕我直言,一个四万万人口的泱泱大国,如果像徐先生这样的血勇之人再多一些,我们恐怕早就输掉这场战争了。"

"事实也正是如此,尽管打了八年,可毕竟是你们输了。"

"日本并未败给中国,如果不是美国参战,再打八年我们也不会输。当然,现在争论这些已经毫无意义了,我想知道的是,贵国情报部门准备如何处置我。"

"那我先开个价,你考虑。我要你交代你及你的情报网在中国境内的全部活动,也包括贵国'黑龙会'的内部情况。作为交换,你可以作为日本侨民被遣返回国,我国政府保证对你既往不咎,这个条件你是否满意?"

犬养平斋笑了:"对不起,我无法满足你的要求。首先,我的身份本来就是日本侨民,而不是战俘。其次,你们也没有证据证明我是个受日本政府雇用的情报人员,要搞清楚这一点并不难,现在盟军已在日本登陆,我国情报部门的档案对盟军而言已不再是秘密。因此,我再重申一遍,我的身份是日本侨民,按国际法原则,我理应由贵国政府遣返回国。"

徐金戈冷笑道:"那么黑龙会是个什么组织呢?"

犬养平斋耸耸肩膀:"对不起,我从没听说过这个称呼。"

徐金戈知道犬养平斋这类人并不容易对付,况且黑龙会这个组织至少在名义上不属于日本政府控制,你很难抓住其把柄。徐金戈决定不再纠缠,他索性把话挑明:"你说的都有道理,但有个小问题不知先生考虑过没有?贵国目前在中国的侨民成千上万,具体数字恐怕连贵国政府都搞不清楚,若是有几个日本侨民在遣返之前就无声无息地消失了,这大概不会引起国际社会的关注。"

"你是说,如果你们得不到想要的东西,就让我永远消失?"

徐金戈笑笑:"这种可能是存在的,同行之间不必隐讳这一点。"

犬养平斋反问:"难道我没有死过吗?你我有缘,曾经共享过一颗7.62毫米口径的子弹,这颗子弹先是打穿了你的身体,然后又钻进了我的身体,并且留在了里面。一个医术高超的外科医生给我取出了子弹,他告诉我,在你前面的那个人伤势会比你重,因为他抵消了弹头一半的能量,受的是贯通伤,此人能否活下来我无法推测。徐先生,当时我就想,是否以前犯了一个错误,我低估了中国人的血性。其实道理很简单,任何一个民族中都会出现勇士,片面地看待一个民族的勇气是愚蠢的。哦,扯远了,说到现在,既然你可以毫不犹豫对准自己胸膛开枪,那么我为什么会怕死呢?"

"你的意思是拒绝合作?"

"当然,如果你能给我一把武士刀,我将感激不尽,大和民族在选择死亡的时候,更喜欢用刀来解决问题。很遗憾,你们的宪兵搜查得很彻底,连一把武士刀都没给我留下。"

徐金戈站起来:"犬养平斋先生,你已经表明了自己的态度,我们今天是不是就谈到这里?将来如果需要,我会送刀给你。"

犬养平斋深深地鞠了一躬。

北平光复后，北平市警察局又开始了新一轮的甄别活动。这次甄别是在重庆来的接收大员主持下开始的，其甄别对象是在日伪时期为虎作伥、参与过迫害同胞的警务人员。

身为巡长职务的方景林自然也不例外，他被审查了两个月，最后甄别委员会得出结论：警官方景林在日伪统治时期表现一般。经查证，无明显危害国家利益之举动，也没有参与过杀害、迫害本国民众之罪行，经甄别委员会决定，从即日起恢复巡长之职务。

主持甄别工作的张处长抗战时是重庆市警察局的副局长，这次以接收大员的身份进北平市警察局。此人喜欢以抗战功臣自居，在他眼里，凡在沦陷区生活过的人都沾上一个"伪"字，当过警察的是"伪警察"，当过兵的是"伪军"，在日伪势力掌管的学校里读过书的是"伪学生"。

方景林虽说被恢复了职务，却也被张处长训了几句："方巡长，对你的审查虽然结束了，但你也不是没有一点问题，都说你是一个恪尽职守的警官，我看问题就出在这儿，因为你的恪尽职守是为日伪政权服务的，这说明你在国家和民族问题上观点是很糊涂的，你要深刻反省这一点。"

方景林忍住气回答："感谢长官教诲，景林将谨记在心，每日三省。"

张处长认为，这些人在沦陷区苟延残喘地生活了八年，就算没什么罪行，至少也是丧失了民族气节，与汉奸只有一步之遥。有个被审查的警察发牢骚："咱政府打不过日本人，跑了，把我们这些人丢下，受了八年的罪，好容易盼到自己政府回来了，我们又成了'伪'了，这到哪儿说理去？张处长，您说，我们当时该怎么办？"

张处长大义凛然地回答："怎么办？拿起武器和鬼子战斗，舍生取义，誓死不当亡国奴。"

这话一说谁都没词儿了，既然沦陷区的老百姓都活过八年了，那肯定都是苟且偷生、夹着尾巴当亡国奴的怕死鬼，谁也甭狡辩。照张处长的意思，日本人进城时，北平的老少爷们儿应该抄起菜刀、抡起擀面杖和日本人拼了，这才算有民族气节。话又说回来了，要真这样，29军干吗撤走？干吗不和北平的老少爷们儿一起跟日本人玩命？把人都打光，政府还回来干吗？反正北平是一座空城了，你这接收大员还接收什么？

方景林从张处长办公室里出来，在走廊里长长呼出一口闷气，心说北平又要热闹了。日本人一投降，各种矛盾立刻尖锐起来，先是国共两党的矛盾，蕴藏着极大的危机，如此发展下去，内战将不可避免。除此之外，被光复地区内的矛盾也很尖锐，几乎人人都是一肚子牢骚，老百姓看到的是接收大员"五子登科"，生活上腐败到极点，他们有理由怀疑，这些接收大员在战争期间是不是也过着这种花天酒地的生活？如果这样，你们凭什么动不动就"老子抗战这些年"？连燕京、清华等大学的教授、学生也闹了起来，他们在日伪时期执教、上学，现在都成了"伪教授""伪学生"，这口气实在难咽，本来是政府无能，打不过人家就把老百姓扔下自己逃走，现在反过来又倒打一耙，这是政府还是流氓？

方景林望着窗外的北平街景感慨地想，中国到底向何处去！

"方巡长，您的电话！"巡警队办公室里有人在喊。

方景林走进办公室拿起话筒："喂！哪位？"

"景林，是我。"一个柔和的女声从话筒中传来。

方景林惊讶地睁大了眼睛："是你？"

"是我，老地方见！"电话被挂断了。

方景林的心中掠过一阵狂喜，她终于回来了，还没有忘记自己。七年了，他没有一天不在思念着罗梦云，他牢牢记着当年的承诺，除了罗梦云，他绝不和另外的女性做进一步接触，这是罗梦云的要求，他做了承诺的。

他把手头的事安排了一下，便火急火燎地冲下楼去……

文三儿做梦也没想到，天上还真掉下馅饼了，他突然变成了有产者，成了一辆新洋车的所有者。这好事来得太突然，差点儿使文三儿进入崩溃状态，他长这么大还没赶上过什么好事，净碰见倒霉事了。

洋车是徐金戈送的，是虎坊桥"西福星"洋车行里最好的车，价格为一百九十五元，这种车比起抗战之前贵了几十元。据车行的赵经理说，这年头儿最没谱儿的就是物价，今天这车是一百九十五元，您嫌贵不是？得嘞，您把钱收起来，先回去睡一觉，明儿早上再来瞧一眼，保不齐就是二百一十五元了，买不买您自己合计，要是您钱多了烧包，那我建议您回去眯一觉再来。

文三儿回答得也很牛气："嗨！我当是多少，不就是一百九十五块嘛，连二百都不到？太便宜了，小意思。赵老板，这车文爷我买了。"

"西福星"的车的确是好货，车厢上黑色的油漆泛着亮光，锃亮的电镀瓦圈，闪着银光的辐条，铜喇叭和车厢两侧的脚铃都是英国货。能坐这种车的人都应该是有些身份的人，如此说来，能拉上这种车的车夫也应该是车夫阶层中的精英人物，这事儿要是搁在以前，文三儿连想都不敢想。

要说人家徐金戈办事还真不含糊，只要是他承诺的事，办起来绝不打折扣，这种办事风格是文三儿从没见过的。徐金戈曾向文三儿承诺过，要报答他的救命之恩，而文三儿当然也希望徐金戈能在金钱上回报自己。他上次见到徐金戈时，不等人家开口自己就提了出来。以文三儿的想法，别人的承诺都是扯淡，最好是当场兑现，如果不能当场兑现，那文三儿就认为这是对方想赖账的托词。以后给？猴年马月吧，蒙谁呢？孙二爷就老和文三儿玩这套。文三儿啊，你小子这事儿办得挺漂亮，改日我得赏你几个。这话你可千万别当真，人家孙二爷说完这句话五分钟之内就丢到脑袋后面去了，你要真找他去要，得到的有可能是大耳贴子。

文三儿对徐金戈的承诺也同样没放在心上，他只能看到眼皮子底下的事，从来不相信以后的事，过后他自己也忘了。那天早晨文三儿还没出车，徐金戈就自己找到车行来了。他身上的军装和停在门口的吉普车把孙二爷吓了一跳，还以为自己犯了什么案子。最近孙二爷一直在嘀咕，自己和犬养平斋斗蛐蛐的事算不算汉奸行为？要是算这可褶子啦，今天这位丘八爷八成是来抓他的。谁知徐金戈连理都没理他，进了院子就喊文三儿。文三儿当时还没起床，便迷迷糊糊应了一声。徐金戈径直推门进了屋，孙二爷赔着笑脸跟了进来："老总，这儿又脏又臭的，请客厅里坐。"

徐金戈厌恶地皱着眉头说："你出去！我找文三儿有事。"

孙二爷向文三儿吼道:"文三儿,还不快起来?老总要朝你问话,没规矩的东西。"孙二爷又向徐金戈赔笑道:"你俩聊,你俩聊,一会儿请客厅里喝茶。"

孙二爷点头哈腰地退了出去。

文三儿手忙脚乱地穿衣服:"徐爷,您要包我车?"

徐金戈笑道:"谁坐你的破车呀?我自己有车。文三儿啊,我问你,买一辆洋车得多少钱?"

文三儿回答:"好点儿的一百八九,次点儿的也得一百出头。"

徐金戈爽快地说:"那咱就照最好的买。"

文三儿没闹明白,他小心翼翼地问:"徐爷,您买洋车干吗?"

徐金戈反问:"文三儿,你除了会拉车还会什么?"

"您还真说对了,我别的什么也不会。"

"这不就得啦,我看你小子也干不了别的,能把车拉好就不错了,我给你买辆洋车,以后你就不用再交车份儿了,好好过日子吧。"徐金戈看着文三儿,眼睛里竟露出一丝难得的温情。

"什么?"文三儿一口气噎在那儿,差点儿背过气去,"徐爷……您……拿我打镲呢?平白无故送我一辆车?徐爷……您还是饶了我吧,真的,您那差事我干不了,我一见血就头晕,腿也打哆嗦……"

徐金戈笑道:"嘿!我说文三儿,你怎么拿好心当驴肝肺?我说让你干别的了吗?你以为我在和你谈交易?就你这耗子胆儿,真要和你共事我还不踏实呢。"

文三儿狐疑地问:"徐爷,您不是开玩笑,真要送我一辆车?"

"废话!我大早晨的找你就为了扯淡?你看,钱都备好了。"徐金戈将一沓钞票拍在桌子上。

文三儿一时百感交集,涕泪纵横,他膝盖一软,"扑通"一声跪在地上,如捣蒜般地叩起头来:"徐爷,我文三儿这辈子忘不了您的大恩大德,我下辈子做牛做马……"

徐金戈皱着眉头轻轻踢了文三儿一脚:"文三儿啊文三儿,你又来了,我第一次遇见你是在永定门城门,你差点儿让日本人一刺刀给挑了,是我给你解了围,你当时就是这副没出息的样儿,鼻涕眼泪糊了一脸,跪在那里磕头如捣蒜。文三儿啊，你他妈的是个男人，就得像个男人一样活着，你听见没有？"

文三儿一边磕头一边忙不迭地回答："我听见了，我记住啦……"

"你他妈听见个屁，你磕头有瘾是怎么着？给我站起来！"徐金戈勃然大怒。

文三儿慌忙爬起来，战战兢兢地望着徐金戈，他实在闹不懂徐金戈为何这样喜怒无常。在文三儿的意识中，人家送了你这么贵重的东西，给人家磕头是理所当然的，要是天天有人送东西，文三儿情愿天天磕头，徐爷发这么大火干什么？

徐金戈叹了口气道："算啦，文三儿啊，你的脑子像一盆糨糊，我说什么你也不懂，我们不说这些了，我只是想告诉你，你曾经两次救过我的命，尽管你是无意识的，可我还是要感谢你，我希望你收下这辆车，今后攒点儿钱，娶个媳妇好好过日子。"

文三儿的眼泪又流了下来："徐爷，恩人哪，我记住了。"

徐金戈又恢复了冷漠的表情："去买车吧，以后有事到绒线胡同5号找我。"

徐金戈扭头走了。

还是中山公园的社稷坛，方景林远远地看见罗梦云从大门里向他走来。罗梦云的样子一点儿也没变，七年的岁月似乎没有在她脸上留下明显痕迹，她还是那样年轻漂亮，穿着一件蓝布旗袍，颀长挺拔的身材显得亭亭玉立。

方景林有些踌躇，他不知道自己该不该冲过去，像久别的恋人那样把罗梦云抱在怀里。在这七年里，什么事情都有可能发生，她还是当年的罗梦云吗？

两人走近了，在相隔一米处站住，两人互相凝视，良久没有说话。

还是罗梦云先开了口："景林，我想问你一句话。"

"请讲！"

"你，还是以前的你吗？回答我。"

"我没变，你呢？"方景林反问。

罗梦云的脸色变得柔和起来，她轻轻吟出那段令两人铭心刻骨的诗文："爱情的喷泉，永生的喷泉！我为你送来两朵玫瑰。我爱你连绵不断的絮语，还有富于诗意的眼泪……"

方景林的眼睛有些湿润了："梦云，你还记得这些？"

"永生难忘！景林，我回来了，你还等什么？"罗梦云期待地望着他。

方景林热泪长流，他猛地将罗梦云抱在怀里……

"梦云，这不是做梦吧？七年了，我是在感情的炼狱中挣扎，见不到你，我真的很痛苦。"方景林低语道。

罗梦云依偎在方景林的怀里闭上了眼睛："别说话，让我享受一会儿……"

方景林和罗梦云相互依偎着坐在河边的长椅上。

比起七年前，罗梦云的话似乎少多了，即使回答方景林的提问也是很简短的一句。

"梦云，这些年你在哪儿？"

"先是延安，后来又去了重庆。"

"在重庆干什么？"

"当记者，在《大公报》。"罗梦云似乎一句多余的话也没有。

方景林扳过罗梦云的脸捧在手里："梦云，你的性格好像有些变了，以前你是个性格开朗的姑娘，现在……为什么变得沉默寡言？告诉我。"

"没什么，我过得挺好，也成熟多了。"罗梦云淡淡地回答。

方景林固执地说："你都经历了些什么？现在你在想什么？告诉我。"

罗梦云若有所思地说："我还记得当年分别时你说的话。你说，诗的意境和战争氛围简直南辕北辙，到了那边你要谨慎，小布尔乔亚情调是要受批判的，要学会保护自己，你我都不是无产阶级出身，要格外注意。景林，四二年延安整风时，我一次次地想起你的话，当时我的日子很难过，以国民党特务的身份被关在社会部的窑洞里。"

"怎么会这样？随便就怀疑别人是特务？后来呢？"

"后来调查清楚了，又恢复了名誉，四三年我被派往重庆工作，现在《大公报》要在北平建立记者站，我跟接收大员们的飞机回到北平。"罗梦云几句话就把几年经历说完了。

方景林决定不再问敏感的问题，他的话题转向工作上的事："你的组织关系接上了吗？"

罗梦云低声回答："接上了，还是单线联络，很遗憾，和你那条线毫无关系，所以我们见面的机会不会太多，其实……你也知道，我们今天的见面，已经严重违反了纪律，可我必须见到你，不然我会疯掉。"

方景林态度坚决地说："我们可以自己安排联络方式见面。"

"即使违反纪律也要见面？"

"顾不了这么多，我们已经七年没见面了，如果还不能和你经常见面也太残酷了，我豁出去受处分也不在乎。"

"景林，我听你的。"罗梦云温柔地同意道。

"不说这些，咱们谈点儿高兴的事，解放区的形势怎么样？"

罗梦云立刻变得神采飞扬："太令人兴奋了，河北、山东、中原、江苏到处都有我们的解放区，我们的军队已经发展到一百多万人，还有将近二百万的民兵，蒋介石别想消灭我们，前些日子，我利用记者的身份走访了不少解放区。"

方景林也很兴奋："快说说解放区的见闻，这些年我像是被锁进了地窖，过着暗无天日的生活。"

徐金戈直到抗战胜利后才知道，那个神秘的"黑马"就是大名鼎鼎的军统华北办事处主任，兼任北平市民政局局长的马汉三。这个马汉三道行不浅，当年在日本人眼皮底下化装成车夫，潜伏了好几年。

徐金戈不得不佩服马汉三的专业能力和钢铁般的意志，能在如此险恶的环境下以少将之尊潜伏在社会最底层，并且担负着指挥军统北平站一系列惊心动魄行动的职责，这不是一般人可以办到的。

"八一五"光复以后，有一次徐金戈去保密局华北办事处公干，在那里他遇到马汉三，那时他还不知道马汉三就是大名鼎鼎的"黑马"。马汉三从自己的办公室里出来，在走廊里碰见刚办完事的徐金戈，他像老熟人一样和徐金戈打招呼："金戈老弟，你还是老样子嘛，怎么样，最近还好吗？"

徐金戈望着他肩上的少将军衔立正道："长官，您认识我？"

马汉三笑了："我太认识你了，我们打了八年交道，你说，我能不熟悉你吗？"

徐金戈惊奇地问："长官，您是……"

"还记得'黑马'吗？那正是鄙人。"马汉三转身要进办公室。

"长官……"徐金戈轻声叫了一声。

马汉三回过身问："还有事吗？"

徐金戈脚跟一碰，向马汉三规规矩矩敬了个军礼，他的眼睛湿润了。

马汉三似乎想起了什么："有个叫方景林的警察你认识吗？"

"认识，他是我朋友。长官，他怎么了？"徐金戈很惊讶。

马汉三沉吟道："你该去感谢一下，你受伤的那天夜里，是他救了你。这人是个快枪手，有些身手，你问问他，是否愿意到我们北平站工作。"

"长官，那天夜里的事……我什么都不知道，等我清醒时已经过去很长时间了，长官怎么知道？"

"这不奇怪，因为我当时也在场，他同时也救了我。光复后我在警察局查到了这个人，才知道他叫方景林。"

"长官，我会去找他，这个人好像只喜欢当警察，对别的工作没什么兴趣，我试试吧。"

马汉三挥了挥手，淡淡地说："去忙吧，有事就来找我。"

徐金戈站得笔直，他坚持道："长官先请！"

马汉三说了声："再见！"便转身进了办公室。

这次会面给徐金戈留下深刻印象。

方景林一口回绝了徐金戈的建议。

"金戈兄，你不用再说了，我干警察挺好，你们那个部门名声不大好，我不去。"

徐金戈不满地说："什么话嘛，这话幸亏是你说的，要是从别人嘴里说出来，我肯定认为他是共产党。"

方景林笑道："你看，我说什么来着？稍有不满就被说成是共产党，你们军统的人就是这毛病。"

"行啦，不去就不去吧，我们庙小，请不动你这尊大佛，咱们还是朋友，景林兄，我得感谢你啊，要不是你出手相救，我徐金戈也活不到抗战胜利，我该怎么报答呢?"徐金戈真诚地说。

方景林开玩笑道:"别总怀疑我是共产党就行了,那就是报答。"

"你不会是共产党,这我有把握。"

"何以见得?"

徐金戈正色道:"共产党喜欢搞统一战线,他们可以和国民政府的任何部门合作,唯独不会和我们合作,双方结仇太深了,即使在抗战中也不可能合作。"

方景林没吭声,心说,你错了,当年要不是我通知你,你们去协和医院解救杨秋萍时就会落入日本人的陷阱,你们这些浑蛋,要不是为了抗战,我才不帮你。

陆中庸的案子终于有了结果,他被以汉奸罪判处死刑。听说陆中庸的罪过本不该死,在长达八年的沦陷期内,有多少中国人当了汉奸,要说都该枪毙,那么兵工厂得再开工生产大批的子弹。你琢磨吧,光伪军部队就好几百万,再加上为日本人和伪政权服务的人,你算算该枪毙多少?陆中庸的罪行主要是助纣为虐,以告密的方式协助日本占领当局屠杀和迫害自己的同胞。他间接造成五个中国人的死亡,就凭这一点,足够枪毙他五次了。

文三儿本来以为会公开枪毙陆中庸,这样北平的老少爷们儿也可以去法场开开眼,看看枪子儿是如何将陆中庸的天灵盖掀去半个,这种热闹可不是天天能看见的。文三儿想象着,枪毙陆中庸那天应该是人山人海,陆中庸被装在木栅车里五花大绑,脖子上还插块木牌子,看热闹的人群纷纷向他啐唾沫扔砖头,陆中庸像死狗一样低着头,裤裆还是湿漉漉的,这阵势他要不尿裤子才怪呢。文三儿已经想好,只要装陆中庸的囚车从自己眼前过,他一定要用那根短棍敲敲陆中庸的脑袋,还要问问这小子,认不认得文爷。

可事情的发展很使文三儿失望,陆中庸在北平第一监狱被处决了,他死后报纸才把消息登出来,这很使文三儿扫兴。

文三儿买了新洋车后就不是"同和"车行的人了,他不用再交车份儿钱,挣多挣少都是自己的。孙二爷也说,文三儿啊,你小子可长出息了,有了自己的车,这回该搬出去住了吧?文三儿和孙二爷商量,自己搬出去也得花钱租房，不如还住车行里的大通铺。孙二爷倒也干脆，说你每月交我一块钱，愿住多久住多久。文三儿想了想，觉得也算值，就同意了。

住在车行里的好处是不寂寞，每天晚上车夫们回来后会很热闹。住在这里的车夫都是些没家没业的人，晚上大部分时间都是用来聊天的。近来文三儿很热衷于聊天，因为他发现自打买了新车后，他在伙计们中间似乎有了某种威信，大家对他都很恭敬，很多人开始称他为"文爷"。当爷的感觉的确不错，文三儿闹不清是因为自己成了有产者还是因为自己本来就有人缘，反正他明显地感受到了大家对自己的尊重。比如两个车夫抬杠，由激烈争论到彼此怒骂，正在不可开交时，文三儿慢悠悠地说话了："都他妈吃饱了撑的是怎么着？吵什么吵？不成就出去找个没人的地儿单挑，谁把谁拾掇了那是本事，文爷就看不惯你们这些练嘴的。"说来也奇怪，文三儿一说话，怒骂的双方谁都不吭声了，大家似乎都认可文三儿的威信。

连以前最不服文三儿的那来顺也老实多了，有话没话的总想和文三儿套点儿近乎，言语间非常恭敬，有时甚至是谄媚。那来顺两年前把老婆孩子送回了老家，自己住进了车行的大通铺。有一天夜里，文三儿尿急，他懒得穿衣去院子里的茅房，于是就用那来顺的脸盆当作尿盆，撒完尿后文三儿又睡过去。正巧一会儿那来顺也起夜，他迷迷糊糊下床，一脚踢翻了脸盆，尿水泼了一脚，那来顺大怒，刚骂了一句，王德彪指指文三儿："老那，别说了，是文爷尿的。"那来顺的骂声立刻被卡在嗓子眼了，他连个屁都没敢放。第二天那来顺买了个夜壶送给文三儿："文爷，您以后用这个，天儿凉了，起夜容易着凉。"

对那来顺的谄媚，文三儿抽着烟连眼皮都没抬，他心说，大裤衩子啊，你这会儿知道害怕了？早干吗去了？别忙，文爷先臊着你，等腾出工夫再拾掇你。

那来顺见文三儿不给面子，心里也别扭起来，他是个轻易不服软的人，平时根本没把文三儿放在眼里，不过近来文三儿突然抖了起来，还有人送了他一辆新车。对那来顺来说，这是个比较危险的信号，一辆小二百块钱的新洋车，什么人出手如此阔绰？恐怕是个有权有势的人。可话又说回来了，杀人不过头点地，你文三儿有后台咱惹不起，可你不能欺人太甚，往我脸盆里撒尿我忍了，我主动买个夜壶送你，你还爱搭不理，就像我该你欠你的，得，咱惹不起躲得起，爱怎么着就怎么着吧。

那来顺冷着脸道："得嘞，文爷，这夜壶我放床底下了，您乐意用就用，不乐意用也别拿我脸盆撒尿，算我求您了。"

文三儿终于说话了："那来顺，我还就有个小毛病，喜欢用脸盆撒尿，你说怎么办吧？"

那来顺话里带刺地说："好好好，文爷，您就用脸盆撒尿，我好凑合，实在不成用夜壶洗脸也行，只要您高兴，我怎么着都成。"

文三儿意味深长地盯了那来顺一眼，用被子蒙住了头，睡起了回笼觉。

北平城经过光复的短暂欢乐以后，又恢复了平静。要说有什么变化，那就是比日本人占领时期热闹了不少。街上的小汽车多了，铺子里的商品多了，很多以前没见过的东西使北平人感到眼花缭乱，比如可口可乐和原子笔，铁桶包装的奶粉和鸡蛋粉，还有麦片和咖啡，美国军装和军毯。这些商品充斥着北平市场，都是一些新奇的玩意儿，北平的老百姓以前连听都没听说过。

车行里的赵二傻前些日子被人包了几天车，主人是位从美国留学回来姓张的小姐，人家坐烦了小汽车，要换换口味，坐坐北平的传统交通工具，赵二傻有幸被选中，伺候了小姐几天。虽说是短短的四五天，赵二傻可开了眼。头一天晚上去的是六国饭店，据赵二傻说，张小姐那天是去参加舞会的，这小娘们儿下身像是穿了件黑裙子，这倒没什么，问题出在上身。赵二傻认为张小姐上身什么也没穿，按咱北平话说叫"光着板儿脊梁"。这小娘们儿居然就好意思光着脊梁跑到六国饭店去，这不是有病吗？还要脸不要脸？

伙计们谁也不信赵二傻的话，都说这小子八成是把梦里的事儿当了真，只有文三儿饶有兴趣地问："你说张小姐光着膀子，那你看见奶子了吗？"

赵二傻说："只看见半儿拉，剩下的半儿拉让裙子遮着呢。"

文三儿也大惑不解："不是上身什么也没穿吗？怎么又把那地方遮住了呢？到底是什么东西给遮住了？"

赵二傻被问得有些发蒙："张小姐的裙子上还有个肚兜儿，用根细带子吊在脖子上……要说也不算肚兜儿，只能算半个肚兜儿，反正我没见过这种肚兜儿，奶子只露出一半儿，再加上天儿也黑了，瞧不清，我在前边拉车，张小姐坐后面，咱总不能老回头瞧吧？闹不好再撞电线杆子上。"

文三儿还是不明白，他怎么也想象不出世界上居然还有这样的裙子，要是女人们都穿这种裙子，男人可合适了，还不什么风景儿都看在眼里？

文三儿问："后来呢？"

"到了六国饭店张小姐进去了，我再一瞧，可了不得，广场上小卧车都停满了，从汽车里出来的娘们儿都这打扮，我算是开眼啦，这么说吧，能进六国饭店的娘们儿个个都跟仙女似的，猛一瞧好像什么都没穿，再仔细瞧，咱想看的地方什么也看不见，全他妈的遮住了，这不是急人吗？我足足等了三个多钟头，张小姐才挎着一个男的出来，我正要迎上去，人家连理都没理我，两人上了一辆小汽车，屁股一冒烟儿，走啦……"

伙计们眼睛都直了，有人问："怎么着，走啦？"

"可不走了吗，把我晾那儿了，一会儿来了一个穿制服跟班儿的，问：你是赵二傻吧？张小姐说今晚不用车了，你自己回去吧，对啦，张小姐还让我给你送一瓶可口可乐。我接过瓶子问，兄弟，我跟您打听个事儿，您知道张小姐穿的是什么衣服？那跟班儿的说，你连这都不知道？这叫晚礼服。得，我总算明白了，这是专门晚上穿的衣服，跟侠客穿的夜行衣一样，白天穿那是有病，晚上穿那是个派。我拿着可口可乐一看，颜色儿有点儿像酸梅汤，当时我也正好渴了，拿起来就喝，一喝进嘴我就喷了出来，我操！这是什么味儿？跟他妈药汤似的，说甜不甜，说苦不苦，还有股怪味儿，敢情洋人都喝这个？咱没尝过耗子药是什么味儿，我估摸这可口可乐比耗子药强不到哪儿去。"赵二傻啐了口唾沫，愤愤地说，"我现在还恶心呢。"

王德彪说："你还别说，自打光复以后，怪玩意儿全出来了，你们见过不用墨水的钢笔吗？我就见过，大华公司老板的大少爷李伟国和我们街坊家的二小子是同学，他送二小子一支笔，不用蘸墨水，上来就写，说叫原子笔，美国货。哥儿几个，你们没听说过吧？还有邪的呢，美国人把鸡蛋牛奶晾成干儿，磨成粉，叫鸡蛋粉、牛奶粉，吃的时候沏点儿开水就是一大碗，跟咱中国人沏茶似的，你说怪不怪？"

那来顺也来了精神："这你们就不懂了吧？别说鸡蛋粉、牛奶粉，还有洋面、美孚油、骆驼牌烟卷儿、美国军装、军毯都臭了街啦,把中国货全顶了,如今国货卖不动啦,人家那东西就是好,又便宜又好看,谁还买国货呀。哥儿几个,知道这些洋玩意儿都从哪儿来的吗?这叫'租借法案'的剩余物资。"

王德彪问:"什么……案?你他妈说清楚点儿,不知道哥儿几个耳背?"

那来顺得意地抽了口烟:"不懂了吧?我得给你们开开窍儿,这么说吧,咱不是和小鬼子打仗吗?美国人一开始不想掺和,只想拉拉便宜手,可日本人是二杆子,逮谁和谁翻脸,你美国不是向着中国吗?得嘞,连你一块儿揍,这下可崴泥了,美国人不吃这套,谁跟他叫板他灭谁。美国人说了,全世界的国家都算上,谁揍日本人谁就是朋友,是朋友就给东西,你要什么吧,只要言语一声,美国人有的是,还给你送上门去,轮船不够用飞机招呼,鸡蛋粉那都是小意思,这才值多少钱?人家飞机大炮都白给。就这么着,日本人扛不住了,越打越穷,听说连日本天皇都喝上棒子面儿粥了,老百姓就更甭提了,没辙,只好认栽。美国人的劲儿头刚鼓捣起来,这么多东西本来是为打仗预备的,谁知道日本人这么不禁打,还没怎么着呢就趴下了,美国人一想,运回去不值当,算啦,就地贱卖吧。瞧见没有?满街都是,人家不在乎赚钱,真他妈富啊。"

赵二傻啧啧嘴:"哎哟!敢情是这么回事,老那,你还真行,懂这么多,谁教的?"

那来顺笑道:"你也不看看最近谁包我的车,燕京大学的罗教授,人家那学问大啦,别的甭说,就这'租借法案'四个字,我记了两天才记住,我嘴里念叨着租借法案……租借法案……刚他妈走到门口,得,又忘了,再回去问,好不容易头天记住了,第二天早上又忘了。人家罗教授可是好脾气,也不烦,只是说,来顺啊,我怀疑你脑子里长了什么东西,记性怎么这样差?我说,罗先生,我脑子里除了糨糊没别的……"

自从上次和那来顺打架吃了亏后,文三儿一直窝着火,总想找个机会报复一下。文三儿不是不可以吃亏,问题是谁给他亏吃,比如挨了彪爷的打,文三儿认为理所当然,人家彪爷在四九城好歹也是个人物,冲他的名声,文三儿认为自己挨打并不丢脸。可那来顺是什么东西?不也是个臭拉车的吗?他也敢和文爷动手,这不反了他吗?对这种人一定要好好管教一下,让他知道知道马王爷究竟是几只眼，免得他以后再跟文爷犯各。

想到这里，文三儿哼了一声："要是糨糊倒也成了，就怕是一脑袋大粪。"

伙计们都不说话了，那来顺似乎想说点儿什么，被赵二傻踢了一脚也就不吭声了。

王德彪显然是想活跃气氛，他没话找话地说："不说这个啦，哥儿几个聊点儿别的，我先来一段儿。你们知道周易桐吗？"

那来顺说："不就是日本宪兵队的周翻译官吗？头两年你在他家拉包月。"

"没错，我在他家干了两年，人家周易桐可不坐我的车，每天上班日本宪兵队出汽车接送，是他家的蒋姨太坐我的车。"

文三儿接口道："我见过蒋姨太，那次在大栅栏的'瑞蚨祥'门口，你停下车，蒋姨太从车上下来进了'瑞蚨祥'，那小娘们儿长得可真水灵，顶多也就二十吧，周易桐这老牛还专啃嫩草，那小娘们儿现在干吗呢？"

"您听我说呀，文爷。日本投降是8月中吧？我9月底在法源寺门口碰见蒋姨太了，当时周易桐刚让政府拿进大牢，有名的汉奸嘛，全北平谁不知道？政府不拿他拿谁？蒋姨太那天是去法源寺烧香，保佑他男人平安无事。她一见了我眼泪就下来了，说男人进去了，还不知是死是活，家里的东西都成了逆产让人家抄了，以后的日子还不知怎么过。蒋姨太平时对下人还不错，人家现在遭了难，咱也不能不管不是？当时我兜儿里只有两块钱，就给了蒋姨太，还劝了两句。蒋姨太说，老王啊，求您件事儿，给我找个主儿吧，我男人肯定是出不来了。我心说了，我认识的人不是拉车的就是扛大个儿的，咱到哪儿找去？我倒想娶她，一是人家不跟我，二是咱也养不起。我说，蒋姨太，您别着急，我给您寻摸着，有合适的我马上告诉您……"

文三儿打断王德彪的话："老王，你说话怎么这么磨叽？就说这小娘们儿最后归了谁吧？"

王德彪笑道："别急呀，这么好的娘们儿能剩下吗？您猜怎么着？过了一个月，我在西四牌楼那儿又碰上蒋姨太，人家又抖起来了，穿了件紫旗袍，脚上是高跟鞋，头发烫得像狮子狗，扭着身子从小汽车上下来，挎着一个男人的胳膊进了'同和居'饭庄，我当时站在'同和居'门口等座儿，看那男的就眼熟，怎么也想不起来在哪儿见过,蒋姨太见了我一愣,硬是装不认识我。我操!这些有钱人真孙子,这刚一个月就把我那两块钱给忘了,早知道这样,我还不如拿那两块钱逛窑子去,咱还落个舒坦呢。我悄悄地问那司机,老哥,刚才进去这位爷是谁呀?司机说,你连他都不认识?他是军统局北平办事处主任马汉三啊,重庆来的接收大员。我明白了,闹了半天蒋姨太也成了'逆产'让人家接收了,再一想,这马汉三我瞧着怎么这么眼熟,我肯定见过,想了半天,我一拍脑门想起来了,您猜他是谁?你们都见过,他是头几年跟咱们一块儿拉车的老王啊。"

伙计们都傻了,可也是,有日子没看见老王了,敢情老王是当大官了?

文三儿也想起来了,那年在韩家潭的"庆元春"门口认识的老王,他还和老王闲扯了几句,真是人不可貌相,老王当年穿得破破烂烂,走路都弯着腰就像个虾米,拉着一辆破洋车,连文三儿都懒得搭理他,谁知老王竟然是个潜伏在北平的大人物,这事儿可真邪了门。

那来顺感叹道:"人哪,只有享不了的福,没有受不了的罪,人家老王算是熬出头儿了,在小鬼子眼皮底下拉了几年车,没有功劳也有苦劳,老王苦哈哈地回了重庆,蒋委员长一瞧就不落忍了,得嘞,给你个美差,当接收大员吧,接收逆产有油水啊,要钱有钱,要娘们儿有娘们儿。"

伙计们大笑起来。

赵二傻搔搔刮得发青的头皮,疑惑地问:"最近老听人说敌产逆产的,到底啥叫逆产?啥叫敌产?"

"鬼子的东西叫敌产,汉奸的东西叫逆产呗,接收大员是干吗的?人家就是来接收敌产逆产的,捎带手儿把汉奸的娘们儿也接收到自个儿被窝里。"王德彪解释道。

那来顺补充道:"当接收大员得有路子,比方说,蒋委员长表哥的二姐夫的侄子,拐多少道弯儿没关系,只要抱上蒋委员长的大腿,那准能发,蒋委员长一句话,得啦,到北平当接收大员去,怎么接收你们哥儿几个自己商量,这就等于皇上下圣旨了。这位爷到了北平一瞧,我×他奶奶的,怎么这么多接收大员?敢情蒋委员长要照顾的人不光是我一个,北平城就这么大,敌产逆产也有数儿,你要多分点儿我就得少分点儿,怎么办?这几位爷得商量,这个说了,咱们哥儿几

第十五章

个来个分片包圆儿，绒线胡同到西四牌楼这片儿归我。那个说了，西四头条到新街口归我。就这么着，这几位爷就把西城给分了。架不住接收大员多呀，这哥儿几个分西城，那哥儿几个分南城，三下五除二，北平城就让人家给包圆儿啦。"

赵二傻恍然大悟道："明白了，明白了……哥儿几个别嫌咱脑子笨，我还有点儿不明白的，这敌产好分，是日本人的东西都叫敌产。可汉奸呢？什么人才算汉奸？陆中庸和周易桐就别提了，那是板上钉钉的事儿。可有的人就不好分了，比方说给日本人干过事儿的算不算？"

王德彪肯定地说："那当然算，我哥家的街坊牛家贵在日本洋行里做事儿，这小子平时见了老街坊们老扬着脖子，眼睛长在脑门子上，好好的中国话不说，张嘴就是日本话，吃饭不说吃，叫'咪嘻咪嘻'，送人东西不说送，叫'新交新交'。整个一屎壳郎钻马槽儿——假充大料豆。这王八蛋要不算汉奸，那北平就没汉奸了。"

那来顺插嘴道："要我说，咱'同和'车行的孙二爷就算汉奸，这老东西靠几只破蛐蛐儿和日本人拉拉扯扯，车行的伙计们可都看见了，这会儿他想赖也赖不掉。"

那来顺不说也罢了，这一提汉奸的话题文三儿就气不打一处来，至于孙二爷算不算汉奸他不知道，可那来顺这孙子倒真有点儿汉奸之嫌。那年在前门楼子底下，那来顺刚挨了日本宪兵两个嘴巴，连个愣儿都不打就把文三儿给卖了，虽说他的出卖行为没起什么作用，自己也没免了一顿打，可那来顺的做法却是百分之百的汉奸行为。

文三儿斜眼盯着那来顺说："要叫我说，什么叫汉奸？在鬼子那儿卖自己人的都是他妈汉奸。"

文三儿的话一出口，那来顺立刻就敏感起来："我说文三儿，你把话说明白点儿，这是说谁哪？"

文三儿乐了："怎么着？有捡孩子的，也有捡银子的，我还没见过捡骂的。"

"文三儿，你他妈少来这套，咱也不是没见过，有的人一见了鬼子就尿裤子，隔着八丈远都能闻到一股臊味儿，比我也强不到哪儿去，这会儿充他妈什么好汉？"

文三儿冷笑:"大裤衩子,睁开你狗眼瞧瞧,知道文爷是谁吗?"

那来顺嘲讽道:"哟!你是谁呀?不就是个臭拉车的吗?"

文三儿突然出手,一个耳光扇在那来顺脸上,其气势之凌厉,使周围的伙计们大吃一惊,连那来顺都被镇住了,他闹不明白,早已是他手下败将的文三儿怎么会有这么大胆子,这绝不像文三儿的一贯风格,要是没有人给他撑腰,再借他三个胆子也不敢,想到这里,那来顺没敢贸然扑过去。

文三儿颇有风度地向大家拱拱手:"对不住啦哥儿几个,让大伙儿受惊了,那来顺刚才不是问我是谁吗,那我就告诉他我是谁,大裤衩子,说出来吓死你,知道警察局局长沈万山是怎么死的吗?告诉你,那是我和弟兄们一块儿干的。日本人犬养平斋挨了一枪是怎么回事?那也是文爷我干的,以前文爷我有任务在身,没工夫搭理你,你当文爷怕你?现在是时候了,咱得把新账老账一块儿算算。"

文三儿话一出口语惊四座,大伙都被惊呆了,谁想到平时不起眼的文三儿居然是……那叫什么?对,叫地下工作者。这可不是闹着玩的,听文三儿的口气,这不像是吹牛,谁敢拿这事儿吹牛?大家马上联想到文三儿的新车,便越发相信文三儿是政府的地下工作者,不然凭他一个臭拉车的,怎么说买就买辆新车,小二百块钱呢。

那来顺被吓坏了,他低声下气地说:"文三儿,不不不……文爷,兄弟我以前有眼不识泰山,得罪过您,您大人大量,别跟我一般见识,我给您赔不是……"

"啪!啪!"文三儿抬手又给了那来顺两个耳光:"大裤衩子,你和谁论兄弟呢?你也配?说实在的,当你大裤衩子的爷我都栽面儿,咱丢不起那人。"

赵二傻小心翼翼地替那来顺求情:"文爷,文爷,您消消气儿,以前弟兄们不知道您的身份,得嘞,今个儿您打也打了,骂也骂了,老那也知错了,您就饶他这一回……"

文三儿也见好就收:"行啦,今儿个文爷我给大伙儿个面子,先把那来顺的事儿搁起来,姓那的,你给我听好喽,从今往后你给我把尾巴夹住了,别招文爷我烦,不然我送你进局子,治你个汉奸罪,听明白了没有?"

那来顺忙不迭地点头:"明白了,明白了,文爷。"

"滚吧!"

·第十六章·

前门外天桥是北平最热闹的地方，所谓天桥，早先是一座南北方向的"锣锅桥"，它纵卧在东西方向的龙须沟上。由于是皇帝经过这里祭天、祭先农的桥，故而称之为天桥。元代天桥处在大都城的南郊，明嘉靖年间增筑外城后，成为外城的中心。清代的前三门外是会馆、旅店、商业集中之地，天桥一带逐渐出现了茶馆、酒肆、饭馆和卖艺、说书、唱曲的娱乐场子，形成天桥市场的雏形。清康熙年间，内城的灯市也迁到此处。清光绪年间京汉铁路开通后，车站设在永定门外马家堡，往来的旅客由永定门出入，多在天桥一带的旅店落脚。民国时期，这里又先后出现了戏园子、游艺园等娱乐场所。从此，天桥周边的商业、服务业、手工业也随之发展起来。民国以后，这座桥在扩展马路时被拆除了。旧京城格局有"东富西贵、南贫北贱"之称，城南的天桥地区，除了皇帝祭天的天坛和祈求五谷丰登的先农坛外，其普通民居都早已残旧破败。

天桥地区的几条街属中间那条最热闹，那里集中着京城的三教九流，鱼龙混杂。卖大力丸的、拉皮条的、卖香烟的、拉黄包车的、说书的、卖唱的、打把式卖艺的无奇不有。京城的职业犯罪者、小偷、毒贩子、骗子、赌徒无不钟情于此。对于无权无势的平民百姓来说，这里最可怕的还是外五区警署里的警察和黑道儿上的人，自古官匪一家，您要是没点儿道行甭到天桥来，平头百姓被这些人敲诈、欺凌是家常便饭。一句话，天桥既是个娱乐消遣的好去处，也是个藏污纳垢之地。

文三儿拉着车从寿长街出来就进了天桥，他在人群中寻找着坐车的人，半个小时过去了，愣是没人理。

文三儿昨儿晚上去寿长街逛暗窑子去了，和一个五十来岁的婊子睡了一宿,现在是头昏眼花腿发软,不知道的还以为他跟婊子折腾累了,其实文三儿自己明白,这一夜他什么也没干成,那东西跟人一样,不能受惊吓,一旦吓着就不争气了。

寿长街一带是典型的贫民区,一道丈把宽的臭水沟和土路平行,土路的另一侧是几排低矮破烂的平房。这里有个不成文的规矩,每户人家都开着房门,只在门框上挂着一块布门帘儿,已是人老珠黄的窑姐儿们都坐在门口儿的小板凳上,等待嫖客们选择。窑姐儿们不会自己开口招揽生意,她们的眼光都很独到,只要有男人走进这一片街区,她们马上就能分辨出来人的目的,然后用两片破鞋底子"啪啪"拍两下,嫖客们自然心领神会,于是直接撩门帘儿进屋。

据说有人考证过,这种拍破鞋底子招揽嫖客的规矩要追溯到清朝乾隆年间,北方人把不正派的女人称为"破鞋",大概典出于此处。

按外五区警署的巡警们解释,这儿的窑姐儿们都属于非法营业,既不做性病检查也不向政府纳税,总之是没有纳入政府的管理之下。说是这么说,但巡警们都是睁一眼闭一眼,一是这里臭烘烘的,巡警们懒得到这里巡视;再有,巡警们都知道寿长街一带的老娘们儿不太好惹,就算她刚脱了裤子正要和嫖客行好事时被你抓住,那也没用,她敢一个饿虎扑食把你扑倒,等你经过一番厮打将她制服,嫖客早已穿上裤子逃得无影无踪,这时窑姐儿就一口咬定你诬陷她,反正你也没了证据。因此,巡警们只要这里不出人命,一般是不会来这里。

文三儿来这儿已经不是一次两次了,自然轻车熟路,他是天黑以后去的,也不像新手那样对窑姐的模样挑挑拣拣。文三儿知道,挑也没有用,卖东西的原则是一分钱一分货,想要好的你该去八大胡同,甭到这儿来。

总的来说,昨儿个和那窑姐儿睡觉的感觉不是很好,他千不该万不该,不该一进屋就把衣服全脱光了。那窑姐儿的岁数足有五十,一脸的褶子,两颗镶金门牙,还有点儿对眼儿,两颗黑眼仁往中间凑。文三儿有充分理由怀疑,这娘们儿看什么都是双影儿,兴许现在就能看出俩文三儿来。

窑姐儿"咣"地关上门,对文三儿笑道:"哟,大哥够性急的,您还没问问价儿呢,怎么就把衣服都脱了?"

文三儿摆出见多识广的样子:"大爷我是常客了,还能不知道价儿?三毛钱打住了吧？"

"您说的那是老皇历了，现如今什么不涨价儿？您给五毛吧。"

文三儿怒道："什么？就你这模样儿还敢要五毛？你有镜子没有？先照照镜子去！"

窑姐儿不紧不慢地说："嫌贵呀，上猪圈找老母猪呀，那儿不要钱。"

文三儿被噎得没了词，他连忙找衣服准备挪挪地方："得嘞大姐，您是金枝玉叶，该去八大胡同卖，这儿真委屈您了，劳驾了您哪，能把衣服递给我吗？"

那窑姐儿一屁股坐在文三儿的衣服上："想走？没那么便宜，给两毛钱再走，要不就把衣服留下，您要是能光着身子走，我也就不留您了。"

"嘿！砸明火呀？大爷我不玩了还不行？咱说清楚了，我可连碰也没碰你。"

"大哥，您进了门，衣服也脱光了，还说得清楚吗？再说了，我还陪您搭了工夫，噢，想提上裤子不认账呀？那您可找错地方了。"

"哟嚱！看出来了，您这是孙二娘开窑子——玩不玩都得掏钱。我要是不给呢？您还能把我做成人肉包子？"

窑姐儿扭头喊了一嗓子："花猫儿！"

"来啦！"一个大汉应声蹿了进来，这人手里拎着一把雪亮的斧子，一开口话就横着出来，"谁呀，谁他妈活腻歪啦？"

文三儿一看就认出来了，这不是当年彪爷手下的花猫儿吗，这小子怎么干开这个了？

花猫儿显然也认出了文三儿："哟，这不是文三儿吗？有几年没见啦，怎么着？今儿个是来砸我买卖的？"

文三儿赔着笑脸："哪儿呀，大哥，兄弟我不是不知道吗？咱们哥们儿还真有好几年没见了，彪爷还好吗？"

花猫儿没好气地回答："谁知道他好不好，老子早不跟他干了，我说文三儿，几年没见你还他妈长行市了，想逛窑子不给钱？"

"哪儿能呢，我这不是和大姐逗闷子吗？您放心，该多少是多少，我一分不差您的。"

"嗯，这还差不多，得，文三儿，你先忙着，我还要到别处照应，没事儿常过来啊。"花猫儿拎着斧子出去了。

那窑姐儿见文三儿已认可了价钱，便眉开眼笑地脱了衣服爬上床来。可文三儿却不行了，花猫儿那把斧子老在他眼前晃悠，使他感到很不踏实，早知道这样，这五毛钱干什么不好？这叫什么事儿哟，这娘们儿长得猪不叼狗不啃也就忍了，怎么门外还有把斧子看着？

文三儿一宿没睡好，在床上辗转反侧，那婊子睡觉打呼噜山响，像是有人在他耳边拉风箱，还是漏了气的风箱。屋子里的气味也很重，熏得文三儿脑袋仁儿疼，起初他闹不清是什么味儿，后来才闹明白，那婊子有口臭，被褥上有臊味，床下面还有两个散味儿的东西，一个是积酸菜的坛子，一个是尿壶，这四种气味混在一起使文三儿度过了噩梦般的一夜。他迷迷糊糊想了很多，思绪杂乱无章，他不是不能走，而是不想走，既然这五毛钱已经花了，这会儿提上裤子走人就太窝囊了，文三儿还什么事儿都没干成呢。花猫儿这小子怎么干上这个了？以前给彪爷当碎催好歹也是个正经差事，如今居然落到这个地步？其身份比窑子里的"大茶壶"好不到哪儿去，连文三儿都看不起他，混成这样了，他还拎把斧子横什么？赶明儿碰见徐爷得和他说道说道，你兄弟我让人家欺负了你管不管？徐爷为人仗义，肯定得管，人家中校军服一穿，再叫上几个国军弟兄带着家伙坐着吉普车来，花猫儿这小子不尿裤子才怪……

天桥是个光怪陆离的世界，熙熙攘攘、人声杂沓、三教九流、五行八作的景象构成了一幅旧京城的民俗风情画。那特有的人文景观，都显现出一种独到的历史张力和文化气韵。

天桥的第一条街摆食摊子的多，那儿的食摊子一个挨一个，密密麻麻的，卖豆汁儿、馄饨、炸灌肠、面茶、梅花糕、棉花糖、压饸饹等，食客们也不讲究，有的坐在条凳上细嚼慢咽，有的干脆蹲在地上风卷残云，吃完结账拍屁股走人。天桥撂地摊卖艺的最多，沈三儿的摔跤，焦德海的单口相声，云里飞的滑稽二簧，大金牙的拉洋片，还有说书的、变戏法的。顺着这些小摊过去，是看相的、算卦的、卖洋烟画的……

逛天桥的也有少数文化人，他们来此地只能算是种雅兴，是接触民间文化的一种途径，人家讲究的是探寻历史的残梦，品味悠远苍茫的文化感悟，考察一下民俗文化。当年的陆中庸也算是文化人了，这位爷最爱逛天桥，除了看杂耍就是品尝小吃，尤其偏爱豆汁儿和炸焦圈儿。

文三儿在人群里看见罗云轩教授正坐在食摊儿的条凳上斯文地小口抿豆汁儿，桌上还有一碟切得细细的咸菜丝。罗教授抿一口豆汁儿就一口咸菜，在嘴里回味半天才恋恋不舍地咽下去，竟是一脸的满足感。文三儿向罗教授哈哈腰招呼道："罗先生，您老也来逛天桥？"

罗教授客气地回答："哦，是文三儿啊，来碗豆汁儿吗？"

"不啦，罗先生，我吃过了，您慢用。"

罗教授感慨道："逛天桥是一种享受啊，我很难设想，没有了天桥，北平还能叫北平吗？文三儿啊，你可能不觉得，可我是整天躲在书斋里的人，很少有机会接触北平的市井小民，引车卖浆者流。我跟你说，我喜欢这儿，穿行于三教九流之间，耳畔听着鲜活纯正的市井俚语，很有人在江湖的感觉。范仲淹把'庙堂'和'江湖'分为两个截然不同的世界是有道理的，在我的眼里，天桥就是真正的江湖。"

罗教授的感慨却使文三儿听得一头雾水，他很不习惯这种文绉绉的语言，不光听着别扭，还很令人费解，但这话是从罗教授嘴里说出来的，大概也是一种学问，文三儿就是再烦也得应付几句："听罗先生说话就是长学问，我逛天桥这么多年了，还第一次听说天桥是什么……糨糊？"

罗教授还真是个书呆子，他根本听不出来文三儿话中的揶揄，只是按照自己的思路滔滔不绝地讲下去："范仲淹也迂腐得可以，'居庙堂之高，则忧其民；处江湖之远，则忧其君。'这话纯属扯淡，那是大人物们关心的事，市井小民可管不了这么多，人家关心的是柴米油盐和老婆孩子热炕头。老百姓的要求不高，他们只希望政府官员们别老折腾他们就行。如今国共两党在战场上大动干戈，双方的报纸都说此战将决定中国未来命运之走向。在政治问题上，中国未来信奉什么主义的问题上，双方都认为没有调和之余地。有意思的是，内战已经打红了大半个中国，可天桥还是天桥，政治的冲击波及到了天桥就像撞到了橡皮墙上，转眼之间被化为乌有。您瞧吧，大金牙还在乐此不疲地拉他的洋片，焦德海照说相声，'赛活驴'关德俊还在扮驴糊口，这就是'江湖'。你

'庙堂'上折腾得再凶,'江湖'上照样过日子,党派的政治分歧关市井小民什么事？依我之见,中山先生的三民主义中,最主要的当是'民生'问题,无论是什么党派,信奉什么主义,只要把这一条解决了,中国的什么事都可以商量……"

罗教授越说越激动,他恼怒的是国共两党领导人为什么不听他劝几句,就这么叽里咣当干了起来？似乎没给他罗教授面子。文三儿感到很好笑,都说读书人呆,看来还真不假,人家打仗关你个屁事？你教你的书,我拉我的车,一天仨饱一个倒,操这么多心干吗？你罗教授喝着豆汁儿忧国忧民,我这儿还没饭辙呢。文三儿打断罗教授的感慨："得嘞,罗先生,您先慢慢喝着,那边好像有人要车,我过去看看,回见了您哪。"

文三儿拉起车跑了。

文三儿喜欢逛天桥,只有在这地方他才如鱼得水,才没有当外人的感觉。就北平这个城市而言,天桥才是下层市民玩乐的地方,尤其是闻名遐迩的"天桥八怪",皇城根儿底下的草民没有不喜欢的。

"天桥八怪"的名声由来已久,其中有好几拨人。据说第一拨"八大怪"出现于清朝咸丰、同治、光绪年间,是指穷不怕、醋溺膏、韩麻子、盆秃子、田瘸子、丑孙子、鼻嗡子、常傻子等八位艺人。第二拨"八大怪"出现于辛亥革命之后。他们是让蛤蟆教书的老头儿、老云里飞、花狗熊、耍金钟的、傻王、赵瘸子、志真和尚、程傻子。

据老辈儿人说,第二拨"八大怪"中,属"让蛤蟆教书的老头儿"最为怪异,此人又干又瘦,黄胡子、黄眼睛、嘬腮帮子。他身穿长袍,举止斯文,上场时带一大、一小两个罐子,一个细颈瓶子、一块木板。开场后把木板平铺在地上,先将大罐儿口打开,嘴里叨念着："到时间了,上学啦！"这时从罐儿里爬出一只大蛤蟆,跳到板上蹲踞在中间,俨然像老师上了讲台。老头儿又拿出小罐儿打开,嘴里喊道："上学了,先生都来了,学生怎么还不来上课？"只见从小罐儿里依次跳出八只小蛤蟆,爬到木板前,面对大蛤蟆排成两行蹲在那里。等小蛤蟆蹲好,老头儿又喊："老师该教学生念书了！"这时大蛤蟆叫一声,小蛤蟆随着齐叫一声。就这么着,一叫一答,真跟教书似的。此起彼伏叫了一阵，老头儿又大喊一声："到时间了，该放学了！"小蛤蟆先起来，依次爬回小罐儿。大蛤蟆为人师表，看见学生都进罐儿了，才慢悠悠起来跳入大罐儿。老头儿收起罐子，拿出细颈瓶打开盖子，嘴里说着："快出来排队，上操啦！"这时从瓶里爬出一大群黑、黄两色蚂蚁。老头儿一边喊着排好队，下达立正、看齐的口令，一边用手撒些小米。这时只见混在一起的黑、黄两色蚂蚁，依照颜色排成两队，绝不混杂。待蚂蚁排好队后，老头又下口令："收操啦！"蚂蚁即爬回瓶中。听老辈儿人说，世上驯兽、驯鸟儿司空见惯，而驯蛤蟆、驯蚂蚁确属罕见。老头儿过世之后天桥再无此项表演，他的玩意儿可算空前绝后。

第三拨"八大怪"，是指20世纪三四十年代在天桥出现的几个民间艺人。他们是表演滑稽二簧的云里飞、拉洋片的大金牙、单口相声焦德海、骂大街的大兵黄、神跤手沈三儿、卖去油皂蹭油的、拐子顶砖和赛活驴。

文三儿离开罗教授后，先来到"云里飞"的场子上。"云里飞"是"天桥八怪"之一，以唱滑稽二簧为生。云里飞原名白宝山，是老云里飞白庆林的长子，初名壁里蹦、草上飞。云里飞的跟头翻得最好，很特别。他翻起跟头来用头点地，一翻就是四十个。老云里飞年老后不再唱"滑稽二簧"，闹了块惊堂木改说评书《西游记》。白宝山接下父亲这一摊儿继续表演。滑稽二簧京戏的行头十分奇特：用纸烟盒当作乌纱帽，用长头发系在细铁丝上当作胡子，用根粗铁丝粘上鸡毛当作雉翎，一根芦苇棍系上一些红绿绳便成了马鞭子。戏衣更简单，大褂不扣纽子，就算是戏袍。他有五六个伙计，个个都是全才，生、旦、净、末、丑外带跑龙套，很能吸引观众。云里飞还有两手绝活：一是把舌头伸出来，"啪"的一声能贴在鼻梁骨上；二是把耳朵捏巴捏巴塞进耳朵眼里，过一两分钟，说声"出来"，耳朵就能从耳朵眼里张开来。

文三儿对云里飞这些绝活儿早看够了，这些玩意儿只能蒙蒙没见过世面的外地人，文三儿可是老天桥了，对此不屑一顾。

云里飞的场子紧挨着拉洋片的"大金牙"。大金牙原名焦金池，河北河间县人。据说他得罪了当地恶少，被整得没辙，才来到北京以拉洋片为生。此人是矮胖子，小眼睛，常笑眯眯的，大嘴里露出一颗大金牙，因此得了这个绰号。拉洋片又名"拉大片"或"西洋镜""西湖景"，是清末兴起的一种民间杂耍，艺人将画好的各种彩色画片用绳子拴放在木箱里，箱子中间装有四五个凸透镜，每次坐四五个观众，艺人一边拉放画片，一边敲打着锣鼓演唱画片的内容。另有一种是横推画片，看一回是八张大片。有些观众不看大片，只站在木箱周围听大金牙演唱，也是个乐子。

"大金牙"焦金池此时正站在一条板凳上，用一根五尺多长的细竹竿，指着镜子里的画片说："您看这片儿，这是冯玉祥的国民第一军，联合郭松龄攻打奉天的事。郭松龄由天津杨柳青乘小火轮而来，小火轮船头上站的是郭松龄，这一面手拿望远镜站着的，是国民二军孙岳。您再看小土山上黑乎乎一片，约有好几百人，李景林在稻田里扎下大营。双方都预备好大炮机关枪，其势甚凶。诸位坐定了看，听我大金牙，一段一段唱给诸位来听。"他放下竹竿，站在板凳上敲起锣鼓，开始唱起来：

> 往那里头再看哪！头一片，
> 两军失和呀，起了战端，
> 中国人自己来打自己，
> 大队人马扎在了稻田。
> 机关枪辘轳炮摆成阵咧，
> 转动机簧噢，都冒了白烟，哎……

唱完几段以后，八大片也拉完了，"大金牙"从板凳上走下来，满面笑容地对观众一作揖："诸位逛天桥，您要走累了，在我这儿坐下歇一歇腿儿，总共花上两个大铜子，又看真正相片又听唱儿，您只当捧我大金牙啦！诸位坐下之后，我尽力给您唱，管保不重复。我若唱重了一句，您就给我一个大嘴巴。"等钱收得差不多了，"大金牙"又换了一组风景片，唱了起来：

> 往那里头再看哪！又一片，
> 十冬腊月好冷的天。
> 那大雪不住纷纷地下，

第十六章

楼台殿阁呀，成了银山哪！哎……

文三儿听得无趣，况且"大金牙"那儿张破片子他早看烦了，正琢磨着到别处看看，只见一个干巴瘦、扁脑壳、小眯缝眼、脚呈大外八字的小个子笑眯眯地贴过来。文三儿警惕地后退一步："蹭油的，你他妈离文爷远点儿。"

小个子笑道："文三儿啊，你小子头十年就在天桥转悠，不管看什么玩意儿都是蹭着看，我就没见你掏过一个铜子儿。"

文三儿回骂道："文爷我就算一毛不拔也比你小子强，好歹咱不从别人身上拔毛，不像你小子，人家身上不管有油没油你都蹭一把，完了张嘴就要钱，这么多年了，我就见你免费过一次，愣把人家大姑娘屁股上沾了油，死说活说要给人家免费蹭蹭，哼！你小子可真叫'蹭油的'，专蹭大姑娘的油。"

"蹭油的"叫周绍棠，东北人，也是"天桥八怪"之一。他以兜售自制的去油皂为生，从他前面走过的人，只要衣服上有油渍，他马上就拉住人家，用去油皂蘸着唾沫，往下擦油渍，一边擦还一边念叨着："蹭、蹭、蹭啊，蹭油的呀；掉、掉、掉，油儿掉啦！"被他蹭掉的油不要钱，买皂才要钱。被他蹭过的人，如果觉得效果不错，就会买他的油皂。文三儿和他比较熟，刚才是故意糟蹋他。

"蹭油的"也不生气，只是和文三儿开着猥亵的玩笑："文三儿啊，赶明儿你娶了老婆，我还得免费给咱嫂子蹭蹭。"

"×你舅舅的，离文爷远点儿。"

文三儿绕过沈三儿的摔跤场，看了一眼"拐子顶砖"。

俗话说：天桥把式——光说不练。这个一条腿膝盖以下被截掉的拐子正相反，是光练不说。不论是炎热的夏天，还是飘雪的冬天，他每日都到天桥，找个路边，赤裸上身，跪在那里，垂目合掌，头上顶着有一百多斤重的一摞大方砖，呈宝塔形，约有两米高。他身前地上压着一张纸，上写："拐子要钱，靠天吃饭，善人慈悲，功夫难练。"等到要够一天饭钱，他便将砖一块块卸下来。这时人们可看到他头顶露出一个拳头大的深坑，可见功夫确实难练。文三儿也是听老辈儿人说，拐子在天桥顶了二十年砖，没人见他说过话，谁知道他是不是哑巴。

文三儿走到天桥公平市场南，见有数百人围了个大圆圈儿，里边有个人直嚷，嗓音洪亮，围着的人群时时传来一阵阵哄笑。文三儿挤进人群里一看，见场内站着一个人，长得人高马大，大脸大鼻大嘴大嗓门，一脸络腮胡须，面上净是皱纹，年纪有七十多岁。此人头戴缎子瓜皮帽，迎门嵌块宝石，蓝缎子夹袍，黄缎子坎肩，下身着黑绒套裤，足蹬青缎面千层底双脸儿鞋，手持一个油光红润的葫芦和一挂香木捻珠，左肩挎着一个鼓鼓囊囊的丝绸"弹子兜"，兜底短穗抖动，手里拄着根龙头拐杖。

文三儿一见就乐了，这才是他要看的乐子，此人为"天桥八怪"之一，大名鼎鼎的"大兵黄"。

"大兵黄"原名黄才贵，山东人，少年时曾拜董海川第一代传人学习八卦掌和八卦门器械。年轻时先后在张曜、马玉昆、蒋桂题、张勋等军阀部下当兵，并于光绪二十二年参加甲午之役。张勋复辟失败后，"大兵黄"从张勋的"辫子军"中退役，因生活没有着落，遂落魄天桥卖艺，初期尚练些武艺，后来干脆以骂大街为生。

有位作家这样描写："……'大兵黄'入场伊始，先将手中那根木棍挑在裆前，形象殊为不雅，他将那木棍左扫右扫，扫得看客纷纷退避，很快便清出一块丈把见方的场子，这招数和用开路叉打场子是一个意思，不过在'村''野'上更为别具一格，更有'大兵黄'特色便是。场子既开，骂街便也开始了。三皇五帝他爹，达官显贵他妈，前届总统他姐，无耻小人他妹，唾沫横飞，一泻千里……"此公逮谁骂谁，骂起街来时而妙语连珠时而不堪入耳，骂上一个小时绝无重样，骂得痛快淋漓，骂得风云变色，此时周围的观众群情亢奋，同声喝彩。"大兵黄"又深藏着足够的平民智慧——他的开骂，从来不涉及当时的掌政者，凡到此处，或暗示，或迂回，或借古讽今，因此，虽出语惊人，却又能避免麻烦，久演不衰。纵观古今中外，以骂街为生而且成名的人物，恐怕只有"大兵黄"一人了。他每骂完一阵，便推销他自制的薄荷药糖，称曰：沙板糖。每包卖一大枚。看客们从他的骂街中过了瘾，解了气，当然也乐意帮他，于是纷纷解囊，买下一包药糖。

"大兵黄"以不伦不类的打扮及跳脚骂街的特殊表演，为北平各报新闻记者甚至政府当局所瞩目，因而具有一定的社会影响，连外五区警署的巡警们都拿他没辙，惹怒了"大兵黄"可不是闹着玩的，谁的名字到了他的嘴里绝对是一场灾难，从祖宗八代到亲戚朋友及兄弟姐妹都得挨着个儿让他×一遍。

文三儿向"大兵黄"点点头，"大兵黄"向文三儿眨眨眼，算是打招呼了。文三儿早就认识"大兵黄"，因为他是天桥卖艺者中谱儿最大的一位，出门向来是坐洋车，卖艺归卖艺，架子却不能垮，他多次坐过文三儿的车。

"大兵黄"今天的路数变了，不上来就开骂，却娓娓道来地讲起了故事："×他个妹妹的，我'大兵黄'也干过对不起国家民族，对不起咱中国老百姓的事儿，我后悔呀，常言道：一失足成千古恨……"

听众里有位老头儿似乎和"大兵黄"很熟，便在人群里发话了："'大兵黄'你别扯淡了，你是谁呀？还对不起国家民族？对不起中国老百姓？不知道的还以为您是蒋委员长呢，嗨！还有的说没有？没的说就回家孵豆芽儿去。"

"大兵黄"似乎很诚恳地接受了老头儿的批评："是是是，您老教训得对，我给蒋委员长提夜壶都不够格，能给蒋委员长提夜壶的怎么着也得是个少将中将节度使什么的吧？对不住您哪，这差事咱干不了，到时候哪位爷问我，您这个少将是打小日本得来的？我说，真对不住您，咱没见过小日本，咱这少将是倒夜壶倒出来的……"

观众们大笑起来。

"大兵黄"颇有相声演员的风度，众人乐得东倒西歪，他却一本正经没有丝毫笑容："列位看官，咱书归正传，为什么我说对不起中国老百姓呢？且听我一一道来，忘了是哪年了，有一天傍晚我去逛窑子，那天我坐的是文三儿的车，文三儿啊，你还记得吧……"

人群里的文三儿听得一愣，但马上就醒过味来，他知道"大兵黄"在拿自己开涮，他的故事都是即兴式的。文三儿笑道："记不清啦，您倒是常坐我的车，就是给钱的时候少，一到该掏钱的时候就说，兄弟，我给你骂段儿街吧？大爷我一张嘴骂人那就是钱呀。"

观众们哄笑起来。

"大兵黄"勉励了文三儿两句："文三儿啊，我还真没看出来，你小子倒是越来越上道了，练出张好嘴儿，赶明儿别拉车了，给我当干儿子吧，你爸爸我把这身功夫都传给你。"

文三儿说:"叫爸爸给钱吗?要给钱我现在就叫,叫一声一块钱,怎么样?"

"大兵黄"嘿黑一笑:"当然给钱,你小子不是刚说了吗,老子骂街就是钱。"

文三儿语塞了,他发现自己没两句话就落进"大兵黄"的圈套里,论斗嘴自己还嫩呢。

"大兵黄"继续讲故事:"列位看官,咱们接着聊,刚才我说了,我想去逛窑子却坐了文三儿的车,没承想这一坐就坐出事啦,那天我多喝了二两,一上车就眯瞪过去,一会儿就听见文三儿说到了,我睁眼一看,×他个妹妹的,这是什么地儿啊?大爷我要去韩家潭啊,这时文三儿说了,这是寿长街呀,这儿逛窑子便宜,我这不是替您老省钱吗?你们瞧瞧,这小兔崽子,有这么省钱的吗?文三儿又说了,得,您就凑合一宿吧,我也该收车了,回见了您哪,这小兔崽子拉起车就走,把大爷我闪那儿啦……"

人群里的老头儿笑呵呵地接话:"那地方可不是您这身份去的地儿,再找辆车回家吧。"

"大兵黄"朝老头儿一作揖:"这位大哥说的是,可我当时回不了家,怎么呢?说来不好意思,咱这杆枪还顶着火呢,不给放出来非他妈的走火不行。"

观众群中爆发出一阵大笑,很多人笑得弯下腰捂住肚子。

"大兵黄"一本正经地继续讲故事:"唉!既然来了咱就将就吧,我随便找了一家,一撩门帘钻进去,谁知一进去就把我吓住了,那婊子的模样儿让人没法将就,三角眼、断梁眉,长着一嘴耗子牙,咱还没看清模样儿,就被那婊子一个'德合乐'[1]撂平在床上,身手那叫利索,我心说了,这不是咱天桥沈三儿的路数吗?没听说他收这么个徒弟呀……"

文三儿也忍不住大笑起来,"大兵黄"这老东西,真是逮谁骂谁,连沈三儿都饶上了。名列"天桥八怪"之一的沈三儿是个摔跤高手,在1933年的南京全国运动会上得过冠军,还曾在比武中击败过俄国大力士麦加洛夫,这样的高手都成了"大兵黄"嘴里的笑料。

"大兵黄"从怀里掏出个鼻烟壶,打开盖子嗅了嗅,痛痛快快打了两个喷

---

[1] "德合乐"是中国式摔跤的一种招式。

喷，然后言归正传："列位看官，至于我和那婊子都干了点儿什么，今儿个就不说了，别脏了老少爷们儿的耳朵，咱要说的故事在后边呢。过了些日子，那婊子托人给我带话，说她有了，问我怎么办？我说有了就生呗，反正我'大兵黄'的儿子多了，养一个是养，养一群也是养，不就是要点儿钱吗？咱给。就这么着，这孩子一天天长大，指我是指不住，咱想起来就给点儿钱，想不起来也就算了。其实孩子他妈真不容易，全靠卖炕把孩子拉扯大，谁知这孩子长大却不学好，好好的中国人不当，这小兔崽子民国二十七年投靠了日本鬼子，硬是当了汉奸，和鬼子混在一起欺负咱中国人，唉！老少爷们儿，我大兵黄没脸见人呀，弄出这么个东西来，对不起中国老百姓啊，早知道这样，我该把这小子甩到南墙根儿上喂苍蝇……"

人群中的老头儿又发话了："我说'大兵黄'，你说了半天，我们还不知道你儿子是谁呢？"

"大兵黄"这时才笑嘻嘻地抖开了"包袱"："不好意思，大名儿是我起的，叫汪精卫，字号是他妈起的，叫兆铭……"

观众们哄场大笑。

"大兵黄"把手里的木棍往地上一扔，骂了句："×他妹妹的……"

观众们都知道，这是"大兵黄"特有的口头禅，一骂完这句，就该卖他的"沙板糖"了，得等他卖出一拨儿去，才能听他新一轮的骂街。

文三儿突然想起来，这一上午就顾着逛天桥了，今天的饭辙还没着落呢，不抓紧时间干几趟活儿，今天非饿肚子不可。他正要走开，只见人群中走出几个学生打扮的男女青年，为首一个穿中山装的男青年对"大兵黄"打了个招呼："黄先生，您好！我们都是北师大的学生，想对您说几句话……"

"大兵黄"似乎没受过这等礼遇，人家大学生居然一口一个"黄先生"，这很使"大兵黄"受宠若惊，别看他平时骂街嘴皮子很利索，但见了文化人就有些口拙了。

"大兵黄"向学生们拱拱手："您客气了，有话您就说。"

那大学生说："黄先生，我们早听说您是天桥民间艺人中的一面旗帜，您愤世嫉俗、针砭时弊，嬉笑怒骂，皆成文章，我们在报纸上都看到过介绍您的文章，同学们都很佩服。刚才您的节目我们也听了，我的问题是，您为什么只敢骂以前的汉奸而不敢骂当今的卖国者？"

"大兵黄"搔搔脑门有些困惑地问："我说学生，当今谁卖国我可不知道，您要是知道就给大伙说说嘛。"

大学生慷慨激昂地说："好啊，我就给大家说说。北平的市民们、同胞们，就在几天以前，一个北大女生在东单操场被两个美军士兵强奸，事后，我们的政府都做了些什么呢？据可靠消息，北平市警察局局长汤永咸于事后给中央社打电话，要求中央社通知各报不要刊登这一消息。中央社当即以警察局的名义给各报发了一个启事，声称：'关于某大学女生被美兵酗酒奸污稿，希望能予缓登。据谓此事已由警局与美方交涉，必有结果。事主方面因颜面关系，要求不予发表……'为了阻挡发表这一消息，汤永咸还将民营亚光通讯社总编辑王柱宇和一些报社记者叫到市警察局，叫他们具结，保证不发表此消息。市民们，同胞们，看看吧，这就是我们的政府，他们用如此卑鄙的手段，企图蒙蔽民众的眼睛，可是，他们错了，我们北平的新闻界是有良知的，就在今天，北平《世界日报》《北平日报》《新生报》《经世日报》等几家报纸，不顾中央社和警察局的阻挡，都刊登了亚光社的新闻。《新民报》还将中央社的有关电令编成一条新闻发表出来，把他们封锁消息的行为也告诉了社会……"

"我×他妹妹的，这事儿是真的？美国人敢在光天化日之下糟蹋咱中国女人，还他妈的没王法啦？揍他个小舅子的！""大兵黄"还没听完就骂了起来。

围观的人们群情激奋，都纷纷骂了起来。

文三儿也愤怒起来："他姥姥的，骗了那个美国大兵，他胆儿不小，敢玩咱们中国娘们儿，反了他啦？"

大学生继续喊道："市民们、同胞们，我向大家报告一个好消息，今天我们北平各大学的同学们会同北平各界人士举行抗议美军暴行的示威活动，我在此呼吁，每一个有血性、有良知的中国人都站出来，参加我们的游行，向政府提出我们的要求，严惩强奸罪犯！美国军队滚出中国去！要民主，要自由！打倒独裁统治！"

市民们听得热血沸腾，都跟着大学生们高呼口号，加入了游行队伍。

第十六章

文三儿也激动起来，他拉着空车骂骂咧咧地跟在队伍后面，一会儿随着大学生高呼口号，一会儿又扯着嗓子破口大骂，先是骂美国兵，后来又骂起看热闹的市民来。他认为，连文爷都上街游行了，你们这帮孙子怎么还好意思看热闹呢？你们还他妈的是不是中国人？文三儿隐隐约约地听见，走在队伍最前面的"大兵黄"正放开喉咙抡圆了骂街，什么"×他个妹妹""小舅子"之类的污言秽语不绝于耳。

游行队伍刚走到前门牌楼就遇上军警组成的警戒线，带队的大学生和警察们没说几句就冲突起来，手执警棍的军警们和学生市民厮打成一团……文三儿大怒，从身旁卖汽水的小摊儿上抄了几瓶汽水，像掷手榴弹一样将汽水瓶扔向混乱的人群，他觉得汽水瓶爆裂的声音像爆竹一样动听，真他妈的，天下没有比示威游行更痛快的事了。卖汽水的小贩像豹子一样不顾死活地扑过来，一把拉住文三儿，要求文三儿赔偿汽水钱，文三儿却觉得这人很不懂事，大家不是在爱国吗？怎么连几瓶汽水都舍不得？我看你他妈的就是卖国贼。文三儿一怒之下掀翻了汽水摊儿，汽水瓶稀里哗啦摔碎了一地，小贩哭喊着扑过去抢救残余的汽水瓶，文三儿觉得很过瘾，正在东张西望寻找称手的家伙，准备继续参加战斗。这时只见"大兵黄"拎着他的葫芦以和他的年龄极不相称的身手蹿上文三儿的洋车，一个劲地朝他摆手："赶紧走，赶紧走……"

"怎么啦？'大兵黄'，不游行啦？"文三儿觉得意犹未尽，根本没打算走。

"大兵黄"使劲跺跺踏板："不玩啦，大爷我不跟他们玩啦，好家伙，这他妈的哪是游行呀，整个一全武行，我这把老骨头可禁不住这么折腾，赶快走，你没见警察过来啦？"

文三儿这才想起自己一天还没开张呢，这算是今天头一份活儿，他不情愿地端起车把："'大兵黄'，咱丑话说在前头，你坐车就说坐车，别拿'爱国'说事儿，也别拿骂街当车钱，咱该多少钱是多少钱，到地方咱们得两清，要不然，你找别人去'爱国'吧。"

别看"大兵黄"骂人时三皇五帝都敢招呼，这会儿可真被混战的场面吓坏了，他破天荒地掏出一块钱拍在文三儿手里连声道："这钱先放你手里，到地方咱们多退少补，文三儿啊，我叫你声文大爷，你快点儿行不行？"

·第十七章·

徐金戈近来忙得很，抗战胜利以后他就没消停过，先是甄别日侨的身份，以便从日侨中找出有价值的情报人员。徐金戈相信，对日战争虽然结束，但从地缘政治角度考虑，在今后的几十年里，中日两国会不会再次爆发战争？这是无法预测的，既然守着一个危险的邻居，你就要随时保持戒备心理，这是任何一个情报部门都要首先考虑的问题。目前日本虽已战败，但它在中国惨淡经营几十年的情报网并不会因为战争的结束而消失，它有可能暂时进入一种"冬眠"状态，一旦国际形势发生变化，这条毒蛇就会复苏。徐金戈要做的是找到这条毒蛇，让它彻底消失。

最使徐金戈头疼的就是犬养平斋这个老牌间谍，此人一副死猪不怕开水烫的态度，根本不打算合作，反而一再向徐金戈要求自裁的机会。徐金戈相信，如果他真把犬养平斋的武士刀还给他，这浑蛋会毫不犹豫地切腹自杀，他认为自己是个武士，只有用武士刀切腹自杀才合乎他的身份，别的死法他暂时还不考虑。

徐金戈对犬养平斋的生命毫无兴趣，他需要的是线索和情报。问题是，徐金戈的时间很有限，日本侨民遣返委员会的官员已经几次向徐金戈交涉，对犬养平斋的间谍身份如有确凿证据，可以立即逮捕，如没有证据，应将此人作为日本侨民遣返回国。此事要慎重，因为日侨的遣返工作都是在盟军观察员和国际社会的监视之下进行的，一招不慎将会引起国际舆论的连锁反应。徐金戈私下冷笑，我要是有证据还等得到现在？就算没证据他也是百分之百的间谍，我宁可私下干掉他，也不能让他跑了。

国共内战的爆发使徐金戈的工作暂时停顿下来，此前他估计到内战不可避

第十七章

免，但没想到战争会来得如此之快，8月15日日本投降，10月底国共双方就在山海关大打出手，与此同时，中原、河北、山东、苏北等地战事一触即发，这期间由美国人充当和事佬，双方谈谈打打，打打谈谈，越谈仗打得越大，内战终于全面爆发。根据上峰指令，徐金戈的工作重点应该放在侦破共产党地下组织方面，关于日本间谍网的侦破工作只好先放一放了。

徐金戈近来的注意力都盯在一个地下电台上，根据保密局技术部门的电讯测向报告，南城与西城交界地区有一个共产党的地下电台，此电台收发报时间毫无规律，而且采用了快速收发报的新技术，保密局的电讯测向车每次都是刚刚捕捉到电波，还没来得及定位，电波讯号就消失了。保密局北平站搜捕队的弟兄们像是没头苍蝇一样在这个地区瞎扑了两个月，结果是一无所获，上峰的责斥加上下面弟兄们的抱怨弄得徐金戈心急如焚。

徐金戈从住在台基厂的一位老长官家中出来，坐着吉普车顺着前门大街向南走。大街上人很多，司机一路鸣笛也不大管用，只好将车速降到时速二十公里。吉普车在人群中慢慢蠕动着，突然从后面传来一阵刺耳的汽车鸣笛声，一辆敞篷的美军吉普车"呼"的一声从旁边掠过，徐金戈看见驾驶汽车的是一个美军中尉，从他的军服标志上看，是美国海军陆战队一师的军人。

徐金戈的司机被惊出一头汗："乖乖，这洋鬼子可真敢招呼，这种地方还敢开飞车？"

徐金戈皱着眉头吩咐道："别理他，还是慢点儿开，我看那美国人要出事……"

徐金戈的话音没落就听前面传来一声巨响，那辆美军吉普车撞翻了一辆人力车，人力车夫和乘客都飞出一丈开外……

徐金戈马上命令司机停车，和司机一起跑到肇事地点，只见受伤的两个人浑身是血躺在地上已经昏迷了，肇事的美军中尉也下了车，正不知如何是好。徐金戈果断地命令司机先把伤员送到医院，自己留下和美军中尉交涉，司机刚刚把车开走，警察就到了。

徐金戈一看，这个警察竟是方景林。两人交换了一下目光，于是心照不宣地装作不认识，公事公办地互相敬了个礼。

徐金戈心想，不要让肇事的美国军官看出他和方景林认识，省得他抓到把柄，说中国的执法人员靠人情办事，另外，他也想看看方景林将怎样处理这起事故。

而方景林一见到徐金戈，心里咯噔响了一下，马上警觉起来，他现在对军统部门的人心中充满了厌恶，以前共同抗日时还可以互相帮帮忙，毕竟民族利益要高于党派之争。但现在的情况早已发生变化，国共双方的军队已经在全国各个战场上进入全面对抗，徐金戈毫无疑义地成了自己的敌人。

徐金戈说："警官，我是这起交通事故的目击者，事情的经过我都看到了，这位美国军官应该负全责。"

那美军中尉已经恢复了镇静，他走过来用生硬的汉语说："中校先生，警官先生，我是美国陆战一师的汤姆中尉，我对这起交通事故表示遗憾。"

方景林皱着眉头仔细看了看现场，对美军中尉说："中尉，你有什么解释吗？"

美军中尉耸耸肩，张开两只手表示无辜："警官，我一直在鸣笛，目的就是警告行人早点儿躲开，可是……很遗憾，那位车夫却突然拐到了路中央，我甚至怀疑这是一种自杀性行为。警官先生，你们中国难道没有交通法吗？为什么行人和人力车都走到路中央？请你告诉我，汽车应该在哪里行驶？总不会是人行道吧？"

徐金戈压住怒火质问："我刚才看到你开车了，时速足有六十公里，在这么拥挤的街道上高速行驶，你难道没有想到会出人命？"

方景林解释道："中尉先生，这条路是一条混行道，也就是说，汽车和行人都可以走，但驾驶汽车的人应该视路面情况减速缓行……"

美军中尉表示不理解："既然这样，你们警察部门为什么不在路口设立汽车限速标志呢？"

徐金戈小声问方景林："按惯例，这样的交通事故你们如何处理？"

"由肇事者负责伤者治疗费用，赔偿伤者的经济损失，如果因车祸导致死亡，我们会把案件交给法院，由法院对肇事者提起公诉。但是……这次肇事者是美国人，该如何处理，我得听上峰的指示。"方景林故意装出胆小怕事的样子，心说，姓徐的，看看你们狗屁政府，竟然做出这样的规定。

徐金戈火了："中国有中国的法律，对事不对人，美国盟友触犯了中国法律也应该承担责任，你这是什么警察？该怎么处理就怎么处理嘛。"

"中校，实话说，我个人无权处理这类案子，要是硬插上一手，不但解决不了问题，还会把饭碗砸了，上面早打过招呼，凡涉及外国盟友的案子，一律上交，由长官处理。"方景林说的也是实情，警察局内部的确有这种规定。

美军中尉也听懂了方景林的意思，他很轻松地向方景林甩了个美国式军礼："警察先生，请记下我的牌照号，由你们的长官和陆战一师驻北平总部交涉，我会耐心听候处理决定，对不起，我还有任务，可以先走吗？"

徐金戈冷笑道："我听明白了，中国警方找到你们的总部，你们的长官会把案子推给美国驻北平领事馆，由你们的领事进行裁决。总之，中国政府无权处罚美籍肇事者，这就是所谓的领事裁判权吧？"

美军中尉也发火了："中校，这好像不是你职权范围内的事，请你让开，我要走了。"

"老子是中国人，你在中国领土上撞了中国人，老子就有权力管，你现在哪儿也不能去，得按照中国法律规定去警察局做笔录，签字画押，省得到时候你不认账。"徐金戈一把抓住美军中尉的衣领。

美军中尉大怒，朝徐金戈脸上抬手就是一拳，徐金戈早有准备，他左手格挡，右拳划出一道弧线，一记漂亮的上勾拳打在中尉的左耳根上，随着一声闷响，高大的美军中尉像一扇门板一样轰然倒下……

"打得好！"围观的老百姓轰地叫起好来，一个青年弯腰看看中尉，朝徐金戈喊道："长官，这洋鬼子昏过去了，好功夫啊。"

方景林微笑道："中校，你可把事闹大了，居然打了美国盟友，可有点儿不好收场啊……"

徐金戈板着脸回答："警官，反正人我是打了，你可以如实向你的上司反映。你看怎么办吧？"

"怎么办？打了就打了呗，你要不动手我恐怕也得揍他，这家伙就没把中国人放在眼里，惹了事儿还这么趾高气扬的，我也看他欠揍。"方景林眨着眼睛说。

徐金戈眉开眼笑，索性不装了，他拍拍方景林的肩膀："景林兄，我说你也不是这种人嘛。"

"哪种人？"

"见老百姓就瞪眼，见外国人就摇尾巴，你们北平警察里这样的人可不少。"徐金戈打趣道。

方景林苦笑道："没这么骂人的吧？政府要求警察这么做，你为什么只骂警察呢？"

徐金戈说："政府要是错了，我也照骂不误。"

"你们保密局的牛啊，谁敢惹你们？当警察的可没这底气，得罪了上司就得丢饭碗，金戈兄，我要是丢了差事，你管我饭吗？"方景林开着玩笑，他心里对徐金戈的性格很欣赏，这家伙还真是条汉子，天不怕地不怕的，是个坦荡之人，这样的人真不该是军统特务。

美军中尉醒了，他坐起来用英语嘟囔着："上帝，我怎么躺在这里？"

徐金戈掏出证件公事公办地说："把我的姓名、职务和工作机关记下来，别怕，有事儿我担着，你丢了差事我管饭。现在你把这家伙带回警局去，按规定处理。"

方景林装出恭敬的表情："是！长官。"

徐金戈又补充了一句："我可警告你，要是你不敢秉公执法，私自放跑了这家伙，我也要找你算账。"

方景林连连点头："我不敢，长官。"

徐金戈掸了掸军装上的尘土，看了一眼躺在地上的美军中尉，转身走了。

方景林严厉地用脚碰碰中尉，命令道："起来，跟我走！"

徐金戈的举动算是捅了马蜂窝，在保密局北平站内部引起轩然大波。此值国共内战期间，国民政府正需要美国人的帮助，却让徐金戈搅了局。北平市市长何思源先生和美国驻华领事馆的总领事为此事进行了好几轮的磋商。何市长也对美国军人近来屡次触犯中国法律的行为感到很不满，本想息事宁人将此事低调处理。保密局北平站站长乔家才当过徐金戈的顶头上司，平素和徐金戈私交也不错，他看重徐金戈的才干，也清楚徐金戈在抗战期间曾经立过不少大功，他把徐金戈叫去大骂了一顿，本想把此事糊弄过去，没想到美国陆战一师驻北平联络处又把徐金戈告到了保密局局长毛人凤那里。毛人凤发了火，亲自打来电话，责令乔家才严惩肇事者。乔家才无奈，只得将徐金戈作降职处分，军衔也由中校降为少校。

徐金戈对降职倒不太在意，他恼火的是由于自己被降职，手里悬而未决的案子也转交给继任者。他以前最担心的事终于发生了，经过草草的甄别，犬养平斋被断定为"犬养平斋的间谍身份查无实据，按日本侨民身份遣返回国"。看到这个结论，徐金戈气得七窍生烟，他第一次有了这样的感觉，自己以毕生精力为之流血卖命的机构竟然如此荒唐，如此不负责任。这是有关国家安全的大事，不管这个国家将来由谁执政，犬养平斋的间谍网存在一天就会对国家安全构成重大威胁。

徐金戈找到站长乔家才，把自己的忧虑告诉他，希望站长能听取自己的意见。

乔家才是军统局的老资格了，黄埔六期毕业生，和戴笠老板是同学，不过他比戴笠的学历要高得多，黄埔军校毕业后，乔家才又考入北平民国大学政治经济系，"九一八"事变后入军统局从事对日情报工作。照理说，乔家才多年从事对日情报作战，尤其是"七七事变"以后北平沦陷期间，他和代号"黑马"的马汉三等人都属于潜伏在北平的高级情报人员，对日本间谍的重视程度应该不亚于徐金戈，但他现在的心思却不在这儿。乔家才近来的注意力全放在破获北平共产党地下组织方面，根本无心他顾，他对共产党的仇视要远远超过对日本人的仇视。

乔家才笑眯眯地递给徐金戈一支香烟，还用打火机替他点燃，用一种推心置腹的口吻说："金戈老弟，我理解你的心情，你所说的也很有道理，说心里话，我又何尝不想把这个案子搞个水落石出？问题是，现在咱们的工作是在国际盟友的监督下进行的，你指控犬养平斋是日本间谍，那好，人家要你拿出证据来。既然我们搞不到证据，那也只好把他算作侨民遣返。老弟啊，现在不是搞秘密工作那会儿啦，管他有没有证据，怀疑他就可以让他消失，现在可不行喽。"

徐金戈皱着眉头说："长官，干咱们这一行的都知道，情报工作没有战时与和平时之分，一场战争的结束有可能就是下一场战争的开始，我们为什么不能把眼光放得远一些？就说'九一八'事变吧，我们的对手为这一天的到来准备了几十年啊，记得一个原东北军军官告诉我，他第一次看到日本所绘制的中国地图时吃了一惊，他们在战前已经对我国所有地区的地形地貌都经过精确测绘，任何偏僻的小乡村，哪里有一口井，村外小河上有几道木桥，桥边有几棵树，都一清二楚，甚至比我们自己都更了解。长官，日本间谍是世界上最可怕、最优秀的情报人员，他们可以不动声色地潜伏几十年，甚至在日军占领期间也不暴露身份，这说明了什么？依我看，他们的专业素质是第一流的，他们的战略眼光也极为深远，总是在考虑几十年以后的事……"

乔家才打断他的话："这些我比你清楚，我只问你，对这个犬养平斋，你有什么建议吗？"

"有，绝不能把他放走。此人是日本秘密组织'黑龙会'的重要成员，从理论上讲，他所掌握的谍报网是独立于任何官方部门之外的，也是最隐秘、最具威胁性的。我判断这个谍报网的人员名单都记在犬养平斋的脑子里，对于一个高级特工人员来讲，这是最稳妥的办法，如果此人的意志足够坚强，那么得到潜伏名单的可能性就微乎其微，但同时我们也掌握了另一方面的主动性……"

"不动声色地让此人永远消失，犬养平斋的消失会使他的谍报网变成一盘散沙，这个谍报网的意义也就不存在了。"乔家才若有所思地说。

"长官，这正是我所想的，恐怕要采用一些非常规手段。"徐金戈斩钉截铁地说。

乔家才合上眼睛不说话了，显然，徐金戈的话打动了他。

徐金戈默不作声地等待着。

乔家才终于睁开眼睛："金戈老弟，你的想法很有意思，对此，我有两点忠告：第一，此案事关重大，我和你都不能沾手，保密局的任何在编制人员都不能参与；第二，我希望这个人像水汽一样蒸发到空气中，至于如何蒸发，那不是我考虑的问题，只不过是我的个人愿望，你明白吗？"

"完全明白，长官。"

"金戈老弟，你的薪金好像不太够用吧？以后如果钱的方面有什么困难，可以告诉我，好吧，你可以走了。"

第十七章

"谢谢关照,长官。"

徐金戈走进"翠云轩"茶馆时,文三儿已在此等待多时了,他破天荒地要了一壶"碧螺春",还有几碟瓜子、云片糕之类的小吃,文三儿从来没这样奢侈过,以前他喝茶总是喝"高末儿"。

自从有了自家车,文三儿的手头活泛多了,首先是不用向孙二爷交车份儿了。另外,由于洋车的档次提高,一些有钱、有身份的人也愿意雇他的车,因此,文三儿的收入有了明显的提高,前些日子他居然在"全聚德"吃了只烤鸭子,这是文三儿长这么大头一次进"全聚德",也是头一次吃烤鸭。那只烤鸭连同葱丝、薄饼、甜面酱不到一刻钟的工夫就全进了文三儿的肚子,完事儿又喝了一大碗鸭架汤,吃得文三儿顺嘴流油,一个劲儿地打嗝放屁……临出门时,文三儿看见几个洋车夫正灰头土脸地蹲在"全聚德"门口儿等座儿,这时文三儿心里一种满足感油然而生。说心里话,"全聚德"的大门台阶上砌了多少块砖他都清楚,有多少个北风呼啸的夜晚,文三儿把手揣在破棉袄的袖子里蜷缩在台阶下等座儿。如今,老天总算有眼,咱也是爷啦。

徐金戈显得心事重重,落座后他有些不耐烦地问:"文三儿呀,你拿我当闲人了是不是?有什么事快说,我可没时间和你喝茶扯淡。"

文三儿呷了一口茶,慢悠悠地说:"徐爷,看您说的,咱们哥们儿没事儿就不能一起坐坐?我是想咱徐爷了。"

徐金戈狐疑地盯了文三儿一眼:"又缺钱了吧?要不你找我干吗?说吧,需要多少钱?"

文三儿显得很伤心地摇摇头:"徐爷,您干吗总觉得我要钱?我文三儿人穷可志不穷,真没什么大事,就是想和徐爷一起坐坐。"

"好吧,那就聊聊,也算我休息一会儿。文三儿啊,你也该成个家啦,不能总一个人晃荡吧?"徐金戈的眼睛在习惯性地四处观察,心不在焉地问。

"成家?您饶了我吧,一个臭拉车的成什么家?养自己都养不活,好嘛,再添几张嘴,这不要了我盒儿钱[1]?还是光棍好,一人吃饱全家不饿,灶王爷贴在腿肚子上——走哪儿都是家。"

---

1 "盒儿钱"指棺材钱。

"扯淡，我听说你把挣的钱都送到窑子里了，有这么回事吗？"

"不是经常去，有时候一个礼拜还轮不上一回呢，人哪，还是得有钱，有了钱天天都能入洞房。"

徐金戈笑道："看你那点儿出息！干什么不好，非要到那种地方去？我劝你还是娶个女人吧，要是钱有困难，我还可以帮你，就是千万别到那些下等窑子去，那种地方太脏。"

文三儿放下茶碗四下看看，然后凑近徐金戈小声说："徐爷，干您这行也得有几个眼线吧？这个我懂，别说您了，就是外五区的那些警察，哪个没有自个儿的眼线？上回英国领事的娘们儿逛天桥让人掏了包儿，这娘们儿二话没说就找了市长，市长怪罪下来，限期破案，外五区的王巡长一看这洋娘们儿惹不起，就和手下眼线打了个招呼，谁偷的自个儿送回来，少了根毛王爷我扒了他皮。嘿！就这么一句话，比市长十句都管用，第二天贼就把东西送到警署，还送了王巡长五块大洋赔罪钱，哎哟，王巡长可是露了脸儿啦。"

徐金戈打断文三儿的絮叨："行啦，行啦，文三儿，你到底想说什么？有事就说，怎么这么多废话？"

"得嘞，您瞧我这臭嘴，一说秃噜了就收不住，咱说正事，您还记得吧？民国二十六年卢沟桥开战那会儿，北平出了个大案子，日本笠原商社的老板佐藤一家七八口人被杀，家里被人抢了个精光……"

徐金戈一下子直起身来："我还记得，当时北平的很多报纸都报道过，是个特大抢劫杀人案，当时已经是战争前夜，北平危在旦夕，警察局也无心破案，这案子就成了悬案。"

文三儿得意地拍拍胸脯："徐爷，您瞧，认我这个兄弟不吃亏吧？这个案子前前后后咱都知道，谁干的？都抢了什么东西？作案人现在在哪儿？你兄弟我都门儿清呀，徐爷，您别着急，先喝口茶，我慢慢给您说……"

方景林还真差点儿丢了差事，他把那个美军中尉带回警局关了起来，然后通知美国陆战一师驻北平联络处前来警局领人并协商赔偿事宜。结果和徐金戈一样，也受到上司的严厉训斥，要不是因为方景林是局里有数的几个资深警官，真有可能被开除。

方景林在党内的联络人老胡代表上级对他进行了批评，当然是从另外的角度：作为党的地下工作者，他无权做出任何未经上级许可的事；作为一个老党员，他更应该模范地遵守党的纪律，不能凭一时的冲动做出有可能暴露身份的事情。

方景林接受了批评，他私下里想，我和徐金戈大概都属一类，是性情中人，要不是分处在相互敌对的阵营，我们也许可以成为好朋友。当然，这些想法他和谁也没敢透露，哪怕是罗梦云。

一想到罗梦云，方景林心里又有些不自在，这不是刚因为违反纪律挨了批评。其实上级不知道，他还有更严重的违纪行为，那就是和罗梦云的幽会。两人都是老党员了，道理谁都懂，就是克制不住那种急于见面的渴望，明知道这是错误行为，却也顾不上了。

他和罗梦云的见面地点改在北海五龙亭旁的一个茶社里，这里守着湖边，对岸就是琼岛上的白塔，冬季的北海公园游人寥寥，湖面上结着厚冰，显得死气沉沉。

方景林支走了茶博士，自己动手沏茶。这是一套喝工夫茶的茶具，方景林使用得很熟练，他先用开水将茶盅、公道杯、盖碗都涮了一遍，再用红木制的木勺舀上"铁观音"茶叶放进盖碗，冲入开水，用碗盖搅动几下，倒掉，再冲入开水，将泡好的茶汤倒入公道杯，沉淀了一下，又倒入茶盅，将茶盅放在罗梦云面前的木托盘上。这套沏茶的程序方景林做得一丝不苟。

罗梦云默默地注视着方景林忙活，眼睛里充满了爱意。

他们每次见面就是喝喝茶，扯一些家常，唯独不谈工作上的事，更多的时候是两人相对而坐，互相凝视着对方，该说的都说过，不该说的自然不能说。

方景林将茶水倒进紫砂杯递给罗梦云："梦云，最近好吗？"

罗梦云望着方景林幽幽地说："很紧张。"

"紧张？你指的是心理还是工作？"

"都有吧，尤其是见到胜利曙光的时候，情况会越发险恶，当然，我有应付一些变故的心理准备。"

方景林神态自若地呷了一口茶，淡淡地说："我倒是早习惯了，就是很难想象将来，要是有一天我处在没有危险的和平环境，还不知我能否习惯。梦云，我能帮你做点儿什么？"

罗梦云摇摇头轻声道："你恐怕帮不上我，你我都有自己的事要做，好在时间不会太长了。"

"梦云，对于将来，你有什么打算吗？"方景林似乎话里有话。

罗梦云露出了璀璨的微笑："当然，我想和自己爱的那个人结婚，若是条件允许，我还想生两个孩子，最好一个男孩儿一个女孩儿。"

"哦，这个要求不算高嘛，我保证你能做到。梦云，你猜猜看，此时我最想做什么？"

罗梦云眼波一闪，顽皮地说："知道，你很想吻一个女人，但我不知道这个女人是谁。"

"你过来坐，我告诉你。"

"不行啊，亲爱的，这里的环境实在不好，再忍耐一下，好吗？"

"梦云，等到那一天，我会什么事也不干，每天都把你抱在怀里，想做什么就做什么，想做多长时间就做多长时间。"

罗梦云明知故问："亲爱的，你要做什么？"

"做一些爱人之间应该做的事，你明白吗？"

罗梦云的脸红了："呸！你这个人越来越坏，难道是当警察当的？"

方景林警惕地望望窗外，脸上闪过一丝忧虑："梦云，我为你担心，我们所处的环境太残酷了，每天都面临着流血和死亡，有时甚至还有比死亡更残酷的事，我常常想，让你这样的姑娘去承受如此残酷的命运，实在是一个错误。"

罗梦云含情脉脉地注视着他："景林，我能承受的底线就是死亡，除此之外，我不会给对手任何机会。"

"梦云，答应我一个要求，好吗？"

"你说！"

"要小心，好好保护自己，活到我可以拥抱你的那天。"

"我答应你，亲爱的，你也要保重。"

第十七章

早上起来，花猫儿的第一件事就是蹲在门口磨他那把斧子，其实那斧子已经够快的了，他不过是习惯而已。干他这行的手里没有好家伙不行，能不能用上无所谓，关键是能吓住对方就成。开这种下等窑子也是有天敌的，这天敌不是警察，而是来自嫖客本身，这也不奇怪，有钱有势者不会来这地方寻欢，来的都是下九流，掏个三五毛钱都有困难，如果不能一出手就把他们吓住，有些嫖客敢天天不花钱白玩。

花猫儿边磨斧子边琢磨事，脑子里乱糟糟的。其实他也不喜欢这个职业，一个老爷们儿靠几个老娘们儿卖身子过日子，这本身就是件栽面儿的事，但凡有点办法谁干这下三烂的事？花猫儿心里也很窝囊。要怨只能怨彪爷不仗义，当年跟彪爷鞍前马后伺候，花猫儿可谓忠心耿耿，没有半点儿对不起彪爷的地方。

民国二十六年"七七"事变时，花猫儿受彪爷的指派，带几个弟兄做了佐藤一家，当时洗劫的财物就装了满满一大车。彪爷是个老江湖了，他选择的时机大有讲究，城外的卢沟桥正打得不可开交，北平城内老百姓的反日情绪高涨，彪爷早看出29军不是日本人的对手，北平城早晚要丢，这时候干他一票才真正是渔翁得利。彪爷是个纯粹的实用主义者，他没有任何政治倾向和国家民族的概念，在他眼里，日本人和蒋委员长都是一路货色，只要有机会，干谁都一样，关键是能不能搞到钱。彪爷的嗅觉出奇地灵敏，29军还没撤退他倒先撤了，就像扎猛子，从北平一家伙扎下去，等他露出头来的时候人已经到重庆了。抗战期间据说也没闲着，战时的重庆缺什么彪爷倒腾什么，钱恐怕是赚海了去了。问题是，像花猫儿这样忠心耿耿为彪爷卖命的弟兄，彪爷是怎么对待的呢？彪爷离开北平之前，仅用了二十块大洋就把花猫儿打发了。这期间花猫儿过得容易吗？日本人刚进城时，花猫儿还混了个"维持会"干事的差事，跑跑颠颠地干点儿杂事，花猫儿的特长是耍胳膊根儿，讲道理他不会，动手打人还是比较拿手的。后来就不行了，日本占领区内建立起正式的维持政府，需要各种有头有脸儿的人物来壮门面，像花猫儿这种身份的人自然不能考虑，花猫儿因此而失业，百般无奈下才干起了这行。

如今这世道只有彪爷这样的人才如鱼得水，无论世道怎么变，不变的是彪爷。日本天皇宣布投降是8月15日，人家彪爷8月底就和一群接收大员们出现在北平街头，那天花猫儿路过"玉华台"饭庄，一眼看见西装革履的彪爷和几位官员模样的人有说有笑地从里面出来，正准备往"别克"汽车里钻。花猫儿激动得眼泪都流下来了，他不顾一切地叫着大哥冲过去，彪爷见了他先是一怔，旋即又换了一副笑脸儿，从兜里掏出两块大洋往花猫儿手里一拍，只说了一句话："兄弟，我还住在老地儿，有什么话家里谈，现在我还有事，先走一步了。"说罢他钻进汽车，屁股一冒烟儿开走了。

花猫儿那天激动得一宿没睡好觉，他觉得这些年的窝囊日子该结束了，彪爷是恋旧的人，况且自己鞍前马后为他卖过命，现在彪爷又出山了，怎么着也该给自己谋个差事干干。花猫儿的要求不高，年龄也不比当年，打打杀杀的事是不想干了，给彪爷当个管家还是能胜任的。

花猫儿想错了，如今彪爷正春风得意，根本没拿花猫儿当回事，当他找到彪爷当年住过的老宅子——菜市口丞相胡同15号时，守门人连院门都没让他进。那家伙是个彪形大汉，穿一身香云纱裤褂，上衣敞着怀，这人很放肆地上下打量着花猫儿，一张嘴话就横着出来："找彪爷？你谁呀？彪爷是你叫的吗？事先预约了没有？"

花猫儿咽下一口气低声道："老哥，是彪爷叫我来的，劳您驾进去通报一下，就说花猫儿给他请安来了。"

"彪爷让你来的？那我怎么不知道？告诉你，彪爷今天不会客，你呀，今天该干吗就干吗去，改日想见彪爷提前打电话预约。"大汉说完"咣当"一声把大门关了。

碰了一鼻子灰的花猫儿真有心用斧子剁了那条看门狗，妈的，真是虎落平阳被犬欺呀，倒退十年谁敢这么对待花猫儿？废了他！

花猫儿还没有磨完斧子，门口便停下一辆美制中吉普，一个佩戴中尉军衔的国军军官带着四个头戴钢盔、胸前挎冲锋枪的士兵走近屋子。花猫儿慌忙站起身子迎过去，赔着笑脸问："老总，您找谁？"

中尉上下打量了他一眼："你就是那个绰号'花猫儿'的人？"

第十七章

花猫儿点点头："就是我，不好意思，江湖上的朋友送我这么个称呼，老总有事吗？"

"没事儿我上这儿来干吗？比他妈猪圈还臭，你，跟我走一趟。"中尉一挥手，四个士兵一拥而上，前后左右将花猫儿夹在中间。

花猫儿没经历过这种场面，便有些不知深浅，他刁顽的野性被激发出来，竟使开拳脚左右开弓将身边的两个士兵放倒，还没来得及对付下一个，他的脸上便重重地挨了一枪托，鼻梁骨被打得粉碎，鲜血迸溅……花猫儿哼了一声便栽倒了，四个如狼似虎的士兵扑上来用枪托捣，用皮鞋踢，一眨眼的工夫就把花猫儿弄成了一堆蠕动着的烂肉……

中尉军官扔掉手里的烟蒂："行啦，再打就没气儿了，把这浑蛋带走。"

士兵们将血肉模糊的花猫儿抬起，像扔麻包一样重重摔在吉普车上……

文三儿正坐在西柳树井的那家小酒馆里喝酒，自从九年前在这里挨了花猫儿一顿揍以后，他就再也不好意思来了，如今也算是故地重游。酒馆老板齐胖子比九年前又胖出一圈来，他坐在曲尺形柜台后面笑眯眯地看着文三儿，活脱脱地像尊弥勒佛。

文三儿一进门就气度不凡地点了一瓶"莲花白"，下酒菜是油炸花生米、肉皮冻儿、拍黄瓜和海蜇皮四样儿。

齐胖子一边拿酒一边和文三儿开玩笑："文三儿啊，几年没见你可长行市啦，我记得你原先是二两'烧刀子'外带一碟'拌三丝儿'就打发了，今儿个是怎么啦？是抢银行了还是砸当铺啦？"

文三儿一扬脖儿灌下了头一盅酒，重重地将酒盅往桌子上一蹾："我说齐胖子，你这儿有没有大点儿的盛酒家伙？文爷我不习惯用这小酒盅，抠抠搜搜的，哪像个爷们儿喝酒？给我换大杯来。"

齐胖子忙不迭地给文三儿找大杯，嘴里还嘟囔着："八仙桌上摆夜壶——看你也不是盛酒的家伙。就你这点儿酒量？撑死了半斤，就不知道自个儿是哪国人了。"

文三儿并不理会齐胖子的挖苦，他倒了满满一大杯酒，咕嘟咕嘟灌了下去,那种久违的感觉又出现了,从丹田那儿生出一股子胆气,顺着五脏六腑直冲脑门。文三儿打算用筷子夹块肉皮冻儿,但手却有些不听使唤,筷子落在碟子外面,夹起了一块客人吃剩的鸡骨头放进嘴里咂巴起来……

齐胖子连忙提醒:"文三儿,你怎么把鸡骨头放嘴里啦?快吐出来!"

文三儿的小脸儿已经变成酱紫色,神志也有些模糊起来,他把鸡骨头嚼碎了咽下,用手指着齐胖子:"敢打……文爷我?瞎……瞎了他……他花猫儿的狗眼,齐……胖子,我跟你……说实话吧,你以为……文爷我就是个臭拉车的?放……屁!那……那是你小子狗眼看……看人低呀,说出来吓……吓死你,文爷我是……是保密局的人,瞧见没有?文爷我一……一句话把花猫儿拿……拿进去啦,先他妈大……大刑伺候这丫……丫头养的,敢打文爷?这么跟……你说吧,可四九城打听打听……谁惹……惹着文爷,谁他……妈的就得倒霉……"

齐胖子摇摇头叹道:"得嘞,又高啦,文三儿啊,别喝啦,我给您打包得了,您找个地方醒醒酒去。"

"谁……谁说文爷我高……高啦?我×他个妈,保密局你……你听说过没有?"

齐胖子点点头:"那怎么没听说过?不就是原先的'军统'吗?文三儿,您知道什么叫'军统'吗?"

"军什么?我……我说齐……齐胖子,你他妈的别和……和我扯淡,文爷我不……不认识什么'军桶'……'马桶'的,文爷我就认保……保密局,保密局的徐……徐爷,你听说过吗?说出来吓……死你,那是一大……大官儿,保密局他……他说了算,你知道他是谁……谁吗?"

"哟,您这话问的,我哪知道他是谁呀?"

"他是谁?实话告诉你,他……他是文爷我……我的顶头上司,文爷我归……归他调遣,这回你明白了吧?"

"明白了,明白了,您文三儿是保密局的人,那个姓徐的是您上司,对不对?那我就有点儿糊涂了,您既然是保密局的人,怎么着也得闹身官衣穿穿,再闹个衔儿什么的,怎么还给人拉车呀?这不栽保密局的面儿吗?"

第十七章

文三儿的舌头越发僵硬:"你懂……懂个屁!文爷我是……便……便衣,便衣你……懂不懂?也就是……是探子,瞅见没有?门口那……那辆洋车,知……知道多少钱吗?二百多现……现大洋啊,把你齐……胖子这破……酒馆儿卖……卖了,也不值二百大……大洋吧?"

"那是,那是,我这破酒馆儿还顶不了您一车轱辘呢……"

"告诉你,这车是……是保密局发……发的,徐爷交……交代了,文爷我的差……差事就是瞅瞅谁像共……共党,谁……谁像汉奸……我说齐……齐胖子,我……我怎么看你小子不……不顺眼呢?你他妈的就……就像汉……汉奸……"

"哎哟,您试抬举我了,我倒想当汉奸呢,日本人也得要我呀?我看您是又喝高了,要不要来碗醋解解酒?"齐胖子起身要去拿醋。

文三儿醉眼蒙眬地敲敲桌子:"再给文爷我来……来瓶'二锅头'……"

"还要酒?我说文三儿啊,别喝啦,这就已经高啦,再喝就该出娄子啦。"

"别他妈的废……废话,怕文爷我没……没钱?就冲这……这个,你小子就像个汉……汉奸……"

"是是是,我像汉奸,行了吧?我劝您别喝了,我知道您一喝高了就撒酒疯,砸东西,我这小本儿生意可禁不住您折腾。文三儿啊,不不不,文爷,我叫您文爷了,您是我大爷,行不行?咱不喝了……"齐胖子嘴里央求着,手里却毫不留情地捏着文三儿的鼻子给他强灌了半碗"老陈醋"……

·第十八章·

宣武门外菜市口丁字街路南有一条叫丞相胡同的横街，因严嵩曾在此居住而得名。在清末光绪年间的《详细帝京舆图》上，丞相胡同还叫绳匠胡同，后来才陆续改名叫神仙胡同、丞相胡同。

旧京城的菜市口是个繁华之地，其"花柳繁华地，温柔富贵乡"的风貌常被文人们津津乐道。清朝修建铁路之前，外省人士进京主要有两条路：京杭运河沿线诸省人士经运河，过通州进京；京汉路沿线、西部诸省人士过卢沟桥，由广安门进京，后者占外地进京人员的七八成。

进了广安门，迎面就是菜市口，此地自然客栈会馆云集，商铺茶楼林立，仅卖剪刀的就有"王麻子""老王麻子""真王麻子""老汪麻子"等若干家店铺。丁字街路南有以徽子麻花著名的南来顺饭庄；米市胡同里有京城最早的便宜坊烤鸭店，路北铁门胡同西边一点有鹤年堂药铺和吴裕泰茶庄，北半截胡同南口还有个大名鼎鼎的"广和居"饭庄。

自清朝到民国，曾在京城活动的文人、政治名流，与菜市口不沾边的恐怕没几个。北半截胡同有闹"变法"被砍头的谭嗣同旧宅；南半截胡同有大文豪鲁迅先生的故居；米市胡同里有李大钊、陈独秀创办《每周评论》的旧址，康有为先生也曾经在此居住。至于丞相胡同，居住过的名人就更多了，曾国藩、左宗棠、龚自珍、刘光第、蔡元培等人都如雷贯耳，"鉴湖女侠"秋瑾曾在丞相胡同内的女学堂担任过教习，李大钊曾在胡同内创办过《晨钟报》……

繁华的菜市口也是旧京城的杀人之地，自1644年清顺治帝"定鼎燕京"，君临天下，菜市口随之成为京城法场，究其何故，全拜其繁华所赐。早在唐代，菜市口所在的广安门内大街（时称檀州街）就是幽州城的闹市，据史家考

第十八章

证，金代将领兀术的宅邸也在这条街上。《礼记·王制》里提到："爵人于朝，与士共之。刑人于市，与众弃之。"闹市做法场的历史在中国源远流长，清朝只不过是延续传统罢了。当年翰林院编修许承尧作过一首《过菜市口》："薄暮过西市，踽踽涕泪归，市人竟言笑，谁知我心悲？此地复何地？头颅古累累。碧血沁入土，腥气生伊蹶……"清朝时菜市口的刑场就在"鹤年堂药铺"门前。行刑的前一天晚上，刑部官员会通知"鹤年堂"掌柜准备酒菜。第二天，就着鹤年堂门前的骑楼搭好席棚，摆好案几，是为监斩台。犯人从刑部大牢押出，站在笼子车里出宣武门，一路向南到菜市口，跪到鹤年堂门前开刀问斩。

京城的百姓自古就有看热闹的嗜好，对人头落地的惨烈及血腥之气往往兴趣盎然。当年凌迟大盗康小八，菜市口一带人山人海，人头攒动，行刑时竟发生骚乱，踩死、挤伤数十人，全因争先恐后抢占最佳观看位置所致。

刑场是受刑犯人生命的终结之地，也是芸芸众生的娱乐消遣之场所，对监斩官和刽子手来说，行刑的日子也是发财的日子。监斩官勾决犯人的朱笔被认为可以驱邪，捆绑犯人的绳子据说拴牛牛不惊，泡人血的馒头可以治痨病，就连刽子手的运刀速度和砍头技巧都能有笔不小的进项。

光绪三十一年（1905年），大臣沈家本奏请光绪皇帝删除凌迟等重刑，光绪帝准奏下旨"永远删除，俱改斩决"。1911年，中国历史上第一部仿照西方近代刑法体例、原则制定的刑法典《大清新刑律》出台，斩首之刑被废除。菜市口的血腥气渐渐飘散于历史的深处……也是这一年，大清朝垮台了。进入民国以后，杀人刑场不再设于闹市区，京城的老少爷们儿也从此少了一项重要的娱乐活动。

抗战前，大名鼎鼎的"三合帮"帮主肖建彪就住在宣外大街菜市口丞相胡同15号，这是个相当讲究的三进四合院，为咸丰年间吏部左侍郎钱晋尧的宅子，老爷子死后子孙不肖，吃喝嫖赌将家产败尽，这宅院就到了肖建彪手里。

徐金戈乘坐的吉普车停在这座宅院前，他没有急于下车，而是点燃一支香烟，透过车窗打量着这座宅院周围的街道形貌，这是他的职业习惯。

徐金戈通过审讯花猫儿等人获得了不少肖建彪的秘密，他又通过保密局系统将肖建彪在重庆时的情况查个一清二楚，这个行踪诡秘的"彪爷"终于浮出了水面……徐金戈一旦锁定目标，脑子里的计划也就渐渐形成了。

当年肖建彪指使手下人趁卢沟桥开战，城内人心惶惶之际血洗了"笠原商社"佐藤一家，劫走包括马湘兰的《兰竹图》在内的大批文物字画和财物。肖建彪趁日军与29军在南苑激战之时携部分文物逃出北平，最后辗转到了陪都重庆。也多亏了这批文物，他在重庆官场上以文物行贿，上下打通关节，在不长的时间就建立起一个覆盖国统区及大部分沦陷区的走私物资销售网。肖建彪是个没有任何原则的人，只要有利润，他甚至可以和魔鬼做交易。徐金戈在侦查中发现，肖建彪曾与国防部、全国赈济委员会、难民救济署、交通部等部门的官员勾结，将盟军通过"驼峰航线"运送到中国的军用物资倒卖到敌占区去，他的客户除了有汪伪政府的高官，他甚至还直接和日本占领军做生意。就凭徐金戈掌握的情况，肖建彪这个浑蛋枪毙他十次都不多。

徐金戈走上台阶，按响了门铃……

大门开了一条缝，看门的大汉探出头来，上下打量着穿军服的徐金戈，嘴里还算是客气："这位长官找谁？"

"你去通报一下，我要见肖建彪先生。"

"对不起长官，您是……"

"我是国防部保密局的徐金戈少校。"

"您……预约过肖先生吗？"

徐金戈的怒火爆发了："预约个屁！见个肖建彪还要预约？他当自己是谁？老子是给他脸呢，快点去！"

这一骂比什么都管用，看门大汉马上知道此人有来头，不然谁敢这么横？能指名道姓骂彪爷的人，八成都是惹不起的。大汉深深地鞠了一个躬："长官息怒，请客厅里用茶，我马上通报肖先生。"

肖建彪的中式客厅大门为镂空樟木格子门，门上刻有《石头记》插图木雕，几十幅各不相同，基本涵盖了《石头记》的故事梗概。门前四根柱头各雕两个八仙过海的故事，推门入内，横梁挂有前后两块匾，主匾是堂名"百忍堂"，副匾居然是于右任的手书"风月无边"。肖建彪的客厅不算大，一色明清风格的红木家具，从客厅布置上看，还不算太奢侈。徐金戈坐在一把明式圈椅上，

第十八章

一边品茶一边欣赏墙上挂的字画。客厅东面的墙壁上挂着一幅三尺画幅、颜色古旧的山水画，徐金戈仔细看看画家的落款"苦瓜和尚"，他想起这是清代画家石涛的别号，画面的空白处印有不同时期的收藏印章，徐金戈辨认了一下，没有发现清朝皇室的收藏印章，他断定此画一直在民间流传。石涛传世的作品较多，年代也不过二百余年，除了少数被皇室收藏的精品，在民间流传的作品价值还比不过同为明清时期的米万钟、蓝瑛、文震亨等名家的作品。但徐金戈却很喜欢这位画家的绘画风格，石涛善用墨法，枯湿浓淡兼施并用，尤其喜欢用湿笔，通过水墨的渗化和笔墨的融和，表现出山川的氤氲气象和深厚之态。此人作画构图也很新奇，无论是黄山云烟、江南水墨，还是悬崖峭壁、枯树寒鸦，都力求布局新奇，意境翻新，其作品具有一种豪放郁勃的气势，以奔放之势见胜。

徐金戈回过头来，发现西面墙壁上也挂着一幅画儿，似乎是兰竹图案，他快步走过去先看了看落款，上面赫然显出"马湘兰"清秀的字体……徐金戈心里明白了，这就是那幅文三儿提过的"窑姐儿的画儿"。

那天在"翠云轩"茶馆时，文三儿怎么也想不起来"马湘兰"的名字，只说是古代一个窑姐儿的画儿，画的是兰花和竹子，琉璃厂"聚宝阁"的陈掌柜以三千大洋的价格卖给了日本人佐藤。徐金戈对此价格印象很深，他知道在民国二十六年三千银圆的价值。为了慎重起见，徐金戈还专门装扮成文物收藏者走访了不少琉璃厂的文物商，有不少人还记得当年《兰竹图》那桩公案，都说"聚宝阁"的陈掌柜是个倒霉蛋，他命里没福，消受不了马湘兰，那幅《兰竹图》只能给他带来灾祸，最后八成是让马湘兰给方死了。当年燕京大学的学生们抵制日货正在火头上，不知死的陈掌柜财迷心窍，硬要把《兰竹图》卖给日本人，这不是找倒霉吗？结果这事儿不知怎么传了出来，让大学生们把铺子给砸了。据说砸铺子时人挺多，一些流氓地痞也跟着浑水摸鱼，陈掌柜多年积攒的家当毁于一旦，人也被打伤，这个倒霉蛋破产以后被人四处逼债，急火攻心，日本人进城以后就下落不明。琉璃厂一个摆地摊儿的老头儿说："听说陈掌柜死了，亏得他死了，不然他活下来现在也得倒霉，把老祖宗留下的东西卖给小鬼子，不办他个汉奸罪才怪。"

看来，这就是当年闹得沸沸扬扬的那幅《兰竹图》。

"徐长官，鄙人肖建彪有失远迎，给您赔罪了。"长袍马褂的肖建彪走进客厅拱手道。

徐金戈转过身来："哦，你就是肖建彪先生？见你一次很难呀！"

"在下肖建彪，下人无知，怠慢了徐长官，鄙人已经责骂过了，还请徐长官海涵。"

徐金戈开门见山道："肖先生，徐某无事不登三宝殿，既然来了，肯定是公事，还得请肖先生配合。"

"徐长官有事尽管讲，我肖建彪无不从命。"

徐金戈从公文包里抽出一沓印着国民党党徽的公文纸扔在桌子上："我这里有一些材料，请肖先生过目。"

肖建彪狐疑地盯了徐金戈一眼，拿起材料浏览了一下，然后神态自若地将材料扔在桌子上："看来徐长官对鄙人的私事很关心啊，敢问您有什么打算？"

徐金戈点燃一支香烟猛吸了一口，仰起头来将烟雾喷向天花板："肖先生，我暂时还没什么具体打算，这不是来和你商量吗？"

肖建彪笑了："鄙人没和保密局的人打过交道，看来真是失策，不过，中统那边我还有几个朋友，这样吧，哪天约个时间，肖某做东，再叫上中统的朋友，请你们北平站的乔站长还有你徐长官一起吃个饭，大家交个朋友，有什么事都好商量嘛。"

徐金戈面无表情地反问："既然是朋友，你就不怕给他们带来杀身之祸？"

"哎哟，这话是怎么讲？不过是借吃饭为名大家互相认识一下嘛，怎么搞得这么紧张？"

徐金戈一字一句地说："肖建彪，我知道你有不少上层关系，必要时也会有人为你的罪行开脱，但我告诉你，你的运气不太好，因为你碰到我手里，也只好认倒霉了，实话告诉你，你的罪行随便拣出一件就能杀你十次。"

肖建彪微笑着反驳道："那可不见得，你们保密局的人也不是神仙，岂能不食人间烟火？抗战期间鄙人在重庆也遇到过一些小麻烦，最后还不是一一化解了？举个例子吧，那条'驼峰航线'够紧张了，可蒋夫人的一架钢琴能占小半个机舱，重庆政府里那么多大员没人敢放半个屁，要说是投机倒把，破坏抗战，我看得先拿蒋夫人、孔先生之流开刀，鄙人不过是挣了点儿小钱而已。当然，徐长官若是愿交我这个朋友，咱们兄弟有什么事都好商量。"

徐金戈冷冷一笑："你说得不错，咱们中国的事是一摊子糊涂账，谁也别想算清楚，要是通过法律程序对你进行起诉，我还真没什么把握，有这么多政府大员为你帮忙，闹不好倒把你捧成了抗日英雄也说不定。可这里有个小问题不知你想过没有，我们保密局是不算小账的，我们经常干一些把孩子和洗脚水一起倒掉的事。"

"此话怎么讲？望徐长官明示。"

"很简单，要是你把一壶水放在炉子上煮一个小时，会出现什么情况？对，水被烧干了，蒸发了，消失在空气里了，请肖先生想一想，水可以被蒸发，难道人就不能被蒸发掉吗？"

肖建彪的脸色变了，他太清楚保密局的手段了，当年汪精卫那样的大人物叛国投敌，"军统"的特工人员照样敢追杀到河内。抗战期间在上海，"军统"特工和汪伪76号特工展开了一系列血腥的厮杀，手段极为残酷。肖建彪早有耳闻，他后悔当初没有和"军统"的人拉上关系，以至于现在撞在保密局的枪口上。

肖建彪的口气终于软了下来："徐长官，我肖建彪愿意与保密局合作，请您吩咐。"

徐金戈笑了："谢谢！我欣赏肖先生的合作态度，从某种意义上说，您是最早和日本人交手的特工，干得还不坏嘛。"

肖建彪不知所指，只是茫然地望着徐金戈："徐长官指的是……"

徐金戈朝《兰竹图》扬扬下巴："那不是你的战利品吗？"

肖建彪的冷汗一下子流了下来……

花猫儿坐在门口的椅子上，两眼失神地看着街上走过的行人，脑子里却走马灯般地转着各种念头。首要问题是谁在黑自己？要说过去在彪爷手下干的时候，确实得罪过不少人，可那都是八九年前的事了，近年来自己窝在寿长街的

"暗门子"里混口饭吃，虽说让人瞧不起，可也没得罪过谁，是谁把那些兵爷给引来的？花猫儿长这么大从来没和大兵打过交道，还不大知道深浅，现在他明白了，这年头儿最惹不起的人就是当兵的，人家根本就不和你讲理，上来就用枪托子招呼，不到一分钟工夫，花猫儿就变成了血人，鼻梁骨被打碎，肋骨断了三根，真他妈的狠啊！把人打成这样还不知道因为什么，这是什么世道！花猫儿的记性不是很好，他早忘了，自己以前也没少打过别人，甚至更凶残。

　　花猫儿只记得那天大兵们把自己带到一个审讯室里，一个少校军官很和蔼地问了一些问题，其中主要是有关彪爷的事。花猫儿当然要死扛一下，不然将来彪爷也饶不了自己，如今自己虽说不在"道儿"里了，但"道儿"的规矩还不能忘。谁知那少校是个笑面虎，他一点儿也不动怒，只是做了个手势，四个大兵就很利索地将花猫儿绑在了"老虎凳"上，一眨眼工夫，花猫儿的腿下已经塞了三块砖，一阵剧痛从双腿传来，花猫儿感到，自己两条腿此时的承受力已经到了极限，只要再加一块砖，他这后半辈子就得废了。一个大兵已经拿起了砖，正准备塞入花猫儿的腿下，他终于扛不住了，从喉咙深处发出一声瘆人的惨叫："啊……兵爷饶命，我说，我全说……"

　　花猫儿的意志终于崩溃了，"道儿"上的规矩和江湖义气全顾不上了，他认为世界上没有人能扛住这种酷刑，谁要是说不服气，就让他自己来试试，反正花猫儿是不打算扛了，别说是为彪爷，就算是为自己亲爹也不能扛了……从"老虎凳"上解下来，花猫儿是问什么答什么，表现得很配合。那位少校很满意，最后还给了花猫儿十块钱治伤，用吉普车把他送回了家。

　　花猫儿到现在也不知道，那个审讯室在哪里，那少校军官是哪部分的，但他隐隐约约地感到，这些人是冲着彪爷来的，看来彪爷不知得罪了哪路神仙。

　　花猫儿觉得左侧被打断的肋骨又隐隐作痛，他连忙换了个姿势坐，幸亏自己身子骨结实，伤好得快，要是换个人两个月也爬不起床来。突然，一个念头如电光石火般闪过……这个给自己使坏的人会不会是文三儿那小子？你别说，还真有可能，自己在寿长街混饭有七八年了，一直风平浪静，怎么文三儿一露面儿祸事就跟着来了呢？花猫儿越琢磨越觉得文三儿可疑，在审讯室，那少校最感兴趣的就是当年杀佐藤一家的事，他是怎么知道的？想到这儿花猫儿终于

第十八章

有些明白了,他后悔自己当年太大意,小瞧了这个不起眼的车夫。当年他只用了半斤莲花白就从文三儿嘴里套出了佐藤家的情况,花猫儿本想搞个嫁祸于人的手段,设套儿把文三儿装进去,让他当个替死鬼,谁知动手那天夜里,这小子提前赶到了,一见到佐藤一家的尸体,他溜得比兔子还快。现在看来,当时留下文三儿一条命真是失策,早知如此,那天夜里就该把文三儿一块儿做了。究其原因,花猫儿不得不承认,自己当时实在是没拿这个獐头鼠目的文三儿当回事儿,才酿成今日之灾祸。

花猫儿琢磨完文三儿的事,又开始琢磨下一个问题,彪爷要是知道自己把此事全撂了,恐怕不会有自己的好果子吃。花猫儿跟随彪爷十几年,深知他为人阴险,心毒手辣,虽说花猫儿如今已经不是"三合帮"的人,但"三合帮"的规矩却要跟他一辈子。花猫儿记得入伙的那一天,他在祖师爷的画像前喝血酒发了毒誓:出卖兄弟,乱刀分尸……得嘞,这回花猫儿可不只是出卖兄弟的问题,连帮主都让自己给卖了,此时,花猫儿感到一阵恐惧……

一只软绵绵的手搭在花猫儿的肩上,一个熟悉的声音从身后传来:"兄弟,你在想什么?"

花猫儿猛地回头,顿时吓得魂飞魄散,真是怕什么就来什么,肖建彪身穿咖啡色软缎长衫,头戴黑色礼帽就站在他身后,脸上还带着浅浅的笑容……一个人若是恐惧到极致倒有可能产生破釜沉舟的勇气,花猫儿在一瞬间便稳住了自己,同时也对以前的帮主产生出很强烈的怨恨,是你彪爷先不仗义,我为你流血卖命十几年,还不是一脚就把我踢开了,老子可不欠你什么。花猫儿瞟了一眼身边的斧子,缓缓站起身来朝肖建彪拱拱手:"彪爷,您是打算就在这儿做了我,还是找个地方再动手?"

肖建彪满面笑容地拍拍花猫儿的肩膀:"兄弟,你这是怎么啦?是谁惹着我兄弟了?你和谁生气呢?跟哥哥我说,我给你出气。"

花猫儿愣了,他没想到彪爷竟然如此和蔼亲切,一举一动都带着大哥的风范,莫非自己多心了?

肖建彪朝屋子里看看,扭头对花猫儿说:"兄弟,哥哥我好不容易来看你一次,你就让我站在门口?不请哥哥我进屋坐坐?"

花猫儿猛地醒悟过来，他慌乱地四处看看："大哥，我这儿又脏又乱，没地方坐，我看……"

肖建彪背着手走进屋子，四处看了看，然后坦然撩起长衫的下摆坐在凌乱肮脏的床上。花猫儿也跟了进去，垂手站在一边。他觉得脸上在发烧，这间破房子很低矮，冬天还四处漏风，屋子里弥漫着一股难闻的气味，床单上到处是斑斑点点可疑的污痕，让身份尊贵的彪爷坐在这里是有些不像话。

肖建彪神色黯然，久久没有说话，花猫儿也沉默着。突然，肖建彪抽泣起来，花猫儿大吃一惊，他分明看到肖建彪的脸上泪水纵横，自从跟随彪爷以来，他还是第一次看见彪爷流泪。

肖建彪哽咽着说出几句让花猫儿不得不感动的话："兄弟啊，哥哥我……实在没想到……我兄弟竟然过着这种日子……哥哥我……对不起你呀！"

花猫儿感到一股热流从小腹那儿往上蹿，直冲脑门，他一时不知说什么才好，只是干搓着双手低声道："八九年了，我早习惯了……"

肖建彪终于哭出了声："兄弟啊，我知道你……心里委屈啊，呜呜……这么多年了，你过的是什么日子呀，可你不知道……哥哥我心里也委屈呀，我该跟谁说去？民国二十六年我撤出北平，是奉了上面的命令……干我们这行的有纪律呀，上不告父母……下不告妻儿……哥哥我实在没有办法啊……"

花猫儿小心翼翼地问道："大哥，我听不明白，您的意思是……"

肖建彪擦干了眼泪："兄弟，如今抗战已经胜利，我也就不瞒你了，实话说吧，哥哥我早就是军统戴老板的人，军统你知道吗？"

花猫儿摇摇头："不太知道，只是模模糊糊听说过一点儿，好像是政府的什么衙门吧？"

肖建彪正襟危坐，神色凝重："没错，是政府的秘密机关，正式名称叫国民政府军事委员会调查统计局，民国三十五年改称国防部保密局。我主要负责对日作战的情报工作，民国二十六年北平沦陷之前，我奉上峰指令撤离北平，后来到了重庆，抗战期间哥哥我一直在做秘密工作，我说过，我们有纪律，详细的事不能和你说太多，归了包齐就是一句话，哥哥我这些年过得不容易，要不是命大，死个十回八回也有了。"

第十八章

花猫儿这才恍然大悟："我明白了，敢情大哥早就是特务了？兄弟我真是有眼不识泰山，错怪了大哥。大哥啊，实不相瞒，兄弟我是怨恨过大哥，怨大哥不仗义，兄弟我鞍前马后跟随大哥多年，大哥一句话就把兄弟我甩了，前些日子，我去府上拜见大哥，没想到看门的连进都不让我进，兄弟我当时是真有点儿寒心，现在我知道了，肯定是那条看门狗背着大哥干的……"

肖建彪打断他的话："兄弟，这我得跟你说实话，那天不让你进门是哥哥我的意思，要怨你怨我，这是为什么呢？你听我跟你说，哥哥我自从回北平以后公务繁忙，你想啊，接收敌产，没收逆产，惩处汉奸，这还不算清查共党分子，哪样不是火烧眉毛的事？哥哥我忙得四脚朝天啊，可我没忘了帮里的弟兄们，心里一直惦记呀，什么叫兄弟？有福同享，有难同当，有我一口吃的，就少不了我兄弟半口，如今哥哥我也算是衣锦还乡了吧？在政府里好歹也有个一官半职的，可我的兄弟们还没沾上我的光呢，怎么办？你得容哥哥我想辙，在保密局给你谋个差事，你知道我们是做秘密工作的，上下级之间都是单线联系，不管你在面儿上是干什么的，但真实身份绝对不能暴露。你想想，我那里人多眼杂，那天要是我心一软把你请进去，你的差事恐怕也就吹了。兄弟啊，哥哥我的一片苦心你明白吗？"

花猫儿的眼泪终于流了下来，多年的委屈和怨恨都一扫而光，看来还是自己小心眼儿了，这么多年了，大哥还惦记着自己，为给兄弟谋个差事，大哥犯了多大的难？自己简直太不懂事了。花猫儿越想越悔，突然号啕大哭地跪倒在地："大哥啊，兄弟我对不起你，兄弟我错怪大哥啦，我花猫儿浑蛋啊，我……我他妈自行帮规……"花猫儿抄起斧子要剁自己的右手，肖建彪手疾眼快夺过斧子，声泪俱下地喊道："兄弟，你这是干什么？是哥哥我对不起你，要剁你就剁我吧！"花猫儿一把抱住大哥的腿痛哭起来……

肖建彪宽容地拍拍花猫儿的后背："兄弟啊，别哭了，今天是你我兄弟久别重逢的日子，应该高兴才是啊，起来！起来！我有正事要说。"

花猫儿站起来用衣袖擦去满脸的鼻涕眼泪。

肖建彪的脸倏然变得严肃起来："马大山同志，请你立正站好。"

花猫儿忙不迭地合拢脚跟，挺直了身子。

"现在我代表中华民国国防部保密局宣布一下对马大山同志的任命,现委任马大山同志为中华民国国防部保密局北平站上尉行动组组员,从即日起享受国军上尉军官的薪金及待遇。中华民国三十六年九月十一日。"

花猫儿挺胸抬头:"多谢大哥栽培!"

肖建彪皱着眉头纠正道:"叫长官。"

"是!多谢长官栽培。"

"马大山同志,今后你的一切行动都要服从于我的指挥,特别是要注意保密,你的真实身份除了我,不得向任何人透露,违者,严惩不贷!"

"是!长官。"

犬养平斋站在客厅的门口向徐金戈深深地鞠了一躬,徐金戈还了个美式军礼,两人一起走进客厅落座。

犬养平斋在软禁期间早已没了仆人,凡事都得自己动手,他边沏茶边问:"徐先生,贵国政府对我身份的核查是否已有了结论?要知道,战争结束已经两年了,我非常想念我的祖国和家人,对此我为贵国政府的工作效率感到遗憾。"

徐金戈彬彬有礼地回答:"犬养平斋先生,我今天是专程来向您道喜的,经过甄别,您的身份已经被确认,因此您将作为日本侨民被遣返回国,我向您表示祝贺!"

犬养平斋淡淡一笑:"我想,这个结果可是非徐先生所愿吧?"

"当然,坦率地说,我个人对这个结论很不满意,从同行和对手的角度看,我非常希望您从这个世界上永远消失,可我人微言轻,又没有确凿证据,既然是军人,我只能以服从命令为天职,现在我不得不承认,您赢了。"

"谢谢您的坦率,如果我能够回到祖国,我将会想念徐先生的,那颗7.62毫米的弹头我还保存着,这是你我之间缘分的见证。"

徐金戈啜了一口茶说:"要分手了,我们随便聊聊,不知您有兴趣没有?"

"悉听尊便!"

"还是谈谈战争吧,虽然这场战争已经结束两年了,但我仍然在研究它。首先我要承认,我们尽管打赢了这场战争,却只是个惨胜的结局,如果没有盟国的帮助，仅凭我一国之力胜败还很难说。远的不说，仅1944年4月的豫湘桂战役，哦，贵军称为'一号作战'，当时贵军在太平洋和南洋群岛已遭受重大损失，在中国的占领军也经过七年的战争消耗，战力大损，已成强弩之末。尽管如此，贵军仍然完成了打通大陆交通线之战略目的，使我军伤亡达五六十万人，作为中国军人，我不得不承认，这是我们的耻辱。我在思考这样一个问题，我军的失误固然很多，除了两国之间工业实力的悬殊、将领的战役指挥能力和兵员素质之外，还有什么原因？"

"徐先生，战争已经结束了，再思考这些问题还有什么意义？日本不是已经战败了吗？"

"有意义，这次你们战败了，可难免还有下一次战争，即使对手不是日本，也有可能是某个强国，我个人认为，只要世界上还有国家和民族的存在，那么战争就难以避免，我们需要做的是未雨绸缪，先使自己强大起来。"

"哦，让我想一想……徐先生，您刚才提到两国之间工业实力的悬殊，这没错，但这只是战争中期以前的情况，自从你们得到美国盟友的支援以后，条件早已大为改观。1943年以后，贵军的装备及火力已经开始超过日军，中美空军也夺取了大部分制空权，可在地面战斗中贵军仍然无法击败我们，究其原因，我想可能是因为你们中国人不重视运筹和操作手段所致。"

"哦，运筹和操作手段？这我好像还没有想过，我倒想听听犬养平斋先生的高见。"

"贵国汉代史家司马迁在《史记·孙子吴起列传》中提到，战国齐将田忌与齐威王赛马，二人各拥有上、中、下三个等级的马。田忌根据孙膑的运筹，以自己的下、上、中马分别与齐王的上、中、下马对赛，结果是二胜一负。这反映出在总实力大致相等的条件下，通过重新排列组合，以最小的代价换取最大胜利的古典运筹思想。在做一件事或研究一个问题时，你首先要清楚自己的目的是什么，换言之，你追求的是哪方面的效益，比如一个将军指挥一场战役，他的最终目的是抢占战略要地，或者最大限度地杀伤敌有生力量，还是突围？这可以说是首要问题，而且目的性在一开始搞清楚之后就应该贯彻始终，直至目的实现。如果起初目的就不明确或有错误，那么下面做的工作基本上就是徒劳的。以1937年年底的南京之战为例，贵国的唐生智将军就是个目的不大明确的指挥官。我仔细研究过这场战役，到现在也没有搞清楚，唐将军到底要干什么，先是摆出死守南京的姿态，而且自断退路以示决心，当时几乎所有的军事观察家都会这样认为：唐将军的战役目的是依托南京城最大限度地杀伤日军有生力量，为二线防御赢得时间，这还算是个说得过去的理由。但我的问题是，既然打算死守南京，为什么又没有进行巷战的计划？当城市外围阵地相继失守后，又突然下令撤退，从哪里撤退他显然没有考虑过，因为他并没有在下关码头留有撤退的船只，于是唐将军又下了一道愚蠢的命令，各部队从正面突围，要知道，在理论上无法执行的命令原本就是无效的，既然无效为什么要多此一举？下面的结局就很可怕了，十几万大军如雪崩一样溃败。唐将军最初的战役目的经过实战检验，得到的只是一个零。由此可见，战争是总体实力的较量，这里不光是物质方面的较量，更多的是智慧、运筹能力和操作手段的较量。"

徐金戈点点头同意道："您说得有道理，这些问题我会仔细考虑，从中找出一些规律性的东西，其实您说的这些都是一种创造力的体现，我得承认，大和民族的确是个有创造力的民族，从日俄战争时期的东乡平八郎、乃木希典到这次战争中的山本五十六都不愧是杰出将领，可你有没有考虑过，是什么原因使你们战败了？"

犬养平斋耸了耸肩："还是输在了智慧、运筹能力和操作手段上，是我们国家的决策出现失误。尽管历史向大和民族提供了很多机会，但我们都没有抓住。假如我们当初不急于发动太平洋战争；假如当初不采取'南下'战略而采取'北上'战略；假如在1937年'卢沟桥事变'时，我们毕其功于一役，一次性投入几十个师团，而不是采用渐次增加兵力的愚蠢战略，那么今天的战败者就可能是中国。可惜，历史从不承认什么'假如'，既然战败了，我们就要承认事实。"

徐金戈站了起来："犬养平斋先生，和您聊天很愉快，您的一些见解也使徐某受益匪浅，我很感谢！明天是您回国的日子，我就不送了，今天就此别过，祝您一路顺风。"

犬养平斋深深地鞠了一躬："我们来日方长，徐先生，您也多保重！"

·第十九章·

文三儿早晨出门的时候就觉得右眼皮跳，据说是"左眼跳财，右眼跳灾"，文三儿很相信这种说法，他有过唯一一次捡钱的经历，那次就是左眼皮跳个不停，结果他一出门就捡了两毛钱，于是对此说法他深信不疑。

由于问题出在右眼上，文三儿觉得有必要谨慎一些，他拉着洋车出门时，没敢像往常一样直接横穿马路，而是顺着马路走到路口，左右观察了半天，确信没有汽车驶过才小心翼翼过了路口。说来也邪了门，就这么紧躲慢躲还是来事儿了，文三儿只觉得车把猛地一沉，回头一看，顿时吓出一身冷汗……花猫儿已经端端正正坐在车座儿上，正用嘲弄的眼光盯着文三儿。

这下子可把文三儿吓坏了，他本以为徐金戈派人抓了这小子，花猫儿这辈子是甭想再出来，谁知他居然这么快就出来了，这可有点儿不妙，看样子花猫儿已经知道是文三儿捣的鬼，今天是来找麻烦的。文三儿紧张地思索着，两腿也不听使唤地哆嗦起来。都说是瘦死的骆驼比马大，别看如今花猫儿落魄当了"大茶壶"，可这小子再不济，收拾个文三儿还是有富余的，当年那顿急风暴雨般的耳光使文三儿刻骨铭心，想起来腿就打软。

文三儿朝花猫儿哈了哈腰，赔笑道："哟，是花猫儿大哥，您这是……想要车？"文三儿心里已打定主意，这件事儿打死也不能认账，装糊涂就装到底。

花猫儿冷冷地笑着："文三儿啊，你小子行呀，当面儿大哥大哥地叫着，好家伙，一扭脸儿就朝我背后下刀子？我可真他妈的走了眼，以前还真没看出来，你这丫挺的还挺阴。"

"大哥，您说什么呢？我怎么听不明白？"

"听不明白？那好，一会儿咱俩找个清静地儿，好好聊聊，我让你明白明白。"

文三儿心一横，索性死扛到底，他软中带硬地说："得嘞，大哥，我算看出来了，您今天是非要和我过不去，那您说，您打算怎么着？是拿斧子给我大卸八块，还是给我拿进局子坐老虎凳？"

花猫儿终于乐了："好啊文三儿，还真是你，连老虎凳都知道，还装什么糊涂？文三儿啊，你小子甭跟我斗心眼儿，你那脑袋跟夜壶差不多，里面装的全是尿，大爷我两下就把你绕进去啦，瞧见没？你自己就先把自己撂了出来。"

文三儿自知说走了嘴，心里后悔不迭，他哪里知道花猫儿坐老虎凳的事儿，不过是随口一说罢了，谁承想倒把自己绕进去了。不过，文三儿还有最后一招儿——肉烂嘴不烂。越到这会儿越不能认尿，反正花猫儿也不敢在大街上动斧子，只要他的斧子没抡上来，文三儿就打算嘴硬到底。

文三儿收敛了笑容，严肃地说："花猫儿，你还有事儿没事儿？没事儿就下车走人，我没工夫和你扯淡，还得去执行公务，耽误了公务你怕是担不起。"

文三儿的强硬使花猫儿感到很意外，在他的印象中，文三儿从来就是个人尿货软的主儿，今天怎么突然横起来？莫非真有人给他撑腰？他一口一个执行公务，如此理直气壮，八成也是为政府的哪个衙门当暗差？不然他怎么会有这个胆子？想到这里，花猫儿也严肃起来，他拍了拍手中的牛皮旅行袋说："有事儿没事儿？瞧你这话问的？没事儿我坐你车上干吗？实话告诉你，大爷我今天也是执行公务，就雇你的车，你不干也得干，走着！走着！大爷我要去前门火车站。"

"雇我的车？对不住了您哪，您先掏钱吧，纸票子咱还不要，现大洋两块，您现在掏钱我立马就走，别说是去前门火车站，就是去趟颐和园我也没二话。"文三儿索性耍起了无赖。

"两块大洋？不贵，这车大爷我雇了，这就给你拿钱……"花猫儿拉开牛皮旅行袋的拉链，敞开旅行袋送到文三儿眼前，"文三儿啊，瞅仔细了，钱在包里，你自己看着拿。"

文三儿探头一看不要紧，脑袋一下子就大了，旅行袋里放着一支乌黑锃亮的驳壳枪……

"拿呀？文三儿，你还拿吗？"花猫儿冷笑着催促道。

第十九章

文三儿乖乖抄起了车把:"得,您横,您是爷,不就是去前门吗?您坐好了,把那玩意儿看好,别走了火。"

"多谢您提醒,我把包放低点儿,就算走火儿也是打在您屁股上,不碍事儿的。"

犬养平斋坐在前门火车站的候车室里,他的身边挤满了抱着孩子,背着各种行李的日本侨民,人群中以老年人和穿和服的妇女居多。犬养平斋感慨地想,这场战争真是得不偿失,大和民族为夺取生存空间已经竭尽全力了,青壮年男人都被应征入伍送上战场,他们在中国、南洋群岛、太平洋的岛屿上战斗,能够活下来和妻子儿女团聚的恐怕连一半都不到。这场战争的失败,不是由于我们不努力,而是天意,是上帝抛弃了大和民族。此时,坐在这些老人妇女组成的人群中,犬养平斋有一种耻辱感。一个壮年男人出现在这样的人群中显得鹤立鸡群,他的同胞们会不会把他当作逃避兵役的怕死鬼?

犬养平斋看看手表,再有二十分钟就可以检票上车了。这是一列发往天津塘沽港的专用列车,日本侨民们将在那里上船回国,从火车站直到港口,被遣返人员由日俘日侨管理处工作人员和宪兵监督负责。

犬养平斋知道,自日本天皇宣布投降以后,驻扎在北平周围的日军坦克3师、独立2旅、独立8旅等五万余人先后开进市区集中缴械投降,由国军第11战区长官司令部受降,国军受降仪式举行后,日俘前往设在西苑、丰台和通州等地的北平日俘集中营。在天津地区负责受降的部队是美国海军陆战队第3团,国民政府之所以将天津地区的受降权交给美军,其目的是让美国军队替国军控制天津的塘沽港。犬养平斋由于身份问题被"甄别"了将近两年,等到他被遣返的时候,日军战俘已经全部回国,只剩一些日本侨民了。

当犬养平斋得到通知,他可以作为日本侨民被遣返回国时,他并没有感到松了一口气。作为一个老牌特工,职业要求他对任何事都不抱有幻想,尤其是喜讯将临的时候,也许就是你生命终结的先兆。犬养平斋用换位思考的方式判断自己的结局,如果自己处在徐金戈的位置上会怎么样?结论是:徐金戈不会轻易放手,那等于放虎归山。事情是明摆着的,关于间谍罪的指控必须要有确凿的证据才能被法庭所认定，但犬养平斋的对手并不是法庭，而是一个庞大的情报机关，它也同样是由一群经验老到的特工人员所组成。世界各国的情报部门都是一样的，他们有自己的特定规则，目的永远是第一位，只要能达到目的，手段是不重要的。犬养平斋盘算了一下，如果在上火车之前不出事，那么到了天津也有可能出麻烦，那是美国人管辖的地区，而那个无孔不入的中央情报局，恐怕也会对犬养平斋有着浓厚的兴趣。他并不怕死，这辈子既然选择了这个职业，他对死亡有着充足的心理准备。问题是，如果他多年来惨淡经营建立起的谍报网也连同自己的生命一起终止的话，犬养平斋会觉得死不瞑目，这意味着自己这辈子一无所获。这个谍报网的联络方式、人员名单及提供经费的渠道都贮藏在他的脑子里，一旦这个脑袋没有了，谍报网恐怕也就消失了，因为在这个世界上没有第二个人知道它的存在。犬养平斋有些后悔，真是聪明反被聪明误，本以为采用单线联系的方法，把全部秘密装进脑子里，就可以做到万无一失，谁知到头来也是失策在这上面。

犬养平斋现在能做的，只是在心中暗自祈祷：但愿一切都是自己神经过敏，如果今天能够逃过此劫，他愿意用一生的积蓄打造一尊金佛，送到京都最大的寺院里，向神明表达自己的感激之情……

文三儿把花猫儿拉到前门火车站的小广场上，扭头问："得，到啦，您赶紧掏钱，我还有事。"

花猫儿拎着旅行袋下了车，拍拍文三儿的肩膀道："甭着急，我顶多十分钟就回来，你的车今天我包了，账一起算。"

文三儿就怕听算账之类的话，今天只要能躲开花猫儿他宁可不要车钱，这小子心黑手狠，谁知道他打算怎么收拾自己？只要今天能脱身，文三儿就不怕花猫儿，无论如何，徐金戈总不能不管吧？想到这里文三儿的口气又强硬起来："我说花猫儿，我要是不等呢，你能怎么样？总不能就跟这儿拿'喷子'[1]喷了我？"

花猫儿掸掸长衫，阴冷地笑笑，小声道："这可保不齐，大爷我喷一个是喷，喷两个也是喷，文三儿啊，你乖乖地在这儿等我，要是我回来找不着你，

---

[1] "喷子"为枪的俗称。

第十九章

我就带着这把'喷子'上你们车行等你，听清楚了没有？"

文三儿无可奈何地点点头："听明白了，您是爷，您说了算。"

花猫儿今天的心情很好，懒得和文三儿废话，此时他要干一件名垂青史的大事。等着瞧吧，明天北平的各大报刊就会在头版头条的位置登出特大新闻，义士马大山的大名就会传遍全国。这种露脸儿的机会一个人一生中能有几次？

花猫儿走进了候车室，在等车的日本侨民中寻找着目标。他牢记着彪爷嘱咐：你干掉那鬼子以后，只需仰天大笑，喊一句，此仇总算是报啦！这时宪兵会马上扑上来抓住你，你千万不要反抗，也不要暴露你的军官身份，等你被押到宪兵司令部时，我会和保密局的长官们在那里等你，长官要亲自给你授勋章，到时候你就是英雄了。此时花猫儿一边寻找着目标一边想象着当英雄的感觉……彪爷说得不错，那日本鬼子不难找，在老人妇女的人群中，花猫儿一眼就把犬养平斋认出来了。这家伙中等身材，显得很粗壮，穿着一身黑色的和服，他的目光很锐利，花猫儿的目光在一瞬间和那人的目光骤然相遇……目标确定无疑，花猫儿闪电般地抽出驳壳枪狠狠地扣动了扳机，震耳的枪声在候车室里爆响起来……

从花猫儿走进候车室那一刻起，犬养平斋的目光就锁定了他。此人在东张西望地寻找着什么，他手里拎着一个牛皮旅行袋，上面的拉链已被拉开，犬养平斋立刻做出了判断，几天来自己担心的事情终于出现了，老对手徐金戈要出手了，看来今天自己是在劫难逃。犬养平斋没有恐惧，他平静地注视着花猫儿抽出驳壳枪，将枪口对准自己，犬养平斋从乌黑的枪口里看到了徐金戈含笑的目光……驳壳枪连续扣动了三次，三发7.63毫米口径的子弹直接击中犬养平斋，他身子晃了晃，并没有倒下。刺客的枪法实在太差，两发子弹分别击中右肩和右臂，另一发子弹却从犬养平斋的左侧颈动脉部位擦过去，糟糕的是颈动脉被划破了，在每秒钟83.3毫升心脏泵血的强大压力下，犬养平斋的鲜血从创口处喷射出来。他下意识地用手捂住了创口，想以此减慢失血速度。他心里比谁都清楚，照这种失血速度，恐怕用不了十秒钟，失血量就可以达到1000毫升以上，自己今天横竖是活不了了……

花猫儿从容地射出三枪之后便停止了射击，他像演戏般仰天长笑："痛快啊，此仇总算是报啦！"说完这句台词他心里还有些不踏实，"痛快啊……"这三个字是自己即兴发挥的，彪爷将来会不会怪罪？现在他在等候下面情节的发展，按照事先的约定，宪兵们该扑上来扭住自己。当然了，为了使情节更加逼真一点儿，宪兵们的动作可能会粗暴一些，花猫儿有这种心理准备……但是，花猫儿突然感到有些不对，不远处的两个宪兵并没有扑过来，反而以飞快的速度掏出了手枪……这是怎么回事？不对呀！在这一刹那，花猫儿似乎明白了什么：妈的，上当啦……

两个宪兵的手枪几乎同时打响，花猫儿的思维猝然中止，因为一发子弹打穿了他的心脏，另一发子弹击中了他的脑门，花猫儿最后一刻的感觉是，大地正以飞快的速度迎面向他扑来……

犬养平斋终于撑不住了，他慢慢地倒在地上，两眼凝视着天花板，嘴里含混不清地在嘟囔着什么。两个宪兵蹲下身子，把耳朵凑近犬养平斋的嘴，想听清楚他在说什么。他们只听清楚一句，这个日本人说："徐先生，你赢了……"说完，犬养平斋的头一歪，断了气。

关于犬养平斋的死，北平《世界日报》《北平日报》《新生报》《经世日报》《新民报》等几家报纸在事发的第二天，都在头版头条的位置登出了特大新闻。徐金戈早晨上班时也随手买了一份《北平日报》，上面以大号铅字印出醒目的标题：

日侨丧命，凶手喋血

本报记者丁本昌报道：据可靠消息，昨日上午十时二十五分，前门火车站候车室发生激烈枪战，交火中两人丧生。经本报记者走访市警察局、宪兵司令部等部门得知，本次事件中死亡者之一为即将被遣返回国的日本侨民，名为犬养平斋。此人无正当职业，更不知以何为生，北平市民们称此类人为"日本浪人"。犬养平斋于战前便居住在北平，至今已十五年矣。本次事件中死亡者之二是北平市民，名为马大山。据调查，马大山于战前属北平某帮会成员，后不知何故脱离帮会，落魄于天桥寿长街一带，依靠几名下等妓女卖淫为生。

第十九章

据事发时在现场值勤的宪兵中士杨广和陈述，马大山手提牛皮旅行袋走进候车室，待发现等候乘车的日本人犬养平斋后，便从旅行袋中掏出一支德制毛瑟式手枪向犬养平斋连射三弹，后者中弹倒在血泊之中，凶手尔后仰天狂笑曰："痛快啊，此仇总算是报啦！"由于事发突然，杨广和及同事宪兵下士孔元庆已来不及制止，为避免凶手伤及无辜，两位宪兵果断开枪将其击毙……

据负责调查此案的警官王志英先生推测，此案可能为江湖恩怨引起的仇杀。其根据有二：一、日本人犬养平斋侨居北平多年，据云与北平各帮会间颇有往来，其间有可能与某位江湖中人结下过梁子。二、凶手马大山的突然落魄是为疑点，其中是否因犬养平斋所致？如以上两点推测能够成立，此案的结论便不难得出……

徐金戈平静地看完新闻，随手将报纸扔进垃圾筒，他点燃一支香烟猛吸了一口，然后扬起头吐出一个烟圈。他在思考，这件事总算是结束了，下一件事又迫在眉睫，那个共产党的地下电台在哪儿呢？

徐金戈虽熟读四书五经，崇尚中国传统文化，但由于常年习武和性格原因，他对古玩字画之类的兴趣却不大。小时候读私塾时祖父管教甚严，老人家顽固地认为，收藏古玩字画和喜欢花鸟虫鱼，跟斗鸡走狗一样，都属于玩物丧志，是胸无大志的表现。徐金戈受祖父影响，从没养成什么特别的爱好。上次他和肖建彪的谈判完全是为了借彪爷之手解决掉犬养平斋，谁知肖建彪竟如此心虚，不但答应除掉犬养平斋的条件，还交出了洗劫佐藤的大部分财物。肖建彪到底只是个黑道人物，此人在江湖上杀人越货，无恶不作，但真正碰上代表国家政权的保密局时，肖建彪自知不是对手，便完全放弃了抵抗，以求自保。

徐金戈无意追究肖建彪于民国二十六年犯下的血案，他不是警察，对这类刑事案件没有兴趣，况且当时杀的都是日本人。徐金戈是个典型的民族主义者，想想在战争中日本人杀了多少中国人，那么这些日本侨民的生命也该是无足轻重的。别说是肖建彪，当时全国只要有日侨居住的地区，几乎都发生过这类虐杀日侨的事件，其中以"通州事件"最为著名。徐金戈认为，在当时那种情景下，中日两国已经处于战争状态，民众的激愤情绪已达到顶点，做出一些过激行为也是可以谅解的，在民众自发的暴力行为中，难免会出现市井无赖趁火打劫的现象。对于肖建彪这类人，徐金戈决定放一马，因为自己没有工夫关注这类小案子，该操心的事还多着呢。

站长乔家才对徐金戈处理犬养平斋一事感到很满意，用这种借刀杀人之计解除了心腹大患，连美国盟友都被蒙在鼓里。一个中央情报局的官员告诉乔家才，他们也在打犬养平斋的主意，甚至已经做好了准备，只要犬养平斋进入美国陆战三团的防区，他们就会找到合适的借口将犬养平斋滞留在天津。中央情报局的人总是有些一厢情愿，他们过分相信自己的审讯手段，相信会从犬养平斋嘴里得到他们感兴趣的情报。当他们听说犬养平斋被一个市井无赖干掉以后，便认为这是一个偶然发生的悲剧，似乎没有人怀疑这是保密局策划的一次行动。

为了表彰徐金戈的功绩，乔家才撤销了徐金戈因殴打盟军而受的处分，恢复了他的中校军衔。乔家才还向徐金戈许诺，他将为徐金戈申请一枚二等"宝鼎"勋章。

乔家才是个大玩家，对古玩字画颇有鉴赏力，他仔细翻检着徐金戈上交的字画财物，还特地用放大镜鉴赏那幅《兰竹图》，然后对徐金戈说："马湘兰的手迹只能算中等级别的文物，不过在民国二十六年能值三千大洋，价格也算不低了，若是现在拿到琉璃厂，恐怕五千也不止。肖建彪真是个土包子，一听说此画价值几千元就认定是个大买卖，甚至不惜干出灭门血案，流氓毕竟是流氓啊，眼皮子浅，没见过值钱的东西。"

徐金戈请示道："这些东西怎么处理？"

乔家才反问："你看呢？"

"当然是上交了。"

"老弟，你就不想留下一些？这值不少钱呢。"

"我连想也没想过，这是国家的文物，若是据为己有，那不成贪污了吗？"

乔家才赞赏道："说得好啊，我喜欢不爱钱的人，如今这种人越来越少了，好好干吧年轻人，只要我当你一天的上司，就保证你的前途。"

"谢谢长官！"

乔家才站了起来："这样吧，这幅画儿我还要鉴赏一下，先由你保管，其余的东西造册上交。"

"是！长官。"

徐金戈将被授勋的消息马上就在机关内部传开了，他的助手赵建民上尉向他表示祝贺，徐金戈虽为军人，但从未在意授勋一类的荣誉，他甚至不知道"宝鼎"勋章是什么级别的勋章。赵建民对他这种淡漠功名的态度感到惊讶："长官，您好像什么也不关心，连荣誉也不放在眼里。要知道，世界上没有哪个军人不看重勋章的，这代表你为国家建立的功勋。"

徐金戈心不在焉地问："哦，那你有这种玩意儿吗？拿出来看看，我还不知道它是什么模样呢。"

"我又没立过什么功，当然没有勋章，不过，我见过。'宝鼎'勋章中心为宝鼎，四周为光芒，鼎为中国古代传国之宝，象征荣获此章者，卫国有功，国家珍视如鼎，荣誉之光四射。此章于民国十八年五月十五日颁行，分一至九等，一、二、三等大绶，四、五等领绶，六、七等襟绶附勋表，八、九等襟绶。颁授捍御外侮或震慑内乱，著有战功之军人，及对战事建有功勋之非军人或外籍人士。"赵建民耐心地解说着。

徐金戈猛然想起，那次他带着助手叶兆明潜入北平刺杀汉奸沈万山，叶兆明在韩家潭那次交火中壮烈殉国。徐金戈刺杀成功回到重庆后，戴老板很兴奋，说要向蒋委员长申请一枚二等"云麾"勋章授给徐金戈。当时徐金戈正为叶兆明的死伤心不已，他坚决要求把这枚勋章追授给牺牲的叶兆明，戴老板考虑再三，最后还是应允了。

徐金戈问："那年我们干掉沈万山，戴老板要授'云麾'勋章，我让给叶兆明了，那'云麾'勋章是个什么级别呢？"

"也属于高级别勋章，'云麾'勋章中心为杏黄旗矗立云霄图，四周为光芒，象征荣获此章者，指挥作战，参赞戎机，功高云表，荣誉之光四射。此章于民国二十四年六月十五日颁行，分一至九等。按国民政府《陆海空军勋赏条例》第六条第六款、第七款之规定：临阵勇敢率先夺取军械及捕获叛党与匪首者……冒险达到命令中之任务者，均符合授'云麾'勋章之标准。长官，你们冒险潜入北平，干掉了大汉奸沈万山，理应得到'云麾'勋章。"

徐金戈仔细盯了赵建民一眼道："你好像什么都知道，连勋赏条例都能背出来，看来你这个人脑子很好使。"

赵建民不好意思地低下头："全凭长官栽培！"

徐金戈脸色一变，训斥道："你以为我在夸奖你？实话说，你这叫不务正业，我们有多少工作要做？你怎么总对这些虚名感兴趣？难道就不能把心思用在工作上？全凭长官栽培，这话是什么意思？怎么个栽培法？是想升官发财吗？告诉你，如果你这么想就请调出保密局，这里不是升官发财的地方。"

赵建民的脸红了，他脚跟一碰立正站好："是！长官教训得对，我将谨记长官的教诲。"

对花猫儿之死最感到欢欣鼓舞的当数文三儿了。那天文三儿被花猫儿旅行袋中的驳壳枪吓坏了，花猫儿走进候车室后，他老老实实地蹲在车站广场上，他对自己说，今儿个算是他妈的褶子啦，花猫儿这丫挺的不知走了什么红运，居然揣上了盒子炮，文爷我为保密局出力跑腿儿没少忙乎，徐爷都没给我弄把盒子炮挎挎，怎么花猫儿这小子倒成了精？得，如今这年头儿，有枪的就是爷，今天无论如何得把花猫儿这位爷打发了，不然这小子真敢拎着盒子炮找到车行去，那麻烦就大了。

枪声响的时候，文三儿居然没听见，他在车站广场上碰见东四"泰来"车行的尤二柱和小六子，这两位也在广场上等活儿呢。

尤二柱一见了文三儿就咋咋呼呼地喊："文三儿，你怎么还有精气神儿在这儿溜达？赶紧回家，把箱子里的金条、袁大头起出来，拿到银行换金圆券去，没听见政府放话啦？'限期收兑黄金、白银、法币，老百姓有私存黄金者，格杀勿论。'你小子那些金条、袁大头要是再捂在箱子里长毛儿，蒋委员长非毙了你。"

文三儿乐呵呵地回答："这可不行，文爷还得留着金条、袁大头娶媳妇呢。"

小六子笑道："这孙子，说他咳嗽他还喘上啦，文三儿这辈子指不定见没

第十九章

见过金条呢，你瞧他那揍性，长得就跟法币似的。"

文三儿有些纳闷："我说哥俩儿，犯什么毛病呢？大早晨的发什么夜症？政府又怎么啦？什么金条、袁大头的？"

尤二柱的眼睛睁得老大："我×！你还没听说哪？满街都是政府的布告，说是新发了金圆券，法币以后不准用了，金圆券一元折合旧法币三百万元。政府还限期收兑黄金、白银、外币。老百姓有私存黄金者，格杀勿论。"

文三儿松了一口气："我当是什么事，不就是把旧钱换成新钱吗？这可不关文爷我的事，文爷我是新钱旧钱都没有，就别提什么黄的白的了，它认得我我还不认得它呢。"

小六子表示同意文三儿的观点："这倒也是，咱一臭拉车的管他什么新钱旧钱？反正钱在咱们手里都过不了夜，当天挣的钱当天买成棒子面儿，吃饱了拉倒，法币不让使了也好，咱使金圆券。得嘞，你们哥儿俩聊着，我去揽点儿活儿。"小六子说完便向候车大厅走去。

尤二柱撇撇嘴："我琢磨着，政府八成是冲着有钱人来的，蒋委员长心里有气呀，老子抗战耽误了多少发财的机会？得，等把日本人打跑了，蒋委员长一摸腰包——瘪的，再一瞅这帮有钱人，趁老爷子抗日那会儿全他妈发了，蒋委员长能不生气吗？如今总算是腾出手儿来了，该收拾收拾这帮孙子啦，不为别的，就因为您不长眼，蒋委员长的腰包还是瘪的，您那腰包怎么就敢鼓着？您不是有金条银洋吗？您不是藏着外国钱吗？对不起了您哪，我拿纸票子跟您换，想不换都不行，谁再敢把黄的白的藏在箱子底儿，查出来就毙，您说您是要钱还是要命？打个比方，您有根'大黄鱼'[1]，蒋委员长拿张一块钱的纸票子往那儿一拍，换不换？不换就毙了你个丫头养的！您敢怎么着？换吧，等您换完了，蒋委员长兴许就翻了脸，说这一块钱只能买一个窝头，反正纸票子是蒋委员长印的，老爷子说值多少就值多少，您还别夯毛。"

文三儿对有钱人一向怀有恶感，一听说有钱人要倒霉，顿时感到幸灾乐祸，他笑道："一根'大黄鱼'换个窝头也不错，反正都是黄的。"

1　金条的俗称，按重量区分有"大黄鱼"和"小黄鱼"之称。"大黄鱼"为十两一根的金条。

正说着，广场上的人群一下子炸了营，只见车站广场突然被警察和宪兵封锁了，人们惊慌地相互询问，到底发生了什么事？想离开广场的人又被警察和宪兵拦了回来，惊慌的情绪在人群中蔓延……

小六子从人群中钻了出来，小声对文三儿、尤二柱说："有个老头儿刚从候车室里出来，吓出一脑门子汗，说是候车室里刚刚动了枪，还打死俩人儿，枪子儿嗖嗖地乱飞，有几个老娘们儿当场就吓尿了裤子。"

小六子身旁有位提着旅行箱的乘客"嘘"了一声，小声道："别吱声，死人抬出来了。"

文三儿伸长脖子从人群中望去，只见警察们抬着两副担架出了候车室，担架上的尸体被白布蒙着，一滴滴的鲜血从担架上流淌下来，滴落在水泥地上……文三儿突然腿一软坐在了地上，因为他看到一个宪兵拎着花猫儿的牛皮旅行袋走出候车室……

·第二十章·

乔家才没有来得及兑现自己的诺言，给徐金戈申请授勋的事就告吹了，因为他自己出了事。7月份的一天，乔家才和北平市民政局局长马汉三都接到通知，晚上8点以后到位于灯市口的资源委员会等待保密局毛人凤局长的接见，谁知这却是毛人凤设下的鸿门宴，乔家才和马汉三一进门就被毛人凤的手下五花大绑，送入保密局的监牢，夜里钉上脚镣，随后乘飞机押解到南京海宁路保密局特设的监牢。

徐金戈和同僚们听说此事时被惊得目瞪口呆，乔家才和马汉三都是军统的资深干部，在保密局系统内也是响当当的人物，两人都是少将军衔，乔家才所领导的保密局北平站是权倾一时的单位，而马汉三公开身份虽然是民政局局长，但还同时兼任保密局华北办事处处长，还有个"国大代表"的身份，在华北地区也属炙手可热的人物。徐金戈不明白，这样的人物怎么也说抓就抓起来了？

有些了解内幕的同僚告诉徐金戈，乔站长被捕的原因主要是受了马汉三的牵连。据说抗战胜利后，马汉三作为接收大员首任北平市民政局局长，此人常以军统老前辈自居，又伙同保密局北平站站长乔家才、女秘书刘玉珠、北平市民政局兵役科科长李效愚等人组织"建国力行社"，从军统北平市各保密单位中吸收社员，作为"建国力行社"的基础，以此发展社员，排挤保密局局长毛人凤的势力。当时他组织的基本成员已发展到三五百人，马汉三还暗中指示李效愚向外宣传：要用三个月时间打倒军统在华北的势力，号召北方人士大团结。这就是马汉三、乔家才、刘玉珠、李效愚等人被捕的主要原因。

还有的同僚说，此案还另有原因：戴笠死后，毛人凤接任保密局局长，每次召开会议时，马汉三、乔家才都自恃功高，对毛人凤和各处处长不加理睬。

有一次马汉三到南京开会，保密局军法处处长李希臣请马汉三再来南京时在北平琉璃厂代买些名人字画，而马汉三却置之不理，致使军法处处长李希臣不满。当马汉三率保密局华北办事处人员接收北平以后，从接收的日伪财产和日本战犯手中克扣大量黄金、珠宝归为己有，北平各方面舆论都对马汉三的贪污行为进行指责。后来毛人凤到北平查办马汉三，了解他贪污情况时，马汉三还理直气壮，满不在乎，认为接收大员中捞好处的又不是他一个，比他职位高的人有的是，你毛人凤有能耐就先整当大官的。马汉三的狂妄激怒了毛人凤，他以整顿保密局内部纪律为由，闭口不提马汉三秘密成立小集团组织之事，而只以马汉三有贪污行为逮捕了他，实际上这里含着公报私仇的成分，毛人凤要借机杀死马汉三而后快。

还有一种说法：马汉三被捕的真正原因是他身为北平市民政局局长，没有把毛人凤局长的女友刘秋芳选为北平市的立法委员，因此得罪了毛局长，所谓贪污，不过是借口而已。

过了一个月，徐金戈听说马汉三、刘玉珠于7月30日晚在南京被枪毙，乔家才被判无期徒刑，李效愚被判有期徒刑。徐金戈颇为感慨，马汉三是他的老长官，乔家才是他的顶头上司，在平时交往中都对他不薄，也算是有知遇之恩，对于马汉三、乔家才的结局，徐金戈感到愤愤不平。

乔家才被捕后，保密局北平站站长一职由王蒲臣接任，此人是戴笠和毛人凤的亲信，浙江江山县人。徐金戈早听说过，戴笠和毛人凤都是浙江江山县人，他们手下的干将有"十四太保"之说，都是清一色戴笠的浙江同乡，局外人称之为"十四亲信"，军统内部则称他们为"江山子弟兵"。戴笠不愧是蒋委员长的高徒，在以乡谊结党方面，不仅丝毫不逊于委员长，而且青胜于蓝。在军统局里，他先后提拔的江山籍将级军官就多达十七人，其中比较著名的有毛人凤、毛万里、毛森、姜绍谟、周养浩、王蒲臣、张冠夫、何芝园、刘方雄、周念行等人，军统局唯一的女少将姜毅英，也是江山县人。军统局的机要部门，也多被江山人占据，最机密的译电部门，几乎是清一色的江山人。在军统局里，江山籍干部相互交谈时，常有意说江山话，不让别人听懂，很明显地自成一个派系。王蒲臣与戴笠是小学同学，加入军统后曾为戴笠办理机要，后任军统南昌和贵阳办事处主任，乔家才被捕后调任保密局北平站站长。

王蒲臣到任后做的第一件事就是召开北平站全体干部大会亲自训话，除了"精诚团结"之类的老生常谈，主要是为了肃清乔家才的"余毒"，他警告道："今后凡在保密局内部结党营私、发展小集团者，一律严惩不贷，决不姑息！凡和前站长乔家才小集团有牵连的人员应主动交代问题，具结悔过。否则，一旦查出，军法从事。"

徐金戈感到很不以为然，他心里明白，什么"小集团"？这不过是保密局内部派系倾轧的结果而已。他自忖和乔家才完全是工作方面的接触，没什么个人私往，所以心里倒颇为坦然。

王蒲臣到任后还特地找徐金戈谈过一次话，他对徐金戈前一段的工作例行公事地提出表扬，然后话锋一转，指出今后的工作应该把重点放在侦破共党秘密电台上，在此之前，由于乔站长的无能，北平共党的地下活动非常猖獗，华北地区国军的每次重大军事行动都会出现泄密现象，这说明共产党的情报人员已经渗透到国民政府的中枢机构内，这种情况再也不能继续下去了，不然就会亡党亡国云云。

王蒲臣推心置腹地说："小徐呀，你不要把我当成上司，我比你痴长几岁，论起来我应该是大哥，你是小弟，以后咱们在机关里用官称，私下说话就以兄弟相称了。"

徐金戈回答："长官，那可不行，卑职不敢坏了规矩，长官永远是长官，下属永远是下属。"

王蒲臣亲切地拍拍徐金戈的肩膀道："老弟，此言差矣，蒋总裁在公文手谕上从来不称官职，总是以兄弟相称，比如昨天给我的手谕上就称我为'蒲臣弟'。当然，你说得也不算错，官场是有官场的规矩，但当长官的人对下属也免不了有亲有疏。常言道，秦桧还有两三个朋友呢，更何况你我？当长官的也需要有人帮衬，不然就成了孤家寡人。我王蒲臣初来乍到，今后的工作还要指望北平站的弟兄们捧场，没有你们这些弟兄，我什么事也干不成，所以说，我们不应该仅仅是上下级的关系，还应该是兄弟的关系，世界上还有什么关系比'兄弟'之间的关系更亲近呢？"

"是！卑职将谨记长官的教诲。"

"小徐呀，我上任后仔细翻阅过你的档案，发现你是个干才，参加过军统局的历次重大行动，可以说是出生入死，屡建奇功，这样的人才我不用还会用谁呢？好好干吧，只要我当一天北平站的站长，就不会亏待你。"

"谢长官栽培！"

王蒲臣背着手在办公室里来回踱步，突然又提出了另一个问题："小徐呀，你对共产党怎么看？"

徐金戈一时不知该如何回答，他的确没有考虑过这个问题，迟疑了片刻才回答："共产党是我们的敌人……"

"为什么？"

"因为……我们和共产党信奉的理论不同，我们认为，只有中山先生的三民主义才能救中国，而共产党认为，只有马克思主义才能救中国……"

王蒲臣笑了："老弟呀，这恐怕只是一种表象，既然都为了救中国，那么实行什么主义都是可以心平气和地商量的，何必要打得你死我活？要我看，这都是官样文章，根本说服不了人。"

"那长官的看法是……"

王蒲臣严肃起来："我的结论很简单，我们在和对手争夺天下，也就是在争夺执政的权力。有了权力就有了一切，我们这些人就可以享受高官厚禄，荣华富贵，这块土地的一切资源就可以由我们任意支配，自古以来中国人就信奉这条准则，胜者王侯败者寇。历史的解释权永远在胜利者手里，政治其实就是这么简单，完全没有必要把它复杂化，至于用什么主义来救中国，这些冠冕堂皇的口号是讲给愚民听的。"

"长官，如果共产党夺得天下，我们会有什么样的结局？"

王蒲臣一字一句地说："死——无——葬——身——之——地……"

徐金戈不由得打了个冷战："抗战这些年，我们和日本人在战场上结下血海深仇，可战争一旦结束，我们还不是以宽大仁义之心对待他们？而现在，我们的对手毕竟是中国人啊。"

王蒲臣冷笑道："那不是对日本人吗？这叫内外有别，光复那年，我们对沦陷区的政策是这样的，日本军人和侨民，除了少数罪大恶极者，全部遣返回国，不予追究责任。而对投靠日伪政权的中国人则一律以汉奸罪论处，大部分被判了死刑，为什么会这样？按常理判断，有了侵略者才有汉奸，前者是因，后者为果，无论如何，侵略者的罪行要大于汉奸的罪行，可我们为什么只对日本人有宽恕之心，而对当汉奸的中国人却严加惩处？我看没有人能回答这个问题。我们和共产党的关系也是这样，自民国十六年以来，我们对共产党采取的是赶尽杀绝的政策，反过来他们也是如此对付我们，双方谁也不会手软，这个仇算是结大了，不是你死就是我亡啊，我们可以宽恕日本人，但决不会宽恕共产党。"

徐金戈搔了搔头皮道："长官，我从小练武，读的书少，也没进过洋学堂，在抗战中，我的工作主要是在沦陷区从事情报收集和抗日锄奸活动，没有和共产党打过交道，您刚才提的这些问题我还真没想过，为什么会这样？请长官明示。"

王蒲臣望着窗外隐隐约约的西山，目光迷离，嘴里喃喃道："答案在我们每一个中国人的心里，也在我们的传统文化里，因为我们是中国人……"

"长官，我终于明白了。"

"你明白什么？"

"金国是侵略者，秦桧是汉奸，七八百年过去了，金国早已消失，我们对金国烧杀抢掠的罪行也早已淡漠，可秦桧的行为却永远留在国人的记忆中，他至今仍跪在岳飞坟前，身上挂满了游人的唾液，我们传统文化中的宽恕是有界定的，特别是对于来自同一种族的敌人。"

"小徐呀，我说你是个人才嘛，你很有悟性，一点就透，你别看中国有四万万人，能有多少人对中国文化有深刻的领悟？我感到怀疑。从这个角度看，马汉三和乔家才都是缺乏政治远见的庸才。不错，这两人在沦陷区潜伏多年，为抗战立过大功，称之为英雄也不为过。可北平光复后，民生凋零，百废待兴，他们却把心思放在争权夺利、投机发财上，没几个月时间，个个都是

'五子登科'[1]啊,黄金美钞捞足了还不够,他们还要当什么'国大代表'。这些人啊,什么都想要,什么都不肯放弃,唯独忘记了自己的职责,忘了共产党仅仅用了两三年的时间就已成燎原之势。他们也不想想,一旦江山易手,你那些黄金美钞又有何用?对于一个政党来说,有什么东西能比执政权力更重要?有了稳固的政权我们就拥有了一切,反之,我们连性命都难保,如果连这个账都算不清楚,你就活该被历史所淘汰。"

"长官,您的结论是……"

王蒲臣猛地转过身来大声说:"我们绝不能失败,因为一旦失败,我们的下场将和那些汉奸一样,陷入万劫不复之境地,我们的妻子儿女将沦为贱民,任人宰割,永无抬头之日。老弟,我们一定要消灭共产党,这是关系到党国生死存亡的大事,拜托了!"

"×他妈的,这日子没法过啦……"文三儿收车回来,一走进车行大门就破口大骂起来。

孙二爷捧着水烟袋正和对门儿杂货铺的于掌柜下象棋,见文三儿一脸的怒气,便问道:"怎么啦文三儿,是谁招咱爷们儿生气了?"

"谁招我生气?我他妈也不知道,是哪个杂种×的弄出个金圆券来?文爷我就骂他。二爷,您说说,这金圆券叫钱吗?还他妈的顶不上擦屁股纸,咱长这么大还没用麻袋盛过钱,这几天上街拉活儿我得带上两条麻袋装钱,今儿个一上午我挣了足足两麻袋金圆券,搁在车座儿上比他妈拉个大活人还沉,到了中午我用这两麻袋金圆券买了两根油条,卖油条的李老六数钱就数了一个多钟头,数得头都大啦,数完钱他回身给我拿油条,一脑袋就撞在门框上了,脑门上肿起个大包,还没来得及揉揉,得,又来了一位爷,愣是扛了四麻袋金圆券要买油条,李老六当时就急啦,说:操!我他妈不卖了,这哪是卖油条啊,这是收烂纸呢。我说,李老六你小子知足吧,那油条不卖了你还能自个儿吃,文爷我招谁惹谁了?两麻袋票子才买了两根油条,还不够塞牙缝儿的,我找谁说

---

1 抗战胜利后,民众对国民政府接收大员贪污行为的讽刺。所谓"五子登科"是指:房子、条子、票子、车子、婊子。

理去？"文三儿愤愤不平地骂着。

　　文三儿的怒骂也勾起了孙二爷的火，他一肚子的不满正无处发泄呢，于是也跟着骂了起来："两麻袋金圆券你就骂上啦？你到我屋里瞅瞅，快成中央银行了，好嘛，这叫卖水的看大河——尽是钱了。咱车行里的伙计交车份儿都扛着麻袋来，往我炕上一倒：得嘞，二爷，您受累点点，对不住您哪，麻袋我还得拿走，要不然明天交车份儿我还没家伙使了。我瞅着这一屋子金圆券发愁哇，不知道的还以为我发了多大的财，其实我自个儿明白，连他妈的十斤大米都买不来。×他个姥姥的，这一屋子票子搁在那儿也不是个事儿呀，昨儿个我雇了那来顺的车，装了六个麻袋，想到银行把钱存上，腾出麻袋来再跑两趟，结果你猜怎么着？银行那儿人山人海，大队排出得有十里地，没见取钱的，都是存钱的，个个都扛着麻袋，我一见那阵势就明白了，我就是排三天的队也甭想存上钱。就这么着，我在银行那儿转了一圈儿又把麻袋拉回来了，瞧着吧，今儿个晚上伙计们再交车份儿我就没地儿睡觉了，这叫什么事儿啊？"

　　于掌柜叹了口气劝道："都消消火儿，消消火儿，您光骂街可没用，还是得想点儿辙把票子换成袁大头，现在市面上就认袁大头，黑市上一枚袁大头能兑换五亿金圆券，您算算吧，按一千元面值的票子计算，五亿金圆券得装多少麻袋？我跟您这么说吧，自打金圆券一出来，我就觉着不对劲，政府以一元金圆券收兑三百万元法币，说好了是一元金圆券含纯金0.22217克，当时我就不大相信，心说是不是咱政府又跟老百姓玩花活儿呢？不是咱不相信政府，是政府老惦着做套儿把咱往里搁，这可不是一次两次了。早先咱使银圆的时候，物价不涨不跌，挺让人放心。到民国二十四年，政府强制推行法币，禁止白银流通，用法币强行收兑银圆和民间藏银，就这么一下子，全国的银子都让姓蒋的卷走了。我算看明白了，甭管是什么政府，也甭管咱归中国人管还是归日本人管，反正被算计的总是咱老百姓，咱政府打不过日本人，一撒丫子跑到重庆去了，把咱老百姓搁在北平当亡国奴，日本鬼子又卷了老百姓一把，先是把法币兑换成日本军用票，兑换率从军用票1比法币2.1滚成1比10.4，最后还禁用法币，全用伪钞。这倒也不奇怪，咱早知道日本人不是个东西，要不为抢东西人家到中国来干吗？咱只当是走夜路碰上打劫的了，自认倒霉吧。但最可气的是光复以后，咱自己的政府回来了，我心说熬了八年这回总算是盼到天亮啦，谁知政府比鬼子还孙子，鬼子黑到家了也不过是军用票1比法币10.4，可咱政府比鬼子还黑，上来就宣布一法币兑二百伪钞，反吃了老百姓一口，《大公报》上都说了，这叫虎狼兑换率。到了今年8月金圆券出台，又成了一元金圆券比法币三百万元。您算算吧，从民国二十四年到现在不到十三年时间，老百姓连着被卷了四把，其中一次算在鬼子账上，剩下的三次可都是咱自己政府干的，说句不爱国的话，要这么比较，咱还真不如别抗日了，当亡国奴也挺好，鬼子虽说也黑，可再黑也黑不过咱自己的政府。说句不好听的，您走夜路碰上土匪还好办点儿，跟土匪兴许还有商量，闹不好还能给您留点回家的盘缠，可您要碰上政府，想商量？没门儿，想扒您三层皮您给两层半行不行？不行，您想都甭想，三层就是三层，一点儿不含糊，您知道这是为什么？告诉您吧，就因为政府改行了，改成什么了？改成土匪啦。"

文三儿和孙二爷都是文盲，自然也不会看报纸，于掌柜说的各种兑换率他们听得一头雾水，实在闹不懂。他们最直观的印象是如今票子毛了，而且毛得很不像话，文三儿咂巴着嘴叹道："如今连逛窑子都不敢去了，从古到今还没听说过扛着一麻袋钞票逛窑子的，还没见着窑姐儿呢自己先累趴下了，哪儿还有精神头儿和窑姐儿招呼？这叫他妈的什么世道。"

孙二爷说："文三儿啊，这你就不知道了，你当那些窑姐儿傻呀？人家门槛儿精着呢。我有个兄弟好这一口儿，不吃饭可以，不去逛窑子可不成，那你还不如杀了他。上礼拜他去石头胡同'翠云楼'会一个相好的窑姐儿，那娘们儿叫石榴，我那兄弟一开始也想拿金圆券糊弄一下，谁知石榴姑娘眼里不揉沙子，人家说了，要么给实物，大米白面、布料绸缎高跟鞋都成，要么您给袁大头、金条、金戒指，就是不收金圆券。我兄弟说，我这儿倒是有根'大黄鱼'，就怕你石榴姑娘兑不开呀。你猜人家石榴说什么？石榴说，您见过公园的月票吗？您的'大黄鱼'就只当是我这儿的月票了，一个月之内您随便来，到了下个月咱再商量……"

文三儿深表赞同："那是，搁我我也不干呀，'翠云楼'的姑娘要价高，您扛去十麻袋金圆券还未准够，好嘛，您把票子往那儿一倒，就是一座小山，够老鸹数一天的，能把眼儿数直了，脸儿数绿了。"

于掌柜笑道："文三儿，你当是买油条哪？告诉你，如今大宗交易都是把钞票过秤，一千万元多重，一亿元多重，都有准数儿，真要靠人去点钱，非出人命不可。"

孙二爷吸了口水烟又想起了什么："于掌柜，前些日子政府三天两头枪毙人是因为什么？"

于掌柜瞥了孙二爷一眼，似乎嫌他孤陋寡闻，他指了指院外说："你没见布告上写着吗？枪毙的都是投机居奇的奸商，还有私藏黄金外币的有钱人。8月19日，政府公布了《财政经济紧急处分令》，除了宣布金圆券的流通和金圆券与法币的兑换率，同时还限期收兑黄金、白银、外币、法币，有私存黄金者，格杀勿论。老百姓胆儿小，政府一吓唬就照办，把家里存的黄的白的都拿到银行换成金圆券了，可也有胆儿大的，就是不去兑换，把金子藏起来，看你有什么辙。政府心里跟明镜似的，它能没辙吗？政府想了个招儿，鼓励举报私藏黄金者，举报人有重赏，这下可褶子啦，咱中国什么都缺，就是不缺告密的，一说举报有重赏，把亲爹卖了的主儿都有，那些被枪毙的人，都是被人举报的。"

文三儿很是幸灾乐祸："该毙，死一个少一个，反正我没有金条，咱是一人吃饱全家不饿，也用不着提心吊胆，政府要收拾有钱人，我举双手赞成。"

孙二爷不爱听了："嘿！文三儿啊，你他妈怎么像共产党啊，老和有钱人过不去？"

"二爷，这就是您多心了，我不是说您，您又不是有钱人，您不就是趁儿辆车吗？那不算有钱。"

文三儿没有冒犯孙二爷的意思，他不过是想骂有钱人，又怕误伤孙二爷，于是先把孙二爷择出有钱人的行列，以示同仇敌忾。谁知孙二爷却不领情，他早把自己划进有钱人的圈子，最怕人说自己没钱，文三儿这句不知深浅的话算是撞到枪口上了。

孙二爷皮笑肉不笑地说："文三儿啊，我还真没看出来，你小子最近是长行市了，敢跟二爷我逗咳嗽？咱得说道说道，谁没钱呀？"

"二爷，您误会了，我不是这意思……"

"那你什么意思呀？我不算有钱人，那不就是没钱了？就凭你文三儿一个臭拉车的也敢说我没钱，告诉你，二爷我拔根汗毛就比你腰粗，一天的花销就顶你一年的，你少跟我这儿装大尾巴鹰。"

"是是是，二爷，是我说错了，您有钱，您能没钱吗？哪天您一高兴连前门楼子都能买下来……"

文三儿真没有挤对孙二爷的意思，他实在是不会恭维人，话从嘴里一说出来就变了味儿，让人听着句句是讽刺，连于掌柜都把文三儿的道歉听成是挖苦了，他连忙制止道："文三儿，没这么说话的，二爷正在气头儿上，你就别拱火儿了。"

孙二爷更是火冒三丈，他抬手给了文三儿一个耳光骂道："×你妈的，我看你是欠抽了，敢拿二爷我开涮，你是什么东西？也不撒泡尿照照自个儿。"

文三儿猝不及防挨了一个耳光，感到很冤枉，天地良心，他觉得自己没说什么，怎么上来就打人呢？文三儿捂住脸喊："二爷，我招您惹您啦？杀人不过头点地，没这么欺负人的吧？"

孙二爷想都没想，抬手又是一个耳光："二爷我欺负你了又怎么样？你他妈是老和尚的木鱼儿——天生就是个挨敲的货。"

于掌柜连忙拦在两人中间劝架："得了，得了，都少说两句，聊得好好的，怎么说打就打起来了？"

文三儿突然想起自己的身份，无论如何，自己也算是和保密局沾点儿边的人，曾经两次参加抗日锄奸行动，要不然保密局的中校长官徐金戈凭什么奖励自己一辆洋车？这也算是保密局对自己参加抗日的奖赏吧？如此说来自己应该算是保密局的人，既然是保密局的人，他孙二爷怎么敢抬手就打，这不是造反吗？"同和"车行的伙计们谁不知道文三儿和徐金戈的关系？孙二爷也应该知道，他难道就不考虑一下后果？保密局的人岂能是说打就打的？想到这里，文三儿的胆子突然壮了起来，他用双手扳住桌沿猛地一使劲，"哗啦"一声花梨木八仙桌被掀翻，孙二爷的棋盘棋子、黄铜水烟袋、茶壶茶碗被摔得满地都是……孙二爷和于掌柜都被文三儿的举动惊呆了。

文三儿一手叉腰，一手指着孙二爷的鼻子骂道："姓孙的，你是什么东西，

第二十章

敢打你文爷？我看你是活腻了，你知道文爷我是谁？"

孙二爷没想到平时人尿货软的文三儿居然长了脾气，竟敢把桌子掀了，这倒大大地出乎他的意料，这小子是不是又喝酒了，酒借人胆？不像啊，没闻见酒味儿，那么是谁给他这么大胆子？我倒要瞧瞧了。孙二爷镇定下来，他似笑非笑地盯着文三儿说："文三儿啊，我说你长行市了吧？看来还真不假，那你说说，你是谁呀？二爷我眼神儿不好，还真瞧不出来你是哪路神仙。"

文三儿也报以冷笑："姓孙的，你是狗眼看人低啊，文爷要是报出名号非吓死你，听说过国防部保密局吗？"

"嘿嘿！对不住，咱还真没听说过，保密局怎么啦？保密局能把二爷我的蛋咬下来？"孙二爷面不改色地回答。

文三儿一时有些语塞，他本以为报出保密局的名号就能把孙二爷吓住，谁知孤陋寡闻的孙二爷压根儿就没听说过这个名号，他可能以为保密局和邮电局都是差不多的东西。文三儿有些慌乱，但他必须硬撑到底，好不容易在车行的伙计们中树立起威信，连一贯和文三儿叫板的那来顺最近都老实多了，这次要是让孙二爷占了上风，他必将威信扫地，以后就没法在"同和"车行混了。既然孙二爷不知道保密局为何物，那么文三儿就有必要让他明白一些。

文三儿有意压低了声音，把语速调整得稍稍缓慢："姓孙的，你没听说过保密局，总该听说过老虎凳吧？要是你想尝尝滋味，文爷我倒可以成全你。姓孙的，实话告诉你吧，文爷我是保密局的人，不信？不信你去打听打听，保密局的中校长官徐金戈是我的顶头上司，你们这帮孙子给鬼子当顺民的时候，文爷我正把脑袋拴在裤腰带上，抗日杀鬼子除汉奸呢，姓孙的，那时候你在干吗？噢，想起来了，你在和鬼子犬养平斋、大汉奸陆中庸一块儿斗蛐蛐儿，如今陆中庸被枪毙了，犬养平斋也被干掉了，就剩下你这个汉奸了，怎么着？姓孙的，是不是跟我走一趟呀？"

混混儿出身的孙二爷连挨揍都不怕，岂能怕吓唬？他早把文三儿看得透透的，就他那人嫌狗不待见的揍性，还他妈的这个"局"那个"局"的，二爷我先把你那两片儿嘴"锅"上再说，孙二爷懒得再跟文三儿斗嘴，他铁青着脸转身进了卧室……

于掌柜见孙二爷的脸色不对，便忙不迭地劝文三儿："文三儿啊，快跟二爷认个错儿，二爷好歹也是你老板啊，他正在气头儿上，打两下就打两下，你可千万别顶嘴……"

"于掌柜，您可说错了，我又没赁他的车。文爷我没老板，咱自己有车，不信您到院儿里瞜瞜，虎坊桥'西福星'洋车行的上等货，光现大洋就一百九十五块，把他姓孙的卖了也不值我这辆车钱，文爷我还没说要当老板呢，他凭什么……"文三儿梗着脖子正说得起劲儿，却突然哆嗦了一下，他的话戛然而止，继而转身没命地蹿出门去……

只见孙二爷手里攥着把雪亮的匕首，咬牙切齿地冲出卧室向门外追去……

· 第二十一章 ·

乔家才被捕后，徐金戈被新任站长王蒲臣调到二组，北平站第二组是负责侦破共产党地下组织的单位，名曰侦防组，组长是谷正文上校。

由于工作性质不同，徐金戈和谷正文并不熟悉，两人只是点头之交，没有深入打过交道，但在保密局北平站内部，谷正文是公认的特工高手，很有名气。此人深得戴笠老板的赏识，历任北平站站长都对他青眼有加。关于他的逸事，徐金戈听说过不少。据说谷正文自幼酷爱读书，且兴趣庞杂，涉猎范围极广，1931年"九一八"事变时，谷正文正在北京大学读书，他无心学习，转而投身爱国学生运动，成为中共北平学生运动委员会的书记。抗战前夕，谷正文在一次执行任务时被捕，经戴笠等人的策反，谷正文抛弃了共产主义，正式参加军统局。抗战时期，他潜伏在沦陷区的北平，据说干过不少漂亮事，多次获得过戴笠的嘉奖。那时徐金戈多次潜入北平执行任务，也和北平站的一些老牌特工打过交道，但从来没见过谷正文，不知那时他潜伏在北平哪个角落里。

徐金戈第一次到谷正文的办公室报到时，谷正文几乎没有客套，他开门见山地说："欢迎你到二组工作，你也是局里的老同志了，客气话就不说了，我先给你介绍一下二组的工作进展。你知道，侦防组的主要任务是负责侦破共党的地下组织，我们前一段的工作进展不大顺利，原因首先是缺乏能干的人手，其次是共党地下组织潜伏得非常隐秘，成员都是单线联系，只要有一个人被捕，他的上下线便会自动切断联络。说实话，我们和共产党既是对手也是老朋友，国共两党自民国十六年反目以来，双方明里暗里、刀光剑影斗了二十多年，双方对各自的工作方式都非常熟悉，目前的敌我态势是你中有我、我中有你。据我们现在掌握的情报，北平市警察局、华北剿总司令部，甚至保密局北平站内部都有共党的潜伏人员，国军在战场上的一切失利，都与此有关。"

徐金戈说："请你介绍一下现在的工作进展，另外，我的具体工作是什么？"

谷正文回答："我们当然也没闲着，最近也找到不少有价值的线索，昨天还抓到了几个比较重要的共党分子，现在正在审讯中。当然，这都与你的工作无关。至于你的具体工作是由王站长亲自指派的，我不过是负责传达罢了。王站长的意思，是请你负责共党秘密电台的侦破工作，你有什么问题吗？"

"没有问题！我关心的是，现在有什么线索吗？"

"当然有，昨天我们就发现重大线索，金戈兄，你听说过段云鹏吗？"

"听着有些耳熟，但想不起来在哪儿听说过。"

"那我就先介绍一下段云鹏，这小子是河北冀县人，自幼受高人指点，练习轻功和攀登术，这似乎是武侠小说里所说的'飞檐走壁'吧？听说金戈兄也精通此术？"

"小时候也练过，这的确是国术中的一种功法，练到一定程度，在攀登方面也的确比常人灵巧，我看主要的功力还是集中在臂力、腹肌、指力和巧妙地利用建筑物的突出物借力方面，没有传说中那么邪乎。"

"金戈兄很谦虚啊，早听说你功夫过人，戴老板还多次提起过你。据我所知，戴老板在抗战之前就提出过，在招募第一线的特工时，主要对象是受过国术训练的人，最好是像《史记》和通俗小说中所描述的那种游侠。他还把功夫大师请到二处彻夜长谈，希望能为二处培养出一批功夫高强的特工，为了寻找江湖好汉，戴老板还派人深入穷乡僻壤，在浙江山区的嵊县和汉水上游的襄阳等地招兵买马。据说这些地区以穷山恶水土匪游民而出名，流传着武侠豪杰绿林好汉仗义行道的故事。后来戴老板也承认，经过几年寻找收效甚微，这类民间奇人也许有，但多为散淡名利之人，不愿意与军政界有任何来往。"

"正文兄，你接着说这个段云鹏。"

"段云鹏行伍出身，退伍后曾为京津一带大盗，据江湖上资深人士说，当年段云鹏与'燕子李三'齐名。民国三十五年，段云鹏遇到马汉三，被马汉三招募进了保密局。此人文化不高，但的确身手不凡，也许因为当年做过窃贼，他习惯于夜间活动，而且好好的大街不走，就喜欢在房顶上行动，王站长曾经

第二十一章

和我说过,这小子看来还是恶习不改,闹不好就会顺手牵羊偷人家东西,但考虑到现在正是用人之际,也就不好在小事上过多计较了……"

徐金戈笑道:"看来这个窃贼发现什么线索了?"

"没错,前天夜里,段云鹏潜入一个大户人家,在一个放杂物的阁楼上发现了一部无线收发报机,这真是意外的收获。"

"这家伙深更半夜跑到人家阁楼上干什么?"徐金戈问。

"这恐怕就说不清楚了,段云鹏自己说他怀疑这户人家,其实,我看他是犯了老毛病,在行窃过程中意外发现电台。不管怎么说,这毕竟是个重大发现,这样的收获若是多一些,我倒宁愿段云鹏天天偷东西。"

徐金戈睁大了眼睛,急切地问:"调查了吗?这户人家是什么背景?"

"第二天就查清楚了,这户人家还真不大好惹,是35军王牌,101师少将参谋长赵明河的私宅,金戈兄,这件事有些棘手啊。"

徐金戈不解:"为什么,一个少将的住宅难道就不能搜查?"

谷正文叹道:"若是平常,别说一个少将,就是上将有通共嫌疑,我们也照抓不误,只不过要办些手续,但不是大问题,可是现在……时候不对呀,目前共军兵逼北平,其战略意图是决战平津,华北的共军已经够难对付了,昨天我又接到通报,通报上说,东北的共军已经出关,直奔平津而来,你猜有多少人马?整整八十万呀!据空军飞行员报告,共军的先头部队已经到了密云,而后续部队还在沈阳没动地方呢,整个京山线上全是共军的行军纵队。国军在平津地区有六十万人,可东北和华北的共军合成一处就是一百四十万人,人家有绝对的优势。在这节骨眼上,我们在北平城里要是动35军的师级军官,恐怕会引起连锁反应。35军是华北国军中的王牌,清一色美式装备,军长郭景云是傅老总的红人,眼下正率35军赴张家口增援,我们在这时候查抄他手下军官的家,非出大乱子不可。"

徐金戈也表示赞同:"这件事的确很棘手啊,两军正是决战之时,谁占有第一手情报,谁就能立于不败之地,可我们竟然眼睁睁看着共党的秘密电台束手无策,党国到了这一步,岂有不败之理?"

谷正文竖起一根手指放在嘴唇上:"嘘!金戈兄,隔墙有耳,说话要谨慎。

不管怎么样，你我这条命是拴在军统这辆车上了，我们和共产党结的是死仇，共产党就算饶了傅作义也饶不了咱们，没办法，真要有城破的那一天，我们只好杀身成仁了。"

"这个电台怎么办？"

"王站长已经向毛局长做了汇报，毛局长现在正和南京国防部交涉，很快就会有结果的，我们目前需要做的是监视布控，不能让共党分子跑了。"

徐金戈点点头叹道："也只好这样了。"

文三儿早晨7点就拉着车出了车行，他饿着肚子从虎坊桥走到珠市口，愣没拉到一个客人。这几天的物价毛得更厉害了，金圆券已经成废纸的代名词，无论是买家还是商家，一见了金圆券就像见到了瘟疫，人人避之不及，买卖双方私下里已经开始了易物交易，如五斤大米换一斤猪肉，一斤煤油换四节电池等。虽然大家都知道这是违法的，闹不好要吃官司，可谁都顾不上了，人总不能不吃不喝守着一堆金圆券过日子，政府要是不给老百姓活路，就不要怪老百姓拿法律当放屁。一个著名诗人还写了一首打油诗发表在报纸上：

踏进茅房去拉屎，
忽然忘记带草纸。
袋里摸出百元钞，
擦擦屁股蛮合适。

评论家们也纷纷撰文，对这首打油诗发表评论，有人说，诗人大概也被饿糊涂了，居然写出如此低俗的诗，既不合辙押韵，又无文字之美感，尤其是使用了一些粗俗的动词令文明人大跌眼镜，如"拉屎""擦屁股"之类的词汇，这是中华文化走向没落的标志。也有人反驳说，既然金圆券都贬值到如此地步，为什么就不允许诗歌贬值呢？如今是个饥饿的时代，诗歌只配待在"五谷轮回之所"，就算是李白与杜甫再世，你用金圆券给老先生当作稿酬试试？闹不好蒋总统的屁股也成了一种新的诗体或词牌。

第二十一章

文三儿也学乖了，他不再用麻袋装金圆券，而是在拉客之前先和顾客讲好条件。想去西四牌楼？那您给俩烧饼，实在不成窝头也行，反正是不要金圆券，那玩意儿擦屁股都嫌硬。

文三儿从珠市口调头向西继续寻找雇车的客人，结果在陕西巷南口碰上了白连旗。看样子白连旗近来混得不错，他居然穿着一身藏青色的西装，脖子上是一条白地紫花图案的丝质领带，脚上是黑白双色的软底皮鞋，发型也变了，是那种很时髦的大背头，还上了发蜡，显得油光水滑。在文三儿的印象里，白连旗别说穿西装，就连稍新一点的长衫都没穿过，看来这位爷近来是发了财。

文三儿老远就向白连旗打招呼："怎么着，白爷，老没见了。"

白连旗笑道："是文三儿啊，扫马路哪？孙二爷最近可好？"

文三儿一提孙二爷气就不打一处来："白爷，我可求您啦，别提那老王八蛋成不成？文爷我早晚碎了这老丫挺的。"那天文三儿被孙二爷手里的刀子吓破了胆，他逃到街上闲逛到夜里才敢回车行，第二天文三儿趁孙二爷没起床又溜了出来，这几天他早出晚归还没和孙二爷打过照面。

"哟，怎么着，跟二爷闹别扭啦？行，咱不提孙二爷，我问问二爷那只黄鸟儿总成吧？那鸟儿还没让二爷给养死？"

文三儿没好气地回答："就他还养鸟儿？我看他能不能把裤裆里那只鸟儿养活都难说呢。"

白连旗大笑："文三儿啊，孙二爷是掘你家祖坟了吧？嘴这么损？行，咱不提鸟儿，那二爷那些金鱼……"

"白爷，您怎么不是鸟儿就是金鱼，一会儿是不是还打算问问那老王八蛋的蛐蛐儿？我看最近是没把您饿着，活得挺滋润，您饶了我吧，我还得满街挣饭辙呢。"文三儿拉着车要走。

"别价，怎么一见咱爷们儿就要走啊？甭着急，聊聊。"

"白爷，瞧您这身打扮像是发啦，好家伙，西服革履大背头，我快不认识您了，记得头两年您还穿件破大褂儿吃'瞪眼儿菜'呢，白爷，您也跟我说说，这年头儿干什么能发财呀？"

"嘿！能发财的事多了，贩烟土、贩军火、奔窑子里贩姑娘，都能发财，您敢干吗？"白连旗轻飘飘地挖苦道。

"不敢，贩烟土咱缺上下家儿，贩军火咱没路子，往窑子里卖姑娘就更犯不上了，有姑娘我还留着呢，干吗往窑子里送？"

白连旗四处望望，小声地说："有袁大头没有？我出钱买。"

文三儿笑道："您看我像不像袁大头，有那玩意儿我还用满街找饭辙？"

"嗯，没有，那你要不要袁大头？我卖给你。"

"怎么个卖法儿？"

"六亿金圆券买一个袁大头。"

"别扯淡了，六亿金圆券得用汽车拉，您要看我像金圆券就把我买了得了。"文三儿明白了，闹了半天白连旗当了钱贩子，从事银圆和金圆券的兑换活动，从中赚取差额。文三儿听人说过，自从政府发行金圆券以来，不少人都干上这行，据说利润很可观。

白连旗掏出一块银圆送到文三儿眼前："瞧瞧，这是民国三年发行的银圆，你看，这上面袁世凯的眼睛是闭着的，行话管这叫'三年闭眼儿'，这种货最值钱。你要是手里有了银圆，就到陕西巷口来找我，不过价格得随行就市，这玩意儿价格一天三变，拿今天来说吧，现在不是上午吗？您觉得六亿金圆券换一个袁大头吃亏，甭着急，等您吃完午饭再眯瞪一觉，下午没准儿就涨到六亿五千万换一个，等到了晚上，保不齐得涨到七亿换一个。"

文三儿问："干这个能赚着钱吗？"

白连旗说："能赚着钱吗？您把'吗'字去掉，不挣钱我吃饱撑着了没事儿跑这儿站着？跟您透个底吧，要是没遇上警察，咱一天下来也能赚上好几个袁大头。要是遇上警察又让人家抓住手腕，那这一天就算是白忙活了，闹不好货全没收，还得蹲儿天小号，反正白爷我是想开了，有钱咱就闹一肚子好下水，死了也不冤。要是运气不好被关进小号，咱就踏踏实实在里面待着，反正警察局得管饭，有吃有住的，白爷我怕什么？"

文三儿疑惑地搔搔头皮问："政府不是出了告示吗？私藏金子银子就算犯法，闹不好还得枪毙，听说前些日子毙了不少人。白爷，您干这个可得留神点儿，要让警察拿住，蹲儿天号子倒无所谓，别真给您毙了，那可不值当。"

第二十一章

白连旗亲切地在文三儿脑袋上拍了一下道:"文三儿啊,您说的可是老皇历了,那是8月份的事,政府也确实枪毙了一些私藏金银外币的人,这些人按咱北平话说叫'倒霉蛋'。您还别说,世上就是有这么一些倒霉蛋,其实私藏金银外币的人有的是,人家都没事儿,可这些倒霉蛋就偏偏玩'现'了,不毙你毙谁?得,金圆券发行了不到三个月,倒霉蛋们该毙的也毙了,到11月11日,政府不知哪根儿筋又动了,又一份告示贴出来,出尔反尔,又准许老百姓持有金银外币了,还可以用金圆券兑回金银外币,可是比率却高出三个月前政府买价的五倍。您说说,这不是拿咱草民当猴儿耍吗?早知如此,你干吗要枪毙这些倒霉蛋?人家招谁惹谁了?你当官儿的鼻子下面长的是嘴还是屁股?堂堂政府怎么说话跟放屁似的。"

文三儿也骂了起来:"×他姥姥的,这政府也太孙子了,白爷,我算是悟明白了一个理儿,平常咱瞧见砸明火的土匪流氓还能躲着走,现可不成喽,怎么话儿说呢,如今流氓成政府啦,您想躲都躲不开,抢你没商量。"

白连旗惊奇地盯了文三儿一眼:"咦?您这话说得倒是挺有嚼头儿,如今流氓成了政府啦,这话说得挺在理儿,仔细一琢磨,还真是这么回事,全国的老百姓让这个流氓政府耍得滴溜溜儿转,您瞧报纸了没有?老百姓即使吃大亏,也要黄金不要纸钞。昨天《大公报》上说,全国百姓争相兑换黄金,上海市民发生了向黄浦滩中央银行拼死挤兑黄金的大浪潮。头一天就挤死九人,伤者不计其数。《大公报》评论员说,毕竟兑现出的黄金还是极少数,大量黄金已经被劫运到台湾去了……"

文三儿不解地问:"白爷,台湾在哪儿?"

"台湾在……好像在大海里,反正您拉着洋车是过不去,那得搭船。"

"那这么多金子干吗要往台湾运?咱蒋总统把金子搁在手头儿花起来不是更方便吗,干吗往远地儿运?"文三儿感到很不理解,他从来是把钱放在手头,不愿意存起来。

白连旗小声说:"文三儿呀,你怎么什么都不知道?共产党已经把北平城围啦,保不齐今儿个晚上就打进来了,不信您把我话搁这儿,将来的天下闹不好就姓共,老蒋怕是扛不住啦,这会儿能敛点儿就敛点儿,敛完了就该撒丫子

353

啦。"

文三儿还是不明白:"白爷,共产党来了是好事还是坏事?"

"哟,这得看谁说了,共产党是穷人党,见着有钱人怎么瞧怎么不顺眼,变着法儿也得收拾他们。见了咱穷人呢,闹不好还得分咱们点儿东西,反正我也说不清楚,听说共产党就像梁山好汉,专干杀富济贫的买卖。"

"给穷人分东西,白给吗?"文三儿很关心这个问题。

"当然白给,要不怎么叫杀富济贫呢。前几天我有个朋友从房山过来,他说共产党一到就把国军的仓库打开,按人头分大米白面,只要是穷人,见者有份儿。有钱人可就褶子啦,共产党来了二话不说,上来就先共产,犯各就戴高帽子游街,您没瞧见有钱人全躲到北平城里来了?不瞒你说,昨儿个晚上做梦我还梦见我爸爸呢,我在梦里就给我爸跪下了,我说老爷子您真疼儿子,要不是您喂鸟儿养虫儿的把家产都造没了,儿子我现在麻烦就大啦,托老祖宗的福,儿子我现在是穷人啦。"

文三儿感叹道:"我操!按人头分大米白面?世上还有这种好事儿,这不是天上掉馅儿饼吗?就冲这个,我就待见共产党。"

两人正说着,文三儿听见马路对过有人叫车,他生怕耽误了买卖,也顾不上和白连旗告别,连忙拉着空车横过马路,嘴里应着:"来啦!来啦!"他冲过马路才发现,原来叫车的是罗梦云。

罗梦云穿着一件深蓝色软缎夹旗袍,脖子上围着一条浅灰色开司米围巾,她站在马路边,下巴微微上扬,挺拔的身材在人群中显得极为出众。罗梦云微笑着注视着文三儿:"文大哥,是你呀?"

文三儿也恭恭敬敬地向罗梦云打招呼:"是罗姑娘啊,您最近可好?"

罗梦云说:"我还好,就是家里出了一些事……"

"哟,家里怎么啦?"

罗梦云垂下眼皮低声道:"家父上个月去世了,脑溢血,一下子人就不行了,没等送到医院父亲就去了。"

文三儿惊讶地说:"什么?罗教授去世啦?夏天的时候我在天桥还碰见过老爷子,那会儿身子还挺硬朗的,怎么一下子就……唉,这是怎么话儿说的,

第二十一章

罗教授不在了，那你们这孤儿寡母的怎么办？"

"我和母亲暂时住在我姨妈家，父亲走了以后，母亲也病倒了，我正要去给她抓药，就遇见您了。文大哥，我想和您商量一件事。"

"罗姑娘，您说，只要我能帮上的，我文三儿没二话。"

"我最近经常要出门，除了给母亲请医生、抓药，还要去图书馆整理父亲的一些遗稿，我想包文大哥的车，包月的费用由您定，不知道您有没有困难。"

文三儿松了一口气："嗨，我当是什么事儿，不就是拉包月吗？没说的，什么时候去都成，您那儿能住吗？"

罗梦云撩起旗袍下摆坐上了洋车："当然可以住，不过……还得看您是否方便，文大哥，我们先去同仁堂吧。"

文三儿心花怒放地端起了车把："知道喽，去同仁堂，罗姑娘坐好，走喽……"

这年头儿能赶上个拉包月的活儿好比买彩票中了头彩，这种肥活儿简直打着灯笼都难找，罗家可是有身份的大户，月底结账的时候总不会拿金圆券糊弄人吧？更重要的是，这回总算是有个地方住了，再也用不着回车行和伙计们挤大通铺啦，自打和孙二爷翻了脸，每到晚上文三儿就犯愁，他实在不愿意和孙二爷打照面，那老东西记仇，得罪了他能记你一辈子，这回让那老东西玩去吧，文爷我住大宅院啦。

徐金戈只用了两天的时间就把赵明河少将的基本情况及家庭成员查清楚了。

赵明河是陕西三原人，1923年毕业于西北军学兵团，该团即西北军校前身，西北军的总教育训练单位，当时团长由冯玉祥兼任。在中国近代军史上，西北军以系统庞大、人事关系繁杂著称。西北军起家于北洋六镇(师)第一混成协(旅)，后改编第二十镇，后来冯玉祥的第十六混成旅成为骨干力量，其中走出了冯玉祥、鹿钟麟、石敬亭、石友三、韩复榘、张之江、宋哲元等中国近代军史上赫赫有名的重量级将军。国军第35军是傅作义的起家部队，前三任军长——傅作义、董其武、鲁英麟是清一色山西乡党，唯第四任军长郭景云是陕西长安人，赵明河当营长时，郭景云是团长。后来郭景云当了101师长，赵明河又升任团长。1948年1月，35军军长鲁英麟在涞水战役中兵败自杀，郭景云接任35军军长，赵明河升任101师参谋长。看来这个赵明河与郭景云的关系非同一般，而郭景云又是华北剿总司令长官傅作义的爱将，难怪谷正文对这个案子头疼，这不是赵明河一个人的问题，是从上到下的一条粗线，一荣俱荣，一损俱损。别说是一个谷正文，就是毛人凤局长亲自处理这个案子又能怎么样？况且目前华北的军事态势对国军极为不利，郭景云的35军是华北国军战斗序列中的精锐，说句泄气话，有35军在，北平城还能多撑几日，否则，北平城将随时不保。

徐金戈还发现了一个问题，一个星期前，共军华北第3兵团杨成武部突然包围了张家口，镇守张家口的国军第11兵团司令官孙兰峰向北平告急，傅作义将手中王牌——35军调往张家口增援，军情似火，刻不容缓，郭景云率35军日夜兼程沿平绥线向张家口开进。奇怪的是，35军编内的101师参谋长赵明河却在这时请病假留在了北平，没有随部队出发，这里面肯定有些问题。至于赵明河本人是否通共，徐金戈目前还没有确凿证据，但他的家属中肯定有人是共产党，不然怎么会有电台？徐金戈知道，这个秘密电台的出现至少已有一年以上的时间，北平站电讯情报技术室使用了美国最新的电讯测向技术和它周旋了很长时间，每次都是功亏一篑，刚刚把它锁定在一片狭小的街区，还没来得及展开抓捕行动，那电波就神秘地消失了，没过几天电波又会出现在另外的地区，就这样周而复始地和保密局特工玩起了捉迷藏。谷正文认为，结论只有一个，问题出在保密局北平站内部，共产党的谍报人员已经成功地渗透进来，在每次抓捕行动展开之前就把消息通知给共党地下组织。基于以前的教训，谷正文和徐金戈取得共识，此次行动要绝对保密，在北平站内部，知情人应限制在五人以内，徐金戈甚至对自己的助手赵建民都守口如瓶。

徐金戈拉开写字台的抽屉，拿出一沓文字材料摊开，这是关于赵明河家庭状况的调查材料。

　　　　赵明河现居住地住址：北平市南城教子胡同8号。
　　　　目前家中常住人口如下：

丁如萍，赵明河之妻，现年五十一岁，家庭主妇。

丁如君，丁如萍之妹，现年四十八岁，燕京大学教授罗云轩(已故)之妻，家庭主妇。

罗梦云，罗云轩、丁如君之女，现年二十八岁，民国二十五年考入北平燕京大学，为西方语言文学系一年级学生。北平沦陷初期仍在燕京大学就读，后离开北平去向不明。民国三十二年到重庆，曾在《中央日报》任时事版记者。民国三十四年"光复"后由重庆返回北平，进入《大公报》任职，现为《大公报》驻北平记者站记者。今年7月，罗云轩教授病故，罗梦云办理完父亲的后事，与母亲丁如君一起住进姨母丁如萍家至今。

其他情况：

赵明河、丁如萍身边无子女，他们的子女共三人，都已成年，目前两人在美国留学，一人在南京工作。

赵宅目前有管家一人，男女仆役四人，汽车司机二人，人力车夫一人。

赵宅之武装警卫人员共十二人(隶属关系为国军第35军第101师警卫营编内)。

警卫人员之武器装备：美制"汤姆森"冲锋枪四支，美制"M3"冲锋枪四支，加拿大制"勃朗宁"轻机枪一挺，美制火箭筒一具，德制"毛瑟"式手枪、加拿大制9毫米口径手枪若干，并配备美制手雷。

徐金戈哼了一声，心说这哪里是个警卫班，它的武器配备及火力简直比野战部队的突击队还强，若是强行进入，没有一个连的正规军配合，北平站的行动组等于送到砧板上的肉，还不够人家一口吃的。

徐金戈认为，这份名单上，最为可疑的人是罗梦云，仅从她的履历上就可以发现诸多疑点。譬如罗梦云在"七七事变"之前已读完大学一年级，那么她是什么时候离开北平的？也就是说，罗梦云应该在民国二十九年前从燕大毕业，而调查材料上表明，民国三十二年罗梦云突然出现在陪都重庆，那么她从毕业后到去重庆之间有三年时间不知去向，她能去哪里？会不会是去了延安？

徐金戈从卷宗袋里抽出一沓照片，这些照片都是保密局北平站的特工们在各种场合以各种角度偷拍的，其中有赵明河及夫人丁如萍、妻妹丁如君、外甥女罗梦云、赵明河的副官胡绍棠及全体警卫人员、厨师、司机、用人、车夫等人的单人照。徐金戈挑出罗梦云的照片仔细端详着，这是罗梦云外出时坐在人力车上被偷拍的，街道的背景好像是前门大街。不可否认，这是个很漂亮的女人，皮肤光洁细嫩，五官搭配得很精致，更难得的是雍容华贵的气质，徐金戈心中不由得一动，暗自叹道，美丽的容貌与高贵的气质结合得恰到好处，一张完美无缺的脸配上挺拔婀娜的身材，真是个光彩照人的女性。这样的女人居然会是共产党？真是不可思议，在他的印象中，共产党应该是体现底层民众政治诉求的团体，是暴民政治的产物，他们对高贵的出身，良好的教养，优雅的谈吐都怀有一种天然的敌意，是什么原因使罗梦云这样的女人也加入了共产党？

徐金戈心里突然一动，罗梦云照片上的形象触动了他记忆中的什么东西，他似乎在哪里见过这个女人，在哪儿见过呢？对，想起来了，民国二十六年北平沦陷之前，他和方景林在茶馆里遇见杨秋萍和几个大学生为抗日募捐，杨秋萍身边的那个女学生就是罗梦云。当年的情景清晰地出现在徐金戈的眼前，他记得自己捐了一块手表，还与杨秋萍口角起来。罗梦云过意不去，还劝解了几句："先生您别生气，我的同学是个急性子，并不是有意冒犯您，我替她向您道歉，至于这块手表……太贵重了，您还是留下吧，我们心领了。"

杨秋萍略带讽刺地说："先生，您真慷慨，这是我参加募捐活动以来收到的最大一笔捐款，非常感谢！您的爱国热情会得到回报。"

想起杨秋萍，徐金戈似遭到雷击，十年来他心里的伤口从来没有愈合过，只要想起她，那伤口就会裂开，流出鲜血……他无数次回忆起和杨秋萍相处的那段日子，每个细节都记得清清楚楚，每次想起来都有种痛彻骨髓的感觉，他忘不了那最后的一幕：刑车上的杨秋萍低垂着头，长长的头发在秋风中飞扬……

徐金戈痛楚地闭上眼睛，不忍再回忆那惨烈的一幕，他镇定下来，不愿再想这些往事。

如此说来，当年这两个为抗日募捐的姑娘，分别走上不同的路，杨秋萍参

第二十一章

加了军统的工作，而罗梦云却参加了共产党，现在成了自己的敌人。

徐金戈合上卷宗，点燃一支香烟，他望着挂在墙上的那幅《兰竹图》，心里盘算着。根据北平站电讯情报技术室提供的数据，隐藏在教子胡同8号的这部电台，近一个月来使用频繁，颇有不要命的架势，结合目前华北的军事态势，估计这部电台是在传递大量的军事情报，以配合共军在华北的作战行动，此案不宜久拖。目前毛人凤局长已经越过国防部将此案直接呈递到蒋总裁手里，马上就会有结果，只要拿到总裁手谕，别说是一个赵明河，就是傅作义也照抓不误。在此等候期间，只需严密监视教子胡同8号，以防这部电台转移。

徐金戈正要把卷宗袋放进文件柜，却发现那些照片还摊在桌子上，他动手收拾照片时又意犹未尽地拿起罗梦云那张照片看了一眼，这一看不要紧，徐金戈竟然大吃一惊，刚才他只顾着看罗梦云了，却没发现这张照片上还有一个人，这个拉洋车的人怎么这么眼熟？我的天哪，这不是文三儿吗，难道这小子也和共产党混到一块儿去啦？

文三儿近来添了毛病，以前喝酒只能去酒馆，从来不敢把酒和下酒菜拿回车行去喝，一是因为孙二爷不允许，二是因为文三儿怕伙计们蹭他的酒喝。一个人喝酒有诸多的不便之处，按规矩见了熟人不能不让让，若是赶上个实心眼儿的，看不出这是客套，你一让他就实打实地真喝起来，这就很容易吃亏。文三儿从来没什么可求人的事，犯得上请客吗？况且"同和"车行的伙计们几乎个个都是实心眼儿，文三儿哪敢冒这个险？自从搬进了这个院子，文三儿有了自己的房间，行动上也没有人干涉，别说是喝酒，就算文三儿在这里娶个老婆过日子也没人管。赵家的管家、用人、司机及警卫人员都各司其职，每人都有自己的职责和活动天地，彼此相处倒也相安无事。文三儿算是罗梦云的专职车夫，只受她一个人的指派，因此出车的时候并不很多。罗梦云是个很有修养，容易与人相处的女人，对文三儿很尊重，从来不用命令的口吻吩咐他做事，每次请文三儿出车都是用商量的口气："文大哥，您方便吗？"就像是她求文三儿帮忙，而不是雇佣关系。

赵明河将军在抗战中头部受过枪伤，留下了后遗症，每到阴天就头疼欲裂，此次35军赴张家口增援，赵明河因旧伤复发没有随队出发，他在养病期间经常召集一些军界、政界的官员来打麻将消遣，顺便议论一下时局。由于是在自己家里，所以说话肆无忌惮，有时文三儿在自己房间里都能听见赵明河在客厅里大声骂人，他骂政府腐败，骂国军将领无能，骂蒋先生糊涂，只会重用无良小人，等等，把文三儿闹得一惊一乍的。他从来没接触过大人物，闹了半天这些大人物也会发牢骚，骂起人来比草民们一点儿不差。

今天文三儿的心情不错，因为他兜儿里有钱了，而且是响当当的袁大头，这年头儿能挣到袁大头简直是奇迹，你满北平城打听一下，谁不是备几条麻袋装金圆券？买个窝头没有一千万元拿不下来，文三儿能在这时候挣到银圆难道还不是奇迹？他想了半天才总结出一句话：还是老天爷疼咱……

今天早晨，罗梦云问文三儿："文大哥，上次咱们谈的包月费是不是十块钱呀？"文三儿一听心里就乐开了花，看来有钱人都有这毛病，不算小账，他明明和罗梦云谈妥包月的价格是八块钱，每月初一用银圆结账，可罗小姐却给记成每月十块钱，文三儿当然不会提醒罗小姐，他巴不得罗小姐的记性再差一些，最好是记成二十元。文三儿当时只是模棱两可地回答："罗小姐，结账的事儿我不着急，您要手头不富裕就以后再说。"

罗梦云当然不会拖欠文三儿的工钱，她拿出十块银圆递给文三儿："文大哥，您是我请来帮忙的，我已经很感激了，要是再拖欠您的工钱就更不像话了。"

文三儿接过钱的时候心里竟也有些感动，以前他认为凡是有钱人都很孙子，对他们根本不能客气，能蒙就蒙一下，可是今天面对罗小姐的慷慨，文三儿心里竟闪过一丝内疚。罗小姐可真是个好人啊，文三儿长这么大，还没有人这么尊重过自己，张口闭口都是"文大哥"，人家花了钱还心存感激，好像人家求你似的。文三儿觉得以后做人还是要实在些，至少对罗小姐应该如此。

手里有了点儿钱，文三儿感到腰杆子硬了不少。自打政府发行金圆券以来，他再也没下过酒馆，别看钞票都用麻袋装，可是购买力却降到最低点，一天挣的钱连肚子都混不饱，哪还喝得起酒？现在他手里居然有了十块银圆，无论从哪方面说，这都算是一笔可观的财富，还不该喝两口吗？

文三儿买了一瓶"二锅头"，半斤油炸花生米，半斤"月盛斋"酱牛肉，还跑到八面槽的"全素斋"买了一斤"素什锦"。回到自己房间他迫不及待地吃喝起来，三杯酒下去，文三儿的脑袋便大了一圈儿，眼中所见的一切物体都变得光怪陆离，恍恍惚惚。按照惯例，文三儿一喝到这个份儿上便胆气横生。他想起了二顺子，以前和二顺子喝酒是个乐子，从来是文三儿抡圆了吹，二顺子拼命捧，酒喝完了文三儿也吹舒坦了。二顺子是多好的一个兄弟，文三儿说什么他信什么，连文三儿自己都不信的话二顺子也信，在这个世界上，唯有二顺子是真心崇拜自己，拿自己当大哥。唉！一眨眼二顺子死了快十年了，这兄弟死得惨啊，人家卖烤白薯招谁惹谁了？小鬼子也实在太浑蛋了，你不让卖就不卖吧，砸了人家摊儿不说，还杀人呀。要是二顺子不死，文三儿这会儿就不至于孤零零坐在这儿喝闷酒了，想到这里，文三儿悲从中来，不禁潸然泪下，他把一杯酒洒在地上，权当是给二顺子敬的酒："兄弟啊，哥哥我对不起你，日本鬼子杀了你，照理说哥哥我……该替你去报仇，可我没那个能耐呀，人家有枪，哥哥我去了……也是白送死呀，天地良心，光复那年……哥哥我满世界地找那小鬼子，想给你报仇哇，当时我心说了，哥哥我非碎了那小鬼子……可我不是没找着吗？二顺子，我知道你……委屈，要怨你就怨哥哥我没本事……"

　　文三儿想起了二顺子的种种好处，当年他卖烤白薯能挣几个钱？还要养活老妈和妹妹，可每次喝酒都是二顺子抢着结账，从来没让文三儿破费过，这么好的兄弟今后怕是再碰不到啦……文三儿终于完成了由痛哭到痛骂的转变过程，他放开嗓子破口大骂起来："老天呀，你没良心呀，好人怎么总是活不长哟，像孙二爷、大裤衩子那样的混账王八蛋倒是越活越结实，这是他妈的什么世道哟……老天爷呀，你听着，文爷我早晚有一天要煽起来，等文爷我有了钱，有了势，谁他妈的犯我我就灭了谁。二顺子，好兄弟，到时候哥哥我给你修一座大坟，一砖到顶，磨砖对缝儿，咱哪儿都不去，就在太庙前面修坟，再弄个石头牌楼，雕龙刻凤，一边儿一个石头狮子，让我兄弟也排场一回……"

　　"堂兄在吗？堂兄，是我呀，我来看你啦。"外面有人敲门。

　　文三儿止住叫骂，不耐烦地吼了一声："这儿没你堂兄，就有你文大爷。"

　　来人推门走了进来，文三儿的眼睛立刻直了，不由自主地站起身来，来人竟是身着长衫礼帽，商人打扮的徐金戈。

· 第二十二章 ·

文三儿万万没想到徐金戈会找上门来,他有很长时间没见过徐金戈了,文三儿感到纳闷,自己到赵家拉包月的事徐金戈怎么知道呢?不过,徐金戈毕竟是个有身份的人,他亲自登门拜访实在是给文三儿脸呢。

此时文三儿正被酒劲顶着,说话便没有了顾忌,他大声说:"哎哟,这不是老徐吗,你怎么知道我在这儿?"以往文三儿见了徐金戈从来是恭恭敬敬地称"徐爷",今天是有些喝高了,居然称起"老徐"来。

徐金戈倒不在意文三儿的不恭,他向窗外望了一眼,小声道:"记住,要是有人问,就说我是你堂弟,做生意的。"

文三儿眨着小眼睛半天没醒过味来,心说他不是保密局的吗?怎么又成了生意人?他不解地问:"您改行做生意啦,那保密局……"

"嘘!小声点儿,千万别提保密局,我是你堂弟,是做古玩字画生意的,记住啦?"

"记住啦,您不是保密局的,您是……"

"文三儿啊,你可真是个猪脑子,我和你说几遍了?千万别提保密局,一个字也不能提。"

"是,是,你是我堂弟,我说堂弟啊,这我就不明白了,那保……什么的是个多露脸的差事?干吗不能提?上次大裤衩子跟我犯各,我一亮牌子,这小子一听当时差点儿尿裤子,这牌子可管事儿啊。"

徐金戈一撩长衫坐下,打量着屋内的陈设说:"堂兄,你怎么一个人喝酒?也该让让我吧。"

文三儿这才想起让酒,他给徐金戈倒了一杯酒:"请,徐……堂弟,咱哥俩儿一口干了。"

两人都一口把酒干了。

文三儿又替徐金戈把酒满上,小心翼翼地问:"堂弟,你怎么做上字画儿生意啦?这年头儿,窝头都快吃不上,还有人买字画儿?"

徐金戈夹起一粒花生米放入嘴里,说:"当然有,字画儿这东西到什么时候价格都只升不降,关键是看你手里有什么货。堂兄呀,我今天来找你,就是为了一笔买卖,这件事还要请你帮忙,要是做成了,你我都能捞上一笔,你干不干?"

文三儿一口干掉杯中酒,将酒杯重重顿在桌上,态度坚决地回答:"干,只要有钱挣,又不用掉脑袋,我干吗不干?"

徐金戈凑近文三儿:"还记得佐藤那幅《兰竹图》吗?"

"怎么不记得,后来不是让花猫儿抢了吗?花猫儿这小子手够黑的,为这点儿事把人家一家子都做了,真可惜了那日本小娘们儿……"

"我告诉你,这幅画儿现在在我手里,我正满世界地找买主儿呢。"

"哟,这事儿我可帮不上忙,您也不瞅瞅我认识的那些人?不是拉车的就是摆小摊儿的,这帮孙子除了窝头,别的什么也没见过,您要给他张字画儿,兴许就擦了屁股。"

"可你别忘了,当年燕京大学罗教授看上了这幅画儿,陈掌柜没卖,却黑了心地卖给日本人,这件事儿被陆中庸捅到报纸上,让大学生们把'聚宝阁'砸了,这件事儿你还记得吧?"

"当然记得,可罗教授已经死了……"

"可他女儿罗梦云不是还在吗?据我所知,罗家还是有些家底儿的,罗夫人也是大户人家出身,也喜欢古玩字画儿,听说罗教授在世时,买古玩字画儿不惜倾家荡产,但罗夫人的陪嫁资产他却不好意思动,我琢磨,罗夫人和罗梦云肯定对这幅画儿有兴趣。"

文三儿兴奋地一拍大腿:"嗨,瞧我这脑子,怎么把这茬儿忘了?现在好办了,我正给罗小姐拉包月呢,这笔买卖我牵线。"

徐金戈郑重其事地说:"你记住,上赶着不是买卖,你在罗小姐那里只能点到为止，她如果有兴趣，你就引荐我和她见面，其余的事你就别管了，只要买卖成交，我这里自然有你一份。"

文三儿连连点头道："我信得过您，您放心，我这人嘴严，不该说的一句不说。"

徐金戈说："其实也不是什么大事，人家是书香门第，咱要是亮出身份，怕把人家吓跑了，这笔买卖不就黄了吗？"

"那是，那是，这我懂，这我懂……"

国立北平图书馆坐落在西城文津街，这里原是大内的御马圈空地，属皇家禁地。1929年国立北平图书馆与北海图书馆合并，馆长由蔡元培先生兼任，合并成立的北平图书馆其新馆于1931年完成。新馆东临北海，石栏护岸，北海全景昭然在目。藏书楼的雕龙丹陛、云头栏板、瓦兽、彩绘额方等，都仿照宫殿式建筑的规格而建。全馆建筑呈工字形，后一长列为书库，前一长列为阅览室及纪念室。图书馆大门前的汉白玉石狮、华表、昆仑石和太湖石等，都是圆明园遗物，楼前的石阶也如紫禁城的宫殿，嵌有雕龙石一方，处处显示出皇家气派。

罗梦云在图书馆的大门前下了车，她吩咐文三儿两个小时以后再来接自己，然后走进图书馆的大门。这里是罗梦云常来的地方，她每个星期至少要来三次，那个从未见过面的联络员在这里将已翻成密码的情报交给她，由她通过电台发出去，至于这些情报的内容，罗梦云自己也不知道，因为她并不掌握密码。

罗梦云走进阅览室，填写完阅书单后将书单夹在运书机上，然后坐下来等候。这个图书馆建筑最新颖的地方即为运书机与地砖。其运书机可自挟阅书单由前楼至后楼索书，并运书转来，不需人力；其地砖更有特点，貌似坚硬光滑，实则柔软而富有弹性，着皮鞋步入其中，无橐橐之声。罗梦云等了不到十分钟，运书机便运来她需要的书籍，罗梦云用余光观察了一下周围的动静，当她确定身旁无人注意之后，便取出夹在书籍里的情报装进自己的手提包里，一次交递情报的活动就这样轻松地完成了。这无疑是个很聪明的办法，处处体现出策划者的高明，取情报的人不知上线藏在哪里，即使被当场抓获，保密局的特工们也只能得到一份用密码写成的"天书"，除非你把后楼书库里的几十个工作人员全部逮捕，逐个审讯，即便如此，你也不敢保证能锁定那个"上线"的藏身位置，他也许在你展开行动之前就已从容转移了。

其实罗梦云到图书馆来也不仅仅是为了接头，她也有自己的事要做，近来她正在收集父亲生前所著的大量学术论文及专著，还准备把父亲留下的大量收藏品整理成册，出一本《罗云轩教授收藏品集》的专著。罗云轩教授出身江南望族，家学渊源，仅明清两朝家族中就出过四个进士。罗云轩自幼受传统文化教育，后考入杭州第一师范学校，师从李叔同、陈望道、夏丏尊、刘大白等人学习国文。1919年罗云轩考取官费赴英国剑桥大学留学，取得博士学位后回国，任教于燕京大学。罗云轩常对女儿说，自己这辈子没什么大出息，到头来不过是个教书匠，真愧对于那个时代。罗梦云问，为什么这样说，那究竟是个什么时代？罗云轩回答，对于读书人来讲，民国时期应该是中国五千年来最自由的时代，也是文化巨人层出不穷的时代，具体地说，就是一批熟读经史子集的中国文化人又重新接受了西方现代教育，造就出一批学贯中西的人物，这些人回国后受到政府的礼遇，给予优厚的生活待遇和空前自由的学术环境，这就是他们中间出了不少文化大师的原因。当然，这种好时候毕竟不长，进入国民政府时期就一天不如一天了，到了后来，别说是学术自由，就是人身安全都成了问题，中国五千年的历史是个巨大的怪圈，总是以美好的憧憬开始，最后以痛苦和沮丧告终，而历史走过漫长的一个圈子又回到了原处。罗云轩承认，他看不出这种历史的轮回有多大的意义。

罗梦云始终没有对父亲说过，就她个人而言，自己所投身的事业就是为了建立一个自由、公正的社会，共产党人有能力创造一个崭新的历史，也有能力建立一种先进的社会制度，这是前无古人、后无来者的伟大创举，历史的轮回将以螺旋式上升、波浪式前进的方式进行，永远不可能回到原先的起点。为了实现这个伟大的目标，罗梦云愿意把自己的鲜血和生命献上祭坛，虽九死而不悔。

罗梦云将参考书和笔记本摊开，有条不紊地开始工作。

坐在阅览室另一个角落的徐金戈似乎也在专心致志地看书，但他的目光始终没有离开过罗梦云。为了防止泄密,徐金戈连自己的助手赵建民都没有通知,对罗梦云的跟踪基本上是由自己一个人完成的。从罗梦云刚才的举动看,这里为共产党的接头地点应该是确定无疑。徐金戈不得不佩服对手的聪明,要想抓住那个递送情报的联络员恐怕不大容易,除非你进行一次大规模行动,拘捕图书馆后楼书库的所有工作人员逐一审讯,即便如此,你也很难保证能找到那个联络员,况且在共产党军队兵临城下的时候,进行大规模搜捕行动势必会引起北平各界强烈反弹,政治上恐怕很被动。徐金戈考虑,目前最稳妥的办法是严密监视,等待南京方面的命令,据说,毛人凤局长已经将此案的材料递到了蒋总裁手里,总裁目前还没有表态,下一步该如何进行,自然由总裁去定夺。

徐金戈低下头继续读书。

文三儿与罗梦云分手后就琢磨着到哪儿去度过这两个小时,他拉着空车顺着文津街向西走,晃晃悠悠地走到了刘兰塑胡同南口。

刘兰塑胡同北起草岚子胡同与天庆胡同相通,南至西安门大街。胡同北段有元时所建玄都胜境,清乾隆二十五年改名为天庆宫。内有刘兰塑像,后地以人称。刘兰即为元代著名雕塑家刘元,所做神像精妙绝伦,原朝外东岳庙多其所做神鬼之像,后多已被毁,只有西山八大处尚存其手塑罗汉。

文三儿本打算从刘兰塑胡同南口进去,到天庆宫旁边的一个茶馆去喝茶,谁知刚一进胡同就遇上了李二虎。李二虎正带着几个兄弟骂骂咧咧地往外走,文三儿自觉地把车靠在墙根给这伙爷让路,李二虎一眼就盯上文三儿:"哎,拉车的,我怎么瞅你眼熟?"

文三儿恭敬地哈了哈腰:"李爷,给您请安了,您真是好记性,头几年您坐过我的车,难怪您瞅我眼熟。"

李二虎停住脚步:"嗯,我坐过你的车,什么时候?"

文三儿启发道:"那次您去孙二爷家斗蛐蛐儿,是我接的您。"

文三儿不提还好点儿,这一提孙二爷倒把李二虎惹火了,上次和孙二爷叫板栽了面儿,李二虎一直耿耿于怀,偏偏文三儿不识相,倒把这事儿又端了出来,这不是往李二虎眼睛里插棒槌吗?于是李二虎劈面给了文三儿两个嘴巴,骂道："闹了半天是那孙子的狗……"

文三儿捂住脸莫名其妙地问："李爷，您怎么打人呀？"

李二虎阴冷地一笑："常言道打狗欺主，大爷我打了又怎么样？"

文三儿本来还想理论几句，但一见李二虎的手下衣袖里藏着短刀就改变了主意，他垂下头没有吭气。

李二虎余怒未消地指着文三儿说："孙子，你回去给姓孙的传个话儿，就说大爷我哪天腾出工夫来还想再会会他，听见没有？"

文三儿连忙点头："听见啦，李爷，我一准把话儿带到。"

"你再给我说一遍！"

"是！我这么说，姓孙的，李爷说哪天腾出工夫来先卸你老东西的一条大腿，李爷，这么说行吗？"

"嗯，你小子还挺会说话，是这意思，就这么说，他要是不服气就到达智桥找我。"

文三儿小心翼翼地问："那我能走了吗？李爷。"

李二虎眼一瞪："走？想什么哪，你没看见大爷我正要出门吗？就坐你的车，去北海夹道。"

"可是……李爷，我这是包月车，一会儿我还得去接……"

一个喽啰踢了文三儿一脚骂道："你哪儿这么多废话，活腻歪啦？"

李二虎上了文三儿的车，吩咐道："都给我带好家伙，再叫几辆车一起走。"

北海夹道与曾是皇家御苑的北海公园仅一墙之隔，高大的御苑围墙与低矮的民居之间有一条不足三米宽的夹道，这里哪怕是白天也行人稀少，是个僻静的去处，治安案件时有发生。民国三十二年七月十四日，先天道会长江洪涛夫人姚氏在北海夹道被不明身份的人击伤，当时的北平市警察局侦缉队、内六分局都介入了调查，各大报刊纷纷报道此案，成为敌伪时期北平轰动一时的大新闻。此案的侦破雷声大雨点小，最后不了了之。后来黑道上的人都看好北海夹道的僻静，凡有江湖火并，聚众械斗之事都约在北海夹道进行，内六分局的巡警们即使接到线人的报告，也不会去那种地方巡逻，他们认为，凡流氓地痞械斗，打死一个少一个，巡警们乐得清静。

文三儿对黑道儿上火并的事听说过不少，但从来没有见识过，今天被李二虎胁迫而来实属无奈之举，不然打死他也没这个胆子。

今天械斗的起因本是一件微不足道的小事，李二虎的一个兄弟"疤拉眼儿"在东四十条的一个饭馆吃饭，正巧碰上"东四青龙"手下一个叫"板儿牙"的弟兄也去吃饭，两个人只对望了一眼便发生冲突，"板儿牙"认为"疤拉眼儿"的目光中含有挑衅意味，在自己的地盘上居然会遇到这种目光是一件很不正常的事，无论如何得说道说道。而"疤拉眼儿"也有自己的理由，他固执地认为，大爷我瞧他一眼是看得起他，怎么啦？既然双方都很有理由，那么动手过招儿就在所难免了。本来"疤拉眼儿"和"板儿牙"半斤对八两，谁也差不到哪儿去，偏偏这时"板儿牙"的两位兄弟路过这里，一时性起就坏了江湖上单打独斗的规矩，三个人一起将"疤拉眼儿"打了个头破血流。此事的后果很严重，这关系到"达智桥李二虎"的面子，自家兄弟被人打了，如果不闻不问，以后在江湖上还混不混了？李二虎考虑到"东四青龙"好歹也算个成名人物，江湖上的规矩还是要走一走的，他派人给"东四青龙"送了帖子，对方也按规矩回了帖，双方约定于某日某时在北海夹道一决雌雄。

文三儿算是赶上了，稀里糊涂地卷进黑道儿火并里来了。

双方约定的时间是上午10点整，李二虎一伙人早到了十分钟。10点整的时候，"东四青龙"带着七八个弟兄坐着洋车赶到了。双方犹如古代打仗各自列阵，两阵之间隔着一块空地，文三儿估计这块地就是一会儿的主战场。

"东四青龙"是个高大粗壮的中年汉子，四十来岁，脑袋刮得泛着青光，这位爷一下了洋车就把棉袄脱下来甩在车座儿上，露出了上身的腱子肉，一条张牙舞爪的青龙刺青从胸前盘到后背。此时正是寒风凛冽的冬季，"东四青龙"竟然像夏季一样赤裸着上身，神态自若，对刺骨的寒风毫不在意。他的嗓门很大："哪位是李二虎啊？站出来让咱也见识见识。"

李二虎走上前去一抱拳："在下就是李二虎，看样子你就是'东四青龙'？"

"东四青龙"也抱拳回礼："我就是，江湖上的朋友送的绰号，一点儿虚名而已，我说兄弟，今儿个咱怎么个玩法？"

李二虎说："都是江湖上混的，道儿上规矩我不说你也明白，凡事再大也大不过一个'理'字，你手下人打了我的弟兄，而且是三个打一个，又是在自己地盘上，这么干未免胜之不武，也有损你的名声，兄弟我今天来就是想讨个说法。"

"东四青龙"人笑起来："说法倒是有，告诉你手下，以后少到我地盘上来，就是来了也没关系，是龙你盘着，是虎你卧着，你我自然相安无事，要是在我地盘上横着膀子走道儿，七个不服八个不忿儿，那对不起您哪，我是有一个灭一个。"

李二虎一听便勃然变色："听你这意思，东四是你家的后宅院，别人还不能去了？那你的人要是去南城怎么办？我也见一个剁一个？"

"东四青龙"皮笑肉不笑地回答："那得看你有没有这个能耐，要是你李二虎能在四九城一手遮天，别说我手下的弟兄，就是我青龙也听你的。"

头上包着纱布的"疤拉眼儿"早已按捺不住，大声喊道："大哥，别跟他废话，让我剁了这王八蛋！"

"东四青龙"盯着"疤拉眼儿"冷笑道："小兔崽子，我看你是活腻歪了，敢骂我？今儿个我非弄死你。"

李二虎接过手下喽啰递过的一把铁尺，吩咐道："都给我站远点儿，腾腾场子，我来会会青龙。"

"疤拉眼儿"从袖子里掣出一把雪亮的剔肉刀走上前来，他指着青龙提出挑战："青龙，我跟你单挑，这点儿事犯不上我大哥出手，你抄家伙吧。"

青龙接过手下人递过的一把斧子，指着李二虎说："姓李的，你先往边儿上靠靠，等我收拾完这小兔崽子，咱哥俩儿再玩。"

李二虎无所谓地回答："行啊，咱是有屁股不愁挨板子，我等一会儿没关系，让我兄弟先陪你玩玩。"

文三儿没见过这阵势，此时已经被吓得腿肚子转筋，他很想趁没人注意自己时偷偷溜走，但转念一想，将来李二虎怕是饶不了自己，除非李二虎一伙在火并中全部被对方砍死，可话又说回来了，就算李二虎一伙被对方收拾了，那么"东四青龙"会不会把自己也当成李二虎请来的帮手？要是这样可就麻烦啦，这些黑道儿上的人杀个人比捻死个臭虫还容易，文三儿真是左右为难，但无论如何，此时还是不逃为好。

"疤拉眼儿"和青龙转眼已经过了好几招儿，刀子和斧子相撞发出尖锐的金属铮鸣声。"疤拉眼儿"报仇心切，一把剔肉刀抡得风雨不透，时而刺，时而砍，刀刀不离对方要害。相比之下，青龙显得游刃有余，他步法灵活，动作敏捷，一一化解对方的攻势。看得出来，此人很有格斗经验，他根本没把对手放在眼里，并不急于向对手反击，而是在有意消耗对手的体力，寻找破绽。"疤拉眼儿"几次扑空后，便急躁起来，他急于贴近对手以求近战，因为一旦近战对方斧子的威力就会降低，而自己短刀的长处就能充分发挥出来。青龙也看出了对手的意图，他才不上当，在腾挪闪展之中始终和对手保持一段距离……

站在一旁观战的李二虎这时玩开了心理战："青龙啊，你步法还可以，看得出来，你是个练家子，可我有一点不明白，你怎么只会躲闪不会攻呢？难道你师娘没有教过你？不好意思，我来教你一招儿，短斧贴身进招儿时，虽说杀伤力大于刀子，可速度忒慢，一般多是力大之人用，换句话说，除非你把斧子使得像刀子一样活泛，不然你很难占上风……"

李二虎话没说完，青龙已使出了绝招儿，他手腕一抖，斧刃向"疤拉眼儿"门面斜劈过来，"疤拉眼儿"慌忙举刀格挡，谁知青龙倏地变了招儿，斧子在空中掉转了方向，以极猛的力道砍在"疤拉眼儿"持刀的手腕上，犹如热刀子切黄油，他的右手被齐崭崭砍断，掉在了土地上。"疤拉眼儿"惨叫一声，鲜血从手腕断荏处喷涌而出……

文三儿的精神一下子崩溃了，他觉得自己裤裆里有一股热流顺着大腿流下来，一直流进了鞋里，他双腿猛烈地颤抖着，身子顺着墙壁慢慢地出溜下去，瘫倒在地上。

李二虎大吼道："弟兄们，给我上。"他一马当先挥动着铁尺向青龙扑过去，他身后的弟兄们也都红了眼，纷纷亮出手里的家伙扑上去。青龙的手下也不示弱，立刻掏出各种凶器迎了上来，双方展开了一场激烈的混战……

蹲在墙根儿下的文三儿慢慢地睁开了眼睛，他发现空地上转眼间已经成了屠宰场，到处都有鲜血在喷溅，到处是一对对滚动厮杀的人，咒骂声、惨叫声，铁器的撞击声，钝器击中肉体的闷响声交织在一起，犹如世界末日的降临……突然间，一柄短斧在空中翻着跟头呼啸而来，"砰"地砍在离文三儿头顶几寸远的墙壁上，短斧被弹了出去，碎砖末儿纷纷扬扬落在文三儿头上，文三儿霎时被吓破了苦胆，他不知哪儿来的一股劲儿，竟然一个"旱地拔葱"蹿起三尺多高，转眼间已跑出了几十米远，顷刻，文三儿又突然掉头蹿了回来，他的洋车还在这里，这辆车就等于是他的命，宁可丢一条大腿也不能丢了车，文三儿拉起洋车没命地逃走了……

一身商人打扮的徐金戈敲响了教子胡同8号的大门，开门的是一个胸前挎着"汤姆森"冲锋枪的国军中士，他向徐金戈敬了个礼问："请问您是文先生吗？"

徐金戈点点头："鄙人文宜生，我在电话里和罗小姐约定的时间，麻烦您通报一下。"

中士打开大门："罗小姐在客厅里等您，请随我来。"

徐金戈随中士走过天井，他仔细观察着这座宅院的建筑布局，发现这不是一座传统的中式四合院，而是民国初期盛行的那种中西合璧建筑风格的宅院。它的前院是中式平房，供仆役和勤杂人员、警卫人员居住。上次徐金戈来拜访文三儿，只观察了前院的布局，而无缘窥其全貌，这也是他下决心再侦察一次的原因。

穿过一个月亮门便进入后院，里面竟别有洞天，花园里草木繁茂，地势起伏，一条木制中式游廊顺着地势环绕其间。主人居住的是一座两层小楼，小楼为全木结构，既有中国传统的斗拱、椽檩和飞檐，又有西式风格的宽大露台及落地式玻璃窗，显得不伦不类。

徐金戈心想，难怪段云鹏这老贼看上了这个院子，这等排场不招贼才怪呢。再往深处想想，徐金戈也感到一种沮丧，国军中的现役将军恐怕得两三千人，一个少将的职位也许不算高，但如果每个将军都拥有这般财力，那么中国的军费开支恐怕有一半儿都花在将军们身上了。徐金戈听助手赵建民说过，自内战开始后，每年内战经费占总支出的百分之八十，以民国三十六年为例，军费开支一百亿元，而全年的财政收入只有十七亿元，那八十三亿元全靠印钞机弥补。这也是政府下决心以金圆券代替法币的原因，而金融这东西是一头难以驾驭的怪兽，轻易动不得，政府本以为发行金圆券就能稳定货币，而实际效果更糟，今年8月金圆券代替法币时，法币的实际贬值率为抗战前的四十七万倍。而金圆券贬值的速度是多少现在还没有具体统计，但有一点是肯定的，所有的印钞机在日夜不停地印钞票，作为政府来说，这简直是一种自杀行为。徐金戈心想，国家经济到了如此地步，倒霉的还是老百姓，政府的高官们、军队的将领们肯定不会使用金圆券，政府关于禁止私人拥有金银外币的法令只能吓住老百姓，但吓不住他们，这些人才不会傻乎乎地拿金银去兑换毫无用处的金圆券。由此可见，这个国家的前途令人沮丧，一旦到了政府的法令都形同放屁的地步，其执政的合法性也就不存在了。

罗梦云对徐金戈的第一印象还不错，他穿着一身质地考究的三件套藏青色西服，头戴同样颜色的呢质礼帽，举止彬彬有礼，很有绅士派头。罗梦云暗自惊讶，洋车夫文三儿长得獐头鼠目、身材矮小，怎么会有这样一位高大强壮、相貌端正的表弟？据文三儿介绍，他爷爷和这位文先生的爷爷是堂兄弟，早先都是有钱人家，不过文三儿的爷爷后来学会了抽大烟，这一抽就把儿子和孙子的幸福生活给抽没了，自己虽然和文宜生是堂兄弟，但并无来往，不过是前些日子在大街上偶然相遇，才知道堂弟是做字画生意的，当时堂弟手里拿着刚收购的《兰竹图》，文三儿觉得眼熟，琢磨了半天才想起是当年陈掌柜收的那幅古画儿。罗梦云不是个多疑的人，她生性善良，从不把别人往坏处想，从某种角度看，她并不适合做秘密工作，只因为罗梦云的上级考虑到她的出身背景和特殊的社会关系。

罗梦云书生气过重，对社会的复杂性认识不足，在延安党校学习马列主义理论时她接受了这样的观点，最坚定的革命者来自劳苦大众，而劳苦大众的思想感情最纯洁、最朴素，他们是未来社会的主人。那么文三儿难道不是来自劳动人民吗？按照上述观点，文三儿的思想感情也应该是纯洁的、朴素的。罗梦云想起自己曾经和方景林进行过一次讨论，方景林的观点似乎有些偏激，甚至还端出伯恩斯坦关于无产者的论述来证明自己的观点，在延安党校学习时罗梦云不止一次地想起方景林的话，她认为这是一种错误想法，其根源恐怕是出自方景林的非劳动人民家庭，她还打算找个时间和方景林讨论一次，帮助他提高认识，别的不说，那个伯恩斯坦可是马克思主义的叛徒，修正主义分子，这种人的话怎么能作为论据呢？

罗梦云对文三儿的话并不怀疑，况且父亲当年和"聚宝阁"陈掌柜关于《兰竹图》的交道她是知道的，罗梦云甚至很感激文三儿提供给自己这样的消息。父亲一生把所有的积蓄都用于收集文物字画，在罗梦云的记忆中，小时候父亲经常搬家，原因是父亲看中了某一件文物或字画，志在必得又一时钱不凑手，便卖掉宅院，罗梦云都记不得到底搬过多少次家了。她自己也喜欢中国字画，如果能把《兰竹图》买到手，一来可以了却父亲平生夙愿，二来可以使《罗云轩教授收藏品集》这部专著增色不少，何乐而不为？

罗梦云向徐金戈伸出手道："文先生，还劳您亲自跑一趟，真是不好意思，您请坐。"

徐金戈曾仔细考虑过，罗梦云在民国二十六年抗战爆发时见过自己，时隔十一年她是否还记得？按常理推测，一般人很难有这么好的记忆力。尽管如此，为慎重起见，徐金戈还是化了装，将自己的相貌做了某种改变。

徐金戈不愧是个好演员，此时已完全进入角色，他对角色的定位是一个只关心利润的商人，对其余的事情没有任何兴趣，甚至连必要的寒暄都免了，他显得心不在焉地和罗梦云握了手，开门见山地说："罗小姐，画儿我带来了，请您过目，不过在此之前，我有几句话要说在前面。首先，这幅画儿的来历是明确的，您当年大概也看过报纸，陈明泽把此画儿卖给了日本人佐藤，后因消息泄露，引起爱国民众的愤怒，陈明泽因为被火烧铺子而破产。这些都是您知道的，我认为您也应该知道以后发生的事，这幅画儿是如何落到我的手里，因为作为一个收藏者来说，他有权知道他将收藏的文物在此之前的流传轨迹，这也是判断文物真伪的一个重要凭据。"

罗梦云微笑着回答："哦，文先生真是行家，也是个负责任的商人，请您说下去，我很有兴趣听。"

徐金戈掏出一支雪茄有礼貌地问："对不起，我可以吸烟吗？"

"请便。"

徐金戈用一个精致的打火机点燃雪茄，吸了一口，将烟雾慢慢喷向天花板,他必须要掌握谈话的节奏,既显现出一个商人的精明,又要表现出自己是个过惯了养尊处优日子的富家子弟,文三儿关于堂弟家世的谎言都是出自徐金戈的授意。

"罗小姐,还有一件事您可能也从当年报纸上看到过,从'七七事变'到北平沦陷之前这段时间里,北平发生了一起重大杀人抢劫案,遇害人正是佐藤一家,大批财物连同这幅《兰竹图》一起失踪……"

罗梦云点点头:"这些我也知道。"

"那我简短些说,这是一个叫肖建彪的黑社会头目干的,此人在战前就从事贩卖鸦片和走私之类的勾当,应该说是个职业犯罪者,此人劫得财物之后跑到了重庆,在抗战期间又勾结一批黑心官员从事走私活动,还截留倒卖盟国援助的物资。总之,这个人犯下了很多罪行,法院经过两年的调查取证,已掌握了他的犯罪证据,近日准备开庭审判他的案子。您知道,打官司是一件耗费财力的事,他要请律师,要打点各级官员,还要用钱去收买证人,所以他的家人就把这幅画儿卖给了我。"

徐金戈打开楠木盒子,展开《兰竹图》请罗梦云过目。

罗梦云当年见过这幅《兰竹图》,她还记得父亲鉴赏这幅画儿时的痴迷状态,当年的情景历历在目,如今物是人非,父亲早已驾鹤西去,无缘鉴赏这幅《兰竹图》了,罗梦云心中一阵酸楚,不由得落下眼泪。

徐金戈现在的身份是商人,他自然要用商人的思维去行事,商人是不在乎眼泪的,他关心的是如何把生意做成,因此他用一种毫无感情色彩的口吻继续说下去:"好了,您已经知道这幅画儿的来历了,关于鉴定真伪的其他方法,我相信罗小姐家学渊源,会有自己的判断。我要说的第二个问题是价格及付款方式,您知道,此画儿在战前已经以三千大洋的价位成交,现在十一年过去了,价格翻一番应该是合理的价位,这是我的一口价,不容还价,这点还要请您原谅。"

罗梦云点点头回答:"我承认,它值这个价儿。"

"那么您认可这个价格,我可以这样理解吗?"

"可以,我不还价。"

"罗小姐不愧名门出身，出手果然爽快，文某佩服，相比之下，鄙人倒像个市井小贩，锱铢必较，真不好意思……那么咱们谈下一个问题，也就是付款方式，我的条件是不收纸币，只收银圆，当然，黄金也可以，不知罗小姐是否方便？"

罗梦云仔细看着画儿随口回答："您的条件可以理解，我同意。"

徐金戈站了起来："罗小姐，我们可以成交了，按照规矩，这幅画儿可以在您手里放三天，三天之内您随时可以退货，如果没有什么异议，您应该在三天以后付款。"

罗梦云也站了起来："请文先生放心，三天以后我会请您堂兄将钱送到您手里，我不送您了，再见！"

·第二十三章·

北海夹道的惨烈格斗以死亡三人、重伤五人而告终,"东四青龙"的胸部被捅了一刀,造成了血气胸,差一点死掉。而李二虎的嘴上挨了一菜刀,这一刀砍得很阴损,是顺着嘴角方向横砍的,这一刀使李二虎的嘴扩大了一倍,两边的嘴角被劐开各两寸,整排的下牙也被砍掉,协和医院的一位大夫像鞋匠绱鞋一样才把李二虎的嘴修补好。

这件事还没有完,打成这样双方仍然是谁也不服谁。"东四青龙"在病房里醒来的第一句话是:"去告诉李二虎,两个月以后在老地方见,大爷我打算卸他两条腿。"

李二虎的回话也是豪气冲天:"李爷我除了对青龙的身子和脑袋没兴趣,其他多余地方一律卸光。"

话虽说得都挺狠,但多少还保留一些理智,至少是都没提卸掉对方的脑袋。话又说回来了,若是双方的誓言都兑现了,人们就会看到另外的情景,缺了两条腿的李二虎坐在轮椅上,而"东四青龙"却像个大号的咸菜坛子,这号怪物在历史上曾经出现过,譬如汉朝吕后的厕所里。[1]

文三儿从北海夹道的械斗现场上逃走后,两眼发直,浑身乱抖,三天没缓过劲儿来,他真被吓坏了,有好几次梦见那斧子的冷光一闪,自己的手掌也飞了出去……闹了半天黑道儿上是这种玩法?以前只是听说过却没见过,这回算是开了眼,老天爷啊,那斧子剁的可不是猪蹄子,那是人手啊。世上的事就是这么怪,一物降一物,这么心狠手辣的李二虎竟然栽在天津混混儿孙二爷手里,

---

[1] 汉高祖的皇后吕雉将情敌戚夫人砍去四肢,挖去双眼,割去鼻子,割掉耳朵,药哑嗓子后扔入厕内,取名为"人彘"。

若是论单打独斗，两个孙二爷也不是李二虎的对手。李二虎敢对别人下黑手，而孙二爷却敢对自己下黑手，关键是玩法不一样，江湖自有江湖的规矩，甭管多横的人也得按照规矩来。文三儿想想都后怕，自己哪来这么大胆儿？那天竟敢和孙二爷叫板？幸亏孙二爷没跟自己玩真的，若是孙二爷真拿出天津混混儿的规矩和自己玩，那文三儿又该尿裤子了，他承认自己胆儿小，不管是拿刀子捅别人还是捅自己他都不敢。文三儿琢磨着，哪天还是去"同和"车行见见孙二爷，向老爷子赔个不是，再把自己骂上几句，让孙二爷消消气，毕竟是冤家宜解不宜结嘛。

在这期间文三儿有了一次相亲的机会，介绍人是赵家的厨娘梁婶儿，梁婶儿有个侄女小时候得过小儿麻痹症，腿上落下残疾，如今二十八岁还没有嫁出去，家人急得火上房，亲戚朋友也四处打探有没有合适的人选。姑娘的祖籍是河北定兴，父亲早年逃荒到北平，身无一技之长，只好到澡堂子里给人搓澡。河北定兴是搓澡人的摇篮，这里的人外出谋生主要靠两种手艺混饭吃，一是搓澡，二是摇煤球儿。这两种手艺都不需要太强的操作性，好懂易学，只要有把子力气就行，久而久之，便成了定兴人的传统职业，北平城内从事这两种职业的人绝大部分都出自于定兴。梁姑娘的条件不是太好，首先是家里子女多，经济负担重，父母的最大心愿是把这个有残疾的老姑娘嫁出去，减少一个吃饭的人口，既然是这样，就不能太挑剔了，因为凭梁姑娘的条件，嫁到好人家的可能性几乎为零，只能考虑一些相貌差或贫穷的人，唯一的要求是此人必须有养活老婆的能力。就这样，经过反复权衡、比较，文三儿终于被梁婶儿纳入候选人的范围，不过文三儿自己还不知道。他只是觉得梁婶儿对自己很关照，出车回来晚了总能吃到热腾腾的饭菜，量也很足，有时甚至私下把主人吃的食物留下一些给文三儿。在赵府拉包月的日子是文三儿一生中最幸福的日子，他吃过"佛跳墙"，吃过"谭家菜"，吃过法式牛排，喝过俄国红菜汤。有一次赵夫人过生日，定做了一个巨大的、三层的花式奶油蛋糕，文三儿也分了巴掌大的一块，文三儿的评价是，还是洋人会吃，这点心比朝阳门外的"永兴斋"饽饽铺的"槽子糕"还好吃。

梁婶儿经过反复观察和筛选，初步认定文三儿符合做自己侄女婿的条件，于是决定将这个喜讯告诉文三儿,她心里真是觉得选上文三儿实在是文三儿的造化,也是文三儿前世修来的福分,他该知足了。当梁婶儿把这个决定告诉文三儿时,满以为文三儿会兴奋得昏过去,谁知文三儿却表现出不同寻常的镇定,他的第一个问题居然是梁姑娘的模样儿怎么样。他的提问给梁婶儿来了个"窝脖儿",梁婶儿心里很不高兴,心说模样儿好还轮得上你吗?你也不照照镜子去,看看自己是什么模样儿?梁婶儿心里不痛快却没有流露出来,只是和颜悦色地告诉文三儿,模样儿挺俊。她没有欺骗文三儿的意思,她只是真诚地认为,世上最没谱儿的事就是评判一个人的长相,有爱孙猴儿的就有爱八戒的,一人一个标准,按照这种说法,梁姑娘总比猪八戒要漂亮吧?

文三儿是很在乎女人长相的,可以这么说,如果他要娶老婆的话,那么他的第一条件是长相,第二条件和第三条件仍然是长相,女方的相貌是决定他是否娶亲的唯一条件,不然文三儿宁可扛着。可话又说回来了,究竟什么样的女人才叫俊?标准是什么?文三儿自己也说不上来,他只是凭感觉,比如在街上遇见某个女人,文三儿会在心里对自己说,这娘们儿长得不赖,娶她当老婆还是可以的。问题是,文三儿遇见这类女人的概率并不高,况且这类女人通常是从大宅门里出来的,她们的存在与否跟文三儿毫无关系。当然,罗梦云小姐的模样儿也符合文三儿的标准,但是对于罗小姐,文三儿是既没贼心也没贼胆儿,不冲别的,就冲赵府那一个班挎冲锋枪的警卫,文三儿的贼心也给吓没了。

文三儿答应见见梁姑娘,他想得很简单,这姑娘要是真像梁婶儿夸得那么俊,他当然来者不拒。若是模样儿不济,文三儿再拒绝也不迟,反正只是见一见,对方总不能讹上自己。梁婶儿本是个安分守己的中年妇女,一辈子没干过什么缺德事儿,但为了自己嫁不出去的侄女,梁婶儿却使了个小计谋,她坚持按照老礼办这门婚事,也就是婚前不许男女双方见面,全凭媒人中间传话,到时候往新娘子头上蒙块红布,弄台轿子往文三儿屋里一送,拜完天地吃酒席,什么时候文三儿一掀那块红布,得嘞,这叫生米做成熟饭了,这姑娘生是你的人,死是你的鬼,这时候你文三儿再想反悔,咱们可要说道说道啦。

文三儿可不是轻易能被别人算计的人,他心说了,少来这一套,这老娘们儿还想跟我斗心眼儿,文爷我向来是算计别人的主儿,想算计我?门儿也没有。

他坚决拒绝了梁婶儿的提议，声称不见一见姑娘本人别的都谈不上。其实文三儿对娶媳妇不是太上心，他认为女人的功用无非是上床睡觉，除此之外是生儿育女。前者是解决生理问题，后者是关系到续香火的问题。文三儿从不考虑后者，因为他都不知道自己的父母是谁，你为谁续香火？一个穷拉车的，又没有万贯家财需要儿子继承，文爷我操那个心干吗？至于前者倒是个实际的问题，一个正常的男人当然需要和女人上床睡觉，但如果为这种需要付出的代价太高，就不值当了，他完全可以用另外的方式满足这种需要，譬如逛窑子，一次一结账，完事提上裤子走人，谁也不欠谁。而娶媳妇就麻烦多了，文三儿养自己都困难，平白无故再添个大活人，你还得养一辈子，开始是两张嘴，往后是三张嘴，再往后谁知道还有几张嘴？这事儿想想都他妈的头疼，这笔账孰重孰轻文三儿还算得过来，总之一句话，不能只为了一时舒坦就像拉磨的驴一样被挂上套。

当然，媳妇也不是绝对不能娶，要是有个模样儿俊的姑娘，让文三儿一见就浑身较劲，身子立马酥了半边，有这样的姑娘，文三儿就打算豁出去了，娶也就娶啦。

梁婶儿见文三儿不好蒙，只好无奈地安排了一次会面，地点是赵府的前院梁婶儿自己的房间。梁婶儿之所以把会面安排在自己房间而不是文三儿的房间，纯粹是出于一种矜持，自己侄女虽说不是金枝玉叶，但也不能贱到第一次见面就钻到男人屋子里去。

文三儿听说梁姑娘来了，便兴冲冲地跑到梁婶儿的房间，一掀门帘闯进屋里，还没顾上和梁婶儿寒暄，就用审视的目光盯着姑娘上下打量，其无礼的举动使梁婶儿分外恼火。梁婶儿抑制住内心的不快，脸上挤出一丝笑容："文三儿啊，这就是我跟你提过的梁姑娘，是我亲侄女。"

梁姑娘也惶恐地站起来，低着头一声不吭，只是用手搓搓着衣角，显得十分羞涩。

此时文三儿有了种上当的感觉，这丫头长得实在难看，眉毛和眼角都向下耷拉，眼睛很小，还是单眼皮，塌鼻梁，黄板牙，皮肤又糙又黑，头发像一把干稻草，最糟糕的是胸部扁平，连奶子都没有。文三儿向来很重视女人的胸部,偏偏这个女人胸部平坦得像个飞机场,这他妈的叫女人吗?况且这丫头的一条腿似乎短了一截,站在那儿肩膀一边高一边低,好像地不平。

文三儿正感到恼火,偏偏梁婶儿还不识相,居然来了句:"怎么样,文三儿,我侄女还算俊吧?"

文三儿冷笑道:"俊,太俊了,梁婶儿,您还别说,要让梁姑娘捯饬一下,扮相比梅兰芳的穆桂英都不差。"

梁婶儿没听出文三儿的挖苦,还以为他很满意,于是说:"文三儿啊,你梁婶儿没骗你吧?我们老梁家的孩子都不差,娟子……噢,我忘了说,她叫娟子,娟子这孩子命苦,要不是小时候得病,落下了残疾,我还真舍不得让她跟你。得嘞,你们俩好好聊聊,别管我,只当我老婆子是屋里的桌椅板凳。"

文三儿是想好好"聊聊",但再怎么样也不能让这老婆子跟这儿碍事,瞧这意思,梁婶儿就没打算离开,她要把这一切都纳入自己目力所及的范围,实在可恶。文三儿干笑两声道:"我说梁婶儿,您在这儿俩眼睛瞪得像铃铛似的,我们怎么聊啊,我看您是不是先忙您的去?"

梁婶儿不情愿地站起来说:"那……也好,我去灶上看看,娟子,你在这儿先跟你文大哥聊着,有什么事儿喊我一声。"

文三儿坏笑道:"梁婶儿,您是不是对我不放心呀?那我们俩以后怎么过日子,得一辈子呢,您还能守着侄女一辈子?"

梁婶儿嘀咕着:"喊,我有什么不放心的,你们聊,你们聊……"

梁婶儿出去以后,文三儿大模大样拖过椅子凑近娟子,娟子慌乱地往旁边挪了一下,文三儿也跟着向前挪了一下,这回娟子没动。文三儿笑道:"妹子,今年多大啦?"

"二十八……"娟子的声音像蚊子叫。

"哎哟,岁数可不小了,咋这会儿才想起出嫁呢?"

"以前……也托过媒人,可都没成……"

"嗯,我说呢,要不然也轮不到我。妹子,其实一个人过也挺好的,干吗非要出嫁呢?你知道不知道?男人就他妈没一个好东西。"

"文大哥,这话我姑也和我说过,和您说的一样,可我爸说,我干不了活儿，白吃了家里二十八年，不能老这么吃下去，得给我找个人家，这辈子就吃上他了……"

文三儿一听就蹦了起来："嗨，我操！这不是讹人吗？"

娟子有些害怕地说："文大哥，你怎么不高兴了？真的，我没骗你，我爸是这么说的。"

文三儿这才有点儿明白了，这姑娘不但腿有残疾，还有点儿缺心眼儿，似乎不谙世事，心里有什么就说什么，她一点儿也不知道今天的相亲是一场阴谋，自己是这个家庭的累赘，她爹和姑姑急于把累赘转嫁给文三儿，真他妈的歹毒。文三儿转念一想，既然梁婶儿不仁就别怪文爷不义，反正今天来也来了，不如和这傻丫头逗逗闷子。

文三儿换了一副亲切的笑脸："娟子，把头抬起来，仔细看看文大哥，愿意嫁文大哥吗？"

娟子抬头看看文三儿，又低下头说："愿意……"

"嗯，愿意，你八成嫁给谁都愿意，娟子，要是今天见的不是我，是别的什么爷们儿，你是不是也愿意嫁？"

"是，嫁谁都成，我姑说了，嫁汉嫁汉，穿衣吃饭。"

"明白了，就为了穿衣吃饭，你倒也不傻呀，要有这好事儿我还想去呢，我得跟你姑说说，给我也找个人家得了，我他妈的也想穿衣吃饭。"

"成，一会儿我跟我姑说，把咱俩都嫁出去，那就有伴儿了。"

"行啊娟子，你虽说傻点儿，心眼儿还不错，有什么好事都想着你文大哥。娟子，你那条腿是怎么弄的？"

"不知道，我妈说过，可我忘了，怎么啦？"

"怎么啦，我看着别扭，你走道儿好像地不平似的，我看着有点儿眼晕。"

"没错，我自己走道儿时间长了也晕，来回晃得难受，文大哥，咱俩成亲以后你背着我吧。"

"背着你，我有病是怎么着？自个儿活得挺好，非娶个病秧子？娟子，让大哥看看你那条腿成不成？"

"成，你看吧。"

文三儿眯缝着眼睛看着娟子，坏笑着说："娟子，你穿着裤子我怎么看？"

"噢，我忘了，文大哥，我现在就给你脱裤子……"娟子站起来，双手开始解裤腰带。

"砰"的一声，房门被猛地推开，梁婶儿一头撞进来，嘴里破口大骂："你不得好死的文三儿啊，你缺了八辈子德啦……"

徐金戈终于等到了南京方面的指示：立即执行"A"号方案，违令者与阻挠者，杀无赦！

徐金戈想，看来是老头子下了决心，要不惜一切代价破获共产党在北平的地下组织，口气之严厉，显得杀气腾腾，而别人不会用这种口吻下命令。徐金戈估计，老头子之所以没有立刻对赵明河住宅中的共产党秘密电台做出反应，完全是出于对平津战局的考虑。华北剿总司令傅作义、35军中将军长郭景云、101师少将参谋长赵明河，这些将领都是一条线上的人物，一荣俱荣，一损俱损，老头子心里明白得很，他不会为了一部共产党秘密电台而干扰平津战局，大敌当前，老头子要倚重郭景云的王牌军保卫北平，当然不能因小失大。而从昨天起，战局发生了重大变化，郭景云在新保安兵败自杀，35军全军覆没，共产党的华北部队仅用了十个小时就消灭了这美械王牌军，战斗力之强悍，令人不寒而栗。事情是明摆着的，35军已经不存在了，那么以前对赵明河住宅的所有顾忌也就不存在了，老头子的动作够麻利的，昨天35军全军覆没，今天"A"号行动方案就批下来了。

35军被消灭的消息传到保密局北平站内，在工作人员中引起的震动绝不亚于一场八级地震，连杀人如麻的站长王蒲臣、侦防组长谷正文都被震惊得说不出话来，而其他同僚私下里也在忧心忡忡地议论，北平恐怕守不住了。当王蒲臣从最初的震惊中恢复过来时，他怒火万丈地一拳砸在写字台上，怒吼道："来而不往非礼也，给我打掉那部电台，有人胆敢阻挠，就地消灭！"

谷正文说："金戈兄，这是你们行动组分内的事，你多带一些弟兄走一趟吧，我看还是请警察局出面配合一下，不管怎么样，我们在警方的辖区内抓人，总要和他们打声招呼吧。"

徐金戈对王蒲臣说:"站长,如果赵明河的警卫人员拒绝我们进入,难道还真要打一场攻坚战?在北平城里展开作战行动,这可不是一件小事,闹不好要出大乱子。"

王蒲臣说:"我会和剿总司令部打招呼,至少到目前为止,军方还没有哗变的迹象,你去执行吧,一切由我顶着。"

罗梦云的卧室在小楼的二层,是一个大套间,外面是起居室,里面才是卧室,而卧室里还有专用的浴室。她使用的电台一开始设在小楼顶层的阁楼上,后来罗梦云又将电台挪进自己的专用浴室里,她发报时总是把水龙头打开,给家人以洗浴的假象,赵府的老妈子都知道,罗小姐是个一天要洗两三次澡的、有洁癖的女人。

罗梦云没有固定的发报时间,她采取这种无规律的方式是出于一种谨慎,防止对方的电讯测向车从电波讯号中找到可寻的规律。北平快要解放了,解放军的部队已经大军压境,把北平围得紧紧的,丰台、五棵松、海淀,就连西直门外白石桥都已被解放军占领,攻占北平将指日可待。越是在即将胜利的时刻,敌人的报复将越发疯狂,罗梦云早有这种心理准备。她太了解自己的对手了,保密局北平站的电讯测向技术是由美国提供的,其水平是世界上最先进的,他们有能力在很短的时间内捕捉电波,迅速定位,锁定目标。罗梦云根据经验测算过,一旦发报时间超过五分钟,被对方精确定位的危险概率便呈几何级数增长。罗梦云十分清楚,在一个固定地点连续使用秘密电台本是地下工作的大忌,但这实在是不得已而为之。最近敌人加大了搜捕力度,几个备用地点都被破获。昨天,罗梦云收到了北平地下党城工部通过特殊渠道传来的紧急消息,此处已被敌人所监控,命令罗梦云立刻放弃电台,按预定方案转移城外。罗梦云踌躇良久,最后决定推迟转移方案,她还有很多重要情报没有来得及发出,此时大战在即,军情如火,情报决定着战争的胜负,不能有一丝一毫的耽误,即使搭上性命也在所不惜。况且,如果敌人已对赵府进行了监控,罗梦云即使现在就走,也未必能走得出去,她横下一条心,决定破釜沉舟,舍身一搏,管它结局如何,先把情报发出去再说。

罗梦云拖动家具将自己房间的门顶住，然后走进浴室把收发报机的电源接通，戴上耳机，开始敲动电键……这么多年了，她的心理感觉从来没有像今天这样放松，她第一次感到，敲动电键居然也能带来一种美妙的快感，无数文字被翻成密码，随着电波飞向那不可知的远方……她想象着，在离北平三百多公里的那个叫西柏坡的小山村里，在低矮的农舍里，此时应该有一部接收电台，一个和罗梦云同样年轻的，穿着灰布军装的女兵正在全神贯注地将纸带上的密码译成文字，这些文字会立刻被送往作战室，迅速转化为军事决策……从1936年罗梦云参加共产党以后，她早就做好随时牺牲的准备，她始终是一个理想主义者，为了建立一个自由、公正的社会，她愿意随时献出自己的生命，那是罗梦云的终极目标，是她心中的梦想，是多年来唯一支撑她挺过无数危险时刻的精神支柱。

这些年罗梦云无数次想起过同学杨秋萍，上大学时她和杨秋萍在一个系里读书，关系也很好，没想到抗战爆发后杨秋萍参加了军统组织，罗梦云出于谨慎，主动切断了和杨秋萍的联系。杨秋萍的惨死使罗梦云很久都没有从悲痛中解脱出来，战争期间死亡见得多了，本没什么奇怪，但杨秋萍的死亡实在是太惨烈了，罗梦云无法想象，杨秋萍是如何挺过那些令人发指的酷刑，那些日本宪兵是一群灭绝人性的野兽，他们的残暴是一个正常人无法想象的。

罗梦云不止一次地想，如果有一天自己被敌人逮捕，面对着审讯室里那些可怕的刑具，自己究竟有没有承受严酷刑讯而不出卖自己同志的能力。要知道，在某些特殊情境下，肉体也会背叛灵魂。罗梦云不得不承认，自己很可能没有这种承受力，她可以承受死亡，却无法承受酷刑，因为她不具备铁一样的意志，她只是个从小在养尊处优环境中长大的普通女人。

记得有一次，方景林也问过她同样的问题，罗梦云的回答是：亲爱的，请放心，没有人能活捉我。

此时她的脚下放着一个布包，里面包裹着五磅美制烈性炸药，一支敏感度极高的拉火雷管被绑在炸药上。罗梦云测算过，她的房间位于小楼二层的楼角，这包炸药的威力可以炸塌小楼的二层楼角，而不会伤及其他房间，她不想给亲人们带来灾难。

罗梦云继续敲动着电键，已将生死置之度外，一切准备都已做好，该来的

第二十三章

事情就让它来吧……

方景林正要下班,却接到局长的电话,局长最近肝火正旺,北平这座城市此时就像个开水锅,下面炉火正旺,锅里的开水沸腾着,强劲的蒸汽直冲锅盖,捂住这边那边又被顶起来,局长就是那捂锅盖的人,他已经焦头烂额了,连说话声音都是沙哑的,像是得了伤风。局长说:"老方啊,又来事儿啦,你现在可不能下班,一会儿还有趟差。"

方景林说:"局座,有什么大事啊,总不至于是共军打进城了吧?"

"这倒不至于,我刚刚接到保密局北平站王站长的电话,他们要去查抄一部共产党的秘密电台,要求我们派出一些巡警协助,当然,行动方面由他们负责,我们的人只是负责外围的安全。我看你还是带几个人去一趟吧。"

方景林打了个冷战,但马上就镇定下来说:"行,没问题,地点在哪儿呀?"

"好像是南城教子胡同,具体门牌一会儿保密局的人会和你说。"

"是!"方景林放下话筒,他感到一股冷彻骨髓的寒气正从脚下升起,慢慢地将他笼罩在寒冷中……教子胡同,秘密电台,看来保密局的人没闲着,他们已经一点一点接近了罗梦云。方景林感到心急如焚,既然保密局的人已经决定动手了,那么他们肯定早就对赵府进行了监控,包括赵府的电话、进出的人物及车辆,方景林凭经验判断,罗梦云身份被暴露的时间应该晚于上次在北海的约会,不然方景林现在也不可能坐在这里,恐怕早就被捕了。现在的问题是,如何才能用最有效的方法通知罗梦云,让她马上脱身。方景林考虑再三,又无奈地摇摇头,他无能为力,按照地下工作的纪律,他和罗梦云根本就不应该发生横向联系,他们的约会已经违反了纪律,特别是现在,方景林的一切行动都要服从自己的上级,没有上级的命令,即使罗梦云此时就站在眼前,他也必须视同路人,这是一个地下工作者必须遵守的铁的纪律。

楼下院子里有汽车引擎的声音,方景林从窗户里向外望了一下,他发现几辆汽车开进了警局的院子。从车牌号码上看,这几辆汽车是保密局北平站的,这是巡警、交通警们必须要记住的号码,见到这类牌照的汽车在任何情况下都要给予方便,绝对不得阻拦,否则后果是很严重的。

方景林叫了几个巡警下楼,正好看见徐金戈从汽车里出来,老远地就向方景林招手:"景林兄,好久不见了,你好吗?"

方景林也迎过去打招呼:"金戈兄,我还凑合,这不,局长刚派的差,配合你们保密局办案,你多关照吧。"

徐金戈穿着一身黄呢子军服,肩章上佩着两颗银梅花的中校军衔,左胸是两排五颜六色的略章,显得很神气。他掏出了一个金灿灿的烟盒,掀开盖递过来,方景林抽出一支香烟,徐金戈用打火机替他点燃,说:"时间还早,抽完烟再去也不迟。"

方景林吸了一口烟问道:"又是抓共产党?你们保密局自己干就行了嘛,干吗非拽上我们?"

徐金戈笑道:"对不住啊,给你们添麻烦了,这次抓捕情况特殊,不光是要你们配合,必要时还得请军方合作。"

"金戈兄,不该问的我不问,我懂规矩,到那儿你就告诉我该怎么配合就行。"

"哪儿的话,你我兄弟认识也不是一年两年了,我还能信不过你?事情本来不大,不过是个女共党,还有部电台,若是平时,这点儿事我们自己就干了,可现在有点儿麻烦。这个女人藏在101师一个少将家里,院子里还有一个装备精良的警卫班,要是这个警卫班拒绝交出案犯,恐怕你我都对付不了,只能请宪兵帮忙了,闹不好就是一场恶战。"

方景林凑近徐金戈小声道:"金戈兄,问题不在于一部电台和一个女共党,北平城里你知道有多少共党、多少电台?你恐怕抓不完,如今共军已兵临城下,你觉得我们守得住吗?"

徐金戈神色黯然道:"够呛,华北战局令人担忧,东北共军和华北共军合成一处,将近一百五十万人,共军处于绝对优势,我看,不光是天津,北平恐怕也守不住了。"

方景林试探道:"北平万一城破,你我命运如何?你考虑过吗?"

徐金戈叹了一口气:"你比我可能还强些,共产党不会放过军统的人,这我有心理准备,这没办法,我是军人,对政治不感兴趣,以服从命令为天职。

对于共产党，我没有个人恩怨，也并不了解他们的信仰，多年来只是奉命行事，反正我是和政府绑在一条船上了，如果船沉了，我也只好和船一起沉，这是我的命。"

方景林扔掉烟蒂，说："你认命了？"

徐金戈惨笑道："不认命又怎么样？自古以来就是胜者王侯败者寇，作为个人，我们似乎没有选择的权利，全在于你当初上了哪条船，一旦上了船你就要死心塌地干下去，如果你总是考虑哪边得势就投靠哪边，这样的人哪边也看不起。"

方景林做出一副焦虑的神态自言自语："要是真有那么一天，我们这些当警察的会怎么样？唉，早知如此，何必当初，人生难测啊。"

徐金戈拍拍他的肩膀说："老兄，你在考虑后路了？我看问题不大，共产党不会拿你们这些警察怎么样，哪个政府都需要警察，再说，你也没和共产党结过仇啊。老兄，说实话，我和你认识十来年了，可我看不透你，你说话很谨慎，从来没有表达过自己的政治倾向，要说你是那种为混饭吃当警察的人吧，也不像，所以说，我看不透你。"

方景林开玩笑："金戈兄，我有这么深的城府吗？你该不会把我当成共产党吧？"

徐金戈也用开玩笑的口吻回答："你要是共产党倒好了，要是有一天兄弟我让共产党抓住，在枪毙之前我会说，伙计，你先别忙着毙我，我老兄就是共产党，你把他叫来送送我。等你来了，你肯定会说，哟，这不是我兄弟吗？赶快松绑，这是一好人，毙不得……"

方景林大笑起来："这倒是个不错的故事，就冲这个，我现在是不是就去参加共产党？"

徐金戈把手指放在嘴唇上："嘘……小声点儿，别让我手下人听见，不瞒你说，我们站长最近杀共产党杀得眼睛都红了。"

一个保密局的少校军官匆匆跑来，向徐金戈小声报告："长官，警备司令部派来一个连的宪兵，现在已经到位，我们可以开始了。"

徐金戈看了看手表说："景林兄，我们出发吧。"

方景林没有说话，只是默默地钻进汽车……

·第二十四章·

徐金戈、方景林等人赶到南城教子胡同时,这一片街区已经被宪兵封锁,北平警备司令部派来的一个宪兵连长是个年轻的中尉,他向徐金戈、方景林等人敬礼:"报告长官,我是宪兵五连连长张智达中尉,现奉命协助您围捕案犯,请指示!"

徐金戈还礼道:"辛苦你们了。"

"不辛苦,为党国效劳!"中尉立正回答。

徐金戈说:"中尉,请报告一下情况。"

"是!长官,我们已经包围了这个院子,附近的所有制高点也被占领,也就是说,一旦案犯拒捕抵抗,这个院子将处于我们的火力控制之下。"

"中尉,告诉你的士兵们,没有我的命令不许开火,违令者,军法从事!"

"是!"

方景林将自己带来的警察布置在胡同口的外围警戒线上,警察们有条不紊地忙碌起来,他们在街道上安放了车辆禁行标志,宣布对这一带进行交通管制,禁止闲杂人等靠近。北平的市民一向有看热闹的传统,不一会儿,外围警戒线外就聚满了密密麻麻的人群。

方景林布置完警戒线就转身走向徐金戈,想打听些情况。徐金戈正站在一辆电讯测向车前向技术人员问话,一个头戴耳机的少尉报告:"长官,这个电台一直在发报,似乎已经毫无顾忌了,看来这个共党分子是铁了心啦。"

徐金戈扭头对方景林说:"景林兄,告诉你的人离远点,说不定一会儿就是一场恶战,赵明河的警卫可是清一色的自动火器。"

方景林问:"赵明河在里面吗?"

"不在，上午我们通过警备司令部给他设了个小圈套，通知他参加城防会议，等他一到就把他软禁了。"

"赵明河是不是共产党？你们调查清楚了吗？"

"这还不清楚，至少目前没有证据，但罗梦云肯定是共产党，我们对她监控可不是一天两天了。"

方景林望着8号院紧闭的铁门问："你打算强攻吗？"

徐金戈回答："不到万不得已，我不会下令强攻，我看还是先谈判吧，最好是让警卫自动交出武器，兵不血刃地解决问题。景林兄，你往后站站，我要开始喊话了。"

徐金戈举起一个铁皮喇叭向院子里喊："院子里的国军弟兄们听着，我是国防部保密局北平站的徐金戈中校，现在我奉警备司令部的命令前来逮捕共产党要犯，请你们配合我执行公务，现在，我命令你们走出大门，交出武器，我保证你们的生命安全并承诺不予追究任何责任……"

8号院铁门上的瞭望窗被打开了，一个声音从里面传出来："中校长官，我是101师警卫营中士班长徐元成，奉赵长官之命，我率全班弟兄在此负责警卫8号院的安全，没有赵长官的命令，任何人无权进入8号院，请长官谅解。"

徐金戈喊道："中士，我命令你打开大门，我可以向你出示警备司令部的书面命令，军人应以服从命令为天职，这个道理难道你不懂吗？"

中士沉默了，院子里死一样的寂静。

徐金戈向宪兵中尉下达了命令："中尉，叫你的人打开大门，准备强行进入。"

宪兵中尉手一挥，宪兵们冲向大门，徐金戈、方景林等人紧张地注视着那座紧闭的铁门……

突然，大门猛地被打开了，里面竟是一座用沙包垒起的射击工事，工事后面露出了黑洞洞的机枪枪口，那个中士从沙包后面探出半个身子，用冲锋枪朝天打了个长点射，宪兵们都像是被人使了定身法，停在原处不敢动了。中士大喊道："我再说一遍，没有赵长官的命令，任何人不得进入，否则，我将命令警卫人员开火。"

沙包工事后传来拉动枪栓的声音。

宪兵中尉拔出手枪请示道："长官,咱们开火吧?"

徐金戈摇摇头回答："不行,不到万不得已不准开火,给我继续喊话。"

方景林说："金戈兄,这一带是居民区,居住人口非常密集,一旦开火恐怕会伤及无辜,现在城里人心浮动,如果给市民造成了伤亡,怕是会出大乱子。我看还是请示一下上司为好。"

徐金戈表示同意："也好,我看也没有必要扩大事态,还是让上面做主吧,我也不想做恶人。"

当教子胡同8号院门前双方进入紧张对峙状态时,文三儿正好不在院里,他受罗梦云之托到文津街北平图书馆去还书。罗梦云把该还的十几本书用纸包好交给文三儿,她知道文三儿不识字,还事先填好书单,连同阅览证一起递给文三儿,叮嘱他到了图书馆只需把书和书单、阅览证放在运书机上就不用管了,一会儿运书机就会把阅览证和刚借的书送来,文三儿取走即可。

文三儿把书放在洋车的脚踏板上,拉着洋车出了大门,刚刚走出胡同就被两个穿便衣的人拦住,声称要检查一下。文三儿乜斜着眼看了对方一下,脸上露出了冷笑,他一眼就看出这两个人是官家的便衣,这事儿要是搁在过去,文三儿的腿早软了,他最怕和官府打交道。不过今天文三儿可不在乎,自从进赵家当差,文三儿的腰杆子不知不觉就硬了起来,打心眼儿里看不起这些便衣,他们也不打听打听,文爷如今在哪儿当差?赵家那是好惹的?别的不说,就冲那十几个大兵,个个都挂着长短家伙,那威风,那排场,你们这两个小兔崽子也该睁眼瞧瞧,赵家的人也敢拦?

文三儿冷笑道："干吗呀?小子,睁开眼仔细瞅瞅,知道我是谁吗?"

一个高个子便衣还挺客气："我用不着知道你是谁,你就是天王老子,我也得检查,请你配合一下。"

文三儿傲慢地回答："小子,要检查也行,劳驾你先到8号院问一问赵长官,长官要是同意了,文爷我立马给你脱裤子,让你随便检查。"

那个矮个子便衣终于不耐烦了,他突然左右开弓扇了文三儿两个耳光,嘴

第二十四章

里骂道："妈的，给脸不要脸，你个臭拉车的也敢这么说话？找死呢是不是？"

文三儿猝不及防被扇了两个耳光，不由得大怒，正待还手却被高个子便衣用手枪顶住脑门，他只觉得脑门上冰凉，手枪的枪口紧紧贴在额头上，文三儿的勇气一下子就泄掉了，他小声嘟囔着："别价，别价，长官，我也没说不让检查呀，长官，您检查，您随便检查……"

矮个子便衣先把文三儿全身摸了个遍，又打开包书纸，仔细检查每一本书，再把文三儿的人力车上下检查了一遍，矮个子望着高个子摇了摇头，高个子便衣收起手枪简短地说了句："滚吧。"然后两人便走开了。

文三儿摸着被打红的脸，将书籍重新包好，他心里咬牙切齿地咒骂着，好小子，算你有种，敢打赵家的人，真他妈吃了豹子胆，咱们山不转水转，等我回来得跟罗小姐说道说道，再叫上警卫班的弟兄来收拾这两个王八蛋。

文三儿还完了书已经到中午了，他不想急着赶回赵家吃午饭，因为前些天为相亲的事得罪了厨娘梁婶儿，这老娘们儿记了仇，每见到文三儿就鼻子不是鼻子，眼不是眼，每次文三儿出车回去晚了，总是给他留很少的饭菜，有一次甚至告诉文三儿，说是把留饭的事给忘了，硬是让文三儿扛了一下午。每当这时，文三儿明知道是梁婶儿报复，却一点儿辙也没有，县官不如现管，这老娘们儿管不着别的，就是能管饭勺，得罪了她你只能认倒霉。

文三儿在白塔寺附近的一个食摊上要了两碗卤煮火烧，刚出锅的卤汤上面撒着嫩绿色的香菜，文三儿加了些老陈醋和蒜末儿，香喷喷的勾人食欲。文三儿迫不及待地喝了一口汤，却被烫了舌头，他咝咝地吸着凉气把碗放下，想凉一会儿再吃。谁知就这么一愣神儿的工夫，有个破衣拉撒的老乞丐蹭过来，"呸！呸！"两口唾沫儿吐在两个碗里……文三儿顿时火冒三丈，一把揪住老乞丐，扇了他一个耳光，老乞丐抱着脑袋，身体蜷缩着做出一副挨打的样子。文三儿余恨未消，正准备一脚踹过去，转念一想，真踢出个好歹来，这老东西还不讹上自己？但凡这把年纪的人在街头耍无赖，多数都是在找棺材本儿[1]，谁要是气不过揍了他，也就上了套儿，得，您就给他养老送终吧。文三儿明白这里面的圈套，他才不上当。

---

1 "棺材本儿"在北京话中形容老人准备自己后事的钱。

文三儿松开老乞丐，眼珠一转便露出了笑容，他盯着老乞丐说："老东西，跟我斗气儿是不是？我知道你在算计什么，想恶心我？等我一转身这两碗卤煮火烧就归你了？呸！你想得美，文爷我偏不上套儿，咱不怕恶心，我让你瞅着我吃，连口汤也不给你剩，老东西，你给我看好喽。"

文三儿面不改色地捧起碗，从容不迫地吃起来，他吃得很香，仿佛刚才老乞丐吐的不是唾沫，而是胡椒面儿之类的调味品。

老乞丐没有走，而是呆呆地看着文三儿，他的嘴唇翕动着，似乎要说什么。文三儿一边喝汤一边语重心长地教训道："甭玩这套，文爷我什么没见过？横着膀子走道儿，耍胳膊根儿的主儿我见得多啦，还怕你吐唾沫？还怕你满世界找棺材本儿？你个老东西看文爷我面善是不是？鬼子在的时候你怎么不敢跟鬼子找棺材本儿……"

老乞丐突然开口说话了："这……这位爷，您是……是文……文三儿……"

文三儿吓了一跳，他从板凳上蹦了起来："你是谁？你怎么认识我？"

两行眼泪从老乞丐的眼中滚落下来："真是文三儿啊，我是……聚宝阁的陈明泽啊……"

文三儿惊呆了，他迟疑地问："你是……聚宝阁的陈掌柜？"

陈明泽拼命地点头，连声说："我是陈明泽，我是陈明泽呀。"

文三儿朝摊主招招手："再来两碗，快点儿。"他把桌上没动的一碗卤煮火烧推到陈明泽面前说，"陈掌柜，你先吃，甭着急，不够还有，今儿个咱管够。"

陈明泽像是被饿坏了，他来不及用筷子，直接把手伸进碗里捞出火烧塞进嘴里，连嚼都不嚼就吞了下去，看那样子就像是条饿了很久的狼。文三儿索性不吃了，他掏出香烟点上一支，默默地看着陈明泽，心中说不上是什么滋味，有几分怜悯也有几分自得。真是风水轮流转，眼前这个老叫花子居然是自己以前的东家，想当年陈掌柜大宅院住着，古玩铺子开着，成千上万的银子从手里过，每天晚上不是赶饭局就是搓麻将，迎来送往都是有头有脸的主儿，怎么一眨眼工夫成了这副模样儿？

陈明泽连吃了三碗卤煮火烧，才算给肚子垫了个底儿，他推开空碗小声问："文爷，能再来点儿吗？"

文三儿心说，行，这陈掌柜比以前懂礼儿了，还知道叫文爷了，以前他当东家的时候可没这么懂礼数，别说叫爷，连文三儿都懒得叫，张嘴就是"小子……"，人怎么一穷就懂礼数了呢？

文三儿叫过摊主吩咐道："瞅见这位爷没有？听他的，他要几碗你就给他盛几碗，我结账。"

"好嘞，他吃几碗我盛几碗，我这儿还一锅呢，有的是。"摊主大声回应着。

文三儿对陈明泽说："陈掌柜，您先歇口气儿，一会儿管您够，咱们先聊聊，我说，我在你家拉包月的时候是……民国二十六年吧？没错，是二十六年，那会儿鬼子还没进城呢，后来我听说学生们把聚宝阁一把火给烧了，再往后鬼子进了城，一待就是八年，那会儿您在干什么？我怎么听说您死了？我说陈掌柜，您怎么混成这模样儿？"

陈明泽接过摊主递过的一碗卤煮火烧，边吃边说："别提了，陆中庸这王八蛋在报纸上煽了把火，说我把老祖宗的玩意儿卖给了日本人，这罪过比汉奸也强不到哪儿去，鬼子那会儿马上要进城，老百姓正拱着火，找不着人撒气呢，这还了得？聚宝阁被一把火烧了，没把我脑袋挂前门楼子上就算万幸了……"陈明泽又接过一碗卤煮火烧，狠狠地喝了一大口汤继续说，"聚宝阁被烧得连个渣儿也没剩下，值钱的青铜器、古字画儿、玉器全让人趁乱抢走了，还有一些老主顾放在我这儿代销的文物字画儿也没了。老陈家两代人的心血啊，全没了……我那个宅院作价抵了钱庄的欠款以后，还不够偿还老顾主的损失，亏得我老婆手里还有点儿私房钱，我在永外沙子口凑合着开了间小杂货铺，日子过得紧我也没什么好怨的，只怨咱命不好，倒霉蛋一个，好好的买卖不做，非把《兰竹图》卖给日本人，家业败了不说，还连累了老婆孩子……"

陈明泽手里的碗又空了，摊主不失时机地又递上一碗，陈明泽用手指拣出一截猪大肠放进嘴里继续唠叨："幸亏有个杂货铺，日本鬼子占北平这八年，我一家老小就靠这铺子活过来的，日子虽说过得紧，撑不着可也饿不死人哪，当了八年的亡国奴都熬过来了，好不容易盼到光复，咱自己的政府回来了，我还没来得及高兴，又被人告了，说我是汉奸……"

陈明泽说话的时候嘴里一直没停止咀嚼,他似乎被饿坏了,想把自己变成骆驼,尽量多贮存一些食物在驼峰里,以抵御今后面临的饥饿。他仔细把空碗摞在一起,推到一边,又捧起了满满一碗卤煮火烧吃起来:"文爷,真对不住,让您破费了,不好意思,我这肚子也邪门儿了,就像是无底洞,越吃越饿,您不知道,我真是被饿怕了,五天了,我只吃了三次东西,每次都是半儿拉窝头……"

文三儿说:"没关系,您吃您的,今天管够,我说老陈哪,你开个小杂货铺怎么会落个汉奸呢?有这模样儿的汉奸吗?"

"嗨,我要是真当了汉奸,还用开那小杂货铺吗?话又说回来了,我要是真是汉奸,这会儿也犯不上当叫花子,政府早一枪把我给毙了,我倒也省心了。是这么回事,日本人不是喜欢睡榻榻米吗?榻榻米上面还要铺席子,我有几位客户是日本人,他们用的席子、锅碗瓢盆什么的,都是我定期给送上门去。那些日本人只是买卖人,对我也很客气,他们知道我开过古玩店,有时淘换点字画儿什么的也请我过过目,辨辨真伪,还请我喝过几次酒,就这么点儿事。光复的前两年,我有个街坊得'虎列拉'[1],人还没死呢,就被日本人的防疫队拖走埋了。谁承想光复以后,邻居们把我告了,说我成天和日本人混在一起吃吃喝喝,送货上门,是我向日本人告密才造成了那个街坊被活埋,这下可说不清楚了,有人还翻出民国二十六年的报纸,把陆中庸那篇文章挑出来,说我在抗战前已经是汉奸了……得,简单点儿说吧,就这点儿事,我在大牢里待了八个月,身上脱了几层皮,等我出来时,杂货铺被当作'逆产'充公了,我老婆上了吊,儿子也病死了。不到一年时间,我是家破人亡啊,以后的事儿您也瞧见了。唉,一言难尽啊,如今当叫花子都难啊,有钱人的票子都毛成这样,一个窝头得一千多万金圆券,谁会把好好的窝头给叫花子?前天刮了一宿的西北风,我和几个叫花子在大栅栏一个门洞里过的夜,早上起来一瞧,那几位都成'路倒儿'啦,我还算命大,当夜没冻死,可谁知道还能撑几天呢?早晚也是'路倒儿',我早想开了,这是命里注定,你躲都躲不开,认命吧。"

文三儿瞧着吃得满头大汗的陈明泽,心中竟生出几分对人生的感悟,他点

---

[1] "虎列拉"是霍乱病的俗称。

上一支烟感慨道："人哪，这辈子保不齐就有走背字的时候，文爷我虽说是个臭拉车的，没钱没势受人挤对，四十大几的人连个媳妇都娶不上，人家晚上搂着媳妇睡，文爷我只能搂着枕头睡，有钱人吃大鱼大肉，文爷我只能啃窝头。看着咱够惨吧？可话又说回来了，咱再倒霉还能倒霉到哪儿去？咱本来就啃窝头，倒霉了也不能啃土坷垃不是？不还得啃窝头吗？咱本来就搂着枕头睡，再倒霉也不能把枕头换成刺猬不是？要这么算，咱拉车也有拉车的好处，你就是一穷人，没人拿正眼瞧你，世上多你一个少你一个都无所谓，这就对啦，这样就没人算计你，你活得比有钱人还踏实，这好比孩子玩藏猫儿，有钱人总在明处，你总在暗处，他算计不了你，你倒是能瞅机会算计他一把，他还不知道让谁算计了，白连旗说要给他爷爷、他爹磕头，也是这个理儿，要不是他爷爷、他爹把家产都败光了，共产党来了你就闹心吧，非他妈的收拾你不可。老陈哪，你再熬几天，说不定哪天共产党就进了城，我听说共产党就待见穷人，你越穷他瞅你越顺眼，到那时候你就他妈的抖起来了，闹不好我都得沾你的光，我不如你穷啊……"

文三儿只顾自己说得痛快，却没发现陈明泽不见了，他正在纳闷，这老家伙怎么这么没礼没面儿？文爷我大把花着银子请你吃饭，你吃饱喝足一抹嘴儿跑啦？连个招呼也不打，真他妈的……文三儿还没来得及骂出来，就听见摊主恐怖地大叫起来："坏啦，这位爷，老叫花子死啦。"

文三儿被吓得一激灵，他往桌下一看，发现陈明泽已经躺在了地上，眼睛睁着，嘴张得大大的，嘴里还含着没吃完的卤煮火烧……文三儿像火烧屁股一样蹦了起来，他数了数陈明泽吃完的空碗，发现就这么会儿工夫，这位前古玩店老板竟然连吃了十三碗卤煮火烧，他被活活撑死了。这下可麻烦大啦，花钱请人吃饭倒惹出了人命官司，看来这好人是没法当啊，一不留神就把自己搁进去了，一个叫花子当了"路倒儿"，没人会在意，可要是掺和到活人身上，这就是事儿，闹不好巡警来了就得讹上你，谁让你请他吃饭？好嘛，上来就十三碗卤煮火烧，你这不是把人往阎王爷那儿送吗？是不是故意杀人你说得清楚吗？

文三儿想着想着就准备拉起空车逃走，却被摊主一把揪住："怎么着爷们儿，吃了我半锅卤煮火烧，怎么没事儿人似的就想走？您忘性也忒大了点儿吧？"

"哎哟，对不住您哪，我忘了……"

"忘了？那我告诉您，以后您就是忘了自个儿媳妇长什么模样，也别忘了吃饭掏钱……"

文三儿挨着摊主的数落，掏出钱来把账结了，他望了一眼躺在地上的陈明泽，拉上空车头也不回地逃走了。

教子胡同8号院的大门前，双方还在对峙，院内的沙包工事后面，有一挺"勃朗宁"轻机枪和十来支冲锋枪子弹上膛，处于随时开火的状态。赵府的警卫人员对宪兵和特工们的喊话无动于衷，他们不像是国军，倒像是赵府的护院家丁，除了主人，他们谁也不认。宪兵连长张智达中尉也很恼火，他当宪兵快十年了，已经习惯于军人们俯首帖耳的服从，在以往执行军务的生涯中，军人们一见了宪兵就犹如耗子见了猫，再蛮横的军人也不敢和宪兵直接对抗，可今天的事却出乎中尉的意料，这些家伙根本没把宪兵放在眼里，竟然公开持枪对抗，真是反了他们啦。张智达调来一具美制火箭筒架在大门对面的民房顶上，他打算一旦双方交火就一炮轰掉对方的沙包掩体。

守院子的警卫班长徐元成在工事后面一眼就看见对面房顶上的火箭筒，他冷冷地喊道："中尉，请把对面房顶上的火箭筒撤走，不然我马上用枪榴弹敲掉它，对不起，这事关我手下弟兄们的性命，兄弟我只好先发制人了。"

徐金戈一听就急了，他大声训斥着张连长："谁让你架火箭筒的？马上给我撤下来，你这蠢货，把火力点设在人家的射程下，对方就不会先干掉你？"

徐元成中士马上对徐金戈的话表示赞赏："还是这位徐长官明事理，兄弟我在战场上端掉鬼子的火力点不下十个了，这会儿还怕再多一个？"

徐金戈说："中士，请你克制一下，现在双方的长官正在交涉，一会儿会有一个解决办法，请你约束手下的士兵，不要做出过激行动。"

方景林走过来问："金戈兄，外围警戒线上压力太大，老百姓越来越多，我手下的人手不够，是不是调一些宪兵过去？"

徐金戈为难地回答："景林兄，再坚持一下吧，我这里人手也紧张，院子里这些家伙都是打过仗的老兵，装备好，战斗经验也丰富，要是突然来个反击,宪兵们未必挡得住。"

方景林递给徐金戈一支烟,说:"上面交涉得怎么样?要么咱们撤兵,要么就打进去,总得有个解决办法吧?"

徐金戈焦虑地吸了一口烟回答:"哪儿这么容易,赵明河的十来个警卫当然不算什么,问题是我们在北平城内大打出手,势必会引起军方的强烈反弹,恐怕会引起连锁反应。这件事警备司令部都做不了主,现在我们站长王蒲臣、警备司令部参谋长宋肯堂都在华北剿总司令部和赵明河谈判,连傅长官都惊动了,还不知能谈出什么结果,事情很棘手啊。"

两人正说着,一个警察来报告:"长官,有个拉车的要进警戒线,说他是赵家的车夫。"

徐金戈一拍脑门:"嗨,我怎么把他给忘了,是文三儿啊,快让他进来。"

今天是文三儿倒霉的日子,上午从院里出去遭到便衣的搜查,还挨了俩耳光。中午遇见陈明泽,文三儿百年不遇地掏钱请一次客,结果还把陈明泽给撑死了,人家是破财消灾,可文三儿却是破财招灾,幸亏他跑得快,不然等巡警来了还得让人讹上,闹不好再给安上个过失杀人的罪名,这到哪儿说理去?文三儿哪里知道,倒霉的事还没完呢,他从菜市口大街向南刚刚拐进教子胡同就被警察们拦住了。他正憋了一肚子火,自恃是赵家的人,此时又是在家门口,于是向警察们瞪起了眼:"干吗呀?老子就住在8号院,还不让我回家啦,有什么事儿去跟我家赵长官说,和我说不着,都给老子让开……"

警察们也纳闷,心说赵家的人果然横,一个小小的中士班长连宪兵也不放在眼里,居然敢把机枪架出来。而眼前这位车夫也是个不论秧子的主儿,敢向警察吹胡子瞪眼,嘴里还一口一个"老子"。偌大的一个北平城,敢给警察当老子的车夫恐怕没有第二个,文三儿还真把警察们给唬住了。

文三儿正闹着,就见警察们让开了一个口子,表示他可以进去,这时看热闹的老百姓们轰地叫起好来:"嘿,这爷们儿真横啊,敢跟警察叫板,牛啊……"

"到底是8号院的人,拉车的都比警察气儿粗。"

文三儿在众人的鼓噪声中,像凯旋的英雄一样雄赳赳地穿过警戒线……

在文三儿的印象里，赵明河是个很大的官，究竟大到什么程度，他倒没有具体概念，但有一点他是知道的，赵长官的官职不会大于蒋总统，至于蒋总统以下，谁的官职大小，文三儿就不大清楚了。当文三儿看见包围赵府的指挥者居然是徐金戈时，心里便生出一丝恐慌，他真诚地为徐金戈的命运担心，好家伙，徐爷的胆子也忒大啦，连赵长官也敢惹？文三儿认为有必要劝劝徐金戈，别仗着保密局的身份就谁都敢招惹，赵长官可不是彪爷，也不是花猫儿。

徐金戈见到文三儿便微笑着打招呼："文三儿啊，你去哪儿啦？"

文三儿顾不上寒暄，他急忙把徐金戈拉到一边小声问："徐爷，你和赵长官谁官大？"

徐金戈笑道："当然是赵明河官大了，他是少将，我不过是个中校嘛，你问这些干什么？"

文三儿更不明白了，他疑惑地问："既然赵长官比你官大，你怎么敢带兵抄他的家？"

徐金戈说："嗨，文三儿，我说了你也不懂，你别在这儿瞎掺和成不成？"

在一旁半天没说话的方景林突然开口了："金戈兄，我有个主意，让文三儿进去探探风怎么样？"

"你的意思是……"

方景林说："文三儿是赵家雇用的车夫，他现在要是进院子，那些警卫肯定不会拦他，况且文三儿是罗梦云雇用的，他和罗梦云能说上话，我看，能否让文三儿去见见罗梦云，把我们的意思转达一下，如果罗梦云能听从劝告，主动走出来投案，岂不是省了很多事？"

徐金戈想了想说："我想可以试一试，反正现在我们也无事可做。文三儿啊，你替我去劝劝罗梦云，就说我徐金戈很敬重罗小姐的人品，对她个人没有任何成见，今天这种状况也不是我愿意看到的，也要请她谅解我的苦衷，毕竟我是军人，要执行长官的命令，也请罗小姐考虑一下，如果这样对峙下去，恐怕对谁都不好，一旦我们接到了攻击命令，就会出现流血事件，也容易伤及罗小姐的家人。如果罗小姐能主动走出来投案，就可以避免很多不必要的伤亡，我徐金戈希望她能明智一些。"

文三儿胆怯地望着院门前的沙包工事问："他们不会开枪打我吧？"

方景林说："不会，这你放心，只要这边不开火，他们绝不会先动手。文三儿，徐长官的话你记住了吗？"

"记住啦。"

方景林一字一句地说："你要劝劝她，要多想想自己的亲人，她的亲人们都盼望着她能平安地回家。"

文三儿点点头："方警官，我记住了。"

徐金戈异样地盯了方景林一眼，对宪兵连长说："马上向院内喊话，就说文三儿要进院面见罗小姐，请他们不要开枪。"

方景林感到浑身无力，他像虚脱了一样，慢慢地坐在一辆汽车的脚踏板上……

罗梦云已经发完大部分电文，她每发完一份文件，就将原件扔进身边的炭火盆烧掉，电键在她的手下哒哒地响着，无数文字变成了密码，霎时化成电波消逝在空中……

罗梦云感到一阵轻松，多年来她一直生活在危险之中，每一天早晨从梦中醒来的时候，她都会意识到，这一天有可能是她生命终结的一天，什么都有可能发生，任何一点微小的疏忽都会引来杀身之祸。十几年来，罗梦云一直处于高度紧张的状态，以前的对手是日本的特高课，而现在是保密局。这两个机关的凶残早已闻名于世，落入他们手中的人需要考虑的不是如何能活命，而是怎样才能避免在酷刑中痛苦地死去，这时，能痛快地死去也许是一种幸福。罗梦云很清楚，与这样凶残的对手为敌确实需要极大的勇气，仅仅是不怕死还不够，还要有勇气去承受炼狱般的折磨，她很难想象那种求生不成，求死不得的状态。世上究竟有多少人能够承受这样的酷刑？这需要钢铁般的意志力和承受力。罗梦云扪心自问，最后不得不承认，面对如此强大的对手，她永远是个弱女子。那种与生俱来的恐惧感始终伴随着她，已经成为她生活的常态，她没有办法克服自己的恐惧。如果不是出于信念和理想，她恐怕早就坚持不下来了。

罗梦云发完最后一条电文，将原件连同密码本一起扔进火盆，眼看着它们化为灰烬,她长长地呼出一口气,疲惫地坐在椅子上,最重要的事已经完成,接下来该干点儿什么呢?罗梦云听到有人在敲卧室门,敲门声很轻,从声音上判断,敲门人似乎很胆怯、很迟疑。罗梦云将装炸药的提包挪到自己脚下,问道:"是谁?"

门外传来文三儿的声音:"罗小姐,我是文三儿。"

罗梦云将拉火线又塞回了提包里,走到门后问:"是文大哥呀,有事吗?"

文三儿似乎被吓坏了,他的声音有些颤抖:"罗小姐,您……您对我不错,我……我心里一直记着呢,我文三儿不是没良心的人……"

罗梦云轻轻地笑了:"文大哥,您到底要说什么?有话您就直说嘛。"

"罗小姐,楼下的人……不是我招来的,真的,我敢对老天爷发誓,要是我做了对不起罗小姐的事,就天打五雷轰,生了孩子都没……"

罗梦云挪开了顶门的家具,让文三儿进了门,她发现文三儿的脸色煞白,浑身在哆嗦,却满脸都是汗。罗梦云怜悯地请他坐下:"文大哥,您怎么会有这样的想法?楼下那些人根本就与您不相干嘛,您不但没有对不起我,反而给过我很大的帮助,我该感谢您才对。"

文三儿欲语还休地张了张嘴,却什么也没说出来。

罗梦云注视着他,鼓励道:"文大哥,有话您就说,我听着呢。"

"徐爷说,他敬重罗小姐您,还说一会儿要是打起来了,两边儿都得死人,还……还不如罗小姐您自己去投……投案……对了,徐爷不是我堂弟,徐爷是保密局的……我,我没跟您说实话……"

罗梦云惊讶地问:"等等……徐爷?你说的是你那个堂弟?那个文物商人?哦,我明白了,原来他是军统的人。"

文三儿突然哭了:"罗小姐,我真不是故意的,他说他有幅画儿您肯定喜欢,罗教授当年想买也没买成,让陆中庸这王八蛋给搅黄了,徐爷想把画儿卖给您,别的我真不知道,我哪知道罗小姐您是共产党啊,我要是早知道,打死我也不能把徐爷招到家里来。"文三儿不停地用衣袖擦鼻涕和眼泪。

罗梦云沉默了片刻,又抬起头来安慰文三儿:"文大哥,这不怨你,那个人的确有表演天赋,连我都没看出来,不过这样也好,那幅《兰竹图》我也不打算付钱了,这件文物应该属于新中国。"

文三儿劝道:"罗小姐,其实当了共产党也没什么,咱们跟徐爷说清楚了不就完了吗?徐爷那个人还是挺好说话的,我也帮您说说好话,他徐金戈肯定得给我个面子,咱以后不干共产党不就得了?"

罗梦云笑了:"文大哥,你真是什么也不懂,世上的事哪有这么简单?不过,我还得谢谢你的好意。"

文三儿突然想起方景林的话,便按照自己的理解劝起罗梦云来:"方警官也让我给您带话,他说,要多想想自己的亲人,亲人们都盼望着您能平安地回家。反正方警官大概就是这意思,把事儿说清楚就能回家了。"

罗梦云正在整理衣服,听到文三儿的话突然僵住不动了,她慢慢地转过身:"文大哥,你说的是方……"

"是方警官,就在院门口,我要进来时跟我说的。"

"你再说一遍……"

"方警官说,要多想想自己的亲人,亲人们都盼望着您能平安地回家。"

罗梦云转过身子,面对窗外小声说:"知道了,文大哥,你走吧……"

"小姐,您还是……"

"别说了,你走吧,告诉那个姓徐的,那幅《兰竹图》我收下了,至于钱……我用命来抵吧,我们两清了。"

文三儿的眼泪又流了下来,他大声喊:"罗小姐,您听我说……"

罗梦云的口气变得严厉起来:"快走,不要再说了。"

文三儿无奈地退出房门,"砰!"房门被重重地关上……

徐金戈和方景林焦急地迎来了文三儿,徐金戈劈头就问:"怎么样,她说什么?"

文三儿的眼泪又不争气地流了下来,他嘴里不停地唠叨着:"完了,完了,罗小姐不想活了……"

方景林厉声道:"你哭什么?快说,罗小姐说了什么?"

"她说,那幅画儿她已经收下,钱就不付了,她用命来抵,她和徐爷两清了。"

徐金戈不动声色地点点头："嗯，这位罗小姐实在不会做生意，这幅画儿可远不如她的命值钱，这哪里是两清啊，分明是我欠她的。你说呢，景林兄？"

方景林沉默了，徐金戈发现他的脸色变得惨白。

徐金戈来不及多想，见宪兵连长跑来报告："长官，赵明河将军到。"

只见担任外围警戒的宪兵和警察们闪开了一个口子，一辆黑色的"奥斯汀"轿车开进来，副官先跳下车，拉开了后车门，身穿黄呢军服的赵明河下了车。

徐金戈向赵明河规规矩矩敬了个军礼："将军，我是保密局徐金戈中校，此时正在执行上峰命令，请训示。"

赵明河的脸色不太好看，一副余怒未消的样子，他不耐烦地还了个礼，略带讥讽地说："不敢当，我哪敢有什么训示？不过是奉剿总司令部的命令，以共党嫌疑犯的身份命令我的卫士放下武器罢了。"

徐金戈站得笔挺，目不斜视地回答："赵长官言重了，我们并不认为您是共党分子，不过，我们有充分证据表明您家里确实藏有共党分子和秘密电台，这个电台刚才还在发报，还请赵长官配合我们执行公务。"

赵明河冷笑道："中校，你很会说话呀，看来我得向你们王蒲臣站长保荐你，给你个嘉奖什么的。"

"卑职不敢，请赵长官息怒！"

赵明河转身向院内喊："徐元成。"

警卫班长徐元成从沙包工事后站起来回答："到！请长官指示。"

赵明河铁青着脸下了命令："给我把工事拆除，全体卫士交出武器，撤出哨位，听候宪兵的检查。"

徐元成顺从地将冲锋枪扔在地上，卫士们也纷纷站起来把武器扔掉，宪兵连长指挥宪兵们冲进院子……

突然，负责侦听的中尉在电讯测向车里大喊道："长官，那个电台又开始发报了……"

徐金戈、方景林等人冲进车内，头戴耳机的中尉正在全神贯注地边听边报告："长官，这次她居然用的是明码。"

徐金戈惊讶地说："明码？你把它译成文字念一下。"

中尉将四个一组的阿拉伯数字依次写在纸上，用明码本把数字译成汉字并念出来："亲——人，亲——人——们，我——爱——你，我——爱——你——们，永——别——了！"

中尉的话音没落，院内"轰"地传来猛烈的爆炸声，徐金戈等人蹿出汽车向院子望去，只见那座二层小楼腾起一股烈火硝烟，破碎的砖木、瓦块被高高扬起，向四边飞溅开来……

方景林觉得自己的心脏也随着爆炸声变成了无数碎片，他的思维在一瞬间变成空白，浑身像虚脱了一样软软地瘫坐在汽车脚踏板上……

方景林恍惚中听见徐金戈在大声喝令坐在侦听车里的人下车，又觉得一只有力的手将他拽进了汽车，方景林清醒过来，他发现徐金戈正在默默地注视着自己，他的目光很复杂，方景林镇定了一下问："金戈兄，有事吗？"

徐金戈却掏出一块手帕递给他："没事儿，把脸擦一擦再出去。"说完他走下汽车。

方景林疑惑地用手帕擦了擦脸，他这才发现，自己竟然是满脸的泪水……

·第二十五章·

  1949年1月14日上午10时，随着三颗红色信号弹的升起，天津外围上千门大炮开始集火射击，震耳欲聋的爆炸声汇成巨大的声浪，使大地为之颤抖。无数颗大口径炮弹爆炸所形成的冲击波像飓风一样将国民党守军的碉堡、防御工事以及人的肢体掀入半空中……四十分钟后，炮火开始向城内延伸，守军的城防工事被全部摧毁。解放军东北野战军二十二个师共三十万人，在东野参谋长刘亚楼的统一指挥下，对国民党天津守军发起了总攻。

  15日上午10时，解放军东野38军的一个团冲进了天津警备司令部，中将司令长官陈长捷、国军第86军中将军长刘云翰被俘……

  与此同时，天津城北的国军主力151师在四面被围陷入绝境的情况下，宣布放下武器投降……

  随着国军151师的投降，天津战役结束。此役历经二十九个小时，解放军全歼天津守军十三万人，对于共产党人来说，华北问题已经解决了大半，剩下的只是个孤城北平了。

  此时北平城的外围阵地已经全部丧失，国军的防御阵地被压缩在外城墙一线，已无防御纵深可言，冷兵器时代的城墙对于城外解放军的三千多门大炮来说，恐怕只比窗户纸稍微厚一点儿，就算手指头捅不破，美制榴弹炮也能在一瞬间将它撕烂。

  明眼人都看得出，共产党人进驻北平，只是时间早晚的事儿。此时北平的军政界到处人心惶惶，军政大员们人人都在考虑自己的后路，蒋介石开始把他的亲信们逐渐从北平调往南方。军统局北平站也不例外，站长王蒲臣、副站长宋元和都是蒋介石、毛人凤的亲信，他们布置好潜伏工作以后，都坐飞机撤离了，由毛人凤调来一个叫徐仲尧的接任站长。此人东北军出身，当过阎锡山手下的特工，后来投靠了蒋介石。他不是息烽特训班[1]出来的，自然不受蒋介石、毛人凤的重用。在这样的危难时刻让他出任北平站站长的职务，明摆着是一个替死鬼的身份。徐仲尧自己当然也明白，只是无可奈何罢了。就在全站人员给新站长接风的宴会上，徐仲尧竟然当众落泪，虽然没说什么，但他心中的委屈大家心知肚明，如今的北平已是一条到处漏水、即将倾覆的破船，处在风雨飘摇之中，谁都知道等待自己的会是什么样的结局。

教子胡同8号院的爆炸案发生之后，徐金戈就患上了失眠症，他自己都奇怪，以前他一挨枕头就能睡着，而且从来不做梦，睡眠质量良好，但从那天起就再也没睡过一个好觉，一闭眼就能看到爆炸发生时，小楼的半边楼顶被冲击波掀到半空中的情景，那种感觉来得格外刺激，格外震撼。徐金戈是个职业杀手，一向视他人的生命如同草芥，在取人性命的过程中从来没有心理负担，当年戴老板曾称赞徐金戈具有超人的心理素质，泰山崩于前而不变色，唯独罗梦云的死使徐金戈的神经系统险些崩溃。这简直不可思议，一个有着花一样容颜，风情万种的姑娘，一个受过良好教育的大家闺秀，竟然这样决绝、义无反顾地引爆炸药，在一瞬间将自己柔弱的身躯化作一缕青烟……当最美好的东西被暴力毁灭时，恐怕连魔鬼也会为之战栗。

爆炸过后，徐金戈命令士兵们把赵府所有的角落都搜了个遍，也没有找到《兰竹图》，这幅画儿竟然失踪了。这个女人走得干干净净，她的电台、密码本、文件，连同她生前穿过的衣物都在一声爆炸中化为灰烬。徐金戈是个无神论者，也没有任何政治信仰，他看重的只是责任，一个军人对国家的责任，至于这个国家由什么人来领导，领导的好与坏，那不是他考虑的事。他知道，国共两党在理论上的分歧无非是在中国推行三民主义还是共产主义，这两个党派在信仰方面表

---

[1] 军统特训班始于1938年，地点在湖南临澧，故简称临训班。1939年年底，迁至贵州息烽继续办第三期，简称息训班。最初军统称这个班为军委会特训班，戴笠想把这个班纳入国民党中央军官学校，作为该校的一部分，但未获准。最后由蒋介石决定，划入中央警官学校范围，定名为"中央警官学校特种政治警察训练班"，简称特警班。但军统内部仍沿用特训班，并冠以所在地区名称以资区别。如临训班、黔训班、息训班、渝训班、兰训班等等，其中临训班和息训班的毕业学员在军统内部形成很大的势力。

现得同样执着。徐金戈是个军人，他没兴趣去研究这些枯燥的理论问题，但是罗梦云的死，使徐金戈第一次感到信仰的力量。这是任何暴力都无法消灭的力量，看来蒋先生和戴老板都没想明白这一点，在思想和信仰面前，暴力并不是万能的。

方景林的失态使徐金戈在一瞬间心里就全明白了，此人绝对是个共产党员，而且和罗梦云有着亲密关系，不然就难以解释一个多年从事秘密工作的人会在一瞬间泪流满面。感情外露从来是特工人员的大忌，方景林不会不懂得这一点，除非他的理智被巨大的情感伤痛所击垮。徐金戈决定装作什么也不知道，这并非出于为自己留后路，他的想法很简单，方景林是自己的朋友，他不能出卖朋友，否则自己就是个小人，共产党和国民党之间的恩怨他管不着，保密局的刑讯手段徐金戈太清楚了，要是把方景林送到那里，自己可真成了卖友求荣的人。

从爆炸现场回来整整两天，方景林一直处于昏睡状态，恍惚中他走进一片薄雾笼罩的山野……郁郁葱葱的峰峦，落日染红的崖壁，琴韵琤琮的流泉；山那边飘浮着朝雾夕岚，撩人春困的丝丝细雨，如火如荼的半坡秋枫，如梦如幻的淡月疏星，轻柔如絮的鹅毛大雪……

在春夏秋冬季节的不停变幻中，面容娇美的罗梦云轻轻向他走来，张起双臂环绕着他的脖颈，她的目光柔和如水，迷离如梦，她依偎着方景林娇嗔戏谑，呢喃密语……

即使在梦中，方景林也能深刻地意识到，罗梦云不在了，她像梦一样消失在一团炫目的火光中。方景林泪如泉涌，五内俱焚，在梦中他死死握住罗梦云的手不忍离去，而罗梦云却将视线移向苍茫的远方，她的身体渐渐变得透明，犹如冰块慢慢融化在水中……

一阵轻柔的歌声缥缈而至，只见四野阒寂，细雨交织出一片迷蒙的温情……

方景林站在生死的界河岸畔，撕心裂肺地呼唤着，却听不到罗梦云的回音，唯见远方草木萋萋，雾霭绵绵，寥廓云天和苍茫大地寂寞相守，脚下的河水无声地长流，带走了他的眼泪，他的痛苦，他的绝望……

等方景林从昏睡中清醒过来的时候，他知道自己已经完成了一种精神的蜕变，像换了一个人，从此他不会再流泪，他的心变得像岩石一般坚硬无比。

徐金戈带着一篓水果来宿舍看望方景林，两人一见面只是对视了一眼，彼此都从对方的目光中读懂了所要表达的信息。徐金戈面无表情地问："景林兄，让我猜猜看，此时你在想什么，我想你现在最大的愿望是一枪干掉我，对吗？"

方景林微笑着回答："说真的，有这个愿望，而且这一天已经不远了。"

徐金戈点燃一支烟，注视着方景林说："可以理解，胜者王侯败者寇，胜利者无论做什么都是在维护真理，是因为他拿到了关于真理的解释权。作为失败者，我得认这个账。"

"还有个办法，在失败前把该解决的事都解决掉，这也是一种不错的方法，金戈兄，你难道不想试试？"方景林挑衅地说。

徐金戈摇摇头苦笑道："那又何必？古人云，君子绝交不出恶言。既然连恶言都不能出，又怎么能加害于朋友呢？除非我们不是君子。"

"你的意思是，将来有一天，希望我也做个君子？"

"不，你理解错了，我只说我自己，却不要求你回报，不然我们就成了在讨价还价的商人，你知道，为了干掉敌人，我可以对着自己的胸膛开枪，难道还怕别人杀我？"徐金戈站起来向方景林敬了个礼，"保重！景林兄，在历史的大背景中，个人的命运无足轻重，顺其自然也许是最好的方式，再见！"徐金戈说完便向门口走去。

"金戈兄……"方景林轻轻喊了一声，徐金戈停住脚步却没有回身。

"几十万大军已经把北平围得像铁桶一样，几千门大炮的射击诸元也早已标定完毕，也就是说，我们可以按需要将炮弹打到城内任何一个目标上，而不会殃及民房，城内的守军就像砧板上的肉，快沉的破船，你难道就心甘情愿随这条破船一起沉没？为什么不采取一种更明智的办法？要我帮忙吗，金戈兄？"

"不，战争中没有个人意志，军人以服从为天职，长官要打我打，长官要降我降，总不能哪边势大就上哪边的船，做人不能这样，这条船就算要沉没，我也没有选择，随它一起沉掉就是了。"徐金戈说完就头也不回地走出门。

当罗梦云引爆炸药时，文三儿正好站在院门口，他被这一声巨响震傻了，竟呆呆地仰起脖子，眼睁睁地看着冲击波扬起的碎砖烂瓦往下落，要不是旁边有人推了他一把，文三儿很可能被砸破脑袋。他怎么也想不明白，罗小姐为什么会如此不要命？在文三儿看来，罗小姐不就是当了共产党吗？这也没什么了不起的，又没有偷钱庄砸明火，也没刨了皇上家的祖坟，有多大罪过？文三儿觉得当时如果罗小姐走出小楼，和徐爷找个茶馆好好谈谈，自己再替罗小姐美言几句，徐爷不会不给自己这个面子。认识罗小姐不是一年两年了，以前还真没看出来，这小娘们儿说话细声慢语，性子软绵绵的，从没见过她和别人红过脸或争执过什么，唯独那天罗小姐不知犯了哪门子邪，脑袋一热就拉响了炸药包，为这点儿事儿值当吗？按理说大户人家的小姐都该比自己这号人明事理，连自己都明白的道理，她罗小姐愣是不明白，俗话说得好，好死不如赖活着，人不管到了什么份儿上，只要命在什么都好办，命没了吃什么都不香了。

　　文三儿在感叹之余又想起一个很现实的问题，赵家是待不下去了。自己是罗小姐请来拉包月的，如今罗小姐不在了，自己也该卷铺盖走人了。文三儿想来想去，决定还是搬回"同和"车行，虽说搬走的时候和孙二爷翻了脸，这会儿再回去有点儿臊眉搭眼，可事到如今，文三儿顾不上面子的问题，关键是要找到一个能睡觉的地方，这比面子更重要。

　　文三儿战战兢兢走进孙二爷的客厅时，孙二爷正在准备鸟儿食，他把一块精瘦猪肉用剪子剪成肉虫子大小的条状，晾在铺着油纸的案板上，准备晾得半干时喂鸟儿。这是京城养鸟儿人的无奈之举，但凡名贵鸟儿都喜欢吃活昆虫，但此时正值隆冬，无昆虫可寻，只好用精瘦猪肉剪成虫子状来骗鸟儿。看来孙二爷养鸟儿也算上了道儿。

　　文三儿向孙二爷鞠了个躬，怯生生地说："二爷，我给您请安啦。"

　　孙二爷抬起眼皮瞅了文三儿一眼，突然很夸张地站起来向文三儿回礼："哎哟嗬，这不是文爷吗？您坐，您坐。"

　　文三儿被孙二爷的热情弄得有些不知所措，他小声说："二爷，您……您还是叫我文三儿吧……"

　　"这哪儿成？爷就是爷嘛，您就是我文爷，好嘛，我听说文爷进了将军府，出门坐小汽车，屁股后面还跟着护兵，夜里睡觉都睡在钱柜上，您坐好，我这就给您行大礼。"孙二爷做出要下跪的姿势。

"二爷，您就别寒碜我了，我文三儿不懂事儿，得罪过您，您大人不记小人过，别跟我一般见识，我给二爷赔不是了。"

孙二爷冷笑道："文三儿啊，我瞧出来了，又没地儿住了是不是？这时候想起二爷来了？你他妈的不是这个'局'那个'局'的吗？不是要把二爷我当汉奸抓吗？这会儿怎么又觍着脸回来了？"

文三儿赔笑道："二爷，我当时也就是舒坦舒坦嘴，俗话说水大漫不过桥去，我文三儿在外边折腾了一圈儿才发现，没您孙二爷罩着还真不成，这不，又回来了……哎哟，二爷，您这是弄鸟儿食哪？这种事儿您怎么能亲自动手呢？随便跟哪个伙计说一声，捎带手就给您干啦，这帮孙子也太不懂事儿了，您放这儿，您放这儿，我来……"

见文三儿服了软，孙二爷的脸才由阴转晴，他指着文三儿的鼻子教训道："文三儿啊，你兔崽子刚才说了半天，就这一句话说到点儿上，水大漫不过桥去，这话倒不假，那天要不是你小子跑了，二爷我非把你这两片儿嘴给'锔'上不可，翅膀硬了是不是？敢跟二爷犯各了？我正琢磨着怎么收拾你呢，好嘛，再找就找不着你了，再一打听，说是你小子去将军府当差了，好嘛，鞋帮子改帽檐儿——你还一步登天啦？当时我就说了，文三儿那小子就是一穷命，给他多大福儿都享不了，天生就是倒霉蛋，人家好好的将军府，你不去什么事儿都没有，你一去就让人抄了家，你说，你不是丧门星是什么？也就是二爷命硬，敢孵你这王八蛋，二爷我不怕孵出个王八来反咬我一口……"

文三儿接过剪子一边剪肉条一边附和着孙二爷："没错，二爷，真要孵出个王八来，我就去买只鸡和王八炖一锅菜孝敬您，这可是名菜，有讲究的，叫'霸王别姬'。"

孙二爷照文三儿后脑勺就是一巴掌，笑骂道："你个小王八蛋，怕是怎么孵也孵不出个王八来。"

"那……二爷，我可把铺盖又搬回来了，您就可着劲儿孵吧。"

"嗯，给个半价儿，从明天起就给我遛鸟儿去。"

"您就放心吧，二爷，我怎么伺候您就怎么伺候这鸟儿，尤其是那两只画眉,那公的就是我爷爷,母的就是我奶奶,它们下的蛋就是我兄弟……"

"去你妈的,这是怎么论辈分呢?你爷爷奶奶下的蛋怎么成了你兄弟?那是你爹,懂不懂?"

"对了,那是我爹,我怎么把这茬儿给忘了?不过二爷呀,我得给您提个醒儿,共产党说话就要攻城了,听城外回来的人念叨,说炮管子像树林子似的,一片一片的,炮口都跟水缸那么粗,这会儿去遛鸟儿,您就不怕炮弹把我爷爷奶奶给炸死?"

"嗯,我听明白了,你小子不是怕炸着鸟儿,是怕炸着自个儿,那这样吧,遛鸟儿的事儿你就别管了,至于住宿嘛,我这儿的房钱有点儿高,按天儿算,一天一块大洋,您要是嫌贵,就住六国饭店去。"

"别价,二爷,我乐意遛鸟儿,没说不去呀,得嘞,我豁出去了,反正是人活百岁也是死,不就是炮弹吗?我早想好了,炮弹一落下来我就一个饿虎扑食趴鸟儿笼子上,宁可炸着我也不能炸着鸟儿,这总行了吧?"

"放屁,你这一百多斤压鸟儿身上还不把鸟儿压死?你去打听打听,这一对儿画眉值多少钱?这么说吧,十个文三儿也抵不了一对儿画眉。"

"那我把鸟儿笼子顶脑袋上,这总成了吧?"

"文三儿呀,拿我的鸟儿当钢盔挡炸弹,你小子又找揍了是不是?"

徐金戈近来脑子里很乱,各种不痛快的事都搅在一起,弄得他心情很烦躁。如今北平城局势危如累卵,城破是早晚的事,城内军警宪特各系统都处于一片惶恐中,和南京方面有过硬关系的人都早早地以各种借口坐上飞机撤离了,剩下的就是真正的替死鬼。抵抗是死路一条,不抵抗更是前途莫测,尤其是宪兵部队和保密局系统的人,更是生活在恐惧中。以往他们曾残酷地虐待共产党的被捕人员,与共产党方面结下了死仇,这回恐怕是在劫难逃了。徐金戈倒不是很在乎,自从他参加军统以来曾多次死里逃生,这种危险的经历已经成为他生活中的常态,使他对生死问题看得很淡。

当年在重庆他看过一部美国电影《哈姆雷特》,电影结束后,军统局的同事们曾经讨论过哈姆雷特那句名言:生存,还是毁灭?这还是个问题。

第二十五章

轮到徐金戈发言时，他表示，作为一个特工人员，无论是生存还是毁灭，这根本不是个问题，谋事在人，成事在天，一切要顺其自然，尽人力而听天命，世间万物都有定数，你怕死也没有用，不如坦然面对死亡。

记得当时戴老板对徐金戈的发言大为赞赏，称赞他深得《老子》之思想精髓，并举例说，《老子》有"大白若辱，大方无隅，大器晚成，大音希声，大象无形"之说，以这五种现象来说明"道"的无为境界。即最白的好像污浊，最方正的没有棱角，最大、最贵重的器物总是最后完成，最好的音乐没有声音，最大的形象则没有形象。什么是"道"呢？其一，《老子》所说的"道"是万物之本，世间的一切均由它而生。它无所不在，无所不包，无所不容。其二，对世人来说，"道"既是无声的，又是不可见的。它是理想中的至高至极境界，非常人所能达到。其三，用"道"的法则治理天下，则无为而无不为，不战而胜。从某种角度看，徐金戈同志已是得道之人，他达到了一定的人生境界，非常人也。军统的同志们若都像徐金戈一样具有独立思考之能力，坦然面对死亡之勇气，我们的事业何愁不兴旺发达？此乃国家之幸也。

徐金戈私下里对戴老板的即兴讲演很不以为然，他也读过《老子》，全书五千言，所论仅是一个"道"字，用道的法则治理天下，则无为而无不为，不战而胜。当然，老子的"无为而无不为，不战而胜"，讲的是世间万物要顺其自然，但仅仅是顺其自然就万事大吉、不战而胜了吗？凡事你不去争取，不去努力如何能"不战而胜"？若是照此说法，戴老板可以回家养老了，军统局也可以解散了，既然无为而无不为，就能不战而胜，那咱们就别折腾了，等着日本人自己退出中国吧。

徐金戈不怕死，却怕糊涂，他不明白中国的事情为什么总是这样复杂。在他看来，国共两党本没有必要结下如此大的仇恨，政见不合在战场上刀兵相见，这还可以理解，但如果把抗战时对付日本人、汉奸的"焦土政策"和"刺杀行动"用来对付共产党和其他党派，就太过分了。

前些日子他和南京来的保密局行动处处长叶翔之顶撞起来，叶翔之到北平来是为了指挥暗杀前市长何思源的重大行动。解放军包围北平城后，何思源力主和平解决，北平军政界、工商界不少名流，包括已被解职的赵明河将军都卷入了，并为之积极活动。南京方面被此举触怒了，决定对何思源采取行动，具体负责的是保密局北平站侦防组长谷正文、行动组长杨丕明及杀手段云鹏、崔铎、刘吉明等人,谷正文提出用定时炸弹炸毁何宅并由徐金戈负责现场指挥,徐金戈当场提出异议,认为此举属小人勾当,堂堂的国民政府怎么能干鸡鸣狗盗之事?这和抗战中惩处敌特汉奸的暗杀行动不是一回事。叶翔之似乎是第一次遭部下顶撞,顿时火冒三丈,当时要掏手枪毙了徐金戈。徐金戈自加入军统以来也没受过这种气,连戴笠都没有训斥过他,他哪会把叶翔之放在眼里?面对暴跳如雷的叶翔之,徐金戈只是冷冷地说:"叶处长,有话可以说,就是别对我比画手枪,不然先倒下的会是你。"

当时站长王蒲臣还在,他知道徐金戈的脾气,若是叶翔之真把手枪掏出来,徐金戈还真敢先发制人,他的出枪速度北平站的特工无人能比。王蒲臣那时已经接到撤离命令,他才不想在临走之前闹出大乱子,于是决定对双方进行安抚,并且撤销了让徐金戈参加暗杀行动的命令。

徐金戈后来才听说,这个暗杀行动最终还是执行了。1月18日凌晨3时,段云鹏在锡拉胡同何思源住宅的房顶上,安装了四枚定时炸弹,4点50分定时炸弹爆炸,何思源的二女儿当场被炸死,何夫人被击中四块弹片,受了重伤,而何思源本人仅受轻伤,送到德国医院治疗,几天以后,有消息传来,何思源已到了共产党的解放区。

通过这件事,徐金戈心里完全能得出判断,国民党的政权已经是民心丧尽,怕是无力回天了,他的心情很矛盾。

和谷正文发生冲突也促使徐金戈下了决心。昨天谷正文找他研究对北平的破坏计划和"密裁"[1]计划,按照国防部保密局制订的计划,国军在撤离每一座城市之前,要破坏掉发电厂、自来水厂、重要桥梁、隧道、军事设施等目标,决不能把完整的城市交给共产党。此外,在共军入城之前还要完成对在押政治犯的"密裁"行动。徐金戈对此感到厌恶,他对谷正文表达了自己的看法:"正文兄,我觉得政府这样做显得肚量狭隘,我们不是在和外国入侵者作战,为什么要使用'焦土政策'?共产党也是中国人,有何必要采取这种极端方式?把北平毁掉,倒霉的还是老百姓嘛。"

---

1 "密裁"为军统内部的密语,意为秘密处决和暗杀。

谷正文却不以为然："金戈兄，以妇人之仁是赢得不了战争的。"

徐金戈反问："那么我们以毁灭城市为代价就能赢得战争吗？如果不是因为打输了，我们为什么要撤离？"

谷正文放下手里的文件夹，盯着徐金戈的眼睛说："金戈兄，你的思想不对头啊，若不是因为我了解你，还真以为你是共产党呢。战争是什么？就是一种极端的暴力手段，可以无所不用其极。民国二十七年，我们掘开花园口以水代兵，就是壮士断臂之举，以牺牲几十万民众为代价挡住了敌人，破坏了敌人的战略意图，你能说它没有必要？"

徐金戈反驳道："那是对付日本人，而不是中国人，再说了，此举是否有必要还有待商榷，要是牺牲的老百姓比敌人还多，我看就是个糟糕的决策。"

谷正文终于发火了："徐金戈中校，我提请你注意，请看看我肩章上的军衔标志，我在以上校的身份和你谈话。"

徐金戈冷笑道："对不起，我还真没注意你的军衔，不过……戴老板还是少将呢，我和他说话也是这样，没办法，我就是这脾气，改不了。"徐金戈说完扭身走了。

尽管解放军几十万部队把北平城围得密不透风，空气中弥漫着浓重的火药味，大战一触即发，可北平城内的老百姓却没有这种感觉。自打庚子年八国联军进北京以后，北平城已近五十年没打过仗了，即使是民国二十六年的"七七事变"爆发，当时的战事发生在卢沟桥、南苑一带，北平城未遭战火。时间久了，北平的老百姓对打仗的记忆已逐渐淡忘，甚至产生这样的想法，北平城是过日子的地方，不是打仗的地方，不管您是哪路神仙，最好到城外去打，大兴、房山、西山、通州那儿有的是场子，谁把谁打了那是本事，都不关北平老百姓的事儿，老百姓只管过日子。

文三儿也这么想，打仗的事与他不相干，至于国民党和共产党为何结了这么大的仇，也不是自己该考虑的事儿，文三儿只管拉车挣钱过日子。要说国共之争给他带来什么坏处，恐怕只有丧失了教子胡同8号院的住房和拉包月的美差，还有，添了个早晨遛鸟儿的苦差事，除此之外，文三儿倒也没什么损失。

孙二爷的鸟儿都是成对儿的，有一对儿画眉、一对儿百灵、一对儿黄鸟儿、一对儿蓝靛颏儿，这八只鸟儿分四个笼子装，文三儿一手拎两个。京城的养鸟儿人冬天遛鸟儿怕把鸟儿冻着，笼子上都蒙了蓝布棉罩，企图给鸟儿们造成一种错觉，以为自己住在蒙古包里，管他外边北风呼啸，反正蒙古包里温暖如春，还有吃有喝。文三儿对鸟儿们毫无感情，他只对挣钱有兴趣，要不是为了省一半住宿费，他凭什么伺候这些破鸟儿？在文三儿听来，百灵鸟儿的鸣叫声和癞蛤蟆的鼓噪声没什么区别，反正他妈的都是闹得慌。孙二爷这老东西纯属闲的，让他拉一个月车试试？准保没这么多爱好了。

清晨的太庙后河是遛鸟儿人成堆的地方，别看城外大军压境，北平城内闹不好就是一场血战，遛鸟儿人可不管那个，照样是迈着四方步，双手甩着鸟儿笼，嘴里哼着二黄优哉游哉地溜达。

一个足有八十岁的老头儿坐在河边的石凳上给身边的人讲八国联军进北京的事：“……当时守前门楼子[1]的是皇上的禁卫军，那些弟兄个儿顶个儿都是高手，您想啊，没两下子能干得了禁卫军吗？我们一街坊当年是相扑营的，摔跤也算是把好手，摔起人来就跟摺面口袋似的，三五个人近不得身，就这主儿，想当禁卫军？门儿也没有，头一轮就让考官给刷下来啦，考官儿说了，就您这身三脚猫儿的功夫，可差得不是一星半点儿，当禁卫军的得是什么人？蹿房越脊如走平地，双手飞镖百步穿杨，十八般兵器搁手里就像使筷子，百万军中取上将首级如探囊取物，您成吗？我们街坊当时就臊眉搭眼地不言语啦……”

旁边一位拎黄鸟儿笼子的中年男人插嘴道：“您说着说着又说走板了，刚才不是说到八国联军进了城，想进皇宫却让守前门楼子的禁卫军给挡住了吗？”

老头儿捋着长长的白胡子训斥道：“小子，是你讲还是我讲？要不你来得了，我还得回家抱重孙子去呢。”

众人哪肯让老人走，都纷纷说：“别价，别价，大伙听得正上瘾呢，您这不摺台吗？别跟这小子一般见识，您接着讲……”

老头儿这才言归正传：“庚子那年我正好三十岁，正是血气方刚的岁数，我家住在打磨厂，离前门楼子很近，打得最热闹的时候我搬梯子上了房，就趴

---

[1] 北京老百姓俗称的前门楼子实际上是正阳门的箭楼，在正阳门之前，护城河以北。

在房顶上看。咱也认不清外国兵的军服，只知道长得跟咱们差不多的是日本兵，剩下的都是卷毛大鼻子，真正的西洋鬼子。这帮洋鬼子还不知道前门楼子上有守兵，就大摇大摆顺着前门大街往北走，刚走到牌楼那儿，守兵的枪就打响了，好家伙，比年三十放炮仗还热闹，子弹头儿跟蝗虫似的满天飞，洋鬼子一下子被放倒十几个，剩下的鬼子全趴下了……其实当年咱中国兵手里的家伙也不软，净是德国造，还有那种能灌水的'马克沁'机枪呢，为买这些家伙咱皇上可没少花银子，嗯？讲到哪儿啦？"

"洋鬼子一下子被放倒十几个，剩下的鬼子全趴下了……"一个小伙子提醒道。

"对，全趴下了，这帮洋鬼子挺没意思的，自古以来打仗都是将对将，兵对兵，刀对刀，枪对枪，这是规矩，可洋鬼子不守规矩，人家用枪您也该用枪，您倒是把'马克沁'机枪也拖上来招呼呀，不成，这帮孙子不跟你玩枪，人家把炮拖上来啦，对着前门楼子'咣''咣'就是十几炮，愣把前门楼子给打着了，这前门楼子刚刚叫义和团的大火烧了一次，没烧干净，木头架子还在，这回踏实啦，又着了。当时那个大火呀，烧红了半边天，那些禁卫军真是好样儿的，浑身冒着火硬是死战不退呀，被火烧成那样，枪声就一直没停，有的兵被烧得实在受不了了，就带着满身大火从箭楼上跳下来，在半空中还开枪呢……"

有人插嘴道："打什么打？其实老佛爷带着皇上早出德胜门蹽丫子啦，这会儿闹不好都到昌平了。"

老头儿不爱听了："噢，依您那意思，老佛爷和皇上也该抄杆枪上前门楼子打仗？那不是皇上该干的事儿。皇上是什么人？那是九五之尊，紫微星下凡，洋鬼子都打到前门了，皇上不跑还等什么？再让洋鬼子逮着，保不齐又给搁井里啦，咱中国人的脸往哪儿放？老佛爷和皇上跑到西安算是跑对了，留得青山在……"

文三儿正听得出神，冷不防身后有人拍了他肩膀一下，文三儿吓得一激灵，回头一看，原来是方景林，文三儿哈了哈腰以示尊敬："哟嗬，是方爷，您这是……遛鸟儿？"

方景林说："我遛什么鸟儿呀，我找你有事，咱们找个僻静地方说话。"

"可我这……回去晚了，孙二爷又该骂街了，他倒不是惦记我，是惦念他的鸟儿，这么说吧，这哪是鸟儿啊，是我和孙二爷两个人的祖宗……"

方景林不耐烦地催促道："走吧，哪儿这么多废话？孙二爷要是问起，你就说我找你有事儿。"

文三儿立刻识相地闭了嘴，跟方景林走到河边的僻静处。

"方爷，您有什么话就问吧，凡是我知道的咱是竹筒倒豆子，我不知道的也没关系，我再去打听……"

方景林沉默了片刻说："我想问问那天你见到罗小姐的详细情况，你仔细跟我说说。"

"我那天不是说过了吗？就这些。"

"我要你仔细回忆一下，罗小姐当时穿什么衣服？什么样的表情？她的每句话是怎么说的？屋子里的陈设是什么样？别着急，你慢慢说。"

文三儿仔细回忆着："罗小姐那天穿了一件紫色的夹旗袍，表情还像平常一样，后来我把您的话告诉了罗小姐，哎哟……我想不起来那句话了……"

"我说，要多想想自己的亲人，亲人们都盼望着她能平安地回家。"

"对对对，就是这句话，我跟罗小姐说了。"

"嗯，她听后是什么表情？回答了什么？"

"她转过身子，对窗外小声说：'知道了，文大哥，你走吧……'什么表情我没看见，罗小姐背对着我。我劝她跟我出去，说徐爷那儿由我去说，徐爷多少得给我点儿面子。后来罗小姐又说那幅画儿的事，这还用我说吗？"

"不用了，你说过了。"方景林望着天空，长长地呼出一口气，叹道，"就这么走了？连一句话都没给我留下……"

文三儿就是再傻也听出来了，闹了半天方爷和罗小姐是相好？以前还真没看出来，要这么说，方爷肯定也是共产党了。文三儿感到很好奇，以前总听说共产党，就是没见过，这回总算是见到一个活的共产党，仔细瞧瞧也没觉得和普通人有什么区别。文三儿觉得应该核实一下方景林的身份，便直通通地提出自己的疑问："方爷，您是共产党吗？"

方景林诧异地看了他一眼，反问道："你看我像吗？"

"看不出来，再说了，共产党应该是什么样我也不知道。"

"那你马上就会看到了，解放军就要进城了，北平很快就要解放，到时候，你们这些穷苦老百姓就是新中国的主人，文三儿啊，这一天就要到了。"

文三儿疑惑地嘀咕着："当中国的主人？您的意思是，我要当主人啦？"

"是人民当家做主，当然其中也包括你。"

"方爷，您别拿我打镲了，谁来了我也是一拉车的货，谁也甭拿话来甜和我，当老百姓的总得有人管，谁管都一样，都得自己挣饭辙，这几十年了，政府也换了几茬儿了，操！没多大区别，日本人再孙子还没想起发金圆券这损招儿，虽说吃混合面拉不出屎来，可也不至于扛着一麻袋金圆券买不着吃的，要让我说，甭管什么政府，都他妈一回事儿。您刚说了，共产党要来了，老百姓怎么着？噢，要当主人了，咱瞧着吧，我该拉车还得拉车，我还得奔饭辙，我什么主也做不了，不信您把我话搁这儿，要是说错了我改您的姓。"

方景林淡淡地说了一句："文三儿，你就等着看吧。"

徐仲尧来到保密局北平站以后，一直在冷眼旁观。此人不愧是个老牌特工，观察环境的目光的确很独到。通过一段时间的观察，徐仲尧认为北平站的工作人员中，似乎只有一个徐金戈还是个人物，特别是他两次顶撞上司，拒绝执行有损道德的任务，表现出一种不唯上、堂堂正正、独来独往的性格，因此便有意识地接近徐金戈，先是徐仲尧做东，请徐金戈在"便宜坊"吃烤鸭。徐金戈过意不去，自然要回请，两人一来二去就成了朋友，特别是喝酒的时候，三两酒一下肚话就多了起来，两人各有各的苦闷，便借着酒劲儿一起发牢骚，谈得最多的是政府的腐败，蒋先生军事上的无能，年轻时怀一腔救国救民之志出生入死，如今却是小人当道，黑白颠倒。徐仲尧的谈话由浅入深，逐渐从时局的恶化谈到自身处境的恶化，他绕来绕去，总是有意无意地和徐金戈探讨有没有第三条路线可走，只差说出"能不能投靠共产党"这八个字来了。可就这八个字，不到关键时刻，徐仲尧是绝对不敢开口先说的。

徐金戈是何等人物？岂能听不出站长的弦外之音，但他故意不去迎合徐仲尧的试探，不是因为怕事，而是心里很矛盾。照理说，党国已经到了风雨飘摇的地步，作为一个正直的军人应该把自己的命运和党国的命运联系在一起，若是哪边得势就靠向哪边，不是男子汉所为，徐金戈鄙视这类随风倒的人。那次他对方景林表明的态度正是他的心里话——做人不能这样，这条船就算要沉没，我也没有选择，随它一起沉掉就是了。但随着时间的推移，徐金戈渐渐对自己的选择感到怀疑，问题在于国民党政府实在是越来越糟糕了，它正在一点一点地失去民心，把越来越多的人推到共产党一边。就徐金戈个人来说，从他拒绝参与撤离前的破坏计划和"密裁"计划那天起，便对这个政权感到前所未有的失望和厌恶。他完全清楚，自己的言行早已被叶翔之、谷正文之流汇报到毛人凤那里，若是在以前，他徐金戈十个脑袋也搬家了。无论是军统还是保密局，绝不会容忍来自内部的叛逆行为，你可以吃喝嫖赌，可以贪污腐败，甚至可以倚仗权势欺男霸女，却唯独不能有独立的思想和拒绝同流合污的正直，否则，你的上司就会认为你不忠诚，有叛逆的思想苗头。他知道，自己之所以还能坐在这里喝酒，是因为毛人凤、叶翔之等人还没腾出手来，北平的时局把他们搞得焦头烂额，暂时顾不上罢了。

直到有一天在站长办公室里，徐仲尧终于向徐金戈吐露了心曲："老弟啊，北平眼看就是共产党的了，从全站同人的前途考虑，咱们也应该跟共产党打个招呼，只可惜咱们天天抓共产党，如今要跟共产党对话了，却找不到共产党。老弟要是有这方面的线索，不妨帮我联系一下。"

徐金戈淡淡一笑："共产党还不好找？北平城里遍地都是嘛。"

徐仲尧大喜过望："你老弟有路子？"

"我能找到，问题是，我怎么谈？告诉共产党，国民党大势已去，所以我才投共，噢，叫起义。您就不怕共产党把咱们当成趋炎附势的小人？如果这样，我还不如和国民党这条船一起沉掉。"

徐仲尧背着手在办公室里来回踱步，突然停下说："不能只考虑个人荣辱，要先考虑北平这座古城，北平是全体中国人的，国民党和共产党不过是中国的两个党派而已，谁也没有权力毁灭这座文化古城，否则，我们就是千古罪人，和西湖边上那两座铁像一样，无论过去多少年，都会永远遭人唾骂。"

徐金戈想了想，说："据我所掌握的情报，傅长官早已和共产党谈判了，这些道理傅长官比我们还要明白，我看，北平是战是和，还是由傅长官做主吧。"

徐仲尧摇摇头道："就算傅长官和共军达成协议，和平解决北平问题，但危险仍然存在。首先，傅长官无权指挥保密局系统，他对保密局系统的行动方式、密语都不了解，哪怕北平守军全部放下武器自愿接受改编，只要保密局人员不合作，北平城照样有危险，我们有大批的潜伏人员和秘密贮藏的爆破器材，有预先制订好的破坏计划，有些重要目标甚至早已安装好爆炸物，只等待命令了。老弟啊，可以这么说，没有保密局北平站的参与，北平守军照样放下武器接受改编，北平问题照样可以和平解决，我们改变不了这个事实，但我们可以造成另外一种事实，那就是……使北平变成一座废墟，这才是问题所在。"

徐金戈不由得打了个冷战："长官，这我倒没有想到。"

"那么现在是时候了，你该好好想一想。"

"不用想了，您说得对，不能只考虑个人荣辱，要站在全体中国人的角度去考虑问题，说实话，长官，我心里完全清楚，共产党方面早给我记上账了，就算饶得了别人，也饶不了我，对此我有这种心理准备。请长官放心，即使将来共产党枪毙我，我也要为保护北平尽一份力。"

徐金戈走出站长办公室，在长长的走廊里，他点燃一支香烟思考着如何才能找到方景林，听说他几天前已从警察局消失了……

走廊的另一头出现了徐金戈的助手赵建民中尉，他一步一步向徐金戈走过来，在他面前停住脚步，脚跟一碰向徐金戈立正敬礼："长官，我代表中共北平城工部对长官的明智之举表示欢迎！"

徐金戈惊讶地问："小赵，你是共产党？"

北平的景山坐落在旧京城南北中轴线上，南接故宫神武门，北对城北钟鼓楼，西邻北海，以前叫煤山，原是明、清两朝皇宫的一部分。景山中峰海拔为88.7米，是旧北京内城的中心，也是旧京城的制高点。中峰上的"万春亭"是三重檐的黄琉璃瓦方亭，在这里可以眺望全城。"万春亭"的两侧是两座双檐八角碧瓦亭，东侧是"周赏亭"，西侧是"富览亭"。再往东、西两侧看，又是两座两重檐圆形蓝瓦亭，分别是"观妙亭"和"辑芳亭"。这五座亭子构成一组秀丽的图案。向北看，景山山后是寿皇殿、观德殿等建筑，原是皇帝祭祖的地方。

一个白发苍苍的老人坐在"万春亭"里给一群年轻人讲古:"景山上的故事多喽,看见没有?那东山坡底下……那儿有一棵歪脖儿老槐树。那是李自成率兵攻进北京时,崇祯皇帝上吊的地方。"

"哎哟老爷子,这是老掉牙的故事了,不就是那个吊在歪脖儿树上的皇上吗?打小就听老辈儿人说,耳朵都磨出老茧喽,您来点儿新鲜的成吗?"一个小伙子说。

听老北京人讲古是一种享受,很有点儿单口相声的意思,常常使人忍俊不禁。北平胡同里引车卖浆者流大字不识者居多,您要是问他孙中山是谁,兴许有人不知道,若是提起明朝崇祯皇帝却没有不知道的,说了半天,还是这棵歪脖儿树实在太有名了,中国历史上有几个皇帝是上吊死的?

"新鲜的?有啊,就说这景山吧,当年老佛爷就喜欢搬把藤椅坐在'万春亭'里,沏上一壶'碧螺春'和小李子扯淡。老佛爷有一杆单筒望远镜,是洋人送的,瞧着就像根儿擀面杖,老佛爷挺喜欢,没事儿就拿它看景儿。这一看就看出娄子来了,您想啊,这'万春亭'四面都是景儿,老佛爷的脖子就像车轴似的也跟着四面转,就好比那螺丝入扣,转着转着脖子就'落了枕',正想找人'撒耙子'[1],有人来报,说九门提督拿住了大名鼎鼎的康八爷,正从景山后街往地安门刑部押送呢,瞅见没?就是那条街上……老佛爷一听来了精神,拿着望远镜瞅了个够,康八爷是一矮胖子,这会儿被捆得像个粽子,整个儿一没长开的模样儿,老佛爷怎么瞅怎么不顺眼,说小李子,就这么个玩意儿愣把京城闹了个底儿朝天?康小八要长得顺眼点儿老娘我兴许还给他判个'监候斩',要是就这揍性老娘我可不能轻饶了他。老佛爷气儿不顺,再加上脖子'落了枕',怎么着也得有人为这事儿'顶缸'[2]呀,于是康八爷为老佛爷的脖子吃了'瓜落儿'[3],被判了个凌迟处死……景山的故事还有呢,这山上架过两次大炮,第一次是庚子年,那年官军和义和团合了伙儿,一块儿去攻打东交民巷洋人的大使馆,久攻不下还死了不少人,聂士成一怒之下命令武毅军在景山上架炮,打算炮轰这帮孙子,临了老佛爷手软了,没敢开火,这大炮算是白架了。唉,老

---

1 老北京话,找人"撒耙子",意为找别人撒气。
2 老北京话,为这事儿"顶缸"相当于为这事儿负责。
3 老北京话,吃"瓜落儿"意为受牵连。

娘们儿误事儿啊，当年要是一炮轰下去，这会儿就没东交民巷啦……第二次是民国十三年，鹿钟麟逼宫，限宣统皇上二十分钟内卷铺盖滚出紫禁城，不然景山上的大炮就要开火，宣统皇帝溥仪那年十九岁，吓得差点儿尿了裤子，连个愣儿都没打立马蹿出宫去，从此再也没敢回来……您瞧瞧，景山上的故事还少吗？"

徐金戈站在景山的制高点上眺望全城，此时太阳已经落进西山，西边天际一片深红色的云霭，勾画出群山的轮廓，如剪纸一般瑟瑟淡远。暮霭夹着淡淡的炊烟弥漫在城内的青瓦红墙间，紫禁城那暗灰色的城墙，飞檐斗拱的角楼，故宫那高高的暗红色的宫墙，巍然屹立的太和殿，无处不显示出一种被压抑的宏大气韵来。这景致很适合配上一阕苍凉的散曲，极情尽致酣畅淋漓地诉说前朝往事的离合韵律，诉说历代兴亡的众生悲喜。战争与和平的主题在空间中恍惚交错，却在时间中远远相隔……一种安详宁静的氛围笼罩着北平城，若不是东单公园临时机场上频繁起降的飞机增添了一些战时的凝重，人们简直感受不到此时的北平是处在几十万大军的包围之中。

徐金戈长叹一声，低声吟道："玉帐空分垒，金笳已罢吹。东风回首尽成非……"

方景林顺着小路登上峰顶，随口接道："不道兴亡命也，岂人为……[1]"

徐金戈淡淡地向方景林伸出手道："看来景林兄也喜欢纳兰词？"

方景林握住他的手说："好词啊，哀婉凄美，令人柔肠百转，就是有一样，心情压抑的时候最好不要想它。"

徐金戈并不理会，他扭过头去望着暮霭中的神武门，仿佛挑衅般地吟道："谁能瘦马关山道，又到西风扑鬓时。人杳杳，思依依，更无芳树有乌啼。凭将扫黛窗前月，持向今朝照别离……[2]"

方景林叹了口气："金戈兄，你真是个不服输的性格。不错，我们胜利了，我们的解放大军就要开进北平了，国民党政权的垮台指日可待，这一切已成定局，但就我个人情感来说，的确应了你刚才吟出的词句，人杳杳，思依依，更无芳树

---

[1] 出自纳兰性德词《南歌子·古戍》，此句反映出作者的天命观，谓之古今兴亡之事为天命也，表达出作者厌于世事纷争的心境。

[2] 出自纳兰性德词《于中好》。

有鸟啼。凭将扫黛窗前月，持向今朝照别离……金戈兄，明人面前不说暗话，况且你我又是同行，彼此心里在想什么，不用说也心知肚明。你没有利用我的失态去邀功请赏，足以证明你是个够朋友的人，金戈兄，我还欠着你的人情呢。"

徐金戈仍然望着远方，所答非所问："真可惜，那是个好女人，景林兄，要是没有这场内战该多好？我为你感到难过。"

"谢谢！这也是我的心里话，都是中国人，谁愿意窝里斗？可是蒋先生执意要打，我们也只好奉陪了。金戈兄，我知道你早晚会来找我，我一直在等待。"

徐金戈指指灯火辉煌的东单临时机场说："景林兄，如果我愿意，这些飞机上随时有我的座位，你知道现在一个飞机舱位的行情吗？告诉你，两根'大黄鱼'。我们站长王蒲臣、副站长宋元和早走了，就在昨天，谷正文也走了。我本来也想走，可当我到了机场又改变了主意，决心还是留下，景林兄，你不想问问我为什么留下吗？"

方景林平静地回答："你总有自己的道理吧，如果你愿意说，我当然也愿意听。"

徐金戈凛然道："原因有两个，第一，这场内战实在没意思，我已经感到厌倦了，你知道，就算北平守军全部放下武器，接受和平改编，只要保密局系统拒绝参与，那么北平的战事仍然不会结束，这座古城很可能会变成一片废墟。作为一个有理智的中国人，我们必须要对战争的成本进行考虑。无论我们双方各有什么充足的理由，这充其量是一场内战，内战的胜利再辉煌，对国家和民族也是巨大的损失，我认为，为尽可能地保存民族元气，这场内战应该停止了。为了这个理由，一切个人荣辱都可以不考虑。"

方景林默默伸出手，两人的手紧紧握在一起。

"谢谢你，金戈兄，还有一个原因呢？"

"为了保密局北平站全体同人的身家性命和他们的前途，希望在他们放下武器后，贵党能善待他们。"

方景林郑重地点点头说："我代表中共北平城工部表态，只要你们放下武器，接受和平改编，我们对所有起义人员将一视同仁，既往不咎。你们为和平解放北平做出了巨大贡献，是立了大功的，人民会永远感谢你们。"

"贵党能如此宽大为怀，我和我的同事们当感激不尽，愿意为新中国效力！"

方景林神色凝重地望着暮霭笼罩的北平城低沉地说："金戈兄，你我相识是在1937年'七七事变'前夕吧？那时战争迫在眉睫，北平上空狼烟滚滚，空气里充满了火药味，那时我们虽然政见不同，但对待这场即将到来的战争却有着某种共识，那就是为国家和民族而战斗，不是胜利就是死亡。金戈兄，在抗日战争中我们干得不错，终于打赢了，没给中国人丢脸。关于这场反侵略战争，无论是共产党还是国民党都无愧于历史，无愧于国家和民族。至于这场内战的是是非非，也许我们现在说不清楚，但历史早晚会做出公正评判。金戈兄，看看这座城市吧，自1937年到现在近十二年时间里，北平的老百姓有过几天和平的日子？不为别的，只为北平的老百姓着想，也该结束这场战争了，狼烟散尽，和平到来，我们一起来建设一个自由、公正、民主的新中国，这是一件多么有意义的事。"

徐金戈默默伸出手，两人的手紧紧握在一起。

徐金戈望着西面暮色中的群山喃喃自语道："狼烟散尽，和平到来，这的确令人振奋，但下面的问题也随之而来，古人有训：其兴也勃焉，其亡也忽焉[1]。又要改朝换代了，但愿你们共产党人能跳出这个历史的周期律。"

方景林自信地回答："此言不准确，不是改朝换代，而是人民得到解放了，是开天辟地的第一次解放。"

山下的北平城亮起了万家灯火，古老的城墙外，五颜六色的信号弹此起彼伏，在宝蓝色的天幕中划出无数抽象的图案，犹如节日的烟火……

公元1949年1月31日，阴历正月初三。解放军第四野战军的部队从西直门开入北平城与国民党军交接防务，中共北平市人民政府的工作人员也同时入城接收市政。北平的所有城门上，换成了身着绿色军装，臂戴"平警"臂章的解放军士兵站岗，国民党的"青天白日"旗换成了人民解放军的军旗在北平城头随风飘扬。

2月3日是旧历大年初六。上午10时，四颗信号弹升上天空，解放军的入城仪式正式开始。入城部队以三辆装甲车和系有毛泽东、朱德肖像的彩车及军

---

[1] "其兴也勃焉，其亡也忽焉"出自《左传·庄公十一年》，臧文仲曰："宋其兴乎！汤、禹罪己，其兴也勃焉；桀、纣罪人，其亡也忽焉。"后世史家认为此语表达了一种历史的周期律——长久勃兴者少，迅速亡忽者多。

乐队为先导,由永定门出发。当装甲车队行进到前门牌楼时,欢迎的人群沸腾起来,欢呼声和飘动的彩旗、肖像交织成欢乐的海洋。解放军炮兵部队、坦克部队、摩托车部队、骑兵部队走过前门大街,最后入城的是庞大的步兵部队,步兵们高举着一面面红旗,奖章、军功章在他们胸前闪烁着光芒……

文三儿是过完"破五"[1]就上街拉车了,由于孤陋寡闻,他先是被隆隆驶过的坦克车吓得蹿进了胡同,在胡同里发了一会儿呆,见没什么危险才回到街上。在他有限的人生经历中,似乎还没有坦克的概念。当然,这也不是文三儿一个人的事儿,北平胡同里的老少爷们儿见过这玩意儿的还真不多,当年日本鬼子的坦克好像没进过城。文三儿听说过,这些当兵的叫解放军,大年初六是他们进城的日子。文三儿挺纳闷,进城就进城吧,干吗这么欢天喜地?玩出这么大动静?莫非是今天的厂甸儿[2]办到前门大街来了?

文三儿在前门楼子下看见一个穿黄呢子军装的解放军官儿,身旁还有两个挎盒子炮的护兵。他凑过去问:"老总,要车吗?"

那官儿笑道:"谢谢!我不用车,我说兄弟,别叫我老总,以后叫同志吧。"

"哎,老……同志,你们刚进城,等安顿下来,保不齐要坐车串串门儿什么的,就您这身份可不能满街找车坐,府上得有个拉包月的,到时候您言语一声……"

"谢谢!谢谢!同志,再见!"那解放军大官儿带着护兵向队伍走去。

这一天文三儿的生意不太好,他懵懵懂懂地从前门大街走到王府井南口,又从王府井南口走过天安门,一直走到西单十字路口,沿路到处是欢乐的人群,似乎北平城的老百姓全上街了,可就是没有一个要车的。

在文三儿的眼里,这一天和平常日子没什么两样,不过是街上热闹点儿,这也不奇怪,不是刚刚"破五"吗?这个年还没过去呢。要是有人告诉他,北平城从今天起改朝换代了,他准不信。

不管文三儿信不信,一个新时代的确到来了。

---

1 北方人称大年初五为"破五",按北方风俗这一天应该吃饺子。
2 逛厂甸儿,曾是北京人过年的旧风俗。每年春节期间,从和平门顺南新华街直到虎坊桥十字路口,路两侧搭满临时的草席暖棚,京城商家云集此处,游人如潮,是北京人过年的一个重要去处。

·第二十六章·

徐金戈走出监狱时已经是1975年了,从1950年被捕算起,他在监狱里整整度过了二十五年,这一年他五十五岁。

他还记得被捕的那天,是全城统一行动的,抓捕对象是旧政权的军、警、宪、特人员。其实"肃反"运动刚刚开始时,徐金戈就知道自己在劫难逃,就凭他保密局中校军官的身份,再加上中共地下党员罗梦云的死和他有直接的关系,共产党不会轻饶他。从被捕的那一刻起,徐金戈就认命了。干特工这行一般都没什么好下场,当年他的助手叶兆明是多么优秀的一个人才,英俊潇洒,勇气过人,接受过严格的特工训练,当年特训班的业务尖子,精通四国语言,不少上流社会的女人一见叶兆明便不可救药地爱上了他。这样一个优秀的特工,才执行过两次任务就丢了性命,真是可惜,他就是这个命,而徐金戈这条命又何尝不是捡来的?能活到今天已经是白赚了,徐金戈知足。

多亏了方景林,如果不是他为徐金戈做证,徐金戈活不过"肃反"这一关。应该承认,方景林还是很念旧情的,为了使徐金戈能免于死刑,他做了不少工作,最终他提出的三点理由引起了办案人员的重视:第一,徐金戈在抗日战争中做了一些对国家和民族有益的事;第二,在中共地下党员方景林身份暴露的情况下,徐金戈没有采取行动,从某种意义上说,挽救了方景林的生命;还有一点,徐金戈在北平尚未解放时主动与中共北平城工部联系,按政策应算起义人员,对北平的和平解放有一定的贡献。

办案人员承认了前两点理由,否决了第三点,他们认为,徐金戈的起义是被迫的,当时解放军大兵压境,国民党军如惊弓之鸟,他徐金戈不起义就只有死路一条,这算不上什么贡献,反而有投机革命之嫌。

徐金戈最终被从宽判处了无期徒刑，一条命算是保了下来，在当时那种形势下，方景林为徐金戈已经尽了最大努力，对此，徐金戈是领情的。

徐金戈在监狱中度过了漫长的二十五年。1959年，国家宣布对部分前国民党战犯实行特赦，监狱里的原国民党军政人员无不欣喜若狂，奔走相告，谁知这次特赦并不包括原国民党中下级官员，只是在原国军高级将领中选择了部分确有认罪表现的人实施特赦。大家空欢喜一场，免不了要发些牢骚。

"照理说，官儿越大罪过越大，怎么把大官儿倒放了，官儿小的就该把牢底坐穿？"

监狱管教人员也向大家做工作："别着急，以后还会有第二批、第三批，这不是刚刚开始吗？只要你们改造得好，人人都有机会。"

囚犯们终于安下心来，继续改造，等着吧，总有一天会轮到我们的。这一等又是七年，到了1966年"文革"开始，大家谁也不盼着出狱了。事情是明摆着的，外边已经闹翻了天，到处在抄家打人，别说是他们这些真正的"五类分子"，就是共产党的高官、大学教授、京剧名角、艺术家，大部分也被打翻在地。这时囚犯们才擦着冷汗庆幸道："老天爷，还是共产党心疼咱，要是五九年就把弟兄们'赦'出去，这会儿恐怕是死无葬身之地喽，还是监狱好，简直是个保险箱，得，这辈子哪儿也不去了，打死也不出去了，就在监狱里养老吧。"

徐金戈父母死得早，在外面没有任何亲属，他早已心如古井，对自己的未来不抱任何希望，也从来不做重返社会的美梦，在漫长的二十五年监狱生活中，他有很多次机会越狱逃走。那时他还年轻，凭他受过的训练，逃出这座监狱似乎不算难事，但他放弃了这些机会，逃出去了又怎么样？偌大的一个中国，哪里不是共产党的天下？就算你有天大的本事，最终逃到了台湾又怎么样？国民党会如何对待这个"投敌"人员？就是徐金戈自己也早对国民党政权失去了信心，他厌恶这个政权。

1975年，根据人大常委会决议，国家决定释放全部在押原国民党县团级军政人员，徐金戈正好够上线，他在原国军中军衔为中校，理所当然属于"县团级"。

徐金戈出狱时，全国正在"批林批孔"，报纸上总是出现一些佶屈聱牙的古文，不是桓宽的《盐铁论》，就是什么"商鞅变法""西门豹"之类的字词，让文化不高的老百姓们看得一头雾水。其实，这是几个文人出身的大人物在玩借古说今的把戏，想整倒政敌却不能明说，就拿古人说事儿，先造舆论，从外围入手，由表及里，在理论上做文章，把对手搞得半夜做噩梦，惶惶不可终日，这才发出致命一击，让政敌在猝不及防中翻身落马。这招数是"文革"中大人物们常用的手段，用多了就变成一种固定模式，连贩夫走卒都知道，一旦报纸上出现什么古文，肯定是什么人要倒霉了。

徐金戈由统战部门安排了工作，考虑到他少年时读过旧式私塾，自然熟悉古文，他被安排到区文化馆"工农兵学哲学小组"任古文翻译，工作还算清闲。

一日徐金戈路过前门大街路东的鲜鱼口，他记忆中当年鲜鱼口里有个老字号的兴华池澡堂，早年他曾在这个澡堂洗过澡，算起来得有三十年了，徐金戈决定进去看看那个记忆中的老澡堂还在不在。

在老北京城，鲜鱼口很有名。当初运河曾流经于此，这里是一个漕运码头，贩卖鲜鱼的地方，所以叫作鲜鱼口。离这不远处有叫三里河、水道子的地方，就证明了这一点。凡有水的地方，都曾经是兴旺之地，当时鲜鱼口的名声比对面的大栅栏还要响亮。

徐金戈记得当年鲜鱼口最热闹的地方是个小小的十字路口，路北依次是专卖炒肝的天兴居、兴华池澡堂、便宜坊烤鸭店、天成斋鞋店，路南依次是联友照相馆、黑猴百货店和马聚源帽店。这都是他当年常去的地方。天成斋做的双脸布鞋，足青布面，全包鞋底，前面两条皮脸，好看结实也不贵。黑猴百货店里卖的是针头线脑，门前有个楠木做的黑猴捧着金元宝笑脸迎客，再往前走一点就是华乐戏院、正明斋饽饽铺和长春堂药店。

徐金戈记得抗战胜利那年，他陪乔家才站长在华乐戏院看过京戏《挑滑车》……眼前的一切都已残破不堪，当年的华乐戏院倒是还在，名字却改成了"大众剧院"，幸好兴华池澡堂还没有拆，居然还在营业，徐金戈走进澡堂买了张澡票。这是个星期一的下午，澡堂里顾客很少，他冲了淋浴便在卧榻上躺了下来，不一会儿就迷迷糊糊睡着了。也不知睡了多久，他被一阵喧哗声吵醒。徐金戈抬起头看了看，见存衣柜的另一侧有几个老人在大声说笑，这些老人看样子都有六七十岁了，从他们在公共场所肆无忌惮大声吵闹的行为上看，应该属于底层的体力劳动者。徐金戈翻了个身，想再睡一会儿却睡不着了，这几个老人的嗓门实在太大，他们好像在议论"文革"中的一些事。

"我说，满世界地抄家那年应该是哪年呀？我一算这个就犯晕，脑袋里老想着老皇历。"

"我看出来了，您脑袋瓜儿里尽是糨子，抄家是六六年。"

"对，就是那年，老哥儿几个还记得吧？那年热闹呀，我从虎坊桥蹬着车奔天桥去，这一路上就没消停，到处都在抄家、砸东西，这么高、这么粗一咸菜坛子愣从四楼扔下来，'吭'一声砸马路牙子上啦，咸菜汤溅出好几丈远。当时我还纳闷，谁呀？这不抽风吗？您抄家就抄家吧，干吗跟咸菜坛子过不去？好嘛，下午我给'全聚德'送货，一瞅可了不得，红卫兵愣把'全聚德'招牌给卸下来扔火里烧啦，敢情那仨字是锡做的，一进火里就化了，'全聚德'的经理正撅着屁股让人斗得七荤八素找不着北，红卫兵在一边儿数落着，烤鸭是劳动人民吃的吗？你们怎么专为资产阶级服务？一管事儿的厨子点头哈腰地问红卫兵，小将，小将，您下指示，明儿个我们卖点儿什么好？红卫兵说，打明儿个起卖窝头吧，您猜怎么着，第二天'全聚德'还真卖上窝头了，三分钱一个，窝头蒸得又大又暄，到底是名饭庄，窝头蒸得都比别处地道，'全聚德'什么时候这么红火过？那长队排的，都排到前门楼子了……"

"扯淡，这也算排队？我告诉你，民国三十四年夏天我那辆洋车出毛病了，修车铺说得三天才能修好，我心说了，那我这三天的饭辙怎么办？总不能拿根绳儿把嘴扎起来吧？咱得想辙呀，第二天我就在六部口支摊儿卖上酸梅汤了，俩大子儿一勺，街上的人一瞅见我呼啦一下子就围上来，我左一勺右一勺，左一勺右一勺……只管低头舀汤，等锅见了底，我抬头一瞧吓了一跳，您猜怎么着？这大队排的，从六部口排到西四牌楼了……"

几个老人大笑起来，一个没了牙说话漏风的老头儿笑骂道："你就吹吧，站在六部口怎么就看见西四牌楼啦？到西单路口就得朝北拐了，你那眼神儿也能拐弯儿？"

这时一个胖老头儿下身围着毛巾从热气腾腾的浴池间里出来，朝几个老人打招呼："哎哟，老哥儿几个，有日子没见了，今儿个可得好好聊聊。"

第二十六章

"这不是老车轴吗？我瞧您最近好像瘦了，怎么回事儿？"

胖老头儿笑呵呵地摆手道："别提啦，说出来让哥儿几个笑话，家丑啊，不提啦，不提啦……"

"不行，不行，您得说说，哥儿几个也不是外人，是不是咱老嫂子给您气受啦？"

"这她倒不敢，咱在家好歹是一家之主，回了家是横草不拿，四仰八叉往那儿一躺，老婆子上赶着给我捶腿，好吃好喝伺候着，要说日子过得也算舒坦，就是有一样，一到晚上睡觉我就犯愁，说出来让哥儿几个笑话，我家老婆子总拉我干那个，我说我不行了，我都多大岁数啦？孙子都有了，再干那个可有点儿为老不尊，可老婆子不干，愣是跪下来求我，我他妈……一怒之下，一脚就把老婆子从床上给踹下去啦……"

"等会儿，等会儿，我说老车轴啊，咱老嫂子今年多大岁数？"

"嘿嘿！不好意思，比我小一岁，今年七十九啦。"

老头儿们哄笑起来，徐金戈这才听出来，他们是在寻开心，那胖老头儿走路都颤颤巍巍的，他老伴儿恐怕也是这般光景了，哪还有劲头儿干这个？徐金戈半合着眼，仔细听着老人们的调侃，他第一次感到纯正北京话的鲜活，也只有北京的底层社会才能保持这种方言的鲜活和生动。

胖老头儿突然大惊小怪地喊："哟嗬，这不是文爷吗？您可是半天没言语了，今儿个是怎么啦？每回见面就数您话多，不知道的还以为您是'话痨儿'呢。"

"不着急，我算看出来了，老哥儿几个哪是来洗澡的？是来舒坦嘴的，不让你们说舒坦够了行吗？要是文爷我一开口，还有你们插嘴的份儿？"

"得嘞，文爷，您只管说您的，今儿个有的是时间，对了，上次您说六六年有个红卫兵头儿拎着酒来看您，说是请文爷出山，想摆平什么人，有这事儿吧？上次我听了这么一耳朵就没下文了，这回您接着说。"

"嘿，还记着这事儿哪？那我就给你们来一段儿。那年红卫兵先是抄家、砸东西，后来该抄的抄了，该砸的砸了，又没得玩啦，又琢磨着揍小流氓了，这下子揍出点儿麻烦来。西单那边有几个小子，让红卫兵追得走投无路，都跑到宣武门教堂的二楼上，拿着菜刀和棍子守在楼梯口，专等红卫兵，上来一个

429

收拾一个，瞅这架势是要玩命了。红卫兵把教堂围个里三层外三层，可谁也不敢上去。那红卫兵头儿没了主意，跟手下人说，去！打听一下，西城这一片儿谁说了算？当时有人说了，这还用问？文爷呗，这事儿还非得搬文爷不可，要不然派出所警察来了也没戏，就这么着，那红卫兵头儿拎了两瓶'二锅头'，两条'大前门'，还有俩点心匣子，死说活说求我出山，咱收了人家东西，总不能黑不提白不提吧，再者说，连毛主席都给红卫兵戳着，文爷我怎么说也得意思意思吧？那天我穿了一条练功用的灯笼裤，腰上扎一条三寸宽的板带，脚上穿一双'踢死牛'，上身光着板儿脊梁，咱这身腱子肉就这么翻着，我噔噔噔就上了楼，那几个小子见有人上去，菜刀棍子都举起来了，说话就要血溅教堂啊，您猜怎么着？一见了我立马没了脾气，领头儿的那小子说，哎哟，这不是文爷吗？您老人家怎么上这儿来啦？有什么事儿您尽管吩咐，还劳您跑一趟。我说了，谁让你们跑教堂来了？这是人家念经的地方，不是耍胳膊根儿的地儿，都他妈给我滚下去，我跟红卫兵说了，人家答应不揍你们。领头的那小子说，得，文爷，我们听您的。本来这事儿就算过去了，这时又出了个岔儿，有个小兔崽子不是西城这一片儿的，没听说过文爷的名号，嘿！敢跟我叫板，他小眼儿一瞪说，你这老棺材瓤子是打哪儿蹦出来的，我们凭什么听你的？当时我就怒了，你个小兔崽子，活腻歪了吧，敢跟你文爷这么说话？我一个'通天炮'正中他鼻子，紧接着又是一个'黑狗钻裆'，把这小子扛起来，他滴溜溜像个风车一样在我头上转了十几圈，然后我一发力，嘿！愣把这小子从二楼顺下去啦……"

老头儿们大笑起来。

"老文哪，你就抡圆了吹吧，留神把税务局的人吹来，让你上税。"

"老文，我记得你这辈子摔死的、打死的有七八个啦，公安局长是你大爷吧？要不然你咋还好好地坐在这儿。"

连徐金戈都被逗乐了，喜欢吹牛的人不少，但这么能吹的人他还真是第一次遇到。不过……听这人说话怎么有点儿熟悉，难道以前见过这个人？二十五年了，多少记忆都随着岁月的流逝而淡去，徐金戈努力在头脑中搜索着支离破碎的回忆……二十五年前的往事犹如被迷雾笼罩的山峦，朦胧而遥远，一朵火花倏然一闪，从茫茫无涯的历史深处划过，被悠长岁月尘封的许多往事在一

第二十六章

刹那间像被灼亮的光源所照耀，全都像电影画面一样鲜活地呈现在徐金戈的眼前……天哪，这是文三儿，他还活着？徐金戈发现，二十五年来流逝的岁月并没有淹没掉记忆，它们贮藏在徐金戈的记忆深处，每一个细节都保存得完好无缺……

徐金戈走到文三儿面前，仔细辨认着："你是文三儿，还认识我吗？"

文三儿的头发眉毛都白了，背也驼了，黑乎乎的脸上布满了刀刻般的皱纹，就像一截老树桩，文三儿愣了一下，马上就认出了徐金戈："您是……哎哟，您是徐爷……您还活着？"

文三儿的眼泪一下子流了下来："徐爷……我还以为您被枪毙了……这么多年了……您在哪儿啊……我总梦见徐爷您，梦见您送我的那辆洋车……我以为这辈子再也见不着您了……呜呜呜……"文三儿哭了起来。

徐金戈在这一瞬间也百感交集，多少年了，他在这个世界上没有亲人，没有朋友，对自己而言，这个世界真的非常冷酷。自从杨秋萍死后，他觉得自己的心、自己的感情也随着死去，早已变得心硬如铁，却没想到今天自己还会激动，还会有一种见到故人的欣喜……

徐金戈握着文三儿的手说："文三儿啊，我还活着，坐了二十五年牢，就算我有天大的罪，现在也该赎清了，见到你真高兴，咱们得好好聊聊，这些年你过得怎么样？"

文三儿用浴巾擦了擦眼泪鼻涕："徐爷，一言难尽，我过得再不好也不能跟您唠叨，您可是受了苦啦，咱们现在就穿上衣服，我得请您吃饭。"

北平和平解放后，最先倒霉的是文三儿，这怨不得别人，要怨只能怨他那张臭嘴。解放军进城后，新政府贴出告示，要求凡在国民党军警宪特部门工作过的人尽快到各区的登记站进行身份登记，有武器的要交出，凡隐瞒身份或藏匿武器的，一经查出，严惩不贷。那段时间里，各城区的登记站前排起了长队，文三儿路过时还经常停下来看看热闹。这些排队的主儿都蔫头耷脑，显得忧心忡忡，文三儿很有些幸灾乐祸，倒退几个月，这帮孙子可不是现在这模样，见了臭拉车的没说话就先瞪起了眼，如今算是崴泥啦。看来这世道是真变了，穷人还真翻身做主人啦！想到这儿，文三儿都会产生一种强烈的优越感。

唯一使他感到不快的是大裤衩子那来顺，自打解放军进了城，那来顺对文三儿的态度就发生了根本性的变化，见了文三儿爱搭不理的，有好几次，车行里的伙计们聊天，只要文三儿一开口，那来顺的话就横着出来，每句话都能把文三儿噎到南墙上。文三儿觉得犯不上和那来顺置气，多一事不如少一事。那来顺如今是屎壳郎变季鸟儿——一步登天了，他一个远房侄子跟解放军进了城，现在是区政府的工作人员，那来顺立马抖了起来，觉得"同和"车行搁不下他了，连孙二爷的车份儿也不交了，令人奇怪的倒是孙二爷，这老东西连个屁也没敢放一个。

文三儿终于在一天夜里被几个武装士兵从被窝里拎出来，戴上手铐拿进公安局。持续二十四小时的突审把他审得头昏眼花，审讯者提出的问题很简单："你什么时候参加的军统？你的上级是谁？为什么不参加登记？"

文三儿大呼冤枉，说自己压根儿就不知道军统的大门朝哪边开，自己就是一臭拉车的，人嫌狗不待见，就是上赶着往前凑人家军统都懒得搭理。

负责审讯的干部刚从作战部队转业到公安局，本来也是个粗人，他一听文三儿绕来绕去，车轱辘话来回扯，顾左右而言他，便心头火起，认定文三儿是个受过反侦察训练的老手，他把上了膛的驳壳枪往桌上一拍吼道："文三儿，我给你三分钟时间，再不老实交代我一枪毙了你！"

而文三儿还没到三分钟就尿了裤子……

这件事很快就搞清楚了，那不存在的"军统特务"是文三儿自己吹出来的。怨不得别人，文三儿为自己这张嘴付出了一定的代价，白白蹲了一个星期的号子。他心里跟明镜似的，使坏的没有别人，除了那来顺这王八蛋，不会有第二人。

肖建彪、孙二爷都是1950年"镇反"时被拿进大狱的，彪爷进去没几天就给毙了，据说是民愤极大，不杀不足以平民愤。

至于孙二爷的罪过，当时办案人员还有些争论，有的人认为孙二爷虽说是个老流氓，但没有什么血债，论罪不该死。有的人却认为像孙二爷这种社会渣滓杀一个少一个。后来办案人员决定，还是让群众评议一下，群众才是真正的英雄。

区公安局和区政府的工作人员把孙二爷押到"同和"车行，召集车夫们开了个控诉会，鼓励大家大胆揭发孙二爷的罪行。车夫们发言都很踊跃，那来顺蹿上去照着孙二爷的老脸就是几个嘴巴，他咬牙切齿地骂道："老王八蛋，你也有今天……"

区政府主持会议的干部当即表扬了那来顺："还是这位工人兄弟觉悟高，对敌斗争的态度很坚决，我们要向那来顺同志学习！"

那来顺受到表扬便有些搂不住兴奋，他请示道："政府同志，你们甭管了，把这老东西交给我们得啦，我保证把他打出屎来。"

当然，公安局的同志坚决制止了那来顺的冲动。

文三儿在会上也以受害者的身份发了言，当说到孙二爷逼迫自己每天早起遛鸟儿时，文三儿还掉了几滴眼泪。至于孙二爷为遛鸟儿免他车份儿的事，文三儿则闭口不谈。当区政府的工作人员为孙二爷的定罪问题征求大伙意见时，大家异口同声地表示：毙了算啦！

结果孙二爷就真的被枪毙了，罪名是流氓恶霸。

没过多少日子，那来顺由于对敌斗争坚决，被作为工人骨干调到一家工厂与资本家做斗争去了。

文三儿还在一个建筑工地上见过白连旗和德子，这两位爷正灰头土脸地给人家当小工呢，文三儿寻思，这就对了，新社会可不养闲人，八旗子弟怎么着？您凑合着筛沙子吧。

文三儿接下来的日子过得很平淡，抗美援朝战争、"三反五反"运动、社会主义改造运动……这些运动似乎和一个车夫没有太大关系，只有一件事使文三儿一直耿耿于怀。1956年公私合营，文三儿加入了街道办事处下属的企业——货运联社，成了集体所有制企业的职工，每月工资四十二元。这倒是件好事，旱涝保收，干多干少都是四十二元，比起新中国成立前饥一顿饱一顿的强多了，唯一使他痛心疾首的是，徐金戈送他的洋车稀里糊涂成了公产，文三儿为此心疼得失眠好几夜，幸亏第二年联社统一淘汰了人力车，全部换成脚踏平板三轮车，文三儿的心里才恢复了平衡。

1966年"文化大革命"运动爆发时，文三儿整好六十五岁，按他的年龄五年前就可以退休，但文三儿考虑到退休后的收入会减少，再加上身体也不错，所以就没办退休手续。

对"文化大革命"的认识，文三儿和那些狂热的青年学生没什么两样，只是觉得日子过得太平淡，提不起精神来，这时猛不丁地来场运动也是件挺热闹的事儿，不仅是以前的一切章程都不作数了，而且那些有头有脸的人物都被揪了出来，正撅着腚挨斗呢。

文三儿感到很兴奋，有一次他从绒线胡同经过，看见红卫兵正在斗争一个胖子，据说此人是个资本家，文三儿停下三轮车冲进人群，照那胖子的屁股上猛踹了一脚，胖子摔了个嘴啃泥，文三儿由于用力过猛，一时收不住脚，也跟着一头栽倒，把嘴唇都磕破了，靠两个红卫兵小将帮忙才站了起来。

文三儿的举动引来围观人群的一阵喝彩，一位女红卫兵还夸奖了他，这位老大爷觉悟真高，在旧社会一定是个苦大仇深的人。文三儿在众人的称赞中凯旋般地骑车离去，心里很是受用。这些批斗会使文三儿有了一定的感悟，幸亏自己是个穷人，这年月当个穷人好处实在太多了，至少是没人惦记你、算计你，一个穷人就像一颗不起眼的沙粒，一旦掉进沙堆里别人想找也找不着，文三儿觉得自己算是悟明白了。

唯一使文三儿不习惯的是，联运社也增加了"天天读"的新规矩，每天出车之前要集体学习一个小时，主要是学习"老三篇"。上级要求每个人都达到倒背如流的程度，两个星期以后领导要亲自来考核，必须人人过关，这可难坏了文三儿等人。联社里共有职工四十一人，最年轻的也有五十多岁了，基本上都是文盲或半文盲，别说是背诵文章，就是会写名字的也没几个。既然是上级派下的任务，大家只好硬着头皮死记硬背，不然交不了账。

天地良心，文三儿在这两个星期中连酒都没敢喝，他确实下了功夫，连蹬三轮车的时候嘴里还唠叨着：我们的共产党和共产党所领导的八路军、新四军……但文三儿脑子里像是灌满了糨子，越搅和越稠，最后又终归一片混沌，他彻底地放弃了这项政治任务，按文三儿自己的话说，叫"该死屁朝上，爱怎么着就怎么着吧"。

第二十六章

两个星期后，文三儿遭到无产阶级专政铁拳的迎头痛击。

那天照例是"天天读"，联社里号称最有文化的梁宝才结结巴巴读了一段《人民日报》，大伙对梁宝才的朗读水平大为不满，众口一词地说，你是他妈的什么狗屁秀才？把哥儿几个念得都快迷糊着啦。其实这怨不得梁宝才，他统共才念了一年小学，能把文章结结巴巴念下来已经很不错了。大家正吵闹着，只见文三儿像火烧屁股似的蹦了起来，手忙脚乱地解开裤腰带脱下裤子。原来文三儿刚才打了个盹儿，一不留神把手里的烟掉在裤裆上，直到燃烧的烟头烧穿裤子烫到皮肉才惊醒。伙计们都幸灾乐祸地大笑起来，梁宝才突然发现文三儿的内裤有点儿特别，仔细一看，原来文三儿的内裤是用几个红卫兵袖章拼接而成的，更可乐的是，这些袖章竟分别属于不同的造反派组织，正面是"毛泽东主义红卫兵"，左右两瓣屁股分别是"井冈山造反团"和"千钧棒战斗队"，这条奇异的裤衩把大家笑岔了气。

文三儿坦然解释道："我们街坊家二小子是什么造反团的头儿，这种'红箍儿'有的是，那天这小子往家扛了一麻袋，我说，老二呀，把你那红箍儿给我几个，老二往麻袋里抓了一把给我，我一数有二十多个，好好的布料挂胳膊上多可惜？咱得派上用场，我求对门老胡头的儿媳妇做了几条裤衩，你还别说，除了颜色花点儿，穿着还挺舒坦。"

梁宝才说："这叫紧跟形势，如今讲究'红海洋'，您瞅瞅大街上，院墙上，电线杆子上都拿红油漆写上标语了，我还琢磨呢，赶明儿咱们都得穿红大褂儿，这不，还是文三儿觉悟高，连裤衩都成'红海洋'啦。"

文三儿边穿裤子边得意地问："哥儿几个，知道什么叫'四红'吗？告诉你们，叫庙里门儿，火烧云儿，宰猪的刀子，语录皮儿。"

学习组长郑振亭说："哟嗬，咱文三儿有学问啊，还知道'四红'呢？要说论'四'，你文三儿可差着行市呢，我得教教你，知道'四绿'吗？是青草地，西瓜皮，王八盖子邮电局。怎么样？还有'四白'，洋白面，雪花糖，妞儿的屁股大白羊。"

文三儿笑道："要说背'老三篇'，文爷我承认不行，要论说片儿汤话，文爷我是状元，我教教你们，先说'四硬'吧，顶门的闩，城墙的砖，光棍的鸡巴，在职的官。都够硬吧？再说'四软'，新翻的地，刚添的坟，妞儿的肚子发面盆。还有'四欢实'，河里的鱼，顺风骑，十八九的姑娘大叫驴……"

文三儿说得正起劲，没想到街道办事处分管联社的干部老于推门进来，他已经在门外听一会儿了，心里很气愤，这些乌七八糟的老家伙居然把"天天读"开成这样，简直是反动透顶，老于憋了一肚子气。

一见老于进来，一屋子人都不吭声了，文三儿更是傻了眼，他讪讪地坐下，又拿出一根烟讨好地递给老于。

老于一摆手拒绝了文三儿的烟，开门见山地问："老文啊，'老三篇'背得怎么样？"

"还……还行吧。"文三儿回答得很没底气。

"那你给我说说，白求恩是谁呀？"

"烧木炭的……是吧？"文三儿也不十分肯定。

"那张思德是谁？"

"外国人，不远万里来到中国……每天挖山不止……"

老于讽刺地说："学得不错嘛，文三儿，您可真受累了。"

"哎哟，您客气了，领导才辛苦……"文三儿真诚地认为老于在表扬自己，赶紧谦虚几句。

"文三儿啊，你在旧社会也算是个穷苦人吧？那你就谈谈新旧社会有什么不同，再谈谈自己对共产党毛主席的认识。"老于和颜悦色地问。

文三儿挠挠头皮，迟疑地说："要说……要说有什么不一样，也就是……旧社会我拉车用两条腿儿跑着，到了新社会……我蹬上三轮啦，不用跑了，可话又说回来，不是还得用两条腿儿蹬吗？三轮车总不能自个儿走吧？能自个儿走的那是摩托……旧社会咱拉车挣钱没准谱儿，有时一天能挣好几块，有时挣不着钱就得扛着。新社会呢……大伙儿吃大锅饭，都是四十二块钱，撑不着也饿不死，就是得算计着过日子，要不然顶不到月底……"

老于打断文三儿的唠叨："我问你对毛主席、共产党的认识，你说说。"

"毛主席？毛主席好啊，那是大救星，要不是他老人家……我还拿不上这四十二块钱呢，可就是有一样……也不知道该说不该说？"

"你说嘛，知无不言，言者无罪，这是毛主席说的。"老于热情地鼓励道。

"我那辆洋车……可是我自个儿的，当年在虎坊桥'西福星'车行花一百九十五块大洋买的，可……公私合营那年咋稀里糊涂就成了公家的啦？好嘛，那辆车本来姓文，才过了一宿，就他妈的改姓啦，不姓文了，改姓毛啦……"

老于突然翻了脸，他声色俱厉道："文三儿，你不要再说了，这样吧，把你的车钥匙交出来，从今天起，你停职反省，等候组织上的处理。"

文三儿一时没闹明白"停职反省"的含意，他只当是老于给他派了新任务，不用干活儿了，他关心的是另外一个问题："于同志，您的意思是……我不用出车了？那开支时扣不扣我工资？"

老于懒得和他扯淡，转身走了，文三儿再看看周围，伙计们早都溜得没影儿了。

文三儿还没来得及深刻"反省"，第二天就被拉去参加批斗会了。这类批斗会他参加过很多次，可这回不一样，文三儿被勒令站在台上，弯腰低头，身体必须弯到九十度或小于九十度，和他同时上台的还有三个人，都保持着这种奇异的姿势。文三儿用余光扫了一下两侧，突然惊奇地睁大眼睛，他发现左边站着的竟是京剧名角儿杨易臣。杨老板老了，头发胡子全白了，他穿着一身皱皱巴巴的灰布中山装，和当年穿着光鲜戏装，扎着背靠的那位名角儿判若两人。这时台下开始呼口号，按照姓名排列把被批斗的人"打倒"了一遍，文三儿这才听清楚，自己的罪名是"现行反革命分子"。革命群众对他的态度是："现行反革命分子文三儿不投降就叫他灭亡！"

文三儿心说了，那我要是投降呢，这事儿是不是就算过去了？

按照程序，口号过后是各界代表上台发言，内容无非是揭发批判台上的人，至于文三儿的具体罪行他没顾得上听，倒是竖起耳朵仔细听了杨易臣的"罪状"，大致是些"散布封资修流毒，到处种植大毒草，极端仇视社会主义制度"等。文三儿感到很激动，他甚至觉得能和杨老板站在同一个台上完全是自己的造化。杨老板是谁？名角儿啊！当年杨老板一出《挑滑车》，平津两地无数戏迷为之倾倒，平津有名的大饭庄都设有杨老板的专座，杨老板不到，座位永远空着，别人想坐坐，门儿也没有，甭管你多高的身份，如今文三儿能和杨老板肩并肩地站在台上，实在是高攀了。

此时台下的口号声如火山爆发，此起彼伏，大有山呼海啸之势，而文三儿却充耳不闻，只当是放屁，他密切观察着杨老板的一举一动，杨易臣低着头，眼睛半合，仿佛老僧入定一般。

文三儿不禁大为感慨，名角儿就是名角儿，那张脸生来就是为万人瞻仰的，杨老板才不管台下有多少人，多大的嗓门儿，人家早习惯了。当年杨老板扮《六五花洞》中的大法官，戏中一声："领法旨呀！"台下顿时炸了窝，喝彩声震动全场，久久不息……今天台下虽说也挺热闹，但比起当年来可差远了。文三儿为杨老板感到很自豪，他甚至庆幸自己在"天天读"时胡说八道，继而感谢街道干部老于，若不是他帮忙，自己这辈子恐怕也没机会和杨老板站在同一个台上，总有一天，杨老板会回忆起今天，他遭难的时候是谁陪着呢？文三儿啊。想到这儿，文三儿不由得兴奋起来，他抬起头，面带微笑地注视着台下的人群，感觉自己也成了名角儿，正在登台献艺……

"啪"的一声，文三儿的后脑勺挨了重重一巴掌，有人呵斥道："老实点儿，低头！"台下又响起了震天动地的口号声："文三儿不低头就叫他灭亡！"文三儿哆嗦了一下，低下头去……

那段时间文三儿算是露了脸，参加过几次陪斗，成了全脱产人员，和专职干部的待遇没什么两样，可能是由于街道办事处劳资科的疏忽，他的工资发放居然没有受影响。按理说，凡属"牛鬼蛇神"都应该只发十二块钱生活费，为此文三儿总是偷着乐，觉得占了很大的便宜，他不觉得陪斗有什么丢脸的，无所谓嘛，反正他平时也没什么"脸面"，所以也没什么可"丢"的，这回稀里糊涂就成了"脱产人员"，不用干活儿还白拿着工资，这种好事可不常有。

倒是街道干部老于先明白过来，他发现文三儿总是主动请示："今天去哪儿接受批判？"看他这意思好像不是去陪斗，而是去参加旅游，脸上没有半点儿沮丧的表情，倒是很有些亢奋，这使老于感到特别扭。领袖说过："人民大众开心之日，就是反革命分子难受之时。"文三儿这狗东西不但没有一点儿难受的样子，怎么反而像吃了蜜蜂屎似的，比过年还兴奋？老于琢磨了很久才悟出点儿名堂，这小子本来就属于最底层的小人物，按北京话说，叫人嫌狗不待见。他什么都没有，因此也不可能失去什么，马克思那句话是怎么说的？"失去的只是锁链，得到的将是整个世界。"老于终于明白了，照这么说，这狗东西恶毒攻击了党和领袖之后，居然什么都没失去，还他妈的"得到的将是整个世界"？这简直美死他啦。

老于想明白了之后，文三儿又蹬上了三轮车，"脱产人员"的日子一去不复返了。

徐金戈和文三儿的交往中断了二十五年后，又恢复了联系。比起二十五年前，文三儿的变化不大，除了面相上的衰老，他个人的生活、习性还是老样子，唯一不同的是文三儿有了一间自己的住房。1950年孙二爷被镇压后，"同和"车行的房产被充公，文三儿等几个常年住车行的车夫都被政府分配了住房，那时住房资源还不算紧张，文三儿也没觉得有间住房是多么了不起，可到了70年代，住房紧张的问题就显露出来，文三儿的房子简直成了香饽饽，左邻右舍都盯着这间房，邻居们都认为文三儿简直太奢侈了，居然一个人住一间房，他凭什么？

文三儿的家徐金戈去过一次，那是间只有九平方米的破烂平房，睡觉的铺板是用四摞旧砖垫起来的，屋子的角落里有个破旧的衣柜，上面竟然缺了一扇门，文三儿四季的衣服都放在里面，还有一张桌子和一个长板凳，看破旧程度可能是从哪儿捡来的。

徐金戈问文三儿为什么不娶个媳妇。

文三儿回答："我他妈连养自个儿都费劲，哪儿还养得起娘们儿？算了吧，还是一个人好，一人吃饱，全家不饿。"

1978年的一天，徐金戈接到通知，他被告知自己被选为区政协委员。他很奇怪，自己是个刑满释放人员，在政治上是个"贱民"，怎么突然成了区政协委员？要说是被"选上"的，自己除了认识个文三儿，谁会认识自己？既然谁都不认识，又如何被"选上"？谁选的？

徐金戈自从当上政协委员后，开会的时间多了，工作也比以前忙了许多，他有很久都没见过文三儿。一日徐金戈路过果子巷，忽听见有人叫徐爷，他发现文三儿坐在一家小酒馆靠窗的位子上，正向他招手。

徐金戈走进酒馆，因很久没见，想和文三儿聊聊。

文三儿喝酒的方式使徐金戈大吃一惊，他要的是九分钱一两的劣质白酒，没有下酒菜，他把桌上免费提供的酱油、醋倒进碗里，然后从怀里掏出一个纸包打开，里面露出一颗光滑圆润的鹅卵石……徐金戈目瞪口呆地看着文三儿，不知他在搞什么名堂。只见文三儿把鹅卵石放进酱油里泡了一下，然后用筷子夹出放进嘴里嘬一嘬咸味儿，就一口酒喝下，又把鹅卵石重新泡进碗里。

徐金戈问："文三儿啊，你怎么跟块石头干上啦，这是种新喝法呢，还是兜里没钱，买不起下酒菜？"

"不是月底了吗？没钱啦，离开支还有几天呢，先凑合着吧。"文三儿说着又嘬巴起鹅卵石。

徐金戈要了一瓶"剑南春"和几个凉菜，对文三儿说："别嘬巴你那石头了，我请你。"

文三儿没动筷子，他神色黯然地说："徐爷，我没脸吃您的，当年您送我一洋车，那是多大出手啊，一百九十五块大洋啊，搁现在能买辆摩托，可我没保住那辆车，给充公了，还不能说，说了就开批斗会……徐爷，我对不住您，您坐了二十五年大牢回来，照理说我该帮帮您，可我无能啊，自个儿都混不好，我他妈能帮谁呀……"文三儿说着眼圈都红了。

徐金戈安慰道："别这么说，我徐金戈如今举目无亲，只有你这么一个故交，当年你两次救过我的命，是我欠你的情，不过我现在也没什么能力回报你，真的很惭愧，来，什么都不说了，咱们喝酒。"

文三儿喝下一杯"剑南春"，心情似乎好了起来，话也多了："徐爷，您还记得方爷吧？头些日子我碰见他啦。"

"方景林，他还活着？"

"活着呢，就是活得不太好，也是坐了十年大牢，今年年初刚放出来。"

"怎么，他也坐牢了？不会吧，他可是个老革命呀。"

文三儿夹了一块猪耳朵放进嘴里："新中国成立后我就没怎么见过他，可也是，人家当了大官儿，谁搭理我一臭拉车的？方爷先是公安分局的局长，到了'文革'那年，方爷已经是市局的副局长啦，照理说方爷混到这份儿上不容易，可不知咋回事儿，六七年年底方爷被拿进大牢，一关就是十年，听说方爷是叛徒又是日本特务、国民党特务，罪过大了去啦。"

"文三儿啊，你拣重要的说，他现在怎么样？你怎么看见他的？"

"头前日子我帮煤站拉蜂窝煤，不是要过冬了吗，家家都得存点儿煤生火取暖呀，煤站的人忙不过来，办事处就叫我们联社去帮忙送煤，我负责教子胡同那一片，方爷被放出以后，上面说他的事儿还没完，不能分配工作，就暂时住在那儿，还真巧，方爷住的那个院离当年罗小姐死的那院只隔了一堵墙，是上面分配的还是方爷自个儿要求的我就不清楚了。那天我把煤往院门口一卸就打算走，我朝院里吼了一嗓子，谁要的煤？可自个儿看好了，回头丢了我可不负责。这时方爷端着块木板搬煤来了，他把蜂窝煤一块块码在木板上，再从院门口端到他住的小屋里，弄得自个儿跟煤黑子似的。我瞅着他眼熟，一琢磨，哎哟我的妈呀，这不是方爷嘛，他怎么住这儿来啦？我说方爷，您还认得我吗？方爷抬头看了看，一眼就认出了我，你是文三儿吧？您瞧瞧，记性真好，要么怎么说是当警察的呢。不像我，属耗子的，记吃不记打，什么事儿撂爪儿就忘。我说方爷，您还记得徐金戈徐爷吗？他也出来啦，您想见见吗？方爷说，哦，以后再说吧……"

徐金戈马上打断文三儿的话："文三儿啊，你以后再看见方景林不要再提我的事，人家虽说也遭了难，可那都是共产党内部的事，和我这种人性质不一样，老方也有自己的难处，我们应该体谅才是。"

两人走出酒馆时，文三儿说要送送徐金戈，他用一块干净毯子铺在三轮车的平板上，请徐金戈坐上，然后蹬起了三轮车："徐爷，您可能不知道，干我们这行的如今有了新称呼，叫板儿爷，我喜欢这称呼，好歹是爷呀，比原先叫我们臭拉车的强多了。"

文三儿熟练地在街上的车流中拐来拐去，犹如鱼儿入了大海一样自如。他今天心情似乎不错，酒量也见长，喝了半斤"剑南春"居然没醉，除了有些亢奋话多外，还不见失态，看来文三儿如今已经摘掉"酒腻子"的称号了，他正兴致勃勃地哼着一支小调：

> 桃叶儿那尖上尖,柳叶儿遮满了天儿。
> 在其位的你就明哎公,细听我来言哪,
> 此事哎出在了京西蓝靛厂啊,
> 蓝靛厂火器营儿有一个松老三。
> 提起了松老三,两口子卖大烟,
> 一辈子无有儿,生了个女儿婵娟哪。
> 小妞哎年长一十六啊,起了个乳名儿,
> 荷花万字叫大莲……

徐金戈知道这首叫《探清水河》的曲子,这是清末民初曾发生在京西蓝靛厂的一个类似梁山伯与祝英台的爱情悲剧。营兵小六格与邻家的姑娘松大莲之间产生了爱情,由于封建礼教的迫害,最后双双跳了清水河殉情。后来这个悲剧被卖唱艺人编成了小岔曲,配上《无锡景》江苏民歌侉侉调的曲调唱了出来。最初流行的小曲儿还算正派,但后来这首曲子竟被好事者添上了风流词句,改编成窑调而传遍大江南北。

徐金戈以前还真不知道,文三儿哼起这类小曲倒是婉转缠绵,字正腔圆,像在娓娓道来一段哀婉的故事,尽管油滑但极具地域风韵。

> 太阳落下山,秋虫儿叫声喧。
> 日思夜想的六哥哥,来到我的身边哪。
> 约定了今天三更来相会啊,大莲我羞答答低头不言。
> 三更鼓儿喧,月亮挂中天。
> 六哥哥来到姑娘我的门前哪,
> 我急慌忙打开了门儿两扇啊,
> 一把手拉进来冤家我的心肝儿……

徐金戈听得笑了起来:"文三儿啊,你还有这一手?唱得油腔滑调,就不怕别人说你唱黄色小调?"

五更天大明，爹娘知道细情，

无廉耻的你个丫头哎，败坏了我的门庭哎。

我今天哪一定要施家法呀啊，

皮鞭子蘸水定打不能容。

大莲无话说，被逼就跳了河。

惊动了六哥哥，来探清水河吧。

亲人哪你死都是为了我呀……

一辆公共汽车将要进站，慢慢靠向路边，一个年轻的女售票员从车窗里探出头喊道："汽车进站了，请让一下……"

文三儿似乎浑然不觉，继续哼着小曲儿慢悠悠地蹬着车，公共汽车被文三儿别得进不了站，女售票员拍打着车门喊："嘿！说你哪，成心是不是？"

文三儿一脸坏笑地用手指着女售票员继续大声唱道：

大莲妹妹你慢点走，

等我六哥哥……

徐金戈心说坏了，文三儿这浑蛋故意扮出一脸的轻佻相，明摆着是在调戏妇女，这家伙怎么这样？好歹也是六十多岁的人了，简直是为老不尊。

文三儿果然惹出事儿来，公共汽车停住了，泼辣的女售票员冲下车来一把揪住文三儿嚷嚷道："你这老家伙，耍什么流氓？"

男司机揪着文三儿的衣领吼道："老流氓，今天你要不说清楚，我他妈揍你！"

汽车站上候车的人群一下子围了上来，北京人似乎有这个传统，对看热闹有着异乎寻常的兴趣。徐金戈感到很尴尬，他被夹在人群中不知如何是好，心中暗暗叫苦不迭……

这时文三儿说话了，他和刚才挑逗女性时判若两人，先是照自己脸上扇了两巴掌骂道："打你个老东西，让你喝点儿马尿就胡说八道，打你这臭嘴……"

文三儿向女售票员深深鞠了一躬，痛心疾首地检讨道："大姑，大姑啊，我跟您赔不是啦，您别往心里去，您外甥我今天喝多啦，您该打就打，该骂就骂，就是千万别生气，为我气坏了身子不值当，大姑啊……"

围观的人群里爆发出一阵大笑，人们似乎还没见过如此滑稽的场面，一个头发花白、满脸褶子的老头儿不停地向一个年轻姑娘叫"大姑"，还口口声声称自己是"您外甥"，女售票员被文三儿一连串的"大姑"叫得面红耳赤，不知如何是好，男司机也悻悻地松开文三儿。

文三儿又不停地向男司机鞠躬："大舅，大舅，外甥给您赔不是啦，您不打那是心疼外甥，回头外甥我自己打……"

人们大笑不止，男司机和女售票员骂了一声："神经病……"转身回到车上，汽车在一片哄笑声中开走了。

徐金戈也被逗乐了，他看见文三儿还在不停地朝汽车离去的方向鞠躬，嘴里还在嘟囔着："大舅，大姑，您走好，您走好……"文三儿直起腰，脸上露出坏笑，"走啦？嘿嘿！您玩去吧……徐爷，您坐好，咱也走。"

徐金戈埋怨道："我说文三儿，你都这把岁数了，怎么没点儿正形？幸亏人家不和你计较，要是把你扭送到派出所，我看你怎么办？"

文三儿笑道："徐爷，我看出来了啦，您最近心情不太好，我闲着也是闲着，这不是逗您开开心嘛，人哪，有什么事儿别闷在心里，得自个儿找乐儿，甭管有多大难事儿，一乐心里就舒服了，您说是不是这个理儿？"

徐金戈心中有些感动，他只拍拍文三儿的肩，什么也没有说。

两个月之后的一个傍晚，徐金戈下班回宿舍。

他被释放后政府分配了一套独居室单元房，楼里的邻居身份都和徐金戈差不多，不是前国民党县长就是前国军军官，大家都是从监狱里出来的，有这么一套住房已经很知足了。

徐金戈发现文三儿坐在楼门前的台阶上，他把两手揣在破棉袄的袖子里，蜷缩着身子在寒风中瑟瑟发抖……

徐金戈连忙上前招呼："哟，这不是文三儿吗？你怎么在这儿？"

文三儿站起来说："徐爷，我跟这儿候您半天了。"

徐金戈奇怪地问:"你怎么知道我住这儿?"

"喊,您这楼可有名儿,谁不知道这叫'战犯楼'?"文三儿还是老样子,一开口就得罪人,净说些招人不待见的话。

徐金戈苦笑道:"真要是战犯倒好喽,恐怕早特赦出来了,也用不着住这儿。文三儿啊,进去坐坐吧。"

"不进去了,我待不住,就是想告诉您个信儿,是有关方爷的。"

"方景林?他怎么了?"徐金戈很奇怪。

"嗨,方爷最近新搬了家,是个独门独院,昨儿个我从他院门口过,碰见看门儿的大老张,大老张原先也在联社,后来岁数大了,街道上照顾他,给他找了个看大门儿的活儿,就是方爷家。"

徐金戈催促道:"你说话能不能简短点儿,拣主要的说。"

"您别急呀,是这么回事儿,大老张说,文三儿啊,好久没见了,咱哥儿俩找个地方喝二两去,我说行啊,该你小子请客了,咱去铁门胡同南口小吃店喝去……"

徐金戈打断他的话:"唉,你得把人急死,说了半天还不知你要说什么,方景林到底怎么啦?"

"哎哟,对不住您哪,我这嘴一说就收不住,咱说正题。大老张说,方副局长明天上午要去西郊万安公墓,说是给以前的一个战友扫坟去,还打发司机去买花儿。我一琢磨,对了,方爷肯定是去看罗小姐。我忘了跟您说,新中国成立后方爷给罗小姐在万安公墓弄了个坟,其实罗小姐什么也没留下来,早粉身碎骨了,这您知道,可方爷那人太轴,他找了几件罗小姐穿过的衣服埋进坟里,每年罗小姐祭日都去扫坟,这不,明天又该去了。徐爷,您可不知道,方爷现在官复原职了,平时想找他可不容易,我琢磨着,你们老哥儿俩也该见个面儿了,他一当副局长的,只要说句话,闹不好就给徐爷您安排个一官半职的,您徐爷可不是一般人,新中国成立前就是中校长官了,总不能跟我似的,黄土都埋到嗓子眼儿了,不定哪天就听蛐蛐儿叫去啦……"

徐金戈终于听明白了,真难为文三儿了,他认为徐金戈这样的人就该当官儿,至于当哪边的官儿并不重要,无论是国民党的还是共产党的都行,只要徐金戈向方景林低个头，说几句软话，方爷兴许就帮这个忙了。

文三儿走了以后，徐金戈想了很久，最后终于决定明天去万安公墓看看，不为别的，他想去看看罗梦云的墓。他羡慕方景林，罗梦云多少还留下几件衣服，还可以做个衣冠冢，可自己的爱人杨秋萍呢？徐金戈不知道她被埋在哪里，甚至连她穿过的衣服都没有找到，每当想起这些，徐金戈仍然会悲伤不已，很长时间不能从抑郁状态中解脱出来……

万安公墓地处香山脚下，始建于1930年，公墓规划完善、中西合璧，据称是开北平现代公墓之先河。这里环境清灵淡雅，有松竹之幽、兰荷之雅。苍松翠柏间埋葬着不少晚清、民国等时期的文化名流，名人墨迹、碑石文脉遍布，是个很雅致的陵园。

徐金戈在公墓管理处查到了罗梦云墓的位置，他沿着林间小径一路探寻来到一片墓碑之间。他终于看到了，罗梦云的墓碑是一块不大的白色大理石，上面刻着几行碑文：

爱情的喷泉，永生的喷泉！
我为你送来两朵玫瑰。
我爱你连绵不断的絮语，
还有富于诗意的眼泪……

徐金戈在墓碑前发现两朵用红丝带扎在一起的玫瑰花，一朵是黄色的，另一朵是红色的。

看样子方景林已经来过了，这两朵玫瑰是他带来的。

徐金戈触景生情，不禁悲从中来……他理解方景林那种痛彻心扉的情感，恋人的温情犹在唇齿间存留，而此生却阴阳隔阻，永远无法相见，怎不叫人难以忘怀？

恍惚间，他看到罗梦云和杨秋萍向自己走来……冥冥之中传来两个年轻姑娘的声音，有如天籁之音："先生您别生气，我的同学是个急性子，并不是有意冒犯您，我替她向您道歉，至于这块手表……太贵重了，您还是留下吧，我们心领了。"

"先生，您真慷慨，这是我参加募捐活动以来收到的最大一笔捐款，非常感谢！您的爱国热情会得到回报。"

徐金戈手忙脚乱地掏出一块手帕塞进嘴里，他使劲咬住手帕忍不住呜咽起来，泪水止不住地滴落在草地上……

这一天晚上，公墓的看墓人在关闭公墓大门之前进行例常的巡视，他发现一个头发花白的老人一动不动地坐在一块墓碑前，就像一座石头雕塑……

· 尾声 ·

1978年年底,徐金戈的"历史问题"得到平反,有关部门经过调查得出结论:徐金戈同志当年参加起义,为北平的和平解放做出了一定的贡献,由于错误路线的干扰,徐金戈同志受到了很多不公正的待遇,为此,根据中央文件,为徐金戈同志落实政策,予以平反,恢复名誉,参加革命日期按1949年1月算起,并享受县团级干部离休待遇……

方景林和徐金戈在分手三十年后又见了面,两人约定的见面地点颇具怀旧意味,仍然是景山中峰上的"万春亭"。

景山中峰不算高,海拔仅仅为88.7米,当年徐金戈多次登过此山,那时他还年轻,从山脚下到峰顶所用时间不过十几分钟,如今可不行了,在坐牢期间他得了风湿性关节炎,两条腿的关节像是生满锈的轴承,隐隐发出"吱吱"的响声,才爬了一半就气喘如牛了。

徐金戈歇了三次,用了四十五分钟才爬上峰顶。

三十年弹指一挥间,这里的风光依旧,当年解放大军压境,北平城中一片混乱,从这里望去,东单公园临时机场上频繁起降的飞机给守军一方带来一种末日临头的恐怖感……如今,徐金戈站在"万春亭"上向东南望去,当年的临时机场一带已是草木葱绿的公园,向西边望去,唯见天际间一片火红的霞光,黛色的群山隐约可见,一种安详宁静的氛围笼罩着北京城。

此时和当年一样,同是暮霭时分,当年的情景历历在目,恍如昨日,仿佛三十年光阴并没有远逝。徐金戈百感交集,他还记得自己当年望着暮霭中的神武门,伤感地吟诵纳兰词:"玉帐空分垒,金笳已罢吹。东风回首尽成非……"

当年方景林顺着小路登上峰顶,随口接道:"不道兴亡命也,岂人为……"

往事如烟啊。

一个声音由远而近:"犹记当年军垒迹,不知何处梵钟声,莫将兴废话分明。[1]"

徐金戈惊回头,只见方景林穿着一身铁灰色的中山装,手执拐杖向他走来,徐金戈快步迎上去伸出手,两人的手在相隔三十年之后又握在一起。

相比之下,方景林显得更加衰老,才六十多岁的人走路已经需要借助拐杖了,很难想象他是怎么走上峰顶的,十年的铁窗生涯似乎严重摧毁了他的健康。

"景林兄,当年不是你多方奔走,吾命休矣,这是你第二次救我的命,我欠你的情啊。"徐金戈颇为动情地说。

方景林淡淡一笑:"彼此,彼此,若不是你金戈兄高抬贵手,我恐怕也不能活着走出保密局的审讯室,你不必谢我。"

徐金戈望着北面的钟鼓楼,声音低沉地说:"当然要谢,那年在监狱里,每天都有犯人被拉出去执行死刑,我每天都做好上刑场的准备,把最干净整齐的衣服穿好,就这么一天天地等啊等,等得很烦躁。你知道,我不大在乎死亡,但我不喜欢等待,尤其是被动地等待死亡。我得承认,其实我内心深处还是有些恐惧感,每天太阳落山时我的心里都会轻松一些,一个声音在告诉我,徐金戈啊,你又活过了一天,不管明天会发生什么事,至少今夜你是安全的。景林兄,这种等待的日子我过了将近一年,每天都可能是生命的终结,每天都会出现新的希望,而这种希望只能来自太阳落山后,当我知道自己可以活下来的时候,我想到了你,共产党里我只认识你一个人,除了你,不可能有人为我开脱。"

"金戈兄,这件事我很抱歉,当年我以北平地下党城工部谈判代表的身份向你保证过,只要你们放下武器,接受和平改编,我们对所有起义人员将一视同仁,既往不咎。金戈兄,我食言了,多年来这是我的一块心病。"

"景林兄,别这么说,这不能怨你,你为我做的已经很多了,谁也不可能超越历史,记得当年我们在这里也探讨过历史兴亡问题,那时我们都很自负,

---

[1] 出自纳兰性德词《浣溪沙·小兀喇》,纳兰性德感伤于当时女真族在统一过程中战斗的情景,听到远处的钟声,佛教与世无争的宗旨触动了他,纳兰性德认为:后人最好不要把历史兴亡问题说清楚,因为说清楚了,反觉伤心。

都认为自己掌握了真理,其实,现在看起来,你我的个人命运一旦融入历史的大背景中,谁又能掌握自己的命运呢?"

方景林把身子转向西面,凝视着血红般的晚霞:"是啊,历史上的一切纷争,包括改朝换代无非是两种形式,革命和改良。到底用哪种形式更好?悠悠千载,衮衮诸公,则众说纷纭,从古吵到今,古今中外都是如此。坐牢时我也想了很多,说来荒唐,监狱的建筑计划、监规制度、劳动改造、奖惩条例、犯人的生活标准都是我参与制定的,却没想到有一天自己也成了囚犯,住在自己批准建筑的监舍里,执行着自己制定的监规,在我饿得头昏眼花时唯有苦笑,因为囚犯的口粮标准也是我参与制定的,那时考虑到看守所里的人犯不参加劳动,这个标准足够了。谁知等我自己坐牢时才发现,这份口粮的确少了些,早知如此我该把犯人的口粮标准提高一些,把各种监规制度制定得更完善、更人道一些……我终于想明白了,从社会发展史的角度看,无论是革命还是改良,都要符合人类共同的价值观和道德观,都要遵循人道主义原则,重视人的尊严。"

"景林兄,我也在想,中国20世纪上半叶的历史是充满暴力的历史,其中除了反侵略战争外,其他的争斗为什么不能用一种比较温和的方式来解决呢?今天你杀我,明天我杀你,冤冤相报何时了?战争和暴力都解决不了人类的问题,只能带来流血、死亡和痛苦,到头来,伤的是国家和民族的元气。"徐金戈搀扶方景林走下"万春亭"的台阶。

"金戈兄,当年你可是个冷酷的职业杀手,怎么,坐了二十五年牢倒成了个非暴力主义者?"方景林半开玩笑地问。

徐金戈也以开玩笑的口吻回答:"放下屠刀,立地成佛。"

"金戈兄,找个地方小酌几杯如何?"

"乐意奉陪。要说喝酒,该把我们共同的老朋友找来,这些年他的酒量可是见长。"

方景林猛地停住脚步:"你说的是文三儿?怎么,你还不知道他的事?"

徐金戈惊讶地问:"我有半年没见到文三儿了,他怎么了?"

"两个月前他去世了,死于脑溢血,要是早点儿被发现,也许还能抢救过来,可惜他发病时身边没有人,就倒在自己的屋子里,第三天才被邻居发现。"

尾声

徐金戈沉重地坐在台阶上："该死，都怨我，最近事情太多，就没和他联系，我该早去看看他……"

"我恢复职务以后，文三儿来看过我两次，每次都帮我干些家务活儿，我当然过意不去，就送他一些烟酒、衣物之类的东西。文三儿好吹牛，他拿着我送的东西到处吹，说和我是亲戚关系。他去世后，联运社的上级单位街道办事处通知了我，他们真以为我和文三儿是亲戚。我让秘书帮他料理了后事，骨灰存在老山骨灰堂，办的是三十年存放期。"方景林补充道。

徐金戈沉重地叹了一口气说："文三儿救过我的命，我一直记在心里，总想着有一天我的情况好一些了，再好好报答他，谁知道他这么快就去了，我心里很难过，总觉得欠他很多。"

方景林说："他和我们一样，都是无法主宰自己命运的小人物，所不同的是，他有能力化解痛苦，就像俗话说的那样，没心没肺，浑浑噩噩地度过了愉快的一生，真的，他活得比你我都愉快，而且总是沉浸在自己制造的神话里，我想，文三儿一生中最辉煌的时候，大概是抗战胜利后，他有了自己的洋车，以保密局特工自居，把自己说成是抗日英雄，尽管他后来也为吹牛付出了代价。"

"你觉得文三儿活得很愉快？"徐金戈问。

"至少没有我们这种沉重感，他的思维简单明了，却接近生活中最本原的东西，他知道自己想要什么或不要什么，而且很快能得出自己的判断，其实旧时代大部分老百姓都是这样，他们对什么主义，对理论都没有概念，甚至连想都不会去想，他们只希望过安定的日子，能生儿育女，平平淡淡地来到这个世界上，又平平淡淡地离开这个世界，政治家们要做的，是尽量少折腾他们。"

徐金戈站起来："景林兄，我们下山吧。"

方景林拿起拐杖道："走吧，走吧，生者如过客，死者为归人，天地一逆旅，同悲万古尘……"两人互相搀扶着向山下走去。

走下台阶时，徐金戈向西山方向望了一眼，只见天际间一片血红，秋日正西沉……

2005 年 12 月 6 日完稿